Selma Lagerlöf

Jerusalem

Übersetzt von Mathilde Mann

LIWI
LITERATUR- UND WISSENSCHAFTSVERLAG

Dieses Buch wurde auf FSC® (Lizenzcode: C105338)-zertifiziertem Papier gedruckt.
Der FSC® (Forest Stewardship Council®) hat sich zum Ziel gesetzt, Wälder durch
eine verantwortungsvolle Bewirtschaftung langfristig zu erhalten - weltweit.

Bibliografische Information der Deutschen Nationalbibliothek
Die Deutsche Nationalbibliothek verzeichnet diese Publikation in der Deutschen Nationalbibliografie;
detaillierte bibliografische Daten sind im Internet über http://dnb.dnb.de abrufbar.

Selma Lagerlöf
Jerusalem
Übersetzt von Mathilde Mann
Erstdruck des Originals: Albert Bonniers förlag, 2 Bd., Stockholm 1901/1902.
Durchgesehener Neusatz, der Text dieser Ausgabe folgt
dem Erstdruck der Übersetzung von Mathilde Mann, Globus Verlag, Berlin 1912.

Neuausgabe, Göttingen 2021.
Umschlaggestaltung und Buchsatz: LIWI Verlag
Buchumschlag unter Verwendung des Bildes „View of the Old City of Jerusalem", John Fullylove, 1850.
LIWI Literatur- und Wissenschaftsverlag
Thomas Löding, Bergenstr. 3, 37075 Göttingen
Internet: liwi-verlag.de | Instagram: instagram.com/liwiverlag | Facebook: facebook.com/liwiverlag
Druck: BoD GmbH, In de Tarpen 42, 22848 Norderstedt
ISBN: 978-3-96542-416-6

I

In Dalarne

Einleitung

Die Ingmarssöhne

I.

Es ging ein junger Mann und pflügte sein Brachfeld an einem Sommermorgen. Die Sonne schien warm, das Gras war feucht vom Tau und die Luft war so frisch, daß Worte es nicht aussagen können. Die Pferde waren ganz wild von der Morgenluft und zogen den Pflug, als sei es ein Spielzeug. Es war ein ganz anderer Trab als der gewöhnliche; der Mann am Pfluge mußte fast laufen, um mitzukommen.

Wenn die Erde von dem Pflug gewendet wurde, lag sie schwarzbraun und schimmernd von Feuchtigkeit und Fruchtbarkeit da, und er, der pflügte, freute sich darauf, bald seinen Roggen säen zu können. Er dachte bei sich: »Was kann es nur sein, daß ich mir zuweilen so viele Sorgen mache und meine, daß es so schwer ist, zu leben? Braucht man etwas anderes als Sonnenschein und gutes Wetter, um glücklich zu sein wie ein Kind Gottes im Himmel?«

Es war ein langes und ziemlich breites Tal, das von einer Menge gelber und gelbgrüner Kornfelder durchquert war und außerdem von gemähten Kleewiesen; von blühenden Kartoffeläckern und von kleinen blaublühenden Flecken mit Flachs, worüber gleichsam eine Wolke von kleinen weißen Schmetterlingen schwebte. Und wie, um das Ganze vollkommen zu machen, erhob sich in der Mitte des Tales ein machtiger alter Bauernhof mit vielen grauen Wirtschaftsgebäuden und einem großen rotgestrichenen Wohnhause. Am Giebel standen zwei große verwachsene Birnbäume, an der Haustür ein paar junge Birken, auf dem Hofplatze ein paar große Holzstapel und hinter der Scheune einige mächtige Kornmieten. Dies Gehöft mitten in den ebenen Feldern aufragen zu sehen, war ein ebenso schöner Anblick, wie wenn man ein Fahrzeug mit Segeln und Masten über der weißen Meeresfläche sich erheben sieht.

»Und was für ein Gehöft ich habe!« dachte er, der ging und pflügte. »Gute, tüchtig gezimmerte Gebäude und einen guten Viehbestand und flinke Pferde und Gesinde, das treu ist wie Gold. Ich bin so reich wie nur einer in der Harde und ich brauche mich nie davor zu fürchten, arm zu werden.«

»Ja, vor der Armut bin ich auch gerade nicht bange,« sagte er als Antwort auf seine eigenen Gedanken. »Ich würde zufrieden sein, wenn ich ein ebenso guter Mann wäre, wie mein Vater und Großvater.«

»Es war dumm, daß ich in die Gedanken hineingeriet,« sagte er, »denn nun war ich gerade so froh. Aber wenn ich nur an das eine denke: zu meines Vaters Zeiten richteten sich alle Bauern in allen Dingen nach ihm; an dem Morgen, wo er anfing zu ernten, fingen auch sie an, und an dem Tag, wo wir dann begannen, das Brachfeld hier auf dem Ingmarshof umzupflügen, setzten sie den Pflug in dem ganzen Tal in die Erde.«

»Aber nun bin ich hier schon ein paar Stunden gegangen und habe gepflügt, ohne daß auch nur einer die Pflugschar gewetzt hätte. Ich glaube doch, daß ich den Hof so gut verwaltet habe wie nur einer, der Ingmar Ingmarsson geheißen hat,« sagte er. »Ich habe mehr für mein Heu bekommen als mein Vater bekam, und ich habe all' die kleinen sauren Gräben abgeschafft, die hier zu seiner Zeit waren. Und das steht doch auch fest, daß ich nicht schlechter mit dem Wald umgehe wie Vater.«

»Das ist oft schwer genug zu denken,« sagte der junge Mann, »nicht immer kann ich es so leicht nehmen wie heute. Als mein Vater und Großvater noch lebten, hieß es, die Ingmarssöhne hatten so lange in der Welt gelebt, daß sie wüßten, wie der liebe Gott es haben wollte, und die Leute flehten sie förmlich an, im Kirchspiel zu herrschen. Sie wählten sowohl Pfarrer als Küster und bestimmten, wann der Flußlauf gereinigt werden und wohin die neue Schule gebaut werden sollte. Aber nach meiner Meinung fragt niemand und ich habe über nichts zu bestimmen.«

»Trotzdem ist es doch merkwürdig, wie leicht die Sorgen in einer solchen Morgenstunde zu tragen sind. Jetzt ist mir fast, als könnte ich über das alles lachen. Und doch fürchte ich, daß es zum Herbst schlimmer für mich werden wird denn je zuvor. Tue ich das, woran ich jetzt denke, so werden mir weder der Pfarrer noch der Hardesvogt die Hand mehr geben, wenn wir uns des Sonntags vor der Kirche begegnen, und das haben sie doch sonst noch bis heute getan. Ich werde nicht in die Armenverwaltung gewählt und ich kann niemals daran denken, Kirchenältester zu werden.«

»Niemals geht es so leicht zu denken, als wenn man so hinter dem Pflug hergeht, Furche hinauf und Furche hinab. Allein ist man und nichts ist da, was einen stören könnte, außer den Krähen, die in den Ackerfurchen hüpfen und Würmer picken.« Der Mann am Pfluge fand, daß die Gedanken in seinen Kopf so leicht hineinkamen, als sei da jemand, der sie ihm zuflüsterte. Und da er sonst nie so leicht und klar denken konnte wie heute, ward er ganz froh und aufgeräumt. Dadurch fing er an zu meinen, daß er sich unnötige Sorgen mache; er sagte zu sich selbst, niemand verlange ja von ihm, daß er sich selbst ins Unglück stürzen solle.

Er dachte, daß, wenn sein Vater gelebt hätte, er ihn hiernach gefragt haben würde, so wie er ihn in allen schwierigen Sachen um Rat zu fragen pflegte. Er wurde ganz ungeduldig, daß der Vater nicht zur Hand war, so daß er ihn fragen konnte.

»Wüßte ich nur den Weg,« dachte er und fing an, sich an dem Gedanken zu ergötzen, »dann würde ich geradeswegs zu ihm hinaufgehen. Ich möchte wohl wissen, was der große Ingmar sagen würde, wenn ich eines schönen Tages dahergegangen käme. Ich denke mir, er sitzt auf einem großen Gehöft mit vielen Äckern und Wiesen und großen Kornmieten und einer Menge roter Kühe, es sind keine schwarzen und auch keine bunten darunter, so wie er es immer hier unten haben wollte. Wenn ich dann in die gute Stube hineinkomme ....«

Der Mann am Pfluge hielt plötzlich mitten auf dem Felde an und lachte. Das war doch ein höchst ergötzlicher Gedanke, der fuhr mit ihm davon, so daß er kaum wußte, ob er noch auf Erden wanderte. Es war ihm, als sei er geradeswegs zu seinem alten Vater in den Himmel hinaufgekommen.

»Wenn ich dann in die gute Stube hineinkomme,« fuhr er fort, dann sitzt es da an den Wänden entlang ganz voll von Bauersleuten, und alle haben sie rotgraues Haar und weiße Augenbrauen und eine große Unterlippe und gleichen Vater wie ein Tropfen Wasser dem anderen. Wenn ich sehe, daß da so viele Leute anwesend sind, werde ich verlegen und bleibe unten an der Tür stehen. Aber Vater sitzt ganz oben an dem oberen Tischende, und sobald er mich sieht, sagt er: »Willkommen, kleiner Ingmar Ingmarsson.« Und dann steht er auf und kommt zu mir hin. – »Ich möchte gern ein paar Worte mit Euch reden, Vater,« sage ich; »aber hier sind so viele Fremde.« – »Ach, das ist nur die Familie,« sagt Vater. »Diese alten Bauersleute haben alle zusammen auf dem Ingmarshofe gewohnt, und der Älteste von ihnen stammt ganz aus der heidnischen Zeit her.« –

»Ja, aber ich möchte gern ein paar Worte mit Euch allein reden.«

Dann sieht sich Vater um und überlegt, ob er in die kleine Stube gehen soll, aber da ich es nur bin, geht er in die Küche hinaus. Dort setzt sich Vater auf den Feuerherd und ich setze mich auf den Haublock. »Das ist ein guter Hof, den Ihr hier habt, Vater,« sage ich.

– »Ja, der ist ganz gut,« sagt Vater. »Wie steht es denn daheim auf dem Ingmarshof?« – »Da steht alles gut,« sage ich. »Voriges Jahr bekam ich zwölf Taler für ein Schiffspfund Heu.« – »Ist das wahr?« sagt Vater. »Du bist doch wohl nicht hier hinaufgekommen, um mich zum besten zu haben, kleiner Ingmar?«

»Aber mit mir steht es schlecht!« sage ich. »Immer muß ich hören, daß Ihr, Vater, so klug gewesen seid, wie der liebe Gott selbst, aber nach mir fragt kein Mensch!«

– »Bist du denn nicht in den Gemeinderat gewählt?« fragt dann der Alte. – »Weder in den Gemeinderat, noch in den Schulrat oder in die Armenverwaltung.«

– »Was hast du denn Unrechtes getan, kleiner Ingmar?«

– »Ach, sie sagen, daß der, der die Sachen anderer verwalten soll, erst zeigen muß, daß er seine eigenen ordentlich verwalten kann.«

»Dann, denk' ich mir,« schlägt der Alte die Augen nieder und sitzt eine kleine Weile da und denkt nach. – »Du mußt dafür sorgen, daß du eine tüchtige Frau bekommst, Ingmar,« sagt er endlich. – »Aber das ist ja gerade, was ich nicht kann, Vater,« sage ich. »Da ist kein noch so armer Bauer in der Gemeinde, der mir seine Tochter geben würde.« – »Erzähle jetzt ordentlich, wie das alles zusammenhängt, kleiner Ingmar,« sagt Vater und dann sieht er mich ganz gütig an.

»Ja, siehst du, Vater, vor vier Jahren, im selben Jahr, als ich den Hof übernahm, freite ich um Brita aus Bergskog.« – »Laß mich einmal sehen,« sagt Vater, »wohnt jemand von unserer Familie auf Bergskog?

» Er kann sich nicht recht zwischen den Dingen hier unten auf Erden zurechtfinden. – »Nein, aber es sind wohlhabende Leute, und Ihr erinnert Euch wohl noch, Vater, daß Britas Vater Reichstagsabgeordneter ist?«

– »Jawohl, jawohl, aber du hättest dich lieber mit einer aus unserer Familie verheiraten sollen, die alte Sitten und Gebräuche kennt!« – »Darin habt Ihr recht, Vater. Das hätte ich auch fühlen müssen.«

Dann sitzen Vater und ich beide da und sagen nichts; aber dann fängt Vater wieder an: »Es war wohl eine, die gut aussah?« – »Ja,« sage ich, »sie hatte dunkles Haar und klare Augen und Rosen auf den Wangen. Aber sie war auch tüchtig, so daß Mutter sehr zufrieden damit war, daß ich sie haben wollte. Es wäre auch alles gut gegangen, aber das Unglück war, daß sie mich nicht haben wollte.« – »Danach fragt doch wohl niemand, was so ein Mädel will?« – »Nein, die Eltern zwangen sie ja auch, ja zu sagen.« – »Und woher weißt du, daß sie gezwungen wurde? Sie mußte doch froh sein, einen so reichen Mann wie du zu bekommen, kleiner Ingmarsson.«

»Ach nein, froh war sie nicht, aber wir wurden ja aufgeboten und der Hochzeitstag wurde bestimmt, und Brita zog vor der Hochzeit auf den Ingmarshof, um Mutter zu helfen. Denn Mutter fängt so bei kleinem an, alt zu werden.« – »Alles das ist doch nichts schlimmes, kleiner Ingmar,« sagt Vater, um mich zu ermutigen.

»Aber es sah in diesem Jahr ganz schlimm aus mit der Ernte. Die Kartoffeln schlugen fehl und die Kühe wurden krank, und da fanden Mutter und ich beide, daß wir die Hochzeit ein Jahr aufschieben müßten. Ich meinte nun, wir brauchten es mit der Trauung nicht so genau zu nehmen, denn wir waren ja aufgeboten. Aber es war vielleicht ein wenig altmodisch, so zu denken.« – »Hättest du eine aus unserer Familie genommen, so hätte sie sich dabei wohl beruhigt,« sagt Vater. – »Ach ja,« sage ich, »ich merkte wohl, daß Brita dieser Aufschub nicht gefiel, aber seht Ihr – ich fand, ich hätte die Mittel nicht zur Hochzeit. Wir hatten ja im Frühjahr das Begräbnis gehabt, und Geld aus der Sparkasse nehmen wollte ich nicht.« – »Nein, das war ganz recht, daß du wartest,« sagt Vater. – »Aber ich war ja bange, daß es Brita nicht gefallen würde, Kindtaufe vor der Hochzeit zu halten.« – »Aber erst muß man doch daran denken, ob man die Mittel dazu hat,« sagt Vater.

»Aber mit jedem Tag, der ging, wurde Brita stiller und wunderlicher, und ich konnte gar nicht begreifen, was mit ihr vorging. Ich dachte, sie sehnte sich wohl nach Hause zu den Ihren. Denn sie hatte immer sehr an dem Heim und den Eltern gehangen. Das gibt sich schon, wenn sie sich nur erst daran gewöhnt, dachte ich. Sie wird den Ingmarshof schon lieb gewinnen. Dabei beruhigte ich mich eine Weile, aber dann fragte ich Mutter, warum Brita so blaß geworden war und so verstört aus den Augen schaute. Mutter sagte, das wäre, weil sie ein Kind haben solle, und sie würde sich schon wieder besinnen, wenn das erst überstanden wäre. Ich machte mir nun ja freilich meine eigenen Gedanken darüber, daß sie unzufrieden damit war, daß ich die Hochzeit hinausgeschoben hatte, aber ich fürchtete mich davor, mit ihr darüber zu reden. Ihr erinnert Euch wohl noch, Vater, daß Ihr immer gesagt habt, daß in dem Jahr, wo ich Hochzeit hielt, das Wohnhaus angestrichen werden sollte. Und dazu fehlte mir in dem Jahr wahrhaftig das Geld. Das findet sich schon alles im nächsten Jahr, dachte ich.«

Der Mann am Pfluge ging und bewegte die Lippen. Er war so ganz in seine eigenen Gedanken versunken, daß er meinte, er könne das Gesicht seines Vaters vor sich sehen. »Ich werde ihm wohl alles klar auseinandersetzen müssen,« dachte er, »damit er mir einen guten Rat erteilen kann. So verging der ganze Winter, und ich dachte oft, daß, wenn Brita andauernd so unglücklich wäre, ich sie lieber wieder nach Hause nach Bergskog senden wolle, aber nun war es ja zu spät. Und so ging es denn bis zum Mai weiter. Da merkten wir eines Abends, daß sie sich weggeschlichen hatte. Wir suchten die ganze Nacht nach ihr und gegen Morgen fand eine der Mägde sie.«

»Jetzt schweige ich still, denn es wird mir schwer, mehr zu sagen; aber da fragt Vater: »In Gottes Namen, sie war doch wohl nicht tot?« – »Nein – sie nicht,« sage ich, und Vater kann hören, daß meine Stimme zittert. – »War das Kind geboren?« sagt Vater. – »Ja,« sage ich, »und sie hatte es erstickt, und es lag tot neben ihr.« – »Sie war wohl nicht ganz bei Sinnen?« – »Ja, bei Sinnen war sie,« sage ich. »Sie tat das alles, um sich an mir zu rächen, weil ich sie gezwungen hatte. Sie würde es nicht getan haben, wenn ich mich mit ihr verheiratet hätte. Aber jetzt, sagte sie, hätte sie gedacht, daß, wenn ich kein Kind in Ehren haben wolle, sollte ich gar keines haben.« – Vater wird ganz stumm vor Betrübnis. »Hattest du dich auf das Kind gefreut, kleiner Ingmar?« fragt er endlich. – »Ja,« sage ich. – »Es ist schade um dich, daß du mit einem solchen Frauenzimmer zusammenkommen mußtest.«

»Sie sitzt nun wohl im Zuchthaus?« sagt Vater. – »Ja, sie bekam drei Jahre.« – »Und das ist der Grund, weshalb dir niemand seine Tochter geben will?« – »Ja, aber ich habe auch keinen gefragt.« – »Und darum hast du kein Ansehen in der Gemeinde?« – »Sie finden, es hätte mit Brita nicht so gehen sollen. Sie sagen, wenn ich nur ein kluger Mann gewesen wäre, so wie Ihr, dann hätte ich mit ihr geredet und zu wissen bekommen, worüber sie sich grämte.« – »Es ist nicht leicht für einen Mann, sich auf ein schlechtes Frauenzimmer zu verstehen!«

»Nein, Vater,« sage ich, »Brita war nicht schlecht. Aber sie war stolz.« – »Ja, das kommt ja auf eins heraus,« sagt Vater.

»Als ich merke, daß Vater im Grunde meine Partei nehmen will, sage ich: »Da sind viele, die meinen, ich hätte es so machen sollen, daß niemand etwas anderes erfahren hätte, als daß das Kind tot geboren war.« – »Warum sollte sie ihre Strafe nicht abbüßen?« sagt Vater. – »Sie sagen, wenn es zu Eurer Zeit gewesen wäre, dann hättet Ihr das Mädchen, das sie fand, dazu gebracht, zu schweigen, so daß nichts davon herausgekommen wäre.« – »Und hättest du dich dann mit ihr verheiratet?« – »Nein, dann hätte ich mich wohl nicht mit ihr zu verheiraten brauchen. Ich hätte sie ja ein paar Wochen nachher nach Hause schicken und das Aufgebot aufheben lassen können, weil sie sich nicht wohl bei uns fühlte.« – »Das hättest du ja auch tun können; aber sie können doch nicht verlangen, daß du, der du so jung bist, ebenso klug sein sollst wie ein Alter.«

»Die ganze Gemeinde findet, daß ich schlecht gegen Brita gehandelt habe.« – »Sie hat doch schlechter gehandelt, sie, die Schande über ordentliche Leute gebracht hat.« – »Ja, aber *ich*, ich habe sie zur Ehe gezwungen.« – »Ja, darüber konnte sie sich doch nur freuen.«

»Findet Ihr denn nicht, daß es meine Schuld ist, daß sie ins Zuchthaus gekommen ist?« – »Ich finde, sie sitzt, wo sie sich selbst hingesetzt hat.«

»Da stehe ich auf und sage langsam: »Ihr meint also nicht, Vater, daß ich etwas für sie zu tun brauche, wenn sie jetzt zum Herbst herauskommt?« – »Was solltest du tun? Dich mit ihr verheiraten?« – »Ja, das müßte ich wohl tun!« – Vater sieht mich eine Weile an und fragt dann: »Hast du sie lieb?« – »Nein, sie hat die Liebe in mir getötet.« Da schlägt Vater die Augen nieder und sagt nichts, fängt aber an nachzudenken.

»Siehst du, Vater,« sage ich, »ich kann nicht darüber hinwegkommen, daß ich das Unglück angerichtet habe.« Der Alte sitzt still und erwidert nichts. »Zuletzt habe ich sie im Tinggebäude gesehen, da war sie so unglücklich und weinte so darüber, daß sie das Kind nicht hatte. Gegen mich hat sie nicht ein böses Wort ausgesagt. Sie nahm alles auf sich. Da waren viele, die weinten, Vater, und der Richter hatte auch beinahe Tränen in den Augen. Er hat ihr ja auch nicht mehr als drei Jahre gegeben.«

Aber Vater sagt kein Wort.

»Es wird schwer für sie jetzt zum Herbst, wenn sie zu Hause sitzen muß,« sage ich. »Daheim auf Bergskog werden sie sich nicht über sie freuen. Sie finden, daß sie Schande über sie gebracht hat, und sie gehören nicht zu den Leuten, die sich besinnen, sie das hören zu lassen. Und sie muß ja immer zu Hause sitzen, denn sie kann sich wohl kaum in der Kirche sehen lassen. Es wird schwer für sie nach jeder Richtung hin.«

Aber Vater antwortet nicht.

»Aber es ist nicht so leicht für mich, mich mit ihr zu verheiraten,« sage ich. »Es ist nicht angenehm für einen, der einen großen Hof hat, eine Frau zu bekommen, auf die Knechte und Mägde herabsehen. Mutter wird es auch nicht gefallen. Wir könnten ja auch niemals Gäste zu uns einladen, weder zur Hochzeit noch zum Begräbnis.« Vater schweigt noch immer.

»Seht Ihr, vor dem Gericht versuchte ich ihr zu helfen, so gut ich konnte; ich sagte zu dem Richter: ich trüge die ganze Schuld, denn *ich* hätte sie zur Ehe gezwungen. Ich sagte auch, ich halte sie für so unschuldig, daß ich, wenn sie nur ihren Sinn gegen mich ändern könnte, mich mit ihr verheiraten wolle, so wie sie ging und stand. Das sagte ich, damit sie ein milderes Urteil bekommen sollte. Aber obwohl sie zwei Briefe an mich geschrieben hat, deutet nichts darauf hin, daß sie ihren Sinn gegen mich geändert hat. Da versteht Ihr wohl, Vater, daß ich nicht gezwungen bin, mich um dieses Wortes willen mit ihr zu verheiraten.«

Und nun sitzt Vater da und denkt nach und schweigt ganz still.

»Ich weiß wohl, daß dies die Sache auf menschliche Weise auffassen heißt, und wir Ingmars haben uns immer mit dem lieben Gott gut stehen wollen. Aber manchmal denke ich, daß es dem lieben Gott nicht gefällt, daß eine Mörderin zu solcher Ehre kommen soll.«

Aber Vater schweigt.

»Ihr müßt auch daran denken, Vater, wie hart es für jemand ist, der einen anderen Menschen leiden läßt, ohne zu versuchen, ihm zu helfen. Ich glaube, alle in der Gemeinde werden finden, daß es verkehrt ist. Aber ich habe zu schwer darunter gelitten in diesen Jahren, um nicht zu versuchen, etwas für sie zu tun, wenn sie nun freikommt.« Vater rührt sich nicht.

Da steigt mir fast das Weinen in den Hals und ich sage: »Seht Ihr, ich bin ja ein junger Mann und ich verliere viel, wenn ich sie nehme. Sie finden, daß ich mich früher schlecht benommen habe; tue ich dies, so werden sie finden, daß es noch ärger ist.«

Aber ich kann Vater nicht bewegen ein Wort zu sagen.

»Aber dann habe ich auch gedacht, Vater, daß es wunderlich ist, daß wir Ingmars viele Hunderte von Jahren auf dem Hof geblieben sind, während alle anderen Höfe die Besitzer gewechselt haben. Und da denke ich, das ist, weil die Ingmars versucht haben, Gottes Wege zu gehen. Wir Ingmars brauchen die Menschen nicht zu fürchten; wir müssen nur Gottes Wege gehen.«

Da erhebt der Alte die Augen und dann sagt er: »Dies ist eine schwierige Frage, Ingmar.

Ich glaube, ich gehe hinein und frage die anderen Ingmarssöhne.«

Und dann geht Vater in die gute Stube, und ich bleibe sitzen. Und dann muß ich sitzen und warten und warten, und Vater kommt nicht zurück. Schließlich, als ich viele Stunden gewartet habe, werde ich der Sache überdrüssig und gehe zum Vater hinein. »Gedulde du dich da draußen, kleiner Ingmar,« sagt Vater, »dies ist eine schwierige Frage.« Und ich sehe alle die Alten mit geschlossenen Augen dasitzen und grübeln, und ich warte und warte und ich warte wohl noch – –.«

Er ging lächelnd hinter dem Pfluge her, der jetzt ganz langsam ging, da die Pferde der Ruhe bedurften. Als er an den Grabenrand kam, zog er an den Zügeln und hielt. Er war ganz ernsthaft geworden.

»Es ist wunderlich, sobald man jemand um Rat fragt, merkt man selbst was richtig ist, noch während man fragt; da sieht man auf einmal, was man ganze drei Jahre lang nicht hat ausfindig machen können. Nun mag es gehen, wie Gott will.«

Er fühlte, daß er es tun müsse, und gleichzeitig meinte er, daß es so schwer sei, daß er ganz den Mut verlor, wenn er daran dachte. »Gott steh' mir bei,« sagte er. – – –

Ingmar Ingmarsson war indessen nicht der einzige, der in der frühen Morgenstunde draußen war. Unten auf einem Steig, der sich durch die Kornfelder schlängelte, kam ein alter Mann gegangen. Es war nicht schwer zu sehen, was sein Gewerbe war, denn er hatte einen langen Malerpinsel über der Schulter, und von der Mütze bis zu den Schuhsohlen war er mit roter Farbe bespritzt. Er sah sich oft um, wie es herumwandernde Maler zu tun pflegen, um einen unangestrichenen Hof zu finden oder einen, wo die Farbe verblaßt oder abgeregnet war. Er meinte bald hier einen, bald da einen zu sehen, der ihm paßte, aber es wurde ihm schwer, sich zu entschließen. Endlich kam er auf einen kleinen Hügel und erblickte den Ingmarshof, der groß und mächtig unten im Tal dalag. »Ach, lieber Gott,« sagte er laut und blieb in seiner Freude stehen. »Das Wohnhaus ist seit hundert Jahren nicht gemalt, es ist ja schwarz vom Alter, und die Wirtschaftsgebäude haben nie Farbe gesehen. Und so eine Menge Häuser!« rief er aus. »Hier habe ich ja Arbeit bis in den Herbst hinein!«

Er war noch nicht lange gegangen, da gewahrte er einen Mann, der ging und pflügte. »Ei, da ist ein Bauer, der hier zu Hause ist und der die Gegend kennt,« dachte der Maler, »von ihm kann ich Bescheid erhalten, was ich über den Hof da unten zu wissen brauche.« Er bog vom Weg ab, ging auf das Brachfeld und fragte Ingmar, was das für ein großer Hof sei, und ob er glaube, daß sie ihn anstreichen lassen wollten.

Ingmar Ingmarsson zuckte zusammen, und er starrte den Mann an, als sei er ein Gespenst. »Ich glaube wahrhaftig, es ist ein Maler,« dachte er, »und der kommt gerade jetzt!« Er war ganz überwältigt und konnte sich nicht soweit fassen, daß er zu antworten vermochte.

Er entsann sich so deutlich, daß jedesmal, wenn jemand zu dem Vater gesagt hatte: »Ihr solltet doch Euer großes, häßliches Haus anstreichen lassen,« Vater Ingmar, »der Alte«, regelmäßig geantwortet hatte, das wolle er in dem Jahre tun, wo Ingmar Hochzeit machte.

Der Maler fragte noch einmal und noch einmal. Aber Ingmar stand ganz still, als habe er es nicht verstanden.

»Sind Sie nun da oben im Himmel mit der Antwort fertig geworden?« dachte er. »Ist dies eine Botschaft vom Vater, daß er will, daß ich in diesem Jahr Hochzeit machen soll?«

Er fühlte sich so betroffen von diesem Gedanken, daß er ohne weiteres dem Mann versprach, daß er Arbeit bei ihm haben solle. Dann ging er sehr bewegt und fast glücklich hinter dem Pflug her. »Du sollst sehen, es wird gar nicht so schwer, es jetzt zu tun, wo du so sicher bist, daß Vater es haben will,« sagte er.

II.

Einige Wochen später stand Ingmar und putzte das Wagengeschirr. Er sah aus, als sei er schlechter Laune und die Arbeit ging langsam vonstatten. »Wenn ich der liebe Gott wäre,« dachte er, rieb wieder ein wenig und begann von neuem: »Wenn ich nur der liebe Gott wäre, dann wollte ich schon dafür sorgen, daß alles gleich im selben Augenblick getan würde, wo es beschlossen wird. Ich würde den Leuten nicht so lange Zeit lassen, wieder und wieder nachzudenken, und über alles zu straucheln, was im Wege liegt. Ich würde mich nicht daran kehren, ihnen Zeit zu lassen, das Geschirr zu putzen und den Wagen anzustreichen; ich würde sie geradeswegs vom Pfluge wegholen.«

Er hörte einen Wagen auf der Straße daherrollen, sah hinaus und erkannte sogleich das Pferd und das Fuhrwerk. »Jetzt kommt der Reichstagsabgeordnete von Bergskog!« rief er in die Küche hinein, wo seine Mutter an der Arbeit war. Gleich darauf hörte er sie Holz auf das Feuer legen, und die Kaffeemühle wurde in Gang gesetzt. – Der Reichstagsabgeordnete fuhr in den Hof, wo er hielt, ohne abzusteigen. »Nein, danke, ich will nicht hinein,« sagte er, »ich wollte nur ein paar Worte mit dir reden, Ingmar. Ich habe nur wenig Zeit, ich muß in die Gemeinderatssitzung.« – »Mutter hat den Kaffee wohl gleich fertig,« sagte Ingmar. – »Danke, aber meine Zeit ist knapp.« – »Es ist lange her, daß der Herr Reichstagsmann hier gewesen ist,« sagte Ingmar.

Seine Mutter kam jetzt in die Tür hinaus und nötigte auch. »Der Herr Reichstagsmann wird doch nicht fahren, ohne hereinzukommen und eine Tasse Kaffee zu trinken.« Ingmar knüpfte das Spritzleder auf, und der Reichstagsabgeordnete erhob sich. »Ja, wenn Mutter Märta mich selbst einladet, muß ich wohl gehorchen,« sagte er.

Er war ein großer, schöner Mann mit leichten Bewegungen, wie von einem ganz anderen Menschenschlag als Ingmar und seine Mutter, die häßlich waren mit schläfrigen Gesichtern und schweren Körpern. Aber er hatte große Ehrfurcht vor der alten Familie auf dem Ingmarshof, und hätte gern sein schönes Äußere hingegeben, um auszusehen wie Ingmar und einer von den Ingmarssöhnen zu sein. Er hatte seiner Tochter gegenüber immer Ingmars Partei genommen, und ihm wurde ganz leicht ums Herz, als er sich so gut aufgenommen sah.

Als Mutter Märta nach einer Weile mit dem Kaffee hereinkam, trat er mit seinem Anliegen vor.

»Ich möchte gern,« sagte er und räusperte sich, »ich möchte gern erzählen, was wir mit Brita zu tun beabsichtigen.« Die Tasse, die Mutter Märta in der Hand hielt, zitterte ein wenig, so daß der Teelöffel auf der Untertasse klirrte. Darauf trat eine drückende Stille ein.

»Wir meinen, es ist am besten, wenn sie nach Amerika reist.« Er hielt noch einmal inne, es entstand dieselbe Stille. Er seufzte über die unbeweglichen Menschen. »Wir haben schon die Fahrkarte für sie genommen.«

»Sie kommt wohl vorher nach Hause?« sagte Ingmar. – »Nein, was sollte sie wohl zu Hause?«

Ingmar schwieg wieder. Seine Augenlider waren fast geschlossen. Er saß ganz still da als schliefe er. An seiner Stelle begann nun Mutter Märta zu fragen. »Sie muß doch wohl Kleider haben?« – »Das ist alles in Ordnung, bei Kaufmann Löfberg, bei dem wir immer einkehren, wenn wir in der Stadt sind, steht eine Kiste gepackt.« – »Soll ihre Mutter sie nicht in Empfang nehmen?« – »Ja, sie will es gern, aber ich sage, es ist besser, wenn sie sich nicht sehen.« – »Ja, das mag ja sein.« – »Bei Löfberg liegt die Fahrkarte und Geld für sie, sie bekommt also alles, was sie nötig hat.«

»Ich meinte, Ingmar sollte das wissen, damit er sich die Sache aus dem Kopf schlagen kann,« sagte der Reichstagsabgeordnete.

Jetzt schwieg auch Mutter Märta. Ihr Kopftuch war in den Nacken geglitten und sie saß da und sah in ihre Schürze hinab. »Jetzt sollte Ingmar bald daran denken, sich wieder zu verheiraten.« Sie schwiegen alle beide gleich tapfer. »Mutter Märta bedarf der Hilfe in dem großen Haushalt. Ingmar muß dafür sorgen, daß sie ein ruhiges Alter bekommt.«

Der Reichstagsabgeordnete schwieg und dachte, ob sie wohl hörten, was er sagte? »Ich und meine Frau wollen es ja so gern alles wieder gutmachen,« sagte er schließlich.

Währenddes saß Ingmar da und ließ sich von einer großen Freude durchschauern. Brita sollte nach Amerika, und er brauchte sich nicht mit ihr zu verheiraten. Eine Mörderin sollte nicht Hausfrau auf dem alten Ingmarshofe werden. Er saß schweigend da, weil er es nicht passend fand, gleich zu zeigen, wie froh er war. Aber jetzt fand er es an der Zeit, etwas zu sagen.

Der Reichstagsabgeordnete saß nun auch ganz stumm da; er wußte, daß er den Ingmars Zeit geben mußte, sich zu besinnen. Schließlich sagte Ingmars Mutter: »Ja, jetzt hat Brita ihre

Strafe gesühnt, nun kommt die Reihe an uns andere.« Die Alte meinte, daß, wenn der Reichstagsabgeordnete Hilfe von den Ingmars wünsche, als Lohn dafür, daß er ihnen den Weg geebnet hätte, so würden sie sich nicht weigern. Aber Ingmar faßte die Worte anders auf. Er zuckte zusammen, und es war, als erwache er aus einem Schlaf. »Was würde Vater hierzu sagen?« dachte er. »Wenn ich ihm diese Sache nun vorlege, was wird er dann sagen?« – »Du mußt nicht glauben, daß du Gottes Gerechtigkeit zum Narren haben kannst,« sagt Vater dann. »Du mußt nicht glauben, daß er es ungestraft läßt, falls du Brita die ganze Schuld allein aufladst. Selbst wenn ihr Vater sie verstoßen und sich bei dir einschmeicheln will und Geld von dir leihen will, so sollst du dennoch Gottes Wege gehen, kleiner Ingmar Ingmarsson!«

»Ich glaube wohl, daß der alte Vater in dieser Sache über mir wacht,« dachte er; »er hat gewiß Britas Vater hierher gesandt, um mir zu zeigen, wie häßlich es ist, alle Schuld auf sie zu wälzen, die Ärmste! Er hat wohl gesehen, daß ich in diesen letzten Tagen nicht große Lust gehabt habe, mich auf die Reise zu begeben.«

Ingmar stand auf, goß Kognak in den Kaffee und erhob die Tasse. »Nun danke ich schön, Herr Reichstagsabgeordneter, daß Sie heute hier eingesehen haben,« sagte er und stieß mit ihm an.

III.

Den ganzen Vormittag hatte Ingmar mit den Birken an der Haustür zu schaffen gehabt. Zuerst hatte er ein Gerüst errichtet, dann nahm er die Birkenwipfel und bog sie so zusammen, daß sie einen Bogen bildeten. Die Bäume ließen sich ungern biegen, sie rissen sich einmal über das andere Mal los und richteten sich kerzengerade auf. »Was machst du da?« fragte Mutter Märta. – »Ach, ich finde, sie können jetzt eine Weile so wachsen,« sagte Ingmar.

Es wurde Mittag, und als die Mahlzeit vorüber war, ging das Gesinde auf den Hofplatz hinaus und legte sich schlafen. Ingmar Ingmarsson schlief auch, aber er lag in einem breiten Bett in der Kammer hinter der guten Stube. Die einzige, die nicht schlief, war die Hausfrau, sie saß in der guten Stube und strickte.

Die Tür von der Diele tat sich leise auf, und hinein kam eine alte Frau mit zwei großen Körben an einer Tracht über dem Nacken. Sie sagte leise guten Tag, setzte sich auf einen Stuhl an der Tür und nahm, ohne etwas zu sagen, den Deckel vom Korbe. Der eine war voll von Zwieback und Kringel, der andere von frischem schimmernden Weißbrot. Die Hausfrau ging gleich hin und fing an einzukaufen. Sonst war sie sehr auf den Schilling, aber etwas gutem Gebäck zum Kaffee konnte sie schwer widerstehen.

Während sie das Weißbrot aussuchte, begann sie eine Unterhaltung mit der Frau, die, wie die meisten, die von einem Hof zum andern gehen und viele Menschen kennen, sehr geschwätzig war. »Ihr seid ja eine vernünftige Frau Kajsa, auf die man sich verlassen kann,«

sagte Mutter Märta. – »Ja,« sagte die andere, »hätte ich nicht den Verstand, vieles zu verschweigen, was ich höre, so würden sich manche in die Haare geraten.« – »Aber zuweilen schweigt Ihr zuviel, Kajsa.« Die Alte sah auf und begriff, was sie meinte. »Ja, Gott sei mir gnädig,« sagte sie, und ihre Augen füllten sich mit Tränen. »Ich sprach mit der Frau des Reichstagsabgeordneten auf Bergskog, aber ich hätte zu Euch gehen sollen.« – »Nun, Ihr habt also mit der Frau des Reichstagsabgeordneten gesprochen!« Es lag eine unendliche Verachtung in dem Ton, mit dem sie das lange Wort aussprach.

Ingmar Ingmarsson fuhr aus dem Schlaf auf, als sich die Tür von der großen Stube leise öffnete. Es kam niemand herein, aber die Tür blieb angelehnt. Er wußte nicht, ob sie von selbst aufgesprungen war oder ob jemand sie geöffnet hatte. Schläfrig, wie er war, blieb er ruhig liegen und hörte daher alles, was in der äußeren Stube gesprochen wurde.

»Sagt mir jetzt, Kajsa, wie Ihr dahinter gekommen seid, daß Brita Ingmar nicht lieb hatte,« sagte die Mutter. – »Ja, gleich von Anfang an sagten die Leute ja, die Eltern hätten sie gezwungen.« – »Sprecht nur gerade heraus, Kajsa. Wenn ich frage, braucht Ihr keine Komplimente zu machen, um die Wahrheit zu sagen; ich werde wohl ertragen können, zu hören, was Ihr sagen könnt.«

»Es war ja so, daß ich jedesmal, wenn ich in der Zeit nach Bergskog kam, fand, daß sie verweint aussah. Einmal, als sie und ich allein in der Küche auf Bergskog waren, sagte ich zu ihr: ›Es ist ein schöner Mann, den du bekommst, Brita.‹ Sie sah mich an, als glaube sie, daß ich sie zum Narren haben wolle. Und dann sagte sie: ›Ja, das kannst du wohl sagen, Kajsa, schön ist er.‹ Sie sagte das auf eine Weise, daß mir war, als sähe ich Ingmar Ingmarsson vor mir, und er ist ja nicht schön, aber darüber hatte ich bisher nie nachgedacht; denn ich habe immer große Ehrfurcht vor den Ingmars gehabt. Aber nun konnte ich ja nicht lassen, ein wenig zu lächeln. Da sah mich Brita an und sagte noch einmal: ›Ja, schön ist er,‹ wandte sich von mir ab und stürzte in die Kammer, und ich hörte, daß sie zu weinen anfing.

Aber als ich ging, dachte ich bei mir selbst: Es wird schon gehen, denn den Ingmars geht ja alles gut. Ich wunderte mich nicht über die Eltern, denn hätte ich eine Tochter gehabt, und hätte Ingmar Ingmarsson um sie geworben, dann hätte ich mir auch keine Ruhe gegönnt, ehe sie ja gesagt hätte.«

Ingmar lag auf dem Bett und hörte es. »Das tut Mutter absichtlich,« dachte er. »Sie denkt sich das ihre bei dem Anstreichen und der Ehrenpforte und der Fahrt in die Stadt morgen. Mutter glaubt, daß ich die Absicht habe, hinzufahren und Brita zu holen; Mutter weiß nicht, daß ich ein Lump bin, daß ich es nicht kann.«

»Das nächste Mal, als ich Brita sah,« fuhr die Alte fort, »war sie schon hierher auf den Ingmarshof gezogen. Ich konnte sie nicht gleich fragen, wie es ihr gehe, denn da waren so viele Leute in der Stube; aber als ich eine Strecke auf das Gehölz zugegangen war, kam sie hinter mir hergelaufen. ›Kajsa,‹ sagte sie, ›bist du kürzlich in Bergskog gewesen?‹ – ›Ich war vorgestern da,‹ sagte ich. – ›Ach, lieber Gott, bist du vorgestern dagewesen, und mir ist, als sei ich schon viele Jahre von Hause fort.‹ Ich wußte nicht recht, was ich zu ihr sagen sollte; sie sah so aus, als könne sie nichts vertragen, sondern würde gleich anfangen zu weinen, was ich auch sagte. ›Du kannst doch nach Hause gehen und dich nach ihnen umsehen,‹ sagte ich. – ›Nein, ich glaube, daß ich nie im Leben wieder nach Hause komme.‹ – ›Geh doch nur nach Hause,‹ sagte ich zu ihr, ›es ist schön dort oben, der ganze Wald ist voller Beeren, bei den Brandstellen ist es rot von Preißelbeeren.‹ – ›Du lieber Gott,‹ sagte sie, und ihre Augen wurden so groß. ›Sind da schon Preißelbeeren?‹ – ›Ja, du kannst dich doch wohl einen Tag freimachen, so daß du nach Hause gehen und so viele Beeren essen kannst, wie du nur magst.‹ – ›Nein, ich glaube nicht, daß ich das tun werde,‹ sagte sie. ›Gehe ich nach Hause, so ist es nur, um hierher nie wieder zurückzukehren.‹ ›Ich habe immer gehört, daß man es auf dem Ingmarshofe gut habe,‹ sagte ich. ›Sie sind rechtschaffene Leute.‹ – ›Ja,‹ antwortete sie, ›sie sind rechtschaffene Leute.‹ – ›Es sind die besten Leute in der Gemeinde,‹ sagte ich. ›Ja, sie sind rechtschaffen.‹ – ›Ja, sie halten es ja nicht für ein Unrecht, sich eine Frau zu erzwingen.‹ – ›Es sind auch kluge Leute.‹ – ›Ja, aber sie verschweigen, was sie wissen.‹ – ›Sagen Sie nie etwas?‹ – ›Nicht einer sagt mehr als das Allernotwendigste.‹

Nun mußte ich gehen, aber da fiel es mir ein zu sagen: ›Soll die Hochzeit hier oder daheim bei dir gefeiert werden? – ›Sie soll hier auf dem Hof stattfinden. Hier ist mehr Platz.‹ – ›Nun mußt du dafür sorgen, daß sie die Hochzeit nicht zu lange hinausschieben,‹ sagte ich. – ›Sie soll in einem Monat sein,‹ sagte sie.

Aber als ich im Begriff war, von Brita fortzugehen, fiel mir ein, daß die Ingmars eine schlechte Ernte gehabt hatten, und ich sagte, offen gestanden, glaube ich nicht, daß sie die Hochzeit in diesem Jahr ausrichten würden. – ›Ja, dann muß ich ins Wasser gehen,‹ sagte Brita.

Einen Monat spater hörte ich, daß die Hochzeit hinausgeschoben sei, und ich fürchtete, daß es nicht gut gehen würde. Da ging ich denn nach Bergskog und sprach mit der Frau des Reichstagsabgeordneten. ›Da unten bei den Ingmars stellen sie es auch, glaube ich, ganz verkehrt an,‹ sagte ich. – ›Ja, wir müssen zufrieden damit sein, wie sie es auch anstellen,‹ sagten sie. ›Wir danken Gott jeden Tag, daß wir unsere Tochter so gut verheiratet haben.‹«

»Mutter braucht sich wirklich nicht so viel Mühe zu machen,« dachte Ingmar Ingmarsson, »denn hier vom Hofe fährt keiner hin, um Brita zu holen. Sie braucht sich wegen der Ehrenpforte nicht so zu ängstigen; so was tut ein Mann nur, um zum lieben Gott sagen zu können: Ich wollte es ja tun. Du konntest doch sehen, daß ich die Absicht hatte. Aber es allen Ernstes zu tun, das ist eine andere Sache.«

»Das letztemal, als mich Brita sah,« fuhr Kajsa fort, »da war es mitten im Winter, als hoher

Schnee lag. Ich kam einen schmalen Steig mitten durch den wilden Wald gegangen, und es war schwer zu gehen, denn es hatte angefangen zu tauen, und die Füße glitten einem im Schneeschlamm aus. Da gewahrte ich eine, die im Schnee saß und sich ausruhte, und als ich näherkam, sah ich, daß es Brita war. ›Gehst du allein hier oben im Walde?‹ sagte ich zu ihr. – ›Ja, ich gehe ein wenig spazieren.‹ – Da blieb ich stehen und sah sie an, ich konnte nicht begreifen, was sie da zu tun hatte. – ›Ich bin hier draußen, um zu sehen, ob ich nicht eine steile Felsklippe finden kann,‹ sagte Brita dann. – ›Herr meines Lebens, du willst dich doch wohl nicht da hinabstürzen?‹ sagte ich, denn sie sah aus, als wolle sie nicht länger leben.

›Ja,‹ sagte sie, ›falls ich nur eine Felsklippe finden kann, die hoch und steil genug wäre, so würde ich mich hinabstürzen.‹ – ›Du solltest dich schämen, du, die du es so gut hast.‹ – ›Ja, siehst du, Kajsa, ich bin schlecht.‹ – ›Freilich, das scheint so.‹ – ›Ich bin fest überzeugt, daß ich etwas Schlechtes tue, da wäre es besser, ich stürbe.‹ – ›Was ist das für ein Unsinn, Kind?‹ – ›Ja, ich wurde schlecht, als ich nach dem Ingmarshof hinabzog.‹ Da trat sie ganz nahe an mich heran und sah ganz wild aus den Augen, und dann sagte sie: ›Sie denken nur daran, wie sie mich quälen sollen, und ich denke nur daran, wie ich sie wieder quälen kann.‹ – ›Unsinn, Brita, es sind gute Menschen.‹ – ›Nein, sie denken nur daran, wie sie Schande über mich bringen können.‹ – ›Hast du ihnen denn das nicht gesagt?‹ – ›Ich spreche niemals mit ihnen. Ich denke nur daran, wie ich ihnen Böses zufügen kann. Ich denke daran, ob ich nicht den Hof anzünden soll; ich weiß, er hängt sehr daran. Ich denke auch daran, den Kühen Gift zu geben, sie sind so alt und häßlich und weiß um die Augen, als wenn sie aus seiner Familie stammten.‹ – ›Der Hund, der bellt, beißt nicht,‹ sagte ich. – ›Etwas Böses muß ich ihm antun,‹ sagte sie, ›eher findet meine Seele keinen Frieden.‹ – ›Du weißt selbst nicht, was du sagst,‹ sagte ich. ›Ich glaube, du denkst eher daran, deinem Seelenfrieden ein Ende zu machen.‹

Da fing sie auf einmal an zu weinen. Sie wurde ganz weich und sagte, es sei so schwer für sie mit den bösen Gedanken, die so plötzlich über sie kämen. Da begleitete ich sie nach Hause, und als wir uns trennten, versprach sie, daß sie nichts Böses tun wolle, wenn ich nur meinen Mund halten wollte.

Da dachte ich viel darüber nach, mit wem ich sprechen könnte,« sagte Kajsa. »Es kam mir so schwierig vor, zu so großen Leuten zu gehen wie Ihr ...«

In demselben Augenblick läutete die Essensglocke auf dem Stalldach, die Mittagsruhe war vorüber. Mutter Märta unterbrach Kajsa geschäftig. »Sagt mir doch, Kajsa, glaubt Ihr, daß es jemals zwischen Ingmar und Brita wieder gut werden kann?« – »Was?« sagte die Alte ganz erstaunt. – »Ich meine, wenn sie nun nicht nach Amerika führe, glaubt Ihr dann, daß sie ihn nehmen würde?« – »Wie kann ich das wissen. Nein, das würde sie wohl nicht tun.« – »Sie sagte wohl nein?« – »Ja, das würde sie wohl tun.«

Ingmar saß dadrinnen auf dem Bett, die Beine hingen über dem Bettrande. »So, da hast du bekommen, was du nötig hast, Ingmar, nun glaube ich doch, daß du morgen hinfährst,« sagte er und schlug mit der geballten Faust auf die Bettstelle. »Daß Mutter nur glauben kann, daß sie mich dazu kriegen könne, zu Hause zu bleiben, wenn sie mir zeigt, daß Brita mich nicht lieb hat.«

Er schlug einmal über das andere Mal auf die Bettstelle, als ob er in Gedanken etwas Hartes niederschlage, das ihm Widerstand leistete. »Nun will ich die Sache doch noch einmal versuchen. Wir Ingmars fangen wieder von vorne an, wenn etwas schief gegangen ist. Kein richtiger Mann kann sich darein finden, daß ein Frauenzimmer aus Groll über ihn verrückt wird.«

Nie hatte er so tief empfunden, was für eine Niederlage er erlitten hatte. Er brannte vor Sehnsucht nach Genugtuung auf irgendeine Weise.

»Es müßte doch verteufelt zugehen, wenn ich Brita nicht lehren könnte, glücklich auf dem Ingmarshofe zu werden,« sagte er.

Noch einmal schlug er auf die Bettstelle, indem er aufstand, um an seine Arbeit zu gehen.

»Ich bin fest überzeugt, daß der große Ingmar Kajsa hierher geschickt hat, um mich zu der Fahrt nach der Stadt zu veranlassen.«

IV.

Ingmar Ingmarsson war in die Stadt gekommen und ging langsam den Weg nach dem großen Amtsgefängnis hinauf, das stolz auf einem kleinen Hügel über den städtischen Anlagen aufragte. Er sah sich nicht um, sondern schleppte sich, die schweren Augenlider gesenkt, mühselig dahin, als sei er ein uralter Mann. Er hatte in Veranlassung des Tages die schöne Tracht seiner Gegend abgelegt und einen schwarzen Tuchanzug und ein Manschettenhemd angezogen, das er schon ganz zerknittert hatte. Ihm war sehr feierlich zumute, aber doch noch ängstlich und widerwillig.

Ingmar kam auf den kiesbestreuten Platz vor dem Gefängnis, da sah er einen Schutzmann, der die Wache hatte und fragte ihn, ob Brita Erikstochter heute entlassen werden sollte. – »Ja, ich glaube wohl, daß da heute eine freikommt,« sagte der Schutzmann. – »Es ist eine, die wegen Kindesmord gesessen hat,« klärte ihn Ingmar auf. – »Jawohl, ja, die kommt heute vormittag heraus.«

Ingmar ging nicht weiter, sondern stellte sich an einem Baum auf und schickte sich an zu warten. Auch nicht eine Minute wandte er den Blick von dem Eingang ab. »Durch dieses Tor sind wohl manche hineingegangen, die es nicht allzu gut gehabt haben,« dachte er. »Ich will keine großen Worte machen,« sagte er weiter, »aber vielleicht hat es mancher, der da hineingegangen ist, kaum so schwer gehabt wie ich, der ich hier draußen stehe.«

»Ja, ja, nun hat der große Ingmar mich doch hierher gebracht, um mir die Braut aus dem

Gefängnis zu holen,« sagte er dann; »aber ich kann nicht sagen, daß der kleine Ingmar froh ist; ich hätte es gern gesehen, wenn sie durch eine Ehrenpforte geschritten käme, und wenn ihre Mutter an ihrer Seite gestanden und sie dem Bräutigam zugeführt hätte. Und dann hätte sie mit großem Gefolge zur Kirche fahren müssen. Und sie hätte neben ihm wie eine Braut geschmückt sitzen müssen und unter der Brautkrone lächeln sollen.«

Das Tor tat sich mehrmals auf; es kam ein Pfarrer, und es kamen die Frau und die Mägde des Gefängnisdirektors und gingen in die Stadt hinab. Endlich kam Brita. Als das Tor aufging, stand Ingmar das Herz still. »Jetzt kommt sie,« dachte er. Seine Augenlider fielen zu, er war wie gelähmt und rührte sich nicht. Als er Mut gefaßt hatte und aufsah, stand sie vor dem Tor auf der Treppe.

Er sah sie dort einen Augenblick stehen bleiben. Sie schob das Kopftuch zurück und sah mit klaren Augen auf die Landschaft hinaus. Das Gefängnis lag hoch, und über die Stadt und die großen Wälder hinweg konnte sie bis an die Berge ihrer Heimat sehen.

Nun sah Ingmar, wie sie gleichsam von einer unsichtbaren Macht geschüttelt und gebeugt wurde. Sie hielt die Hände vor das Gesicht und setzte sich auf die Steintreppe nieder. Er konnte sie bis zu der Stelle, wo er stand, schluchzen hören.

Da ging er über den Kiesplatz, stellte sich neben sie und wartete. Sie weinte so heftig, daß sie nichts hörte; er mußte lange dastehen. »Du mußt nicht so weinen, Brita,« sagte er schließlich. Sie sah auf. »Ach, Gott im Himmel, bist du hier?« sagte sie. Und im selben Augenblick stand alles das, was sie ihm angetan hatte, deutlich vor ihr, und auch das, was es ihn gekostet haben mußte, hierher zu kommen. Sie stieß einen lauten Freudenschrei aus, warf sich ihm um den Hals und schluchzte von neuem.

»Ach, wie ich mich danach gesehnt habe, daß du hier sein solltest,« sagte sie. Ingmars Herz begann zu pochen, weil sie sich so zu ihm freute. »Was sagst du, Brita, hast du dich gesehnt?« sagte er und wurde gerührt. – »Ich mußte dich doch um Verzeihung bitten.«

Ingmar richtete sich in seiner ganzen Höhe auf und wurde so kalt wie ein Steinbild. »Dazu ist immer noch Zeit,« sagte er, »ich meine, wir sollten nicht länger hier stehen bleiben.«

»Nein, das ist ja kein Ort zum Stehenbleiben,« sagte sie demütig. – »Ich bin bei Kaufmann Löfberg eingekehrt,« sagte Ingmar, wahrend sie den Weg entlang gingen. – »Ja, da habe ich auch meine Kiste stehen.« – »Ich habe sie da gesehen,« sagte Ingmar, »sie ist zu groß, um hinten auf der Karre zu stehen, wir müssen sie da lassen, bis wir sie abholen lassen können.« Brita blieb stehen und sah zu Ingmar auf. Es war das erstemal, daß er erwähnte, daß er sie mit nach Hause nehmen wollte. »Ich habe heute einen Brief von Vater bekommen; er sagte, du meintest auch, daß ich nach Amerika reisen sollte.« – »Ich dachte, es könnte nicht schaden, wenn du die Auswahl hättest. Es war ja nicht sicher, daß du mit mir nach Hause kommen wolltest.« – Sie beachtete wohl, daß er nicht sagte, daß er es wünsche, aber das konnte wohl auch daher kommen, daß er sich ihr nicht aufzwingen wollte. Sie wurde sehr unschlüssig. Es war ja nicht beneidenswert, eine wie sie nach dem Ingmarshofe heimzubringen. – »Sag' ihm, daß du nach Amerika reist, das ist das einzige, was du tun kannst,« sagte sie zu sich selbst. »Sag' ihm das, sag' ihm das,« spornte sie sich an. Während sie so dachte, hörte sie jemand sagen: »Ich fürchte, ich bin nicht stark genug, um nach Amerika zu reisen; sie sagen, man muß da drüben so hart arbeiten.« – »Es kam mir vor, als sei es jemand anderes, der antwortete und nicht sie selbst.« – »Ja, so sagt man,« sagte Ingmar leise. – Sie schämte sich über sich selbst, dachte daran, daß sie noch heute morgen zu dem Pfarrer gesagt hatte, sie ginge als ein neuer und besserer Mensch in die Welt hinaus. Sie war unzufrieden mit sich selbst, ging lange schweigend einher und dachte daran, wie sie es anstellen sollte, ihr Wort zurückzunehmen. Aber sobald sie etwas derartiges sagen wollte, hielt der Gedanke sie zurück, daß, falls er sie noch liebe, es schwarzer Undank sein würde, ihn von sich zu weisen. »Könnte ich nur seine Gedanken lesen,« dachte sie.

Da sah Ingmar, daß sie stehen blieb und sich gegen eine Mauer lehnte. »Ich werde ganz verwirrt von all dem Geräusch und den vielen Menschen.« Er reichte ihr eine Hand und sie nahm sie, und Hand in Hand gingen sie nun die Straße hinab. »Jetzt sehen wir aus wie ein Brautpaar,« dachte Ingmar. Aber während der ganzen Zeit grübelte er darüber nach, wie es gehen würde, wenn er nach Hause käme, wie er mit seiner Mutter und allen den anderen zurechtkommen sollte.

Als sie zu dem Kaufmann kamen, sagte Ingmar, sein Pferd sei ausgeruht, falls sie nichts dagegen habe, könnten sie die ersten Wegestrecken noch heute zurücklegen. Da dachte sie: »Jetzt ist der Augenblick gekommen, zu sagen, daß du nicht willst. Danke ihm jetzt und sage, daß du nicht willst.« Sie stand da und flehte zu Gott, daß sie sich doch klar darüber werden möge, ob er nur aus Barmherzigkeit gekommen sei. Währenddes zog Ingmar den Wagen aus dem Schuppen heraus. Er war frisch gestrichen, das Spritzleder glänzte, und die Sitze hatten einen neuen Bezug bekommen. Vorn am Wagenleder steckte ein kleiner, halbverwelkter Strauß aus Feldblumen. Als sie den sah, blieb sie stehen und besann sich, und währenddes ging Ingmar in den Stall, schirrte das Pferd an und zog es heraus. Da, als sie ein ebensolches kleines halbverwelktes Bukett an dem Zaumwerk sah, fing sie wieder an zu glauben, daß er sie wirklich lieb habe und dachte, es sei am besten zu schweigen. Sonst würde er vielleicht finden, daß sie undankbar sei und nicht verstünde, wie groß das Anerbieten war, das er ihr machte.

Sie fuhren des Weges dahin, und um das Schweigen zu unterbrechen, fing sie an, nach diesem und jenem daheim zu fragen. Bei jeder Frage erinnerte sie ihn an irgend einen, vor dessen Urteil er sich fürchtete. »Wie der und der sich wundern wird,« dachte er, »und wie der und der sich lustig über mich machen wird.« Seine Antworten waren einsilbig, und wieder und wieder meinte sie, sie müsse ihn bitten, umzukehren. Er will mich nicht haben, er hat mich nicht lieb, er tut es nur aus Barmherzigkeit.

Bald hörte sie auf zu fragen; in tiefem Schweigen fuhren sie Meile auf Meile. Aber als sie in ein Gehöft kamen, stand da Kaffee mit frischem Gebäck für sie bereit, und auf dem Kaffeetisch lagen gleichfalls Blumen. Sie begriff, daß er es bestellt haben müßte, als er am gestrigen Tage vorbeigefahren war. War auch das nichts weiter als Güte und Barmherzigkeit? War er gestern froh gewesen? War es ihm erst heute leid geworden, nachdem er sie aus dem Gefängnis hatte kommen sehen? Aber morgen, wenn sie es vergessen hatte, würde schon alles wieder gut werden.

Brita war weich geworden vor Reue und Demut. Sie wollte ihm keinen Kummer bereiten. Vielleicht, daß er doch wirklich – –

Die Nacht über blieben sie in einem Gasthof, brachen aber frühzeitig auf und waren nun so weit gekommen, daß sie um zehn Uhr ihre eigene Kirche sehen konnten. Als sie vorüberfuhren, wimmelte es auf dem Kirchweg von Leuten, und die Glocken läuteten. »Lieber Gott, es ist Sonntag,« sagte Brita und faltete die Hände unwillkürlich. Sie vergaß alles andere über dem Gedanken, daß sie zur Kirche fahren und Gott danken wolle. Das neue Leben, das sie jetzt leben sollte, wollte sie mit einem Gottesdienst in der alten Kirche einweihen.

»Ich möchte gern in die Kirche,« sagte sie zu Ingmar. In diesem Augenblick dachte sie gar nicht daran, daß es schwer für ihn sein müsse, sich dort blicken zu lassen. Sie war voller Andacht und Dankbarkeit. Ingmar war kurz davor, geradeswegs nein zu sagen. Er meinte, er habe nicht den Mut, den scharfen Blicken und den geschwätzigen Zungen zu begegnen. »Aber einmal muß es ja doch sein,« dachte er und bog in den Kirchenweg ein. »Es wird gleich schlimm, wann es auch sein mag.«

Als sie den Kirchenhügel hinauffuhren, saßen auf der Steinmauer eine Menge Menschen und warteten darauf, daß der Gottesdienst beginnen sollte, und sie sahen alle die an, die kamen. Als sie Ingmar und Brita daherfahren sahen, fingen sie an zu flüstern und einer den anderen anzustoßen und auf sie zu zeigen. Ingmar sah Brita an; sie saß mit gefalteten Händen da und sah aus, als wisse sie nicht, wo sie war. Sie sah die Menschen nicht, aber Ingmar sah sie um so besser; einige kamen hinter dem Wagen dreingelaufen. Er wunderte sich nicht darüber, daß sie liefen und daß sie guckten. Sie wußten wohl nicht, ob sie recht gesehen hatten. Sie konnten sich natürlich nicht denken, daß er mit der, die ihr Kind erstickt hatte, zum Gotteshause gefahren käme. »Das ist zu viel,« dachte er, »ich halte es nicht aus.«

»Ich meine, es wird am besten sein, wenn du gleich in die Kirche hineingehst, Brita,« sagte er, als er ihr vom Wagen herabhalf. – »Ja,« sagte sie, sie wollte nur zur Kirche; sie war nicht gekommen, um Leute zu treffen. Ingmar ließ sich Zeit, das Pferd abzuschirren und zu füttern. Viele Blicke waren auf Ingmar gerichtet, aber niemand sprach mit ihm. Als er fertig war und

in die Kirche ging, saßen die meisten schon an ihren Plätzen und der Gesang hatte bereits begonnen.

Während Ingmar den breiten Gang hinaufging, sah er nach der Frauenseite hinüber; alle Stühle waren besetzt, ausgenommen einer, und darauf saß nur eine einzige. Er sah sogleich, daß es Brita war und dachte, daß niemand neben ihr sitzen wollte. Ingmar tat noch einige Schritte, dann bog er nach der Frauenseite um und setzte sich neben Brita. Als er zu ihr in den Stuhl kam, sah Brita auf und machte große Augen. Sie hatte bisher auf nichts geachtet; jetzt begriff sie, daß die anderen nicht neben ihr sitzen wollten. Da schwand das tiefe, feierliche Gefühl, das sie eben noch erfüllt hatte und machte einer großen Betrübnis Platz. Was sollte hieraus werden, was sollte hieraus werden? Sie hätte ja niemals mit ihm zurückkehren sollen!

Ihre Augen füllten sich mit Tränen, und um nicht zu weinen, nahm sie ein altes Gesangbuch, das vor ihr auf dem Brett lag, und fing an, darin zu lesen. Sie durchblätterte die Evangelien und Episteln, ohne ein Wort zu sehen vor lauter Tränen, die sie nicht zurückzuhalten vermochte. Da leuchtete plötzlich etwas Dunkelrotes vor ihren Augen auf, es war ein Lesezeichen mit einem roten Herzen, das zwischen den Blättern lag. Sie nahm es und schob es Ingmar hin.

Sie sah, daß er es in seiner großen Hand barg und es verstohlen betrachtete. Gleich darauf lag es an der Erde. »Was soll aus uns werden, was soll aus uns werden?« dachte Brita und weinte über dem Gesangbuch.

Sie gingen aus der Kirche hinaus, sobald der Pfarrer die Kanzel verlassen hatte. Ingmar spannte in aller Eile an und Brita half ihm. Als der Segen gesprochen und die Schlußverse gesungen waren und die Leute anfingen, aus der Kirche zu strömen, waren sie schon auf dem Heimweg. Beide hatten ungefähr denselben Gedanken: Wer ein solches Verbrechen begangen hat, kann nicht mehr mit anderen Menschen leben. Sie fühlten beide, daß sie in der Kirche auf der Armsünderbank gesessen hatten. »Das können wir beide nicht aushalten,« dachten sie.

Mitten in ihrem Kummer erblickte Brita den Ingmarshof und konnte ihn kaum wiedererkennen, so leuchtend rot, wie er dalag! Es fiel ihr ein, daß es immer geheißen hatte, der Hof solle rot angestrichen werden, wenn Ingmar sich verheiratete. Damals war die Hochzeit verschoben worden, weil er die Ausgabe für den Anstrich scheute. Sie begriff, daß er es alles so recht gut hatte machen wollen, daß es ihm aber dann zu schwer geworden war.

Als sie auf den Ingmarshof hinauffuhren, saßen die Leute am Mittagstisch. »Da kommt der Herr,« sagte einer von den Knechten und sah zum Fenster hinaus. Mutter Märta hob kaum die schläfrigen Augenlider, als sie aufstand. »Jetzt bleibt ihr alle hier drinnen,« sagte sie, »niemand braucht von Tisch aufzustehen.«

Die alte Frau ging schwerfällig durch die Stube. Den Leuten, die ihr nachsahen, fiel es auf, daß sie gleichsam, um noch würdiger auszusehen, ihren besten Staat angelegt hatte, mit einem seidenen Schal um die Schultern und einem seidenen Tuch auf dem Kopf. Sie stand schon an der Haustür, als der Wagen hielt. Ingmar sprang gleich ab, aber Brita blieb sitzen. Er ging nach der Seite hinüber, wo sie saß, und knöpfte das Spritzleder auf. »Willst du aussteigen?« – »Nein, ich will nicht.« Sie war in ein verzweifeltes Weinen ausgebrochen und hielt die Hände vor das Gesicht. »Ich hätte nie zurückkommen sollen,« sagte sie und schluchzte. »Ach, steig' doch jetzt aus,« sagte Ingmar. – »Laß mich in die Stadt zurückfahren, ich bin nicht gut genug für dich.« Ingmar dachte bei sich, daß sie darin recht habe; er sagte aber nichts, sondern stand da, die Hand auf dem Spritzleder und wartete. »Was sagt sie?« fragte Mutter Märta, die in der Tür stand. »Sie sagt, sie sei nicht gut genug für uns,« sagte Ingmar. Brita konnte sich vor lauter Weinen nicht verständlich machen. »Und warum weint sie?« fragte die Alte. – »Weil ich eine arme Sünderin bin,« sagte Brita und preßte die Hände aufs Herz; sie meinte, es müsse ihr vor Schmerz brechen. »Was sagt sie?« fragte die Alte wieder. – »Weil sie eine arme Sünderin sei,« wiederholte Ingmar.

Als Brita hörte, daß er ihre Worte mit kalter, gleichgültiger Stimme wiederholte, ging ihr die Wahrheit plötzlich auf. Nein, er konnte nicht dastehen und ihre Worte der Mutter wiederholen, wenn er sie lieb hatte, wenn er nur die geringste Liebe zu ihr empfand. Darüber war nicht länger nachzugrübeln; jetzt wußte sie, was sie zu wissen brauchte.

»Warum steigt sie nicht aus?« fragte die Alte. Brita bezwang ihr Weinen und antwortete selbst mit lauter Stimme: »Weil ich Ingmar nicht ins Unglück bringen will.« – »Ich finde, sie hat recht,« sagte die Mutter, »laß du sie gehen, kleiner Ingmar. Das will ich dir wenigstens sagen, daß ich sonst fortgehe; ich schlafe nicht eine einzige Nacht unter demselben Dach mit so einer.«

»Laß uns um Gotteswillen machen, daß wir hier fortkommen,« jammerte Brita. Ingmar fluchte, wandte den Wagen um und sprang hinauf. Er hatte das Ganze satt und wollte nicht länger dagegen ankämpfen.

Als sie wieder auf den Weg hinausgelangt waren, begegneten sie jeden Augenblick Leuten, die aus der Kirche kamen.

Das war Ingmar unangenehm, und er bog in einen kleinen Waldweg ein. Der war steinig und hügelig, aber mit einem Einspänner konnte man schon dort fahren.

Gerade, als er in den Weg einbog, rief ihn jemand an. Er sah sich um, es war der Briefträger, der ihm einen Brief übergab. Ingmar nahm ihn, steckte ihn in die Tasche und fuhr in den Wald hinein.

Sobald er so weit hineingekommen war, daß ihn von der Landstraße aus niemand sehen konnte, hielt er an und zog den Brief heraus. Im selben Augenblick legte Brita die Hand auf

den Arm. »Lies ihn nicht,« sagte sie. – »Soll ich ihn nicht lesen? – »Nein, es ist nichts, das sich des Lesens verlohnt.« – »Wie kannst du das nur wissen?« – »Der Brief ist von mir.« –

»Dann kannst du mir ja selbst sagen, was darin steht.« – »Nein, das kann ich nicht.«

Er sah sie an, sie wurde dunkelrot und ihre Augen waren ganz verstört vor Angst. »Ich glaube, ich will den Brief nun doch lesen,« sagte Ingmar. Er wollte ihn öffnen, aber sie versuchte, ihn ihm wegzunehmen. Er widersetzte sich, und es gelang ihm, den Umschlag aufzureißen. »Ach, du lieber Gott,« jammerte sie. »Mir soll doch auch nichts erspart bleiben.«

»Ingmar,« flehte sie, »lies ihn in ein paar Tagen, wenn ich gereist bin.« Er hatte ihn schon geöffnet und fing an, ihn zu durchfliegen. »Höre einmal, Ingmar, der Gefängnispfarrer hat mich dazu gekriegt, den Brief zu schreiben, und er versprach mir, ihn aufzubewahren und ihn dir zu schicken, wenn ich glücklich an Bord des Dampfers wäre. Nun hat er ihn zu früh abgeschickt. Du darfst ihn noch nicht lesen. Laß mich nur erst fort sein, Ingmar, ehe du ihn liest.«

Ingmar warf ihr einen zornigen Blick zu, er sprang vom Wagen, um Ruhe zu haben und fing an, den Brief zu lesen. Sie war in heftiger Gemütserregung, ganz wie in alten Zeiten, wenn sie ihren Willen nicht durchsetzen konnte. »Es ist nicht wahr, was da in dem Brief steht! Der Pfarrer hat mich überredet, es zu schreiben. Ich liebe dich nicht, Ingmar!« Er sah mit einem großen verwunderten Blick von dem Brief auf. Da schwieg sie, und die Demut, die sie im Gefängnis gelernt hatte, stieg wieder in ihr auf. Die zwang sie zur Ruhe: sie erlitt wohl nicht mehr Schande, als sie verdient hatte.

Ingmar stand da und quälte sich mit dem Brief ab. Plötzlich knitterte er ihn ungeduldig zusammen, und aus seiner Kehle drang ein röchelnder Laut. »Ich kann nicht klug daraus werden,« sagte er und stampfte auf den Boden. »Es dreht sich mir alles rundherum.« Er ging neben Brita her und packte sie hart beim Arm. Seine Stimme klang zornig und rauh, und er war schrecklich anzusehen. »Ist es wahr, was da in dem Brief steht, daß du mich lieb hast?« wiederholte er und sah erbittert aus. – »Ja,« sagte sie tonlos.

Er schüttelte sie beim Arm und schleuderte ihn von sich. »Wie du doch lügen kannst,« sagte er, »wie du doch lügen kannst.« Er lachte laut und roh und sein Gesicht war häßlich verzerrt. – »Gott weiß,« sagte sie feierlich, »daß ich jeden Tag gebetet habe, daß ich dich, ehe ich abreise, noch einmal sehen dürfte.« – »Wo reist du denn hin?« – »Ich soll ja nach Amerika.« – »Den Teufel auch sollst du!«

Ingmar war ganz von Sinn und Verstand; er schwankte einige Schritte in den Wald hinein, dort warf er sich auf den Boden nieder, und nun war die Reihe zu weinen an ihm. Brita ging hinter ihm drein und setzte sich neben ihn. Sie war so froh, sie konnte sich kaum bezwingen, nicht hell aufzulachen! »Ingmar, kleiner Ingmar,« sagte sie und nannte ihn bei seinem Kosenamen! »Du, die du mich so häßlich findest!« – »Ja, das tue ich auch.« Ingmar stieß ihre Hand zurück. – »Ich will dir jetzt alles erzählen.« – »Ja, tue du das!« – »Weißt du noch, was

du vor drei Jahren vor dem Gericht gesagt hast?« – »Ja.« – »Daß, falls ich meinen Sinn ändern würde, du dich mit mir verheiraten wolltest?« – »Ja, das weiß ich noch.« – »Von der Zeit an begann ich, dich lieb zu gewinnen; ich hätte nie geglaubt, daß ein Mensch so etwas sagen könne. Es war übermenschlich, daß du das zu mir sagen konntest, Ingmar, nach alledem, was ich dir angetan hatte. Als ich dich damals ansah, fand ich, daß du der einzige warst, mit dem es möglich sei zu leben, und ich fand, daß du mir gehörst und ich dir. Und zu Anfang betrachtete ich es als eine ausgemachte Sache, daß du kommen würdest, um mich zu holen, aber später wagte ich nicht mehr, daran zu glauben.«

Ingmar erhob den Kopf. »Warum schriebst du nicht?« – »Ich schrieb ja.« – »Du batest mich um Verzeihung; das verlohnte sich doch gar nicht zu schreiben.« – »Was sollte ich denn sonst schreiben?« – »Das andere.« – »Wie konnte ich das nur wagen!« – »Nun wäre ich beinahe nicht gekommen.« – »Aber Ingmar, ich konnte dir doch keinen Antrag machen, nach alledem, was ich dir angetan hatte! Am letzten Tag im Gefängnis schrieb ich dir, weil der Pfarrer sagte, ich sollte es tun. Er nahm den Brief und versprach, daß du ihn nach meiner Abreise bekommen solltest. Und nun hat er ihn schon abgeschickt.«

»Ingmar nahm ihre Hand, legte sie auf den Boden und schlug darauf. »Ich hätte Lust, dich selbst zu schlagen,« sagte er. – »Du magst mit mir tun, was du willst, Ingmar.« –- »Ich war nahe daran, daß ich dich hätte reisen lassen.« – »Du hättest es doch nicht lassen können zu kommen.« – »Ich will dir nur sagen, daß ich dich gar nicht lieb habe.« – «Das kann ich sehr wohl verstehen.«

»Ich war so froh, als ich hörte, daß du nach Amerika solltest.« – »Ja, Vater schrieb, daß du dich sehr freutest.« – »Wenn ich Mutter ansah, fand ich, daß ich ihr nicht so eine wie du als Schwiegertochter bringen könne.« – »Nein, das kann auch nicht angehen, Ingmar.« – »Ich habe deinetwegen so viel leiden müssen; niemand wollte mich ansehen, weil ich so schlecht an dir gehandelt hatte.« – »Nun glaube ich, du tust, was du eben sagtest,« sagte Brita, »du schlägst mich.« – »Ja, kein Mensch kann sich denken, wie böse ich auf dich bin.«

Sie saß ganz still da. »Wenn ich bedenke, wie mir nun seit Tagen und Wochen zumute gewesen ist,« begann er von neuem. – »Aber Ingmar.« – »Ja, das ist nicht, daß ich böse bin, aber ich hätte dich ja reisen lassen können.« «– »Hattest du mich nicht lieb, Ingmar?« – Nein!« – »Auch auf der ganzen Reise nicht?« – »Nicht einen Augenblick. Du warst mir nur widerwärtig.« – »Wann kehrte es denn wieder?«– »Als ich den Brief bekam.« – »Ja, ich sah freilich, daß es bei dir vorbei war; darum meinte ich, es sei eine Schande für mich, daß du erfahren solltest, daß es bei mir begonnen hatte.«

Ingmar fing an, ganz leise vor sich hinzulachen. »Was hast du, Ingmar?« – »Ich denke daran, daß wir aus der Kirche geflohen sind und vom Ingmarshofe verjagt wurden.« – »Und darüber lachst du?« – »Sollte ich nicht darüber lachen? Wir müssen wohl auf der Landstraße

wohnen wie andere Landstreicher. Das sollte Vater nur sehen.« – »Ja, heute lachst du, aber das geht nicht, und das ist meine Schuld.« – »Es wird schon gehen,« sagte er, »denn jetzt mache ich mir keinen Pfifferling mehr aus dir.«

Brita war dem Weinen nahe; aber er ließ sie nur einmal über das andere erzählen, wie sie an ihn gedacht und sich nach ihm gesehnt hatte. Allmählich wurde er still wie ein Kind, das einem Wiegengesang lauscht. Es war nur alles so ganz anders, als wie Brita es sich gedacht hatte. Sie hatte sich gedacht, daß, wenn er sie abhole, wenn sie aus dem Gefängnis kam, sie gleich von ihrer Schuld sprechen und ihm sagen würde, wie sehr es sie bedrücke und daß so viel Schlechtes in ihr sei. Sie wollte ihm oder der Mutter, oder wer sonst kam, sagen, sie wisse sehr wohl, wie tief sie unter ihnen allen stünde, sie sollten ja nicht glauben, daß sie sich als zu ihnen gehörig rechne. Aber sie kam gar nicht dazu, ihm von alledem irgend etwas zu sagen.

Er unterbrach sie und sagte ganz ruhig: »Du möchtest mir etwas sagen.« – »Ja, das möchte ich gern.«

– »Du denkst fortwährend daran.« – »Tag und Nacht.«

– »Sag' es jetzt, dann können wir es zu zweien tragen.« Er saß da und sah ihr in die Augen, die einen ängstlichen, verstörten Ausdruck hatten. Sie wurden ruhiger, während sie sprach. »Jetzt ist dir leichter zumute,« sagte er, als sie schwieg. – »Es ist, als sei es weg,« sagte sie. – »Das kommt, weil wir es jetzt zu zweien tragen. Jetzt willst du vielleicht nicht mehr reisen?« – »Ach, ich möchte ja gerne bleiben,« sagte sie und faltete die Hände.

»Dann fahren wir nach Hause,« sagte Ingmar und erhob sich. – »Nein, das wage ich nicht,« sagte Brita. – »Mutter ist nicht so schlimm,« sagte Ingmar, »wenn sie nur sieht, daß man weiß, was man selbst will.« – »Ja, aber ich will dich nie und nimmer vom Hof jagen. Ich sehe keinen anderen Ausweg, als daß ich nach Amerika reise.« – »Ich will dir etwas sagen,« sagte Ingmar und lächelte geheimnisvoll. »Du mußt dich nicht fürchten. Da ist einer, der uns hilft.« – »Wer ist das?« – »Das ist Vater. Er fügt es schon so, daß es geht.«

Da kam jemand den Waldweg gegangen. Es war Kajsa; aber sie erkannten sie kaum, denn sie trug nicht die Tracht mit den Körben. »Guten Tag, guten Tag,« sagte sie, und die Alte ging hin und drückte ihnen die Hand. »Ja, ihr sitzt hier, während alle Knechte auf dem Ingmarshofe auf der Suche nach euch sind.«

»Ihr hattet es so eilig, aus der Kirche zu kommen,« fuhr die Alte fort, »so daß ich euch gar nicht guten Tag sagen konnte; aber ich wollte Brita doch begrüßen, und so ging ich denn nach dem Ingmarshof. Zugleich mit mir kam der Propst, und er ging in die gute Stube, ehe ich noch guten Tag gesagt hatte. Er ruft Mutter Märta gleich zu, bevor er noch die Hand gereicht hat: »Ei, Mutter Märta, ei, Mutter Märta, jetzt sollt Ihr Freude an Ingmar erleben; da kann man doch sehen, daß er vom alten Stamm ist; nun müssen wir anfangen, ihn den großen Ingmar zu nennen.« Mutter Märta sagt ja nie viel; jetzt stand sie da und knüpfte ihr Kopftuch auf und zu. »Was sagte der Propst?« sagte sie endlich. »Er hat Brita heimgeholt,« sagte der Probst, »glaubt mir, Mutter Märta, dafür wird er geehrt werden, solange er lebt.« – »Ach nein, ach nein,« sagte die Alte. »Ich war nahe daran, aus dem Text zu geraten, als ich sie in der Kirche sitzen sah, das war eine bessere Predigt, als ich eine halten kann. Ingmar wird uns allen zum Beispiel werden, so wie sein Vater es war.« – »Das sind große Neuigkeiten, mit denen der Herr Propst kommt,« sagte Mutter Märta. – »Ist er noch nicht zu Hause?« – »Nein, er ist noch nicht gekommen. Aber sie sind vielleicht erst nach Bergskog gefahren.«

»Hat Mutter das gesagt?« rief Ingmar aus. – »Ja, das hat sie gesagt, und während wir auf euch warteten, schickte sie einen Boten nach dem anderen nach euch aus.«

Kajsa redete noch weiter, aber Ingmar hörte nichts mehr, was sie sagte, denn seine Gedanken waren weit weg – – –.

»Dann trete ich in die gute Stube,« dachte er, »wo Vater mit all den alten Ingmarssöhnen sitzt.« – »Guten Tag, großer Ingmar Ingmarsson,« sagt Vater und geht mir entgegen. – »Guten Tag, Vater, schönen Dank für die Hilfe.« – »Ja, nun machst du eine gute Heirat,« sagt Vater, »dann wird alles das andere schon von selbst kommen.« – »Ich wäre nie so weit gekommen, wenn Ihr mir nicht beigestanden hättet,« sage ich. – »Das war keine Kunstt,« sagt Vater. »Wir Ingmars brauchen nichts weiter als Gottes Wege zu gehen.«

1. Buch

Beim Schulmeister

In dem Kirchsprengel, wo die alten Ingmarssöhne wohnten, war zu Anfang der achtziger Jahre kein Mensch, der sich hätte denken können, einen neuen Glauben anzunehmen oder einer neuen Art Gottesdienst beizuwohnen. Sie hatten ja wohl davon reden hören, daß hier und da in anderen Kirchsprengeln Sekten entstanden, und daß es Menschen gab, die in Bäche und Seen stiegen und sich mit der neuen Taufe der Baptisten taufen ließen; aber sie lachten über das alles und sagten: »So etwas paßt vielleicht für die, die in Appelbo und in Gagnef wohnen, aber hierher zu uns ins Kirchspiel wird das nie kommen.«

Wie die Leute überhaupt an allen anderen alten Sitten festhielten, so hielten sie auch streng darauf, daß man jeden Sonntag in die Kirche ging. Alle, die kommen konnten, kamen, selbst im Winter bei der allerstrengsten Kälte. Und gerade im Winter war es beinahe notwendig. Man hätte es nicht aushalten können, in der kalten Kirche bei vierzig Grad Frost zu sitzen, wenn sie nicht ganz dicht mit Menschen besetzt gewesen wäre.

Aber man muß nun nicht glauben, daß der Kirchenbesuch so groß war, weil der Pfarrer so ausgezeichnet war. Der Gemeindepfarrer war ein guter Mann, aber niemand konnte von ihm sagen, daß er eine besondere Gabe habe, das Wort Gottes auszulegen. Zu jener Zeit ging man in die Kirche, um Gott zu ehren, und nicht, um sich über eine schöne Predigt zu freuen. Wenn man sich hinterher auf der windigen Landstraße nach Hause kämpfte, dachte man: »Der liebe Gott hat es wohl bemerkt, daß du bei dieser Kälte in der Kirche warst.«

Darauf kam es an; im übrigen konnte aber niemand etwas dafür, wenn der Pfarrer wieder nichts weiter als genau dasselbe gesagt hatte, was man ihn jeden Sonntag sagen hörte, seit er in das Kirchspiel gekommen war.

Aber um die Wahrheit zu sagen, hing das so zusammen, daß die meisten vollkommen mit dem zufrieden waren, was sie zu hören bekamen. Sie wußten, daß das, was der Pfarrer ihnen vorlas, Gottes Wort war, und darum fanden sie es schön. Nur der Schulmeister und einer oder der andere von den alten klugen Bauern sagten wohl gelegentlich einmal zueinander: «Unser Pfarrer hat eigentlich nur eine einzige Predigt. Er redet beinahe von nichts anderem als von Gottes Vorsehung und Gottes Regierung. Das mag angehen, solange die Sekten sich fernhalten. Denn zurzeit ist diese Festung schlecht verwahrt und würde beim ersten Angriff fallen.«

Es verhielt sich auch wirklich so, daß die umherreisenden Predikanten immer an dem Kirchspiel vorbeizogen. »Es nütze nichts, dahin zu kommen,« sagten sie. Die Leute dort unten wollten nichts von der Erweckung wissen. Sowohl die Laienprediger als auch die Erweckten in den Nachbargemeinden hielten die alten Ingmarssöhne und die übrigen Gesindemitglieder für große Sünder, und wenn sie die Kirchenglocken dieses Sprengels hörten, sagten sie, sie läuteten die Melodie: »Schlaft in euren Sünden! Schlaft in euren Sünden!«

Alle in der Gemeinde, Groß wie Klein, waren sehr empört, als sie hörten, daß die Leute so über ihre Glocken sprachen. Sie wußten ja, daß kein Mensch in dem ganzen Kirchsprengel es versäumte, sein Vaterunser zu beten, wenn die Kirchenglocken läuteten. Und jeden Nachmittag, wenn die Vesperglocke ertönte, wurde alle Arbeit draußen wie drinnen unterbrochen; die Männer nahmen die Hüte ab, die Frauen machten einen Knicks, und alle standen so lange still, wie man gebraucht, um ein Vaterunser zu beten. Alle, die in dieser Gemeinde gewohnt haben, müssen auch anerkennen, daß sie nie so stark gefühlt haben, daß Gott das Reich und die Kraft und die Herrlichkeit ist, als wenn sie an Sommerabenden plötzlich die Sensen ruhen und den Pflug mitten in der Furche anhalten und das Kornfuder auf dem Wege zur Scheune stillstehen sahen, nur um einiger Glockenschläge willen. Es war, als wüßten die Leute, daß der liebe Gott gerade dann auf einer Abendwolke über die Gemeinde hinschwebt, groß und mächtig und gut, und Segen über die ganze Gegend ausstreut.

In diesem Dorf hatte man noch keinen Schulmeister, der auf einem Seminar gewesen war, sondern man hatte einen altmodischen Schulmeister, der nichts weiter war als ein Bauer, der selbst das gelernt hatte, was er konnte. Er war ein tüchtiger Mann, der ganz allein mehr als hundert Kinder unterrichten konnte; er war über dreißig Jahre Schulmeister gewesen und genoß das größte Ansehen. Der Schulmeister war nicht weit davon entfernt zu glauben, daß er das Wohl und Wehe des ganzen Kirchsprengels auf dem Gewissen habe, und nun wurde er unruhig, weil sie einen Pfarrer hatten, der nicht predigen konnte. Er verhielt sich indes ruhig, solange in den anderen Kirchsprengeln nur die Rede von der Einführung einer neuen Taufe war; aber als er hörte, daß die Reihe nun auch an das Abendmahl gekommen sei, und daß die Leute anfingen, sich hier und da in den Häusern zu versammeln, um das Abendmahl zu nehmen, da konnte er nicht länger gleichgültig zusehen. Er selbst war arm, aber es gelang ihm, einige von den größten Bauern zu dem Bau eines Missionshauses zu überreden. »Ihr kennt mich,« sagte er zu ihnen, »ich will nur predigen, um die Leute in dem alten Glauben zu stärken. Denn wohin soll es führen, wenn die Laienpredikanten uns mit der neuen Taufe und dem neuen Abendmahl überfallen und niemand da ist, der den Leuten sagt, was wahre und was falsche Lehre ist?«

Der Schulmeister war beim Pfarrer wie bei allen anderen sehr gut angeschrieben. Er und der Pfarrer gingen oft zwischen dem Pfarrhof und der Schule lange auf und nieder, als könnten sie mit alledem, was sie einander zu sagen hatten, niemals fertig werden. Der Pfarrer kam auch oft des Abends zu dem Schulmeister und saß in der Küche an dem großen Herd und plauderte mit Mutter Stina, des Schulmeisters Frau. Zuweilen kam er Abend für Abend. Bei ihm daheim war es so trübselig, seine Frau lag immer zu Bett, so daß da weder Ordnung noch Gemütlichkeit zu Hause war.

Es war an einem Winterabend. Der Schulmeister und seine Frau saßen sehr still und ernst am Herd, aber in einer Ecke der Stube saß ein kleines zwölfjähriges Mädchen und spielte. Sie hieß Gertrud und war des Schulmeisters Tochter. Sie war ganz blond, fast weißhaarig, mit rosigen, runden Wangen, aber sie sah weder so aufgeweckt noch so altklug aus, wie Schulmeisterkinder auszusehen pflegen.

Die Ecke, in der sie saß, war ihre Spielstube. Da hatte sie eine Menge verschiedener Sachen zusammengestapelt: kleine Scherben von farbigem Glas, zerbrochene Tassen, runde Steine vom Flußufer, kleine, dicke Holzklötze und vielerlei anderen ähnlichen Kram. Jetzt hatte sie schon lange ruhig dasitzen und spielen können; weder Vater noch Mutter hatten sie gestört. Sie war im Begriff, aus ihren Holzklötzen und Glasscherben etwas zu bauen, und war sehr eifrig dabei und fürchtete, nun an ihre Aufgaben und Arbeiten erinnert zu werden. Nein – das war herrlich, es sah gar nicht so aus, als wenn heute abend noch etwas aus der Extrarechenstunde bei Vater werden sollte.

Sie hatte da in ihrer Ecke eine große Arbeit vor. Nichts Geringeres, als ein ganzes Kirchspiel zu bauen. Sie wollte das ganze Dorf aufbauen, sowohl die Kirche als auch die Schule. Der Fluß und die Brücke sollten auch mit dabei sein, sie wollte es ganz so machen wie es war.

Sie hatte schon ein gutes Stück fertig. Die große Bergkette, die rings um den ganzen Kirchsprengel läuft, war aus großen und kleinen Steinen errichtet. In allen Schluchten hatte sie Wald aus kleinen Tannenzweigen gepflanzt, und oben nach Norden zu hatte sie zwei spitze Steine aufgestellt, das war der Klackberg und die Olofsmütze, die sich zu beiden Seiten des Flusses einander gerade gegenüber erhoben und das ganze Tal überragten.

Das runde Tal zwischen den Bergen war mit Erde aus einem der Blumentöpfe der Mutter bedeckt, und so weit war alles in Ordnung; aber sie konnte sie nicht grün und hübsch bekommen, so wie sie sein sollten. Da tröstete sie sich damit, daß man ja denken könne, daß es Frühling sei, ehe Gras und Korn aufgegangen waren. Den Dalelf, der blank und breit durch den Kirchsprengel floß, konnte sie dahingegen mit einer langen, schmalen Glasscherbe ganz deutlich bezeichnen, und die lange Flußbrücke, die die beiden Teile des Dorfes verband, lag schön da und schwamm auf dem Elf.

Die abgelegenen Höfe und Dörfer hatte sie auch schon mit roten Ziegelbrocken angedeutet. Ganz oben nach Norden zu, mitten zwischen Äckern und Wiesen, lag der Ingmarshof, aber das Dorf Kolaß lag ganz im Osten auf dem Bergabhang, und das Bergsaanaer Sägewerk am weitesten nach Süden zu, da, wo der Elf mit Stromschnellen und Gießbächen sich den Weg zum Tale hinausbahnte und die Bergkette durchbrach.

Mit all dem Äußeren war sie eigentlich fertig. Die Landstraßen liefen, gut mit Kies bestreut, an dem Elf entlang und zwischen den Gehöften hindurch. Hier und da auf den Ebenen und um die Häuser herum waren Bäume gepflanzt, und das kleine Mädchen brauchte nur einen Blick auf das alles zu werfen, was sie aus Steinen und Erde und Tannenzweigen gebaut hatte. Gleich sah sie den ganzen Kirchsprengel vor sich. Sie meinte, es sei wunderbar schön.

Einmal über das andere hob die kleine Gertrud den Kopf, um die Mutter zu rufen und ihr das Kunstwerk zu zeigen; aber sie besann sich jedesmal. Es war doch das klügste, die Eltern nicht daran zu erinnern, daß sie da war.

Das, was noch zu tun übrig blieb, war das allerschwerste. Das war der Bau des Kirchdorfes, das sich mitten im Kirchsprengel zu beiden Seiten des Elfes ausbreitete. Sie mußte die Steine und Glasscherben unzählige Male verrücken, ehe sie Ordnung in all den Wirrwarr brachte. Das Haus des Dorfschulzen war im Begriff, das Haus des Kaufmanns zur Seite zu drängen, und das des Hardevogts konnte neben dem Haus des Doktors keinen Platz finden. Und allein schon an all das zu denken, was da war; an die Kirche und das Pfarrhaus, an die Apotheke und das Posthaus, an die großen Bauernhöfe mit den mächtigen Wirtschaftsgebäuden, an den Gasthof, an die Wohnung des Landinspektors, an die Telegraphenstation und die Tabaksfabrik. Endlich lag das ganze Kirchdorf mit seinen weißen und roten Häusern mitten in all dem Grünen da. Jetzt fehlte nur noch eins.

Sie hatte sich so sehr mit all diesem beeilt, um mit dem Bau des Schulhauses zu beginnen, das auch im Kirchdorf stehen sollte.

Denn zu der Schule mußte sie viel Platz haben. Die sollte hoch aufragen, dicht neben dem Elf, ein großes, weißes, zweistöckiges Haus mit einem großen Garten und einer hohen Flaggenstange mitten auf dem Hof.

Sie hatte ihre besten Klötze zu der Schule aufgehoben, und trotzdem saß sie lange da und überlegte, wie sie damit zustande kommen sollte. Am liebsten hätte sie das ganze Gebäude so gebaut, wie es war, mit einem großen Schulzimmer in jedem Stockwerk und mit der Küche und der Stube, in der sie und die Eltern wohnten.

Aber das würde viel Zeit erfordern; »sie lassen mich wohl nicht so lange in Ruhe,« dachte sie.

Da ertönten Schritte auf der Diele. Da war einer, der draußen den Schnee abstampfte. Das kleine Mädchen begann plötzlich wieder eifrig zu bauen. »Nun kommt der Pfarrer und schwatzt mit Vater und Mutter, nun habe ich den ganzen Abend für mich.« Und mit frischem Mut begann sie den Grund zu dem Schulhaus zu legen, das so groß war wie der halbe Kirchsprengel.

Auch die Mutter hatte die Schritte auf der Diele gehört. Sie saß an ihrem Spinnrocken; jetzt erhob sie sich und schob einen alten Lehnstuhl an den Herd. Zugleich wandte sie sich an ihren Mann: »Willst du es ihm nun heute abend sagen?« – »Ja,« antwortete der Schulmeister,

»sobald ich Gelegenheit dazu finden kann.«

Der Pfarrer kam jetzt herein, verweht und verfroren und froh, in einer warmen Stube am Ofen sitzen zu können. Er war wie gewöhnlich sehr redselig. Man konnte sich wirklich keinen angenehmeren Mann denken als den Pfarrer, wenn er so kam, um über alles mögliche zu plaudern. Er sprach außerordentlich leicht und frei über alles, was von dieser Welt war: man sollte nicht glauben, daß es derselbe Mann sei, dem das Predigen so schwer wurde. Aber sprach man mit ihm über etwas, das der anderen Welt angehörte, so bekam er einen roten Kopf und suchte nach Worten und sagte nie etwas, das sich des Anhörens verlohnte.

Als nun der Pfarrer dasaß, wandte sich der Schulmeister nach ihm um und sagte erfreut: »Nun muß ich dem Herrn Pfarrer doch erzählen, daß ich ein Missionshaus bauen will.«

Der Pfarrer wurde ganz bleich. Er sank förmlich in den Lehnstuhl zusammen, den Mutter Stina ihm hingestellt hatte. »Was sagen Sie da, Storm?« sagte er. »Soll hier ein Missionshaus gebaut werden? Was soll man denn mit der Kirche und mir? Sollen wir weg?«

»Wir haben trotzdem gute Verwendung für den Herrn Pfarrer und die Kirche,« sagte der Schulmeister mit Überzeugung. »Meiner Meinung nach soll das Missionshaus die Kirche stützen. Es erheben sich ringsumher am Elf so viele Irrlehren, so daß die Kirche der Hilfe bedarf.«

»Ich glaubte, Sie seien mein Freund, Storm,« sagte der Pfarrer mit betrübter Stimme. Eben noch war er sicher und froh hier hereingekommen, nun sank er plötzlich zusammen, so daß es fast aussah, als sei es mit ihm aus.

Der Schulmeister verstand wohl, warum der Pfarrer so verzweifelt war. Er und die anderen wußten, daß der Pfarrer einst einen ausgezeichneten Lernkopf gehabt hatte. Aber er hatte in seinen jungen Jahren zu stark gelebt, bis er schließlich einen Schlaganfall bekommen hatte, und seither war er nie wieder so geworden wie früher. Er vergaß in der Regel selbst, daß er nur eine Ruine von einem Menschen war. Aber jedesmal, wenn er daran erinnert wurde, erfaßte ihn eine düstere Verzweiflung.

Nun saß er fast wie tot in dem Lehnstuhl, und eine lange Zeit wagte niemand etwas zu sagen.

»Der Herr Pfarrer müssen die Sache nicht so auffassen,« sagte der Schulmeister schließlich und suchte seine Stimme so sanft und leise wie nur möglich zu machen.

»Still, Storm,« sagte der Pfarrer, »ich weiß, ich bin ein schlechter Prediger gewesen, aber ich glaubte doch nicht, daß Sie mir das Amt wegnehmen würden.«

Storm machte eine abwehrende Bewegung mit der Hand: das war wirklich nicht seine Absicht gewesen; aber er wagte nichts zu sagen.

Der Schulmeister war zu jener Zeit ein Mann von sechzig Jahren, aber trotz all der Arbeit, die er auf sich genommen hatte, war er noch in seiner vollen Kraft. Er war das gerade

Gegenteil vom Pfarrer. Storm war von gleicher Größe wie der größte Mann in Dalarne; das schwarze Haar lockte sich um die Stirn, die Haut war so dunkel wie Kupfer, und das Gesicht scharf geschnitten. Neben dem Pfarrer, der klein war, mit eingefallener Brust und kahlem Scheitel, sah er aus wie ein Hüne.

Die Frau des Schulmeisters meinte, daß ihr Mann, der der Stärkere war, auch Nachgiebigkeit zeigen müsse; sie gab ihm Zeichen, daß er einlenken solle, aber wie betrübt er auch war, machte er doch keine Miene, von seinem Vorsatz abzuweichen.

Der Schulmeister begann nun, sehr langsam und deutlich zu sprechen. Er sagte, es sei seine Überzeugung, daß es jetzt nicht mehr lange währen würde, bis die Irrlehre auch in das Kirchspiel eindringen würde; er sagte, daß man eines Ortes bedürfe, wo man zu den Leuten auf eine schlichtere Weise reden könne, als es sich in der Kirche gezieme, eines Ortes, wo man seinen Text wählen und die ganze Bibel auslegen und die Gemeinde über die Bedeutung der schwierigen Stellen aufklären könne.

Seine Frau machte ihm ein Zeichen, daß er schweigen solle. Sie fühlte, daß der Pfarrer bei jedem Wort dachte: Ich habe also keine Unterweisung gegeben, ich bin kein Schutz gegen den Unglauben gewesen. Ich muß wahrlich sehr gering sein, wenn mein eigener Schulmeister, ein Bauer, der sich selbst alles gelehrt hat, glaubt, daß er es besser machen könne, als ich.

Aber der Schulmeister schwieg nicht, er fuhr fort, über alles zu reden, was geschehen müsse, um die Herde zu beschützen, ehe die Wölfe sie überfielen.

»Aber ich sehe keine Wölfe,« sagte der Pfarrer.

»Ich weiß, daß sie unterwegs sind,« sagte Storm.

»Und Sie, Storm, öffnen ihnen die Tür.«

Der Pfarrer richtete sich in seinem Stuhl auf. Die Worte des Schulmeisters hatten ihn erzürnt. Er wurde dunkelrot und gewann einen Teil seiner Würde wieder.

»Lieber Storm, lassen Sie uns nicht weiter über die Sache reden,« sagte er. Er wandte sich an die Hausfrau und begann munter mit ihr über die schöne Braut zu plaudern, die sie kürzlich geschmückt hatte; denn Mutter Stina war die Brauteinkleiderin dort im Kirchspiel. Aber die biedere Frau verstand, welch schrecklicher Kummer über seine eigene Ohnmacht jetzt in ihm erweckt worden war, sie weinte aus Mitleid und konnte vor lauter Tränen nicht antworten, so daß der Pfarrer die Unterhaltung fast allein führen mußte.

Während der ganzen Zeit aber dachte der Pfarrer: Ach, hätte ich doch noch die Kraft und Stärke meiner Jugend, dann würde ich diesen Bauer bald überzeugt haben, wie schlecht er handelt.

»Wir haben einen Verein gebildet,« sagte Storm, und er nannte die Namen von einigen der Bauern, die versprochen hatten ihm zu helfen, um zu zeigen, daß es Leute waren, die weder der Kirche noch dem Pfarrer zu Leibe wollten.

»Ist Ingmar Ingmarsson auch dabei« sagte der Pfarrer, und es war, als versetze ihm dies einen neuen Todesstoß. »So fest, wie ich mich auf Sie verlassen habe, Storm, so sicher bin ich auch Ingmar Ingmarssons gewesen.«

Aber er sagte nichts mehr über die Sache; er wandte sich wieder der Hausfrau zu und plauderte. Er merkte wohl, daß sie weinte, aber er tat so, als sähe er es nicht.

Nach einer Weile aber fing er doch wieder mit dem Schulmeister an. »Geben Sie es auf, Storm,« sagte er bittend, »geben Sie es um meinetwillen auf. Was würden

Sie dazu sagen, Storm, wenn jemand eine neue Schule neben der Ihrigen erbaute?«

Der Schulmeister saß eine Weile da und sah vor sich nieder; er besann sich.

»Ich kann nicht, Herr Pfarrer,« sagte er und versuchte, sich zusammenzunehmen und unverzagt und ruhig auszusehen.

Der Pfarrer sagte nichts mehr, aber zehn Minuten oder länger herrschte Totenstille im Zimmer.

Dann erhob er sich, zog den Pelz an, setzte sich die Mütze auf und ging auf die Tür zu.

Den ganzen Abend hatte er dagesessen und gekämpft, um Worte zu finden, die Storm überzeugen sollten, daß er Unrecht tue, und zwar nicht nur gegen ihn, sondern gegen die ganze Gemeinde, die er mit diesem Unternehmen verderben würde. Aber obwohl es in seinem Kopf von Worten und Gedanken wimmelte, konnte er sie nicht aussprechen und keine Ordnung in sie hineinbringen, weil er ein gebrochener Mann war.

Als er auf die Tür zuging, erblickte er Gertrud, die in ihrer Ecke saß und mit ihren Glasscherben und Holzklötzen spielte. Er blieb stehen und sah sie an. Sie hatte offenbar kein Wort von der Unterhaltung gehört, ihre Augen strahlten vor Freude. Ihre Wangen waren noch röter als sonst.

Der Pfarrer war betroffen von dem Gegensatz zwischen dieser großen Sorglosigkeit und seinem eigenen schweren Kummer, und er trat zu ihr hin.

»Was machst du da?« fragte er.

Das kleine Mädchen hatte längst ihren Kirchsprengel fertig. Sie hatte ihn schon wieder niedergerissen und mit etwas Neuem begonnen.

»Wäre der Herr Pfarrer nun ein klein wenig früher gekommen,« sagte das Kind. »Ich hatte so einen schönen Kirchsprengel mit Kirche und Schule.«

»Wo ist denn das geblieben?«

»Ja, nun habe ich den Kirchsprengel auseinandergerissen, jetzt bin ich dabei, Jerusalem zu bauen.«

»Was sagst du da?« sagte der Pfarrer heftig. »Sagst du, daß du den Kirchsprengel auseinandergerissen hast, um Jerusalem aufzubauen?«

»Ja,« sagte Gertrud, »es war wirklich ein hübsches Kirchspiel; aber gestern haben wir in der Schule von Jerusalem gehört, und nun habe ich das Kirchspiel zerstört, denn ich will lieber ein Jerusalem bauen.«

Der Pfarrer blieb stehen und sah das Kind an. Er strich sich über die Stirn, wie um Klarheit in seine Gedanken zu bringen. »Wahrlich, da ist einer, der größer ist als du, und der durch deinen Mund redet,« sagte er.

Die Worte des Kindes erschienen ihm so merkwürdig, daß er sie sich einmal über das andere Mal wiederholte. Während er das tat, glitt er in seinen gewöhnlichen Gedankengang hinein und begann wieder darüber zu grübeln, wie Gott die Welt lenkt, und welcher Mittel er sich bedient, um seinen Willen durchzusetzen.

Er ging wieder zu dem Schulmeister zurück und sagte mit seiner gewöhnlichen, freundlichen Stimme und mit einem ganz neuen, klaren Ausdruck in dem Auge:

»Ich bin nicht mehr böse auf Sie, Storm, Sie tun wohl nur, was Sie tun *müssen*. Ich habe mein Leben lang darüber nachgegrübelt, wie Gott die Welt lenkt, aber ich habe nie zur Klarheit darüber gelangen können. Auch dies begreife ich nicht, aber ich begreife, daß Sie tun, was Sie tun müssen.«

»Sie sahen den Himmel offen«.

In dem Frühjahr, wo das Missionshaus gebaut wurde, trat plötzlich Tauwetter ein, und das Wasser im Dalelf stieg hoch. Es war erstaunlich, das Wasser zu sehen, das in diesem Jahre da war. Es regnete vom Himmel herab, es kam in großen Strömen von den Bergen gestürzt, es rieselte aus der Erde heraus; da stand Wasser in jeder Wagenspur und in jeder Pflugfurche; es sah aus, als sei es überall, und alles Wasser suche sich einen Weg nach dem Fluß hinab zu bahnen, der höher und höher schwoll und mit immer stärkerer Eile dahinrollte. Es war nicht dunkel und blank und still wie gewöhnlich, sondern gelbgrau von all dem trüben Wasser, das in ihn hinabströmte, und wie er daher gerauscht kam, voller Balken und Eisblöcke, sah es wunderlich unheimlich und drohend aus.

Im Anfang achteten die Erwachsenen nicht weiter auf die Wasserflut, sondern nur die Kinder, die unten am Elf standen, sobald sie eine freie Stunde hatten, und den rasenden Strom sahen, und alles, was er mit sich führte.

Bald waren es nicht nur Balken und Eisblöcke; es kam noch viel mehr als das. Er kam dahergeschwommen mit Waschbrücken und Badehäusern, und bald darauf kam er mit Booten und Stücken von zerstörten Flußbrücken.

»Er nimmt wohl auch bald unsere Brücke mit, ja, das tut er,« sagten die Kinder. Sie waren ein wenig ängstlich, aber die Freude darüber, daß etwas so Merkwürdiges geschehen würde, war doch überwiegend.

Plötzlich kam eine große Tanne mit Wurzeln und Zweigen dahergetrieben, und hinter ihr drein segelte eine Espe mit ihrem weißen Stamme, und vom Ufer aus konnte man sehen, daß die dicken Zweige große Knospen hatten, die infolge des langen Bades schwollen. Und ganz dicht hinter den Bäumen her kam ein kleiner auf den Kopf gestellter Heuboden. Er war noch voller Heu und Stroh, und schwamm auf seinem Dach, wie ein Boot auf seinem Kiel.

Aber als erst solche Gegenstände vorübergetrieben wurden, gerieten die Erwachsenen auch in Bewegung. Sie sahen, daß der Elf irgendwo nordwärts über seine Ufer getreten sein mußte, und eilten nun mit Stangen und Bootshaken an den Strand, um Gerätschaften und Gebäude an Land zu bergen.

Ganz im Norden des Kirchspiels, wo das Land nur spärlich bebaut war, und wo nur wenige Menschen wohnten, stand Ingmar Ingmarsson allein am Flußufer. Er war jetzt über die Fünfzig hinaus, und sah älter aus als seine Jahre. Das Gesicht war grob und gefurcht, der Rücken war gebeugt, er sah ebenso unbeholfen und hilflos aus wie immer.

Er stand da und stützte sich auf einen langen, schweren Bootshaken und sah mit einem stumpfen und schläfrigen Blick über den Fluß hinaus. Der Fluß brauste und schäumte und glitt stolz mit allem vorüber, was er von den Ufern geraubt hatte. Es sah so aus, als ob er den Bauer wegen seiner Langsamkeit verhöhne; es war, als sage er: Du wirst es nicht sein, der mir etwas von dem entreißt, womit ich mich belastet habe!

Der Bauer sah Flußbrücken und Bootsrümpfe dicht an sich vorüber segeln, ohne einen Versuch zu machen, sie zu retten. Das wird schon im Kirchdorf geborgen werden, dachte er.

Und doch verwandte er kein Auge von dem Elf, sondern beobachtete alles, was da, vorüberfloß. Plötzlich kam, eine gute Strecke von ihm entfernt, etwas schimmernd Gelbes auf einigen zusammengenagelten Brettern geflossen, und er entdeckte es augenblicklich. »Ja, darauf habe ich schon lange gewartet,« sagte er laut zu sich selbst. Er konnte noch nicht sehen, was das Gelbe war, aber für den, der weiß, wie die Kinder in Dalarne gekleidet gehen, war es leicht zu erraten. »Nun haben da wieder welche draußen auf einer Waschbrücke gesessen und gespielt, dachte er, und zwar solche, die keinen Verstand genug hatten, an Land zu gehen, ehe die Flut sie ergriff.«

Es währte nicht lange, bis der Bauer sah, daß er richtig gemutmaßt hatte. Er konnte deutlich sehen, wie drei kleine Kinder in gelben Beiderwandkleidern und gelben, runden Mützen auf einer schlecht zusammengezimmerten Brücke, die langsam von dem Strom und den zusammenprallenden Eisblöcken in Stücke geschlagen wurde, den Fluß hinabgesegelt kamen.

Die Kinder waren noch weit entfernt, aber Ingmar wußte, daß sich ziemlich nahe an seinem Ufer eine Stromschnelle in dem Fluß befand. Wenn nun Gott so gnädig sein wollte, es so zu lenken, daß die Brücke, auf der die Kinder saßen, in die Stromschnelle hineingeriet, so war es nicht unmöglich, daß er sie an Land ziehen konnte.

Er stand ganz still und sah über den Fluß hinaus. Da war es, als wenn jemand der Brücke einen Stoß gab, sie drehte sich und glitt auf sein Ufer zu. Die Kinder kamen so nahe, daß er ihre kleinen, angstvollen Gesichter sehen und ihr Weinen hören konnte.

Aber trotzdem waren sie weiter draußen, als daß er sie von dem Ufer aus mit dem Bootshaken hätte erreichen können. Er wollte an das Wasser hinab und begann in den Fluß hinauszuwaten.

Ehe er das tat, hatte er ein wunderliches Gefühl, als ob ihn jemand zurückrufe. »Du bist kein junger Mann mehr, Ingmar. Du setzt vielleicht dein Leben aufs Spiel!«

Er besann sich einen Augenblick und überlegte, ob er das Recht habe, sein Leben zu lassen. Seine Frau, sie, die er einstmals aus dem Gefängnis heimgeholt hatte, war vor ein paar Monaten gestorben, und seit der Zeit hatte er den innigen Wunsch gehabt, ihr bald nachzufolgen. Aber auf der anderen Seite war sein Sohn, der den Hof übernehmen sollte, noch nicht erwachsen. Er mußte um seinetwillen das Leben wohl noch aushalten.

»Es muß nun auf alle Fälle so gehen, wie Gott will,« sagte er.

Jetzt war er nicht mehr unbeholfen und langsam, dieser große Ingmar. Als er in den brausenden Fluß hinausging, bewegte er sich an der Stange vorwärts, um nicht von dem Strom mit fortgerissen zu werden, und gab genau acht auf die Blöcke und Balken, die vorüberflossen, damit sie ihn nicht umrissen. Und als dann die Waschbrücke kam, bohrte er die Füße in den Sand hinein, streckte den Bootshaken aus und packte sie dann.

»Haltet euch fest!« rief er den Kleinen zu; denn im selben Augenblick machte die Brücke eine große Wendung, und es krachte in den Planken.

Aber die gebrechliche Brücke hielt, und der große Ingmar brachte sie aus der ärgsten Strömung hinaus, dann ließ er sie los; denn er wußte, daß sie jetzt von selbst ans Ufer treiben würde.

Wieder stieß er die Stange fest in den Grund und wandte sich um, um selbst an Land zu gehen. Aber er hatte einen großen Balken nicht beachtet, der dahergesaust kam. Der prallte gegen ihn und traf ihn in die Seite, gerade unter den Arm.

Es war ein entsetzlicher Stoß; der Balken war mit mächtiger Wucht dahergesaust, und der große Ingmar schwankte im Wasser hin und her. Aber er ließ den Bootshaken nicht los und gelangte an Land. Als er wieder am Ufer stand, wagte er kaum, seinen Körper zu befühlen; der ganze Brustkasten war gewiß zertrümmert. Sein Mund füllte sich plötzlich mit Blut. »Jetzt ist es mit dir aus, großer Ingmar,« dachte er. Er konnte keinen Schritt weitergehen, sondern sank am Ufer nieder.

Die kleinen Kinder, die er gerettet hatte, schrien so laut, daß Leute kamen und er nach

Hause geschafft wurde.

Vom Ingmarshof wurde nach dem Pfarrer geschickt. Der blieb den ganzen Nachmittag dort oben. Als er am Abend nach Hause kam, ging er zu Schulmeisters hinüber. Er hatte im Laufe des Tages etwas gehört, worüber er sich aussprechen mußte.

Der Schulmeister und Mutter Stina waren sehr betrübt, denn sie hatten schon gehört, daß Ingmar Ingmarsson tot war. Der Pfarrer dahingegen kam mit leichten Schritten gegangen. Es lag etwas so Lichtes und Klares über ihm, als er zu ihnen in die Stube trat.

Der Schulmeister fragte gleich, ob er noch rechtzeitig gekommen sei. – »Ja,« sagte der Pfarrer, »aber dort hatte man keine Verwendung für mich.« – »Nein?« fragte Mutter Stina. – »Nein,« sagte der Pfarrer und lächelte geheimnisvoll. »Er konnte ebensogut ohne mich fertig werden.«

»Es kann manchmal sehr schwer sein, an einem Sterbebett zu sitzen,« sagte der Pfarrer. – »Jawohl, jawohl,« nickte der Schulmeister. – »Ja, und namentlich, wenn es der erste Mann im Dorfe ist, der stirbt.« – »Ja, freilich.« – »Aber alles kann auch ganz anders sein, als man es sich gedacht hat.«

Dann schwieg der Pfarrer eine Weile und saß da und starrte vor sich hin, seine Augen leuchteten etwas heller als sonst hinter der Brille.

»Haben Sie, Storm, oder Sie, Mutter Stina, von dem Wunderbaren gehört, das dem großen Ingmar begegnet ist, als er noch jung war?« sagte der Pfarrer. – Der Schulmeister antwortete, sie hätten ja soviel von ihm gehört. – »Ja, natürlich, aber dies ist doch das Allermerkwürdigste.«

»Der große Ingmar hat einen guten Freund, der Häusler auf seinem Hof ist,« sagte der Pfarrer. – »Ja, das weiß ich,« sagte der Schulmeister, er heißt auch Ingmar, die Leute nennen ihn den starken Ingmar, um einen Unterschied zu machen.« – »Ja, der ist es,« sagte der Pfarrer, »der Vater nannte ihn Ingmar zu Ehren seines Herrn.«

»Aber da geschah es einmal, als der große Ingmar noch jung war, es war im Hochsommer und an einem Sonnabendabend, und er und sein Freund, der starke Ingmar, waren mit ihrer Arbeit fertig. Da zogen sie ihre Sonntagskleider an und gingen in das Kirchdorf hinab, um sich einen vergnügten Abend zu machen.«

Der Pfarrer hielt inne und saß still da und dachte nach. »Ich kann mir denken, was für ein herrlicher Abend das gewesen sein muß,« sagte er. »Ganz still mit klarer Luft, so ein Abend, wo Erde und Himmel die Farben vertauschen, so daß der Himmel gleichsam in Lichtgrün übergeht, und die Erde von leichten Nebeln bedeckt wird, die allem einen weißen oder bläulichen Schimmer verleihen.

Aber als der große Ingmar und der starke Ingmar hinabkamen und über die Flußbrücke gehen wollten, war es, als sage jemand zu ihnen, sie sollten ihre Augen erheben. Das taten sie.

Sie sahen den Himmel über sich offen. Die ganze Himmelswölbung war wie ein Vorhang zur Seite gezogen, und die beiden standen Hand in Hand da und sahen hinein in all die Herrlichkeit des Himmels.

Haben Sie je etwas Ähnliches gehört, Mutter Stina und Sie, Storm?« sagte der Pfarrer. »Die beiden, der große Ingmar und der starke Ingmar, standen dort auf der Brücke und sahen den Himmel offen.

Ich glaube, sie haben niemals zu Fremden darüber gesprochen, aber es ist ihr größter Schatz und ihr unantastbarstes Heiligtum gewesen, daß sie die Herrlichkeit des Himmels geschaut haben. Sie haben eigentlich nie zu jemand davon gesprochen, sondern nur zu ihren Kindern und den nächsten Angehörigen gesagt, daß sie einmal dort auf der Brücke gestanden und den Himmel offen gesehen hätten.«

Der Pfarrer saß wieder eine Weile da und sah vor sich nieder, dann seufzte er tief. »Ich habe noch nie von so etwas erzählen hören,« sagte er. Seine Stimme zitterte ein wenig, als er fortfuhr: »Ich hätte gern dort auf der Brücke mit dem großen Ingmar und mit dem starken Ingmar gestanden und den Himmel offen gesehen. –

Nun heute, sobald sie den großen Ingmar heim auf dem Hof geschafft hatten,« sagte der Pfarrer, »bat er, daß nach dem starken Ingmar geschickt werde, und das taten sie gleich zur selben Zeit, als sie nach dem Doktor und nach mir schickten. Aber der starke Ingmar war nicht zu Hause. Er war hoch oben im Walde und fällte Bäume und war nicht leicht zu finden. Sie sandten einen Boten über den anderen nach ihm aus, und der große Ingmar lag da und war unruhig, daß er ihn vor seinem Tode nicht mehr sehen würde.

Es währte so lange, daß ich kam, und der Doktor kam, aber der starke Ingmar war nicht zu finden.

Der große Ingmar kümmerte sich nicht mehr viel um uns andere; er war dem Tode nahe. ›Nun sterbe ich bald, Herr Pfarrer‹, sagte er. ›Ich wünsche nur, daß ich den starken Ingmar noch sehen könnte.‹

Er lag auf dem breiten Bett in der Kammer, und die schönste Decke, die sie hatten, war über ihn ausgebreitet. Seine Augen waren offen, er sah die ganze Zeit vor sich hin, nach etwas, das weit entfernt war, und das niemand anders sehen konnte.

Die drei kleinen Kinder, die er gerettet hatte, sie hatten sie zu ihm auf das Bett gesetzt, und sie saßen still da und kauerten zu seinen Füßen.

Wenn er hin und wieder einmal den Blick von dem abwandte, was er in weiter Ferne sah, fiel er auf die Kinder, und dann lächelte er über das ganze Gesicht.

Schließlich hatte man den Häusler gefunden. Der große Ingmar lächelte, als er die schweren Schritte des starken Ingmar draußen in der guten Stube hörte.

Als der Mann an das Bett trat, ergriff er seine Hand und streichelte sie sanft, dann fragte er ihn:

›Weißt du wohl noch, Ingmar, wie wir da unten auf der Kirchbrücke gingen und den Himmel offen sahen?‹

›Ja, wahrlich, weiß ich es noch, wie wir beide in den Himmel hineinsahen,‹ sagte der starke Ingmar.

Da wandte sich der große Ingmar ganz nach ihm um; er lächelte und das ganze Gesicht strahlte, als habe er eine große Freude zu verkündigen.

›Jetzt gehe ich da hin,‹ sagte er zum starken Ingmar.

Da beugte sich der andere über ihn nieder und sah ihm tief in die Augen. ›Ich komme dir nach,‹ sagte er. Der große Ingmar nickte ihm zu. ›Aber du weißt wohl, daß ich nicht kommen darf, ehe dein Sohn von der Wallfahrt heimkehrt.‹

›Ja, freilich weiß ich das,‹ sagte der große Ingmar und nickte. Und nachdem er das gesagt hatte, atmete er nur noch ein paarmal tief auf, und dann war er tot.«

Die Schulmeistersleute waren sich mit dem Pfarrer drüber einig, daß dies ein schöner Tod sei. Sie saßen alle drei eine Weile schweigend da.

»Aber,« sagte Mutter Stina plötzlich, »was meinte der starke Ingmar mit dem, was er von der Wallfahrt sagte?«

Der Pfarrer sah verwirrt auf. »Das weiß ich nicht,« sagte er. »Der große Ingmar starb gleich darauf; ich habe keine Zeit gehabt, darüber nachzudenken. Es waren ganz merkwürdige Worte, darin haben Sie recht, Mutter Storm.«

»Der Herr Pfarrer weiß wohl, daß man sagt, der starke Ingmar könne in die Zukunft sehen?«

Der Pfarrer saß sinnend da und strich sich über die Stirn, als wolle er Klarheit in seine Gedanken bringen. »Es gibt nichts so Merkwürdiges, als an Gottes Leiten zu denken,« sagte er, »nichts in der Welt ist so merkwürdig.«

Karin, Ingmars Tochter

Es war an einem Vormittag im Herbst. Die Schule hatte angefangen, aber es war gerade Vormittagspause. Der Schulmeister und Gertrud kamen in die Küche, sie setzten sich an den Tisch, und Mutter Stina gab ihnen Kaffee.

Ehe sie ihre Tassen geleert hatten, kam Besuch.

Es war Halvorsson, der kam, ein junger Bauer, der ein Kaufmannsgeschäft unten im Kirchdorf angefangen hatte. Er stammte von Timshof und wurde deshalb gewöhnlich Tims Halvor genannt. Er war ein großer, hübscher Mann, aber er sah niedergeschlagen aus. Mutter Stina bot auch ihm Kaffee an; er setzte sich an den Tisch und begann mit dem Schulmeister zu reden.

Die Hausfrau saß auf dem Gittersofa am Fenster und strickte; sie saß so, daß sie den Weg hinaufsehen konnte. Auf einmal wurde sie dunkelrot und beugte sich vor, um besser zu sehen. Aber sie bemühte sich gleich, so auszusehen wie sonst und sagte ganz leichthin: »Jetzt bekommen wir noch mehr Besuch.« Der Kaufmann konnte gleich hören, daß etwas Ungewöhnliches in ihrem Tone war, er stand auf und sah hinaus. Gertrud wandte sich auch um, sie sah eine große, ein wenig vornüber gebeugte Frau und einen halberwachsenen Jungen auf die Schule zukommen.

»Irre ich nicht, so ist es Karin Ingmarstochter,« sagte Mutter Stina. – »Jawohl, das ist Karin,« sagte der Kaufmann. Er sagte nichts weiter, sondern wandte sich vom Fenster ab und sah sich in der Stube um, als spähe er nach einem Ausgang. Aber nach einer Weile ging er ruhig wieder auf seinen Platz.

Die Sache war nämlich die, daß Tims Halvor im vergangenen Sommer, als der große Ingmar noch lebte, um Karin Ingmarstochter gefreit hatte. Die Freierei hatte sich sehr in die Länge gezogen; da waren viele Wenn und Aber gewesen. Die alte Familie da oben wußte nicht, ob er gut genug war. Nicht, daß das Geld im Wege gewesen wäre, denn Halvor war wohlhabend, aber sein Vater war dem Trunk ergeben gewesen, und sie fürchteten, daß sich dies vererben könne. Aber schließlich war doch bestimmt worden, daß er Karin haben sollte.

Der Hochzeitstag war festgesetzt, und das Aufgebot war beim Pfarrer bestellt. Aber ehe sie zum erstenmal aufgeboten waren, machten Karin und Halvor eine Reise nach Falun, um die Verlobungsringe und das Gesangbuch zu kaufen. Sie waren drei Tage fort, und als sie zurückkamen, sagte Karin zu dem Vater, daß sie sich nicht mit Halvor verheiraten könne. Das einzige, worüber sie sich zu beklagen hatte, war, daß sich Halvor einmal auf der Reise betrunken hatte. Karin war nun bange, daß er so werden könne wie sein Vater. Der große Ingmar sagte, er wolle sie nicht zwingen, und da war es denn mit der Verlobung vorbei.

Aber Halvor geriet ganz außer sich. »Das ist ja eine so große Schmach für mich,« sagte er zu Karin, »daß ich es nicht ertragen kann. Was müssen die Leute von mir denken, wenn du mich so verwirfst. Man kann nicht so gegen einen ehrenhaften Mann handeln.«

Aber Karin war nicht zu erweichen, und Halvor war seit jener Zeit niedergeschlagen und unglücklich gewesen; er konnte das Unrecht nicht vergessen, das ihm die Ingmarssöhne angetan hatten.

Und da kam nun Karin, und hier saß Halvor, und wie sollte das nun gehen?

Soviel war sicher: Von einer Versöhnung konnte keine Rede sein. Karin hatte sich schon im vergangenen Herbst mit Elias Elof Ersson verheiratet. Nachdem der große Ingmar im

Frühling gestorben war, wohnten sie und ihr Mann auf dem Ingmarshofe und bewirtschafteten ihn. Der große Ingmar hatte fünf Töchter und einen Sohn hinterlassen. Aber der Sohn war noch so jung, daß er den Hof nicht übernehmen konnte.

Jetzt trat jedoch Karin in die Küche. Sie war erst einige zwanzig Jahre alt, aber sie hatte wohl niemals wirklich jung ausgesehen. An vielen anderen Orten würde man sie sehr häßlich gefunden haben; denn sie artete ihrer Familie nach, und hatte schwere Augenlider, rotes Haar und einen strengen Zug um den Mund. Aber die Schulmeistersleute hatten es gern, daß sie den alten Ingmarssöhnen so sehr glich.

Karin verzog keine Miene, als sie Tims Halvor erblickte, sondern ging langsam und ruhig von einem zum andern und sagte guten Tag. Als sie Halvor die Hand reichte, streckte er die seine aus, und sie berührten einander an den äußersten Fingerspitzen. Karin ging immer ein wenig vornübergebeugt; als sie Halvor gegenüberstand, sah es aus, als senke sie den Kopf noch mehr als sonst, aber Halvor stand höher und aufrechter da, als er zu tun pflegte.

»Nun, Karin, Ihr seid heute aus?« sagte Mutter Stina und setzte ihr den Propststuhl hin. – »Ja, das bin ich,« sagte sie. »Jetzt ist es nicht schwierig zu gehen, seit wir Frost bekommen haben.« – »Ja, es hat über Nacht scharf gefroren,« sagte der Schulmeister.

Aber dann wurde es ganz still in der Stube, niemand hatte mehr etwas zu sagen. Das Schweigen währte mehrere Minuten. Dann erhob sich Halvor, und die anderen zuckten zusammen, als seien sie aus dem Schlafe aufgefahren.

»Na, da muß ich jetzt wohl nach dem Laden zurück,« sagte Halvor. – »Ach, das eilt wohl nicht so,« sagte Mutter Stina. – »Ich jage doch wohl Halvor nicht fort?« sagte Karin. Ihre Stimme klang demütiger als sonst, als sie das sagte.

Tims Halvor richtete sich noch mehr auf, er ging mit einer harten, stolzen Miene umher, reichte allen die Hand und sagte Lebewohl.

Sobald er gegangen, war es, als sei ein Bann gebrochen, und der Schulmeister wußte gleich, was er sagen sollte. Er sah den Knaben an, den Karin mitgebracht hatte; den hatte bisher niemand beachtet. Es war ein kleiner Bursche, er konnte nicht viel älter sein als Gertrud. Er hatte ein helles und weiches Kindergesicht, aber es lag etwas Altmodisches über ihm, und es war nicht schwer zu sehen, welchem Geschlecht er angehörte.

»Mir deucht, Karin kommt mit einem Schuljungen,« sagte der Schulmeister. -- »Es ist mein Bruder,« antwortete Karin, »er ist jetzt Ingmar Ingmarsson.« – »Er ist noch ein wenig klein für den Namen,« sagte Storm.

– »Ja, Vater starb zu früh.« – »Das ist ein wahres Wort,« sagten der Schulmeister und seine Frau wie aus einem Munde.

»Er hat die Lateinschule in Falun besucht,« sagte Karin, »darum ist er früher noch nicht zum Herrn Schulmeister gekommen.« – »Läßt es sich denn nicht so einrichten, daß er jetzt zum Herbst auch wieder dahin kommt?«

– Karin schlug die Augen nieder und seufzte, antwortete aber nicht. »Sie sagten, daß er Begabung zum Lernen hat,« sagte sie. – »Ja, ich fürchte nur, daß ich ihn nichts lehren kann. Er kann gewiß schon ebensoviel wie ich selbst.« – »Ach, der Herr Schulmeister kann doch so viel mehr als so ein Kleiner.«

Wieder trat eine Stille ein, bis sie von neuem begann: »Ich meine nicht nur, daß er in die Schule gehen soll, ich wollte den Herrn Schulmeister und Stina auch fragen, ob er hier wohnen dürfte?«

Der Schulmeister und seine Frau sahen sich ganz verwirrt an, und keines von beiden hatte eine Antwort bei der Hand. »Aber wir haben ja nur so wenig Platz,« sagte Storm. – »Ich dachte, ich könnte vielleicht mit Butter und Milch und Eiern bezahlen,« sagte Karin. – »Nun ja, was das anbetrifft ...« – »Es ist ja eine große Gefälligkeit,« sagte die reiche Bäuerin.

Aber Mutter Stina begriff, daß Karin nicht um etwas so Sonderbares bitten würde, wenn sie ihrer Hilfe nicht dringend bedurfte. So entschied sich denn die Sache schnell.

»Karin soll wirklich nicht nötig haben, uns lange darum zu bitten,« sagte sie. »Wir wollen alles, was wir können, für die Ingmarssöhne tun.«

»Danke,« sagte Karin.

Mutter Stina und Karin sprachen lange darüber, wie es mit Ingmar eingerichtet werden sollte, aber Storm und Gertrud nahmen den Knaben mit in die Schule, und er setzte sich auf die Bank neben sie. Und den ganzen ersten Tag sagte er kein Wort.

Eine ganze Woche hielt sich Tims Halvor vom Schulhaus fern, als sei er bange, Karin dort wieder zu treffen. Aber eines Vormittags, als es in Strömen regnete, und keine Kunden zu erwarten waren, konnte er es nicht länger aushalten. Eine tiefe Schwermut hatte ihn befallen, es war ihm, als könne er nur gleich hingehen und sich aufhängen. »Ich tauge zu nichts mehr, niemand hat Achtung vor mir,« dachte er und quälte sich selbst, wie er es fortwährend getan hatte, seit Karin ihn abgewiesen hatte. Endlich beschloß er, zu Mutter Stina hinüberzugehen, um ein wenig mit einem freundlichen und fröhlichen Menschen zu plaudern.

So schloß er denn den leeren Laden ab, knöpfte den Mantel fest zu und gelangte durch Sturm und Regen und platschende Wasserlachen nach dem Schulhaus.

Halvor hatte nicht die Absicht gehabt, lange dazubleiben, aber er fühlte sich so wohl, daß er noch da saß, als die Glocke die Vormittagspause einläutete, und Storm mit den beiden Kindern kam, um Kaffee zu trinken.

Sie gingen alle drei auf ihn zu und sagten ihm guten Tag; er stand vor dem Schulmeister auf, aber als Ingmar ihm die Hand reichte, hatte er sich schon wieder gesetzt und sprach so eifrig mit Mutter Stina, daß er es nicht sah. Der Junge blieb einen Augenblick ganz still stehen, dann ging er an den Tisch und setzte sich. Er seufzte ein paarmal, ganz wie seine Schwester an dem Tage geseufzt hatte, als sie da war.

»Halvor ist gekommen, um uns seine neue Uhr zu zeigen,« sagte Mutter Stina, und Halvor zog eine neue silberne Uhr aus der Tasche und zeigte sie. Sie war sehr hübsch, ganz klein, mit einer vergoldeten Blume auf der Kapsel. Der Schulmeister öffnete die Uhr, dann ging er in die Schulstube, um ein kleines Vergrößerungsglas zu holen, das er fest in das Auge klemmte, und betrachtete das Werk. Er geriet in Entzücken und blieb lange stehen, um es zu betrachten und sich darüber zu freuen, wie allerliebst die Räder ineinandergriffen. Er sagte, er habe nie ein so gutes Stück Arbeit gesehen. Schließlich gab er Halvor die Uhr zurück, und der steckte sie in die Tasche, sah aber weder froh noch stolz aus, wie Leute sonst zu sein pflegen, wenn man etwas lobt, was sie sich angeschafft haben.

Ingmar schwieg, während er aß, wie das so seine Art zu sein pflegte, aber als er die Kaffeetasse geleert hatte, fragte er Storm, ob er sich auf Uhren verstehe. – »Ja,« sagte der Schulmeister, »du weißt wohl, daß es nichts gibt, worauf ich mich nicht verstehe.«

Ingmar zog dann eine Uhr heraus, die er in der Westentasche trug; es war ein großer, runder, silberner Zwieback, häßlich und plump anzusehen, namentlich jetzt, wo man eben Halvors Uhr gesehen hatte, und sie hing an einer Kette, die ebenfalls häßlich und plump war. Auf der Kapsel war nicht die geringste Verzierung, sondern nur eine große Beule. Die Uhr war überhaupt sehr mitgenommen. Über den Zeigern war kein Glas mehr, und die Emaille an dem Zifferblatt hatte auch Schaden gelitten.

»Sie steht,« sagte der Schulmeister und hielt sie ans Ohr. – »Ja,« sagte der Junge. »Ich wollte nur gern wissen, ob Herr Schulmeister glaubt, daß sie wieder instand gesetzt werden kann?« – Der Schulmeister nahm die Uhr, und man konnte es inwendig rasseln hören, als ob alle Räder los seien. – »Du hast wohl einen Nagel mit der Uhr eingeschlagen?« sagte er. »Dabei etwas zu machen, kann ich nicht übernehmen,« – »Glaubt Herr Schulmeister, daß Uhrmacher Erik etwas daran machen kann?« – »Nein, nicht mehr als ich. Es ist am besten, wenn du sie nach Falun schickst und ein neues Werk hineinsetzen läßt.« – »Ja, das habe ich auch gedacht,« sagte Ingmar und steckte die Uhr wieder ein.

»Was in aller Welt hast du nur damit gemacht?« fragte der Schulmeister. Der Junge saß einen Augenblick da und schluckte gleichsam etwas herunter. Es war, als stecke ihm das Weinen in der Kehle. »Es war Vaters Uhr,« sagte er. »Sie wurde so, wie sie jetzt ist, als der Balken Vater traf.« Alle wurden plötzlich ganz still und aufmerksam. Der Junge machte eine Anstrengung und fuhr fort:

»Wir hatten gerade Osterferien, so daß ich nach Hause gekommen war, damals, als das geschah, und ich war der erste, der zu Vater hinabkam, als er am Ufer lag. Vater hatte die Uhr in der Hand. ›Jetzt ist es mit mir vorbei, Ingmar,‹ sagte Vater und winkte mich zu sich hin, denn er konnte nicht laut sprechen. ›Ingmar,‹ sagte Vater, ›es tut mir leid, daß die Uhr entzwei ist, denn ich möchte, daß du sie jemand gibst, dem ich einmal unrecht getan habe, und daß du ihn von mir grüßen sollst.‹ Und dann sagte Vater, wer die Uhr haben sollte, und er sagte, ich sollte dafür sorgen, daß sie in Falun instand gesetzt würde, ehe ich sie dem gab, der sie haben sollte. Aber ich kam nie wieder nach Falun, und nun weiß ich nicht, was ich tun soll.«

Der Schulmeister dachte gleich darüber nach, ob er jemanden kenne, der bald nach Falun fahren würde, und der die Uhr mitnehmen könne, aber Mutter Stina unterbrach ihn fast im selben Augenblick. »Wer sollte denn die Uhr haben, Ingmar?« – »Ich weiß nicht, ob ich es sagen darf,« sagte der Junge. – »War es Tims Halvor, der da sitzt?« fragte sie. Ingmar zögerte mit der Antwort. »Ja, er war es,« sagte er leise. – »Dann gib du Halvor die Uhr, so wie sie ist,« sagte Mutter Stina, »das wird ihm am liebsten sein.« – Ingmar erhob sich gehorsam, zog die Uhr heraus und strich einmal mit dem Jackenärmel darüber hin, um sie so hübsch zu machen, wie sie nur werden konnte. Dann ging er mit langen Schritten durch das Zimmer. »Ich soll von Vater grüßen und dir das da geben,« sagte er und reichte ihm die Uhr.

Halvor hatte während der ganzen Zeit schweigend und finster dagesessen, aber als der Knabe jetzt zu ihm hinkam, hielt er die Hand vor die Augen, als ob er nicht sehen wolle. Ingmar stand ziemlich lange da und hielt ihm die Uhr hin. Schließlich sah der Junge zu der Hausfrau hinüber, als wolle er um ihre Hilfe bitten. »Selig sind die Friedfertigen,« sagte die dann. Tims Halvor machte eine Bewegung mit der einen Hand, als wolle er das Geschenk von sich weisen. Dann versuchte auch der Schulmeister, sich ins Mittel zu legen. »Ich meine, Sie können keine bessere Genugtuung verlangen, Halvor,« sagte er. »Ich habe immer gesagt, daß, wenn Ingmar Ingmarsson gelebt hätte, er Ihnen längst die Genugtuung gegeben hätte, die Sie verdienen.«

Sie sahen nun, daß Halvor, fast gegen seinen Willen, mit der Hand, die er nicht vor die Augen hielt, nach der Uhr griff, und sie an sich zog; sobald er sie in der Hand hielt, steckte er sie ganz unter den Rock und die Weste und verbarg sie. »Die Uhr soll ihm schon niemand nehmen,« sagte Storm und lachte, als er sah, wie fest Halvor Rock und Weste über die Uhr knöpfte. Halvor lachte auch, er erhob sich, richtete sich auf und tat einen tiefen Atemzug. Seine Wangen röteten sich, und er sah mit großen, klaren Augen um sich.. – »Jetzt, glaube ich, fühlt Halvor, daß ihm ein neues Leben geschenkt ist,« sagte die Frau des Schulmeisters.

Aber Halvor schob nun die Hand unter den Rock und zog seine eigene Uhr heraus. Dann ging er durch die Stube auf Ingmar zu, der sich wieder an den Tisch gesetzt hatte. »Da ich jetzt die Uhr deines Vaters von dir angenommen habe, so sollst du diese von mir annehmen,« sagte er.

Damit legte er die Uhr auf den Tisch und ging seiner Wege, ohne jemand Lebewohl zu sagen.

Den ganzen Tag trieb er sich auf Wegen und Stegen umher. Es kamen ein paar Bauern vom

Westhof, um Einkäufe bei ihm zu machen. Sie standen vom Mittag bis zum Abend vor dem Laden und warteten, aber es kam kein Halvor.

Elof Ersson vom Eliashof, der Karin Ingmarstochter geheiratet hatte, war der Sohn eines Geizhalses. Er hatte es schlecht bei seinem Vater gehabt. Als Kind hatte er sich kaum sattessen dürfen, und selbst als erwachsener junger Mann wurde er hart unter dem Daumen gehalten. Sein Vater trieb ihn beständig zur Arbeit an, er hatte nie Erlaubnis gehabt, auch nur zum Tanz zu gehen, und nicht einmal am Sonntag hatte er Ruhe vor der Arbeit gehabt. Und als Elias Elof sich endlich verheiratete, ward er dennoch nicht sein eigener Herr, sondern er mußte nach dem Ingmarshofe ziehen und unter dem Schwiegervater stehen. Und auf dem Ingmarshofe kannte man auch nichts weiter als Arbeit und Sparsamkeit. Aber solange Ingmar Ingmarsson lebte, schien es, als sei Elof Ersson wohl zufrieden, er mühte und plagte sich ab und verlangte nichts Besseres. Die Leute sagten, nun hätten die Ingmars einen Schwiegersohn nach ihrem Sinne bekommen; denn Elof Ersson wisse nicht, daß es etwas anderes in der Welt gäbe als Arbeit.

Aber sobald der große Ingmar tot war, fing der Schwiegersohn an zu trinken und ein wildes Leben zu führen. Er machte die Bekanntschaft all der lustigen Burschen in der Harde, lud sie zu sich auf den Ingmarshof oder trieb sich mit ihnen in Spielstuben oder Wirtschaften herum. Er hörte ganz auf zu arbeiten und betrank sich jeden Tag, und im Verlauf von wenigen Monaten wurde er ein elender Trunkenbold.

Als seine Frau, Karin Ingmanstochter, ihn zum erstenmal betrunken sah, wurde sie wie versteinert. »Das ist Gottes Strafe, weil ich Halvor unrecht getan habe,« dachte sie gleich.

Ihrem Manne gegenüber hatte sie nicht viele Vorwürfe oder Ermahnungen. Sie sah bald, daß er ein Baum war, dem die Axt schon an die Wurzel gelegt war, und daß sie nie weder Stütze noch Schatten von ihm haben würde.

Aber Karin Ingmarstochters Schwestern waren nicht so klug wie sie. Sie schämten sich des wilden Lebens und konnten sich nicht darein finden, daß man vom Ingmarshofe bis auf die Landstraße hinaus Lärmen und Singen hören sollte. Bald machten sie sich lustig über ihn, bald ermahnten sie ihn, und obwohl der Schwager eigentlich ein gutmütiger Mann war, wurde er doch zuweilen zornig. Und es gab viel Unfrieden im Hause.

Karin dachte jetzt nur daran, ihre Schwestern aus dem Hause zu schaffen, so daß sie diesem Elend, in dem sie selbst lebte, entrinnen könnten. Im Laufe des Sommers stattete sie die Hochzeit der beiden Ältesten aus, die beiden Jüngsten schickte sie nach Amerika, wo sie reiche Verwandte hatten.

Allen diesen Schwestern wurde ihr Erbteil, das sich auf zwanzigtausend Kronen belief, ausgezahlt. Karin hatte den Hof bekommen, aber es war bestimmt, daß der junge Ingmar ihn mit seinen zwanzigtausend Kronen einlösen sollte, sobald er mündig wurde, und dann sollten

Karin und Elias Elof anderswo hinziehen.

Es war merkwürdig, daß Karin, die so verlegen und unsicher aussah, die Kraft hatte, so viele Vögel aus dem Nest hinauszusenden, ihnen Männer und Ausstattungen und Fahrkarten nach Amerika zu verschaffen. Sie mußte dies alles ganz allein besorgen. Von ihrem Manne hatte sie nicht die geringste Hilfe.

Aber die meisten Sorgen machte Karin der Bruder, er, der jetzt Ingmar Ingmarsson war. Er lehnte sich mehr gegen Karins Mann auf als irgendeins der anderen Geschwister. Und zwar nicht mit Worten, sondern mit Taten. Eines Tages schüttete er all den Branntwein aus, den Elof Ersson ins Haus geschafft hatte, und ein anderes Mal ertappte ihn der Schwager dabei, daß er Wasser in seine Getränke goß.

Als es Herbst wurde, hielt Karin darauf, daß Ingmar dies Jahr, wie schon früher, wieder nach der Lateinschule reisen sollte, aber der Mann, der sein Vormund war, widersetzte sich dem ganz bestimmt.

»Ingmar soll Bauer sein so wie ich und sein Vater und mein Vater,« sagte Elias. »Was hat er in der Lateinschule zu suchen? Zum Winter gehen er und ich in den Wald und setzen Kohlenmeiler, das ist die beste Gelehrsamkeit, die er erwerben kann. Als ich in seinem Alter war, lag ich den ganzen Winter hindurch in der Köhlerhütte.«

Karin konnte ihn nicht dazu bringen, seine Ansicht zu ändern, sondern mußte sich darein finden, daß Ingmar zu Hause blieb.

Elias Elof gab sich jetzt Mühe, Ingmar zu gewinnen. Namentlich nahm er ihn gern mit, wenn er ausfuhr. Der Junge tat es ungern; er wollte nicht mit zu den Trinkgelagen des Schwagers. Da schwur Elias Elof, daß er nicht weiter als bis zur Kirche oder bis zum Kaufmann mitfahren solle, hatte er Ingmar jedoch erst auf dem Wagen, so fuhr er in der Harde herum, hinab zu den Schmieden bei dem Bergsaanaer Sägewerk oder nach dem Gasthaus in Karmsund.

Karin freute sich, daß ihr Mann den Jungen mitnahm. Dann war sie beruhigt darüber, daß er nicht in einem Graben am Wege liegen blieb oder die Pferde zuschanden fuhr.

Aber einmal, als Elias Elof um acht Uhr des Morgens nach Hause kam, saß Ingmar neben ihm im Wagen und schlief. »Komm und hilf mir ihn hineintragen,« sagte Elias zu Karin. »Der arme Junge hat sich betrunken. Er kann nicht allein gehen.«

Karin war so entsetzt, daß sie förmlich zusammensank. Sie mußte sich einen Augenblick auf die Treppe setzen, ehe sie hingehen und ihm vom Wagen herabhelfen konnte. Als sie ihn nun aufhob, sah sie, daß er nicht schlief, sondern kalt und bewußtlos war wie eine Leiche. Karin nahm ihn auf ihren Arm, trug ihn in die kleine Stube, schloß sich mit ihm ein und versuchte, ihn wieder ins Leben zurückzurufen.

Nach einer Weile kam sie in die gute Stube hinaus, wo Elias saß und frühstückte. Karin trat dicht an ihn heran und legte ihm die Hand auf die Schulter. – »Es ist gut, daß du noch einmal ordentlich zulangst,« sagte sie, »denn hast du meinen Bruder totgetrunken, dann kannst du bald eine geringere Kost bekommen als hier auf dem Ingmarshofe.« – »Wie du redest,« sagte der Mann, »so ein klein wenig Branntwein kann ihm doch wohl nicht schaden.« – »Aber es ist doch so, wie ich sage,« sagte Karin und sie krallte ihre harten mageren Finger in die Schultern des Mannes. »Stirbt er, so bekommst du deine zwanzig Jahre Zuchthaus, Elias.«

Als Karin wieder zu dem Knaben hineinkam, war er schon zum Bewußtsein gekommen, aber er war noch ganz verstört und konnte kein Glied rühren. Er litt sehr. «Glaubst du, daß ich sterbe, Karin?« sagte er. – »Nein, bewahre,« sagte sie und setzte sich neben ihn. – »Ich wußte nichts was es war, das sie mir gaben,« sagte er.

– »Gott sei Dank dafür,« sagte Karin ernsthaft. – »Wenn ich sterbe, so schreibe das an die Schwestern,« sagte der Junge, »ich wußte nicht, daß es Spiritus war.«

– »Ja,« sagte Karin. – »Ich wußte es wirklich nicht, ich schwöre es dir.«

Ingmar lag den ganzen Tag in Fieberphantasien. »Wenn du es nur nicht Vater erzählst,« sagte er zu der Schwester. – »Nein, niemand erzählt es Vater,« sagte Karin. – »Aber wenn ich nun sterbe, bekommt Vater es ja doch zu wissen, und ich muß mit Schande vor Vater stehen.« – »Es war ja nicht deine Schuld,« sagte Karin.

– »Vater meint vielleicht, ich hätte mich in acht nehmen sollen; ich hätte mich vor allem in acht nehmen sollen, was mir Elias gab.«

»Glaubst du nun, daß die ganze Gemeinde weiß, daß ich betrunken gewesen bin?« sagte er. – »Was sagen die Knechte und was sagt der starke Ingmar?« – »Sie sagen nichts,« sagte Karin. – »Du mußt ihnen erzählen, wie es zugegangen ist. – Siehst du, sie hatten die ganze Nacht getrunken, und ich saß da und schlief halb auf einer Bank. Es war im Kruge in Karmsund. Da kam Elias und weckte mich; er sagte sehr freundlich: »Wach auf, Ingmar, dann sollst du etwas haben, um dich zu erwärmen. Trink dies jetzt, es ist nichts weiter als warmes Wasser mit Zucker.« – Und mich fror, als ich erwachte, und als ich das kostete, was er mir reichte, konnte ich nichts anderes schmecken, als daß es warm und süß war. Und dann war es etwas anderes gewesen, was er für mich zusammengemischt hatte. Und was wird Vater nun sagen?«

Karin öffnete die Tür. Elias saß noch da drinnen; sie meinte, es könne ihm gut sein, es zu hören.

»Wenn Vater nur noch lebte, Karin, wenn Vater nur noch lebte!« – »Ja, was dann, Ingmar?« – »Glaubst du nicht auch, daß er ihn dann totschlagen würde?« – Elias brach da draußen in ein Gelächter aus, und der Knabe wurde so blaß, als er ihn lachen hörte, daß Karin sich beeilte, die Tür zu schließen.

Nach diesem Vorfall wurde Elias Elof doch so zahm, daß er sich nicht widersetzte, als Karin Ingmar zu den Schulmeistersleuten brachte.

In der ersten Zeit, nachdem Tims Halvor die Uhr bekommen hatte, war sein Laden immer voll von Leuten. Da war kein Bauer, der in das Kirchdorf hinabfuhr, ohne sich etwas im Laden zu schaffen zu machen, um von Halvor die Geschichte von Ingmar Ingmarssons Uhr zu hören. Die Bauern lungerten stundenlang über dem Ladentisch in ihren langen weißen Pelzen und wandten Halvor ihre ernsten, runzeligen Gesichter zu, während er erzählte. Zuletzt holte dann Halvor die Uhr heraus und zeigte ihnen die verbeulte Kapsel und das zerbrochene Uhrglas. – »So, also da hat der Stoß getroffen,« sagten die Bauern, und es war, als sähen sie die ganze Szene vor sich, damals, als Ingmar verunglückte. – »Ja, es ist eine große Sache für dich, Halvor, die Uhr zu haben.«

Wenn ihnen Halvor die Uhr zeigte, ließ er sie nie aus den Händen, sondern hielt sie fortwährend an der Kette fest. Er gab sie nicht einen einzigen Augenblick von sich.

Eines Tages stand Halvor wie gewöhnlich mit einer Schar Bauern um sich da. Er erzählte und erzählte; schließlich wurde die Uhr hervorgeholt, und gleich kam es wie eine Andacht über sie, und es war fast ganz still, während die Uhr von dem einen zu dem anderen wanderte.

Gerade während dies vor sich ging, kam Elias in den Laden, aber die Uhr legte so starken Beschlag auf aller Aufmerksamkeit, daß niemand ihn beachtete. Auch er hatte von der Uhr seines Schwiegervaters reden hören und begriff sogleich, was hier vor sich ging. Er war nicht neidisch auf Halvor, er fand nur, daß es lächerlich sei, ihn und die anderen so andächtig über einer alten, unbrauchbaren, silbernen Uhr stehen zu sehen.

Elias schlich sich hinter die, die über den Tisch gebeugt standen, tat einen raschen Griff, erfaßte die Uhr und zog sie an sich. Es war nur ein Scherz von Elias, er hatte nicht die Absicht, Halvor die Uhr wegzunehmen, er wollte ihn nur ein wenig foppen.

Halvor wollte die Uhr wiederhaben, aber Elias ging rückwärts und hielt sie hoch in die Luft, wie man einem Hund ein Stück Zucker hinhält. Da stützte Halvor die Hand auf den Tisch und schwang sich hinüber. Er sah so zornig aus, daß Elias bange vor ihm wurde und auf die Tür zustürzte, statt stehen zu bleiben und ihm die Uhr zu geben.

Vor der Tür befand sich eine Holztreppe mit ausgetretenen Stufen. Hier geriet Elias mit dem Fuß in ein Loch. Er strauchelte und blieb liegen. Halvor stürzte sich über ihn, entriß ihm erst die Uhr und versetzte ihm dann ein paar derbe Fußtritte.

»Du solltest nicht so hart zuschlagen,« sagte Elias. »Du solltest lieber erst nachsehen, was mit meinem Rücken los ist.«

Halvor hörte auf zu schlagen, aber Elias rührte weder Hand noch Fuß, um sich zu erheben. – »Hilf mir auf,« sagte Elias. – »Du kannst dir wohl selbst aufhelfen,« sagte Halvor, »wenn du den Rausch ausgeschlafen hast.« – »Ich bin nicht betrunken,« sagte Elias, »aber als ich auf die Treppe hinauskam, war mir, als komme der große Ingmar auf mich zugegangen, um mir die Uhr wegzunehmen, und da fiel ich so arg.«

Halvor beugte sich nieder, um den Ärmsten aufzuheben, der vor ihm lag. Dann mußten sie Elias nach Hause fahren; sein Rücken war beschädigt, so daß er nie wieder würde gehen können.

Seit dieser Zeit lag Elof Ersson immer zu Bett; er war lahm und konnte sich nicht rühren. Aber sprechen konnte er, und er lag den ganzen Tag da und bettelte um Branntwein.

Der Doktor hatte Karin Ingmarstochter streng verboten, dem Mann Getränke zu geben, denn in dem Falle würde er sich in kurzer Zeit tottrinken. Da versuchte denn Elias, sich das, was er verlangte, zu erschmuggeln, indem er schrie und brüllte, namentlich des Nachts. Er gebürdete sich wie ein Wahnsinniger und störte die Ruhe des ganzen Hauses.

Dies war Karins schwerstes Jahr. Der Mann quälte sie oft so, daß sie glaubte, sie könne es nicht ertragen. Er füllte den Hof mit bösen, giftigen Worten und mit Flüchen, so daß es war wie eine Hölle.

Da bat Karin die Schulmeistersleute, Ingmar ganz dazubehalten. Sie wollte den Bruder nicht einen einzigen Tag im Hause haben, nicht einmal zu Weihnachten.

Alles Gesinde auf dem Ingmarshofe war entfernt verwandt mit den Ingmars. Sie waren alle ihr ganzes Leben auf dem Hofe gewesen. Wären sie nicht so mit den Ingmarssöhnen verwachsen gewesen, hätten sie es nie aushalten können, dazubleiben. – Da waren nicht viele Nächte, in denen Elias sie ruhig schlafen ließ, und immer ersann er etwas Neues, um sie und Karin so zu plagen, daß sie schließlich gezwungen waren, seinen Bitten nachzugeben.

In diesem Elend lebte Karin einen Winter, einen Sommer und noch einen Winter.

Da war eine Stelle, wohin Karin sich zurückzuziehen pflegte, um allein zu sein und über ihr Unglück nachzugrübeln. Es war eine schmale Bank hinter dem kleinen Hopfengarten; da saß sie oft zusammengekauert, die Ellenbogen auf den Knien und das Kinn in die Hände gestützt, und sah über die Landschaft hinaus, ohne irgend etwas zu sehen. Man hatte sonst eine weite Aussicht von hier. Von dem Ort, wo sie saß, erstreckten sich die Kornfelder bis ganz hinüber an den Wald, mit den Abhängen und dem Klackberge dahinter.

Dort saß Karin an einem Aprilabend. Sie fühlte sich müde und mutlos, wie das oft im Frühling der Fall ist, wenn der Schnee halb geschmolzen, feucht und schmutzig ist, und die Erde noch nicht von dem Frühlingsregen reingespült wurde. Die Sonne sengte, aber der Nordwind sauste auch frei um sie her, denn der schirmende Hopfen war noch nicht aus der Erde aufgeschossen, sondern lag noch unter einem Teppich von Tannenzweigen und schlief seinen Winterschlaf. Ein scharfer Wind wehte, allerlei Abfälle, Papierfetzen und dürres Gras wirbelten über das Feld hin. Der Taunebel hing dicht an den Bergen, die Wipfel der Birken fingen an, sich braun zu färben, aber am Waldessaume lag noch eine hohe Schneekante. Jetzt wurde es wohl bald wirklich Frühling, und Karin fühlte sich noch müder als sonst, wenn sie daran dachte; es war ihr, als könne sie nicht noch einen solchen Sommer überleben.

Sie dachte daran, wie es sich nun alles überstürzen würde: das Säen und die Heuernte, die Frühjahrsbäckerei und die Frühlingswäsche, das Weben und Nähen. Es war unmöglich, mit allem dem fertig zu werden.

»Und es macht ja nichts, wenn ich sterbe,« sagte sie leise. »Ich habe ein Gefühl, als lebte ich für nichts weiter, als ihn daran zu verhindern, sich totzutrinken.«

Plötzlich sah Karin auf, als habe sie einer gerufen. Ihr gerade gegenüber stand Halversson; er hatte sich gegen den Zaun gelehnt und sah sie an.

Sie wußte nicht, wann er gekommen war. Er sah so aus, als habe er lange dagestanden.

»Ich dachte mir wohl, daß du hier säßest,« sagte Halvor. – »Hast du dir das gedacht?« – »Ja, ich weiß noch aus alten Zeiten, daß du dich hier zu verstecken pflegtest, wenn du eine müßige Stunde hattest, um dazusitzen und dich zu grämen.« – »Ich hatte damals nicht viel Grund mich zu grämen,« sagte Karin. – »Den Gram, den du damals nicht hattest, den schafftest du dir selbst.«

Als Karin Halvor nun sah, meinte sie, daß er sie dumm finden müsse, weil sie ihn nicht geheiratet hatte, so ein schöner und stattlicher Mann, wie er war. »Nun hat er mich da, wo er mich haben will,« dachte sie. »Nun ist er gekommen, um sich lustig über mich zu machen.«

»Ich bin da drinnen gewesen und habe mit Elias gesprochen,« sagte Halvor. »Mit ihm wollte ich eigentlich reden.«

Karin antwortete nicht, sie saß steif und aufrecht da, mit niedergeschlagenen Augen und gekreuzten Händen, und wartete nur auf all den Hohn, mit dem Halvor sie jetzt überschütten würde.

»Ich sagte zu ihm,« fuhr Halvor fort, »daß ich fände, ich sei mit schuld an seinem Unglück, weil er daheim bei mir zu Schaden gekommen ist.« Halvor hielt inne und wartete gleichsam darauf, daß sie ein Zeichen der Billigung oder der Mißbilligung machen würde, aber Karin rührte sich nicht. »Darum fragte ich ihn,« sagte Halvor, »ob er nicht eine Weile zu mir ins Haus ziehen wolle. Es könne doch immer eine Veränderung für ihn sein, und er sähe dort mehr Menschen als hier.«

Nun schlug Karin die Augen auf, im übrigen aber blieb sie ganz regungslos sitzen.

»Wir haben verabredet,« sagte Halvor, »daß du ihn morgen zu mir hinabfahren lassen solltest. Ich weiß, daß er kommen will, denn er glaubt, er könne sich bei mir Branntwein verschaffen. Aber davon ist nicht die Rede, Karin, das wirst du wohl verstehen. Nicht das geringste mehr bei mir als bei dir. Dann kommt er also morgen. Er soll die kleine Stube hinter dem Laden haben, und ich habe ihm versprochen, daß die Tür offenstehen soll, damit er alle, die kommen, sehen kann.«

Bei Halvors ersten Worten dachte Karin, ob er sich dies wohl ausgedacht habe, um sie zu verhöhnen. Aber nach und nach ward es ihr klar, daß es sein Ernst war.

Karin hatte nun immer geglaubt, daß Halvor nur um sie gefreit habe, weil sie reich und von guter Familie war. Sie hatte nie an die Möglichkeit gedacht, daß er sie um ihrer selbst willen lieb haben könne. Sie wußte wohl, daß sie nicht zu den Mädchen gehörte, die den Männern gefallen. Sie selbst war auch weder in Halvor noch in Elias verliebt gewesen.

Aber als Halvor kam und ihr diese schwere Last tragen helfen wollte, die ihr jetzt auferlegt war, ward Karin ganz überwältigt von etwas so Großem und Unfaßbarem.

Halvor mußte sie also lieben, ja, er *mußte* sie lieben, wenn er so kam und ihr helfen wollte.

Karins Herz begann plötzlich heftig und unruhig zu pochen. Sie erwachte zu etwas, das sie nie zuvor empfunden hatte. Sie wußte nicht, was es war, ehe es ihr plötzlich klar wurde, daß Halvors Güte ihren erfrorenen Sinn erwärmt hatte, so daß die Liebe zu ihm jetzt in ihr aufzuflammen begann.

Halvor fuhr fort, ihr seinen Plan zu erklären – er fürchtete, daß sie Einwendungen machen würde. »Es ist auch ein Jammer für Elias,« sagte er, »er hat ja auch eine Veränderung nötig, und so schwierig, wie er gegen dich gewesen ist, wird er gegen mich nicht werden. Es ist etwas ganz anderes, wenn ein Mann im Hause ist, vor dem er sich fürchtet.«

Karin wußte nicht, was sie tun sollte; es war ihr, als könne sie keine Bewegung machen oder kein Wort sagen, ohne daß Halvor merken würde, daß sie ihn liebte. Und etwas mußte sie doch sagen.

Schließlich schwieg Halvor und blieb stehen und sah sie an.

Karin erhob sich gleichsam widerwillig, ging auf Halvor zu und streichelte ihm leise die Hand.

»Gott segne dich, Halvor,« sagte sie mit gebrochener Stimme. »Gott segne dich!«

Wie vorsichtig sie auch war, mußte Halvor doch etwas gemerkt haben; denn er erfaßte schnell ihre Hände und zog sie an sich. – »Nein, nein,« rief sie erschreckt, riß sich los und lief schnell von dannen.

So zog denn Elias zu Halvor hinab und lag den ganzen Sommer in der Stube hinter dem Laden. Er sollte Halvor jedoch nicht lange zur Last fallen, denn er starb schon im Herbst.

Gleich darauf sagte Mutter Stina zu Halvor: »Jetzt mußt du mir eins versprechen.« Halvor zuckte zusammen und sah auf. – »Du mußt mir versprechen, Geduld mit Karin zu haben.« – »Ja, natürlich werde ich Geduld haben,« erwiderte Halvor verwundert. – »Ja, sie ist ja wert zu gewinnen, selbst wenn man sieben lange Jahre auf sie warten muß.«

Aber es war nicht so leicht für Halvor, Geduld zu üben. Denn bald hörte er davon reden, daß der eine und bald, daß der andere um sie würbe. Das begann schon vierzehn Tage nach

Elias Begräbnis.

Eines Sonntagsnachmittag saß Halvor vor seinem Hause und betrachtete die Leute, die des Weges daherkamen. Er fand, daß ungewöhnlich viele seine Wagen nach dem Ingmarshofe hinabfuhren. In einem davon saß einer von den Inspektoren des Bergsaanaer Sägewerks, dann kam der Sohn des Gastwirts aus Karmsund, schließlich kam Berger Sven Person, ein Bauer aus dem benachbarten Kirchsprengel. Er war der reichste Bauer in Westdalarne, ein kluger und hochangesehener Mann. Jung war er freilich nicht mehr. Er war zweimal verheiratet gewesen und war jetzt wiederum Witwer.

Als Berger Sven Person gefahren kam, konnte Halvor nicht länger stillsitzen. Er begann langsam die Straße hinabzugehen, und bald war er über die Brücke gelangt und auf die andere Seite des Flusses, wo der Ingmarshof lag. »Ich möchte wohl wissen, wo alle die Wagen hin wollen,« sagte er. Er folgte den Spuren und während er so ging, wurde er eifriger und eifriger. »Ich weiß, daß es dumm ist,« sagte er; er dachte an Mutter Stinas Warnung. »Ich will nur bis an das Tor gehen und sehen, was sie da oben vorhaben.«

Berger Sven Person und ein paar andere Männer saßen in der guten Stube auf dem Ingmarshof und tranken Kaffee. Ingmar Ingmarsson, der noch immer im Schulhause wohnte, war an diesem Sonntag zu Hause. Er saß mit ihnen am Tische und mußte den Wirt machen, denn Karin war nicht in der Stube; sie hatte sich damit entschuldigt, daß sie in der Küche etwas zu tun habe, da alle Mädchen in das Missionshaus hinabgegangen waren, um den Schulmeister reden zu hören.

Totenstille herrschte in der Stube. Sie tranken alle ihren Kaffee, ohne ein Wort zu sagen. Die Freier waren untereinander fast fremd, und sie warteten alle drei auf die Gelegenheit, in die Küche hinauszugehen und allein mit Karin zu reden.

Da tat sich die Tür auf, und noch ein Gast trat ein. Ingmar Ingmarsson ging ihm entgegen und führte ihn an den Tisch. »Das ist Tims Halvorsson,« sagte er zu Berger Sven Person. Berger Sven Person erhob sich nicht, er grüßte nur mit einer Handbewegung und sagte in einem scherzhaften Ton: »Das ist ja ergötzlich, einen so bekannten Mann zu treffen!« Ingmar Ingmarsson setzte Halvor einen Stuhl hin und machte dabei so viel Geräusch, daß Halvor nicht zu antworten brauchte.

Von dem Augenblick an, als Halvor kam, wurden alle Freier redselig und prahlerisch. Sie fingen an, einander zu loben und zu schmeicheln, es war, als seien sie sich darüber einig, zusammenzuhalten, bis sie Halvor aus dem Spiel hatten. »Es ist doch ein famoses Pferd, das der Herr Gemeindevorsteher heute vorgespannt hatte,« begann der Inspektor. Berger Sven Person ging auf das Spiel ein und sprach von einem Bären, den der Inspektor im letzten Winter geschossen hatte. Darauf sprachen sie beide von dem neuen Wohnhaus, das der Gastwirt in Karmsund gebaut hatte und lobten es sehr. Schließlich vereinigten sie sich alle drei und rühmten Berger Sven Persons Reichtum mit großen Worten. Sie waren sehr beredt, und bei jedem Wort ließen sie Halvor wissen, daß er ein zu geringer Mann sei, um daran zu denken, sich mit ihnen zu messen. Halvor kam sich sehr unbedeutend vor und bereute bitter, daß er gekommen war.

Karin kam jetzt herein und bot wieder Kaffee an. Sobald sie Halvor sah, dachte sie bei sich, wie schlecht es sich doch ausnehme, daß er jetzt gleich nach dem Todesfall zu ihr kam. Wenn er solche Eile hatte, würden die Leute wohl sagen, daß er Elias nicht gepflegt habe, wie er es hätte tun müssen, um ihn bald los zu werden und sie, Karin, zu bekommen.

Sie hätte es am liebsten gesehen, wenn er zwei oder drei Jahre gewartet hätte, ehe er kam, das wäre lange genug gewesen, um den Leuten begreiflich zu machen, daß er nicht aus Ungeduld schlecht an Elias gehandelt hatte. »Warum hat er es denn so eilig« dachte sie, »er muß doch wissen, daß ich keinen anderen als ihn haben will.«

Als Karin hineinkam, entstand wieder tiefes Schweigen in der Stube und niemand hatte für etwas anderes Gedanken, als acht zu geben, wie sie und Halvor einander begrüßten. Es war nichts weiter, als daß sich ihre Fingerspitzen berührten. Als der Gemeindevorsteher dies sah, machte er seiner Freude Luft in einem durchdringenden

Pfeifen, der Inspektor aber stimmte ein lautes Gelächter an. Halvor wandte sich ruhig nach ihnen um: »Worüber lacht der Herr Inspektor?« fragte er leise. Der Inspektor hatte keine Antwort zur Hand. Er wollte nichts Verletzendes sagen, solange Karin im Zimmer war. »Er denkt an einen Jagdhund, der den Hasen aufgestöbert hat, aber andere ihn schießen läßt,« sagte der Sohn des Wirtes mit einer Anspielung.

Karin stand da und schenkte Kaffee ein; sie war dunkelrot. Jetzt sagte sie entschuldigend: »Berger Sven Person und ihr anderen müßt mit Kaffee allein fürlieb nehmen; wir bieten hier im Hause nie mehr geistige Getränke an.« – »Das tue ich bei mir zu Hause auch nicht,« sagte der Gemeindevorsteher. Der Inspektor und der Gastwirt schwiegen, aber sie waren sich klar darüber, daß der Gemeindevorsteher einen großen Schritt vorgerückt war.

Der Gemeindevorsteher begann sofort über die Enthaltsamkeitsfrage und ihren Nutzen zu reden. Karin blieb stehen und hörte es mit an; sie war einig mit ihm in allem, was er sagte. Der Bauer sah sofort ein, daß das ein Weg war, sie zu gewinnen, und erging sich mit großer Weitläufigkeit über Branntwein und Trunkenheit. Karin erkannte all die unausgesprochenen Gedanken wieder, die sie über diese Sache während des letzten Jahres gehabt hatte, und freute sich, daß ein so mächtiger und kluger Mann sie teilte.

Mitten in der Unterhaltung sah der Gemeindevorsteher zu Halvor hinüber. Er saß verdrossen und mürrisch da, die Tasse stand unberührt vor ihm. – »Freilich ist es ja hart für ihn,« dachte Berger Sven Person, »namentlich, wenn es wahr ist, was die Leute sagen, daß er bei Elias ein wenig nachgeholfen hat. Im Grunde war es ja ein gutes Werk, Karin von dem schrecklichen Menschen zu befreien, der zu nichts nütze war.« Und weil er meinte, daß er das Spiel fast gewonnen hatte, fühlte er sich freundlich gegen Halvor gestimmt. Er erhob seine Kaffeetasse, hielt sie Halvor hin und sagte: »Prost, Halvor, du bist Karin sicher eine gute Stütze gewesen, indem du dich des Schweinekerls annahmst, mit dem sie verheiratet war.« – Halvor blieb ruhig sitzen, starrte ihm gerade ins Gesicht und dachte darüber nach, was er dazu sagen sollte. Aber der Inspektor brach wieder in ein Gelächter aus. »Ja, eine gute Stütze,« lachte er, »wahrlich eine gute Stütze.« Der Gastwirtssohn lächelte und wiederholte: »Ja, das sollte ich meinen, eine wirklich gute Stütze!«

Ehe sie noch ausgelacht hatten, war Karin verschwunden, wie ein Schatten glitt sie zur Küchentür hinaus.

Karin blieb hinter der Tür stehen, nicht weiter entfernt, als daß sie alles hören konnte, was in der guten Stube gesagt wurde. Sie war nur böse auf Halvor, weil er zu früh gekommen war. Auf die Weise kam es ja so, daß sie ihn nie heiraten konnte. Die Verleumdung war ja schon im Gange. »Ich weiß nicht, wie ich es ertragen soll, ihn noch einmal zu verlieren,« dachte sie und preßte die Hand gegen das Herz.

Zu Anfang war in der guten Stube alles still, dann hörte sie, wie ein Stuhl zurückgeschoben wurde und wie sich jemand erhob. – »Willst du schon gehen, Halvor?« fragte der junge Ingmar. – »Ja,« antwortete Halvor, »ich kann nicht länger bleiben. Du mußt Karin Ingmarstochter von mir grüßen und ihr Lebewohl sagen.« – »Du kannst ja zu ihr in die Küche hinausgehen und es ihr selber sagen.« – »Nein,« hörte sie Halvor jetzt erwidern. »Wir beide haben miteinander ausgeredet.«

Karins Herz begann zu pochen, und die Gedanken jagten sich so eilig wie nie zuvor. Jetzt war Halvor böse auf sie, und darüber konnte sich niemand wundern. Sie hatte kaum gewagt, ihm die Hand zu geben, und als die anderen ihn verhöhnten, hatte sie ihn nicht verteidigt, sondern geschwiegen und sich von dannen geschlichen.

Nun glaubte er, daß sie ihn nicht liebte, nun ging er und kam nie wieder.

Nein, sie wußte nicht, wie sie sich so hatte benehmen können, nach alledem, was Halvor für sie getan hatte.

Plötzlich war es, als höre sie ihres Vaters Worte, daß die Ingmarssöhne sich nicht an die Menschen zu kehren brauchten, sie brauchten nur Gottes Wege zu gehen.

Karin öffnete schnell die Tür wieder und stand vor Halvor, ehe er noch zur Stube hinausgelangt war.

»Gehst du schon, Halvor? Ich glaubte, du würdest Abendbrot mit uns essen.« Halvor stand da und starrte sie an; sie war wie verwandelt, rot und warm, und es lag etwas Zärtliches und Rührendes über ihr, wie er es nie zuvor gesehen hatte. – »Es ist meine Absicht, zu gehen und nie wiederzukommen,« sagte Halvor. Er begriff nicht, was sie wollte. – »Setz' dich jetzt und trink' deinen Kaffee, Halvor,« sagte Karin. Sie nahm ihn bei der Hand und führte ihn an den Tisch. Sie wurde rot und bleich bei dieser Wanderung, der Mut verließ sie mehrmals, aber sie hielt sich, obwohl Hohn und Verachtung das bitterste waren, was sie kannte. »Jetzt soll er wenigstens sehen, daß ich die Last mit ihm teilen will,« dachte sie.

»Berger Sven Person und ihr anderen,« sagte Karin, »Halvor und ich haben noch nicht über diese Dinge geredet, da ich ja erst so kürzlich Witwe geworden bin; aber nun glaube ich doch, es ist am besten, daß ihr alle es erfahrt, daß ich mich lieber mit Halvor als mit einem von euch anderen verheiraten will.« Sie hielt inne, denn ihre Stimme zitterte. »Die Leute mögen nun hierüber sagen, was sie wollen, aber Halvor und ich haben nichts Böses getan.«

Als sie ausgeredet hatte, trat Karin näher an Halvor heran, als wolle sie Schutz gegen alle die bösen Worte suchen, die sie nun zu hören bekommen würde.

Alle schwiegen eine Weile, hauptsächlich über Karin Ingmarstochter, die mehr aussah wie ein junges Mädchen, denn je zuvor in ihrem Leben.

Halvor sagte mit zitternder Stimme: »Als ich deines Vaters Uhr bekam, Karin, glaubte ich, ich könne nie etwas Größeres erleben, aber das, was du jetzt getan hast, glaube ich, ist das Größte, was ein Mann erleben kann.«

Aber Karin lauschte mehr nach den Worten der anderen als nach Halvor; die Angst verließ sie nicht.

Da erhob sich Berger Sven Person – er war in vieler Beziehung ein ausgezeichneter Mann. – »Dann müssen wir alle Karin und Halvor Glück hierzu wünschen,« sagte er freundlich, »denn das wissen alle, daß der, den Karin Ingmarstochter erwählt, ohne Makel und Tadel ist.«

In Zion

Niemand kann sich darüber wundern, daß ein alter Landschulmeister manchmal ein wenig selbstbewußt werden kann. Da hat er nun durch sein ganzes langes Leben Kenntnisse und Gelehrsamkeit über seine Mitmenschen ausgeteilt. Er sieht, daß alle Bauern von der Weisheit leben, die er ihnen gegeben hat, und daß niemand mehr weiß, als was er, der Schulmeister, sie einmal gelehrt hat. Kann er da etwas dafür, daß er alle Einwohner des Kirchsprengels wie Schulkinder betrachtet, wie alt sie auch werden mögen, und daß er meint, daß er selbst klüger ist als alle anderen? Ja, so einem richtigen, altem Schulmenschen wird es geradezu schwer, jemand als erwachsen zu behandeln, denn in seinen Augen sieht jeder so aus, wie damals, in seinen Kinderjahren, mit runden Kinderwangen, mit Grübchen und frommen, stillstehenden Kinderaugen.

Es war an einem Wintersonntag, gleich nach dem Gottesdienst. Der Pfarrer und der Schulmeister standen da und sprachen in der kleinen, gewölbten Sakristei miteinander; ihre Unterhaltung drehte sich um die Heilsarmee. »Das ist doch der sonderbarste Einfall,« sagte der Pfarrer, »nie im Leben hätte ich geglaubt, daß ich so etwas erleben könnte.« Der Schulmeister sah den Pfarrer strenge an; er fand, daß er ungehörig rede. Er, der Pfarrer, könne doch wohl nicht glauben, daß eine solche Tollheit Zutritt zu ihrer Gemeinde gewinnen würde. »Ich glaube auch nicht, daß der Herr Pfarrer es zu sehen bekommen wird,« sagte er mit Nachdruck.

Der Pfarrer, der wohl wußte, daß er ein gebrochener und schwacher Mann war, ließ in der Regel den Schulmeister regieren, wie er wollte, aber er konnte es nicht lassen, ihm zu widersprechen. »Wie können Sie nur so sicher sein, daß wir mit der Heilsarmee verschont bleiben, Storm?« sagte er. – »Ja,« erwiderte Storm, »wo Pfarrer und Schulmeister zusammenhalten, da kann solch Unwesen keinen Zutritt erlangen.«

»Ich bin nicht sicher, daß Sie mit mir zusammenhalten, Storm,« sagte der Pfarrer ein wenig spitz. »Sie predigen ja auf eigene Hand da drüben in Ihrem Zion.« – Hierzu schwieg der Schulmeister anfänglich. Dann aber sagte er ganz ruhig: »Herr Pfarrer haben ja nie gehört, wie ich predige.«

Besagtes Missionshaus war ein böser Stein des Anstoßes. Der Pfarrer hatte es nie gelernt, sich darein zu finden, und er hatte seinen Fuß nie dahinein gesetzt. Aber da die Sache nun einmal zur Sprache gekommen war, fürchteten die beiden Freunde sehr, etwas Verletzendes gesagt zu haben. »Ich bin gewiß ungerecht gegen Storm,« dachte der Pfarrer. »In diesen vier Jahren, solange er jeden Sonntagnachmittag Bibelstunden im Missionshaus abgehalten hat, habe ich des Vormittags mehr Leute in der Kirche gehabt, und ich habe nicht die geringste Spaltung in der Gemeinde bemerkt. Er hat keine Störung in der Gemeinde verursacht, wie ich erwartete. Er ist ein treuer Freund und Diener, und ich will versuchen, ihm zu beweisen, wie hoch ich ihn schätze.«

Diese kleine Uneinigkeit am Vormittag ward die Veranlassung, daß der Pfarrer am Nachmittag hinging, um Storms Vortrag zu hören. »Ich werde Storm eine große Freude bereiten,« dachte er. »Ich will hingehen und hören, wie er in seinem Zion predigt.«

Auf dem Wege dahin mußte der Pfarrer an die Zeit denken, als das Missionshaus gebaut wurde. Wie war die Luft voll von Prophezeiungen, und wie sicher hatte er geglaubt, daß Gott etwas Großes im Sinn habe! Aber seither hatte man nie etwas davon gehört. »Der liebe Gott mußte auf andere Gedanken gekommen sein,« dachte er und lachte im stillen darüber, daß er so über den lieben Gott denken konnte.

Das Missionshaus war ein großer Saal mit hellen Wänden. An der Längsseite hingen Holzschnitte von Luther und Melanchthon in pelzverbrämten Mützen. An dem Deckengesims waren gemalte Bibelsprüche, von Blumen und himmlischen Posaunen und Trompeten eingerahmt, und über einer kleinen Erhöhung an dem einen Ende des Saales hing ein Öldruck, der den guten Hirten vorstellte.

Der große, kahle Raum war voll von Menschen, und mehr war nicht nötig, um einen schönen und feierlichen Eindruck hervorzurufen. Die allermeisten waren nämlich hübsch gekleidet in der gelben Tracht des Kirchsprengels, und die weißgestickten und weit vorstehenden

Kopftücher der Frauen erweckten den Eindruck, als sei der Saal von großen Vögeln mit weißen Flügeln angefüllt.

Storm hatte seinen Vortrag schon begonnen, als er den Pfarrer kommen und auf der ersten Bank Platz nehmen sah. »Du bist doch ein merkwürdiger Mann, Storm!« dachte er bei sich. »Alles gelingt dir. Hier kommt nun der Pfarrer selbst und erweist dir die Ehre, dich anzuhören.«

Während der Zeit, daß der Schulmeister gepredigt hatte, hatte er die Bibel von der ersten Seite bis zur letzten durchgenommen. Jetzt war er bis zur Offenbarung Johannis gekommen, und heute war er gerade dabei, von dem himmlischen Jerusalem und der ewigen Seligkeit zu reden. Und so glücklich war er darüber, daß der Pfarrer gekommen war, daß er bei sich selbst dachte: »Ich für mein Teil würde im ewigen Leben nichts besseres verlangen, als immer auf einem Katheder zu stehen und kluge und folgsame Kinder zu unterrichten, und wenn der liebe Gott hin und wieder einmal käme und mir zuhörte, so wie jetzt der Pfarrer, so würde niemand im Himmel glückseliger sein als ich.«

Aber der Pfarrer seinerseits wurde aufmerksam, als er hörte, daß die Rede von Jerusalem war. Und aufs neue begannen die wunderlichen Gedanken ihm durch den Kopf zu gehen.

Mitten während des Vortrages tat sich die Tür auf, und eine ganze Schar kam herein. Es waren ungefähr zwanzig Personen, und sie blieben unten am Eingang stehen, um nicht zu stören. »Ei, sieh doch,« dachte der Pfarrer, »habe ich es mir nicht gedacht, daß etwas geschehen würde?«

Und kaum hatte Storm Amen gesagt, als eine der Stimmen, die aus der Gruppe unten von der Tür kam, begann: »Ich möchte gern um Erlaubnis bitten, ein paar Worte sagen zu dürfen.«

Die Stimme war ungewöhnlich sanft und freundlich. »Das muß Hök Matts Eriksson sein,« dachte der Pfarrer und viele mit ihm. Niemand in der ganzen Gegend hatte eine so sanfte Kinderstimme.

Im nächsten Augenblick drängte sich ein kleiner Mann mit einem gutmütigen Kindergesicht bis an die Erhöhung, und hinter ihm drein kam eine Schar von Männern und Frauen, die mit ihm gekommen zu sein schienen, um ihm zur Stütze und Ermunterung zu dienen.

Der Pfarrer, der Schulmeister und die ganze Versammlung saßen regungslos da. »Hök

Matts kommt, um ein großes Unglück zu verkünden,« dachten sie. »Entweder ist der König tot, oder wir bekommen Krieg oder irgendein armer Mensch ist in den Fluß gegangen und ertrunken.«

Aber Hök Matts sah nicht so aus. als habe er eine traurige Botschaft zu überbringen. Er war ernsthaft und aufgeregt, aber dabei doch so froh, daß fast ein Lächeln über seinem Antlitz lag. »Ich möchte dem Schulmeister und der Gemeinde gern erzählen,« sagte er, »daß neulich Sonntags, als ich mit meinen Leuten in der Stube saß, der Geist über mich kam, so daß ich anfing zu predigen. Die Wege waren so glatt, daß wir nicht hierher kommen und Storm hören konnten, und wir saßen da und sehnten uns danach, ein Wort Gottes zu hören. Da kam es über mich, daß ich selbst reden konnte. Jetzt habe ich zwei Sonntage gepredigt, und nun haben meine Hausgenossen und Nachbarn zu mir gesagt, ich sollte hierher ins Versammlungshaus gehen und mich vor den Leuten hören lassen.«

Hök Matts sagte ferner, er sei erstaunt darüber, daß die Gabe des Wortes einem so geringen Manne wie ihm beschieden sein könne. »Aber der Schulmeister ist ja auch nichts weiter als ein Bauer,« sagte er vertrauensvoll.

Nach dieser Einleitung faltete Hök Matts seine Hände und wollte sofort zu predigen anfangen. Aber jetzt hatte sich der Schulmeister endlich von der ersten Überraschung erholt. »Ist es deine Absicht, Hök Matts, hier heute abend zu predigen?« unterbrach er ihn. – »Ja, das war meine Absicht,« sagte der Mann. Er wurde bange wie ein Kind, als er Storms finstere Miene sah. – »Ja, es war ja meine Absicht, erst den Schulmeister und die anderen um Erlaubnis dazu zu bitten,« sagte er demütig. »Nein, für heute sind wir jetzt fertig,« sagt« Storm sehr bestimmt.

Der gute, kleine Mann fing an mit tränenerstickter Stimme zu bitten. »Dürfte ich nicht nur ein paar Worte sagen? Es ist alles etwas, was über mich gekommen ist, während ich hinter dem Pfluge dreinging oder den Kohlenmeiler schürte, und jetzt will es heraus.« – Aber der Schulmeister, der selbst einen so ehrenvollen Tag gehabt hatte, kannte keine Barmherzigkeit. »Hök Matts kommt mit seinen eigenen Einfällen und sagt, daß es Gottes Wort ist,« sagte er tadelnd.

Hök Matts wagte nicht etwas einzuwenden. Der Schulmeister schlug das Gesangbuch auf; »jetzt wollen wir den Gesang Nummer 187 singen,« sagte er. Er las erst den Gesang mit lauter Stimme vor und fing dann an zu singen: »Jerusalem, du hochgebaute Stadt.« Währenddes dachte er: »Es war gut, daß der Pfarrer gerade heute kam, da kann er sehen, daß ich Ordnung in meinem Zion halte.«

Aber kaum war der Gesang beendet, als einer der Zuhörer sich erhob. Es war Ljung Björn Olofsson, ein stolzer und stattlicher Mann, der mit einer der Ingmarstöchter verheiratet war und Besitzer eines großen Gehöfts mitten im Kirchsprengel war.

»Wir hier unten,« sagte Ljung Björn ganz ruhig, »sind der Ansicht, daß der Schulmeister erst um unseren Rat hätte fragen sollen, ehe er Hök Matts abwies.«

»Meinst du das, mein Junge?« sagte der Lehrer, ganz in demselben Ton, in dem er einen naseweisen kleinen Jungen zurechtgesetzt haben würde. »Da kann ich dir doch erzählen, daß niemand weiter als ich hier in diesem Saal etwas zu sagen hat.«

Ljung Björn wurde dunkelrot; er hatte wirklich nicht die Absicht gehabt, einen Streit mit Storm zu beginnen. Er hatte den Schlag für Hök Matts nur etwas mildern wollen, der ein so guter Mann war, aber es war unvermeidlich, daß er zornig über die Antwort wurde. Ehe er sich noch so weit fassen konnte, etwas zu sagen, ergriff einer von denen, die mit Hök Matts gekommen waren, das Wort.

»Ich habe Hök Matts zweimal reden hören, und ich muß sagen, es ist wunderbar, ihn zu hören. Ich glaube, daß es allen, die hier anwesend sind, gut sein würde, ihn zu hören.«

Der Schulmeister antwortete sogleich freundlich und in demselben ermahnenden Ton, wie wenn er einen Knaben in der Schule tadelte:

»Ja, aber du wirst wohl begreifen, Krister Larsson, daß dies unmöglich angehen kann. Lasse ich Hök Matts heute predigen, so kommst du, Krister, und willst am nächsten Sonntag predigen, und Ljung Björn kommt am übernächsten.«

Als der Schulmeister dies sagte, lachten mehrere; aber Ljung Björns Antwort lautete hart und scharf: »Ich weiß nicht, warum Krister und ich nicht ebenso geschickt zum Predigen sein sollten wie der Schulmeister.«

Tims Halvor erhob sich, um die Leute zu beruhigen und einem Streit vorzubeugen. »Diejenigen, die das Geld gegeben haben, um diesen Betsaal zu bauen, müßten wohl um Erlaubnis gefragt werden, ehe ein neuer Predikant Erlaubnis erhält zum reden.« – Aber nun war Krister Larsson auch böse geworden und sprach nicht mehr, nur um Hök Matts zu verteidigen. »Ich entsinne mich, daß wir, als wir dies Haus bauten, überein kamen, daß hier ein freier Predigtsaal sein solle und keine Kirche, in der nur ein einziger Mann das Wort Gottes verkünden kann.«

Wie Krister das sagte, war es, als ob die ganze Versammlung tief aufatmete. Vor nur einer Stunde wäre es ihnen nicht eingefallen, daß sie jemals den Wunsch hegen könnten, einen anderen als den Schulmeister zu hören; aber jetzt dachten sie: es könnte doch ganz ergötzlich sein, wenn uns einmal etwas Neues geboten würde; wir möchten gern ein paar neue Worte hören und ein neues Gesicht hinter dem Tisch da oben auf der Erhöhung sehen.

Es wäre aber vielleicht doch nicht zu einer Uneinigkeit gekommen, wenn nicht Kolaas Gunnar gewesen wäre. Er war ebenfalls ein Schwager von Tims Halvor, ein langer, brünetter Bursche mit stechenden Augen, Er hielt ebenso wie die anderen große Stücke auf den Schulmeister, aber eine tüchtige Zänkerei hatte er doch noch lieber. »Ja, als wir dies Haus bauten, wurde viel über Freiheit geredet,« sagte er, »aber seit es gebaut wurde, habe ich hier kein einziges freies Wort mehr gehört.«

Der Schulmeister wurde dunkelrot. Dies war die erste Äußerung, die von etwas Bösem und Aufsässigem zeugte. »Das will ich dir doch sagen, Kolaas Gunnar,« sagte er, »daß du hier die wahre Freiheit predigen hörst, so wie Luther sie predigte; aber hier hat niemals die Freiheit geherrscht, solche neuen Einfälle zu verkünden, die heute stehen und morgen fallen.« – »Der Schulmeister wird uns wohl glauben machen, daß alles Neue schlecht ist, sobald es die ›Lehre‹ betrifft,« fuhr der Mann ruhiger fort, als bereue er seine Heftigkeit. »Er will wohl, daß wir die neuen Methoden anwenden, wenn es sich um Viehzucht handelt, und er will uns neue landwirtschaftliche Maschinen verschaffen; aber wir bekommen nichts zu wissen von den neuen Methoden, mit denen Gottes Boden bestellt werden kann.« – Der Schulmeister begann zu glauben, daß Kolaas Gunnar es nicht so böse gemeint habe, wie es klang.

»Meinst du, Gunnar,« sagte er und versuchte einen scherzhaften Ton anzuschlagen, »daß hier eine andere Lehre gepredigt werden soll, als die lutherische es ist?« – »Es ist hier nicht die Rede von einer neuen Rede,« fiel nun Gunnar mit scharfer Stimme ein, »sondern nur davon, wer predigen darf; soviel ich weiß, ist Matts Eriksson ein ebenso guter Lutheraner wie der Schulmeister und der Herr Pfarrer.«

Der Schulmeister hatte einen Augenblick den Pfarrer ganz vergessen und sah nun zu ihm hinüber. Der Pfarrer saß still und unbeweglich da, das Kinn auf den Knopf seines Stockes gestützt, mit einem wunderlichen Glanz in den Augen. Und Storm sah, daß sein Blick noch immer auf ihm ruhte und ihn keinen Augenblick verließ.

»Es wäre vielleicht doch besser gewesen, wenn er gerade heute abend nicht gekommen wäre,« dachte er.

Es fiel dem Schulmeister ein, daß das, was hier jetzt geschah, Ähnlichkeit mit etwas hatte, was er schon einmal erlebt hatte. Es konnte wohl an einem so recht schönen Frühlingstag geschehen, daß ein kleiner Vogel kam und sich vor das Fenster der Schulstube setzte und sang und sang. Und auf einmal fingen dann alle Kinder an, um einen freien Nachmittag zu bitten; sie hörten auf zu lesen, wurden unruhig und lärmend und waren nicht mehr zu halten. Etwas Ahnliches war das, was heute abend nach Hök Matts Ankunft über die Versammlung gekommen war. Aber der Schulmeister dachte, er wollte dem Pfarrer und ihnen allen zeigen, daß er der Mann sei, den Aufruhr zu unterdrücken.

»Nun will ich sie erst mal sich selbst überlassen, damit sich die Spektakelmacher müde reden können,« dachte er und ging hin und setzte sich auf einen Stuhl, der hinter dem Tisch mit dem Glas Wasser stand.

Aber im selben Augenblick brach ein großer Sturm gegen ihn los, denn nun wurden alle von dem einen Gedanken erfüllt: Wir sind ja alle ebensogut wie der Schulmeister.

Warum soll er allein uns erzählen dürfen, was wir glauben sollen und was wir nicht glauben sollen?

Dies waren für die meisten neue Gedanken, aber man konnte es ihrer Rede doch anhören, daß sie in ihnen gekeimt und gesproßt waren, seit der Schulmeister das Missionshaus gebaut und gezeigt hatte, daß ein einfacher und geringer Mann das Wort Gottes auslegen könne.

Nach einer Weile dachte der Schulmeister: »Jetzt haben sich die Kinder wohl ausgetobt. Jetzt ist es an der Zeit, sie zu lehren, wer hier im Hause Herr ist.«

Er stand auf, schlug kräftig auf den Tisch und sagte mit starker Stimme: »Jetzt muß die Sache ein Ende haben. Was ist das für ein Lärm, ich gehe jetzt fort, und ihr müßt auch gehen, damit ich abschließen kann.«

Einige standen auch wirklich auf, denn sie waren bei Storm in die Schule gegangen, und wußten, daß, wenn er auf den Tisch schlug, dies ein Zeichen war, daß alle gehorchen mußten; aber die meisten blieben ruhig sitzen.

»Der Herr Schulmeister vergißt wohl, daß wir jetzt erwachsene Männer sind,« sagten sie, »und er glaubt, daß wir gehorchen müssen, sobald er auf das Katheder schlägt.«

Sie fuhren fort darüber zu reden, daß sie einige neue Predikanten hören wollten und verhandelten darüber, wen sie auffordern sollten. Sie stritten sich schon darüber, ob es einer von den Waldenströminern sein solle, oder einer von den Laienpredigern aus dem evangelischen Nationalverein.

Der Schulmeister stand da und starrte die Versammlung an, als sähe er etwas Unheimliches. Bis jetzt hatte er im Gesicht eines jeden einzelnen das Gesicht des Kindes gesehen. Aber nun verschwanden alle die weichen, runden Kinderwangen, die blonden Kinderlocken und die frommen Kinderaugen. Und der Schulmeister sah nur eine Schar erwachsener Menschen mit ernsten und barschen Gesichtern, und er merkte, daß er über sie keine Macht besaß. Er wußte kaum noch, wie er mit ihnen reden sollte.

Der Lärm hielt an, und er brauste stärker und stärker. Der Schulmeister schwieg und ließ sie toben. Kolaas Gunnar und Ljung Björn und Krister Larsson standen an der Spitze des Angriffs. Hök Maats, der die ursprüngliche Veranlassung zu dem ganzen gegeben hatte, erhob sich wieder und wieder und bat sie, zu schweigen, aber niemand hörte auf ihn.

Der Schulmeister senkte seinen Blick wieder und sah den Pfarrer an. Der saß noch ebenso ruhig da, mit demselben Glanz in den Augen und sah ihn an. »Er denkt wohl an den Abend vor vier Jahren, als ich ihm erzählte, daß ich das Missionshaus bauen wolle,« dachte der Schulmeister. »Ja, er hatte recht,« dachte Storm weiter; »jetzt haben wir die ganze Geschichte, die Irrlehre und den Aufruhr und die Zersplitterung, und es wäre vielleicht niemals gekommen, wenn ich nicht so darauf erpicht gewesen wäre, mein Zion zu bauen.«

Im selben Augenblick, wo dem Schulmeister dies klar ward, erhob er den Kopf und richtete sich gerade auf. Er zog einen kleinen Schlüssel aus blankem Stahl aus der Tasche – das war der Schlüssel des Missionshauses. Er hob ihn zum Licht empor, so daß es darin blitzte und man ihn im ganzen Saal sehen konnte.

»Jetzt lege ich diesen Schlüssel hier auf diesen Tisch nieder,« sagte er, »und ich nehme ihn nie wieder. Denn ich sehe, daß alles, was ich damit habe ausschließen wollen, das habe ich statt dessen eingelassen.«

Mit diesen Worten legte der Schulmeister den Schlüssel auf den Tisch, nahm seinen Hut und ging geradeswegs auf den Pfarrer zu. »Ich muß Ihnen vielmals danken, Herr Pfarrer, daß Sie kamen und mich heute abend angehört haben,« sagte er, »denn wenn's heute nicht geschehen wäre, wäre niemals etwas daraus geworden.«

Die wilde Jagd

Da waren viele, die meinten, daß Elias Elof Ersson keine Ruhe im Grabe haben dürfe, so schändlich wie er an Karin Ingmarstochter und dem jungen Ingmar Ingmarsson gehandelt hatte.

Den Hof, der ja Karin gehörte, hatte er so mit Hypotheken belastet hinterlassen, daß sie gezwungen gewesen wäre, ihn den Gläubigern zu überlassen, wenn nicht Halvor so reich gewesen wäre, daß er den Hof hätte kaufen und die Schulden bezahlen können. Ingmar Ingmarssons zwanzigtausend Kronen, die Elias zu verwalten gehabt hatte, waren vollständig verschwunden. Einige glaubten, daß Elias sie in der Erde vergraben hatte, andere meinten, er habe sie weggegeben; sicher ist, daß das Geld verschwunden und nirgends zu finden war.

Als Ingmar Ingmarsson erfahren hatte, daß er arm war, sprach er mit seiner Schwester darüber, was er jetzt anfangen sollte. Ingmar sagte zu Karin, am liebsten möchte er Schulmeister werden. Er bat sie, dafür zu sorgen, daß er auch ferner bei Storm wohnen könne, bis er alt genug war, um auf ein Seminar zu kommen. Da unten im Kirchdorf, sagte er, könne er vom Schulmeister und vom Pfarrer Bücher leihen, und außerdem könne er Storm in der Schule helfen, und die Kinder unterrichten. Das sei eine gute Übung.

Karin dachte lange darüber nach; schließlich sagte sie:

»Ja, du hast wohl keine Lust, hier zu Hause zu bleiben, wenn du nicht Herr auf dem Hofe sein kannst.«

Als Schulmeisters Gertrud erfuhr, daß Ingmar wieder zu ihnen kommen sollte, setzte sie ein verdrießliches Gesicht auf. Sie dachte, wenn sie einen Jungen im Hause haben sollten, so hätte es ebensogut der hübsche Bertel des Gemeindevorstehers sein können, oder Hök Matts Sohn Gabriel, der immer so munter war.

Gertrud mochte Bertel und Gabriel gern leiden, aber was Ingmar anbetraf, hatte sie sich nie so recht klar darüber werden können, was sie von ihm dachte. Sie hatte ihn gern, weil er so geduldig war und so gefällig, ihr bei den Schularbeiten zu helfen, und weil er ihr wie ein Sklave gehorchte. Aber auf der anderen Seite konnte sie ihn nicht leiden, weil er so schwerfällig und langsam und häßlich war, und nicht zu spielen verstand. Bald bewunderte sie ihn, weil er fleißig war und ihm das Lernen leicht wurde, bald verachtete sie ihn, weil er sich niemals verteidigte, wenn er angegriffen wurde.

Gertrud hatte immer den Kopf voll wunderlicher Phantasien und Träume, die sie Ingmar anzuvertrauen pflegte; und wenn er hin und wieder einmal einige Tage fort war, wurde sie unruhig und meinte, daß sie niemand habe, mit dem sie sprechen könne.

Gertrud hatte nie die geringste Rücksicht darauf genommen, daß Ingmar reich war und zu den besten Familien im Kirchsprengel gehörte, sondern hatte ihn immer so behandelt, als ob er etwas Geringeres sei als wie sie; aber als sie nun hörte, daß er arm geworden war, fing sie an zu weinen. Und als er ihr erzählte, daß er nicht daran denke, den Hof zurückzugewinnen, sondern Schulmeister zu werden, wurde sie zornig, daß sie sich nicht beherrschen konnte. Gott mochte wissen, was sie alles geträumt hatte, das er werden sollte!

Die Kinder beim Schulmeister erhielten eine sehr ernste Erziehung. Sie wurden streng zur Arbeit angehalten und hatten selten eine Zerstreuung. Hierin geschah jedoch eine Veränderung in dem Frühling, als Storm aufhörte, im Missionshause zu predigen. Da konnte Mutter Stina zuweilen zu ihrem Manne sagen: »Denk' an dich und mich; als wir siebzehn Jahre alt waren, tanzten wir manch eine Nacht von Sonnenuntergang bis zum Tagesanbruch.«

An einem Sonnabend abend, als Hök Gabriel Mattsson und des Schultheißen Gunhild zu Besuch gekommen waren, wurde sogar im Schulhause selbst getanzt.

Gertrud war ganz ausgelassen vor Entzücken darüber, tanzen zu dürfen, aber Ingmar wollte nicht mittun. Er nahm ein Buch, setzte sich auf das Sofa am Fenster und fing an zu lesen. Gertrud kam einmal über das andere Mal, um ihn zum Tanzen zu verlocken, aber Ingmar saß mürrisch und befangen da und sagte nichts. Mutter Stina sah ihn an und seufzte: »Man kann merken, daß er aus einem alten Geschlecht stammt,« dachte sie, »man sagt ja, daß solche Menschen nie so recht jung werden können.«

Die drei, die tanzten, waren so vergnügt, daß sie Lust bekamen, am nächsten Sonnabend abend in die Spielstube zu gehen. Schließlich sprachen sie mit den Schulmeistersleuten darüber.

»Ja, wenn ihr in die Spielstube zu dem starken Ingmar gehen wollt, dann könnt ihr es gern tun, meinetwegen,« sagte Mutter Stina. »Da, weiß ich, werdet ihr nur ordentliche Leute treffen.«

Storm stellte eine andere Bedingung: »Ich lasse Gertrud nicht zum Tanz gehen, wenn nicht

Ingmar mitgeht und acht auf sie gibt.«

Alle drei eilten auf Ingmar zu; er sagte bestimmt nein, hielt die Augen auf das Buch gesenkt und fuhr fort zu lesen.

»Ach, es verlohnt sich nicht, ihn darum zu bitten,« sagte Gertrud hierauf in einem so wunderlichen Ton, daß er aufsah. Es war auffallend, wie schön Gertrud nach dem Tanz geworden war. Aber der Mund lächelte spöttisch, und die Augen blitzten, als sie sich jetzt von ihm abwandte. Es war deutlich zu sehen, wie tief sie ihn verachtete, der so häßlich und mürrisch dasaß und sich nicht darauf verstand, jung zu sein. Ingmar mußte sich beeilen, ja zu sagen – es half ihm alles nichts.

Ein paar Tage später saßen Gertrud und ihre Mutter eines Abends in der Küche und arbeiteten. Auf einmal bemerkte Gertrud, daß ihre Mutter anfing unruhig zu werden. Sie hielt den Spinrocken an und lauschte zwischen jedem Wort, das sie sagte. »Ich kann nicht begreifen, was es ist,« sagte sie. »Kannst du es nicht hören, Gertrud?« – »Ja,« antwortete Gertrud, »da ist jemand oben in der Schulstube.« – »Wer kann das nur um diese Zeit des Tages sein? Und höre nur, wie es raschelt und pusselt und von einer Ecke des Zimmers in die andere fährt.« – Ja, es raschelte und pusselte und fuhr umher in der großen, leeren Schulstube. Gertrud wie auch ihrer Mutter wurde ganz unheimlich zumute. »Es muß doch jemand da oben sein,« dachte Gertrud. – »Es kann niemand sein,« erwiderte Mutter Stina, »und ich will dir nur sagen, ich habe dasselbe Geräusch jeden Abend gehört, seit ihr da oben getanzt habt.«

Gertrud konnte der Mutter ansehen, daß sie glaubte, es spuke nach dem Tanz. Sie wußte, wenn Mutter so etwas glaubte, dann war es mit allem vorbei, was Tanz und Spielstube für sie hieß.

»Jetzt gehe ich hinauf und sehe nach, was es ist,« sagte Gertrud; aber Mutter Stina hielt sie am Kleide fest. »Ich weiß nicht, ob ich dich gehen lassen darf.« -- »Ach ja, Mutter, es ist am besten, wenn wir uns klar darüber werden, was es ist.« – »Dann wollen wir aber beide zusammen gehen.«

Sie schlichen ganz leise die Treppe hinauf. Sie wagten nicht, die Tür zu öffnen, sondern Mutter Stina bückte sich und sah durch das Schlüsselloch.

Sie stand lange so; einen Augenblick klang es, als ob sie glucksend lache. »Was ist es, Mutter?« fragte Gertrud. – »Du kannst es ja selbst sehen, sei aber ganz leise.«

Gertrud bückte sich und sah hinein. Tische und Bänke, die sonst die ganze Stube einnahmen, waren zusammengerückt; eine dichte Staubwolke erfüllte den ganzen Raum, und mitten in dem Staub sauste Ingmar Ingmarsson umher, einen Stuhl im Arm.

»Ist Ingmar verrückt geworden!« rief Gertrud aus. –

»Still,« sagte die Mutter und zog sie mit sich die Treppe hinunter. »Ich glaube, er ist dabei, sich selbst das Tanzen zu lehren. Er will es wohl lernen, damit er auch in die Spielstube gehen kann,« fuhr sie mit einem Lächeln fort.

Mutter Stina lachte, so daß sie bebte. »Ich bin ja beinahe umgekommen vor Angst,« sagte sie, »Gott sei Dank, daß er auch einmal jung sein kann.« Und als sie endlich ausgelacht hatte, sagte sie: »Nun sagst du kein Wort hiervon zu irgendeinem Menschen, Gertrud?«

Und dann kam der Sonnabend abend, und die vier jungen Leute standen auf der Treppe des Schulhauses, bereit zu gehen. Mutter Stina musterte sie, sie waren so fein, daß sie förmlich glänzten. Die jungen Burschen hatten gelbe, lederne Hosen an und grüne Beiderwandwesten mit roten Ärmeln. Gertrud und Gunhild hatten große, weiße Puffärmel, große, rosa Tücher bedeckten fast das ganze Mieder, die Kleider waren gestreift mit einem Saum von rotem Tuch, und die Schürzen waren groß und rosa wie die Tücher.

Während die vier durch den schönen Sommerabend den Weg dahingingen, waren sie anfangs ganz stumm. Gertrud sah Ingmar hin und wieder verstohlen an, und dachte daran, wie er sich abgemüht hatte, um tanzen zu lernen. Wie es nun sein mochte, ob es der Gedanke an Ingmar war oder die Aussicht, daß sie tanzen würde – sie fing an zu träumen und zu phantasieren; und da ließ sie die anderen ein wenig vorausgehen, um Ruhe dazu zu haben. Sie dichtete eine ganze kleine Geschichte zusammen, wie es zugegangen war, als die Bäume neue Blätter bekamen.

Es war wohl so zugegangen, daß die Laubbäume, die den ganzen Winter dagestanden und in Ruhe und Frieden geschlafen hatten, plötzlich anfingen zu träumen. Sie sahen die Felder mit grünem Gras und wogendem Korn bekleidet, an den Rosenbüschen prangten frisch erblühte Rosen, Bäche und Teiche waren von Wasserlilienblättern bedeckt, die feinen, glänzenden Stengel der Linäa verdeckten die Steine, und der Waldboden war gar nicht zu sehen vor Waldmeister und Anemonen. Und mitten zwischen allem, was bekleidet und bedeckt war, sahen sich die Bäume so nackt und kahl dastehen, daß sie anfingen, sich ihrer Nacktheit zu schämen, so wie man dies im Traume tut. In der Verwirrung meinten die Laubbäume, daß alle sich lustig über sie machten. Die Hummeln kamen summend daher und verhöhnten sie, die Elstern lachten, so daß es schallte, und die anderen Vögel sangen Spottlieder.

»Wo sollen wir doch nur etwas hernehmen, um uns zu bedecken?« dachten die Bäume ganz verzweifelt. Aber sie konnten nicht das allergeringste Blatt sehen, weder an einem Zweig noch an einem Ast, und ihre Verzweiflung wurde so groß, daß sie darüber erwachten.

Als sie sich ganz schlaftrunken umsahen, war ihr erster Gedanke, daß es nur ein Traum war. »Hier ist noch keine Spur von Sommer. Es war nur gut, daß wir die Zeit nicht verschlafen hatten.«

Aber als sie sich genauer umsahen, merkten sie, daß das Eis von den Seen verschwunden war. Grashalme und Anemonen fingen an, aus der Erde hervorzugucken, und der Saft gärte und brauste unter ihrer eigenen Rinde. »Frühling ist es jedenfalls, wenn es auch noch nicht

Sommer ist,« sagten die Laubbäume; »es war nur gut, daß wir erwachten. Nun haben wir für dies Jahr genug geschlafen, wir müssen jetzt die Knospenhülsen abwerfen und unsere Kleider anziehen.«

Und dann hatten die Birken in aller Eile einige kleine klebrige Blätter herausgesteckt, während die Ahornbäume sich vorläufig mit nichts weiter als grünen Blüten bekleideten. Die Blätter der Erlen kamen so unfertig und runzelig hervorgesprossen, daß sie Mißgeburten glichen, während dahingegen die Weidenblätter sogleich glatt und wohlgebildet aus den Knospen glitten.

Ein Lächeln umspielte Gertruds Mund, während sie dahinging und an dies alles dachte, und sie wünschte nur, daß sie mit Ingmar Ingmarsson allein gewesen wäre, um es ihm gleich erzählen zu können.

Sie hatten einen langen Weg zu gehen, bis ganz hinauf zu dem Ingmarshof; es war mehr als eine Stunde zu wandern. Sie gingen an dem Flußufer entlang, und Gertrud blieb während der ganzen Zeit hinter den anderen zurück, um in Ruhe träumen zu können. Jetzt beschäftigten sich ihre Gedanken mit dem roten Schimmer des Sonnenunterganges, der bald an dem Fluß, bald an dem Ufer aufflammte. Das graue Erlengestrüpp und die lichtgrünen Birken wurden von dem Schimmer eingehüllt, standen einen Augenblick da und flammten rot auf und nahmen dann gleich wieder ihre natürliche Farbe an. Plötzlich blieb Ingmar stehen. Er brach mitten in dem ab, was er eben erzählte und konnte kein Wort mehr hervorbringen. »Was hast du?« fragte Gunhild. Und Ingmar stand ganz bleich da und starrte vor sich hin. Die anderen sahen nichts weiter als die große Ebene, die von Kornfeldern durchschnitten und von einem Höhenzug begrenzt war. Mitten auf der Ebene lag ein großer Bauernhof. In diesem Augenblick fiel der rote Sonnenuntergangsschimmer auf den Hof, alle Fenster blitzten, und die alten Dächer und Mauern leuchteten rosig auf.

Gertrud trat schnell herzu, warf einen hastigen Blick auf Ingmar und zog die andern mit sich fort. »Ihr müßt ihn nicht fragen, was er hat,« flüsterte sie, »das ist der Ingmarshof, er kann es nicht gut ertragen, ihn zu sehen. Er ist in den zwei Jahren, seit er arm geworden ist, nicht zu Hause gewesen.« ,

Der Weg, den sie einschlagen mußten, führte quer durch die Ebene an dem Hof vorüber, bis hinab zu des starken Ingmars Hütte am Waldessaume.

Ingmar holte die anderen schnell wieder ein: »Laßt uns lieber diesen Weg gehen!« Er führte sie auf den Fußsteig, der am Waldessaum entlang lief, weit um das Gehöft herum.

»Du kennst den starken Ingmar wohl?« sagte Hök Mattssons Gabriel zu Ingmar. – »Ja, wir sind gute Freunde gewesen, als ich noch ganz klein war.« – »Weißt du, ob es wahr ist, daß er hexen kann?« fragte nun Gunhild. – »Ach nein,« sagte Ingmar. Freilich ein wenig zögernd, als glaube er doch halbwegs daran.

»Du kannst uns gern etwas davon erzählen,« fuhr Gunhild fort. – »Der Schulmeister sagt, daß wir an so etwas nicht glauben sollen.« – »Der Schulmeister kann doch keinem Menschen verbieten, zu sehen, was er sieht, und zu glauben, was er weiß.«

Ingmar bekam nun große Lust zu erzählen, und alle Erinnerungen aus den Jahren der Kindheit drängten sich auf ihn ein, als er den alten Hof sah.

»Ich kann euch etwas erzählen, was ich selbst erlebt habe,« sagte er. »Es war in einem Winter, als Vater und der starke Ingmar an den Kohlenmeilern hoch oben im Walde arbeiteten. Als Weihnachten kam, erbot sich der starke Ingmar, allein bei den Meilern zurückzubleiben, damit Vater während der Festtage nach Hause gehen könne. Es wurde auch so beschlossen, und am heiligen Abend schickte mich Mutter mit dem Weihnachtsschmauß zu dem starken Ingmar in den Wald hinauf.

Ich ging früh fort und erreichte den Meilerplatz um die Mittagszeit. Gerade, als ich kam, hatten Vater und der starke Ingmar einen Meiler fertig gebrannt; sie hatten ihn auseinandergenommen, und alle die warmen Kohlen lagen auf der Erde, um abzukühlen. Es rauchte aus dem Kohlenhaufen, und wo die Kohlen dicht nebeneinanderlagen, waren sie kurz davor aufzuflammen, aber das durften sie nicht. Das war der gefährlichste Augenblick während der ganzen Arbeit. Vater sagte auch, sobald er mich erblickte: ›Ich fürchte, du wirst allein nach Hause gehen müssen, kleiner Ingmar. Ich kann dem starken Ingmar dies nicht allein überlassen.‹ Der starke Ingmar ging auf der anderen Seite des Kohlenhaufens, mitten in dem ärgsten Rauch. – ›Ach, du kannst gut nach Hause gehen, großer Ingmar; ich bin schon mit schwierigeren Dingen fertig geworden.‹

Nach einer Weile wurde der Rauch von den Kohlen ein wenig schwächer. ›Nun will ich doch einmal sehen, was für einen Weihnachtsschmaus Brita mir schickt,‹ sagte der starke Ingmar und nahm mir die Holzschachtel mit dem Essen ab. – ›Komm nur mit, dann kannst du sehen, wie fein dein Vater und ich hier wohnen,‹ sagte er. Da nahm er mich mit sich in die kleine Hütte, die er und der Vater gebaut hatten. Als Rückwand diente ein großer Stein, aber sonst waren die Wände aus Tannenzweigen und Schleedornen geflochten. – ›Ja, ja, mein Junge,‹ sagte der starke Ingmar. ›Du hast wohl nicht geglaubt, daß dein Vater hier draußen im Walde ein so königliches Schloß hat. Hier sollst du einmal Wände sehen, die Regen und Kälte abhalten können,‹ sagte er und steckte den Arm durch die Tannenzweige.

Vater kam nun auch und lachte mit uns; sie waren beide schwarz von Ruß und rochen nach dem säuerlichen Holzkohlenrauch, nie aber habe ich Vater so munter und vergnügt gesehen. Keiner von beiden konnte da drinnen aufrecht stehen, und da war nichts weiter als ein Lager von Tannenzweigen, und ein paar große Steine, auf denen ein Feuer brannte, aber sie waren in bester Laune. Sie setzten sich nebeneinander auf die Tannenzweige und öffneten die Holzschachtel. –›Ich weiß nicht, ob du etwas abbekommen kannst,‹ sagte der starke Ingmar, ›denn dies ist mein Weihnachtsessen.‹ – ›Du mußt dich wohl über mich erbarmen, denn es ist ja heilig Abend,‹ sagte der Vater. – ›Ja, es ist wohl unrecht, einen armen Köhler hungern zu lassen,‹ sagte der starke Ingmar.

So fuhren sie fort. Es war auch ein wenig Branntwein mit dabei, und ich wunderte mich darüber, daß sich Menschen an Essen und Trinken so freuen konnten. – ›Du mußt deiner Mutter erzählen,‹ sagte der starke Ingmar, ›daß dein Vater mir das Essen weggenommen hat; sie muß mir morgen etwas mehr schicken.‹ – ›Dies ist ein wahres Wort, das kann ich sehen,‹ sagte ich.

Im selben Augenblick zuckte ich zusammen; es knisterte am Feuer, es klang fast, als habe jemand eine Handvoll kleiner Steine auf die flache, steinerne Fliese geworfen, auf der das Feuer brannte. Vater beachtete es nicht, aber der starke Ingmar sagte sofort: ›Ach, steht es so?‹ fuhr aber fort zu essen. Da knisterte es von neuem, viel stärker. Ich sah nichts, aber es war, als würde eine ganze Handvoll Steine in das Feuer geworfen. – ›Ja, so, hat es so große Eile?‹ sagte der starke Ingmar und ging hinaus. – ›Die Kohlen haben Feuer gefangen,‹ rief er nach einer Weile, ›aber bleib du nur sitzen, großer Ingmar, ich werde ganz gut allein damit fertig.‹ – Vater und ich saßen ganz still; niemand von uns hatte Lust, etwas zu sagen.

Da kam der starke Ingmar wieder herein, und das Scherzen begann von neuem.

›Ein so vergnügtes Weihnachtsfest, glaube ich, habe ich seit vielen Jahren nicht gefeiert,‹ sagte er. – Gerade, als er das gesagt hatte, fing es wieder an, als prasselten Steine. – ›Ach so, ist es denn schon wieder so weit,‹ sagte er. Er ging wieder hinaus, und die Kohlen hatten wieder Feuer gefangen. Als er zurückkam, sagte Vater: ›Jetzt sehe ich, daß du eine so gute Hilfe hast, daß du allein hier oben mit den Meilern fertig werden kannst.‹ – ›Ja, gehe du nur ruhig nach Hause und feiere Weihnachten, großer Ingmar. Ich habe welche, die mir schon helfen werden.‹ – Und dann gingen wir nach Hause, Vater und ich, und alles ging gut, und nie, weder früher noch später, ist dem großen Ingmar je ein Kohlenmeiler in den Brand geraten.«

Gunhild dankte Ingmar für seine Geschichte, aber Gertrud ging so still einher, als sei sie bange geworden. Die Dunkelheit fing an, sich herabzusenken, und alles, was vorher rot gewesen war, ward nun blau und grau; nur drinnen im Walde sah man ein vereinzeltes blankes Blatt, das wie das Auge eines Kobolds leuchtete.

Aber Gertrud war ganz erstaunt über Ingmar, der so lange und ausführlich erzählt hatte. Sie sah ihn an, und es war ihr, als wenn er den Kopf ein wenig höher trage und mit festerem Schritte auftrete. Er ist gleichsam ein anderer geworden, seit er sich auf dem Boden seines väterlichen Hofes befindet, dachte sie. Gertrud begriff nicht, warum sie sich so dadurch beunruhigt fühlte, es gefiel ihr nicht. Aber sie nahm sich schnell zusammen und fing an, mit Ingmar zu scherzen und ihn zu fragen, ob er tanzen wolle.

Endlich erreichten sie das Haus. Es war eine kleine, einfache Hütte; da drinnen brannte Licht – die kleinen Fenster ließen wohl nicht genug Tageslicht hinein. Und aus der Hütte schallte Violinspiel und das Getrampel der Tanzenden heraus, aber trotzdem blieben die jungen Mädchen stehen und fragten: »Ist es hier, kann man hier tanzen?«

Sie meinten, es könne nicht Platz genug für ein einziges Paar da drinnen sein.

»Ach,« sagte Gabriel, »geht ihr nur hinein. Dies Haus ist nicht so klein, wie es aussieht.«

Die Tür stand offen, und draußen standen diejenigen von den jungen Paaren, die sich warm getanzt hatten. Die Mädchen hatten die Kopftücher abgenommen und fächelten sich damit. Die Burschen zogen die kurzen, schwarzen Jacken ab, um in den hellen, grünen Westen mit den roten Ärmeln zu tanzen.

Die Neuangekommenen drängten sich durch die Gruppen vor der Tür hindurch und kamen in die Stube hinein. Der erste, den sie sahen, war der starke Ingmar; er war ein kleiner, dicker Mann, mit einem großen Kopf und großem Bart. »Er sieht wirklich aus, als wenn er mit den Kobolden verwandt sei,« dachte Gertrud. Er stand oben auf dem Herd und spielte, wohl um den Tanzenden nicht im Wege zu sein.

Die Stube war größer als sie aussah. Aber armselig und verfallen war sie, die kahlen Balken waren wurmstichig, und die Decke war schwarz von Rauch. Da waren weder Gardinen vor den Fenstern noch eine Decke auf dem Tisch. Es war leicht zu sehen, daß der starke Ingmar ein einsamer Mann war. Seine Kinder waren von ihm fort nach Amerika gereist. Das einzige Vergnügen des alten Mannes in seiner Einsamkeit war es, an Sonnabend Abenden die Jugend mit seinem Violinspiel um sich zu versammeln.

In der Stube war es halbdunkel und beklommen, Paar auf Paar wirbelte sich herum. Gertrud konnte kaum atmen, und wollte schnell wieder hinaus, aber es war ganz unmöglich, durch die Mauer von Menschen zu dringen, die den Ausgang versperrten.

Der starke Ingmar spielte taktfest und sicher, aber als Ingmar Ingmarsson in die Tür kam, machte er mit dem Bogen einen Strich, so daß alle Saiten kreischten und die Tanzenden einhielten. »Nein, nein!« rief er, »es war nichts, tanzt ihr nur weiter!« Ingmar legte den Arm um Gertruds Taille, um hinaus zu tanzen. Gertrud war natürlich ganz erstaunt, daß er tanzen wollte. Aber dann blieben sie stehen, denn das eine Paar folgte dem andern so schnell nach, daß es nicht möglich war, in den Kreis hinein zu gelangen, wenn man nicht von Anfang an dadrin gewesen war.

Der alte, starke Ingmar unterbrach das Spiel von neuem, schlug mit dem Bogen auf den Rand des Herdes und rief mit gebieterischer Stimme: »Es soll Platz für des großen Ingmars Sohn sein, wenn der in meinem Hause tanzt!« Alle sahen Ingmar an, er wurde verlegen und kam nicht vom Fleck. Dann mußte Gertrud ihn ergreifen und ihn mit sich unter die Tanzenden ziehen.

Sobald der Tanz beendet war, kam der Häusler hin und begrüßte ihn. Als Ingmars Hand in der seinen lag, tat der Alte, als erschrecke er und ließ sie gleich wieder fallen. »Ei, ei,« sagte er, »man muß sich wohl in acht nehmen vor den seinen Schulmeisterhänden; so ein alter Tölpel wie ich könnte sie leicht zerquetschen.«

Er zog Ingmar und die, die mit ihm waren, an den Tisch und jagte ein paar alte Bauernweiber weg, die da saßen und sich damit belustigten, den Tanzenden zuzusehen. Darauf ging er an den Schrank und holte Butter und Brot und Dünnbier. »Ich biete sonst nichts an,« sagte er. »Ihr andern müßt euch mit Spiel und Tanz begnügen, aber Ingmar Ingmarsson soll doch einen Bissen Brot unter meinem Dach essen.«

Während die jungen Leute aßen, zog er einen kleinen, dreibeinigen Stuhl heran, setzte sich gerade vor Ingmar hin und starrte ihn an: »Sieh, du willst also Schulmeister werden,« sagte er. Ingmar saß mit niedergeschlagenen Augen da, seine Mundwinkel zuckten ein wenig, als habe er Lust zu lachen, aber er antwortete in betrübtem Ton: »Sie brauchen mich daheim ja nicht.« – »Brauchen sie dich da nicht?« sagte der Alte. »Wie kannst du es wissen, ob der Hof dich nicht nötig hat? Elias lebte zwei Jahre, wer weiß, wie lange Halvor lebt.« – »Halvor ist ein gesunder und kräftiger Mann,« sagte Ingmar. – »Du weißt ja recht gut, daß Halvor dir den Hof absteht, sobald du ihn kaufen kannst.« – »Er wird nicht so toll sein, den Ingmarshof zu verlassen, wenn er erst einmal Herr da gewesen ist.«

Während dieser Unterredung saß Ingmar da und krampfte die Hände um die Tischkante. Es war ein einfacher, föhrener Tisch, mit einer dicken Platte. Plötzlich ertönte ein Krach; Ingmar hatte ein Stück von der Platte abgebrochen.

Der starke Ingmar saß mit erhobener Hand da und redete: »Ja, er wird dir den Hof niemals abtreten, wenn du Schulmeister wirst.« – »Glaubst du das?« – »Glauben, glauben,« sagte der Alte, »man kann schon merken, wie du erzogen wirst. Bist du jemals hinter dem Pflug hergegangen?«

»Nein,« antwortete Ingmar. – »Hast du einen Meiler gehütet oder eine große Tanne gefällt?« – Ingmar saß noch immer ebenso geduldig da, aber die Tischplatte krachte unter seinen Fingern. Endlich wurde der Alte aufmerksam und schwieg plötzlich. »Nein, nein, seh' nur einer!« sagte er und sah auf die zersplitterte Tischplatte. »Ich muß dich wohl einmal mitnehmen.« Er nahm eins von den abgebrochenen Stücken auf und hielt es an die Stelle, wo es gesessen hatte. »So einer! Du kannst ja auf den Jahrmarkt ziehen und dich für Geld sehen lassen, du Schelm!« sagte er und schlug Ingmar auf die Schulter. »Ja, du paßt gut zu einem Schulmeister!«

In einem Nu war er wieder oben auf dem Herd und fing an zu spielen.

Es war jetzt eine ganz andere Kraft in seinem Spiel. Er stampfte den Takt mit seinem Fuß und brachte ein rasendes Tempo in den Tanz. »Das ist die Polka des jungen Ingmar, die wir spielen,« rief er, »juchhe, juchhel Jetzt tanzt das ganze Haus für den jungen Ingmar!«

Gertrud und Gunhild waren beide schöne Mädchen, und sie waren sehr begehrt. Ingmar tanzte nicht viel, er stand meistens da und unterhielt sich mit einigen der älteren Burschen hinten in der Stube. Zwischen den

Tänzen scharten sich eine Menge Leute um Ingmar, als sei es ihnen eine Freude, ihn nur zu sehen.

Gertrud fand, daß es schien, als habe Ingmar sie ganz vergessen, und das verdroß sie. »Jetzt merkt er, daß er des großen Ingmar Sohn ist und daß ich nur Schulmeisters Gertrud bin,« dachte sie.

Sie war selbst erstaunt darüber, daß sie sich das so zu Herzen nahm.

Zwischen den Tänzen gingen die jungen Leute in die Frühlingsnacht hinaus, die bitter kalt war. Es war nicht schwer, sich abzukühlen. Es war stockfinster, aber da niemand Lust hatte, nach Hause zu gehen, sagten alle, wir müssen noch ein wenig bleiben, der Mond wird ja bald aufgehen, vorher können wir doch nicht nach Hause finden.

Einmal kam Ingmar zu Gertrud hinaus, die draußen vor der Tür stand, aber der starke Ingmar kam ihm gleich nachgelaufen und zog ihn mit sich fort.

»Komm, ich will dir etwas zeigen,« sagte er.

Er nahm Ingmar bei der Hand und führte ihn durch ein Gebüsch hinter die Hütte. »Steh' jetzt still und sieh' hinab,« sagte er. Ingmar sah in eine Schlucht hinab, auf deren Boden etwas Weißes schimmerte.

»Das ist ja der Langfoß,« sagte er. – »Ja, darauf kannst du dich verlassen, daß es der Langfoß ist,« sagte der Häusler, »aber was meinst du, wozu man so einen Wasserfall benutzen kann?« – »Man könnte ihn wohl dazu benutzen, ein Sägewerk oder eine Mühle zu treiben,« sagte Ingmar. Der Alte fing an zu lachen. Er klopfte Ingmar auf die Schulter und puffte ihn in die Seite, so daß er ihn fast in den Gießbach hinuntergepufft hätte. »Aber wer soll hier das Sägewerk bauen, wer soll hier reich werden, wer soll den Ingmarshof zurückkaufen?« – »Ja, ich denke gerade darüber nach,« sagte Ingmar. Da begann der Häusler einen großen Plan zu entwickeln, den er ausgetiftelt hatte. Ingmar sollte

Tims Halvor überreden, ein Sägewerk in dem Wasserfall zu errichten, und es dann von ihm pachten. Der Alte hatte seit mehreren Jahren über nichts anderes nachgedacht, als wie er etwas ausfindig machen könne, wodurch des großen Ingmars Sohn wieder zu Reichtum gelangen könne.

Ingmar stand still und sah in den Wasserfall hinab. »Nein, komm jetzt, wir wollen wieder hineingehen und tanzen,« sagte der starke Ingmar. Der junge Ingmar rührte sich nicht vom Fleck, und der alte Häusler wartete geduldig. »Ist er von der rechten Art,« dachte er, »dann antwortet er weder heute noch morgen. Die Alten müssen Geduld haben.«

Während sie so dastanden, hörten sie ein scharfes und bissiges Bellen, wie von einem Hund, der oben im Walde lief.

»Hörst du etwas, Ingmar?« fragte der Häusler. – »Ja, das ist wohl ein umherstreifender Hund,« sagte Ingmar.

Sie hörten sein Bellen näherkommen, es kam auf sie zu, als ob die Jagd gerade über sie hinweggehen sollte. Der Alte packte Ingmar fest beim Handgelenk. »Komm herein,« sagte er, »komm schnell herein, sage ich dir!« – »Was ist das?« fragte Ingmar. – »Komm herein,« erwiderte der Häusler. – »Schweig' still und komm herein.«

Während sie die wenigen Schritte nach dem Hause liefen, ertönte das heftige Bellen ganz dicht neben ihnen. »Was für ein Hund ist das?« fragte Ingmar einmal über das andere. – »Hinein mit dir, hinein mit dir, sage ich.« Der Häusler schob Ingmar auf die kleine Diele hinein, er selbst blieb auf der Türschwelle stehen und machte sich daran, die Eingangstür zu verschließen. »Ist noch jemand von euch da draußen?« rief er mit lauter Stimme, »dann kommt herein.« Und er blieb stehen und hielt die Tür ein wenig geöffnet, und sie kamen

von allen Seiten gelaufen. – »Herein mit euch!« rief er, »herein mit euch!« Er stampfte vor Ungeduld.

Indessen wurden die, die drinnen im Hause waren, ängstlicher und ängstlicher, und alle wollten wissen, was da draußen los sei. Und endlich war der letzte drinnen, und der Häusler verschloß die Tür und schob den Riegel vor. »Seid ihr verrückt, da draußen herumzulaufen, während der Berghund sich hören läßt?« sagte er. Im selben Augenblick hörte man das Bellen des Hundes ganz nahe dem Hause. Mehrmals schallte ein lautes, unheimliches Bellen um das Haus herum. »Ist das ein richtiger Hund?« fragte einer von den Burschen. – »Du kannst ja hinausgehen und ihn rufen, wenn du Lust dazu hast, Nils Jansson.«

Alle schwiegen, um diesem Bellen zu lauschen, das unaufhörlich rund um das Haus herumlief. Sie fanden, daß es anfing, häßlich und unheimlich zu klingen, sie schauderten, und viele von ihnen wurden leichenblaß. Nein, das war kein gewöhnlicher Hund, das war nicht schwer zu hören. Es war sicher irgendein Höllenhund, der der Hölle entsprungen war.

Der kleine alte Häusler war der einzige, der sich bewegte; zuerst schloß er das Herdschoß und dann ging er hin und löschte die Lichter aus. »Nein, nein,« sagten die Frauen, »macht die Lichter nicht aus.« – »Laßt mich tun, was für uns alle am besten ist,« sagte der Alte. Einer von ihnen hielt ihn am Rock fest. – »Tut er uns was, dieser Berghund?« – »Er nicht,« sagte der Alte, »aber das, was hinterdrein kommt.« – »Was kommt hinterdrein?« – Der Alte stand still und lauschte. »Nun müssen wir alle ganz still sein,« sagte er.

Es ward sogleich so still in der Stube, daß man keinen Atemzug hörte. Noch einmal vernahm man das Bellen des Hundes rund um das Haus herum. Dann nahm es an Stärke ab und man konnte den Laut verfolgen, wie der Hund über das Langfoßmoor hinab und in die Berge jenseits des Tales hineinlief. Dann wurde es ganz still.

Plötzlich konnte einer sich nicht enthalten zu sagen: »Jetzt ist der Hund weg!« Ohne ein Wort zu sagen, streckte der starke Ingmar den Arm aus und schlug ihn auf den Mund. Dann ward es wieder still.

In weiter Ferne, ganz oben auf dem Wipfel des Klackberges, ertönte ein starkes Geräusch. Es war wie ein Windstoß, aber es konnte auch der Ton aus einem Horn sein. Von Zeit zu Zeit hörte man einen langgezogenen Laut, dann Lärm und Trampeln und Schnauben. Es kam mit großem Getöse vom Berge herabgefahren. Sie hörten es am Bergabhang, sie hörten es am Waldessaum, sie hörten es, als es über ihnen war. Es war wie ein Donner, der über die Oberfläche der Erde dahergerollt kommt, es war, als käme der ganze Berg gefahren und stürzte in das Tal hinab. Und als es ganz dicht neben ihnen war, da beugten alle ihren Kopf und krochen zusammen. »Es zerschmettert uns,« dachten sie, »es zerschmettert uns.«

Es war nicht so sehr Todesangst, was sie empfanden, als Entsetzen davor, daß es der Fürst der Hölle sein könne, der mit seinem ganzen Heer durch die Nacht raste. Was sie am meisten entsetzte, war, daß sie mitten in dem Lärm Geschrei und Klagerufe hörten. Es fauchte und heulte, es brüllte und lachte, es pfiff und jodelte. Als das, was sie eben noch als ein heftiges Gewitter empfunden hatten, jetzt ganz nahe bei ihnen war, hörten sie, daß es aus Jammern und Drohungen, aus Weinen und Raserei, aus gellender Hornmusik, aus knisterndem Feuer, aus dem Heulen der Geister, aus dem Hohngelächter des Teufels, aus dem Sausen großer Flügel zusammengesetzt war.

Sie fühlten, daß alle Schrecken des Abgrundes in dieser Nacht losgelassen waren und sich über sie stürzten.

Die Erde bebte unter ihnen, und das Haus schwankte einen Augenblick, als wolle es sie begraben.

Es war, als führen wilde Pferde über das Haus hin, ihr Kopf dröhnte gegen den Dachfirst, – als ob Geister heulend um die Wände herumsausten, und Fledermäuse und Eulen mit schwerem Flügelschlag gegen den Schornstein schlugen.

Während dies alles vor sich ging, legte jemand seinen Arm um Gertrud und zwang sie in die Knie nieder, und sie hörte Ingmar flüstern: »Laß uns auf die Knie fallen, Gertrud, und zu Gott beten.«

Einen Augenblick zuvor glaubte Gertrud, daß sie sterben müsse, eine so entsetzliche Angst hatte sie befallen. »Ich fürchte mich nicht davor zu sterben,« sagte sie, »aber das Entsetzliche ist, daß die Macht des Bösen über uns und uns nahe ist.«

Aber kaum fühlte Gertrud Ingmars Arm um ihre Taille, als ihr Herz wieder zu pochen begann, und ihr Körper nicht mehr steif und unbeweglich war. Sie schmiegte sich fest, fest an ihn. Wenn er sie nur hielt, war sie nicht bange. Es war wunderlich, denn er selbst war wohl auch bange, und trotzdem ging eine solche Sicherheit von ihm aus.

Dann endlich nahm der entsetzliche Lärm ab, und sie hörten ihn von dannen ziehen. Er zog denselben Weg wie der Hund, über das Langfoßmoor hinüber und hinauf in die Wälder unter der Olafsmütze.

Aber trotzdem blieb es still und ruhig in Ingmars Hause. Niemand rührte sich, niemand sagte ein Wort, es war, als sei niemand imstande, ein Glied zu rühren.

Fast hätte man glauben können, daß das Entsetzen alles Leben ausgelöscht habe, hin und wieder atmete jedoch einer tief auf, so daß man hören konnte, daß noch einer am Leben war.

Aber lange, lange rührte sich niemand. Einige standen an die Wand gelehnt, andere waren auf die Bänke gesunken, die meisten lagen am Boden in angsterfülltem Gebet. Alle waren unbeweglich, vom Schrecken gelähmt.

Stunde auf Stunde verging, und während dieser Zeit war da manch einer, der seine Seele erforschte und beschloß, daß er ein neues Leben führen wolle, Gott näher und weiter entfernt von seinen Feinden.

Denn ein jeder von den Anwesenden dachte: »Ich habe etwas getan, was bewirkt, daß dies über uns gekommen ist. Dies geschieht um meiner Sünden willen. Ich hörte ja, daß die, die vorüberzogen, mich riefen und mich verhöhnten und meinen Namen schrien.«

Was nun Gertrud betrifft, so war ihr einziger Gedanke der, jetzt weiß ich, daß ich nicht mehr ohne Ingmar leben kann. Ich muß mit ihm zusammen sein, um der Sicherheit willen, die von ihm ausgeht.

Nach und nach begann der Tag zu grauen, die schwache Morgendämmerung drang in die Stube ein und beleuchtete die vielen bleichen Gesichter. Ein Vogel begann zu zwitschern, die Kuh des starken Ingmar brüllte nach Futter, und seine Katze, die während der Nächte, wo getanzt wurde, nie im Hause war, kam an die Tür und miaute.

Aber niemand rührte sich, ehe die Sonne hinter den Bergen im Osten aufging. Da schlichen sie sich von dannen, einer nach dem anderen, ohne ein Wort zu sagen oder Abschied voneinander zu nehmen.

Als sie hinauskamen, waren sie bleich und konnten kaum atmen, es sah aus, als wären sie im Reiche der Toten zu Gast gewesen und hätten etwas von der Unheimlichkeit und der Ohnmacht des Todes mitgebracht.

Vor dem Hause wurden sie von der Häßlichkeit der Zerstörung empfangen. Eine große Tanne, die dicht neben der Tür stand, war mit den Wurzeln ausgerissen und lag umgestürzt da, Zweige und Gitterstäbe lagen auf der Erde zerstreut ein paar Fledermäuse und Eulen waren gegen die Hauswand zerschmettert.

Bis hoch hinauf am Klackberg konnte man gleichsam einen breiten Weg sehen, wo alle Bäume umgestürzt waren.

Niemand wagte das lange anzusehen, sie eilten alle ins Dorf hinab.

Während sie gingen, ward es rings um sie her Morgen. Es war Sonntag und die Leute standen spät auf, aber hier und da war doch schon einer draußen, um das Vieh zu füttern. Ein alter Mann kam aus seiner Tür, die Sonntagskleider über dem Arm, und lüftete und bürstete sie. An einer anderen Stelle kamen Vater und Mutter und Kinder in vollem Putz aus dem Hause, sie wollten wohl auf Besuch in die Nachbarschaft.

Es war ein großer Trost, die Leute so ruhig und unwissend von dem Fürchterlichen zu sehen, das sich während der Nacht im Walde zugetragen hatte.

Endlich kamen sie an den Elf hinab, wo die Häuser dichter zusammenlagen, und ganz bis an das Kirchdorf hinunter. Sie freuten sich, als sie das Kirchdorf und alles das andere sahen. Es war ein großer Trost, daß alles hier unten so aussah wie sonst. Das Schild am Kaufmannsladen glänzte wie gewöhnlich. Das Horn am Posthaus saß an seinem Platz, und der Hund des Krugwirts schlief wie gewöhnlich vor seiner Hütte.

Es war auch ein Trost, einen kleinen Faulbaum zu sehen, der ausgeschlagen war, seit sie zuletzt vorübergingen, und die grünen Bänke vor dem Garten des Pfarrhofes, die noch spät gestern Abend hinausgesetzt sein mußten.

Dies alles war unbeschreiblich beruhigend; aber trotzdem wagte niemand etwas zu sagen, ehe sie zu Hause angelangt waren.

Als Gertrud auf der Treppe vor der Schule stand, sagte sie zu Ingmar:

»Jetzt habe ich zum letztenmal getanzt, Ingmar.«

»Ich auch,« antwortete Ingmar.

»Und du willst Pfarrer werden, nicht wahr, Ingmar? Oder wenn du nicht Pfarrer werden kannst, dann doch jedenfalls Schullehrer. Es gibt so viel von der Macht des Bösen, gegen das man ankämpfen muß.«

Ingmar sah Gertrud fest an. »Diese Stimmen, Gertrud,« fragte er, »was haben sie dir gesagt?«

»Sie haben mir gesagt, daß ich in das Netz der Sünden geraten bin, und daß die Teufel kommen würden, um mich zu holen, weil ich so gern tanze.«

»Nun will ich dir sagen, was ich hörte,« sagte Ingmar. »Mir war, als wenn mir alle die alten Ingmarssöhne drohten und mich verfluchten, weil ich etwas anderes sein wollte als Bauer, und etwas anderes bearbeiten wollte, als den Wald und das Ackerfeld.«

Hellgum.

In der Nacht, wo die Jugend bei dem starken Ingmar tanzte, war Halvor nicht zu Hause, und Karin Ingmarstochter lag allein in der Kammer. Mitten in der Nacht hatte Karin einen häßlichen Traun. Es war ihr, als sei Elias noch am Leben und halte ein großes Trinkgelage ab. Sie hörte ihn drinnen in der guten Stube, wo er mit Gläsern klirrte, laut lachte und Trinklieder sang.

Es kam ihr vor, als wenn der Lärm, den er und seine Kameraden machten, schlimmer und schlimmer werde, und schließlich klang es, als zerschlügen sie Tische und Bänke, und sie erschrack so, daß sie erwachte.

Aber obwohl Karin wach war, fuhr der Lärm um sie her fort. Die Erde bebte, die Fenster klirrten, die

Dachpfannen flogen von den Dächern, der alte Birnbaum ward mit seinen steifen Zweigen gegen die Mauer gepeitscht.

Es war, als bräche der Morgen des jüngsten Tages an.

Gerade, als das Getöse seinen Höhepunkt erreicht hatte, zersprang eine Fensterscheibe, und die Glasscherben flogen klirrend auf den Boden. Ein heftiger Windstoß jagte kreischend durch die Stube, und es war Karin, als höre sie jemand ihr gerade ins Ohr hineinlachen, mit demselben Lachen, das sie eben erst im Traum gehört hatte.

Karin glaubte, daß sie sterben müsse. Ein so furchtbares Entsetzen hatte sie noch nie zuvor empfunden. Das Herz stand ihr still, und ihr ganzer Körper war kalt und steif wie Eis.

Der Lärm hörte jedoch schnell auf, und Karin kam wieder zu sich. Die kalte Nachtluft strömte in die Stube, und als sie eine Weile dagelegen hatte, beschloß sie, aufzustehen und das Loch in der Fensterscheibe zu verstopfen. Aber als sie aus dem Bette steigen wollte, versagten ihr die Beine, und sie bemerkte, daß sie nicht gehen konnte.

Karin rief nicht um Hilfe, sondern legte sich ganz still nieder. »Wenn ich mich erst beruhigt habe, werde ich schon wieder gehen können,« dachte sie. Nach einer Weile versuchte sie wieder zu gehen. Aber beide Beine versagten ihr den Dienst. Sie konnte sich nicht auf sie stützen, sondern sank zusammen und blieb neben dem Bett liegen.

Am Morgen, sobald das Gesinde aufgestanden war, wurde zum Doktor geschickt. Er kam gleich, konnte aber nicht begreifen, was mit Karin los sei. Sie war weder krank noch lahm. Er meinte, es müsse etwas sein, das durch Schrecken gekommen sei. »Es wird sich schon bald wieder geben,« sagte er.

Karin hörte den Doktor an, ohne ein Wort zu sagen. Sie wußte, daß Elias in der Nacht in der Stube gewesen war, und daß er es ihr angetan hatte. Sie war darauf gefaßt, nie wieder gehen zu können.

Den ganzen Vormittag saß Karin still da und grübelte. Sie versuchte zu erfahren, warum Gott diese Heimsuchung hatte über sie kommen lassen. Sie ging strenge mit sich ins Gericht, aber sie konnte nicht einsehen, daß sie eine Sünde begangen hatte, die eine so harte Strafe verdiente. »Gott ist ungerecht gegen mich,« dachte sie.

Am Nachmittag fuhr Karin noch Storms Missionshaus hinab, wo um die Zeit der Laienpredikant Dagson redete. Sie hoffte, er würde ihr erklären können, warum sie so hart gestraft war.

Dagson war ein angesehener Redner. Nie aber hatte er einen so großen Zuhörerkreis gehabt wie an diesem Tage. Welch eine Menge Menschen da doch rings um das Missionshaus standen. Und niemand sprach von etwas anderem, als von dem, was sich in der Nacht in der Spielstube zugetragen hatte. Die ganze Gemeinde war aufgeschreckt worden, und nun waren die Leute zusammengekommen, um ein kräftiges Gotteswort zu hören, das die Furcht vertreiben konnte.

Nicht der vierte Teil der Anwesenden konnte ins Haus hineinkommen, aber Türen und Fenster standen weit auf, und Dagsons Stimme war so stark, daß selbst die Draußenstehenden ihn hören konnten.

Der Predikant wußte, was sich zugetragen hatte und wonach seine Zuhörer sich sehnten. Er begann seine Rede mit fürchterlichen Worten über die Hölle und den Fürsten der Finsternis. Er erinnerte an den, der in der Dunkelheit umhergehe, um Seelen zu fangen, der die Schlingen der Sünde und die Netze des Lasters vor den Füßen der Menschen ausbreitete.

Die Zuhörer schauderten und sahen die Welt voller Teufel, die versuchten und lockten. Alles war Sünde und Gefahr. Sie wanderten über Fallgruben und sie waren wie die wilden Tiere des Waldes, gejagt und gehetzt.

Als Dagson hierüber redete, drangen seine Worte durch den Saal wie ein wild heulender Sturm, und seine Worte waren wie Feuerflammen.

Dagsons Rede erinnerte sie alle an einen Waldbrand. Unter allen diesen Teufeln und dem Rauch und dem Feuer hatte man dasselbe Gefühl, wie wenn der Wald ringsumher brennt, wenn das Feuer durch das Moos kriecht, wo man geht, und Rauchwolken in der Luft wogen, die man einatmen soll, und die Hitze einem das Haar verbrennt, und das Knistern des Feuers einem in die Ohren tönt und die Funken im Begriff sind, die Kleider in Brand zu stecken.

So jagte Dagson seine Zuhörer durch Feuer und Rauch und Verzweiflung. Feuer vor sich und Feuer hinter sich und Feuer zu allen Seiten hatten sie, und sie sahen nichts weiter als Untergang vor sich.

Aber durch all dieses Entsetzen hindurch führte er sie auf einen grünen Fleck im Walde hinaus, wo alles Ruhe und Kühle und Sicherheit war. Mitten auf der blumenübersäten Wiese saß Jesus. Er streckte seinen Arm über die fliehenden und gehetzten Menschen aus, und sie legten sich zu seinen Füßen nieder, und alle Gefahr war vorüber, und da war kein Verderben und keine Verzweiflung mehr.

Dagson redete, wie er selbst fühlte. Wenn er sich nur zu Jesu Füßen niederlegen durfte, erfüllten ihn Frieden und Ruhe, und er fürchtete keine Gefahr des Lebens.

Als Dagsons Rede beendet war, entstand eine große Bewegung. Mehrere gingen hin und dankten ihm, während ihnen die Tränen von den Wangen hinunterströmten.

Sie sagten, daß seine Rede sie zu dem wahren Glauben an Gott erweckt habe.

Aber Karin Ingmarstochter saß während der ganzen Zeit unbeweglich da, und als Dagson seine Rede beendet hatte, hob sie die schweren Augenlider und sah ihn an, als wolle sie ihm vorwerfen, daß er ihr nichts hatte geben können.

Im selben Augenblick rief eine starke Stimme draußen vor dem Missionssaal, so laut, daß die ganze Versammlung es hören konnte:

»Wehe, wehe, wehe über die, die Steine statt Brot geben! Wehe, wehe, wehe über die, die Steine statt Brot geben!«

Karin konnte den, der sprach, nicht sehen; sie war gezwungen, sitzen zu bleiben, während die anderen hinausstürzten.

Nach einer Weile kamen die Leute vom Ingmarshof und erzählten ihr, daß der, der gerufen hatte, ein großer, dunkelhaariger Mann sei, den niemand kannte. Er und eine schöne blonde Frau seien mitten während des Vortrages mit einem der Postkarren vorübergefahren. Sie hatten angehalten und gelauscht, und gerade in dem Augenblick, als sie weiterfahren wollten, war der Mann aufgestanden und hatte geredet.

Einige meinten, sie müßten die Frau kennen. Sie glaubten, es müsse eine von des starken Ingmars Töchtern sein, die in Amerika verheiratet war, und der Mann, mit dem sie fuhr, mußte dann wohl ihr Mann sein. Aber es war nicht so leicht, eine Frau zu erkennen, die man als junges Mädchen in der gewöhnlichen Tracht der Gegend gesehen hatte, wenn sie jetzt erwachsen und als Dame gekleidet wieder zurückkam.

Karin dachte über Dagson ganz dasselbe, wie der Fremde, das konnte man daraus merken, daß sie nie wieder in das Missionshaus kam.

Späterhin im Sommer, als einer von den Baptistenpredigern in den Kirchsprengel kam und predigte und taufte, hörte sie ihn, und als nun auch die Heilsarmee anfing, Versammlungen im Kirchsprengel abzuhalten, fuhr sie zu einer davon hinüber. Eine starke geistige Bewegung hatte den Sprengel ergriffen. Bei allen Versammlungen fanden Erweckungen und Taufen statt: es war, als fänden alle Menschen das, dessen sie bedurften.

Aber keiner von allen denen, die Karin Ingmarstochter hörte, konnte sie lehren, sich mit dem Strafgericht auszusöhnen, das Gott über sie hatte gehen lassen.

Birger Larsson hieß ein Schmied, der eine Schmiede dicht an der Landstraße hatte. Die Schmiede war klein und dunkel, mit einer Luke statt des Fensters, und einer niedrigen Tür. Birger Larsson fertigte gewöhnliche Messer an, setzte Schlösser wieder instand, befestigte Wagenringe und beschlug Schlittenkufen. Wenn er keine andere Arbeit hatte, machte er Nägel.

An einem Sommerabend stand Birger Larsson mitten bei der Arbeit in seiner Schmiede. Er selbst stand an einem Amboß und schlug Köpfe auf die Nägel; sein ältester Sohn, der siebzehn Jahre alt war, stand an einem anderen Amboß, er hämmerte die eine dünne eiserne Stange nach der anderen aus und schnitt sie durch. Ein anderer von den Söhnen trat den Blasebalg, ein dritter trug Kohlen, wandte die Eisen, die weißglühend in der Esse lagen und trug sie den Schmieden zu. Der vierte von den Söhnen war erst sieben Jahre alt; er sammelte die fertigen Nägel auf, warf sie in einen Wassertrog und band sie dann in Bündel zusammen.

Mitten in der Arbeit kam ein fremder Mann vorüber und stellte sich in die offene Tür. Es war ein großer dunkelhaariger Mann, er mußte sich fast zusammenfalten, um hineinsehen zu können.

Als Birger Larsson in der Arbeit innehielt, um zu hören, was er wünschte, sagte der Fremde: »Du mußt es mir nicht übelnehmen, daß ich hier hineinsehe, obwohl ich hier nichts zu tun habe. Ich bin in meinen jungen Jahren selbst Schmied gewesen. Seit der Zeit kann ich nicht gut an einer Schmiede vorübergehen, ohne mir die Arbeit anzusehen.«

Birger Larsson sah unwillkürlich die Hände des Fremden an: sie waren groß und sehnig, richtige Schmiedefäuste.

Nun begann der Schmied den Fremden zu fragen, wer er sei und woher er komme. Der Mann antwortete freundlich, ohne sich zu erkennen zu geben. Birger fand, daß er ein kluger Mann war, und er fand Gefallen an ihm. Er ging mit ihm vor die Schmiede hinaus und stand auf dem schwarzen Schmiedehügel und wollte sich sonnen. Er habe es schwer im Anfang gehabt, sagte er, ehe die Söhne herangewachsen waren, so daß sie teil an der Arbeit nehmen konnten. Aber jetzt, wo sie alle mithelfen konnten, ging es gut. »Du sollst sehen, in ein paar Jahren bin ich ein reicher Mann,« sagte Birger.

Der Fremde lächelte; er sagte, es freue ihn, daß Birger so gute Hilfe an den Söhnen habe. »Jetzt will ich dich noch etwas fragen,« sagte er und legte seine schwere Hand auf Birgers Schulter und sah ihm tief in die Augen: »Da du eine so gute Hilfe an deinen Söhnen in weltlichen Dingen hast, so läßt du sie dir wohl auch in den geistlichen helfen?« Birger starrte ihn verständnislos an. »Ich merke, daß dies eine neue Frage für dich ist,« sagte der Fremde, »denk' darüber nach, bis wir uns wiedersehen.«

Er ging lächelnd seiner Wege. Birger Larsson kehrte in die Schmiede zurück, kraute sein Haar, das steif und gelb war wie Messing, und fing wieder an zu arbeiten.

Die Frage des Fremden beschäftigte ihn mehrere Tage. Er fand, es sei eine sonderbare

Frage. »Es steckt was dahinter, was ich nicht verstehen kann,« dachte er.

Es war am Tage, nachdem der Fremde mit Birger Larsson geredet hatte, und es war unten im Kirchdorf in Tims Halvors altem Laden, den er nach seiner Ehe mit Karin seinem Schwager Kolaas Gunnar überlassen hatte.

Gunnar war verreist, und währenddes besorgte seine Frau, Brita Ingmarstochter, den Laden.

Brita stand schön und stattlich hinter dem Ladentisch. Den Namen und auch das Äußere hatte sie von ihrer Mutter, des großen Ingmars schöner Frau, geerbt, ein schöneres Mädchen als Brita war niemals auf dem Ingmarshof aufgewachsen.

Aber wenn Brita der alten Familie auch nicht in ihrem Äußeren nachartete, so war sie doch ebenso rechtschaffen und gewissenhaft wie nur irgendeiner aus der Familie.

Wenn Gunnar fort war, besorgte Brita den Laden auf ihre eigene Weise. Wenn der alte Korporal Fält versoffen und zitternd vorüberkam und eine Flasche Bier forderte, so sagte Brita geradeaus nein, und als des armen Kolbjörns Lehna kam und eine feine Brosche kaufen wollte, schickte Brita sie nach Hause, um starkes und haltbares Zeug auf ihrem Webstuhl zu weben.

An diesem Tage hatte Brita nicht viele Kunden. Sie saß stundenlang ganz allein da. Da sank sie zusammen und starrte in die Luft hinaus, während die Verzweiflung ihr aus den Augen schaute.

Schließlich erhob sie sich, holte einen Strick heraus, trug den Tritt aus dem Laden in die Hinterstube und befestigte eine Schlinge an einem Haken an der Decke.

Brita beeilte sich, sie war bald fertig und war gerade im Begriff, den Kopf in die Schlinge hineinzustecken, als sie hinuntersah.

In diesem Augenblick tat sich die Tür auf, und ein großer dunkelhaariger Mann trat ein. Er war in den Laden gekommen, ohne daß sie ihn gehört hatte, und da er dort niemand angetroffen hatte, ging er hinter den Ladentisch und öffnete die Tür zur Stube.

Brita stieg schnell herunter. Der Mann sagte nichts zu ihr; er zog sich langsam wieder in den Laden zurück. Brita ging hinterdrein. Sie hatte ihn noch nie gesehen, er hatte dichtes, lockiges Haar, einen dichten Vollbart, scharfe Augen und große sehnige Hände. Es war nicht recht zu sehen, ob er ein feiner Mann war oder ein Bauer. Er war gut angezogen, aber er ging und hielt sich wie ein Arbeiter. Er setzte sich auf einen zerfetzten Stuhl neben der Tür und sah Brita an.

Die Bäuerin stand ruhig hinter dem Ladentisch, stellte keine Frage, sondern wünschte nur, daß er gehen möge.

Der Mann fuhr fort, sie anzusehen, ließ sie keinen Moment aus den Augen. Brita hatte ein

Gefühl, als hielten seine Augen sie fest, so daß sie sich nicht bewegen könne.

Brita wurde ungeduldig; sie dachte bei sich: »Ich kann nicht begreifen, daß du glaubst, daß es nützen kann, wenn du dasitzt und mich bewachst. Du kannst dir doch denken, daß ich ein andermal doch das tun werde, was ich will.«

Brita stand da und hielt stumme Reden mit dem Mann. »Wenn es etwas wäre, das ein Ende nähme oder das ein Übergang wäre, so könntest du mich gern verhindern. Aber die Sache ist hoffnungslos.«

Der Mann blieb jedoch sitzen und verwandte kein Auge von ihr.

»Ich will dir etwas sagen: Es schickt sich für uns vom Ingmarshofe nicht, einen Laden zu haben,« fuhr Brita in ihren Gedanken fort. »Du kannst dir nicht vorstellen, wie gut Gunnar und ich miteinander lebten, ehe er mit dem Laden begann. Die Leute haben mich ja freilich gewarnt, mich mit ihm zu verheiraten. Sie mochten ihn nicht wegen seiner schwarzen Haare und seiner stechenden Augen und seiner scharfen Zunge. Aber wir hatten uns nun einmal lieb, und wir sagten nie ein böses Wort zueinander, bis Gunnar den Laden übernahm.«

»Erst seit jener Zeit,« setzte Brita ihre stumme Rede fort, »war es nicht mehr gut zwischen uns. Ich wollte, daß er das Geschäft auf meine Weise führen sollte. Ich kann mich nicht darein finden, daß er Wein und Bier an Trunkenbolde verkauft, und ich mag es nicht, daß er Leute etwas anderes kaufen läßt, als was nützlich und notwendig ist; aber das findet Gunnar unvernünftig. Und weder er noch ich können nachgeben, und nun zanken wir uns immer, und jetzt macht er sich nichts mehr aus mir.«

Sie sah den Mann mit ihren verstörten Augen an, gleichsam erstaunt darüber, daß er ihren Bitten nicht nachgeben wollte.

»Aber du kannst doch begreifen, daß ich nicht in der Schande leben kann, daß er arme Leute durch den Gemeindevogt auspfänden und ihnen die einzige Kuh oder ein paar elende Schafe wegnehmen läßt.«

»Es kann nie wieder gut werden, das wirst du doch wohl einsehen können? Warum kannst du denn nicht gehen, so daß ich ein Ende machen kann?«

Aber während der Mann dasaß und Brita ansah, ward sie immer ruhiger, und schließlich fing sie ganz leise an vor sich hinzuweinen. Sie war gerührt über ihn, der dasaß und acht auf sie gab. Das war viel von einem, der sie gar nicht kannte.

Sobald der Mann sah, daß Brita weinte, meinte er offenbar, daß keine Gefahr mehr vorhanden sei. Er erhob sich und ging auf die Tür zu. Als er auf der Türschwelle stand, wandte er sich um, bohrte noch einmal seine Augen in die Britas, räusperte sich und sagte mit tiefer Stimme: »Tue dir nicht selbst ein Leid an, denn die Zeit ist nahe, wo du in Gerechtigkeit leben wirst.«

Darauf ging er. Seine Schritte dröhnten schwer auf der Treppe und dem Wege, als er sich entfernte.

Brita ging in die Hinterstube, nahm die Schlinge herunter und trug den Tritt wieder in den Laden hinüber. Darauf setzte sie sich auf eine Kiste und rührte sich mehrere Stunden lang nicht vom Fleck.

Brita hatte ein Gefühl, als sei sie lange Zeit in einer Nacht umhergewandelt, die so finster war, daß sie nicht Hand vor Augen sehen konnte. Sie hatte sich verirrt, wußte nicht, wo sie hingeraten war, und bei jedem Schritt, den sie tat, fürchtete sie, daß sie in einem Moor versinken oder in einen Abgrund stürzen würde. Aber nun war da einer, der ihr zugerufen hatte, daß sie nicht weitergehen, sondern sich niedersetzen und warten solle, bis es Tag würde. Sie freute sich darüber, daß sie die gefährliche Wanderung nicht fortzusetzen brauchte; jetzt saß sie da und wartete auf das Tagesgrauen.

Der starke Ingmar hatte eine Tochter, die Anna Lisa hieß. Sie hatte mehrere Jahre in Chicago gewohnt und hatte sich dort mit einem Schmiede namens Hellgum verheiratet, der eine eigene kleine Gemeinde mit einem besonderen Glauben und einer besonderen Lehre hatte. Am Tage nach der vielbesprochenen Nacht, als sie bei dem starken Ingmar getanzt hatten, war Anna Lisa heimgekehrt, um ihren Vater zu besuchen, und ihr Mann war mitgekommen. Hellgum benutzte die Zeit, um lange Fußwanderungen in der Gegend zu machen; er ließ sich mit allen ein, denen er begegnete, sprach erst mit ihnen über ganz gewöhnliche, alltägliche Dinge, aber wenn er ihnen Lebewohl sagte, legte er gern seine große, schwere Hand auf die Schulter und sagte irgendein Wort des Trostes oder der Erweckung.

Der starke Ingmar sah nicht viel von seinem Schwiegersohn; der Alte arbeitete in jenem Jahr mit dem jungen Ingmar Ingmarsson, der auf den Ingmarshof zurückgekehrt war. Die beiden bauten ein Sägewerk im Langfoß. Es war ein stolzer Tag für den starken Ingmar, als die Sägemühle fertig war und der erste Balken von den kreischenden Sägeblättern in weiße Bretter zerschnitten wurde.

Eines Abends kam der Alte von der Arbeit nach Hause. Auf dem Wege begegnete er Anna Lisa. Sie sah erschreckt aus, als habe sie Lust, sich vor ihm zu verstecken. Der alte Ingmar schritt schneller zu, kam an sein Haus und blieb mit gerunzelter Stirn stehen. Dicht am Eingang hatte, solange er lebte, ein großer Rosenbusch gestanden. Der war ihm lieber gewesen als sein Augapfel. Er hatte niemals erlaubt, daß jemand eine Rose oder ein Blatt von dem Strauch abpflückte, nichts Böses hatte sich ihm nähern dürfen.

Der starke Ingmar hatte ihn so gut gepflegt, weil er wußte, daß die Unterirdischen unter ihm wohnten.

Aber nun war der ganze Busch abgehauen. Es war natürlich der Schwiegersohn, der

Predikant, der sich nicht darein finden konnte.

Der starke Ingmar hielt seine Axt in der Hand, er schloß die Finger fest um den Schaft, als er ins Haus hineinging.

Hellgum saß da drinnen, die Bibel vor sich; er sah auf und sah dem starken Ingmar tief in die Augen. Dann las er mit lauter Stimme weiter:

»Dazu, daß ihr gedenkt, wir wollen tun wie die Heiden und wie andere Leute in Ländern Holz und Steine anbeten, das soll euch fehlen. So wahr ich lebe, spricht der Herr, ich will über euch herrschen mit starker Hand und mit ausgestreckten Armen und mit ausgeschüttetem Glauben – –« Ohne ein Wort zu sagen, ging der starke Ingmar zum Hause hinaus. In dieser Nacht schlief er in der Scheune. Zwei Tage später zogen er und Ingmar in den Hochwald hinauf, um Kohlen zu brennen und Bäume zu fällen. Sie wollten den ganzen Winter fortbleiben.

Ein paarmal war Hellgum auf den Bauernversammlungen aufgetreten und hatte seine Lehre ausgelegt, die, wie er sagte, das einzige wahre Christentum sei. Aber Hellgum war nicht so beredt wie Dagson. Er hatte nicht einen einzigen Anhänger gewonnen.

Diejenigen, die ihm auf Wegen und Stegen begegnet waren und ihn nur ein paar Worte hatten sagen hören, hatten große Dinge von ihm erwartet, aber wenn Hellgum einen längeren Vortrag halten sollte, wurde er schwerfällig und geistlos und ermüdend.

Im Spätsommer wurde Karin Ingmarstochter in hohem Grade niedergedrückt. Man hörte sie selten ein Wort sagen. Sie war noch immer nicht imstande zu gehen und saß den ganzen Tag hindurch unbeweglich in ihrem Stuhle. Sie suchte keinen Prediger mehr auf, sondern saß allein da und brütete über ihrem Unglück. Hin und wieder sagte sie wohl einmal zu Halvor, sie habe ihren Vater immer sagen hören, die Ingmarssöhne brauchten nichts zu fürchten, wenn sie nur Gottes Wege gingen, aber jetzt wisse sie, daß nicht einmal das wahr sei.

Halvor schlug in seiner Ratlosigkeit vor, sie solle den neuen Predikanten anhören, aber Karin sagte nein. Sie wollte keine Hilfe mehr bei Geistlichen suchen.

Eines Sonntags zu Ende August saß Karin allein am Fenster in der guten Stube. Tiefe Stille ruhte über dem ganzen Hof, und Karin ward es schwer, wach zu bleiben. Ihr Kopf sank tiefer und tiefer auf die Brust herab, und schließlich schlief sie ein.

Sie erwachte davon, daß jemand gerade unter ihrem Fenster sprach. Sie konnte nicht sehen, wer es war, aber die Stimme war stark und tief. Eine schönere Stimme hatte sie noch niemals gehört.

»Ich kann wohl merken, daß du es für unglaublich hältst, Halvor, daß ein armer ungelehrter Mann die Wahrheit gefunden haben sollte, wo so viele gelehrte Herren auf Grund geraten sind,« sagte die Stimme.

»Ja,« erwiderte jetzt Halvor. »Ich weiß nicht, wie du so sicher sein kannst.«

»Halvor redet mit Hellgum,« dachte Karin. Sie versuchte das Fenster zu schließen, konnte es aber von dort, wo sie saß, nicht erreichen.

»Aber es steht ja geschrieben,« fuhr Halvor fort, »daß, wenn dich jemand auf den rechten Backen schlägt, so sollst du ihm auch den linken darbieten, desgleichen, daß wir uns dem Bösen nicht widersetzen sollen und noch manches andere von derlei Art. Und das alles ist etwas, was man nicht halten kann. Wenn du das versuchen wolltest, so würden die Leute kommen und dir deine Acker und deinen Wald wegnehmen. Sie würden dir deine Kartoffeln stehlen und dir dein Saatkorn hinter dem Rücken wegnehmen. Sie würden dir sicher den ganzen Ingmarshof nehmen.«

»Das mag wohl sein,« räumte Hellgum ein. »Ja, dann hat wohl Christus gar nichts mit alledem gemeint? Er hat wohl bloß dagestanden und das ins Blaue hineingeredet?«

»Ich weiß nicht, wo du mit dem, was du sagst, hinauswillst.«

»Ja, siehst du, da ist auch noch etwas anderes, das man bedenken muß,« sagte Hellgum. »Nämlich, daß wir so unendlich weit mit unserem Christentum gekommen sind. Niemand stiehlt mehr, niemand tut Witwen und Waisen ein Unrecht an. Niemand haßt und verfolgt den anderen mehr. Es geschieht niemals, daß jemand unter uns ein Unrecht tut, die wir ja eine so gute Religion haben.«

»Nun ja, da mag ja allerlei sein, das nicht so ist, wie es sein sollte,« räumte Halvor sanftmütig ein. Es klang schläfrig und teilnahmslos.

»Aber wenn du eine Dreschmaschine hast, die keinen ordentlichen Nutzen tut, so siehst du wohl nach, wo der Fehler steckt, und du beruhigst dich nicht, bis du weißt, was ihr fehlt. Aber wenn du jetzt siehst, daß es gar nicht gehen will, die Leute dazu zu bringen, ein christliches Leben zu führen, so ist da doch wohl Grund nachzusehen, ob nicht irgendein Fehler an dem Christentum sein könne.«

»Ich kann doch nie im Leben glauben, daß an Christi Lehre etwas nicht richtig sein sollte,« sagte Halvor.

»Nein, von Anfang an war sie gewiß ganz gut, aber es kann ja sein, daß sie in Unordnung geraten ist. Da mag ja irgendein Rad sein, das zerbrochen ist, siehst du, nur ein einziges Rad, und gleich steht das ganze Werk still.«

Er schwieg eine Weile, als suche er nach Worten und Beweisen.

»Jetzt will ich dir sagen, wie es mir vor ein paar Jahren ergangen ist. Da versuchte ich zum erstenmal, so recht nach der Lehre zu leben, und weißt du, wie das endete? Zu jener Zeit arbeitete ich in einer Fabrik, und als die Kameraden entdeckten, wie ich war, ließen sie mich erst eine ganze Menge von ihren Arbeiten verrichten, dann nahmen sie mir meinen Platz weg und schließlich beschuldigten sie mich eines Diebstahls, den einer von ihnen begangen hatte, so daß ich ins Gefängnis kam.«

»Man braucht wohl nicht immer gleich mit so schlechten Menschen zusammenzukommen,« sagte Halvor, noch immer gleichgültig. »Da sagte ich zu mir selbst: Es wäre nicht so schwer, ein Christ zu sein, wenn man nur allein auf der Welt wäre und keine Mitmenschen hätte. Ich war geradezu froh, daß ich im Gefängnis saß, denn dort konnte ich ein gerechtes Leben führen, ohne daß mich jemand verführte oder mir Unrecht antat. Aber dann fiel mir ein, daß so ein rechtschaffenes Leben auf eigene Hand führen genau so ist, wie eine Mühle, die ganz leersteht und sich herumdreht, ohne Korn zwischen den Steinen zu haben. Wenn Gott so viele Menschen auf die Welt gesetzt hat, so ist es wohl seine Absicht, daß sie einander zur Stütze und Hilfe werden und nicht zum Verderben gereichen sollen. Und da wurde es mir schließlich klar, daß der Teufel etwas aus der Bibel herausgenommen haben müsse, damit das Christentum auf Abwege geraten solle.«

»Dazu konnte der Teufel doch wohl nicht die Macht haben,« sagte Halvor.

»Ja, er hat das Wort weggenommen: Ihr, die ihr ein christliches Leben führen wollt, sollt Hilfe bei euren Mitmenschen suchen.«

Halvor sagte nichts, aber Karin nickte beifällig. Sie hatte sehr aufmerksam zugehört und kein Wort war ihr entgangen.

»Sobald ich aus dem Gefängnis kam,« sagte Hellgum, »ging ich zu einem Kameraden und bat ihn, mir behilflich zu sein, ein rechtschaffenes Leben zu führen, und sobald wir erst zwei waren, ging es gleich besser. Und bald kam ein dritter hinzu und ein vierter schloß sich uns an, und es ging besser und besser. Jetzt sind wir dreißig, die zusammen in einem Haus in Chicago wohnen. Wir teilen alles miteinander und wachen gegenseitig über unser Leben, und der Weg der Gerechtigkeit liegt eben und gerade vor uns, und wir können christlich miteinander verkehren, denn der eine Bruder mißbraucht nicht die Güte des anderen und tritt ihn in seiner Demut nicht nieder.«

Als Halvor noch immer schwieg, sagte Hellgum anregend: »Du weißt wohl, Halvor, daß der, der etwas Großes ausrichten will, sich mit anderen Menschen zusammentut und sich von anderen Menschen helfen läßt. Du könntest den Hof hier auch nicht allein bewirtschaften, und wenn du eine Fabrik übernehmen willst, da mußt du dich nach Teilhabern umsehen, und denke, wenn du eine Eisenbahn bauen wolltest, wie viele du da zur Hilfe nehmen müßtest.

Das Schwerste von allem aber ist ein christliches Leben zu führen, und das willst du auf eigene Hand ohne fremde Hilfe durchführen? Oder du versuchst es vielleicht gar nicht, weil du schon im voraus weißt, daß es doch nicht geht.

Die einzigen, die den richtigen Weg eingeschlagen haben, das bin ich und die, die mit mir drüben in Chicago zusammenhalten. Diese Gemeinde ist das wahre, heilige Jerusalem, das vom Himmel herabgestiegen ist, und du kannst sie daran erkennen, daß die Gaben des Geistes, die über die ersten Christen ausgegossen wurden, auch über uns ausgegossen sind. Denn einige von uns hören Gottes Stimme, und andere prophezeien, und wieder andere heilen Kranke –«

»Kannst du Kranke heilen?« unterbrach ihn Halvor hastig.

»Ja,« sagte Hellgum, »ich kann die heilen, die an mich glauben.«

»Es ist schwer, etwas anderes zu glauben, als das, was man als Kind gelernt hat,« sagte Halvor nachdenklich.

»Wahrlich, ich sage dir, Halvor, du wirst bald mithelfen, das neue Jerusalem zu bauen,« sagte Hellgum.

Da wurde es still. Nach einer Weile hörte Karin Hellgum Lebewohl sagen.

Gleich darauf kam Halvor zu Karin herein. Als er sie an dem offenen Fenster sitzen sah, sagte er: »Nun hast du gewiß alles gehört, was Hellgum gesagt hat.« – »Ja,« erwiderte Karin. – »Hast du denn auch gehört, daß er sagte, er könne die heilen, die an ihn glauben?« – Karin errötete, Hellgums Lehre hatte ihr besser gefallen als alles, was sie sonst im Laufe des Sommers gehört hatte. Es war eine gewisse praktische Vernunft darin, die ihr zusagte. Dies waren Handlung und Tätigkeit und keine Empfindsamkeit, auf die sie sich nicht verstand. Aber sie wollte es sich selbst nicht eingestehen. Sie wollte nichts mehr mit Geistlichen zu tun haben. »Ich will keinen anderen Glauben haben als mein Vater,« sagte sie.

Einige Wochen später saß Karin wieder in der guten Stube. Es war jetzt Herbst geworden, der Wind heulte vor dem Hause, und das Feuer knisterte auf dem Herd, niemand war in der Stube, außer ihrer kleinen Tochter, die bald ein Jahr alt war und eben laufen gelernt hatte. Sie saß an der Erde zu Füßen der Mutter und spielte.

Wie Karin so dasaß, tat sich die Tür auf, und ein großer, dunkelhaariger Mann trat ein. Er hatte dichtes, lockiges Haar, scharfe Auge und große, sehnige Schmiedehände. Ehe Karin ihn noch ein Wort hatte sagen hören, erriet sie, daß es Hellgum war.

Der Mann sagte guten Tag und fragte nach Halvor. Karin antwortete, daß er zu einer Versammlung gegangen sei, sie erwarte ihn bald zurück.

Hellgum setzte sich, er sagte nichts, hin und wieder aber warf er einen schnellen Blick auf Karin. »Ich habe gehört, daß du krank bist,« sagte Hellgum, als er eine Weile dagesessen hatte. – »Ja,« antwortete Karin, »ich habe seit einem halben Jahr nicht gehen können.« – »Ich habe mir ausgedacht, hierher zu kommen und für dich zu beten,« sagte der Predikant. Karin schwieg, schlug die Augen nieder und verschloß sich gleichsam in sich selbst. – »Du hast vielleicht gehört, daß ich die Gnadengabe erhalten habe, Kranke heilen zu können.«

Karin schlug die Augen auf und warf ihm einen mißtrauischen Blick zu. »Habt Dank, daß Ihr an mich gedacht habt, aber das kann nicht nützen, denn ich wechsle meinen Glauben nicht so leicht,« sagte sie. – »Es ist möglich, daß Gott dir hat helfen wollen,« sagte der Mann, »da du immer versucht hast, ein rechtschaffenes Leben zu führen.« – »Ich stehe gewiß nicht in so großer Gnade bei Gott, daß er mir helfen will.«

Sie saß nun ein paar Minuten schweigend da, dann fragte Hellgum: »Hat Mutter Karin sich jemals selbst gefragt, warum diese Heimsuchung wohl über sie gekommen ist?« Karin antwortete nicht, es war, als lasse sie niemand bei sich ein. – »Jemand sagt mir, daß Gott das getan hat, damit sein Name noch mehr geehrt werde,« sagte Hellgum.

Als Karin das hörte, ward sie zornig. Es traten ein paar scharfe, rote Flecke auf ihre Wangen. Sie fand es höchst vermessen von Hellgum, zu glauben, daß diese Krankheit über sie gekommen sei, damit er Gelegenheit habe, ein Wunder zu tun.

Der Predikant erhob sich, ging geradeswegs auf Karin zu und legte ihr die Hand auf den Kopf. »Willst du, daß ich für dich beten soll?« fragte er. Im selben Augenblick fühlte Karin einen Strom von Leben und Gesundheit durch ihren Körper brausen, aber sie war so empört über seine Aufdringlichkeit, daß sie heftig seine Hand abschüttelte und den Arm erhob, als wolle sie ihn schlagen. Worte vermochte sie nicht so schnell zu finden.

Hellgum zog sich zurück und ging auf die Tür zu. »Man soll nicht von sich weisen, was Gott schickt,« sagte er. – »Nein,« sagte Karin, »was Gott schickt, muß man wohl annehmen.«

»Aber ich sage dir, daß diesem Hause heute eine große Gnade widerfahren wird,« sagte der Mann. – Karin schwieg. – »Denke an mich, wenn die Hilfe zu dir kommt,« sagte Hellgum, als er ging.

Karin saß aufrecht im Stuhl, die roten Flecke brannten lange auf ihren Wangen. Sie war sehr zornig. »Kann ich nun nicht einmal Ruhe in meinem eigenen Hause haben,« dachte sie. »Es ist entsetzlich, wie viele Menschen glauben, daß sie von Gott geschickt sind.«

Im selben Augenblick sah Karin ihr kleines Mädchen über den Fußboden auf den Herd zukriechen. Die Kleine hatte eben das Feuer erblickt. Sie schrie vor Freude, kroch und lief darauf zu, so schnell sie nur konnte.

Karin rief sie, aber das Kind achtete nicht darauf. Es arbeitete, um auf den Herd hinaufzukommen, fiel ein paarmal nieder, gelangte jedoch endlich auf den Stein hinauf, wo das Feuer brannte.

»Ach Gott, hilf mir, Gott hilf mir,« sagte Karin. Sie fing an, laut zu rufen, obwohl sie wußte, daß niemand in der Nähe war.

Das kleine Mädchen beugte sich lächelnd dem Feuer zu. Da fiel ein brennender Holzscheit vom Herd herunter auf ihr Kleid.

Aber im selben Augenblick stand Karin aufrecht in der Stube, lief an den Herd und zog das Kind an sich.

Erst als sie alle Funken von dem Kleide geschüttelt und das Kind nachgesehen und unbeschädigt gefunden hatte, ward ihr klar, was geschehen war. Daß sie aufrecht dastand, daß sie gegangen war, daß sie noch gehen konnte!

Karin fühlte eine Erschütterung ihrer Seele so stark wie nie zuvor in ihrem Leben. Aber gleichzeitig erfüllte sie die größte Glückseligkeit.

Sie fühlte, daß sie unter Gottes besonderer Obhut und Fürsorge stand, und daß er einen heiligen Gottesmann in ihr Haus geschickt hatte, um ihr zu helfen.

In diesen Tagen stand Hellgum oft in dem kleinen Beischlag vor des starken Ingmars Hause und sah über die Gegend hinaus. Die Landschaft, die er übersah, ward mit jedem Tage schöner und schöner. Die Erde war gelb und alle Laubbäume waren schimmernd rot oder schimmernd gelb. Hier und da erhob sich ein ganzer Laubwald, strahlend wie ein wogendes Meer aus Gold. Überall an den tannenbewaldeten Höhen sah man gelbe Flecke, das waren Laubbäume, die sich zwischen die Nadelhölzer verirrt hatten.

Wie eine armselige graue Hütte leuchten und schimmern kann, wenn Feuer da drinnen ist, so flammte diese arme schwedische Landschaft in einer seltenen Pracht auf. Alles war so gelb und so wunderbar strahlend, wie man sich nur eine Landschaft auf der Oberfläche der Sonne vorstellen kann.

Aber wenn Hellgum dastand und dies ansah, dachte er, daß die Zeit bald tagen würde, wo Gott die Gegend von Heiligkeit erstrahlen lassen würde, und wo alle die Worte, die er den Sommer hindurch ausgesät hatte, sprossen und herrliche Früchte der Gerechtigkeit tragen würden.

Und siehe, eines Abends kam Tims Halvor nach dem Hause hinab und bat Hellgum und Anna Lisa, nach dem Ingmarshofe hinaufzukommen.

Als sie auf den großen Hofplatz kamen, war alles fein und geschmückt. Alle welken Blätter waren weggefegt, und alle Gerätschaften und Arbeitswagen, die sonst den Hof anzufüllen pflegten, waren beiseite geschafft. Es werden wohl viele Gäste erwartet, dachte Anna Lisa. Im selben Augenblick öffnete Halvor die Tür zu der guten Stube.

Die war mit Menschen angefüllt. Alle saßen feierlich auf den langen Bänken an den Wänden entlang. Sie saßen so, als erwarteten sie jemand, und Hellgum sah sogleich, daß es die besten Leute des Kirchsprengels waren. Der erste, den er gewahrte, war Ljung Björns Olofsson und seine Frau, Märta Ingmarstochter, sowie Kolaas Gunnar und seine Frau. Dann sah er Krister Larsson und Israel Tomasson mit ihren Frauen. Auch sie gehörten zu den Ingmarssöhnen. Dann bemerkte er Hök Matts Eriksson und seinen Sohn Gabriel, des Gemeindevorstehers Gunhild und mehrere andere. Es waren im ganzen wohl zwanzig Personen.

Als Hellgum und Anna Lisa die Runde bei ihnen allen gemacht und guten Tag gesagt hatten, begann Tims Halvor: »Hier sind einige von denen versammelt, die darüber nachgedacht haben, was uns Hellgum gesagt hat. Die meisten von uns gehören einer alten Familie an, die gern Gottes Wege gehen will. Und wenn uns Hellgum dabei behilflich sein kann, so wollen wir ihm folgen.«

Am nächsten Tage verbreitete sich das Gerücht über den ganzen Kirchsprengel, daß auf dem Ingmarshofe eine Gemeinde gegründet sei, die behauptete, daß sie im Besitz des einzigen und richtigen und wahren Christentums sei.

Der neue Weg.

Es war im nächsten Frühling, gleich nachdem der Schnee von der Erde verschwunden war. Der junge Ingmar und der starke Ingmar waren eben ins Dorf hinabgekommen, um die Sägemühle in Gang zu setzen. Den ganzen Winter über hatten sie oben im Walde zugebracht und waren eifrig beschäftigt gewesen, Kohlen zu brennen und Bäume zu fällen, und als Ingmar wieder in die Ebene hinabkam, kam er sich vor wie ein Bär, der eben aus seiner Höhle herausgekrochen ist. Er konnte sich kaum daran gewöhnen, die Sonne an dem freien Himmel strahlen zu sehen, sondern ging und blinzelte mit den Augen, als könnten sie das Licht nicht ertragen. Auch das Getöse des Gießbaches und die Menschenstimmen und all das Geräusch, das ihm unten auf dem Hof um die Ohren sauste, peinigte ihn. Aber zur selben Zeit war er so glücklich über das alles; Gott mochte wissen, daß er es weder in seinem Wesen noch in seiner Rede zeigte, aber in diesem Frühling fühlte er sich so jung wie die neuen Triebe an den Birken.

Es ist nicht zu sagen, wie gut es schmeckte, in einem gut gemachten Bett zu schlafen und ordentlich bereitete Speisen zu essen.

Und dann wieder daheim bei Karin zu sein, die zärtlicher wie eine Mutter für ihn sorgte. Sie hatte einen neuen Anzug für ihn anfertigen lassen, und kam oft aus der Küche herein und steckte ihm irgendeinen Leckerbissen zu, als sei er ein kleiner Junge.

Und wieviel Merkwürdiges war nicht geschehen, während er da oben im Walde gewesen war. Ingmar war am Tage nach der großen Versammlung hinaufgekommen, und war seitdem fort gewesen. Er hatte nur einige unbestimmte Gerüchte über Hellgums Lehre gehört. Aber jetzt Karin und Halvor darüber reden zu hören, wie froh sie waren, und wie sie und ihre Freunde bemüht waren, einander behilflich zu sein, Gottes Wege zu gehen – das war geradezu erhebend.

»Wir erwarten ganz bestimmt, daß du dich uns anschließt,« sagte Karin. Ingmar antwortete, daß er wohl Lust dazu habe, daß er sich aber erst noch bedenken müsse. – »Den ganzen Winter habe ich mich danach gesehnt, daß du unserer Glückseligkeit teilhaftig werden mochtest,« sagte Karin. »Denn wir wohnen nicht mehr auf der Erde, sondern in dem neuen Jerusalem, das vom Himmel herabgestiegen ist.«

Es war auch eine erfreuliche Nachricht für Ingmar, daß Hellgum noch in derselben Gegend war. Im vergangenen Sommer war Hellgum oft nach dem Sägewerk hinabgekommen und hatte mit Ingmar geredet, und sie waren gute Freunde geworden. Ingmar bewunderte Hellgum als den besten Mann, den er getroffen hatte. Nie hatte er jemand gesehen, der so männlich und offen war und sich so fest auf sich selbst verließ.

Zuweilen, wenn sie viel zu tun hatten, zog Hellgum den Rock aus und half ihm beim Sägen. Da war Ingmar ganz stumm vor Staunen geworden; nie hatte er jemand gesehen, der so schnell bei der Arbeit war.

Gerade jetzt war Hellgum auf einige Tage verreist, aber sie erwarteten ihn bald zurück.

»Ja, wenn du erst mit Hellgum gesprochen hast, wirst du dich uns schon anschließen,« sagte Karin. Und das glaubte Ingmar auch, obwohl er unruhig war, sich auf etwas einzulassen, zu dem der Vater nicht seine Zustimmung gegeben hatte.

»Gerade Vater hat uns ja gelehrt, daß wir Gottes Wege gehen sollen.«

Es war alles so gut. Ingmar hatte sich nie denken können, daß es so herrlich sein könne, wieder unter Menschen zu sein. Er vermißte nur eins, nämlich, daß niemand von dem Schulmeister und Gertrud sprach. Das war schade, denn Ingmar hatte Gertrud ein Jahr hindurch gar nicht gesehen. Früher hatte er nie darauf zu warten brauchen. Im vorigen Sommer war kein Tag vergangen, wo nicht von Storms die Rede gewesen wäre.

Es war wohl nur ein Zufall, daß sie so schweigsam waren. Aber es kann so unheimlich sein, wenn man nicht den Mut hat zu fragen, und wenn niemand von selbst darauf kommt, über das zu sprechen, was man am liebsten hören will.

Aber war Ingmar glücklich und zufrieden, so war es mit dem starken Ingmar ganz anders bestellt. Der Alte war stumm und mürrisch. Es war schwer, es ihm recht zu machen. – »Ich glaube, du sehnst dich nach dem Walde zurück,« sagte Ingmar eines Nachmittags zu ihm, als sie jeder auf seinem Balken saßen und ihr Vesperbrot verzehrten. – »Ja, weiß Gott, das tue ich,« sagte der Alte. »Ich sähe es am liebsten, wenn ich gar nicht nach Hause gekommen wäre.«

»Was ist denn bei dir zu Hause nicht recht?« fragte Ingmar.

»Und danach fragst du noch?« erwiderte der starke Ingmar. »Ich glaubte, du wüßtest es ebensogut wie ich, daß die Sache mit Hellgum nicht in der Ordnung ist,« – Ingmar erwiderte, daß er im Gegenteil gehört habe, Hellgum sei ein großer Mann geworden. – »Ja, er ist ein so großer Mann geworden, daß er den ganzen Kirchsprengel auf den Kopf gestellt hat.«

Ingmar konnte nicht umhin, darüber nachzudenken, wie merkwürdig es war, daß der starke Ingmar nie eine Spur von Liebe zu seiner eigenen Familie zeigte. Er kümmerte sich um nichts weiter als um den Ingmarshof und die Ingmarssöhne. Jetzt mußte Ingmar den Schwiegersohn in Schutz nehmen. »Ich finde, es ist eine gute Lehre,« sagte Ingmar. – »So, also das findest du?« sagte der Alte und sah ihn wütend an. »Meinst du, daß der große Ingmar das auch gefunden haben würde?« – Ingmar erwiderte, daß der Vater sicher daran teilgenommen haben würde, ein rechtschaffenes Leben zu führen. – »So, du glaubst also, der große Ingmar wäre mit dabei gewesen, jeden Menschen für einen Teufel und Antichristen zu erklären, der nicht zur Gemeinde gehört, und daß er nicht mit seinen alten Freunden mehr hätte verkehren wollen, weil die an ihrem alten Glauben festhalten?« – »Ich glaube nicht, daß Leute wie Hellgum und Halvor und Karin sich so benehmen,« sagte Ingmar. – »Du kannst es ja versuchen, dich gegen sie aufzulehnen, dann wirst du schon merken, wofür sie dich halten.«

Ingmar schnitt große Stücke von seinem Butterbrot ab und stopfte den Mund voll davon. Er fand, es war schade, daß der starke Ingmar so schlechter Laune war.

»Ach ja,« sagte der Alte nach einer Weile, »so kann es gehen. Hier sitzt du, der du der Sohn des großen Ingmar bist, und hast nichts mehr, worüber du verfügen kannst. Aber meine Anna Lisa und ihr Mann, die leben unter den Großen. Die besten Leute im Dorf bücken sich und machen Kratzfüße vor ihnen, und sie gehen jeden Tag von einem Gastmahl zum andern.«

Ingmar aß nur und kaute ruhig weiter; er fand, es war nichts, worauf er zu antworten brauchte.

Aber der starke Ingmar begann von neuem: »Ja, das ist eine schöne Lehre, das ist sicher und gewiß, darum hat sich auch die halbe Gemeinde Hellgum angeschlossen. So eine Macht wie Hellgum hat noch nie einer in der Gemeinde gehabt. Nicht einmal der große Ingmar. Er trennt die Kinder von den Eltern, indem er predigt, daß die, die zu ihm gehören, nicht unter Sündern leben dürfen. Hellgum braucht nur zu winken, dann verläßt der Bruder den Bruder, der Freund den Freund und der Bräutigam die Braut. Er hat die Macht besessen, es so einzurichten, daß im letzten Winter auf jedem Hof Zank und Streit geherrscht hat. Ja, dem großen Ingmar würde so etwas gewiß gut gefallen haben. Er würde Hellgum sicher in allem gefolgt sein. Ja, das ist ganz sicher.«

Ingmar sah die Schlucht, in der sie saßen, hinauf und hinab. Er hatte die größte Lust, davon zu laufen. Er fand ja freilich, daß der starke Ingmar übertrieb, aber es verdarb ihm doch die gute Laune.

»Ja,« sagte der Alte, »ich leugne nicht, daß Hellgum wunderbare Dinge tut: so wie er seine Schar zusammenhalten kann, und so wie er es vermag, die Leute, die früher nichts voneinander haben wissen wollen, dazu zu bringen, daß sie Freunde werden. Und wie er es dem Reichen wegnimmt und es dem Armen gibt, und wie er sie dazu bringt, gegenseitig ihr Leben zu bewachen. Ich finde ja nur, daß es Unrecht gegen die anderen ist, die Teufelskinder genannt werden und nicht mitspielen dürfen, aber das findest du natürlich nicht.«

Ingmar war ärgerlich über den Alten, weil er so über Hellgum sprach.

»So friedlich wie wir hier früher in der Gemeinde gelebt haben,« sagte der starke Ingmar. »Aber das ist jetzt alles vorbei. Während der Zeit des großen Ingmar hielten hier alle so fest zusammen, daß es hieß, hier wohnte die einträchtigste Bevölkerung in ganz Dalarne. Aber jetzt sind sie alle in Engel und Teufel, in Böcke und Schafe geteilt.«

»Wenn wir nur die Säge in Gang setzen könnten,« dachte Ingmar, »damit ich mit diesem Gerede verschont werden könnte.«

»Es wird wohl nicht lange dauern, bis es auch zwischen dir und mir aus ist,« fuhr der starke Ingmar fort. »Gehst du zu den anderen über, so erlauben sie dir nicht mehr, mit mir zu verkehren.«

Ingmar fluchte und stand auf. »Ja, wenn du mit dem Gerede fortfährst, so ist es nicht unmöglich, daß es so geht,« sagte er. »Ich finde, du mußt begreifen, daß es nicht nützen kann, daß ich mich gegen meine eigene Familie und Hellgum auflehne, der der vorzüglichste Mann ist, den ich kenne.«

Damit brachte Ingmar den Alten zum Schweigen. Nach einer Weile verließ der starke Ingmar die Arbeit. Er wollte nach dem Kirchspiel hinab und seinen Freund, Korporal Fält, besuchen. Er habe schon lange nicht mehr mit einem vernünftigen Menschen geredet, sagte er.

Ingmar freute sich, daß er ging. »Es ist gewiß immer so, wenn man lange fort gewesen ist, daß man nichts Unangenehmes hören mag, sondern wünscht, daß alles um einen her licht und leicht und vergnüglich sein soll.«

Am nächsten Tage kam Ingmar um fünf Uhr morgens nach dem Sägewerk hinunter. Der starke Ingmar war schon vor ihm da. »Heute kannst du mit Hellgum reden,« sagte der Alte. »Er und Anna Lisa kamen gestern abend spät zurück. Ich glaube, sie sind von dem großen Festmahl heimgeeilt, um dich zu bekehren.«

»Nun fängst du schon wieder damit an,« sagte Ingmar.

Die Worte des Alten hatten ihm die ganze Nacht in den Ohren geklungen. Er konte sie nicht wieder los werden. Aber jetzt wollte er nichts Schlechtes mehr von seinen nächsten Verwandten hören. Der starke Ingmar schwieg nur einen Augenblick, dann fing er an, vor sich hin zu lachen. »Worüber lachst du?« fragte Ingmar. Er war eben im Begriff, die Schleuse wegzuziehen und die Säge in Gang zu setzen. – »Ich, ich denke nur an Schulmeisters Gertrud.« – »Was ist mit der?« – »Ja, gestern erzählten sie unten im Dorf, sie sei die einzige, die die geringste Macht über Hellgum hat.« – »Was hat Gertrud mit Hellgum zu schaffen?«

Ingmar zog die Schleuse nicht auf, denn, wenn dle Säge erst einmal in Gang gekommen war, konnte er nichts hören. Der Alte sah ihn prüfend an. »Ich soll ja nicht mehr über die Sache reden.« – Ingmar lächelte ein wenig. »Du wirst es schon so einzurichten wissen, daß du deinen Willen durchsetzt,« sagte er.

»Das kommt von der dummen Dirne Gunhild, des Gemeindevorstehers Lars Clementssons Tochter.« – »Sie ist keine dumme Dirne,« unterbrach ihn Ingmar. – »Nenne es, wie du willst, aber es traf sich so, daß sie auf dem Ingmarshof mit dabei war, als diese Sekte gegründet wurde; sobald sie nach Hause kam, sagte sie zu ihren Eltern, sie habe den einzig wahren Glauben angenommen, und sie müsse von ihnen fortziehen, und auf dem Ingmarshofe wohnen. Die Eltern fragten nun, warum sie von ihnen fortziehen wolle? Ja, damit sie ein gerechtes Leben führen könne. Sie sagten, das könne sie wohl auch bei ihnen führen. ›Das könne niemand, wenn er nicht unter denen lebte, die denselben Glauben hätten.‹ ›Müssen denn alle nach dem Ingmarshofe ziehen,‹ fragte der Vater. ›Nein, nur sie. Die anderen hätten wahre Christen in ihrem Hause.‹ – Der Gemeindevorsteher ist ja ein guter Mann, und er so wie auch seine Frau bemühten sich, Gunhild gütlich zuzureden, aber das Mädchen blieb bei ihrer Ansicht, und machte sie schließlich so aufgebracht, daß der Gemeindevorsteher sie in die Kammer einschloß und sagte, dort solle sie bleiben, bis die Tollheit sich gelegt habe.«

»Ich glaubte, du wolltest von Gertrud erzählen,« unterbrach ihn Ingmar. – »Ich werde auch schon zu Gertrud kommen, wenn du nur warten willst. Im übrigen kann ich aber ebensogut gleich jetzt als später erzählen, daß am nächsten Tage, als Gertrud und Mutter Storm in der Küche saßen und spannen, die Frau des Dorfschulzen zu ihnen kam. Sie erschraken sehr, als sie sie sahen. Sie, die sonst immer so vergnügt aussah, war ganz verweint. ›Was ist denn nur einmal geschehen, und warum siehst du so traurig aus?‹ Da antwortete die Frau: ›Man kann doch nicht anders aussehen, wenn man das Liebste verloren hat, was man besitzt.‹

»Hu, ich hätte wohl Lust, sie durchzuprügeln,« sagte der Alte. – »Wen?« fragte Ingmar. – »Ach, Hellgum und Anna Lisa,« sagte der starke Ingmar. »Sie sind in der Nacht beim Dorfschulzen gewesen und haben Gunhild entführt.« – Da entfuhr Ingmar ein Ausruf. – »Ja, ich bin nahe daran zu glauben, daß Anna Lisa mit einem Räuber verheiratet ist,« sagte der Alte.

»Mitten in der Nacht kamen sie und klopften an das Fenster der Kammer und fragten Gunhild, warum sie nicht auf den Ingmarshof gezogen sei. – Sie sagte, die Eltern hätten sie eingeschlossen. – Dazu hätte der Teufel sie gebracht, sagte Hellgum dann. Das alles hörten die Eltern mit an.«

»Hörten sie das?« – »Ja, sie lagen in der Stube nebenan, und die Tür stand nur angelehnt, sie hörten alles, was Hellgum sagte, um die Tochter zu verlocken.« – »Aber sie hätten ihn ja zur Tür hinauswerfen können.« – »Nein, sie fanden, daß Gunhild selbst wählen solle; sie konnten sich ja nicht denken, daß sie von ihnen gehen würde, so gut wie sie gegen sie gewesen waren. Sie lagen da und warteten darauf, daß sie sagen würde, sie wolle ihre alten Eltern nicht verlassen.« – »Ging sie denn?« – »Ja, Hellgum ließ nicht nach, ehe sie ihm folgte. Und als die Eltern hörten, daß sie ihm nicht widerstehen konnte, da ließen sie sie gehen. Einige Leute haben ja das so auf die Weise.

Aber am Morgen bereute die Mutter es und bat den Vater, mit nach dem Ingmarshof hinaufzufahren und die Tochter wieder nach Hause zu holen. ›Nein‹, sagte er, ›nie im Leben hole ich sie, und nie wieder will ich sie sehen, wenn sie nicht freiwillig zurückkehrt.‹

Da ging die Mutter nach dem Schulhause, um Gertrud zu bitten, mit ihr zu gehen und mit Gunhild zu reden. – »Ging Gertrud mit?« – »Ja, sie ging mit und redete mit Gunhild. Aber Gunhild machte sich nichts aus dem, was sie sagte.« – »Ich habe Gunhild aber nicht bei uns zu Hause gesehen,« sagte Ingmar nachdenklich.

»Nein, jetzt ist sie auch wieder zu ihren Eltern zurückgekehrt. Und das ging so zu. Als Gertrud von Gunhild herauskam, wartete Hellgum auf sie. – Sieh, da steht der, der all dies Elend verursacht hat, dachte sie. Sie ging geradeswegs auf ihn zu und redete tüchtig auf ihn drein. Sie war so zornig, daß sie sich wohl nicht gefürchtet hätte, ihn zu schlagen.«

»Ja, Gertrud, die kann reden,« dachte Ingmar. – »Sie sagte zu Hellgum, sie habe einmal ein Bild gesehen, auf dem ein heidnischer Krieger mit einer Jungfrau von dannen ritt, die er geraubt habe, und so fände sie, führe auch er sich hier auf.« – »Was sagte dann Hellgum dazu?« – »Er stand eine Weile da und hörte sie an, dann sagte er sanftmütig, sie habe recht, er sei zu heftig gewesen. Und dann am Nachmittag brachte er Gunhild zu ihren Eltern zurück und machte es wieder gut.«

Als der starke Ingmar seine Erzählung beendet hatte, sah Ingmar auf und lächelte. »Ja, Gertrud ist ein Prachtmädel,« sagte er, »und Hellgum ist auch ein tüchtiger Mensch, obwohl er ein wenig strenge ist.« – »So, also auf die Weise faßt du das auf,« sagte der Alte. »Ich glaubte, du würdest dich darüber gewundert haben, daß Hellgum Gertrud gegenüber so nachgiebig war.« – Jetzt schwieg Ingmar.

Der starke Ingmar schwieg auch eine Weile, dann begann er von neuem: »Viele unten im Kirchsprengel haben nach dir gefragt. Sie wollten wissen, auf welche Seite du dich zu stellen gedenkst.« – »Das kann doch ganz einerlei sein, wohin ich gehöre.« – »Ja, das könnte man ja meinen,« sagte der Alte.

»Ich will dir etwas sagen,« fuhr er fort, »hier im Kirchspiel sind die Leute daran gewöhnt, daß einer sie leitet und regiert. Jetzt ist der große Ingmar heimgegangen, und der Schulmeister hat seine Macht verloren, und der Pfarrer hat nie welche besessen, jetzt laufen sie mit Hellgum, so lange du dich zurückhältst.« – Ingmar ließ die Hände sinken, er sah ganz unglücklich aus. »Ja, aber ich weiß nicht, wer recht hat.«

»Die Leute warten darauf, daß du sie von Hellgum befreien sollst. Du kannst glauben, uns, die wir einen Winter nicht zu Hause gewesen sind, ist viel Böses erspart worden. Im Anfang war es wohl am schlimmsten, ehe die Leute sich an diese Bekehrungskrankheit gewöhnten, und daran, Teufel und Höllenhunde genannt zu werden. Und am allerschlimmsten war es, als alle die bekehrten Kinder auch anfingen zu predigen.« – »So, also die Kinder predigten auch?« sagte Ingmar zweifelnd. – »Ja, Hellgum hatte mit ihnen darüber geredet, daß sie Gott dienen sollten statt zu spielen, und da fingen sie denn an, die Erwachsenen zu bekehren. Sie lagen an der Landstraße auf der Lauer und stürzten sich über Leute, die dahergegangen kamen, und dann sauste es ihnen um die Ohren: Willst du nicht den Kampf gegen den Teufel aufnehmen? Willst du fortfahren, in Sünden zu leben?«

Ingmar saß da und wehrte sich so gut er nur konnte, er wollte nicht glauben, was ihm der starke Ingmar erzählte. – »Das ist gewiß alles etwas, was dir der Korporal in den Kopf gesetzt hat,« sagte er.

»Ja, das wollte ich dir eben gerade erzählen,« sagte der starke Ingmar. »Nun ist es auch mit Fält vorbei. Ja, wenn ich daran denke, daß das alles vom Ingmarshofe ausgegangen ist, dann ist mir wirklich, als wenn ich den Leuten nicht mehr in die Augen sehen könnte.«

»Hat irgend jemand Fält etwas Böses zugefügt?« fragte Ingmar. – »Ach, so sind ja diese Kinder; eines Abends, als sie nichts weiter zu tun hatten, fiel es ihnen ein, daß sie zu Fält gehen und ihn bekehren wollten. Sie hatten ja natürlich gehört, daß Fält ein großer Sünder ist.« – »Aber in alten Zeiten waren ja doch alle Kinder so bange vor Fält wie vor den Kobolden,« sagte Ingmar. – »Ja, sie waren auch bange, aber sie hatten sich wohl vorgenommen, eine Heldentat zu tun.

Sie kamen eines Abends zu Fält herein, als er in seiner Stube saß und seine Grütze kochte. Als sie die Tür öffneten und Fält mit seinem steifen Schnurrbart und mit seiner gebrochenen Nase dasitzen und mit seinem einzigen Auge ins Feuer starren sahen, wurden sie so bange, daß ein paar von den Kleinsten davonliefen. Aber zehn oder zwölf kamen herein und warfen sich in einem Kreis vor dem Alten auf die Knie und fingen an zu singen und zu beten.« – »Aber warf er sie denn nicht hinaus?« sagte Ingmar. – »Ja, hätte er das nur getan,« sagte der starke Ingmar. »Ich begreife nicht, was mit ihm vorging. Der dumme Kerl, er hatte wohl dagesessen und daran gedacht, daß er in seinen alten Tagen so einsam und verlassen sei, und dann war es wohl das, daß es Kinder waren, die zu ihm kamen. Er hat es sich wohl zu Herzen genommen, daß sie immer bange vor ihm gewesen waren. Und als er dann alle die zum Himmel emporgewandten Augen voll blanker Tränen sah, fühlte er sich wohl entwaffnet.

Die Kinder warteten nur darauf, daß er auffahren und sie schlagen würde. Sie sangen und beteten, aber sie waren bereit, davon zu laufen, sobald er sich nur rührte.

Da sehen ein paar von ihnen, daß Fälts Gesicht so wunderlich zu zucken begann. – Nun kommt es, nun kommt es, dachten sie und erhoben sich, um zu fliehen. Aber der Alte blinzelte mit den Augen und dann kamen ihm Tränen herabgerollt. Da liefen die Kinder zu Hellgum, und jetzt ist es, wie gesagt, so mit Fält. Er tut nichts weiter als zu Versammlungen zu laufen, und er fastet und betet und hört Gottes Stimme.«

»Ich kann wirklich nicht einsehen, daß darin ein Unglück liegt,« sagte Ingmar. »Fält war ja kurz davor, sich tot zu trinken.« – »Nein, du hast ja so viele Freunde zu verlieren, daß dir das wohl nichts ausmachen würde. Du würdest vielleicht auch finden, daß es hübsch wäre, wenn die Kinder den Schulmeister bekehrten?« – »Ich kann mir wirklich nicht denken, daß sich die Kinder an Storm heranwagen würden,« sagte Ingmar. Er war ganz atemlos vor Verwunderung. Es mußte doch wirklich etwas Wahres in dem sein, was der starke Ingmar sagte, daß das ganze Kirchspiel auf den Kopf gestellt sei. – »Freilich taten sie das. Eines abends, als Storm in der Schulstube saß und in seinen Büchern schrieb, kamen so an Stücker zwanzig herein und fingen an, ihm etwas vorzupredigen.« – »Und was tat Storm?« fragte Ingmar, er konnte sich eines Lachens nicht erwehren. – »Er war so überrascht, daß er im ersten Augenblick weder etwas sagen noch tun konnte. Aber dann wollte ein Zufall, daß gleichzeitig Hellgum in der Küche war, um mit Gertrud zu reden.« – »War Hellgum bei Gertrud?« – »Ja, Hellgum und Gertrud sind ja gute Freunde geworden, seit er sich damals in der Sache mit Gunhild nach ihr gerichtet hatte. Als Gertrud den Lärm in der Schulstube hörte, sagte sie zu Hellgum: ›Nun kommen Sie gerade recht, um was Neues zu sehen, Hellgum. In Zukunft, scheint es mir, sollen die Kinder den Schulmeister in die Schule nehmen.‹ Da lachte Hellgum; er begriff wohl, daß dies zu weit ging. Er jagte die Kinder hinaus, und dann hatte dieser Unfug ein Ende.«

Ingmar bemerkte, daß ihn der starke Ingmar, während er dies sagte, mit einem ganz eigenen Blick ansah. Es war, als stehe ein Jäger da und sähe einen angeschossenen Bären und denke darüber nach, ob es wohl notwendig sei, ihm noch einen Schuß zu geben.

»Was erwartest du eigentlich von mir?« sagte Ingmar. – »Was sollte ich wohl von dir erwarten? Du bist ja nur ein Junge. Du hast ja auch gar nichts. Du hast ja nur deine beiden leeren Hände.« –- »Ich glaube wirklich, du verlangst, daß ich Hellgum totschlagen soll.« – »Unten im Kirchdorf sagten sie, daß alles wieder gut werden würde, falls du Hellgum dazu bringen würdest, von hier fort zu reisen.« – »Es ist ja nichts Neues, daß Streit und Zank ausbricht, wenn eine neue Lehre kommt,« sagte Ingmar. – »Es wäre ja auf alle Fälle eine gute Gelegenheit für dich, den Leuten zu zeigen, was du taugst,« fuhr der starke Ingmar halsstarrig fort.

Ingmar wandte dem Alten den Rücken und setzte die Säge in Gang. Er hätte vor allem gern gewußt, wie es Gertrud gehe, und ob sie sich schon den Hellgumianern angeschlossen habe, aber er war zu stolz, um seine Unruhe zu verraten.

Um acht Uhr ging Ingmar nach Hause auf den Ingmarshof, um Frühstück zu essen. Wie gewöhnlich waren besonders gute Speisen für ihn hingestellt, und Halvor wie auch Karin waren sehr freundlich. Sobald Ingmar sie sah, war es ihm, als könne er kein Wort von der langen Rede des starken Ingmar glauben. Ihm wurde wieder so leicht ums Herz, und er war fest überzeugt, daß der Alte übertrieben hatte.

Aber bald entstand in ihm die Unruhe um Gertrud von neuem, und zwar so heftig, daß er nichts essen konnte. »Bist du nicht kürzlich bei Schulmeisters gewesen, Karin?« fragte er plötzlich. – »Nein,« antwortete Karin schnell, »mit solchen gottlosen Leuten verkehre ich nicht.«

Ingmar schwieg; denn das war eine Antwort, die viel zu denken gab. War es nun richtig, zu schweigen oder zu reden? Redete er, so würde er sich mit seiner Familie erzürnen, aber er wollte auch nicht, daß sie glauben sollten, daß er einverstanden mit etwas sei, das verkehrt war. »Ich habe nie etwas von Gottlosigkeit bei Schulmeisters bemerkt,« sagte er so leise, daß es kaum zu hören war, »und ich habe doch vier Jahre dort gewohnt.«

Karin dachte jetzt fast dasselbe wie Ingmar vor einem Augenblick; sie wußte nicht, ob sie reden oder schweigen sollte. Aber sie mußte Ingmar ja die Wahrheit sagen, selbst, wenn sie Ingmar wehe tun würde, und darum sagte sie, daß, wenn Menschen Gottes Ruf nicht folgen wollten, sie ja gottlos sein müßten.

Jetzt fiel ihr Ingmar ins Wort: »Es ist ja so unaussprechlich wichtig mit den Kindern, was für eine Erziehung sie bekommen. Storm hat das ganze Kirchspiel und dich auch und Halvor erzogen.« – »Aber er hat uns doch nicht gelehrt, ein rechtschaffenes Leben zu führen,« sagte Karin. – »Ich meine, das hättest du immer gesagt, Karin.« – »Ich will dir sagen, wie es war nach der alten Lehre zu leben, Ingmar. Es war, als bewege man sich auf einem runden Balken, den einen Augenblick steht man und den nächsten fällt man. Aber wenn ich mich von meinen Mitmenschen an die Hand nehmen und mich stützen lasse, so kann ich auf dem schmalen Pfade der Gerechtigkeit gehen, ohne zu fallen.« – »Ja,« sagte Ingmar, »aber das ist ja auch keine Tugend.« -– »Es ist immerhin noch schwer genug, aber es ist doch nicht mehr unmöglich.«

»Aber wie war es denn mit dem Schulmeister?« fragte Ingmar.– »Ja, die zu uns gehörten, nahmen die Kinder aus der Schule. Wir wollten nicht, daß die Kinder etwas von der alten Lehre hören sollten.« -– »Aber was sagte denn der Schulmeister dazu?« – »Er sagte, das Gesetz verlange, daß die Kinder zur Schule gehen sollten.« -– »Ja, das meine ich auch.« – »Da schickte er den Gendarm zu Israel Tomasson und zu Krister Larsson und ließ die Kinder holen.« – »Und nun seid Ihr mit Storms verfeindet?« – Ja, wir halten uns nur zueinander.« – »Ihr seid wohl mit dem ganzen Dorf verfeindet?« – »Wir halten uns von denen fern, die uns nur zu Sünden verlocken wollen.«

Je länger die drei miteinander redeten, desto leiser sprachen sie. Sie waren ja alle sehr ängstlich in bezug auf jedes Wort, das fiel. Sie fanden alle, daß die Unterhaltung eine traurige Wendung nahm.

»Aber von Gertrud kann ich dich grüßen,« sagte Karin. Sie versuchte einen munteren Ton anzuschlagen. »Hellgum hat diesen Winter viel mit ihr geredet; er sagt, daß sie sich heute abend uns anschließen will.«

Ingmars Lippen begannen zu beben. Es war, als habe er den ganzen Tag darauf gewartet, getroffen zu werden, und jetzt fiel der Schuß. Jetzt flog die Kugel in seinen Körper.

»So? Will sie sich euch wirklich anschließen?« sagte er mit beinahe unhörbarer Stimme. »Es geschehen wunderliche Dinge hier unten, während man da drüben in dem dunklen Walde umhergeht.«

Ingmar bekam den Eindruck, daß Hellgum die ganze Zeit versucht haben mußte, sich bei Gertrud einzuschmeicheln und ihr Schlingen gelegt hatte, um sie zu locken.

»Was soll denn nun aus mir werden?« fragte Ingmar mit einem wunderlich hilflosen Ton. – »Du mußt dich unserm Glauben anschließen,« sagte Halvor bestimmt. – »Jetzt ist Hellgum nach Hause gekommen, und sobald du erst mit ihm gesprochen hast, bekehrst du dich.« – »Es ist ja aber möglich, daß ich mich nicht bekehren werde,« sagte Ingmar. Da wurden Halvor und Karin stumm wie das Grab.

»Es ist ja doch möglich, daß ich keinen anderen Glauben haben will, als mein Vater,« wiederholte Ingmar. – »Du solltest nichts sagen, ehe du nicht mit Hellgum gesprochen hast,« sagte Karin. – »Aber wenn ich nun nicht zu euch übertrete, so wollt ihr mich wohl nicht länger in eurem Hause haben?« sagte Ingmar und erhob sich von seinem Stuhl. Als sie nicht antworteten, war es Ingmar, als könne alles um ihn her auf einmal einstürzen. Aber im selben Augenblick richtete er sich auf und sah mutiger aus. »Es ist am besten, wenn ich jetzt gleich Klarheit hierüber erhalte,« dachte er.

»Ich möchte gern wissen, wie es mit dem Sägewerk werden soll,« fuhr Ingmar fort. – Halvor saß da und sah Karin an. Sie waren beide bange, etwas zu sagen. »Du mußt wissen, Ingmar, daß wir niemand in der Welt so lieb haben, wie dich,« sagte Halvor. – »Ja, aber wie wird es mit dem Sägewerk?« fuhr Ingmar fort. – »Jetzt sollst du erst all deine Bretter fertig sägen, Ingmar.«

Als Halvor so ausweichend antwortete, ging Ingmar ein Licht auf. »Vielleicht wollt ihr Hellgum das Sägewerk verpachten?« fragte er, und Halvor und Kann wurden ganz verwirrt durch Ingmars Heftigkeit; von dem Augenblick an, wo er das von Gertrud gehört hatte, war er so unzugänglich geworden. – »Laß nur Hellgum mit dir reden,« sagte Karin beruhigend. – »Er soll schon mit mir reden,« sagte Ingmar, »aber es wäre angenehm für mich zu wissen, wonach ich mich zu richten habe.« – »Du zweifelst doch nicht daran, daß wir es gut mit dir meinen, Ingmar?« – »Aber Hellgum wollt ihr das Sägewerk verpachten?« sagte Ingmar. – »Wir möchten Hellgum gern eine passende Arbeit verschaffen, damit er hier in Schweden bleiben kann. Wir hatten uns gedacht, du könntest sein Kompagnon werden, damit du zu dem rechten Glauben gelangst. Hellgum ist tüchtig bei der Arbeit.« – »Ich weiß nicht, seit wann du dich fürchtest, gerade heraus zu reden, Halvor,« sagte Ingmar. »Ich möchte nur wissen, ob es Eure

Absicht ist, daß Hellgum das Sägewerk haben soll.« – »Wenn du dich gegen Gott auflehnst, so soll Hellgum es haben.« – »Vielen Dank, Halvor; jetzt weiß ich, welch ein Vorteil es für mich sein würde, wenn ich zu eurem Glauben übertrete!« – »Du weißt wohl, daß es nicht so gemeint ist,« sagte Karin. – »Ich verstehe eure Meinung recht gut,« sagte Ingmar. »Wenn ich nicht zu eurem Glauben übertrete, dann verliere ich sowohl Gertrud als auch das Sägewerk und mein altes Heim hier.«

Ingmar verließ schnell die Stube. Er fürchtete sich, dazubleiben.

Als er auf den Hof hinaus kam, dachte er wieder: »Es ist wohl am besten, wenn dieser Sache ein Ende gemacht wird. Ich *muß* wissen, wonach ich mich zu richten habe.«

Mit langen Schritten begab er sich zum Schulhause hinab.

Als Ingmar die Pforte öffnete, fiel ein leichter Regenschauer, so ein milder, dichter Frühlingsregen, herab. In des Schulmeisters Garten hatte es schon angefangen zu knospen und zu keimen. Die Erde ward so schnell grün, daß man meinte, man könne das Gras wachsen sehen. Gertrud stand draußen auf der Treppe. Sie sah in den Frühlingsregen hinaus, und die beiden großen Faulbäume, die voll von halbaufgesprungenen Blättern waren, breiteten ihre Zweige über sie aus.

Ingmar blieb verwundert stehen. Alles hier unten war so friedlich und so schön. Noch einmal legte sich die Erregung, in der er sich befand. Gertrud hatte ihn noch nicht gesehen; er schloß die Pforte leise und ging auf sie zu.

Aber als Ingmar näher kam, blieb er noch einmal stehen und sah Gertrud erstaunt an. Als er sich von ihr getrennt hatte, war sie nicht viel mehr als ein Kind gewesen. Aber in diesem einen Jahr, wo er sie nicht gesehen hatte, war sie zu einer stolzen, tannenschlanken Jungfrau geworden.

Gertrud war jetzt ganz erwachsen, groß und schlank. Der Kopf saß schön auf dem feinen Halse, ihre Haut war weiß und weich wie Flaum, mit frischem Rot auf den Wangen. Die Augen waren tief und träumerisch geworden, der ganze Ausdruck der früher schelmisch und froh gewesen war, war jetzt in Ernst und milde Sehnsucht verwandelt. Als Ingmar Gertrud so sah, füllte sich sein Herz mit Glückseligkeit; es ward still und friedlich um ihn her. Es war, als ob große Glocken den Feiertagsfrieden einläuteten. Es war so herrlich, daß er das Bedürfnis empfand, auf die Knie zu fallen und Gott zu danken.

Aber als Gertrud Ingmar erblickte, wurden ihre Züge plötzlich starr, und die Augenbrauen zogen sich zusammen, so daß sich eine kleine, feine Falte zwischen ihnen bildete.

Ingmars Gedanken waren an diesem Tage schneller als sonst; er sah sofort, daß Gertrud sich nicht darüber freute, daß er kam, und er empfand einen plötzlichen, schneidenden Schmerz, gleichsam wie einen Hieb. »Sie wollen sie dir nehmen,« dachte er. »Sie haben sie dir schon weggenommen.«

Der Feiertagsfriede war verschwunden, und seine ganze Aufregung und Unruhe kehrte wieder.

Ohne irgendeine Einleitung fragte Ingmar dann Gertrud, ob es wahr sei, daß sie die Absicht habe, sich Hellgum und seinen Anhängern anzuschließen. – Gertrud antwortete, es sei wahr. – Ingmar fragte heftig, ob sie wohl erwogen habe, daß die Hellgumianer sie nicht mit anderen verkehren lassen würden, als mit denen, die so dachten wie sie. Gertrud antwortete ruhig, das habe sie erwogen.

»Hast du Erlaubnis von deinem Vater und deiner Mutter erhalten?« fragte Ingmar. – »Nein,« sagte Gertrud, »die wissen nichts davon.« – »Aber Gertrud –!« – »Still, Ingmar, ich muß es tun, um Ruhe zu erlangen. Gott zwingt mich.« – »Ach,« fuhr Ingmar auf, »das ist nicht gut, das ist – – – .« Gertrud wandte sich heftig nach ihm um. Ingmar sagte nur: »Ich will dir doch sagen, daß ich mich Hellgum niemals anschließen werde. Gehst du zu den Hellgumianern über, so sind wir beide getrennt.«

Gertrud sah so aus, als verstünde sie nicht, was sie dies angehe.

»Tue es nicht, Gertrud,« bat Ingmar. – »Du mußt nicht glauben, daß ich leichtsinnig handle, ich habe es genau überlegt.« – »Überlege es dir noch einmal.« – Gertrud wandte sich ungeduldig von ihm ab. – »Du mußt ja auch um Hellgums willen die Sache überlegen,« sagte Ingmar mit steigendem Zorn und packte Gertrud am Arm, um sie festzuhalten. – Gertrud schüttelte seine Hand ab. »Bist du denn ganz von Sinn und Verstand, Ingmar?« – »Ja,« erwiderte Ingmar. »Hellgum und all sein Tun und Treiben macht mich verrückt. Diese Sache muß ein Ende haben.« – »Was muß ein Ende haben?« – »Das werde ich dir ein andermal erzählen.«

Gertrud zuckte die Achseln. – »Ja, dann lebe wohl, Gertrud,« sagte Ingmar, »und denk' an das, was ich dir sage: du wirst nie zu den Hellgumianern gehören.« – »Was hast du vor, Ingmar?« fragte Gertrud; sie fing an unruhig zu werden. – »Lebe wohl, Gertrud, und denk' an das, was ich gesagt habe,« rief Ingmar. Er war schon unten auf dem Kieswege.

Ingmar ging jetzt nach Hause. »Ach, wäre ich doch so klug wie mein Vater,« dachte er unterwegs. »Hätte ich doch die Macht des großen Ingmar. Was soll ich tun? Ich verliere alles, was ich habe und sehe keinen Ausweg.«

Das einzige, was er mit Sicherheit wußte, war, daß, falls alles dies Unglück über ihn kam, Hellgum nicht mit heiler Haut davonkommen sollte. Er begab sich nach der Hütte des starken Ingmar, um mit Hellgum zu reden. Als er an die Tür kam, hörte er mehrere Stimmen laut und eifrig sprechen. Es klang, als wenn mehrere Fremde darin seien, und Ingmar kehrte schnell um. Als er ging, hörte er einen Mann sehr laut sagen: »Wir sind drei Brüder, und wir sind von weit hergekommen, um dich zur Verantwortung zu ziehen, Johan Hellgum, um unseres jüngsten Bruders wegen, der vor zwei Jahren nach Amerika gereist ist. Da ließ er sich in deiner

Gemeinde aufnehmen, und in diesen Tagen haben wir einen Brief erhalten, daß er seinen Verstand verloren hat von dem Grübeln über deine Lehre.«

Ingmar ging schnell von dannen. Da waren wohl noch mehrere als er, die Klage gegen Hellgum zu führen hatten, und alle zusammen standen sie gleich hilflos da.

Ingmar ging nach dem Sägewerk hinab. Der starke Ingmar war schon in voller Arbeit. Während die Säge kreischte und der Giesbach lärmte, glaubte Ingmar einen Schrei aus der Hütte zu vernehmen. Er achtete jedoch nicht weiter darauf. Er hatte keinen Sinn für etwas anderes, als den starken Haß, den er gegen Hellgum empfand. Er zählte sich selbst alles auf, was ihm Hellgum genommen hatte; Gertrud und Karin und das Sägewerk und die Heimat.

Noch einmal war es ihm, als höre er einen Schrei. Es fiel ihm ein, daß die Fremden und Hellgum vielleicht in einen Streit geraten sein könnten. Es könnte ja nicht schaden, wenn sie ihn totschlügen, dachte er zornerfüllt.

Da ertönte ein lauter Hilferuf, und Ingmar lief schnell den Abhang hinauf.

Je näher er kam, desto deutlicher hörte er Notschreie, und als er da zu dem Hause hinabkam, war es ihm, als bebe die Erde unter Kampfgetümmel.

Ingmar öffnete eine Tür stets leise und vorsichtig, und diesmal war er doppelt behutsam. Er kam ganz geräuschlos in die Stube geschlichen. Da drinnen stand Hellgum gegen die Wand gedrängt und verteidigte sich mit einer kurzen Axt. Die drei Fremden, die alle starke, kräftige Männer waren, fielen mit Holzscheiten über ihn her, die sie wie Keulen schwangen. Flinten hatten sie nicht bei sich, daraus konnte man sehen, daß sie nur gekommen waren, um Hellgum eine ordentliche Tracht Prügel zu versetzen. Aber als er sich gegen sie verteidigte, waren sie von Mordlust ergriffen worden, so daß es sich jetzt um Hellgums Leben handelte.

Sie achteten kaum auf Ingmar, das war ja nur ein langer, unbeholfener Junge, der da in die Stube kam.

Einen Augenblick stand Ingmar still und sah zu. Es war ihm, als sei es ein Traum, wenn das, was man am glühendsten wünscht, sich dem Blicke offenbart, ohne daß man begreift, woher es kommt. Von Zeit zu Zeit stieß Hellgum einen Hilferuf aus. »Du brauchst nicht zu glauben, daß ich so dumm bin, dir zu helfen,« dachte Ingmar.

Einer von den Männern traf Hellgum mit einer solchen Gewalt auf den Kopf, daß er die Axt fallen ließ und niederstürzte. Die anderen warfen die Holzscheite zur Seite, zogen die Messer heraus und stürzten sich über Hellgum. Da durchzuckte Ingmar ein Gedanke. Es gab in seiner Familie ein altes Wort, daß sie einmal alle in ihrem Leben eine niedrige oder schlechte Handlung begehen mußten. War jetzt die Reihe an ihn gekommen?

Plötzlich fühlte einer der Brüder sich von hinten von zwei starken Armen ergriffen, die ihn in die Höhe hoben und ihn zum Zimmer hinauswarfen. Der andere hatte keine Zeit, daran zu denken, daß er sich aufrichten wolle, als es ihm ebenso erging, und der dritte, dem es gelang, wieder auf die Beine zu kommen, erhielt einen Stoß, so daß er rücklings zu den anderen hinaussauste.

Als sie alle drei hinausgeschmissen waren, stellte sich Ingmar in die Tür. »Habt ihr nicht Lust, wieder hineinzukommen!« rief er und lachte. Er hätte nichts dagegen gehabt, wenn sie ihn angegriffen hätten. Es tat gut, einmal seine Kräfte gebrauchen zu können.

Die drei Brüder schienen auch aufgelegt zu sein, noch einmal wieder anzufangen, da rief einer von ihnen, daß sie fliehen müßten, und er sah jemand auf dem Pfade hinter den Erlenbüschen daherkommen.

Aber sie waren rasend darüber, daß sie Hellgum nicht überwunden hatten, und indem sie sich umwandten, um zu gehen, lief einer zurück, stürzte sich auf Ingmar zu und stieß ihm das Messer in den Nacken. »Das sollst du dafür haben, daß du dich in unsere Angelegenheiten einmischst,« rief er. Ingmar sank zu Boden, und mit lautem Hohngelächter lief der Mann davon.

Ein paar Minuten später stand Karin in der Hütte. Sie fand Ingmar auf der Türschwelle mit einer Wunde im Nacken sitzen. Im Zimmer sah sie Hellgum. Er hatte sich wieder erhoben und stand gegen die Wand gelehnt. Er hielt die Axt in der Hand, und das Blut stürzte ihm über das Gesicht.

Karin hatte die Flüchtlinge nicht gesehen, sie glaubte, daß Ingmar Hellgum überfallen und ihn verwundet hatte.

Sie erschrak so, daß ihr die Knie zitterten. »Nein, das ist nicht möglich,« dachte sie. »Niemand aus unserer Familie kann zum Mörder werden.« Im selben Augenblick mußte sie an die Geschichte ihrer Mutter denken. – »Daher stammt es,« murmelte sie.

Karin eilte an Ingmar vorbei zu Hellgum. – »Nein, nein, erst Ingmar,« rief Hellgum. – »Man soll sich doch nicht des Mörders annehmen, ehe man für das Opfer gesorgt hat,« sagte Karin. – »Ingmar erst, Ingmar erst,« brüllte Hellgum. Er war in so heftiger Erregung, daß er die Axt gegen sie schwang. »Er hat ja die Mörder zurückgeschlagen und mir das Leben gerettet.«

Als Karin endlich den Zusammenhang verstanden hatte und sich umwandte, um nach Ingmar zu sehen, hatte er sich erhoben und war hinausgegangen. Karin sah ihn über den Hofplatz schwanken.

Da lief ihm Karin nach: »Ingmar, Ingmar!« rief sie.

Ingmar fuhr fort zu gehen, ohne sich nur nach ihr umzuwenden.

Karin holte ihn ohne weitere Anstrengung ein. Sie legte ihre Hand auf seinen Arm. »Steh' still, Ingmar, damit ich dich verbinden kann.«

Ingmar riß sich los und ging weiter. Er ging ganz wie ein Blinder, ohne auf Weg oder Steg zu achten. Das Blut aus der Wunde war unter den Kleidern hervorgequollen, es floß in den einen Schuh hinab und füllte ihn ganz. Bei jedem Schritt, den er tat, wurde das Blut aus dem Schuh hinausgepreßt und hinterließ eine rote Spur auf der Erde.

Karin ging ihm nach und rang die Hände. »Steh' still, Ingmar, steh' still, Ingmar! Wohin gehst du? Steh' still, Ingmar!«

Ingmar ging weiter, geradeswegs in den Wald hinein, wo keine Menschen waren, die ihm helfen konnten. Karin sah unverwandt auf seinen Schuh, der mit Blut angefüllt war. Jede Minute wurde die Fußspur röter und röter.

»Jetzt geht er in den Wald hinein und legt sich hin, um zu verbluten,« dachte Karin.

»Gott segne dich, daß du Hellgum geholfen hast,« sagte Karin sanft, »es gehört der Mut und die Kraft eines Mannes dazu.«

Ingmar ging weiter, ohne auf sie zu hören.

Karin lief an ihm vorüber und stellte sich ihm in den Weg. Er wich ihr aus, ohne sie anzusehen. Er murmelte nur: »Geh' hin und hilf Hellgum!«

»Hör' jetzt einmal, Ingmar. Halvor und ich sind beide sehr traurig über das gewesen, worüber wir heute morgen sprachen. Ich war gerade auf dem Wege zu Hellgum, um ihm zu sagen, daß, wie es auch gehen möge, du das Sägewerk behalten müßtest.« – »Ja, jetzt kannst du es Hellgum ja geben,« antwortete Ingmar.

Er ging weiter, strauchelte über Stock und Stein, ging und ging aber.

Karin ging hinter ihm drein und versuchte, ihm ins Herz zu reden: »Du mußt verzeihen, daß ich einen Augenblick irrte und glaubte, du wärst mit Hellgum in Streit geraten. Es war nicht leicht, etwas anderes zu glauben.«

»Es wurde dir leicht zu glauben, daß dein Bruder ein Mörder ist,« sagte Ingmar, ohne sich nach ihr umzusehen.

Er ging immer weiter. Wenn das Gras, das seine Füße niedertraten, sich wieder aufrichtete, tropfte Blut von den Grashalmen.

Erst als Karin Ingmar Hellgums Namen jeden Augenblick nennen hörte, wurde es ihr so recht klar, wie sehr er ihn haßte. Und zur selben Zeit begriff sie auch, wie groß *das* war, was Ingmar getan hatte.

»Alle Menschen werden jetzt von dem reden, was du heute getan hast, und dich dafür loben,« sagte sie. »Du wirst doch nicht von all dieser Ehre wegsterben wollen?«

Sie hörte Ingmar höhnisch lachen. Er sah sie mit einem bleichen, verstörten Gesicht an. »Kannst du nicht nach Hause gehen, Karin? Ich weiß ja, wem du am liebsten helfen möchtest.«

Sein Gang wurde immer schwankender, und es zog sich jetzt ein großer Streifen Blut auf der Erde hin, wo er gegangen war.

Dieser Blutstrom brachte Karin ganz außer sich. Die große Liebe, die sie immer für Ingmar empfunden hatte, flammte mit neuer Kraft auf, als erhalte sie Nahrung von dem roten Blutstreifen. Und jetzt war sie auch stolz auf Ingmar und fand, daß er ein kräftiger Sproß an dem alten Stamm sei.

»Ingmar,« sagte Karin, »ich finde, du kannst es nicht vor Gott und den Menschen verantworten, dein Leben so aufs Spiel zu setzen, und das mußt du wissen, falls ich etwas tun kann, um dir Lust am Leben zu schenken, so brauchst du es nur zu sagen.«

Ingmar stand still, er umklammerte einen Baumstamm, um sich aufrecht zu halten. Sie hörte ihn höhnisch lachen, dann sagte er: »Du willst Hellgum vielleicht nach Amerika schicken?« Karin stand da und sah die Blutlache an, die sich um Ingmars linken Fuß angesammelt hatte. Sie versuchte nachzudenken, was es sei, das der Bruder verlangte, und es war ungefähr dasselbe, als solle sie den schönen Paradiesgarten, in dem sie den ganzen Winter gelebt hatte, verlassen und von neuem das Leben in der elenden Welt der Sünde anfangen, das jetzt hinter ihr lag.

Ingmar wandte sich ganz um, sein Gesicht war erdfahl. Die Haut an den Schläfen und an der Nase zog sich ganz stramm wie bei einem Toten. Aber die große Unterlippe trat gebieterischer hervor denn je, und der scharfe Zug um den Mund zeigte sich deutlich. Es war nicht anzunehmen, daß er seine Forderung aufgeben würde.

»Ich glaube nicht, daß Hellgum und ich hier in der Gemeinde zusammen leben können,« sagte Ingmar. »Aber ich sehe ja freilich, daß ich ihm werde weichen müssen.«

»Nein,« sagte jetzt Karin schnell, »wenn ich dich nur pflegen darf, so daß du am Leben bleiben kannst, dann verspreche ich dir, dafür zu sorgen, daß Hellgum abreist.«

»Gott wird schon einen anderen Helfer für uns finden,« dachte Karin gleichzeitig, als sie das sagte. »Aber ich kann keinen anderen Ausweg sehen, als das zu tun, was Ingmar will.«

Ingmar war verbunden und zu Bett gebracht. Die Wunde war nicht gefährlich, er sollte sich nur ein paar Tage ruhig verhalten. Er lag oben und Karin saß an seinem Bett.

Den ganzen Tag lag Ingmar da und phantasierte, er erlebte alles noch einmal, was ihm in den Tagen widerfahren war. Karin wurde sich bald klar darüber, daß es nicht allein Hellgum und das Sägewerk war, was ihm zu schaffen machte.

Am Abend war es klar und ruhig; da sagte Karin zu ihm: »Hier ist jemand, der gern mit dir reden möchte.« – Ingmar antwortete, er sei zu müde, um mit jemand zu sprechen. – »Ja, aber ich glaube, daß es dir gut tun würde.«

Gleich darauf trat Gertrud zu Ingmar ein. Sie sah sehr feierlich und bewegt aus. Ingmar hatte Gertrud lieb gehabt, auch damals, als sie schelmisch und neckisch gewesen war, aber damals war stets etwas in ihm gewesen, das sich gegen diese Liebe aufgelehnt hatte. Jetzt war ein schweres Jahr voller Sehnsucht und Unruhe an Gertrud vorübergegangen und hatte sie so umgewandelt, daß Ingmar, wenn er sie nur sah, ein mächtiges Verlangen empfand, sie zu gewinnen.

Als Gertrud an das Bett trat, hielt er die Hand vor die Augen. »Willst du mich nicht sehen?« sagte Gertrud.

Ingmar schüttelte den Kopf. Jetzt war er wie ein launenhaftes Kind.

»Ich möchte nur gern ein paar Worte zu dir sagen dürfen,« sagte Gertrud.

»Du kommst wohl, um mir zu erzählen, daß du dich den Hellgumianern angeschlossen hast?«

Gertrud kniete neben dem Bett nieder. Sie entfernte Ingmars Hand von seinen Augen.

»Da ist etwas, wovon du nichts weißt, Ingmar.« – Ingmar sah sie fragend an, er sagte nichts. Gertrud errötete und zögerte, aber dann sagte sie: »Im vorigen Jahr, gerade als du von uns fortzogst, hatte ich angefangen, dich auf die rechte Weise lieb zu haben.«

Ingmar wurde ganz rot. Er lächelte ein wenig vor Freude, aber gleich darauf war er wieder ernsthaft und mißtrauisch. – »Ich habe mich so sehr nach dir gesehnt, Ingmar.« – Ingmar lächelte zweifelnd, streichelte ihr aber leise die Hand zum Dank, daß sie gut gegen ihn hatte sein wollen. – »Und du kamst nicht ein einziges Mal zu mir hinab,« klagte sie. »Es war, als wenn ich nicht mehr für dich da sei.«

»Ich wollte dich nicht wiedersehen, ehe ich nicht ein ganzer Mann geworden war und um dich freien konnte,« sagte Ingmar, als wenn dies etwas sei, das sich ganz von selbst verstehe.

»Aber ich glaubte, du hättest mich vergessen.« Gertrud traten die Tränen in die Augen. »Du weißt gar nicht, was für ein Jahr ich durchgemacht habe. Hellgum ist so gut gegen mich gewesen und hat mich getröstet. Er sagte, mein Herz würde still werden, wenn ich mich ganz Gott hingäbe.«

Da sah sie Ingmar mit einer ganz neuen Erwartung im Blick an.

»Ich wurde so bange, als du heute kamst. Ich fürchtete, ich würde dir nicht widerstehen können, und daß der Kampf von neuem beginnen würde.«

Da breitete sich ein strahlendes Lächeln über Ingmars Antlitz aus. Aber er schwieg noch immer. »Aber heute abend hörte ich, Ingmar, daß du dem geholfen hattest, den du haßtest, und da konnte ich nicht mehr.« Gertrud wurde dunkelrot. »Ich fühlte, daß es mir unmöglich sei, etwas zu tun, das mich von dir scheiden würde.«

Im selben Augenblick beugte sie sich über Ingmars Hand und küßte sie.

Ingmar war es, als wenn große Glocken vor seinen Ohren einen hohen Feiertag einlauteten. Sonntagsfriede und Sonntagsstille zogen in ihm ein, und die Liebe lag ihm auf der Zunge, süß wie Honig, und verbreitete sich erfrischend und erquickend über sein ganzes Sein.

2. Buch

Der Untergang »L'Univers«.

In einer nebligen Sommernacht des Jahres 1880, also ein paar Jahre, bevor der Schulmeister sein Missionshaus baute und Hellgum aus Amerika heimkehrte, glitt der große französische Passagierdampfer »L'Univers« über den Atlantischen Ozean auf dem Wege zwischen New York und Le Havre.

Es war ungefähr vier Uhr morgens, alle Passagiere und der größte Teil der Schiffsmannschaft lagen und schliefen in ihren Kojen. Die großen Decks waren fast ganz leer.

Bei Tagesanbruch lag ein alter französischer Matrose und drehte und wendete sich in seiner Hängematte, ohne schlafen zu können. Es war ein wenig Seegang, und alles Holzwerk des Schiffs ächzte und krachte unaufhörlich, aber das war es nicht, was ihn daran hinderte, einzuschlafen.

Er und seine Kameraden lagen in einem großen, aber sehr niedrigen Raume, so daß er die grauen Kojen dort in dichten Reihen hängen und leise mit den Schlafenden hin und her schlingern sah. Von Zeit zu Zeit glitt ein Windhauch durch die Luken, so feucht und kühl, daß das ganze Meer, das sich da draußen unter dem Nebel in kleinen graugrünen Wellen kräuselte, ihm in seinen Gedanken gegenwärtig ward.

»Es geht doch nichts über das Meer,« dachte der alte Seemann.

Als er das dachte, wurde plötzlich alles um ihn her so wunderlich still. Er hörte weder das Stöhnen der Maschinen noch das Rasseln der Ruderketten oder das Plätschern der Wellen oder das Sausen des Windes oder sonst irgend etwas.

Es war ihm, als sei das Schiff plötzlich untergegangen, so daß er und seine Kameraden nie in ein Leichentuch gehüllt und in einen Sarg gelegt würden, sondern dort in den grauen Kojen tief unten unter dem Meere bis in alle Ewigkeit hängenbleiben müßten.

Früher hatte er sich davor gefürchtet, sein Grab in den Wellen zu finden. Jetzt fand er Gefallen an dem Gedanken. Er freute sich, daß das plätschernde, durchsichtige Wasser über ihm ruhte, und nicht schwarze, schwere, erdrückende Kirchhofserde.

»Es geht doch nichts über das Wasser,« dachte er noch einmal.

Aber dann fing er an, über etwas zu grübeln, das ihn beunruhigte. Er hatte die letzte Ölung nicht erhalten, und nun fürchtete er, daß seine Seele Schaden davon nehmen würde, daß sie auf dem Grund des Meeres ruhte und das Sterbesakrament nicht erhalten hatte. Eine Angst überkam ihn, daß sie niemals den Weg zum Himmel finden würde.

Im selben Augenblick gewahrte er einen schwachen Lichtschimmer am vorderen Ende, wo der Schlafraum schmaler wurde, und er erhob sich und beugte sich aus der Hängematte vor, um zu sehen, was es sei. Er sah bald, daß es jemand war, der zwei brennende Kerzen trug. Er beugte sich noch weiter und weiter vor, um zu sehen, wer da gegangen kam.

Die Kojen hingen so dicht nebeneinander und so nahe über dem Fußboden, daß, falls man durch den Raum gelangen wollte, ohne diejenigen, die dalagen und schliefen, zu stoßen und puffen, man eigentlich kriechen mußte. Der alte Seemann konnte nicht begreifen, wer sich dort einen Weg zu bahnen vermochte.

Bald sah er es. Es waren zwei kleine Chorknaben, jeder mit seiner Wachskerze in der Hand. Er sah ganz deutlich ihren langen schwarzen Rock und die kurzgeschorenen Köpfe.

Der Seemann wunderte sich gar nicht, er dachte nur, es sei etwas ganz Natürliches, daß die, die so klein waren, mit brennenden Kerzen unter den Kojen hindurchgehen konnten.

»Ob sie wohl auch einen Priester bei sich haben?« dachte er, und im selben Augenblick hörte er ein feines Glockengeklingel und sah, daß einer mit dabei war. Aber es war kein Priester, es war eine alte Frau, die nicht viel größer war als die Chorknaben.

Es war ihm, als müsse er die Alte kennen. »Es muß Mutter sein,« dachte er. »Ich habe nie jemand gesehen, der kleiner war als Mutter, und niemand als Mutter könnte sich so unter den Kojen hindurchschleichen, ohne jemand zu wecken.«

Er sah, daß die Mutter eine lange Jacke aus weißem, klaren Stoff anhatte, mit breiten Spitzen verbrämt, genau so, wie sie die Priester über ihren schwarzen Röcken trugen. In der Hand hielt sie ein großes Meßbuch, und das goldene Kreuz, das er tausende von Malen daheim in der Kirche auf dem Altar hatte liegen sehen.

Die kleinen Chorknaben stellten die Lichter neben seine Hängematte, knieten nieder und schwangen jeder sein Räucherfaß. Der Seemann spürte den lichten Duft des Weihrauches, sah die blauen Rauchwolken in der Luft schweben und hörte die Ketten des Raucherfasses klirren.

Währenddes schlug seine Mutter das große Buch auf, und es war ihm, als begänne sie das Sterbesakrament zu lesen.

Jetzt fand er es ganz friedlich und gut, so tot auf dem Grunde des Meeres zu liegen. Dies war viel besser als der Kirchhof.

Er streckte sich in seiner Koje und lange noch hörte er die Stimme seiner Mutter lateinische Worte murmeln. Der Weihrauch hüllte ihn ein, und er hörte die Ketten des Räucherfasses klirren.

Da auf einmal hörte das alles auf, die Chorknaben nahmen die Kerzen und gingen vor der Mutter her, die das Buch mit einem Knall schloß und hinter ihnen dreinging. Er sah sie alle drei unter den grauen Kojen verschwinden.

Im selben Augenblick, als sie verschwunden waren, hatte auch die Stille ein Ende. Er hörte die Atemzüge der Kameraden, das Holzwerk krachte, der Wind pfiff, und die Wellen plätscherten. Es ward ihm klar, daß er noch zu den Lebenden auf der Oberfläche des Meeres gehörte.

»Jesus Maria! Was bedeutet das, was ich heute nacht gesehen habe?« fragte er sich selbst.

Zehn Minuten darauf ward »L'Univers« von einem starken Stoß mittschiffs getroffen. Es war, als ob der große Dampfer mitten durchgeschnitten werde.

»Das habe ich erwartet,« dachte der alte Seemann.

Während der gräßlichen Verwirrung, die jetzt entstand, als sich alle die anderen Seeleute halb erwacht aus den Kojen hinausstürzten, legte er ruhig seine besten Kleider an. Er hatte gleichsam einen Vorgeschmack des Todes auf den Lippen, und der war mild und sanft. Es war ihm, als gehöre er schon da unten auf den Grund des Meeres hin.

Als der starke Stoß das Schiff erschütterte, lag ein kleiner Schiffsjunge in einer Abseite auf Deck, nahe dem Speisesaal.

Er richtete sich halb wach in der Koje auf. Gerade über seinem Kopf befand sich eine kleine runde Glasscheibe, durch die er hinaussah. Er sah nichts weiter als Nebel und etwas unförmlich Graues, das gleichsam aus dem Nebel herauswuchs. Es war ihm, als sähe er große Flügel, es war gewiß ein schrecklich großer grauer Vogel, der in der Finsternis der Nacht auf das Schiff niedergestoßen war. Das lag nun da und schlingerte und rollte unter seinen Angriffen, aber das große Ungeheuer hieb mit seinem Schnabel und seinen Klauen und den schlagenden Flügeln darauflos.

Der kleine Schiffsjunge glaubte, er müsse vor Schrecken sterben.

Aber im nächsten Augenblick war er ganz wach. Da sah er, daß ein großes Segelschiff dalag und auf den Dampfer einhieb. Er sah großen Nebel und ein fremdes Verdeck, auf dem Männer in langen Lederjacken in wahnsinniger Angst umherstürzten. Der Wind nahm sich auf, und alle die unzähligen Segel waren so stark gebläht, daß man auf ihnen wie auf einem Trommelfell trommeln konnte. Die Masten schwankten, und Rahen und Taue sprangen mit einem Geknall, das wie Schüsse klang. Der große Dreimaster, der in dem dichten Nebel »L'Univers« übersegelt hatte, war auf irgendeine Weise mit seinem Bugsprit in die Seite des Dampfers eingekeilt und konnte nicht wieder loskommen. Der Dampfer lag stark nach der einen Seite geneigt, aber seine Schrauben fuhren fort zu arbeiten, so daß er und das Segelschiff zusammen dahintrieben.

»Großer Gott,« dachte der kleine Schiffsjunge, indem er auf Deck stürzte, »das arme Schiff ist mit uns zusammengestoßen und nun muß es untergehen.«

Es kam ihm nicht einen Augenblick in den Sinn, daß der Dampfer in Gefahr sein könne, so groß und stark, wie er war.

Die Offiziere des Schiffes kamen jetzt herbeigestürzt, aber als sie sahen, daß es nur ein Segelschiff war, das mit »L'Univers« zusammengestoßen war, beruhigten sie sich und trafen mit der größten Ruhe Vorbereitungen, um die Schiffe voneinander klar zu machen.

Der kleine Schiffsjunge stand auf Deck, barfüßig, das Hemd im Winde flatternd, und winkte den unglücklichen Leuten auf dem Segelschiff zu, daß sie auf den Dampfer hinüberkommen und ihr Leben retten sollten.

Anfangs schien es, als ob niemand ihn bemerkte, bald aber sah er, daß ein großer rotbärtiger Mann anfing, ihm zuzuwinken.

»Komm herüber. Junge!« rief der Mann und lief dicht an die Reling, »der Dampfer sinkt.« Der kleine Junge dachte nicht einen Augenblick daran, auf das Segelschiff hinüberzugehen. Er rief, so laut er konnte, die Schiffbrüchigen sollten sich auf »L'Univers« hinüberretten.

Die anderen Seeleute, die an Bord des Segelschiffes waren, arbeiteten mit Stangen und Bootshaken, um sich von dem Dampfer loszumachen. Aber den Rotbärtigen schien ein wunderliches Mitleid für den kleinen Schiffsjungen erfaßt zu haben. Er hielt die Hände vor den Mund wie ein Schallrohr und rief:

»Herüber! Herüber!« Verfroren und jämmerlich stand der Kleine in seinem dünnen Hemd auf dem Verdeck. Er rief, so laut er konnte, der Mannschaft zu, sie sollten den Dampfer entern. Ein großer Dampfer wie »L'Univers« mit sechshundert Passagieren und einer Besatzung von zweihundert Mann konnte doch unmöglich untergehen. Und er sah ja, daß der Kapitän und die Matrosen ebenso ruhig waren wie er.

Plötzlich ergriff der Rotbärtige einen Bootshaken und streckte ihn nach dem Jungen aus, hakte ihn in sein Hemd hinein und wollte ihn auf das Segelschiff hinüberziehen. Der Junge wurde ganz bis über die Reling hinübergezogen, aber da gelang es ihm, sich loszureißen. Er wollte sich nicht auf das fremde Schiff hinüberziehen lassen, das im Begriff war zu sinken.

Gleich darauf vernahm man ein neues, fürchterliches Krachen. Das war der Bugsprit des Segelschiffes, das abbrach. Dadurch kamen die beiden Schiffe klar von einander. Als der Dampfer weiter brauste, sah der Junge das mächtige Bugsprit geknickt an dem Vorderteil des Segelschiffes hängen, und gleichzeitig sah er ganze Wolken von Segeln auf die Mannschaft herabstürzen.

Aber der Dampfer ging mit voller Fahrt weiter, und das fremde Schiff verhüllte der Nebel. Das letzte, was der Junge sah, war, daß die Leute anfingen, sich aus dem Segelhaufen herauszuarbeiten.

Dann verschwand das Segelschiff schnell, als sei es hinter eine Mauer geglitten. – »Es ist schon untergegangen,« dachte der Junge, und stand da und lauschte, ob er keine Notrufe hörte.

Da rief eine starke, grobe Stimme nach dem Dampfschiff hinüber: »Rettet die Passagiere, setzt die Boote aus.«

Wieder wurde alles still. Wieder lauschte der Knabe auf die Notrufe.

Da vernahm er die Stimme in weiter, weiter Entfernung: »Betet zu Gott! Ihr seid verloren.«

Im selben Augenblick kam ein alter Matrose auf den Kapitän zu: »Wir haben mittschiffs ein großes Leck, wir gehen unter,« sagte er still und feierlich.

Ein paar Minuten nach dem Zusammenstoß kam eine kleine Dame auf Deck. Sie war vollständig angekleidet. Der Paletot war zugeknöpft und der Hut unter dem Kinn zugebunden.

Sie kam wenige Minuten, nachdem das Leck entdeckt war, aus der Kajüte der ersten Klasse herauf.

Es war eine kleine, alte Dame mit grauem, krausem Haar, runden Eulenaugen und rotscheckiger Gesichtsfarbe.

Während der kurzen Zeit, die sie unterwegs gewesen waren, hatte sie es fertiggebracht, die Bekanntschaft aller an Bord Anwesenden zu machen; alle wußten, daß sie Miß Hoggs hieß, und allen Menschen, der Mannschaft wie auch den Passagieren, hatte sie erzählt, daß sie sich niemals fürchtete.

Sie hatte erzählt, sie sei seit vielen Jahren gereist und gereist und sei sehr vielen Gefahren ausgesetzt gewesen, aber gefürchtet habe sie sich nie. »Sie wisse nicht, wovor sie sich fürchten sollte,« sagte sie. Einmal müsse sie ja doch sterben, was tat es, ob es früher oder später war.

Auch jetzt fürchtete sie sich nicht, sie war nur auf das Verdeck geeilt, um zu sehen, ob dort etwas Interessantes oder Ergreifendes vor sich ging.

Das erste, was sie sah, waren zwei Matrosen, die mit wilden, angsterfüllten Gesichtern an ihr vorüberstürzten. Die Stuarts kamen halbangekleidet angelaufen, um in die Kajüten hinabzueilen und die Passagiere aufzufordern, schnell an Deck zu kommen. Ein alter Matrose kam mit einem ganzen Stapel Rettungsgürtel belastet, die er in einem Haufen auf das Verdeck warf. Ein kleiner Schiffsjunge saß in bloßem Hemd in einer Ecke und weinte und rief, daß er sterben müsse.

Hoch oben auf der Kommandobrücke sah sie den Kapitän und hörte seine Worte: »Die Maschine anhalten! Boote aussetzen!«

Die rußigen Treppen, die zu den Maschinenräumen hinabführten, kamen Heizer und Maschinenmeister hinaufgestürzt und riefen: das Wasser dringt schon in die Maschinenräume ein.

Miß Hoggs hatte kaum einen Augenblick auf Deck gestanden, als es schon von Menschen überfüllt war. Die Passagiere der dritten und vierten Klasse kamen in dichten Haufen gestürzt und schrien, sie müßten zu den Booten eilen, sonst würde nur die erste und zweite Klasse gerettet.

Aber als die Verwirrung immer größer wurde und Miß Hoggs sah, daß wirklich Gefahr im Anzug war, schlich sie auf das oberste Verdeck über dem Speisesaal hinauf, wo außerhalb der Reling einige Rettungsboote hingen.

Hier oben war kein Mensch, und ohne, daß sie es bemerkten, kletterte Miß Hoggs über die Brüstung in eins der Boote, das an seinen Blöcken und Tauen über der schwindelnden Tiefe hing. Sobald sie hier hinaufgelangt war, beglückwünschte sie sich zu ihrer großen Klugheit. Das hieß einen großen und ruhigen Kopf haben.

Wenn das Boot erst ins Wasser hinabgelassen war, würden die Leute sich drängen, um mitzukommen. Es würde ein furchtbarer Kampf an den Luken und Fallrepstreppen entstehen.

Sie sah jetzt, daß ein Boot bemannt worden war und an die Treppe ruderte, und daß die Leute anfingen, in das Boot hinabzusteigen. Aber auf einmal ertönte ein furchtbarer Schrei. Da war einer in der Aufregung fehlgetreten und war ins Wasser gefallen. Das erschreckte offenbar die Passagiere, denn das Schiff hallte jetzt wieder von lautem Geschrei, Leute drängten in wilder Verwirrung durch die Luken, stießen einander beiseite und kämpften auf der Fallreptreppe. Während des Kampfes fielen viele ins Wasser. Einige, die sahen, daß es unmöglich war, die Treppe hinabzugelangen, stürzten sich sinnlos ins Meer, um das Boot schnell zu erreichen. Aber dann ruderte das Boot weg. Es war schon so schwer beladen, daß diejenigen, die da drinnen saßen, Messer herauszogen und denen, die hinaufzuklettern versuchten, die Finger abschnitten.

Miß Hoggs saß da und sah, daß ein Boot nach dem anderen herangerudert wurde. Sie sah auch, daß ein Boot nach dem anderen unter der Last aller derer, die sich da hineinstürzten, kenterte.

Die Boote, die neben ihr hingen, wurden jetzt auch hinuntergelassen. Aber durch einen Zufall berührte niemand das Boot, in dem sie saß.

»Gott sei Dank, sie lassen mein Boot hängen, bis das Schlimmste überstanden ist,« dachte sie.

Miß Hoggs saß da und hörte entsetzliche Dinge. Es war ihr, als schwebe sie über einer Hölle.

Sie konnte das Verdeck erst nicht sehen, aber es klang, als wenn dort ein Kampf stattfinde. Sie hörte scharfe Revolverschüsse und sah leichte blaue Rauchwolken von dem Verdeck aufsteigen.

Schließlich kam der Augenblick, wo alles still wurde. »Jetzt könnte es aber wohl Zeit sein, mein Boot hinabzulassen,« dachte Miß Hoggs. Sie war gar nicht bange, sie saß still und ruhig da bis zuletzt, bis sich der Dampfer auf die Seite legte. Erst da wurde es Miß Hoggs allmählich klar, daß »L'Univers« im Begriff war zu sinken und daß man ihr Boot vergessen hatte.

An Bord des Dampfers war auch eine junge Amerikanerin, eine Mrs. Gordon, die sich auf dem Wege nach Europa befand, um ihre alten Eltern zu besuchen, die seit mehreren Jahren in Paris gewohnt hatten.

Sie hatte ihre Kinder mit. Es waren zwei kleine Jungen, und sie und die Kinder lagen und schliefen, als das große Unglück eintrat.

Sie erwachte sogleich, zog den Kindern einige Kleider über, kleidete sich selbst ein wenig an und ging in den schmalen Gang zwischen den Kajüten hinaus.

Im Gang wimmelte es von Menschen, die jetzt alle hinausgestürzt kamen, um auf Deck zu eilen. Es war jedoch nicht schwierig, in dem Gang selber vorwärts zu gelangen. Aber auf der Treppe war es weit schlimmer. Es entstand ein großes Gedränge, weil sich über hundert Menschen auf einmal hinausdrängen wollten.

Die junge Amerikanerin blieb mit ihren Kindern an der Hand stehen. Sie sah sehnsuchtsvoll zu der Treppe hinauf und dachte darüber nach, wie sie sich wohl einen Weg mit den Kleinen würde bahnen können. Sie sah, daß die Leute einander beiseite drängten und schoben und nur Gedanken für sich selbst hatten. Niemand schien sie zu beachten.

Mrs. Gordon mußte sich nach Hilfe umsehen, weil sie für ihre Kinder sorgen mußte. Sie hoffte irgend jemand zu erblicken, den sie bitten konnte, den einen der Jungen auf seinen Arm zu nehmen und ihn die Treppe hinaufzutragen, während sie selbst den anderen nahm.

Aber sie hatte nicht den Mut, mit irgend jemand zu reden. Die Männer kamen in den wunderlichsten Bekleidungen gestürzt, einige in wollene Decken gehüllt, andere den Überzieher über das Nachthemd gezogen; sie sah, daß mehrere einen Stock in der Hand hatten, und als sie ihre starren Blicke sah, gewann sie den Eindruck, daß man sich vor ihnen allen in acht nehmen müsse.

Vor den Frauen war sie nicht bange, aber sie sah nicht eine einzige, der sie das Kind anvertrauen konnte. Sie waren alle von Sinn und Verstand. Sie waren alle ganz außer sich, ihr Verstand hatte gelitten, sie würden nicht begriffen haben, um was sie bat.

Sie stand da und musterte sie und dachte, ob nicht eine einzige unter ihnen sei, die ihren Verstand behalten habe. Aber als sie sie kommen sah, einige eifrig bemüht, die Blumen zu retten, die sie bei der Abreise aus Neuyork erhalten hatten, andere schreiend und händeringend, da wagte sie nicht, sich an eine von ihnen zu wenden.

Schließlich versuchte sie, einen jungen Mann anzuhalten, der ihr Nachbar bei Tisch gewesen war und ihr viele Aufmerksamkeiten erwiesen hatte.

»Ah, Mr. Martens!«

Er sah sie mit demselben starren, bösen Blick an, den sie aus den Augen der anderen Männer gesehen hatte. Er erhob den Stock, und hätte sie versucht, ihn zurückzuhalten, so würde er sie geschlagen haben.

Gleich darauf vernahm sie ein Geheul, das heißt, eigentlich war es wohl kein Geheul, sondern mehr ein arges Fauchen, wie wenn ein starker, mächtiger Sturm in eine enge Gasse eingesperrt wird. Es kam von den Leuten auf der Treppe, die in ihrem Vorwärtsstürmen gehindert wurden.

Ein Mann wurde die Treppe hinaufgetragen, er war ein Krüppel und konnte selbst nicht gehen. Er war so hilflos, daß sein Diener ihn zu den Mahlzeiten hatte hin und wieder wegtragen müssen. Er war ein großer, starker Mann, und der Diener hatte ihn jetzt mühsam auf seinem Rücken die Treppe halb hinaufgetragen. Dort war er einen Augenblick stehen geblieben, um Atem zu schöpfen. Da aber drängten die Leute so nach, daß er in die Knie gesunken war. Jetzt nahmen er und sein Herr die ganze Breite der Treppe ein und versperrten sie, so daß niemand vorwärts kommen konnte.

Da sah Mrs. Gordon, wie ein großer, grobknochiger Mann sich hinabbeugte, den Krüppel aufhob und ihn über das Treppengeländer hinunterwarf. Aber sie sah auch, so gräßlich dies auch war, daß niemand darüber erschrak oder sich empörte. Niemand dachte an etwas anderes, als die Treppe weiter hinaufzustürzen. Es war, als sei ein Stein, der im Wege lag, in den Graben geworfen, weiter nichts.

Die junge Amerikanerin sah ein, daß von diesen Menschen keine Rettung zu erwarten sei. Sie und ihre kleinen Kinder waren dem Untergang geweiht.

Da war ein junges Paar, Mann und Frau, die auf der Hochzeitsreise waren. Sie hatten ihre Kajüten ganz am Achterende des Schiffs, und sie hatten so fest geschlafen, daß sie nichts von dem Zusammenstoß gemerkt hatten. An dem Ende des Schiffs war auch nicht sehr viel Lärm, und da niemand daran dachte, sie zu rufen, schliefen sie noch, als alle anderen schon oben auf Deck waren, und der Kampf um die Boote begonnen hatte.

Aber sie erwachten, als die Schraube, die die ganze Nacht gerade unter ihnen gearbeitet hatte, plötzlich still stand. Der Mann warf ein paar Kleidungsstücke über und lief hinaus, um zu sehen, was es gab.

Er kam zurück. Er schloß die Kajütentür hinter sich, ehe er etwas sagte.

Dann sagte er: »Das Schiff sinkt.«

Indem er das sagte, setzte er sich nieder, und als seine Frau hinausstürzen wollte, bat er sie, bei ihm zu bleiben. »Alle Boote sind schon fort,« sagte er. »Die meisten Passagiere sind ertrunken. Die, die noch an Bord sind, kämpfen oben auf Deck auf Tod und Leben um die letzten Boote.«

Auf einer der Treppen war er über eine totgetretene Frau gestolpert. Von allen Seiten war Todesgeschrei an seine Ohren gedrungen.

»Es gibt keine Rettung,« sagte er, »geh nicht hinaus! Laß uns zusammen sterben!«

Sie fand, daß er recht hatte und setzte sich gehorsam neben ihn.

»Du willst doch wohl am liebsten nicht sehen, wie alle die Menschen miteinander kämpfen,« sagte er. »Sterben müssen wir, da laß uns einen stillen Tod sterben.«

Sie fand nicht, daß es zu viel verlangt war, diese kurzen Augenblicke, die ihnen noch von ihrem Leben übrig blieben, bei ihm zu bleiben. Sie hatte ihm ja ihr ganzes Leben geben wollen, von ihrer frühen Jugend bis zum spaten Alter.

»Ich hatte mir ja gedacht,« sagte er, »daß, wenn wir viele Jahre verheiratet gewesen wären, du neben mir sitzen solltest, wenn ich auf meinem Sterbebette läge, und da wollte ich dir für ein langes und glückliches Leben danken.«

Im selben Augenblick sah sie einen schmalen Streifen Wasser unter der geschlossenen Tür hervorquellen. Das war ihr zuviel.

Verzweifelnd streckte sie die Arme aus.

»Ich kann nicht!« rief sie. »Laß mich hinaus! Ich kann hier nicht eingeschlossen sitzen und auf den Tod warten. Ich liebe dich, aber ich kann es nicht.«

Sie stürzte hinaus, gerade als das Schiff anfing zu schlingern und sich auf die Seite zu legen, ehe es sank. –

Die junge Amerikanerin, Mrs. Gordon, lag im Wasser, der Dampfer war gesunken, ihre Kinder waren ertrunken, sie selbst war tief, tief unten im Wasser gewesen. Jetzt war sie wieder an die Oberfläche heraufgekommen, aber sie wußte, daß sie im Augenblick wieder hinabsinken würde, und dann bedeutete es den Tod.

Jetzt dachte sie nicht mehr an Mann oder Kinder oder an irgend etwas auf dieser Welt. Sie dachte nur daran, ihre Seele zu Gott zu erheben.

Und ihre Seele erhob sich wie ein freigelassener Gefangener. Sie fühlte, wie froh sie war, die schweren Ketten des Menschenlebens abzuwerfen, wie sie sich bereitete, zu ihrer wahren Heimat hinaufzuziehen.

»Ist es so leicht zu sterben?« dachte sie.

Aber während sie das dachte, hörte sie all den verwirrenden Lärm rings um sie her: das Rauschen der Wogen, das Sausen des Windes, das Jammergeschrei der Ertrinkenden und das Getöse von alle dem, was auf dem Wasser umherschwamm und zusammenprallte – sie fand, daß das alles sich zu einem Laut vereinte, den sie auf dieselbe Weise verstehen konnte, wie sich die sturmlosen Wolken zuweilen zu einem Bild zusammenziehen.

Und das, was sie hörte, sprach zu ihr:

»Es ist wahr, daß es leicht ist, zu sterben. Schwer ist es, zu leben.«

»Ja, so ist es,« dachte sie und dachte weiter, was alles dazu gehöre, damit das Leben ebenso leicht wäre wie der Tod.

Rings um sie her kämpften und stritten die Schiffbrüchigen um die letzte Planke, treibende

Wrackstücke und gekenterte Boote. Mitten durch die wilden Rufe und Flüche hindurch hörte sie wieder, wie sich der Lärm zu donnernden, starken Worten bildete, die ihr antworteten:

Das, was not tut, damit das Leben so leicht werden kann wie der Tod, das ist Einigkeit, Einigkeit, Einigkeit!

Es war ihr, als habe der Herr der Welt all diesen Lärm und das Getöse zu seinem Sprachrohr gemacht, um ihr zu antworten.

Während die Stimme noch in ihren Ohren klang, wurde sie gerettet. Sie wurde in ein kleines Boot hinaufgezogen, in dem noch drei Menschen saßen, ein großer, starker Matrose in seinem Sonntagsanzug, eine alte Dame mit runden Eulenaugen, und ein kleiner, verweinter Junge, der nichts weiter an hatte, als ein zerrissenes Hemd.

Am nächsten Tag gegen Nachmittag kam ein norwegisches Schiff an den großen Sandbänken und Fischplätzen auf New Foundland vorübergesegelt.

Es war schönes, stilles Wetter. Die See lag fast wie ein Spiegel da, und das Schiff fuhr nur langsam. Es hatte alle Segel gehißt, um den letzten Hauch des dahinsterbenden Windes aufzufangen.

Die Meeresfläche war wunderbar schön, lichtblau und blank, so weit man sah, und wo der schwache Wind über sie hinstrich, war sie weiß wie Silber.

Als diese Nachmittagsstille eine Weile gedauert hatte, sah die Schiffsmannschaft einen dunklen Gegenstand auf dem Wasser dahertreiben.

Er kam allmählich näher, und man sah, daß es eine Leiche war. Der Kutter fuhr gerade daran vorüber, und an den Kleidern der Leiche konnte man erkennen, daß es ein Seemann war. Er lag auf dem Rücken mit ruhigem Gesicht und offenen Augen. Die Leiche hatte noch nicht so lange im Wasser gelegen, daß sie aufgetrieben war. Es sah nur so aus, als lasse sich der Mann mit Wohlbehagen von den leicht gekräuselten Wellen auf und ab wiegen.

Aber als die Seeleute nach der anderen Seite sahen, hätten sie beinahe laut aufgeschrien; denn ohne daß sie es bemerkt hatten, war gerade am Vordersteven eine neue Leiche aufgetaucht. Es sah so aus, als wenn sie gerade über sie hinweg segeln müßten, aber im letzten Augenblick trieb sie mit der Kielwasserwelle davon. Alle stürzten an die Reling und starrten in das Wasser hinab. Diesmal war es ein Kind, ein feingekleidetes, kleines Mädchen, mit einem Hut auf dem Kopf, und in einer kleinen, blauen Jacke.

»Ach, du lieber Gott,« sagten die Seeleute und trockneten sich die Augen. »Du lieber Gott, so ein kleines Ding!«

Das Kind schaukelte vorüber, es sah sie mit einem altklugen, ernsthaften Ausdruck an, als habe es einen sehr wichtigen Auftrag auszurichten.

Gleich darauf rief einer von den Leuten, daß er noch eine Leiche sehe, und dasselbe rief ein anderer, der nach der anderen Seite aussah. Sie sahen auf einmal fünf Leichen, dann zehn, und dann war da ein ganzer Haufen, sie konnten sie nicht mehr zählen.

Das Schiff glitt ganz langsam zwischen allen diesen Leichen dahin, Sie scharten sich da herum, als wünschten sie etwas. Einige kamen in großen Gruppen dahergetrieben, sie sahen aus wie Treibholz oder andere Gegenstände, die sich vom Lande losgerissen hatten; aber es waren nichts weiter als Leichen!

Alle Seeleute standen da und starrten, niemand dachte daran, sich zu rühren. Sie konnten kaum glauben, daß das, was sie sahen, Wirklichkeit war. Auf einmal glaubten sie, eine ganze Insel aus dem Meere aufsteigen zu sehen. Es sah aus wie Land, aber als sie näher kamen, sahen sie, daß es nichts war als Leichen, die dicht nebeneinander schwammen. Sie umgaben das Schiff von allen Seiten, es war, als folgten sie ihnen, als wollten sie die Reise über das Meer mitmachen.

Der Schiffer ließ das Steuer umlegen, um Wind in die Segel zu bekommen, aber es half nicht viel. Die Segel hingen schlaff herab, und die Leichen folgten ihnen beständig.

Die Seeleute wurden immer bleicher und stummer. Der Kutter ging so langsam, daß sie den Toten nicht entrinnen konnten. Und sie fürchteten, daß es die ganze Nacht so bleiben würde.

Da stieg ein schwedischer Matrose auf den Vordersteven und begann mit lauter Stimme ein Vaterunser zu beten. Dann stimmten sie ein geistliches Lied an.

Als sie mitten im Gesang waren, sank die Sonne, und der Abendwind führte das Schiff aus dem Bereich der Toten hinweg.

Hellgums Brief

Eine alte Frau kommt aus einer kleinen Hütte im Walde. Obwohl es ein Alltag, ist sie doch feierlich gekleidet, als wolle sie in die Kirche gehen. Sie zieht den Schlüssel aus dem Schloß und legt ihn an den gewohnten Platz unter die Türschwelle.

Als die Alte ein paar Schritte gegangen ist, wendet sie sich um und sieht sich nach ihrer Hütte um, die klein und armselig unter den mächtigen, schneebelasteten Tannen daliegt.

Mit liebevollen Augen sieht sie auf das armselige Haus zurück. »Manch einen glücklichen Tag habe ich hier verlebt,« sagt sie feierlich zu sich selbst. »Ja, ja, der Herr gibt und der Herr nimmt!«

Dann wandert sie den Waldpfad entlang. Sie ist sehr alt und gebrechlich, aber sie gehört zu denen, die sich aufrecht und gerade halten, wie sehr das Alter sie auch zu beugen versucht.

Sie hat ein schönes Gesicht und weiches, weißes Haar. Sie sieht so freundlich aus, daß es ganz wunderlich ist, sie mit einer Stimme reden zu hören, die scharf und feierlich und langsam klingt.

Sie hat einen langen Weg vor sich, denn sie will zu einer Versammlung der Hellgumianer auf den Ingmarshof hinauf. Die Alte, Eva Gunnarstochter, gehört zu denen, die sich am allereifrigsten Hellgums Lehre angeschlossen haben.

»Ach,« denkt sie, während sie den Waldpfad entlangwandert, »es war eine herrliche Zeit, als alles im Werden war, als mehr als der halbe Kirchsprengel sich Hellgum anschloß, und wer konnte denken, daß so viele abfallen würden, daß wir nach fünf Jahren nicht viel mehr als zwanzig Menschen sein würden, wenn man die Kinder nicht mitrechnet.«

Ihre Gedanken wanderten zurück zu der Zeit, wo sie, die viele Jahre lang einsam und verlassen in ihrer kleinen Hütte gesessen hatte, auf einmal eine Menge Brüder und Schwestern gewonnen hatte, die in ihrer Einsamkeit zu ihr kamen, die nie, wenn der Schnee dicht und dick herabgefallen war, vergaßen, den Weg zu ihrer Hütte hinauf frei zu schaufeln, und ihren kleinen Holzschuppen mit trockenem, kleingespaltenem Brennholz zu füllen, ohne daß sie etwas davon wußte. Sie dachte an die Zeit, wo Karin Ingmarstochter und ihre Schwestern und noch viele andere von den großen Leuten in der Gemeinde kamen und ein Liebesmahl in ihrer kleinen, armen Hütte abhielten.

»Ach, daß so viele die Zeit ihrer Heimsuchung versäumt hatten,« dachte sie. »Jetzt kommt die Strafe über uns. Im nächsten Sommer müssen wir alle vergehen, weil so wenige dem Ruf gefolgt sind, und weil die, die ihm gehorcht haben, nicht beständig im Glauben geblieben sind.«

Die Alte fängt an, über den Inhalt von Hellgums Briefen nachzugrübeln, von diesen Schriften, die die Hellgumianer wie die Schriften der Apostel betrachteten, und in ihren Versammlungen vorlasen, so wie man in anderen Gemeinden aus der Bibel vorliest.

»Es gab eine Zeit, wo er war wie Milch und Honig,« sagte sie. »Er riet uns, Geduld mit den Unbekehrten zu haben und Milde gegen Abtrünnige zu üben. Er lehrte die Reichen, an den Gerechten wie an den Ungerechten Werke der Barmherzigkeit zu tun. Aber jetzt in dieser letzten Zeit ist er gewesen wie Wermut und Galle. Er schreibt von nichts weiter als von Heimsuchungen und Strafgerichten.«

Jetzt war die Alte zum Walde hinausgekommen und sie stand da und sah über den Kirchsprengel hinab.

Es war ein schöner Februartag, der Schnee breitete seine weiße Reinheit über die ganze Gegend, alles Pflanzenleben war in Winterschlaf gesunken und kein Windhauch rührte sich.

Aber die alte Frau dachte, während sie so ging, daran, daß dies ganze Land, das jetzt seinen ruhigen Winterschlaf schlief, bald erwachen würde, um von kochenden Schwefelströmen verbrannt zu werden; sie sah das alles in Flammen gehüllt, wie es jetzt in Schnee eingehüllt war.

»Er hat es nicht mit klaren Worten gesagt,« dachte die alte Eva, »aber er schreibt immer von einer großen Heimsuchung. Ach ja, ach ja, wer kann sich darüber wundern, wenn dieser Kirchsprengel heimgesucht wird wie Sodom und zerstört wird wie Babylon?«

Während Eva Gunnarstochter durch das Dorf dahinwanderte, sah sie nicht ein einziges Haus, das sie nicht im Geiste erblickte, wie es unter dem kommenden Erdbeben erzittern, schwanken und umstürzen würde, als sei es aus Sand gebaut. Und wenn sie Menschen begegnete, dachte sie daran, wie die Ungeheuer der Hölle sie jagen und verschlingen würden.

»Sieh, da geht nun Schulmeisters Gertrud,« dachte sie, als sie auf dem Wege einem schönen, jungen Mädchen begegnete. »Ihre Augen leuchten und strahlen wie Sonnenblitze auf dem Schnee. Sie ist so froh, weil sie im Herbst Hochzeit mit dem jungen Ingmar Ingmarsson machen wird. Sie hat, wie ich sehe, ein Bündel Garn unter dem Arm; sie wird wohl den Bettumhang und die Bettücher für ihr eigenes Heim weben. Aber ehe das Gewebe fertig ist, wird das Verderben über uns kommen.«

Es waren finstere Blicke, die die alte Frau um sich warf, als sie durch das Kirchdorf wanderte, das gewachsen war und sich zu einer nie geahnten Größe und zu überraschendem Ansehen entwickelt hatte. Aber alle diese weißen und gelben Höfe mit Holzverkleidungen und hohen Fenstern mußten doch einstürzen ebenso wie ihre eigene, armselige Hütte, in der die Fenster nur wie Gucklöcher waren, und wo das Moos zwischen den Balken steckte.

Mitten im Dorf blieb sie stehen und stieß ihren Stock hart auf den Boden, und ein heftiger Zorn überkam sie. »Ja, ja,« rief sie mit so lauter Stimme, daß alle, die sich auf dem Wege befanden, stehen blieben und sich umwandten. »Ja, ja, in allen diesen Häusern wohnen Menschen, die Christi Evangelium verworfen haben und dem Evangelium des Teufels anhangen. Warum hörten sie nicht den Ruf, warum wandten sie sich nicht ab von ihren Sünden? Darum müssen wir alle vergehen, Gottes Hand trifft hart. Gottes Hand trifft den Gerechten und den Ungerechten mit demselben Strafgericht!«

Als die Alte den Elf überschritten hatte, wurde sie von einigen anderen Hellgumianern eingeholt. Es waren der alte Korporal Fält und Kolaas Gunnar mit seiner Frau, Brita Ingmarstochter. Nach und nach kamen auch Hök Matts Eriksson und sein Sohn Gabriel und des Gemeindevorstehers Gunhild.

Es war ein ebenso schöner wie erfreulicher Anblick, als alle diese Männer und Frauen in den bunten Trachten der Gegend über den weißen Schnee dahinwanderten. Aber Eva Gunnarstochter erschienen sie nur wie Gefangene, die zum Schafott geführt wurden, wie Tiere, die zur Schlachtbank getrieben werden.

Alle Hellgumianer sahen sehr niedergeschlagen aus. Sie gingen und sahen zu Boden, wie von einer schweren Last bitteren Mißmutes niedergedrückt. Sie hatten alle erwartet, daß das Reich der Seligkeit sich gleich über der Erde verbreiten würde, daß sie den Tag erleben sollten, wo das neue Jerusalem aus den Wolken des Himmels herabgeschwebt kam. Als sie nun so wenige geworden waren und sich selbst eingestehen mußten, daß ihre Hoffnungen getäuscht waren, da war es, als sei etwas in ihnen zerrissen. Sie gingen langsam und mit schwebenden Schritten, sie seufzten oft und hatten einander nichts zu sagen; denn dies war eine ernste Sache für sie gewesen. Sie hatten ihr Leben dafür eingesetzt, und nun hatten sie es verloren.

»Warum sind sie so betrübt?« dachte die alte Frau. »Sie glauben ja doch nicht einmal das schlimmste, sie wollen Hellgums Meinung nicht verstehen. Ich habe ihnen diese Worte ausgelegt, aber sie wollen nicht hören, was ich sage. Ach, die auf der Ebene unter dem offenen Himmel wohnen, lernen ja niemals, sich zu ängstigen und sich zu sorgen. Sie haben nicht denselben Verstand wie die, die einsam in der Finsternis des Waldes sitzen.«

Sie merkte, daß die Hellgumianer bekümmert waren, weil Halvor sie an einem Werktag zusammengerufen hatte. Sie fürchteten, daß er ihnen einen neuen Abfall zu verkündigen habe. Unruhig sahen sie einander an und musterten sich gegenseitig mit mißtrauischen Blicken, die zu fragen schienen: »Wie lange bleibst du beständig im Glauben, wie lange du?«

»War es nicht besser, dem Ganzen ein Ende zu machen, die Gemeinde gleich jetzt aufzulösen,« dachte sie, »so wie es besser ist, einen schnellen Tod zu sterben, als langsam dahinzusiechen.«

»Ach, ihre Gemeinde, dies Evangelium des Friedens, dies selige Leben in Einigkeit und Brüderschaft, das sie so innig liebte: daß dies nun dem Untergang geweiht sein sollte!«

Während diese betrübten Menschen ihre Wanderung fortsetzten, wanderte die Sonne so mächtig und herrlich wie immer ihre Bahn an dem hohen, blauen Himmel dahin. Aus dem Schnee stieg eine frische Kühle auf, die Mut und Munterkeit erweckte. Und von den grünbekleideten Hügeln senkte sich eine beruhigende Stille und ein tiefer Friede auf die Gegend herab.

Endlich waren sie oben auf dem Ingmarshof angelangt und traten in die gute Stube.

In der guten Stube auf dem Ingmarshof hing hoch oben unter der Decke ein altes Gemälde, das vor über hundert Jahren von einem Dorfkünstler gemalt war. Es stellte eine große Stadt, von hohen Mauern umgeben, dar. Über der Mauer sah man die Dächer und Giebel von vielen Häusern aufragen. Einige von diesen Häusern waren rote Bauernhäuser mit grünen Rasendächern, andere hatten weiße Wände und Schieferdächer wie Herrenhöfe, und wieder andere hatten zart kupfergedeckte Türme wie die Christinakirche in Falun.

Vor der Stadt spazierten Herren in Kniebeinkleidern und Schuhen, Stöcke mit goldenen Knöpfen in der Hand, und aus dem Tor der Stadt heraus kam eine Kutsche voller Damen mit gepudertem Haar und Schäferhüten gefahren. Unterhalb der Mauer wuchsen Bäume, mit dichtem, dunkelgrünem Laub, und durch das hohe, wogende Gras auf den Feldern rieselten kleine, schimmernde Bäche.

Unter dem Bilde stand mit großen, verschnörkelten Buchstaben: *Dieses ist Gottes heilige Stadt, Jerusalem!*

Das alte Gemälde hing so hoch oben unter der Decke, daß es nur selten jemand betrachtete. Die meisten, die auf dem Ingmarshof waren, wußten kaum, daß es da war.

Aber heute hing ein Kranz von grünen Preißelbeerzweigen um das Bild, so, daß es den Eintretenden gleich in die Augen fiel. Eva Gunnarstochter bemerkte es sofort, und sie dachte: »Ja, seht! Jetzt wissen sie hier auf dem Ingmarshof, daß wir umkommen müssen; darum wollen sie, daß wir das himmlische Jerusalem vor Augen haben sollen!«

Karin und Halvor kamen ihnen entgegen, so finster und schattenhaft wie alle die anderen. »Ja, nun wissen sie, daß das Ende nahe ist,« dachte sie.

Eva Gunnarstochter, die die Älteste war, erhielt ihren Platz ganz am obersten Tischende, und auf dem Tisch vor ihr lag ein geöffneter Brief mit amerikanischen Briefmarken.

»Ja, es ist wieder ein Brief von unserem lieben Bruder Hellgum gekommen,« sagte Halvor. »Darum habe ich unsere Brüder und Schwestern zusammengerufen.«

»Halvor meint also, daß es eine wichtige Botschaft ist,« sagte Kolaas Gunnar.

»Ja,« sagte Halvor, »wir erfahren jetzt, was Hellgum mit dem meinte, was er das letztemal von der großen Prüfung schrieb, die uns bevorstehe.« – »Ich denke mir, niemand wird sich vor dem fürchten, was wir um des Herrn willen leiden sollen,« sagte Kolaas Gunnar.

Mehrere von den Hellgumianern waren noch nicht gekommen, und daher wurde die Wartezeit ziemlich lange. Die alte Eva Gunnarstochter saß da und starrte mit ihren weitsichtigen Augen Hellgums Brief an. Sie dachte an den Brief mit den sieben Siegeln in der Offenbarung Johannes. Sie stellte sich vor, daß, wenn eine Menschenhand den Brief berührte, der Engel der Zerstörung vom Himmel herabfliegen würde.

Sie erhob den Blick zu dem Jerusalembilde: »Ja,« murmelte sie. »Ja, wahrlich werde ich in die Stadt kommen, die Tore von Gold hat und deren Mauern aus lauterem Glas sind.« Und sie begann vor sich hin zu murmeln: »Und die Grundmauern der Stadt waren geschmückt mit allerhand kostbaren Steinen. Der erste Grund war ein Jaspis, der andere ein Saphir, der dritte ein Chalzedonier, der vierte ein Smaragd, der fünfte ein Sardonich, der sechste ein Sardis, der siebente ein Chrysolith, der achte ein Beryll, der neunte ein Topasier, der zehnte ein Chrysopras, der elfte ein Hyazinth, der zwölfte ein Amethyst.« Die Alte war so tief in das liebe Buch der Offenbarung versunken, daß sie auffuhr, als habe sie geschlafen, als Halvor an den Tisch trat, wo der Brief lag. – »Jetzt wollen wir anfangen, ein Lied zu singen!« sagte Halvor. »Ich denke, wir singen Nr. 244.«

Und die Hellgumianer erhoben sich und sangen stehend:

»Jerusalem, du hohe,
Du schöne, goldne Stadt,
Du Heimat, die mein Herze,
Stets sehr erquicket hat!«

Eva Gunnarstochter seufzte erleichtert auf, als der schwere Augenblick hinausgeschoben wurde.

»Ach, ach, daß die alte Frau so bange sein muß zu sterben,« dachte sie ganz beschämt.

Als der Gesang beendet war, nahm Halvor den Brief und faltete ihn auseinander.

Im selben Augenblick kam der Geist über Eva Gunnarstochter, so daß sie sich erhob und ein langes Gebet zu sprechen begann, indem sie um Gnade flehte, daß alle die Botschaft, die der Brief ihnen verkünden würde, auf die rechte Weise aufzufassen vermöchten.

Halvor stand still, den Brief in der Hand, und wartete, bis sie fertig war.

Dann begann er in demselben Ton, als lese er eine Predigt, vorzulesen:

»Liebe Brüder und Schwestern, Gottes Friede zuvor!

Bisher hatte ich geglaubt, daß ich und Ihr, die Ihr meine Lehre angenommen habt, allein in der Welt dastündet mit diesen unserem Glauben. Aber Gott sei gelobt! Jetzt haben wir hier in Chicago Gleichgesinnte und Brüder gefunden, die nach denselben Vorschriften denken und leben.

Ihr müßt nämlich wissen, daß hier in der Stadt Chicago zu Anfang der achtziger Jahre ein Mann namens Edward Gordon wohnte. Er und seine Frau waren gottesfürchtige Menschen und trauerten über all die Not, die es auf Erden gab, und baten Gott um Gnade, beitragen zu dürfen, sie zu lindern.

Da geschah es, daß Edward Gordons Frau eine lange Reise über das Meer machen mußte, und sie litt Schiffbruch und ward in die Wellen hinausgeworfen. Aber als sie sich in der äußersten Not befand, siehe, da redete Gottes Stimme zu ihr. Gottes Stimme befahl ihr, daß sie die Menschen lehren sollte, in Frieden und Einigkeit zu leben und all den Streit nachzulassen.

Und die Frau wurde aus dem Meer und aus der Lebensgefahr errettet und kehrte wieder heim zu ihrem Mann und verkündete Gottes Botschaft. Da sagte er: Dies ist ein großes Gebot, das der Herr, unser Gott, uns gegeben hat, daß wir in Einigkeit leben sollen, und wir wollen es erfüllen. So groß ist dieses Gebot, daß es nur eine einzige Stätte auf dem Umkreis der Erde findet, die würdig ist, es zu empfangen. Laßt uns daher unsere Freunde versammeln und mit ihnen nach Jerusalem ziehen, und das heilige Gebot Gottes von dem Berge Zions verkünden.

Darauf zogen Edward Gordon und seine Frau zusammen mit dreißig andern, die Gottes rechtem, heiligem Gebot folgen wollten, nach Jerusalem.

Dort lebten sie alle einträchtiglich in demselben Haus zusammen. Sie teilten all ihr Hab und Gut miteinander, dienten einander und wachten einer über das Leben des andern.

Und sie nahmen die Kinder der Armen zu sich und pflegten die Kranken der Armen. Sie halfen den Altersschwachen und standen mit ihrer Hilfe allen denen bei, die dessen bedurften, ohne Lohn oder Gaben dafür zu fordern.

Aber sie predigten nicht in Kirchen oder auf den Märkten, denn sie sagten, unser Leben soll für uns reden.

Aber die Leute, die von dem Leben hörten, das sie führten, sagten von ihnen: Diese Menschen müssen Toren sein oder Wahnsinnige.

Und die, die am lautesten gegen sie schrien, waren die Christen, die nach Palästina gezogen waren, um Juden und Mohammedaner durch Predigt und Lehre zu bekehren. Sie sagten: Wer sind diese, daß sie nicht predigen wollen? Sicher sind sie hierher gekommen, um ein schlechtes Leben zu führen und der Fleischeslust und Sinnenlust unter den Heiden zu frönen.

Und sie erhoben ein Geschrei wider sie, das über das Meer bis in ihr Heimatsland schallte.

Aber unter denen, die nach Jerusalem gezogen waren, war auch eine, die eine Witwe war. Sie lebte dort mit zwei halberwachsenen Kindern, und sie war sehr reich. Sie hatte einen Bruder in der Heimat hinterlassen, und zu dem fingen die Leute an zu sagen: Wie kannst Du es zugeben, daß Deine Schwester und Deine Kinder unter diesen leben, die einen schlechten Lebenswandel führen? Sie sind nichts weiter als Tagediebe, die von ihrem Reichtum leben. Und der Bruder ließ seine Schwester vor das Gericht laden, um sie zu zwingen, wenigstens ihre Kinder in Amerika erziehen zu lassen.

Und um dieser Gerichtsverhandlung willen reisten die Witwe und ihre Kinder und Edward Gordon und seine Frau heim nach Chicago. Sie hatten aber damals schon vierzehn Jahre in Jerusalem gewohnt.

Als sie aus dem fernen Lande zurückkamen, ward in allen Blättern über sie geschrieben, und einige nannten sie wahnsinnig, und einige nannten sie Betrüger.«

Als Halvor dies alles vorgelesen hatte, machte er eine Pause und wiederholte dann die ganze Erzählung mit seinen eigenen Worten, damit alle sie verstehen konnten.

Und dann fuhr er fort: »Aber seht, nun gibt es in Chigaco ein Haus, das Ihr kennt, und dies Haus ist von Menschen bewohnt, die sich bemühen, Gott in Gerechtigkeit zu dienen, und die alles miteinander teilen, und die der eine über das Leben des andern wachen.

Wir, die wir in diesem Hause wohnen, lasen in einer Zeitung von diesen Wahnsinnigen, die aus Jerusalem heimgekehrt waren, und wir sahen einander an und sagten: Diese Menschen haben unseren Glauben. Sie haben sich zusammengeschlossen, um ein rechtschaffenes Leben zu führen. Wir wollen sie sehen, die unseren Glauben teilen. Und wir schrieben an sie, daß sie kommen und uns besuchen sollten. Und die, die von Jerusalem heimgekehrt waren, folgten den Rufen, und wir verglichen unseren Glauben mit dem ihren und sagten: Seht, wir denken und glauben dasselbe. Es ist Gottes Gnade, daß wir uns gefunden haben.

Sie erzählten uns von der Herrlichkeit der Stadt Gottes, der Stadt, die schimmernd auf ihrem weißen Berge liegt und wir priesen sie glücklich, daß sie auf den Wegen wandeln durften, die Jesu Fuß betreten hatte.

Da sagte einer von den unsrigen: Warum sollten wir nicht mit Euch nach Jerusalem zurückgehen?

Sie antworteten: Ihr sollt nicht mit uns dort hingehen, denn die heilige Stadt Gottes ist voller Streit und Uneinigkeit, voller Not und Krankheit, voller Verderben und Armut.

Und gleich rief ein anderer von den unsern: Vielleicht hat Euch Gott zu uns geführt, damit wir Euch dahin folgen und gegen dies alles kämpfen sollen.

Da hörten wir alle zusammen Gottes Stimme durch unsere Herzen brausen: Ja, ja, das ist mein Wille!

Wir fragten sie, ob sie uns nicht in ihre Gemeinde aufnehmen wollten, obwohl wir arm und ungelehrt wären. Und sie antworteten, daß sie das wollten.

Da beschlossen wir, daß wir Brüder und Schwestern werden und alles teilen wollten, und wir nahmen ihren Glauben an und sie den unsrigen, und die ganze Zeit war der Geist über uns, und es war eine große Freude. Und wir sagten: Jetzt sehen wir, daß Gott uns liebt, sintemal er uns nach demselben Lande sendet, wohin er einmal seinen Sohn gesandt hat. Wir wissen, daß unsere Lehre die wahre ist, sintemal es Gottes Wille ist, daß sie von seinem heiligen Berg Zion verkündet werden soll.

Aber da sagte einer von denen, die uns hörten: Und unsere Brüder daheim in Schweden? Und wir sagten zu den Jerusalemfahrern: Seht, wir sind noch mehr als Ihr hier seid. Wir haben Brüder und Schwestern daheim in Schweden wohnen. Und sie sind schwer geprüft worden, und haben großen Abfall erlitten, und sie führen einen harten Kampf um die Sache der Gerechtigkeit, weil sie unter Sündern leben müssen.

Da antworteten die Jerusalemfahrer: Lasset Eure Brüder und Schwestern in Schweden zu uns nach Jerusalem kommen und teil an der heiligen Arbeit nehmen.

Und wir waren zuerst erfreut über den Gedanken, daß Ihr uns nachfolgen und teilnehmen solltet an der Gemeinschaft und der Freude in Jerusalem. Aber gleich darauf erfüllte uns eine Betrübnis, und wir sagten: Unsere Brüder werden niemals ihre großen Höfe und guten Äcker und ihre gewohnte Arbeit verlassen.

Aber die Jerusalemfahrer antworteten: Wir haben ihnen keine Äcker und großen Höfe zu bieten, aber wir können ihnen die Wege zeigen, die von Jesu Füßen betreten sind, so daß auch sie sie betreten können.

Noch waren wir in Zweifel, und wir sagten: Sicher werden unsere Brüder und Schwestern nimmermehr in ein fremdes Land ziehen, wo niemand ihre Sprache versteht.

Die Jerusalemfahrer antworteten: Sie sollen lernen zu verstehen, was die Steine des heiligen Landes zu ihnen von unserem Erlöser reden.

Wir sagten: Niemals werden sie ihr Eigentum an Fremde verteilen und arm werden wie Bettler. Sie werden ihre Macht und ihr Ansehen nicht aufgeben, denn sie sind die vornehmsten Männer und Frauen in ihrer Heimatsgemeinde.

Die Jerusalemfahrer antworteten: Wir haben ihnen keine Macht und keine Güter zu bieten, aber wir können ihnen anbieten, die Leiden ihres Erlösers Jesu Christi zu teilen.

Als dies gesagt wurde, erfüllte uns wieder eine große Freude, und wir dachten, daß Ihr kommen würdet.

Aber nun sage ich Euch, lieben Brüder und Schwestern, redet nicht miteinander, wenn Ihr dieses gelesen habt, sondern seid still und lauscht! Und was Gottes Stimme Euch alsdann befiehlt, das tut!«

Halvor faltete den Brief zusammen und sagte: »Nun wollen wir tun, was Hellgum uns schreibt, und wir wollen still sein und lauschen.«

Es entstand ein langes Schweigen in der guten Stube auf dem Ingmarshof.

Die alte Eva Gunnarstochter saß stumm da wie die übrigen und wartete darauf, daß Gottes Stimme zu ihr reden solle. Sie verstand es nun alles auf ihre eigene Weise: »Ja, ja,« dachte sie, »es ist Hellgums Meinung, daß wir nach Jerusalem ziehen sollen, um dem großen Verderben zu entgehen. Der Herr will uns aus der Schwefelflut erretten und uns vor dem Feuerregen bewahren. Und die Gerechten unter uns werden Gottes Stimme hören, die ihnen erlaubt, zu entfliehen.« Auch nicht einen Augenblick dachte die alte Frau daran, daß es für jemand von ihnen ein Opfer sein könne, von Haus und Heimat wegzuziehen, wenn es sich um so etwas handelte. Es fiel ihr gar nicht ein, daß jemand mit sich selbst in Zweifel sein könne, ob er die grünen Wälder seiner Heimat, den lächelnden Elf und die fruchtbaren Felder vergessen solle. Mehrere von den anderen dachten mit Grauen daran, daß sie ihre Lebensweise verändern, das Heim ihrer Väter, Eltern, Verwandten und Freunde vergessen sollten – sie aber nicht. Dies bedeutete ja, daß Gott sie erretten wollte, so wie er in alten Zeiten Noah und Loth gerettet hatte. Sie wurden ja zu einem Leben von überirdischer Herrlichkeit in die heilige Stadt Gottes gerufen. Es war ihr, als habe Hellgum an sie geschrieben, daß sie noch bei lebendigem Leibe in den Himmel aufgenommen werden sollte

Alle saßen mit geschlossenen Augen da, ganz in sich selbst vertieft. Mehrere litten so stark in ihrem Innern, daß der kalte Schweiß auf ihre Stirn trat. »Ja, es ist sicherlich die Prüfung, die uns Hellgum prophezeit hat,« seufzten sie.

Die Sonne neigte sich zum Untergang und sandte grelle Strahlen in die Stube. Blutrot legte sich der Sonnenschein auf die vielen blassen Gesichter.

Endlich erhob sich Ljung Björns Frau, Märta Ingmarstochter, von der Bank und sank auf die Knie nieder. Und ihr folgte einer nach dem andern, bis sie alle knieten.

Auf einmal atmeten mehrere von ihnen tief auf, und ein Lächeln erhellte ihre Gesichter.

»Halvor,« sagte Karin Ingmarstochter mit bebendem Wundern in ihrer Stimme: »Ich höre Gottes Stimme, die mich ruft!«

Des Gemeindevorstehers Gunhild erhob die Hände in Verzückung, während die Tränen über ihr Gesicht herabströmten. »Auch ich will reisen,« sagte sie, »Gottes Stimme ruft mich.«

Darauf sagten Krister Larsson und seine Frau fast wie aus einem Munde: »Es ruft in mein Ohr hinein, daß ich hinziehen soll. Ich höre, daß mich Gottes Stimme ruft!«

Der Ruf ertönte dem einen und dem andern, und im selben Augenblick verließ sie alle Angst und Sorge. Es war eine große, große Freude, die über sie alle kam. Sie dachten nicht mehr an ihre Höfe oder ihre Anverwandten. Sie dachten nur daran, daß ihre Gemeinde von neuem aufblühen würde, sie dachten daran, welche Herrlichkeit es war, berufen zu sein, in Gottes eigener Stadt zu wohnen.

Der Ruf war den meisten erklungen, aber noch war er nicht zu Tims Halvorsson gedrungen, und er rang hart im Gebet, und er ward innerlich bekümmert und dachte: »Gott will mich nicht rufen, wie er die anderen gerufen hat. Ihr seht, daß ich meine Acker und Wiesen mehr liebe als sein Wort. Ich bin nicht würdig!«

Karin Ingmarstochter trat an Halvor heran und legte ihre Hand an seine Stirn. »Du mußt still sein, Halvor, und in der Stille auf Gottes Stimme lauschen.«

Halvor faltete seine harten Hände so krampfhaft, daß die Gelenke krachten. »Vielleicht hält mich Gott nicht für würdig, mitzuziehen,« sagte er. – »Ja, Halvor, natürlich sollst du mitziehen, aber du mußt still sein.«

Sie fiel neben ihm auf die Knie und legte ihren Arm um ihn. »Lausche nun in der Stille, Halvor, und ohne Furcht.«

Wenige Augenblicke darauf wich die Spannung aus seinen Zügen. »Ich höre – ich höre etwas in weiter Ferne,« sagte er zu seiner Frau. – »Sei jetzt ganz still, Halvor.« Sie schmiegte sich fester und fester an ihn, so wie sie es noch nie in Gegenwart Fremder getan hatte. – »Ach,« sagte er und schlug die Hände zusammen: »Jetzt habe ich es gehört. Es redete so laut zu mir, daß es mir vor den Ohren dröhnte: Du sollst in meine heilige Stadt Jerusalem ziehen! Habt ihr es alle auch so gehört?« – »Ja, ja,« rief sie, »so haben wir es alle gehört.«

Aber nun begann die alte Eva Gunnarstochter zu jammern. »Ich habe nichts gehört. Ich darf nicht mit euch ziehen. Ich bin Lots Weib, das auf der Flucht zurückgelassen wurde. Ich muß stehen bleiben, in eine Salzsäule verwandelt.«

Sie weinte in großer Angst und Bekümmernis, und die Hellgumianer scharten sich um sie, um zu beten. Aber sie hörte noch immer nichts, und ihr Kummer wurde immer größer. »Ich kann nichts, nichts hören,« sagte sie, »aber ihr müßt mich mitnehmen. Ihr *dürft* mich nicht zurücklassen, ihr dürft mich nicht im Schwefelregen umkommen lassen!«

»Du mußt warten, Eva,« sagten die Hellgumianer. »Der Ruf kann auch dir noch erklingen. Er wird sicherlich in dieser Nacht oder morgen zu dir kommen.«

»Ihr antwortet mir nicht,« sagte die Alte. »Ihr antwortet mir nicht auf das, wonach ich euch frage. Ihr wollt mich vielleicht nicht mitnehmen, falls der Ruf mir nicht ertönt?«

»Er wird ertönen, er wird ertönen!« riefen die Hellgumianer.

»Ihr antwortet mir nicht!« rief die Alte mit verzweifelter Stimme aus.

»Liebe Eva,« sagten die Hellgumianer, »wir können dich nicht mitnehmen, wenn Gott dich nicht ruft. Fürchte dich aber nicht. Der Ruf wird sicherlich auch dir ertönen.«

Da erhob sich die alte Frau hastig aus ihrer knienden Stellung, richtete den alten Rücken gerade und stieß ihren Stock hart auf den Fußboden.

»Ich sehe, daß ihr von mir fortziehen und mich zugrunde gehen lassen wollt,« sagte sie. »Ja, ja, ja! Ihr wollt von mir fortziehen und mich zugrunde gehen lassen!«

Sie war entsetzlich böse geworden, und man sah Eva Gunnarstochter noch einmal so, wie sie in ihrer Jugend gewesen war, stark, heftig und feurig.

»Nie wieder will ich etwas von euch wissen,« rief sie. »Ich will nicht von euch erlöst werden. Wehe über euch! Ihr wollt Frau und Kinder und Vater und Mutter verlassen, um euch selbst zu retten. Pfui! Ihr seid verrückt, daß ihr eure guten Höfe verlaßt. Ihr seid verführt und verirrt und lauft falschen Propheten nach. Auf euch soll Feuer und Schwefel herabregnen, ihr sollt zugrunde gehen! Wir aber, die wir daheim bleiben, wir werden leben!«

Der große Baumstamm

An diesem selben Februartage aber, in später Dämmerungsstunde, stehen zwei junge Menschen draußen am Wege und sprechen miteinander.

Der junge Mann ist vom Walde herabgefahren, mit einem großen Baumstamm, der so groß ist, daß das Pferd ihn nur mit Mühe ziehen kann. Trotzdem hat es einen langen Umweg machen müssen, damit der Baumstamm durch das Kirchdorf und an dem großen weißgestrichenen Schulhaus vorüberfahren kann.

Vor dem Schulhaus macht das Pferd Halt, und ein junges Mädchen kommt sogleich aus dem Hause, um den großen Baumstamm in Augenschein zu nehmen. Und sie wird nicht müde, ihn zu bewundern. Wie ist er lang und dick, und wie ist er gerade, und was für eine hübsche hellbraune Rinde hat er und was für schönes, festes und fehlerloses Holz!

Der junge Mann erzählt mit großem Ernst, daß er auf einer Sandebene ein gutes Stück nordwärts von der Olafsmütze gewachsen ist; er erzählt, wann er ihn gefällt hat und wie lange er schon trocken im Walde gelegen hat. Er prägt ihr genau ein, wieviele Zoll und wieviele Diameter er im Umfang mißt.

Das junge Mädchen hat Tausende und Abertausende Baumstämme den Elf hinabflößen oder die Landstraße entlangschleppen sehen; aber dieser eine Baumstamm erscheint ihr merkwürdiger als sie alle zusammen.

»Ach, Ingmar,« sagt sie, »das ist aber doch nur der erste!«

Sie denkt mit Sorgen daran, daß es fünf Jahre der Mühe und Arbeit gekostet hat, bis Ingmar so weit gekommen ist, daß er den ersten Baumstamm zu dem Holz schaffen kann, das verwendet werden soll, um ein Heim zu bauen. Wie lange wird es währen, das Haus selbst zu erbauen?

Aber Ingmar meint, daß jetzt alle Schwierigkeiten überwunden sind.

»Warte nur ein wenig, Gertrud,« sagt er. »Wenn ich nur erst das Bauholz herunterfahren kann, solange die Wege es noch erlauben, dann soll das Haus bald dastehen.«

Es fängt an, bitter kalt zu werden, da die Nacht hereinbricht. Das Pferd steht da und friert, es schüttelt den Kopf und scharrt mit dem Fuß; die Mähne und die Stirnlocke sind weiß von Reif.

Aber die beiden Jungen, die frieren wahrlich nicht. Sie stehen dort am Wege und bauen ihr Haus fertig vom Keller bis zum Boden.

Und als das Haus gebaut ist, fangen sie an, es einzurichten.

»An die lange Wand stellen wir das Sofa,« sagt Ingmar.

»Ja, aber wir haben doch kein Sofa,« sagt Gertrud.

Da beißt sich Ingmar auf die Lippen. Es war seine Absicht gewesen, ihr fürs erste noch nicht zu erzählen, daß er ein Sofa bestellt hat und daß es schon bei dem Tischler in Arbeit gegeben ist, aber jetzt hat er das Geheimnis verraten.

Da muß ihm Gertrud berichten, daß sie ihm in diesen fünf Jahren etwas verborgen hat. Sie erzählt, daß sie Haararbeiten gemacht und Bänder gewebt und sie verkauft hat, und für das Geld hat sie allerlei Hausgerät angeschafft, Kochtöpfe und Pfannen, Teller und Schüsseln, Bettücher, Federbetten und Decken.

Ingmar ist entzückt über all diese Herrlichkeit. Aber mitten in dem Aufzählen alles dieses Reichtums bricht er ab; er hat Gertrud angesehen und ist wie immer stumm vor Staunen darüber, daß ein so wunderbar schönes Mädchen wie Gertrud ihm gehören soll.

»Woran denkst du, Ingmar?« fragt Gertrud.

»Ich denke daran, daß das beste von allem doch ist, daß ich dich bekomme.«

Gertrud sagt kein Wort, sondern legt die Hand liebkosend auf den großen Baumstamm, der jetzt in die Wand des Hauses eingebaut werden soll, das ihr und Ingmars Heim sein wird.

Sie weiß, daß ihrer dort Sicherheit und Glück harrt, denn der Mann, den sie heiratet, ist gut und klug, edelmütig und treu.

In diesem Augenblick sehen sie eine alte Frau in der zunehmenden Dunkelheit vorübergehen. Sie geht schnell und spricht laut mit sich selbst, als sei sie in starker Erregung.

»Ja, ja, ja,« sagt die alte Frau, »ihr Glück wird nicht länger währen als vom Tagesgrauen bis zum Sonnenaufgang. Wenn die Prüfung kommt, wird ihr Glaube zerreißen wie ein Strick, der aus Moos geflochten ist, und ihr Leben wird eine lange Finsternis sein.«

»Sie meint uns doch nicht?« sagte das junge Mädchen.

»Nein, wie sollte uns das wohl gelten,« sagt der junge Mann.

Auf dem Ingmarshofe

Der nächste Tag war ein Sonnabend. Da war der Pfarrer ausgewesen und fuhr spät am Abend in starkem Schneetreiben heim. Er kam von einem Kranken hoch oben im Norden, draußen im Hochwalde, und kämpfte sich mühselig heimwärts. Das Pferd versank tief in den Schneewehen, der Schlitten war einmal über das andere in Gefahr, umgeworfen zu werden, der Pfarrer wie auch der Knecht mußten absteigen, um den Weg aufzustampfen. Es war nicht sehr dunkel, der Mond kam aus den Schneewolken herausgeglitten, groß und rund, und der Mondschein erleuchtete die Wolken so weit, daß sie hellgrau wurden. Wenn der Pfarrer hinaufsah, konnte er die Schneeflocken wirbeln und fliegen und die ganze Luft mit kleinen, weißen Punkten erfüllt sehen.

Nicht überall war es gleich schwierig für die des Weges Kommenden, vorwärts zu gelangen. Da waren einzelne Wegesstrecken, wo nichts von dem treibenden Schnee liegengeblieben war. Da ging es leicht auf dem eisglatten Wege. An anderen Stellen lag der Schnee hoch, aber lose und eben; auch da machte es keine Schwierigkeiten. Das schwerste war dort weiterzukommen, wo der Wind den Schnee zu Schanzen zusammengeweht hatte, die so hoch waren, daß man nicht über sie hinsehen konnte. Da mußten sie vom Wege abweichen und versuchen, einen Weg über Felder und Zäune zu finden, wobei sie Gefahr liefen, in einen Graben zu stürzen oder das Pferd an einem Zaunpfahl aufzuspießen.

Der Pfarrer wie auch der Knecht sprachen mit größter Sorge über die Schneeschanze, die sich jedesmal, wenn ein Schneesturm tobte, regelmäßig an einem hohen, alten Bretterzaun, ganz in der Nähe des Ingmarshofes, auftürmte.

»Wenn wir da nur erst glücklich hindurch sind, dann sind wir so gut wie zu Hause,« sagten sie.

Der Pfarrer dachte daran, wie oft er den großen Ingmar gebeten hatte, den hohen Bretterzaun niederzureißen, an dem sich der Schnee gerade hier an dieser Stelle so anhäufte. Aber es war nie etwas daraus geworden. Und so war es auch noch am heutigen Tage. Was sich auch auf dem Ingmarshof verändert haben mochte, eins war sicher, der Bretterzaun war stehen geblieben, wo er stand.

Bald konnten sie den Hof sehen, und sie fanden die Schneewehe an dem gewöhnlichen Fleck, hoch wie eine Mauer und hart wie ein Stein. Hier war keine Möglichkeit auszuweichen. Sie mußten geradeswegs über das Ungeheuer hinüber. Das sah so unmöglich aus, daß der Knecht den Vorschlag machte, er wollte auf den Ingmarshof gehen und um Hilfe bitten.

Aber das wollte der Pfarrer nicht erlauben. Er hatte seit über fünf Jahren kein Wort mit Karin und Halvor gewechselt. Er freute sich nicht mehr wie andere Leute bei dem Gedanken, alte Bekannte wiederzutreffen, mit denen man verfeindet worden ist.

So mußte denn das Pferd auf die Schneeschanze hinauf.

Die trug, bis das Pferd oben auf dem Gipfel angekommen war. Da versank es plötzlich. Es verschwand, als sei es in einen Graben hinabgesunken, und der Pfarrer und sein Knecht blieben sitzen und starrten ihm nach.

Im selben Augenblick, als das Pferd in die Schneewehe hinabsank, riß einer der Stränge und sie konnten nicht weiterfahren.

Wenige Augenblicke später öffnete der Pfarrer die Tür zu der guten Stube auf dem Ingmarshofe.

Dort brannte ein großes Holzfeuer auf dem Herd; an der einen Seite des Herdes saß die Hausfrau und spann feine gekardete Wolle, hinter ihr saßen Mägde und Frauen in einer langen Reihe und spannen Flachs und Werg. Die andere Seite des Herdes war die der Männer. Sie waren eben vom Holzfahren gekommen; einige ruhten aus, andere hatten irgendeine Arbeit vorgenommen, die leicht wie ein Spiel war. Sie spalteten Holz, schärften Rechen und schnitzten Axtschäfte.

Als der Pfarrer eintrat und von dem Unglück erzählte, das ihm widerfahren war, gerieten sie alle in Bewegung. Die Knechte gingen hinaus, um das Pferd aus der Schneeschanze herauszugraben. Halvor führte den Pfarrer an den Tisch und bat ihn, auf der langen Bank Platz zu nehmen. Karin schickte die Mägde in die Küche hinaus, um Kaffee zu kochen und ein Gastmahl für den Abend zu bereiten. Sie selbst hängte den Pelz des Pfarrers zum Trocknen am Feuer auf, zündete die Hängelampe an und rückte den Spinnrocken an den Tisch, um an dem Gespräch der Männer teilnehmen zu können. »Besser hätte ich nicht empfangen werden können, wenn der große Ingmar noch gelebt hätte.« dachte der Pfarrer.

Halvor begann eine bedächtige Unterhaltung über die Wege und ging zu der Frage über, ob der Pfarrer sein Korn gut bezahlt bekommen habe, und ob die Ausbesserung gemacht sei, die er schon so lange gewünscht hatte. Karin fragte nach der Propstin, ob nicht eine Besserung in ihrem Zustand eingetreten sei.

Der Knecht des Pfarrers kam jetzt herein und sagte, das Pferd sei herausgegraben, das Geschirr sei in Ordnung und alles sei zum Weiterfahren bereit. Aber Karin und Halvor baten und überredeten den Pfarrer, doch zu Abend dazubleiben. Sie ließen nicht nach, bis er es versprach.

Der Kaffee kam herein, auf dem Teebrett prangte die größte silberne Kanne, die Zuckerdose war die alte silberne Schale, die kaum zu Hochzeiten und Begräbnissen zum Vorschein kam. Und da waren drei Teller voll Feinbrot.

Die kleinen runden Augen des Pfarrers wurden ganz groß vor Verwunderung. Einmal über das andere strich er sich mit der Hand über die Stirn, er saß da wie im Traum und fürchtete zu erwachen.

Halvor zeigte dem Pfarrer das Fell eines Elentieres, das im vergangenen Herbst in seinem Walde erlegt worden war. Das Fell wurde über den Fußboden ausgebreitet. Der Pfarrer hatte niemals ein größeres und schöneres Fell gesehen. Karin trat an Halvor heran und flüsterte ihm etwas ins Ohr. Gleich darauf bat Halvor den Pfarrer, das Fell als Geschenk anzunehmen.

Karin ging ab und zu und nahm schweres, altes Silberzeug aus den blaugestrichenen Schränken. Auf dem Tisch breitete sie ein Tischtuch mit breitem Hohlsaum aus und nahm so viele silberne Löffel heraus, als decke sie zu einem Festmahl auf. Milch und Bier goß sie in mächtige silberne Kannen.

Als sie gegessen hatten, wollte der Pfarrer aufbrechen. Halvor Halvorsson selbst und zwei von seinen Knechten begleiteten ihn, schaufelten einen Weg durch die Schneeschanzen, stützten den Schlitten, wenn er umwerfen wollte und verließen ihn nicht, bis er ganz zu Hause angelangt war.

Der Pfarrer stand wohlbehalten auf der Treppe des Propsthauses und er dachte daran, wie gut es doch sei, alte Freunde wiederzufinden, und nahm einen warmen Abschied von Halvor. Halvor blieb stehen, er suchte nach etwas in seiner Tasche. Endlich brachte er ein zusammengefaltetes Stück Papier heraus. Ob er dem Pfarrer dies gleich geben dürfe? Es sei eine Bekanntmachung, die morgen nach der Predigt verlesen werden sollte. Vielleicht wollte der Pfarrer sie jetzt annehmen, dann brauche er morgen keinen besonderen Boten nach der Kirche zu schicken.

Als der Pfarrer in seine Stube kam und Licht angezündet hatte, öffnete er das Papier und las:

»Wegen Wegzuges des Besitzers nach Jerusalem wird der Ingmarshof zum Verkauf angeboten – – –«

Der Pfarrer kam nicht weiter. Er versank in Staunen und tiefe Gedanken. »So ist es denn jetzt über uns gekommen, worauf ich seit vielen Jahren gewartet habe.«

Hök Matts Eriksson

Es ist ein schöner Tag im Frühling. Ein Bauer und sein Sohn sind auf dem Wege nach dem großen Sägewerk, das unten am südlichen Ende des Kirchsprengels liegt.

Sie wohnen weit oben nach Norden zu und müssen also durch den ganzen Kirchsprengel hindurch. Sie gehen an allen den frischgepflügten Feldern vorüber, wo die Saat eben anfangt zu keimen. Sie sehen alle die saftig grünen Roggenfelder, all die schönen Wiesen, wo der Klee bald Duft und Farbe verbreiten wird.

Sie kommen auch vorüber an einer Menge von Häusern, wo man anstreicht und neue Fenster einsetzt oder große Veranden baut. Sie gehen vorüber an Gärten, wo man gräbt und pflanzt. Alle Leute, denen sie begegnen, haben lehmige Schuhe und erdige Hände, denn sie sind draußen auf dem Felde oder im Kohlgarten gewesen und haben Kartoffeln gelegt und Kohl gepflanzt oder Rüben und gelbe Wurzeln gesät.

Der Bauer kann es nicht lassen, stillzustehen und zu fragen, was für eine Sorte Kartoffeln sie legen, oder wie lange es her ist, seit sie Hafer gesät haben. Sobald er ein Kalb oder ein Füllen sieht, fängt er an zu überlegen, wie alt es wohl sein mag. Er rechnet aus, wie viele Kühe sie wohl auf diesem Hof halten können und denkt darüber nach, wieviel das Füllen wert sein mag, wenn es erst eingefahren ist.

Der Sohn versucht einmal über das andere seine Gedanken von diesem allen abzuwenden. – »Ich denke daran, daß du und ich jetzt bald durch Sarons Täler und die Wüste Judäa wandern werden,« sagt er.

Der Vater lächelt, und sein Antlitz klärt sich einen Augenblick auf. »Es wird schön werden, in den Fußtapfen des lieben Herrn Jesu zu wandeln,« sagt er.

Aber schon im nächsten Augenblick legen ein paar Fuder ungelöschten Kalkes, die ihm entgegengefahren kommen, Beschlag auf seine Gedanken.

»Wer mag das wohl sein, Gabriel, der da Kalk fährt? Die Leute sagen, daß Kalk eine mächtige Fruchtbarkeit gibt. Da müssen wir im Herbst einmal aufpassen.«

»Im Herbst, Vater?« sagt der Sohn vorwurfsvoll.

»Ja, ich weiß es recht gut,« erwidert der Bauer. »Im Herbst werde ich schon in Jakobs Hütten wohnen und im Weingarten des Herrn arbeiten.« – »Ja,« erwidert der Sohn, »so ist es, Amen! Amen!«

Dann wandern sie wieder eine Weile schweigend weiter und sehen den sprossenden

Frühling an. Das Wasser rieselt in dem Graben, und der Weg selbst ist vom Frühlingsregen aufgeweicht. Wohin man sieht, ist Arbeit, die getan werden muß. Alle Menschen bekommen Lust, zuzugreifen, selbst wenn sie über Felder gehen, die ihnen gar nicht gehören.

»Nun ja,« sagt der Bauer nachdenklich. »Ich kann es ja nicht leugnen, daß ich meinen Hof lieber zur Herbstzeit verkauft hätte, wenn die Arbeit beendet ist; es ist hart, im Frühling davongehen zu müssen, gerade wo man mit allen Kräften zugreifen sollte.«

Der Sohn zuckt nur die Schultern, er sieht ein, daß er den Alten schwatzen lassen muß.

»Es sind jetzt einunddreißig Jahre her, seit ich als ganz junger Bursche ein Stück Ödeland ganz oben im Norden des Kirchsprengels kaufte. Da war noch niemals ein Spatenstich getan. Die Hälfte des Grundstücks war Moorgrund und die andere Hälfte steiniger Boden, es sah entsetzlich aus. Auf dem Felde habe ich Steine gebrochen, bis ich glaubte, daß mein Rücken mitten durchbrechen müßte. Und doch glaube ich, die Arbeit mit dem Moorgrund war noch schwerer, bis ich das Moor drainiert und ausgetrocknet hatte.«

»Freilich habt Ihr gearbeitet,« sagte der Sohn. »Darum denkt jetzt auch Gott an Euch und ruft Euch in sein heiliges Land.«

»In der ersten Zeit,« sagte der Bauer, »wohnte ich in einem Hause, das nicht viel besser war als eine Köhlerhütte; es war aus Planken gebaut, von denen die Rinde nicht abgezogen war, und das Dach war nichts weiter als gestampfte Erde. Ich konnte das Dach niemals dicht bekommen, es regnete hinein. Das war hart genug, namentlich des Nachts. Und die Kuh und das Pferd hatten es nicht besser als ich. Den ganzen ersten Winter standen sie in einer Erdhöhle, wo es dunkel war wie in einem Keller.«

»Vater,« sagt der Sohn, »wie könnt ihr so an einem Ort hängen, wo Ihr so viel Böses habt erleben müssen?«

»Aber bedenke doch auch, welch eine Freude es war,« sagt der Vater, »als ich den Tieren einen Stall bauen konnte, und als der Viehbestand von einem Jahr zum anderen so zunahm, daß ich immer daran denken mußte, mehr Platz zu schaffen. Falls ich das Gut jetzt nicht verkaufen müßte, würde ich ein neues Dach auf die Scheune gesetzt haben. Ich würde dafür gesorgt haben, daß es morgen um diese Zeit geschehen würde, sobald ich mit der Aussaat fertig gewesen wäre.«

»Vater,« sagt der Sohn, »Ihr werdet auch in dem neuen Lande säen können, und etwas von dem Samen wird unter Dornen fallen und etwas auf steinigen Boden und etwas auf den Weg und etwas auf das gute Land.«

»Und das alte Haus,« sagt der Vater, »das ich nach der ersten Hütte baute, das wollte ich gerade niederreißen, um mir ein großes Wohnhaus zu bauen. Was soll ich nun mit all dem Holz, das ich im Winter angefahren habe? Es war doch eine schwere Arbeit, es herunterzuschaffen. Die Pferde haben sich hart abgemüht und wir auch.«

Der Sohn fing an, ängstlich zu werden. Es war ihm, als entgleite ihm der Vater. Er fürchtete, daß der Alte nicht mehr in dem rechten Sinn hingeht, um Gott sein Hab und Gut zu opfern.

»Ja,« sagt der Sohn, »aber was haben jetzt Häuser und Ställe zu sagen im Vergleich damit, ein reines Leben unter Gleichgesinnten zu führen.«

»Halleluja,« sagt der Vater, »ich weiß, daß uns ein schönes Los beschieden ist. Und jetzt bin ich auf dem Wege nach dem Sägewerk herunter, um das Werk einer Aktiengesellschaft zu verkaufen. Wenn ich auf diesem Weg wieder zurückkomme, ist alles vorüber, dann besitze ich nichts mehr.«

Der Sohn antwortete nichts; er beruhigte sich dabei, den Vater dies sagen zu hören.

Nach einer Weile kamen sie an einem Gehöft vorüber, das schön auf einem Hügel daliegt. Es hat ein weißangestrichenes Wohnhaus mit einem Altan und einer Veranda, und rings um das Haus herum stehen hohe Balsampappeln, deren schöne weißgraue Stämme von Saft strotzen.

»Sieh',« sagt der Bauer, »gerade so wollte ich es haben. Gerade so eine Veranda mit Altan darüber und mit vielen Schnitzereien. Und genau so einen grünen Platz davor mit seinem trockenen Gras. Wäre das nicht schön gewesen, Gabriel?«

Der Sohn antwortet nicht, und der Bauer begreift, daß er es satt hat, von dem Hof sprechen zu hören. Jetzt schweigt auch er, aber seine Gedanken sind unaufhörlich daheim. Er denkt daran, wie es seinen Pferden unter dem neuen Eigentümer gehen wird, wie es mit dem ganzen Hof gehen wird. »Ach,« denkt er, »es ist gewiß dumm von mir, an eine Aktiengesellschaft zu verkaufen. Die tun nichts weiter, als den Wald abschlagen und den Hof verfallen lassen. Sie lassen das Moor wieder Moor werden und lassen den Birkenwald über die Äcker hinüberwachsen.«

Jetzt sind sie beim Sägewerk, und da erwacht sein Interesse von neuem. Er sieht Pflüge und Eggen von ganz neuer Konstruktion, und ihm fällt gleich ein, wie er sich danach gesehnt hat, eine Mähmaschine anschaffen zu können. Er sieht Gabriel an, der ein hübscher junger Mann ist, und träumt ihn sich auf einer seinen rotangestrichenen Mähmaschine sitzend, mit der Peitsche über den Pferden dahinknallend und im hohen Korn gehend, wie ein starker Held, der seine Feinde niedermäht.

Als er in das Kontor des Sägewerks kommt, meint er das Rasseln der Mähmaschine vor seinen Ohren hören zu können. Er hört das Korn fallen und ein feines Piepsen und Zwitschern von aufgescheuchten Vögeln und Insekten.

Im Kontor liegt der Kaufkontrakt fertig. Alle Unterhandlungen sind beendet, der Preis ist festgesetzt, er braucht nur noch den Kontrakt zu unterschreiben.

Sie legten ihn ihm vor. Er hört, wie so und so viel Tonnen Wald, so und so viel Tonnen Land, Acker und Wiesen, so und so viel Inventar, ein so und so großer Viehbestand, das er alles abliefern muß, aufgezählt wird. Sein Gesicht wird hart. »Nein,« sagt er zu sich selbst, »nein, das wird nicht geschehen!«

Als der Kontrakt vorgelesen ist, will er gerade sagen, daß er es nicht kann. Da beugt sich der Sohn zu ihm hinüber und flüstert: »Vater, es gilt mich oder den Hof; was Ihr auch tut – ich reise.«

Der Bauer war mit seinen Gedanken an den Hof so in Anspruch genommen gewesen, daß es ihm gar nicht in den Sinn gekommen war, daß der Sohn ohne ihn reisen könne. So, der Sohn würde also auf alle Fälle reisen. Er kann das nicht recht verstehen; er würde nicht gereist sein, wenn der Sohn daheim geblieben wäre.

Aber das war ja klar, daß er mit dem Sohn gehen mußte.

Er tritt an das Pult heran, wo der Kontrakt zur Unterschrift hingelegt ist. Der Inspektor gibt ihm selbst die Feder in die Hand und zeigt auf das Papier. »Seht, hier,« sagt er, »schreibt hierher: Hök Matts Eriksson.«

Er reicht ihm die Feder, und im selben Augenblick steht es ganz deutlich vor ihm, daß er vor einunddreißig Jahren einen Kontrakt unterschrieben hat, wodurch er ein Stück Ödeland erhandelte.

Er entsinnt sich, wie er, nachdem er geschrieben hat, hingegangen ist und sich sein Eigentum angesehen hat. Da hat er bei sich selbst gedacht: »Siehe, was dir Gott gegeben hat. Hier hast du Arbeit für ein ganzes Leben.«

Der Inspektor glaubt, daß er sich besinnt, weil er nicht weiß, wo er seinen Namen hinsetzen soll und zeigt von neuem: »Hier soll der Name stehen, schreibt nun: Hök Matts Eriksson.«

Er fängt an zu schreiben: »Dies,« denkt er, »schreibe ich um meines Glaubens und um meiner Seligkeit willen, um meiner lieben Freunde, der Hellgumianer, um unseres teuren Zusammenlebens willen, damit ich nicht allein zurückgelassen werde, wenn sie alle fortziehen.« Und er schreibt den ersten Namen.

»Dies,« denkt er weiter, »schreibe ich um meines Sohnes Gabriel willen, um nicht einen so guten und lieben Sohn zu verlieren, um all der Zeiten willen, wo er gut gegen seinen alten Vater gewesen ist, um ihm zu zeigen, daß er doch das allerliebste ist, was ich besitze.« Und so wurde der zweite Name geschrieben.

»Dies aber,« denkt er, als er wieder anfängt, die Feder anzusetzen, um den dritten Namen zu schreiben, »warum schreibe ich dies?« Und im selben Augenblick bewegt sich seine Hand wie von selber und macht zwei dicke Striche, die kreuz und quer über das verhaßte Papier gehen.

»Ja, dies tue ich, weil ich ein alter Mann bin, der die Erde bebauen und pflügen muß auf demselben Fleck, wo ich mein ganzes Leben gearbeitet und mich abgemüht habe.«

Hök Matts Eriksson sieht sehr verlegen aus, als er sich zu dem Inspektor umwendet und ihm das Papier zeigt.

»Der Herr Inspektor muß entschuldigen, es *war* ja meine Absicht, mich von meinem Eigentum zu trennen, aber ich konnte es nicht.«

Die Auktion.

Im Mai wurde auf dem Ingmarshofe Auktion abgehalten. Nein, welch herrliches Wetter an dem Tage war. So richtig Sommer und warm. Alle Männer hatten die langen, weißen Pelze abgelegt und gingen in kurzen Jacken, und die Frauen trugen schon die großen, weißen, weiten Ärmel, die zu ihrer Sommertracht gehörten.

Die Frau des Schulmeisters machte sich fertig, um zu der Auktion zu gehen. Gertrud wollte nicht mit, und Storm war von seiner Schule in Anspruch genommen. Als Mutter Stina fertig war, öffnete sie die Tür zu der Schulstube ein klein wenig und nickte ihrem Mann zum Abschied zu.

Er saß da und sprach mit den Kindern von dem Untergang der Stadt Ninive, und in dieser Veranlassung setzte er ein so wütendes Gesicht auf, daß die armen Kinder vor Angst bebten.

Auf dem Wege nach dem Ingmarshof blieb Mutter Stina jedesmal stehen, wenn sie einen blühenden Weißdorn oder einen Hügel sah, der mit weißen duftenden Maiglöckchen bedeckt war. »Kann man wohl etwas Schöneres sehen, selbst wenn man bis nach Jerusalem reist!« sagte sie.

Es war Mutter Stina gerade so ergangen wie den meisten anderen, sie hatte ihr Kirchspiel unendlich viel lieber gewonnen als früher, seit die Hellgumianer es Sodom nannten und es verlassen wollten.

Sie pflückte ein paar von den kleinen Blumen, die am Wegesrande wuchsen und betrachtete sie fast mit Zärtlichkeit. »Wenn wir so schlecht wären, wie sie sagen,« dachte sie, »dann wäre es ja eine leichte Sache für Gott, uns zu vernichten. Er brauchte ja nur die Kälte anzuhalten und die Erde mit Schnee bedeckt sein zu lassen. Aber wenn der liebe Gott den Frühling und die Blumen wieder zu uns zurückkehren läßt, dann wird er doch wohl wenigstens meinen, daß wir es verdienen zu leben.«

Als Mutter Stina den Ingmarshof erreichte, blieb sie stehen und sah bekümmert aus. »Ich glaube, ich kehre wieder um. Ich kann es nicht aushalten, dies alte Heim auseinandergerissen zu sehen.«

Aber in Wirklichkeit war sie zu neugierig, zu erfahren, wie es wohl mit dem Hofe ergehen werde, um wieder umzukehren.

Sobald es bekannt geworden war, daß der Hof verkauft werden sollte, hatte Ingmar den Versuch gemacht, ihn zu kaufen. Aber er besaß nicht mehr als sechstausend Kronen, und von der großen Aktiengesellschaft, der das Bergsaanaer Sägewerk gehörte, waren Halvor fünfundzwanzigtausend geboten.

Es war Ingmar gelungen, soviel Geld zu leihen, daß er eine ebenso große Summe bieten konnte. Aber da hatte die Aktiengesellschaft ihr Gebot auf dreißigtausend erhöht, und sich mit so großen Schulden zu belasten wagte Ingmar nicht.

Das traurige bei der Sache war nicht nur, daß der Hof auf diese Weise der Familie für alle Zeiten verloren ging – denn die große Aktiengesellschaft verkaufte nie etwas, was sie einmal in die Finger bekommen hatte – sondern es kam noch das hinzu, daß die Aktiengesellschaft sicherlich Ingmar nicht die Sägemühle im Langfoß verkaufen würde, und in diesem Falle hatte er gar nichts zu leben.

Er konnte nicht daran denken, im Herbst mit Gertrud Hochzeit zu machen, wie er es gehofft hatte; er würde vielleicht sogar gezwungen werden, fortzureisen, um Arbeit zu suchen.

Mutter Stina war nicht milde gestimmt gegen Karin und Halvor, wenn sie an dies alles dachte. »Ich will nur hoffen,« sagte sie zu sich selbst, »daß Karin Ingmarstochter nicht zu mir kommt und mich anredet, denn dann kann ich es nicht lassen, ihr zu sagen, wie schlecht sie gegen Ingmar handelt. Ich kann es nicht lassen, ihr zu sagen, daß es doch im Grunde ihre Schuld ist, daß Ingmar der Hof nicht gehört.«

»Die Leute sagen ja, daß sie so furchtbar viel Geld zu der Reise brauchen, aber ich kann es doch nicht verstehen, daß Karin es über ihr Herz bringen kann, den Hof an eine Aktiengesellschaft zu verkaufen, die nur den Wald abholzt und die ganze Landwirtschaft verfallen läßt.«

Da war noch einer außer der Aktiengesellschaft, der den Hof kaufen wollte, das war der reiche Gemeinderatsvorsteher Sven Person, und das hoffte Mutter Stina; denn Sven Person war ein edeldenkender Mann und würde sich sicher nicht weigern, Ingmar das Sägewerk zu verpachten. »Sven Person vergißt nicht, daß er hier als armer Hirtenjunge auf dem Hof herumgegangen ist,« dachte sie, »und daß der große Ingmar der erste gewesen ist, der sich seiner angenommen und ihm vorwärtsgeholfen hat.«

Mutter Stina ging nicht in das Haus, sondern blieb draußen auf dem Hofplatz, wie die meisten anderen, die zur Auktion gekommen waren. Sie setzte sich auf einige Bretter, die dalagen und sah sich um, wie man es zu tun pflegt, wenn man weiß, daß man einen lieben Ort zum letztenmal sieht.

Auf drei Seiten war der Hofplatz von Gebäuden umrahmt, und in der Mitte stand ein großes Vorratshaus auf Pfählen. Nichts von alledem sah so richtig alt aus, mit Ausnahme eines großen Beischlages mit geschnitzten Leisten rings um das Dach herum, vor dem Eingang zum

Wohnhause, und eines anderen noch älteren, mit schweren gewundenen Säulen vor der Tür des Brauhauses.

Mutter Stina dachte an alle die alten Ingmarssöhne, deren Fußtritte diesen Hof ausgetreten hatten. Es war ihr, als könne sie sie alle zur Abendzeit von der Arbeit heimkommen und ins Haus treten sehen, große, ein wenig gebeugte Gestalten, immer besorgt, aufdringlich zu sein oder bessere Plätze einzunehmen, als ihnen zukämen.

Sie dachte an all den Fleiß und die Redlichkeit, die hier auf dem Hof ihren Wohnsitz gehabt hatten, und sie begriff nicht, wie es im Kirchsprengel gehen sollte, wenn dies alles verloren ging. »Das sollte nicht geschehen,« sagte sie, »der König hätte das erfahren sollen.«

Mutter Stina empfand das bitterer, als ob dies ihrem eigenen Heim gegolten hätte.

Die Auktion hatte noch nicht begonnen, aber es waren schon eine Menge Menschen gekommen. Einige gingen in die Scheunen und Ställe, um das Vieh zu besehen, andere blieben draußen auf den Hofplätzen stehen und sahen alle die Arbeitswagen und Pflüge und Spaten und Äxte an, die dort zusammen aufgestapelt waren.

Und jedesmal, wenn Mutter Stina ein paar Bauersfrauen aus dem Kuhstall herauskommen sah, dachte sie: »Nein, seht doch Mutter Inga oder Mutter Gusta, nun sind sie da drinnen gewesen und haben sich jede eine Kuh ausgesucht. Es mag ja sein, daß sie dann später damit prahlen wollen, daß sie Kühe von der alten Rasse auf dem Ingmarshof bekommen haben.«

Sie lächelte ein wenig höhnisch, als sie den Hügelhaus-Nils dastehen und an den Pflügen drehen und wenden sah.

»Der Hügelhaus-Nils wird sich wohl wie ein Großbauer vorkommen, wenn er mit so einem Pflug pflügen kann, den der große Ingmar selbst gebraucht hat,« murmelte sie vor sich hin.

Allmählich sammelten sich immer mehr Leute um die Gerätschaften an. Sie standen da und wunderten sich über einige von den Sachen, die so alt waren, daß niemand wußte, wozu sie gebraucht waren. Da waren auch Zuschauer, die unehrerbietig genug waren, über die alten Schlitten zu lachen. Einige von diesen waren uralt. Sie waren prachtvoll mit Rot und Grün bemalt, und das Geschirr, das dazu gehörte, war mit bunten, wollenen Quasten besetzt, und das Mundgeschirr war mit weißen Schnecken verziert.

Abermals war es Mutter Stina, als könne sie die alten Ingmarssöhne besonnen in diesen Schlitten daherfahren sehen. Sie fuhren zu Festmählern oder sie kamen mit einer Braut im Schlitten nach Hause. »Es sind viele gute Leute, die jetzt aus dem Kirchspiel wegziehen,« dachte sie. Denn Mutter Stina hatte ein Gefühl, als ob alle diese Alten bis auf den heutigen Tag, wo ihre Gerätschaften und ihre Fuhrwerke in alle Winde zerstreut wurden, auf dem Hof gewohnt hatten.

»Ich möchte wohl wissen, wo Ingmar sich aufhält, und wie ihm zumute ist,« dachte sie. »Wenn es mir schon so schwer wird, dies mit anzusehen, was muß es da nicht für ihn sein!«

Das Wetter war so ungewöhnlich schön, daß der Auktionator vorschlug, alles, was verkauft werden sollte, auf den Hofplatz hinauszuschaffen, damit man drinnen in der Stube mit dem Gedränge verschont bleibe. Mägde und Knechte schleppten jetzt Kisten und Truhen herbei, die mit Tulpen und Rosen bemalt waren; einige von diesen hatten hunderte von Jahren und länger in ungestörtem Frieden auf der Rumpelkammer gestanden. Sie kamen mit silbernen Kannen und altmodischen Kupferkesseln, mit Spinnrocken und Wollkämmen und allen möglichen sonderbaren Gerätschaften.

Um alles dies scharten sich die Bauersfrauen, hoben es auf und drehten es hin und her.

Mutter Stina hatte nicht die Absicht gehabt, irgend etwas zu kaufen, aber nun fiel ihr ein, daß hier ein Webstuhl sein sollte, auf dem man das allerfeinste Drell weben konnte, und sie ging hin, um ihn sich anzusehen. Aber gerade als Mutter Stina nähertrat, kam ein Mädchen mit ein paar mächtigen Bibeln angeschleppt, Sie waren so schwer mit ihrem ledernen Einband und ihrem Messingbeschlag, daß sie sie kaum auf einmal tragen konnte.

Mutter Stina war so bestürzt, daß es ihr war, als habe sie einen Schlag gerade ins Gesicht erhalten. Sie kehrte an ihren Platz zurück. Sie konnte wohl begreifen, daß da jetzt niemand mehr war, der aus all den Bibeln mit ihrer veralteten Sprache las, aber es war doch wunderbar, daß Karin die verkaufen wollte.

»Es war vielleicht gerade die Bibel, in der die Hausfrau gelesen hatte, als sie kamen und ihr erzählten, daß ihr Mann von einem Bären getötet war,« dachte sie.

Mutter Stina erinnerte sich an alles, was sie von den alten Ingmarssöhnen gehört hatte. Es war ihr, als habe jeder Gegenstand, den sie sah, ihr etwas zu erzählen.

Die alte silberne Spange, die dort auf dem Tisch lag, war von einem der Ingmarssöhne den Kobolden oben im Klackberge geraubt worden.

In der alten Stuhlkarre da hinten war Ingmar Ingmarsson, der in ihrer Kindheit gelebt hatte, immer gefahren, wenn er zur Kirche wollte. Und jedesmal, wenn er auf dem Kirchwege an ihr und ihrer Mutter vorüberfuhr, hatte die Mutter zu ihr gesagt: »Mach' einen Knix, Stina, denn da kommt Ingmar Ingmarsson!«

Sie hatte sich damals darüber gewundert, daß die Mutter es niemals vergaß, einen Knix vor Ingmar Ingmarsson zu machen. Sie hatte es nicht so genau genommen, wenn es sich um den Amtmann oder den Hardes-Vogt handelte.

Schließlich hatte sie herausgefunden, daß dies geschah, weil damals, als ihre Mutter noch ein kleines Mädchen war und mit ihrer Mutter auf der Landstraße ging, diese die Hand auf ihren Kopf gelegt und gesagt hatte: »Mach' einen Knix, denn da kommt Ingmar Ingmarsson!«

»Gott mag wissen,« seufzte Mutter Stina, »daß ich nicht nur darum trauere, weil ich erwartet hatte, daß Gertrud einmal über dies alles herrschen würde, was jetzt in alle Winde zerstreut werden soll. Mir ist, als sei es jetzt auch mit dem ganzen Kirchspiel aus.«

Im selben Augenblick kam der Pfarrer gefahren. Er sah sehr ernsthaft aus. Er ging sofort in das Wohnhaus, und Mutter Stina dachte bei sich, daß er wohl gekommen sei, um Ingmar das Wort bei Karin und Halvor zu reden.

Nach einer Weile kamen der Verwalter des Bergsaanaer Sägewerks als Vertreter der Aktiengesellschaft und der Gemeinderatsvorsteher Birger Sven Person. Der Verwalter ging gleich ins Haus hinein, aber Sven Person ging erst ein wenig umher und sah sich die Sachen auf dem Hofe an. Als er an einem kleinen alten Mann mit einem langen Bart vorüberkam, der auf denselben Brettern saß, auf denen Mutter Stina Platz genommen hatte, blieb er stehen.

»Der starke Ingmar weiß wohl nicht, ob Ingmar Ingmarsson sich entschlossen hat, das Bauholz zu kaufen, das ich ihm angeboten habe?« sagte der Gemeinderatsvorsteher.

»Er sagt nein,« antwortete der Alte, »aber ich möchte fast glauben, daß er seinen Sinn geändert hat.«

Gleichzeitig blinzelte der alte Mann ihm zu und zeigte auf Mutter Stina hin, als wolle er Sven Person warnen, sie etwas hören zu lassen.

»Ich meine sonst, er könnte mit einem solchen Anerbieten sehr zufrieden sein,« sagte Even Person. »Ich habe nicht jeden Tag solche Ware anzubieten. Ich tue es nur um des großen Ingmars willen.«

»Ja, ein gutes Angebot ist es, das ist wahr und gewiß,« sagte der Alte, »aber er sagt, daß er schon auf etwas anderes geboten hat.«

»Er hat wohl nicht recht überlegt, was er sich da entgehen läßt,« sagte Sven Person und ging langsam weiter.

Noch hatte Mutter Stina niemand von der Familie auf dem Hofe gesehen, aber gerade jetzt erblickte sie Ingmar. Er stand ganz regungslos gegen eine Mauer gelehnt und mit fast geschlossenen Augen.

Mehrere gingen hin, um ihn zu begrüßen; aber als sie näherkamen, besannen sie sich und kehrten wieder auf ihren Platz zurück.

Ingmar war leichenblaß, und alle, die ihn sahen, begriffen, daß er mit einem so großen Schmerz kämpfte, daß sie sich nicht erkühnten, ihn anzureden.

Ingmar stand so still, daß ihm viele gar nicht bemerkt hatten. Aber keiner von denen, die ihn gewahrt hatten, konnte seither an etwas anderes denken. Es ward nichts aus der Lustigkeit, die sonst immer im Gefolge von Auktionen zu sein pflegt. Wie konnte man, solange Ingmar dort an die Wand des alten Heims gelehnt stand, das er jetzt bald verlassen sollte, das Herz haben, zu lachen oder Witze zu machen.

Dann kam endlich der Zeitpunkt, wo die Auktion beginnen sollte. Der Auktionator stieg auf einen Stuhl und rief einen alten Pflug aus. Ingmar blieb unbeweglich stehen, als sei er eine Steinsäule und kein Mensch.

»Großer Gott, er könnte doch auch weggehen!« dachten die Leute. »Er braucht doch nicht dazustehen und sich all dies Elend mit anzusehen. Aber die Ingmars machen es nie so wie andere Menschen.«

Dann fiel der erste Hammerschlag, und Mutter Stina sah Ingmar zusammenzucken, als habe er ihn getroffen. Dann stand er wieder unbeweglich da, aber bei jedem Hammerschlag lief ein Zittern durch seinen Körper.

Zwei Bauersfrauen kamen in diesem Augenblick an Mutter Stina vorüber, sie sprachen von Ingmar.

»Wenn man denkt, daß er bloß um eine reiche Bauerntochter hätte freien können, dann hätte er ja Geld genug gehabt, um den Hof zu kaufen; aber er will ja Schulmeisters Gertrud heiraten,« sagte die eine.

»Da soll ja ein reicher Mann sein, der ihm den Ingmarshof als Mitgift versprochen hat, wenn er sich mit seiner Tochter verheiraten wollte,« sagte die andere. »Sie machen sich ja nichts daraus, daß er arm ist, weil er zu einer so guten Familie gehört.«

»Ja, es hilft in allen Dingen, der Sohn des großen Ingmar zu sein.«

»Es wäre ja etwas Herrliches gewesen, wenn Gertrud ein klein wenig zuzuschießen gehabt hätte,« dachte Mutter Stina.

Die Ackerbaugerätschaften waren allmählich verkauft, und der Auktionator ging nach einer anderen Seite des Hofes hinüber. Er fing jetzt an, die selbstgewebten Sachen zu verkaufen, Handtücher und Bettumhänge, und hielt sie hoch in die Höhe, so daß die gestickten Tulpen und die bunten Borten über den ganzen Hof leuchteten.

Ingmar mußte das Zeug haben flattern sehen, denn er schlug die widerstrebenden Augen auf. Eine Sekunde sah Mutter Stina die matten, blutunterlaufenen Augen, die über das Grauen der Zerstörung hinwegsahen, dann schlossen sie sich wieder.

»Ich habe nie etwas Schrecklicheres gesehen,« sagte ein junges Bauernmädchen. »Ich glaube, er stirbt bald. Wenn er hier doch nicht stehen und sich selbst so quälen wollte.«

Mutter Stina richtete sich halbwegs auf, um laut zu rufen, daß dies nicht so weitergehen könne, jetzt mußten sie aufhalten; aber sie setzte sich wieder. »Ich muß mich immer wieder daran erinnern, daß ich nichts bin und nichts kann,« murmelte sie. ,

Jetzt wurde es auf einmal so still, daß Mutter Stina aufsehen mußte. Da entdeckte sie, daß die Stille dadurch entstanden war, daß Karin Ingmarstochter aus dem Wohnhaus herausgetreten war. Nun sah man so recht, wie die Leute über Karin und ihre Handlungsweise dachten, denn als sie über den Hof ging, wichen alle zur Seite, nicht einer streckte die Hand aus, um sie zu begrüßen, sondern sie standen alle stumm da und sahen ihr unwillig nach.

Karin sah müde und angegriffen aus; sie ging noch gebeugter als sonst.

Ein paar rote Flecke brannten auf ihren Wangen, und sie sah ebenso verhärmt aus wie damals, als sie ihren Kampf mit Elias kämpfte.

Karins Vorhaben war, Mutter Stina in die Stube hineinzubitten. »Ich habe eben erst erfahren, daß Mutter Stina hier ist,« sagte sie.

Mutter Stina machte einige Einwendungen, aber Karin überwand sie alle, indem sie sagte: »Wir möchten so gerne, daß alles alte Leid vergessen sein sollte, jetzt, wo wir bald fortreisen wollen.«

Während sie über den Hofplatz gingen, machte Mutter Stina einen schüchternen Versuch und sagte:

»Das muß ein schwerer Tag sein, Karin.«

Karin seufzte, antwortete aber nicht. »Ich begreife nicht, wie Ihr es übers Herz bringen könnt, Karin, alle diese alten Sachen zu verkaufen.«

»Das, was man am meisten liebt, muß man zuallererst dem Herrn opfern,« sagte Karin.

»Die Leute finden ja, daß es wunderlich aussieht,« begann Mutter Stina; Karin aber unterbrach sie: »Der liebe Gott würde es auch gewiß sonderbar finden, wenn wir etwas von dem, was ihm gegeben ist, auf die Seite bringen wollten.«

Mutter Stina biß sich auf die Lippen und konnte sich nicht entschließen, mehr zu sagen. Es wurde nichts aus all den Vorwürfen, die sie Karin zu machen beabsichtigt hatte. Es lag eine solche Würde über Karin, daß niemand den Mut hatte, ihr mit Vorwürfen zu kommen.

Gerade, als sie im Begriff waren, die breite Treppe vor dem Beischlag hinaufzugehen, legte Mutter Stina ihren Arm um Karins Schulter. »Habt Ihr gesehen, Karin, wer da steht?« sagte sie und zeigte auf Ingmar.

Es war, als wenn Karin zusammensinke. Sie vermied es, dahin zu sehen, wo Ingmar stand.

»Gott der Herr muß einen Ausweg finden,« murmelte sie, »Gott der Herr muß einen Ausweg finden.«

In der guten Stube waren in Veranlassung der Auktion keine großen Veränderungen vorgenommen, denn die Bänke und Betten drinnen waren an den Wänden befestigt und konnten nicht fortgenommen werden. Aber die kupfernen Gefäße schimmerten nicht mehr an den Wänden, die Bettstellen gähnten leer ohne Betten und Umhänge, und die blaugestrichenen Schranktüren, die in alten Zeiten oft halbgeöffnet waren, um die Fremden die großen, schweren, silbernen Kannen und Becher sehen zu lassen, die auf den Brettern standen, waren jetzt geschlossen, als Zeichen, daß dort nichts mehr verwahrt wurde, was des Sehens wert war.

Das einzige, was noch die Wände schmückte, war das Jerusalembild, das heute abermals mit einem frischen grünen Kranz umwunden war.

Die gute Stube war voll von Gästen, von Verwandten und Glaubensgenossen von Karin und Halvor. Einer nach dem anderen wurde mit vielen Komplimenten vorgeführt, und man bot ihm einen Platz an dem großen gedeckten Tisch an.

Die Tür zu der Kammer war geschlossen. Da drinnen gingen die Unterhandlungen wegen des Hofverkaufes selbst vor sich. Es wurde laut und eifrig gesprochen, namentlich von dem Pfarrer.

Aber in der guten Stube waren die Leute sehr schweigsam, und sprach jemand, so geschah es leise und flüsternd. Aller Gedanken waren drinnen in der Kammer, wo das Schicksal des Hofes entschieden werden sollte.

Mutter Stina wandte sich an Gabriel Mattsson und fragte ihn: »Es steht wohl nicht so, daß Ingmar auf dem Hof bleiben kann?«

»Nein, sein Gebot ist jetzt weit überschritten,« antwortete Gabriel. »Der Gastwirt aus Karmsund soll zweiunddreißigtausend geboten haben und die Aktiengesellschaft soll bis fündunddreißigtausend hinaufgegangen sein. Nun versucht der Pfarrer, sie zu überreden, den Hof lieber dem Gastwirt als der Aktiengesellschaft zu verkaufen.

»Aber Birger Sven Person?« fragte Mutter Stina.

»Der soll heute noch gar kein Gebot gemacht haben.«

Man hörte den Pfarrer mit lauter und eindringlicher Stimme reden. Die Worte konnte man nicht verstehen, aber solange er sprach, wußte man ja, daß noch nichts entschieden war.

Dann trat einen Augenblick Stille ein, und gleich darauf hörte man den Gastwirt sprechen, nicht gerade laut, aber doch mit einem solchen Nachdruck, daß es unmöglich war, nicht jedes Wort zu verstehen: »Ich biete sechsunddreißigtausend, nicht weil ich glaube, daß der Hof soviel wert ist, sondern weil ich nicht will, daß er an eine Aktiengesellschaft verkauft werden soll.«

Gleich darauf klang es, als wenn jemand mit der Faust auf den Tisch schlüge, und man hörte den Verwalter der Aktiengesellschaft mit donnernder Stimme rufen:

»Ich biete vierzigtausend, und ich glaube nicht, daß Karin und Halvor auf eine besseres Gebot hoffen können.«

Mutter Stina erhob sich ganz bleich. Sie ging wieder auf den Hofplatz hinaus. Da draußen war es schwer und traurig, aber sie konnte es nicht aushalten, in der dumpfen Stube zu sitzen und dies mit anzuhören.

Draußen waren die gewebten Sachen verkauft, und der Auktionator wechselte wieder den Platz.

Er fing jetzt an, das alte Silberzeug aufzurufen, die großen silbernen Kannen, die mit alten Goldmünzen besetzt waren, und die Becher mit den Inschriften aus dem siebzehnten Jahrhundert.

Als der Auktionator die erste silberne Kanne aufrief, trat Ingmar ein paar Schritte vor, als wolle er ihn am Verkaufen hindern. Aber er hielt sogleich inne und kehrte an seinen früheren Platz zurück.

Ein paar Minuten darauf trat ein alter Bauer, die silberne Kanne in der Hand, an Ingmar heran. Er setzte sie bescheiden zu Ingmars Füßen nieder und sagte: »Die sollst du haben als Erinnerung an das, was alles dein hätte sein sollen!«

Wieder lief ein Zittern durch Ingmars ganzen Körper. Seine Lippen bebten, und er bemühte sich, etwas zu sagen. »Ja, du brauchst jetzt nichts zu sagen, das hat Zeit bis ein andermal,« sagte der Bauer. Er trat ein paar Schritte zurück, dann kehrte er aber plötzlich wieder um. »Ich höre, man sagt, es stände in deiner Macht, den Hof zu übernehmen, wenn du nur wolltest. Das würde der größte Dienst sein, den du unserem Kirchsprengel erweisen könntest.«

Auf dem Ingmarshof waren verschiedene alte Menschen, die dort ihr Lebenlang gedient hatten und jetzt auf ihre alten Tage noch dort wohnten. Sie waren in noch größerer Sorge als alle anderen, denn sie fürchteten, daß, wenn der Hof einen neuen Besitzer bekäme, sie aus ihrem alten Heim verjagt und gezwungen werden würden, den Bettelstab zu ergreifen. Wie es auch gehen mochte, dessen waren sie gewiß, daß sie es nie wieder so bekommen würden, wie bei ihrem alten Herrn und seiner Frau.

Diese armen Alten schwankten den ganzen Tag auf dem Hof umher, gebrechlich und hilflos. Und es war ein Jammer, den bekümmerten und ängstlichen Ausdruck in ihren halbblinden, triefenden Augen zu sehen.

Schließlich fiel es einem fast hundertjährigen alten Mann ein, an Ingmar heranzugehen und sich neben ihn an die Erde zu setzen. Es war, als sei das der einzige Platz, wo er Ruhe finden könne; denn hier blieb er still sitzen und stützte seine alten, zitternden Hände auf den Krummstock.

Sobald die alte Lisa und die Brauermarta sahen, wohin Korp Bengt geflüchtet war, kamen auch sie angeschwankt und setzten sich neben Ingmar. Sie sagten nichts, aber sie hatten wohl eine unklare Vorstellung davon, daß er, der jetzt Ingmar Ingmarsson war, imstande sein könne, sie zu beschützen. Von dem Augenblick an, wo die Alten gekommen waren, hielt Ingmar seine Augen nicht mehr geschlossen, sondern er stand da und sah auf sie herab. Es war, als zähle er alle die Jahre und die Sorgen, die über ihre Häupter hinweggegangen waren, während sie seiner Familie gedient hatten, und er fand wohl, daß es seine erste Pflicht war, dafür zu sorgen, daß sie in ihrem alten Neste sterben durften.

Er ließ den Blick über den Hof dahinschweifen, bis er auf den starken Ingmar fiel. Da nickte er ihm bedeutsam zu.

Ohne ein Wort zu sagen, ging der starke Ingmar nach dem Wohnhause hinüber, und ging durch die gute Stube in die Kammer hinein. Dort blieb er an der Tür stehen und wartete auf einen passenden Augenblick, um sein Anliegen vorzubringen.

Als der starke Ingmar hereinkam, stand der Pfarrer mitten in der Stube und sprach mit Karin und Halvor, die unbeweglich und steif wie Steinsäulen dasaßen. Der Verwalter von dem

Sägewerk saß am Tische, er sah sehr selbstbewußt aus, er wußte ja auch, daß es in seiner Macht lag, alle anderen zu überbieten. Der Gastwirt aus Karmsund stand am Fenster; er war in starker Erregung, der Schweiß perlte ihm von der Stirn und seine Hände zitterten. Birger Sven Person saß auf einem Sofa, an dem entferntesten Ende der Stube; sein großes gebieterisches Gesicht verriet keine Spur von Erregung. Er hatte die Hände über dem Magen gefaltet und schien an nichts weiter zu denken, als wie er seine Daumen so schnell wie möglich umeinanderdrehen könne.

Jetzt hörte der Pfarrer auf zu sprechen. Halvor sah nach Karin hinüber, wie um sie um Rat zu fragen, aber sie saß unbeweglich da und sah vor sich nieder.

»Karin und ich sind ja gezwungen, daran zu denken, daß wir in ein fremdes Land ziehen wollen,« sagte Halvor, »und daß wir wie auch die Brüder von dem Geld leben müssen, das wir für das Gut bekommen. Wir haben erfahren, daß allein die Reise nach Jerusalem fünfzehntausend Kronen kostet, und dann müssen wir uns ja ein Haus mieten und für Speisen und Kleider sorgen. Ich glaube nicht, daß wir in der Lage sind, etwas wegzugeben.«

»Ist es nicht ungereimt, von Karin und Halvor zu verlangen, daß sie den Hof für nichts verkaufen sollen, nur damit er nicht an eine Aktiengesellschaft übergehen soll?« sagte der Verwalter. »Ich finde, Sie sollten mein Gebot jetzt gleich annehmen, schon allein, um von all dieser Belästigung befreit zu sein.«

»Ja,« sagte Karin, »es wird wohl am besten sein, wenn wir uns an das höchste Gebot halten.«

Aber der Pfarrer war nicht so leicht aus dem Felde zu schlagen. Sobald es sich um eine weltliche Sache handelte, wußte er sehr wohl, wie er seine Worte suchen sollte. Jetzt war er ein ganz anderer als auf der Kanzel.

»Karin und Halvor haben doch wohl so viel für den alten Hof über, daß sie ihn lieber an jemand verkaufen, der ihn ordentlich instand hält, selbst wenn sie ein paar tausend Kronen weniger daran verdienen,« sagte er.

Und dann begann er – mit besonderer Rücksicht darauf, daß Karin dasaß und es mit anhörte – von einem Hof nach dem anderen zu erzählen, die ganz in Verfall geraten waren, nachdem sie Aktiengesellschaften in die Hände geraten waren.

Karin sah ein paarmal auf, während er sprach, und der Pfarrer merkte, daß es ihm jetzt endlich gelungen war, Eindruck auf sie zu machen. »Es ist doch wohl noch viel von der alten Hofbäuerin in ihr,« dachte er, als er von dem verhungerten Vieh und den unbewohnten verfallenen Gebäuden sprach.

Endlich schloß er mit den Worten: »Ich weiß recht gut, daß, wenn die Aktiengesellschaft es sich in den Kopf gesetzt hat, den Ingmarshof zu kaufen, so kann sie fortfahren, die Bauern zu überbieten, bis keiner mehr mitkommen kann. Aber wenn es Karin und Halvor am Herzen liegt, daß dieser alte Hof nicht ein verkommener Aktienbesitz wird, so müssen sie jetzt einen bestimmten Preis festsetzen, damit die Bauern wissen können, wonach sie sich zu richten haben.«

Als der Pfarrer diesen Vorschlag machte, sah Halvor unruhig zu Karin hinüber. Sie schlug langsam die Augen auf und antwortete:

»Ich glaube, wir beide, Halvor und ich, möchten den Hof am liebsten an unseresgleichen verkaufen, so daß wir sicher sein können, daß alles so bleibt, wie es gewesen ist.«

»Ja, wenn da ein anderer als die Aktiengesellschaft wäre, der uns vierzigtausend Kronen für den Hof gäbe, dann würden Karin und ich uns ja damit begnügen,« sagte Halvor, der jetzt verstand, was seine Frau beabsichtigte.

Im selben Augenblick, als dies gesagt war, ging der starke Ingmar mit langen Schritten durch die Stube und flüsterte Birger Sven Person ein paar Worte zu.

Der Gemeinderatsvorsteher erhob sich augenblicklich und trat an Halvor heran. »Wenn ihr mit vierzigtausend Kronen zufrieden sein wollt, dann biete ich diese Summe,« sagte er.

Da ging ein Zucken über Halvors Gesicht. Es war, als schlucke er etwas herunter, ehe er antwortete: »Wir danken dem Herrn Gemeinderatsvorsteher,« sagte er und schlug in seine Hand ein. »Ich freue mich, den Hof in so gute Hände zu geben.«

Sven Person wechselte auch mit Karin einen Händedruck, sie war sehr bewegt und trocknete ihre Tränen aus den Augen.

»Karin kann überzeugt sein, daß alles beim Alten bleiben wird,« sagte er.

Karin fragte, ob er selbst auf den Hof ziehen wolle.

»Nein,« sagte er, und seine Worte rollten mit feierlichem Nachdruck dahin: »Ich verheirate meine jüngste Tochter zum Sommer, und der Hof soll ihr und ihrem Mann übertragen werden.«

Darauf wandte sich der Gemeinderatsvorsteher zu dem Pfarrer um und dankte ihm. »Der Herr Pfarrer hat seinen Willen bekommen,« sagte er. »Das hätte ich mir nicht gedacht, als ich hier als armer Hirtenjunge herumlief, daß ich die Macht bekommen würde, dies durchzusetzen, und daß wieder ein Ingmar Ingmarsson auf den Ingmarshof kommen soll.«

Der Pfarrer und die anderen Männer standen da und starrten ihn an, ohne gleich zu begreifen, was er meinte; aber Karin verließ schnell das Zimmer.

Als sie durch die gute Stube ging, richtete sie sich auf, band das Kopftuch frisch um, so daß es die richtigen Falten hatte, und glättete ihre Schürze.

Darauf ging Karin mit großer Würde und Feierlichkeit über den Hof. Sie hielt sich sehr aufrecht, die Augen waren gesenkt, und sie ging so langsam, daß man kaum sehen konnte, daß sie sich bewegte.

So trat sie auf Ingmar zu und reichte ihm die Hand.

»Jetzt muß ich dir Glück wünschen, Ingmar,« sagte sie, und ihre Stimme bebte vor Freude. »Wir haben einander hart gegenübergestanden in dieser Sache; aber wenn Gott mir nicht die Freude gönnen will, daß du dich uns anschließt, so danke ich ihm, daß du von nun an hier auf dem Hof herrschen wirst.«

Ingmar antwortete nicht, seine Hand lag schlaff in Karins. Als sie sie fallen ließ, stand er noch ebenso betrübt da, wie den ganzen Tag hindurch.

Alle Manner, die bei der Entscheidung zugegen gewesen waren, kamen auf Ingmar zu und beglückwünschten ihn. »Glück auf, Ingmar Ingmarsson auf dem Ingmarshof!« sagten sie.

Da huschte ein Schimmer der Freude über Ingmars Antlitz. Er murmelte leise vor sich hin: »Ingmar Ingmarsson auf dem Ingmarshof« und sah aus wie ein Kind, das ein Geschenk erhalten hat, das es sich schon lange wünschte. Aber im selben Augenblick trat ein Ausdruck in sein Gesicht, als ob er mit unendlichem Widerwillen und Ekel das gewonnene Glück von sich weisen wolle.

In einem Nu hatte sich die Neuigkeit über den Hof verbreitet. Die Leute fragten und erzählten laut und eifrig. Einige freuten sich so sehr, daß ihnen die Tränen in die Augen traten.

Niemand kümmerte sich mehr um die Rufe des Auktionators, sondern alle drängten sich vor, um Ingmar zu beglückwünschen, seine Leute, wie Bauern, Fremde und Unbekannte.

Als Ingmar von allen diesen frohen Menschen umgeben dastand, erhob er den Blick, und der fiel auf Mutter Stina, die eine kleine Strecke von ihm entfernt stand und ihn betrachtete. Sie war sehr blaß und sah alt und ärmlich aus. Als Ingmars Blick dem ihren begegnete, wandte sie sich um und trat den Heimweg an.

Ingmar riß sich von den anderen los und eilte ihr nach. Er beugte sich zu ihr nieder und sagte mit heiserer Stimme, während jeder Zug in seinem Gesicht vor Schmerz bebte: »Geht heim zu Gertrud, Mutter Stina, und sagt ihr, ich habe sie verlassen und mich verkauft, um den Hof zu bekommen. Bittet sie, nie mehr an einen so armseligen Menschen wie mich zu denken.«

Gertrud.

Es war etwas Wunderliches über Gertrud gekommen, das sie nicht zu bewältigen und zu beherrschen vermochte, etwas, das wuchs und nahe daran war, ihr alle Macht zu rauben.

Es hatte in dem Augenblick begonnen, als sie erfuhr, daß Ingmar sie aufgegeben hatte. Es war dies eine große Angst, Ingmar zu sehen, ihm plötzlich auf der Landstraße oder in der Kirche zu begegnen. Warum sie dies eigentlich so schrecklich fand, wußte sie selber nicht;

aber sie fühlte, daß sie es nicht ertragen konnte, Ingmar zu begegnen.

Gertrud hatte sich am allerliebsten Tag und Nacht eingeschlossen, um sicher zu sein, ihm nicht zu begegnen. Aber das war unmöglich für ein armes Mädchen wie sie. Sie mußte hinausgehen und im Garten arbeiten, sie war mehrmals am Tage gezwungen, den langen Weg nach der Kuhkoppel zu gehen, um die Kühe zu melken, und sie wurde nach dem Kaufmann geschickt, um Zucker und Mehl zu holen oder was sonst im Haushalt gebraucht werden sollte.

Wenn Gertrud auf den Weg hinauskam, zog sie das Kopftuch tief ins Gesicht hinein, erhob niemals die Augen vom Boden und eilte von dannen, als wenn sie von Gespenstern verfolgt würde. Wenn es nur anging, mied sie die Landstraße und schlich auf allen möglichen kleinen Pfaden dahin, die an Gräbenrändern oder Ackerrainen entlangliefen, wo sie dachte, daß sie Ingmar unmöglich begegnen könne.

Aber bange war sie immer. Es gab ja keinen Ort, wohin er nicht kommen konnte. Ruderte sie auf dem Fluß hinauf, so konnte er ja da sein, um seine Baumstämme hinunterzuflößen, und schlich sie tief in den Wald hinein, konnte er ihr ja mit der Axt über der Schulter auf einem Wege zur Arbeit begegnen.

Wenn sie draußen im Garten lag und Unkraut jätete, erhob sie jeden Augenblick den Kopf, damit sie, falls er des Weges gegangen kam, ihn rechtzeitig erblicken und davonlaufen konnte.

Sie dachte mit Bitterkeit daran, daß er bei ihr im Hause nur zu gut bekannt war. Ihr Hund würde nicht bellen, wenn er kam, und ihre Tauben, die auf dem Kiesweg trippelten, würden nicht mit flatterndem Flügelschlag auffliegen, wenn er sich näherte. Gertruds Angst verlor sich nicht, im Gegenteil, sie nahm mit jedem Tag, der verging, zu. All ihr Kummer hatte sich in Schrecken verwandelt, und ihre Kraft, zu widerstehen, wurde geringer und geringer.

Bald wird der Tag kommen, wo ich mich nicht mehr vor die Tür hinauswage,« dachte sie. »Ich werde ganz wunderlich und menschenscheu, wenn ich nicht gar den Verstand verliere.«

»Ach Gott, mein Gott, nimm diese Angst von mir!« flehte Gertrud. »Ich kann es Vater und Mutter ansehen, daß sie schon glauben, ich verliere den Verstand. Ach, Herr mein Gott, hilf mir!«

Aber während Gertruds Angst ihren Höhepunkt erreicht hatte, geschah es eines Nachts, daß sie einen merkwürdigen Traum hatte.

Es war ihr, als gehe sie in einer Mittagsstunde mit dem Melkeimer am Arm hinaus, um zu melken. Die Kühe werdeten auf einem umfriedigten Felde, das weit entfernt lag, ganz in der Nähe des Waldes, und sie ging dahin auf schmalen Pfaden, die an Grabenrändern und Ackerrainen entlangliefen. Es war ihr, als werde ihr das Gehen schwer. Sie fühlte sich so müde und matt, daß sie kaum die Beine zu bewegen vermochte. »Was fehlt dir nur einmal?« fragte sie sich im Traum. Und sie antwortete sich selbst: »Du bist müde, weil du diesen schweren Kummer mit dir herumschleppst.«

Endlich meinte sie, daß sie den Melkplatz erreicht hatte. Aber als sie auf das Feld kam, konnte sie nichts von den Kühen entdecken. Sie erschrak und ging umher und suchte in dem Gestrüpp und am Bach und unter den Birken nach ihnen.

Während sie ging und suchte, entdeckte sie, daß an der Seite, die nach dem Walde zulag, die Hecke durchbrochen war. Sie wurde schrecklich unglücklich und stand da und rang die Hände. »Und ich, die ich so müde bin,« sagte sie, »soll ich nun noch in den großen Wald laufen und nach den Kühen suchen!«

Sie ging indessen in den Wald hinein und bahnte sich langsam einen Weg zwischen widerspenstigen Tannen und stacheligen Wacholderbüschen.

Aber gleich darauf befand sie sich auf einem ebenen und bequemen Wege im Walde, ohne daß sie wußte, wie sie dahin gelangt war. Der Pfad war ein wenig glatt von den braunen Tannennadeln, die ihn bedeckten, und die Tannen standen gerade und himmelhoch zu beiden Seiten des Weges, und die Sonnenstrahlen spielten unter dem weißgelben Moos unter den Bäumen. Es war so schön und lieblich, daß ihre Angst nachließ. Wie sie so dahinging, sah sie eine alte, krumme, gebeugte Frau zwischen den Zweigen gehen. Es war die alte Finnen-Marit, die hexen konnte. »Es ist doch gräßlich, daß die alte scheußliche Frau noch lebt und daß ich ihr hier im Walde begegnen muß,« dachte Gertrud. Sie schlich geräuschlos im Schatten vorüber, damit die Alte sie nicht erblicken sollte.

Aber die Finnen-Marit sah auf, gerade als sie an ihr vorüberhuschen wollte.

»Heda, du!« rief die Alte ihr nach, »wart' nur, dann will ich dir was zeigen.« Im selben Augenblick kniete die Finnen-Marit vor ihr auf dem Wege nieder. Sie ritzte mit dem Finger einen Kreis in die Tannennadeln und mitten in den Kreis stellte sie eine flache Messingschale, »Jetzt will sie gewiß hexen,« dachte Gertrud, »dann ist es also wirklich wahr, daß sie eine Hexe ist.«

»Guck jetzt in die Schale hinein, dann mag es ja sein, daß du etwas zu sehen bekommst,« sagte das alte Finnenweib. Gertrud sah nieder und zuckte zusammen; sie sah ganz deutlich Ingmar Ingmarssons Gesicht sich auf dem Boden der Schale spiegeln. Im selben Augenblick gab ihr das Finnenweib eine lange Nadel in die Hand. »Sieh' da,« sagte sie, »nimm die und stich ihm in die Augen. Das verdient er, weil er dich betrogen hat.« Gertrud besann sich ein wenig, aber sie empfand eine wunderlich große Lust, zu tun, was die Alte sagte. »Warum soll er es gut haben und reich und glücklich sein, während du dich quälst!« sagte die Alte. Gertrud überkam eine unbezwingbare Lust, ihr zu gehorchen. Sie senkte die Nadel. »Gib acht, daß du ihn mitten ins Auge triffst,« sagte die Hexe. Gertrud stach zu, zweimal stach sie gerade in Ingmars Augen. Aber als sie die Nadel hineinstieß, war es ihr, als ginge sie ganz tief hinein, als habe sie nicht die Messingschale getroffen, sondern etwas Weiches, und als sie sie wieder herauszog, war sie blutig.

Im selben Augenblick, als Gertrud das Blut an der Nadel sah, war es ihr, als habe sie Ingmars Augen wirklich ausgestochen. Sie erschrak so, daß sie laut aufschrie und erwachte.

Sie lag lange da und zitterte und schluchzte, bis sie sich davon überzeugen konnte, daß es ein Traum war. »Gott bewahre mich davor, Lust zu bekommen, mich an ihm zu rächen,« betete sie.

Kaum war sie ruhig geworden und wieder eingeschlafen, als derselbe Traum von neuem begann.

Sie ging wieder auf dem Feldwege hinaus, um die Kühe zu melken. Wieder waren sie verschwunden, und sie ging in den Wald, um nach ihnen zu suchen. Da kam sie auf den hübschen Weg und sah die Sonnenstrahlen auf dem Moos schillern. Sie entsann sich alles dessen, was ihr kürzlich im Traum begegnet war. Sie ging dahin und fürchtete sich wieder, der Finnen-Marit zu begegnen, und freute sich, daß sie sie nicht sah.

Aber wie sie so dahinging, war es ihr, als öffne sich die Erde zwischen zwei Hügeln gerade vor ihr. Zuerst kam ein Kopf aus der Öffnung heraus, und dann arbeitete sich ein ganzer kleiner Mann aus der Erde empor. Er summte und brummte fortwahrend mit den Lippen, und daran erkannte sie, wer es war Es war ja der Summpeter, der nicht ganz richtig im Kopfe war. Zuweilen wohnte er unten im Dorf, aber im Sommer pflegte er im Walde in einer Erdhöhle zu Hausen. Gertrud fiel jetzt plötzlich ein, daß man von Peter erzählte, wenn jemand einem anderen ein Leid antun wolle, ohne entdeckt zu werden, so könne man ihn brauchen. Er stand im Verdacht, sich mehrmals als Mordbrenner verdungen zu haben.

Gertrud trat nun im Traum an den Mann heran und fragte ihn gleichsam im Scherz, ob er den Ingmarshof nicht anzünden wolle. »Das würde sie gern sehen,« sagte sie, »denn Ingmar liebe den Hof mehr als sie.«

Zu ihrem großen Schrecken schien es, als verstünde der Mann sehr wohl, was sie sagte. Er machte sich gleich daran, nach dem Dorf hinabzulaufen. Sie eilte hinter ihm drein, aber es war ihr nicht möglich, ihn einzuholen. Die Tannenzweige hielten sie zurück, sie versank in Sumpflöcher und sie glitt auf den glatten Steinen aus. Endlich erreichte sie den Waldessaum, aber da leuchteten die Flammen ihr schon zwischen den Bäumen entgegen. »Er hat es schon getan, er hat den Hof schon angezündet,« rief sie und erwachte aus dem Schrecken des Traumes.

Gertrud richtete sich im Bett auf, Tränen strömten an ihren Wangen herunter. Aber sie wagte nicht, sich wieder hinzulegen, aus Angst, daß sie von neuem träumen würde.

»Gott steh' mir bei, ach, Gott steh' mir bei!« sagte sie. »Ich weiß nicht, wieviel Böses in mir ist. Aber Gott weiß doch, daß ich auch nicht ein einziges Mal in dieser ganzen Zeit daran gedacht habe, mich an Ingmar zu rächen. Gott laß diese Sünde nicht über mich kommen!«

»Das Leid ist gefährlich!« rief sie aus und rang die Hände. »Das Leid ist gefährlich, das

Leid ist gefährlich.«

Sie verstand wohl selbst nicht mit voller Klarheit, was sie damit meinte. Aber sie fühlte, daß ihr armes Herz wie ein Garten war, der all seine Lilien und Rosen verloren hatte. Nun ging das Leid dort als Gärtner und pflanzte Disteln und Giftblumen.

Den ganzen Vormittag hatte Gertrud ein Gefühl, als träume sie noch, und sie war gar nicht recht wach. Der Traum war so stark und lebhaft gewesen, daß sie ihn nicht wieder vergessen konnte.

So oft sie an die Wonne dachte, mit der sie die Nadel in Ingmars Augen gestochen hatte, sagte sie zu sich selbst: »Es ist schrecklich, daß ich so böse und rachsüchtig geworden bin. Ich weiß nicht, was ich tun soll, um diesem allen zu entrinnen. Ich bin ja im Begriff, ein verlorener Mensch zu werden.«

Um die Mittagszeit nahm Gertrud wie gewöhnlich den Milcheimer über den Arm und ging fort, um zu melken. Sie zog, wie sie das zu tun pflegte, das Kopftuch in das Gesicht hinein und hob die Augen nicht vom Boden auf. Sie ging auf den schmalen Pfaden, die sie im Traum gegangen war, sie erkannte die Blumen, die am Wegesrande wuchsen. Und so wunderlich halbwach, wie sie war, konnte sie kaum das, was sie wirklich sah, von dem unterscheiden, was sie sich zu sehen einbildete.

Als Gertrud nach der Koppel kam, sah sie nichts von den Kühen. Sie ging hinaus und suchte nach ihnen, wie sie es im Traum getan hatte, suchte am Bach, unter den Birkenbäumen und dem Gestrüpp. Sie konnte sie nirgends finden, hatte aber ein Gefühl, daß sie dennoch da waren, und daß sie sie wohl finden könne, wenn sie nur ganz wach sei.

Bald sah sie ein großes Loch im Zaun, und nun wußte sie gleich, daß die Kühe da hindurchgebrochen waren.

Gertrud fing jetzt an, nach den Flüchtlingen zu suchen. Sie verfolgte die tiefen Spuren der Klauen auf dem weichen Waldboden und entdeckte, daß die Tiere einen Weg eingeschlagen hatten, der nach einer fernen Alm hinaufführte.

»Ach!« rief sie aus, »jetzt weiß ich, wo sie sind. Ich habe ja heute vormittag gesehen, daß die Leute vom Glückshof mit ihrem Vieh vorbeizogen, um es auf die Alm zu treiben. Als unsere Kühe die Glocken der Leitkuh gehört haben, sind sie hinausgebrochen und ihnen in den Wald nachgelaufen.«

Die Unruhe hatte Gertrud für eine Weile ganz wach gemacht. Sie beschloß, so schnell wie möglich nach der Alm hinaufzugehen und die Kühe zu holen. Sonst konnte man nie wissen, wann sie wieder nach Hause getrieben würden. Und sie ging schnell auf dem steilen, steinigen Weg dahin.

Aber nachdem der Weg eine Weile steil aufwärts gegangen war, machte er eine Biegung, und nun lag er glatt von Tannennadeln und ganz eben vor ihren Augen da.

Sie erkannte gleich den Weg aus dem Traum wieder. Da waren die kleinen Sonnenflecke auf dem weißgelben Moos und dieselben hohen Bäume.

Da kam wieder derselbe traumähnliche Zustand über sie, in dem sie den ganzen Tag umhergegangen war. Sie wartete darauf, was jetzt geschehen würde. Sie starrte unter die Tannen, um zu sehen, ob sie nicht einem der wunderlichen Wesen begegnen würde, die in der Finsternis des Waldes umherschwanken. Sie sah jedoch nichts sich unter den Bäumen bewegen, aber in ihrem eigenen Sinn begannen sich gar wunderliche Gedanken zu regen. Wie, wenn sie sich nun wirklich an Ingmar rächen würde! Vielleicht würde sie dann von dieser Angst befreit werden! Vielleicht brauchte sie dann ihren Verstand nicht zu verlieren? Vielleicht war es ganz gut, Ingmar das leiden zu lassen, was sie jetzt litt.

Eine ganze Weile ging sie auf diesem Pfad entlang und staunte immer mehr und mehr darüber, daß sie niemand begegnete, als der hübsche Waldweg plötzlich aufhörte und in eine Waldlichtung mündete.

Es war ein lieblicher, kleiner Platz, mit saftigem Gras und einer Menge Blumen bewachsen. An der einen Seite erhob sich eine steile Bergwand, an der anderen standen blühende Ebereschen zwischen lichtgrünen Birken und dunklen Tannen. Ein ziemlich breiter und wasserreicher Bach strömte an der Bergwand herab, schlängelte sich durch Wiesen und stürzte sich dann in eine Schlucht, die ganz mit üppigem Strauchwerk und Unterwald bewachsen war. Gertrud blieb plötzlich stehen. Sie erkannte auf einmal die Stelle. Der Bach hieß der *schwarze Bach*, und man erzählte sich sonderbare Dinge von ihm. Es war mehrmals geschehen, daß Menschen wunderlich hellsehend geworden waren, während sie über diesen Bach gingen. Ein Hirtenjunge, der über den Bach ging, sah einmal einen Hochzeitszug, der ganz nördlich in dem Kirchsprengel nach der Kirche zog, und ein Köhler sah einmal einen König mit der Krone auf dem Kopf und dem Zepter in der Hand zur Krönung reiten.

Gertruds Herz hörte fast auf zu schlagen. »Gott sei mir gnädig, was werde ich jetzt zu sehen bekommen,« seufzte sie.

Sie fühlte sich fast versucht, umzukehren. »Aber ich muß ja hinüber, ich armes Kind, ich muß ja hinüber, um meine Kühe zu holen.«

»Herr mein Gott!« flehte sie und faltete die Hände in ihrer großen Angst. »Laß mich nichts Häßliches oder Böses sehen; laß mich nicht in schwere Versuchung fallen!«

Aber daß sie etwas sehen würde, daran zweifelte sie nicht. Sie erwartete das so bestimmt, daß sie kaum auf die glatten Steine hinauszugehen wagte, die über den Bach führten.

Während Gertrud nun in der Mitte des Baches stand, sah sie auf der anderen Seite, drüben in der Tiefe des Waldes sich etwas bewegen. Aber es war kein Hochzeitszug, es war ein einsamer Mann, der langsam auf die Wiese hinausgegangen kam.

Er war groß und jung und trug ein langes schwarzes Gewand, das ihm fast bis zu den Füßen reichte. Sein Gesicht war länglich und sehr schön, das Haupt war unbedeckt und die Haare hingen ihm in langen, dunklen Locken über die Schultern.

Der Fremde ging geradeswegs auf Gertrud zu. Seine Augen waren groß und strahlend, als entströme ihnen Licht, und als sein Blick auf Gertrud fiel, fühlte sie, daß er all ihren Kummer lesen konnte. Und sie sah, daß er Mitleid mit ihr hatte, deren Herz so erfüllt war von Angst um irdische Dinge, und deren Seele besudelt war von Rachlust und übersät von den Disteln und den Giftblumen des Kummers.

Als sein Blick Gertrud traf, fühlte sie sich durchströmt von Frieden und Seligkeit und sanfter, stiller Ruhe. Und als er an ihr vorübergegangen war, da war nichts mehr von all ihrem Kummer und all ihrer Bitterkeit zurückgeblieben, alles Böse verschwand wie bei einer Krankheit, die geheilt war und Gesundheit und Stärke hinterlassen hatte.

Gertrud stand lange still. Das Gesicht glitt weiter, aber sie blieb in träumender Seligkeit stehen. Als sie sich endlich umsah, war er verschwunden. Aber der Eindruck dessen, was sie gesehen hatte, schwand nicht. Sie faltete die Hände und erhob sie in Verzückung. »Ich habe Jesus gesehen,« sagte sie. »Ich habe Jesus gesehen. Er hat mein Leid von mir genommen, und ich liebe ihn. Jetzt kann ich keinen anderen in dieser Welt mehr lieben.«

Alle Sorgen des Lebens entschwanden und wurden so klein, so klein. Und die langen Jahre des Lebens erschienen wie ein einziger, kurzer Tag. Und alles, was irdisch war, wurde gleichgültig und bedeutungslos.

Im selben Augenblick ward es Gertrud klar, wie sie ihr Leben einrichten müsse.

Damit sie nicht in die dunklen Schrecknisse versinke und damit sie nicht zu Sünde und Rache verlockt werde, mußte sie aus dieser Gegend fortziehen. Sie mußte mit den Hellgumianern nach Jerusalem ziehen.

Dieser Gedanke war in ihrem Herzen aufgestiegen, als Jesus an ihr vorüberging. Sie glaubte, daß er von ihm käme. Sie hatte ihn in seinen Augen gelesen.

An dem schönen Junimorgen, als Birger Sven Person die Hochzeit seiner Tochter feierte, kam früh am Morgen ein junges Mädchen auf den Hochzeitshof und verlangte, mit dem Bräutigam zu reden. Sie war groß und schlank, das Kopftuch hatte sie so tief ins Gesicht gezogen, daß nichts weiter davon zu sehen war, als eine flaumweiche Wange und ein Paar rote Lippen. Am Arm trug sie einen Korb, in dem kleine Bündel selbstgewebter Bänder, sowie einige Haarketten und Haararmbänder lagen.

Sie sagte ihr Anliegen einer alten Magd, die sie auf dem Hof traf, und diese ging hinein und sagte es der Hausfrau. Die Hausfrau antwortete gleich: »Geh' hinaus und sage ihr, daß Ingmar Ingmarssohn eben zur Hochzeit in die Kirche fahren will; er hat gar keine Zeit, mit ihr zu sprechen.«

Sobald die Fremde diesen Bescheid erhalten hatte, ging sie vom Hof fort. Niemand sah den ganzen Vormittag etwas von ihr. Aber als die Hochzeitsgesellschaft aus der Kirche heimkehrte, kam sie zurück und verlangte Ingmar Ingmarsson zu sprechen.

Diesmal trug sie ihr Anliegen einem Knecht vor, der an der Stalltür herumlungerte, und er ging hinein und sagte es dem Hausherrn. »Sag' ihr,« sagte der Hausherr, »daß Ingmar Ingmarsson sich gerade an die Hochzeitstafel setzt; er hat keine Zeit, mit ihr zu reden.«

»Als sie den Bescheid erhielt, seufzte sie und entfernte sich langsam und kam erst spät am Abend zurück, als die Sonne im Begriff war unterzugehen. Diesmal trug sie ihr Anliegen einem Kinde vor, das rittlings auf dem Hofzaune ritt. Und das Kind lief gleich in die Stube hinein und sagte es der Braut. »Sage ihr,« sagte die Braut, »daß Ingmar Ingmarsson mit seiner Braut tanzt; er hat keine Zeit, mit anderen zu reden.«

Als das Kind mit dem Bescheid hinauskam, lächelte die fremde Frau und sagte: »Nein, jetzt redest du die Unwahrheit. Ingmar Ingmarsson tanzt nicht mit seiner Braut.«

Diesmal ging sie nicht fort, sondern blieb am Zaun stehen.

Gleich darauf dachte die Braut bei sich selbst: »Nun habe ich an meinem Hochzeitstage gelogen!« Sie bereute es, ging hin und sagte zu Ingmar, draußen auf dem Hof stünde eine fremde Frau, die mit ihm zu reden wünsche.

Ingmar ging hinaus und sah Gertrud am Zaun stehen und warten.

Als Gertrud ihn kommen sah, ging sie auf dem Wege vor ihm her, und Ingmar folgte ihr. Sie gingen ganz stumm dahin, bis sie sich eine gute Strecke vom Hochzeitshof entfernt hatten.

Ingmar sah so aus, als sei er in den letzten paar Wochen ein alter Mann geworden. Sein Gesicht hatte auf alle Fälle ein stärkeres Gepräge von Vorsicht und Klugheit erhalten. Er ging auch gebeugter und sah jetzt, wo er reich geworden war, demütiger aus als früher, wo er nichts besaß.

Er freute sich keineswegs, als er Gertrud erblickte. Jeden Tag, der verging, hatte er sich selbst zu überreden gesucht, daß er zufrieden sei mit dem Tausch, den er gemacht hatte. »Denn es ist ja so, daß wir Ingmarssöhne uns eigentlich aus nichts in der Welt etwas machen, als auf den Feldern des Ingmarshofes dahinzugehen und zu pflügen und zu säen,« sagte er zu sich selbst.

Aber was ihn noch mehr quälte, als daß er Gertrud verloren hatte, war, daß jetzt ein Mensch in der Welt von ihm sagen konnte, daß er nicht halte, was er versprochen hatte. Während er nun so hinter Gertrud dreinging, dachte er die ganze Zeit an allen Hohn und an alle Verachtung, die sie über ihn auszugießen das Recht hatte.

Gertrud setzte sich auf einen Stein am Wege und stellte den Korb neben sich. Das Kopftuch zog sie noch tiefer ins Gesicht hinein.

»Setz' dich nieder!« sagte sie zu Ingmar und zeigte auf einen anderen Stein. »Ich habe etwas mit dir zu reden.«

Ingmar setzte sich nieder und freute sich, daß er sich so ruhig fühlte. »Es geht besser, als ich erwartet hatte,« dachte er. »Ich glaubte, es würde viel schlimmer werden, Gertrud wiederzusehen und sie sprechen zu hören. Ich fürchtete schon, die Liebe würde mich ganz überwältigen.«

»Ich würde nicht so gekommen sein und dich an deinem Hochzeitstag gestört haben,« sagte Gertrud, »wenn ich nicht dazu gezwungen gewesen wäre. Ich reise jetzt aus dieser Gegend fort und komme nie wieder zurück. Ich war schon vor einer Woche bereit, fortzuziehen, aber da geschah etwas, was mich nötigte, die Reise hinauszuschieben, um mit dir zu sprechen.«

Ingmar saß schweigend und wie in sich zusammengesunken da. Er sah aus wie jemand, der die Schultern vorschiebt und den Kopf senkt, in Erwartung eines schweren Unwetters, das über ihn kommen mußte.

Er saß während der ganzen Zeit da und dachte: »Was Gertrud auch sagt, eins ist sicher, ich tat recht, den Hof zu wählen. Ohne den hätte ich nicht leben können. Ich wäre vor Kummer zugrunde gegangen, wenn er in andere Hände gekommen wäre.«

»Ingmar,« sagte Gertrud, und sie errötete, während sie sprach, so daß das kleine Stück, das von ihrer Wange zu sehen war, ganz rot wurde. »Ingmar, du weißt wohl noch, daß es vor fünf Jahren meine Absicht war, zu den Hellgumianern überzutreten. Damals hatte ich Christus mein Herz gegeben, aber ich nahm es ihm wieder weg, um es dir zu schenken. Das war sicherlich ein großes Unrecht von mir, und deswegen ist dies alles über mich gekommen. So wie ich einstmals Christus verlassen habe, so bin ich selbst jetzt von dem verlassen worden, den ich liebte.«

Sobald Ingmar begriff, daß ihm Gertrud erzählen wollte, daß sie mit den Hellgumianern gehen würde, machte er eine unwillige Bewegung, ein starkes Gefühl des Unbehagens überkam ihn. »Ich kann mich nicht darein finden, daß sie sich diesen Jerusalemfahrern anschließt und nach dem fremden Land fortreist,« dachte er. Er kam mit ebenso eifrigen Einwendungen, als sei sie noch seine verlobte Braut gewesen.

»Du darfst nicht so denken, Gertrud. Es ist niemals Gottes Absicht gewesen, daß dies eine Strafe sein sollte, die über dich kommt.«

»Nein, nein, Ingmar, keine Strafe, so meine ich es nicht, sondern nur, um mir zu zeigen, wie verkehrt ich das erstemal gewählt habe. Ach nein, keine Strafe! Ich bin ja so glücklich, ich entbehre nichts. Aller Kummer ist von mir genommen. Dies mußt du doch verstehen können, Ingmar, wenn ich dir erzähle, daß Gott selbst mich erwählt und berufen hat.«

Ingmar saß da und sagte nichts. Sein ganzes Gesicht war lauter harte Vorsicht und Berechnung. »Du bist wirklich dumm,« schalt er sich selbst, »laß doch Gertrud reisen. See und salzige Wellen zwischen euch, das ist das beste. See und salzige Wellen, See und salzige Wellen!«

Aber das in ihm, was sich nicht darein finden konnte, daß Gertrud reiste, ward doch stärker, als er selbst, so daß er sagte: »Ich kann nicht begreifen, daß deim Eltern dir erlauben fortzureisen.«

»Das tun sie auch gar nicht,« erwiderte Gertrud, »das weiß ich nur zu gut, und darum habe ich nicht einmal gewagt, sie danach zu fragen. Vater geht niemals darauf ein; ich glaube nicht, daß er sich bedenken würde, Gewalt anzuwenden, um mich daran zu verhindern. Das ist das schwerste, daß ich mich heimlich von ihnen fortschleichen muß. Sie glauben jetzt, daß ich umhergehe, um meine Bander zu verkaufen, und sie werden nichts erfahren, bis ich in Gotenbura zu den Jerusalemfahrern gestoßen und von Schweden abgefahren bin.«

Ingmar war ganz entsetzt darüber, daß Gertrud ihren alten Eltern einen so großen Kummer bereiten wollte. »Ob sie wohl weiß, wie schlecht sie handelt?« fragte er sich selbst. Er wollte ihr gerade so recht ins Herz reden, als er sich wieder besann. »Es schickt sich nicht für dich, Ingmar, Gertrud Vorwürfe über irgend etwas zu machen, was sie tut,« dachte er.

»Ich weiß recht gut, daß es unrecht gegen Vater und Mutter ist,« sagte Gertrud. »Aber ich fühlte mich dazu gezwungen, Jesus zu folgen.« Sie lächelte, als sie den Namen des Erlösers nannte. »Er hat mich ja aus Kummer und Seelennot befreit,« sagte sie innig und faltete die Hände.

Und als habe sie erst jetzt den Mut dazu gefunden, schob sie das Kopftuch zurück und sah Ingmar gerade in die Augen. Und Ingmar hatte das Gefühl, als vergleiche sie ihn mit dem Bilde eines andern, das sie vor ihren Augen sah, und er fühlte selbst, wie gering und unbedeutend sie ihn fand.

»Ja, es ist ein großes Unrecht gegen Vater und Mutter,« wiederholte Gertrud. »Vater ist jetzt so alt, daß er seinen Abschied von der Schule einreichen muß, und dann haben wir noch weniger zu leben als bisher. Und wenn er nichts zu tun hat, wird er reizbar und verdrießlich. Mutter wird es schwer mit ihm haben, sie werden wohl beide dasitzen und trauern. Hätte ich zu Hause bleiben und sie ermuntern können, so würde es ganz anders gewesen sein.«

Gertrud hielt inne, als überlege sie, ob sie offen reden könne, aber Ingmar merkte, daß es in ihm anfing, zu weinen und zu schluchzen. Er begriff, daß Gertrud ihn bitten würde, sich ihrer alten Eltern anzunehmen. »Und ich hatte geglaubt, sie käme, um mich zu verhöhnen und zu verachten,« dachte er, »und statt dessen erweist sie mir das größte Vertrauen.«

»Du brauchst mich nicht zu bitten, Gertrud,« erwiderte Ingmar. »Es ist eine große Ehre, die du mir, der dich verlassen hat, erweist. Glaube mir, ich werde besser gegen deine alten Eltern handeln, als ich gegen dich gehandelt habe.«

Ingmars Stimme bebte und dabei war es, als wenn etwas von der großen Vorsicht und

Klugheit aus seinem Gesicht schwand. »Wenn sie mich um dies bittet, so geschieht es nicht um der Alten willen, sondern um mir zu zeigen, daß sie mir verziehen hat.« – »Ich wußte wohl, Ingmar, daß du nicht nein sagen würdest, wenn ich dich hierum bitte,« sagte Gertrud. »Nun habe ich dir noch etwas anderes zu erzählen.« Ihre Stimme ward stärker und froher. »Ich habe ein großes Geschenk für dich.«

»Wie schön Gertrud doch spricht,« sagte Ingmar zu sich selbst. »Ich glaube, ich habe nie jemand mit einer so sanften und frohen und klangvollen Stimme sprechen hören.«

»Vor einer Woche ging ich von Hause fort,« sagte Gertrud, »und hatte damals die Absicht, nach Gotenburg zu gehen, um dort zu sein, wenn die Hellgumianer kamen. In der ersten Nacht schlief ich unten am Bergsaanaer Sägewerk, bei einer armen Schmiedewitwe, die Marie Bouving heißt. Ich möchte dich bitten, dir den Namen zu merken, Ingmar, und wenn sie jemals in Not kommt, so mußt du ihr helfen.«

»Wie schön Gertrud ist,« dachte Ingmar, während er nickte und versprach, sich Marie Bouvings Namen zu merken. »Wie schön Gertrud doch ist: wie soll es mir ergehen, wenn ich sie nie mehr sehen soll? Habe ich unrecht getan, so hilf mir Gott, weil ich sie um eines alten Hofes willen verlassen habe. Wie können Acker und Wälder dasselbe für mich sein wie ein Mensch? Können sie mir zulachen, wenn ich froh bin, können sie mich trösten, wenn ich betrübt bin? Es gibt nichts in der Welt, das einen Ersatz für den Verlust des Menschen geben kann, der einen liebt.«

»Marie Bouving,« fuhr Gertrud fort, »hat eine kleine Kammer hinter der Küche, wo sie mich während der Nacht schlafen ließ. – ›Du sollst sehen, du wirst über Nacht gut schlafen,‹ sagte sie, ›denn du sollst in dem Bett liegen, das ich auf der Auktion auf dem Ingmarshof gekauft habe.‹ – Sobald ich mich hingelegt hatte, fühlte ich, daß da ein sonderbar harter Klumpen in dem Kissen war, das ich unter meinem Kopfe hatte. Ich dachte, da hat sich Marie Bouving doch keine besonders guten Betten gekauft; aber ich war so müde, weil ich den ganzen Tag gegangen war, daß ich einschlief. Mitten in der Nacht erwachte ich und wendete das Kopfkissen, um mich von dem Klumpen unter dem Kopf zu befreien. Da merkte ich, daß der Bezug zerschnitten und mit großen, schlechten Stichen wieder zusammengenäht war. Da drinnen lag etwas Hartes, das wie Papier knisterte. Ich brauchte doch nicht auf einem Stein zu schlafen und versuchte, den harten Klumpen herauszuziehen. Endlich brachte ich ihn heraus, es war ein kleines Päckchen, das mit Bindfaden zusammengebunden und versiegelt war.«

Gertrud hielt einen Augenblick mit ihrer Erzählung inne, um zu sehen, ob Ingmar nicht neugierig war. Aber Ingmar hatte gar nicht besonders aufmerksam zugehört. »Wie schön es doch ist zu sehen, wie Gertrud ihre Hand beim Sprechen bewegt,« dachte er. »Ich glaube, ich habe nie jemanden gesehen, der so geschmeidig in allen seinen Bewegungen ist, oder so leicht geht wie Gertrud. Ja, es ist ein altes Sprichwort, das da sagt, der Mensch liebt den Menschen über alles. Aber ich habe doch wohl recht gehandelt, nicht nur der Hof, sondern auch das ganze Dorf bedurfte ja meiner.«

Und doch fühlte er mit Betrübnis, daß es ihm jetzt nicht mehr so leicht war wie vorhin, sich selbst zu überzeugen, daß er den Hof mehr liebte als Gertrud.

»Ich legte das Päckchen neben das Bett,« fuhr Gertrud fort, »und dachte, morgen will ich es Marie Bouving geben. Und als es hell wurde, sah ich, daß da ein Name auf dem Umschlag geschrieben stand. Ich untersuchte es näher, und schließlich entschloß ich mich, es mitzunehmen und es dir zu geben, ohne irgend jemand etwas davon zu sagen, weder Marie Vouving noch sonst jemand. Hier hast du es nun, Ingmar, es ist dein Eigentum.«

Von dem Boden des Korbes holte Gertrud nun ein kleines Päckchen, das sie Ingmar übergab, während ihr Blick voller Erwartung auf ihm ruhte, als hoffe sie, daß er freudig überrascht sein würde.

Ingmar nahm die Gabe in die Hand, ohne weiter darüber nachzudenken, was es wohl war, das er hier erhielt. Seine Gedanken bemühten sich, die bittere Reue fern zu halten, die, das fühlte er, im Begriff war, ihn zu beschleichen.

»Gertrud sollte nur ahnen, wie gefährlich sie mir ist, wenn sie so sanft und gut ist. Ach, wäre es doch nicht viel besser gewesen, wenn sie gekommen wäre, um mich auszuschelten.

Ich müßte ja eigentlich froh hierüber sein,« dachte er, »aber das bin ich nicht. Es ist ja, als wolle mir Gertrud dankbar dafür sein, daß ich sie verlassen habe. Und ich kann den Gedanken nicht ertragen.«

»Ingmar!« sagte Gertrud in einem Ton, der ihm schließlich zu dem Bewußtsein brachte, daß sie ihm etwas außerordentlich Wichtiges zu sagen hatte. »Ich habe mir gedacht, daß Elias, als er auf dem Ingmarshof krank lag, dies Kissen als Kopfkissen gebraucht haben muß.«

Sie nahm das Päckchen aus Ingmars Hand und öffnete es. Ingmar vernahm ein Knistern wie von neuen Banknoten. Darauf sah er, daß Gertrud eine Menge Geldscheine aufzählte, jeden von tausend Kronen. Sie hielt sie ihm vor die Augen. »Sieh her, Ingmar, hier ist dein ganzes Erbe. Du begreifst wohl, daß Elias es in das Kopfkissen hineingestopft hat.«

Ingmar hörte, daß sie dies sagte, und er sah die Banknoten, es war ihm aber, als sähe und höre er alles wie durch einen Nebel. Gertrud reichte ihm das Geld, aber er konnte es nicht festhalten, es fiel zur Erde. Gertrud nahm es auf und schob es ihm in die Tasche. Ingmar fühlte, daß er dastand und schwankte, als sei er betrunken.

Auf einmal streckte er seinen rechten Arm in die Höhe, ballte die Hand und schüttelte sie in der Luft – auch wie ein Betrunkener es getan haben würde.

»Ach Gott, ach Gott!« sagte er.

Ach, wie er wünschte, daß er ein Wort mit dem lieben Gott reden könnte, um ihn zu fragen, warum dies Geld nicht früher zum Vorschein gekommen war. Warum mußte es jetzt kommen, wo er es nicht mehr gebrauchte, jetzt, wo er Gertrud ganz verloren hatte.

Im nächsten Augenblick sanken seine Arme schwer auf Gertruds Schultern nieder.

» *Du* verstehst, dich zu rächen!«

»Nennst du dies Rache?« fragte sie entsetzt.

»Wie soll ich es nennen? Warum kamst du nicht gleich mit diesem Gelde?« – »Nein, ich wollte bis zum Hochzeitstag warten.« – »Wärst du gekommen, ehe ich mich verheiratet hätte, so hätte ich den Hof von Birger Sven Person kaufen und dich heiraten können.« – »Ja, das wußte ich.« – »Aber nun kommst du am Hochzeitstage selbst, gerade wo es zu spät ist.« – »Es wäre doch zu spät gewesen, Ingmar. Vor einer Woche war es schon zu spät, und auch jetzt ist es zu spät, und es ist für immer zu spät.«

Ingmar war jetzt auf dem Stein niedergesunken. Er hielt die Hände vor die Augen und saß da und jammerte.

»Und ich, der ich glaubte, daß es keine Hilfe gäbe! Und ich, der ich glaubte, daß es in keines Menschen Macht stünde, mir zu helfen, und nun sehe ich, daß da Hilfe war! Nun sehe ich, daß wir alle hätten glücklich werden können!«

»Eins mußt du doch begreifen, Ingmar,« sagte Gertrud. »Als ich das Geld fand, wußte ich sofort, daß es uns auf die Weise helfen könnte, wie du meinst. Aber es war keine Versuchung für mich, nein, nicht einen einzigen Augenblick, weil ich einem andern gehörte.«

»Du hättest das Geld selbst behalten sollen!« rief Ingmar. »Jetzt ist es mir, als zerre und reiße mir ein Wolf am Herzen, und es war nichts, damals, als ich wußte, daß es unmöglich war. Aber jetzt, wo ich weiß, daß ich dich hätte bekommen können!«

»Ich kam hierher, um dir eine Freude zu machen, Ingmar!«

Im Hochzeitshause hatten sie angefangen, ungeduldig zu werden. Sie kamen auf die Treppe hinaus und fingen an zu rufen: »Ingmar! Ingmar!«

»Und die Braut steht dort oben und wartet auf mich!« rief er in großer Herzensangst aus. »Und du, Gertrud, hast dies alles verursacht! Als ich dich verließ, geschah es aus größter Not und Angst, *du* aber hast alles zerstört, nur um mich unglücklich zu machen. Nun weiß ich, wie Vater zumute war, als Mutter das Kind tötete!« entfuhr es ihm.

Er brach in heftiges Weinen aus. »Nie habe ich so für dich gefühlt wie jetzt,« stöhnte er. »Nie habe ich dich halb so liebt gehabt wie jetzt. Ach, ich wußte nicht, daß die Liebe so bitter, so schrecklich sein kann!«

Sanft und still legte Gertrud ihre Hand auf seinen Kopf. »Es ist nie, niemals meine Absicht gewesen, mich an dir zu rächen, Ingmar. Aber solange dein Herz an die Dinge dieser Welt gekettet ist, ist es an den Kummer gekettet.«

Ingmar schluchzte lange; als er endlich aufsah, war Gertrud verschwunden. Vom Hofe her kamen Leute gelaufen, um nach ihm zu suchen.

Er schlug hart mit der Hand gegen den Stein, auf dem er saß, und ein jäher Starrsinn breitete sich über seine Züge aus. »Gertrud und ich treffen uns vielleicht einmal wieder,« dachte er, »und da könnte es wohl sein, daß es anders zugeht als jetzt. Wir Ingmarssöhne sind dafür bekannt, daß wir das erreichen, wonach wir streben.«

Die alte Pröpstin.

Es muß auch noch erzählt werden, wie alle Menschen versuchten, die Hellgumianer zu überreden, nicht nach dem Morgenlande zu reisen. Es war zuweilen, als halle es wider in den Bergen und Schluchten: Reist nicht! Reist nicht!

Es waren nicht nur ihre eigenen Standesgenossen, sondern auch die vornehmen Leute, die versuchten, sie von ihrem Vorhaben abzubringen. Der Hardesvogt und der Amtmann wollten ihnen keine Ruhe lassen. Sie fragten sie, wie sie wissen könnten, daß diese Amerikaner keine Betrüger seien. Sie wüßten ja nicht, was es für Menschen wären, mit denen sie sich zusammentun wollten.

Es gäbe weder Gesetz noch Gericht in dem Lande da drüben. Da könne man jeden Tag von Räubern überfallen werden. Und Wege gäbe es dort gar nicht, sie würden gezwungen sein, all ihr Hab und Gut auf Pferden mit dem Saumsattel zu befördern, so wie drüben in den finnischen Wäldern.

Der Doktor erzählte ihnen, daß sie das Klima dort nicht würden vertragen können. Und in Jerusalem wäre es voll von Pocken und allerlei Krankheiten. Sie zögen aus, um zu sterben.

Die Hellgumianer antworteten, daß sie dies alles wüßten. Und gerade aus dem Grunde reisten sie dorthin. Sie zögen aus, um gegen Pocken und allerlei Krankheit zu kämpfen, um Wege zu bauen, um die Erde urbar zu machen. Gottes Land sollte nicht länger unbebaut daliegen, sie wollten es in ein Paradies verwandeln.

Und niemand vermochte, sie von ihrem Vorsatz abzubringen.

Unten an der Kirche wohnte eine alte verwitwete Pröpstin. Sie war so alt, so alt. Sie wohnte in einer großen Dachkammer im Posthause, der Kirche schräg gegenüber. Dort hatte sie gewohnt, seit sie aus dem Propsthause hatte ausziehen müssen.

Es war von jeher Sitte gewesen, daß, wenn die Hofbäuerinnen zur Kirche kamen, die eine oder die andere von ihnen zu ihr ging und ihr etwas frischgebackenes Brot oder ein wenig Butter oder Sahne mitbrachte. Dann ließ sie sogleich den Kaffeekessel über das Feuer setzen, und die Frau, die am lautesten schreien konnte, sprach mit ihr, denn sie war sehr taub. Dann versuchte man, ihr zu erzählen, was sich im Laufe der Woche zugetragen hatte, aber man wußte niemals, wieviel sie von dem verstand, was man ihr erzählte.

Sie saß immer in ihrer Stube, und oft verging eine lange Zeit, wo die Leute sie fast ganz vergaßen. Dann konnte es geschehen, daß jemand eines Tages an ihrem Fenster vorüberkam und ihr altes Gesicht hinter den faltigen, weißen Vorhängen erblickte. Dann dachte man: »Wir dürfen sie nicht vergessen, die so allein dasitzt, morgen, wenn wir unser Kalb geschlachtet haben, gehe ich hin Und bringe ihr etwas von der Schlächterei!«

Niemand konnte ja klar darüber werden, was sie wußte und was sie nicht wußte, von dem, was sich im Kirchsprengel zutrug. Sie wurde älter und älter, und schließlich fragte sie nie mehr nach Dingen, die dieser Welt angehörten. Sie saß nur da und las in ein paar alten Postillen, die sie schon auswendig wußte.

Sie hatte ein altes Mädchen, das ihr behilflich war, sich an- und auszukleiden, und das ihr Essen kochte. Sie waren beide sehr bange vor Dieben und Mäusen und vermieden es gern, des Abends Licht anzuzünden, aus Angst vor Feuersgefahr.

Viele von denen, die jetzt Hellgumianer geworden waren, hatten die Gewohnheit gehabt, sie mit kleinen Geschenken zu bedenken. Aber nachdem sie sich bekehrt und sich von allen Menschen getrennt hatten, kamen sie nicht mehr zu ihr. Doch wußte niemand, ob sie verstand, warum sie nicht kamen..

Auch wußte man nicht, ob sie etwas von der großen Auswanderung nach Jerusalem gehört hatte.

Heute aber befahl die alte Pröpstin ihrem Mädchen, Pferd und Wagen zu besorgen, denn sie wollte ausfahren.

Das alte Mädchen mag wohl sehr erschreckt worden sein.

Als sie aber versuchte, Einwendungen zu machen, stellte sich die Alte stocktaub. Sie streckte nur die eine Hand aus, erhob den Zeigefinger und sagte: »Ich will ausfahren, Sara Lena, du mußt mir Pferd und Wagen schaffen.« Sara Lena blieb nichts weiter übrig, als zu gehorchen. Sie mußte zum Pfarrer gehen und ihn bitten, ihnen einen anständigen Wagen zu leihen. Dann hatte sie viele Mühe damit, einen alten Pelzkragen und einen Samthut auszubürsten, die in den letzten zwanzig Jahren in Kampfer gelegen hatten.

Es war auch kein Spaß, die Alte die Treppe hinunter und in den Wagen zu bekommen. Sie war so schwach, daß sie jeden Augenblick verlöschen konnte wie ein Licht.

Als die Pröpstin in dem Wagen saß, befahl sie, nach dem Ingmarshof gefahren zu werden.

Da oben waren sie nicht wenig überrascht, als sie sahen, wer da gefahren kam.

Sie gingen hinaus und hoben sie vom Wagen und schafften sie in die gute Stube. Es waren mehrere Hellgumianer versammelt. Sie saßen beim Essen. In der letzten Zeit war es Sitte bei ihnen geworden, die Mahlzeiten, die aus Reis und Tee und anderen leichten Gerichten bestanden, gemeinsam einzunehmen. Es sollte eine Vorbereitung für die bevorstehende

Wüstenwanderung sein.

Als die Pröpstin über die Schwelle getreten war, blieb sie stehen und sah sich in der Stube um. Einige versuchten, sie anzureden, aber heute hörte sie gar nicht; sie erhob die Hand und sagte mit der trockenen, harten Stimme, wie man sie oft bei Tauben hört:

»Ihr kommt nicht mehr zu mir. Darum komme ich hierher, um euch zu sagen, daß ihr nicht nach Jerusalem reisen sollt. Das ist eine böse Stadt. Dort haben sie unseren Heiland gekreuzigt.«

Karin Ingmarstochter versuchte ihr zu antworten, aber sie hörte nichts und fuhr mit ihrem Gerede fort: »Es ist eine böse Stadt. Da wohnen schlimme Menschen. Da haben sie unseren Heiland gekreuzigt.«

»Ich bin hierher gekommen,« fuhr sie fort, »weil dies ein gutes Haus gewesen ist. Ingmarsson ist ein guter Name gewesen. Es ist immer ein guter Name gewesen. Ihr sollt in eurer Heimat bleiben.«

Dann wandte sie sich um und ging. Jetzt hatte sie das ihre getan, jetzt konnte sie in Frieden sterben. Dies war die letzte Handlung, die das Leben noch von ihr forderte.

Karin Ingmarstochter weinte, als die alte Pröpstin abgefahren war.

»Es ist vielleicht doch nicht richtig, daß wir fortziehen,« sagte sie. Trotzdem freute sie sich darüber, daß die Alte gesagt hatte: »Es ist ein guter Name. Es ist immer ein guter Name gewesen.«

Es war das erste und das einzige Mal, daß jemand Karin dem großen Unternehmen gegenüber zweifelnd dastehen sah.

Die Abreise.

An einem schönen Julimorgen zog ein langer Zug von Karren und Lastwagen vom Ingmarshofe fort. Es waren die Jerusalemfahrer, die endlich mit ihren Vorbereitungen fertig waren, und jetzt die Reise mit der langen Fahrt nach der Eisenbahnstation begannen. Als der lange Zug durch das Dorf zog, kam er an einem ärmlichen Hause vorüber, das Myckelsumpf genannt wurde. Hier wohnten heruntergekommene Leute, so ein rechter Auswurf der Menschheit, wie sie entstehen, wenn der liebe Gott einmal die Augen abwendet oder von anderen Dingen in Anspruch genommen ist.

Da war ein ganzes Rudel schmutziger und zerlumpter Kinder, die den lieben langen Tag dalagen und den Leuten, die vorübergingen, Schimpfworte nachbrüllten; da war auch eine alte, alte Großmutter, die meistens betrunken am Grabenrande saß, und da waren ein Mann und eine Frau, die sich immer zankten und prügelten.

Niemand hatte sie jemals arbeiten sehen; man wußte nicht, ob sie mehr bettelten als stahlen, oder ob sie mehr stahlen als bettelten.

Als nun der Zug an dieser jammervollen und elenden Hütte vorüberkam, die nicht besser instand war, wie so eine Hütte wird, wenn Wind und Wetter jahraus, jahrein ungehindert damit haben regieren können, da stand die alte Frau nüchtern und ordentlich am Wege, an derselben Stelle, wo man sie sonst betrunken, schwankend und lallend hatte sitzen sehen; und vier von den Kindern standen um sie, und alle fünf waren sie gekämmt und gewaschen, und so ordentlich angekleidet, wie es ihnen nur möglich war.

Als die, die in dem ersten Wagen gefahren kamen, sie erblickten, mäßigten sie die Fahrt und fuhren ganz langsam an ihnen vorüber. Und dasselbe taten alle die andern. Sie fuhren so langsam vorbei, wie nur die Pferde gehen wollten.

Und alle die, die abreisen wollten, brachen plötzlich in ein heftiges Weinen aus. Die Erwachsenen weinten leise und schluchzend; aber die Kinder weinten laut mit Geschrei und Klagen.

Die Jerusalemfahrer konnten später nie verstehen, warum sie über nichts so bitterlich geweint hatten, wie über die Bettel-Lena, die da elend und zitternd am Wege stand. Aber noch heutigen Tages können sie in Tränen ausbrechen, wenn sie erzählen, wie sie an diesem Tage dem Branntwein entsagt hatte und nüchtern und mit den gewaschenen und gekämmten Kindern gekommen war, um ihnen zu ihrer Abreise Ehre zu erweisen.

Als sie alle vorübergekommen waren, fing die Bettel- Lena an zu weinen. »Sie fahren gen Himmel, um Jesum zu sehen,« sagte sie zu den Kindern. »Sie fahren alle gen Himmel, aber wir müssen hier am Wegesrande sitzen bleiben.«

Als der lange Zug von Karren und Lastwagen durch den halben Kirchsprengel gefahren war, kam er an die lange Floßbrücke, die über dem Wasser des Elfs liegt und schaukelt.

Es ist sehr schwierig, über die Brücke zu fahren. Zuerst muß man einen steilen Abhang hinab, um die Wasserfläche zu erreichen, dann erhebt sich die Brücke, ein paar steile Stufen hoch, damit Boote und Holzflöße darunter hindurchfahren können, und an dem gegenüberliegenden Ufer steigt der Weg plötzlich so steil an, daß Pferde und Menschen bei dem Gedanken schaudern, da hinauf zu müssen.

Die Brücke macht immer viel Sorgen. Die Bretter verfaulen und müssen unaufhörlich erneuert werden. Wenn das Eis aufbricht, muß man Tag und Nacht acht geben, daß sie nicht zertrümmert wird, und wenn die Frühlingsflut sehr stark ist, reißt sie große Stücke von der Brücke ab und führt sie mit sich hinab zu den Wasserfällen am Bergsaanaer Sägewerk.

Aber die Leute im Kirchspiel sind stolz auf die Brücke, sie sind ganz glücklich, daß sie sie haben. Denn wenn sie nicht wäre, müßte man ja ein Boot oder eine Fähre haben, so oft man von dem einen Ufer an das andere wollte.

Die Brücke ächzte und jammerte, als die Jerusalemfahrer darüber hinzogen, und das Wasser preßte sich durch die Bretter hindurch und spritzte den Pferden an die Beine.

Es ging den Davonziehenden förmlich zu Herzen, daß sie sich von der lieben Brücke trennen mußten. Sie dachten daran, daß sie etwas sei, was ihnen allen gemeinsam gehörte. Die Häuser, die Höfe, die Felder und die Wälder waren in die Hände der verschiedenen Besitzer verteilt; aber die Brücke war gemeinsames Eigentum für sie alle, es war ihnen allen ein Schmerz, sie verlassen zu müssen.

Aber hatten sie denn nichts anderes, das ihnen gemeinsam gehörte? Hatten sie nicht die Kirche, die dort unter den Birken jenseits der Brücke lag, hatten sie nicht das schöne, weiße Schulhaus und den Pfarrhof?

Und was hatten sie sonst noch an gemeinsamem Besitz? Sie hatten wohl auch die Schönheit alles dessen, was sie hier von der Brücke aus sahen. Die schöne Aussicht über den breiten, mächtigen Elf, der still und sommerhell zwischen den Baumgruppen dahinfloß, die weite Aussicht durch das Tal, bis oben hinauf zu den blauen Bergen.

Dies alles gehörte ihnen, es war ihnen in die Augen hineingebrannt. Und nun sollten sie es nie wiedersehen!

Als die Vondannenziehenden mitten auf der Brücke angelangt waren, fingen sie an, einen von Sankeys Gesängen zu singen:

»Es gibt ein Wiedersehen,« sangen sie, »es gibt ein Wiedersehn, es gibt ein Wiedersehn, ein Wiedersehn im Paradies.«

Auf der Brücke war kein Mensch, der sie hören konnte. Sie sangen das Lied den blauen Bergen ihrer Heimat, den grauen Wassern des Elfs und den fächelnden Bäumen.

Nie sollten sie sie wiedersehen – und aus ihren vom Weinen zusammengeschnürten Kehlen klang das Abschiedslied. Du schönes Heimatdorf mit deinen freundlichen roten und weißen Häusern, mit den dichten Birkenhainen, mit deinen fruchtbaren Feldern und grünen Wiesen, mit deinem Hain und deinen Weideplätzen, mit deinem langen Tale, das der sich schlängelnde Elf durchschneidet, höre uns: Laßt uns zu Gott beten, daß wir uns wiedersehen. Laßt uns beten, daß wir dich im Himmel wiedersehen!

Als der lange Zug von Karren und Lastwagen über die Brücke gekommen war, führte der Weg am Kirchhof vorüber.

Drinnen auf dem Kirchhof lag ein großer, flacher Felsblock, der vom Alter ganz verwittert war. Es stand weder Name noch Jahreszahl darauf, aber man wußte aus alten Zeiten, daß ein Bauer aus dem Lynggaardgeschlecht darunter begraben lag.

Einmal, als Ljung Björn Olafsson, der jetzt nach Jerusalem zog, und sein Bruder Per noch Kinder waren, hatten sie auf dem Stein gesessen und zusammen geplaudert.

Im Anfang waren sie gute Freunde gewesen, schließlich aber hatten sie sich über irgend etwas veruneinigt, und waren eifrig und laut geworden.

Worüber sie sich eigentlich zankten, hatten sie später vergessen, was sie aber nie vergaßen, war, daß, während sie sich am allerärgsten zankten, sie ein langsames, aber deutliches Pochen unter dem Stein, auf dem sie saßen, hörten.

Sie schwiegen sofort still. Sie reichten sich die Hand und schlichen leise von bannen, und sie konnten den Stein später nie sehen, ohne daran zu denken.

Als Ljung Björn jetzt an dem Kirchhof vorüberfuhr, sah er seinen Bruder auf dem Stein sitzen, den Kopf in die Hände gestützt.

Ljung Björn hielt sein Pferd an und machte den anderen ein Zeichen, daß sie halten und auf ihn warten sollten. Er stieg vom Wagen herunter, kletterte über die Kirchhofsmauer und ging hin und setzte sich auf den Stein, neben den Bruder.

Per Olaf sagte sogleich: »Du hast den Hof verkauft, Björn.« – »Ja,« sagte Björn, »ich habe alles, was mein war, Gott gegeben.« – »Ja, aber der Hof war nicht dein,« entgegnete der Bruder ruhig. – »War es nicht mein Hof?« – »Nein, er gehörte der Familie.«

Ljung Björn erwiderte nichts, sondern saß stumm da und wartete. Er wußte, wenn sich der Bruder auf den Stein gesetzt hatte, so war das geschehen, um Worte des Friedens zu reden. Er war nicht bange vor dem, was Per sagen würde.

»Ich habe den Hof wiedergekauft,« sagte nun der Bruder.

Ljung Björn zuckte zusammen. »Du konntest dich nicht darein finden, daß er aus der Familie ging?«

»Ich bin nicht reich genug, um so etwas aus dem Grunde zu tun,« sagte er. Björn sah ihn fragend an. »Ich tat es, damit du etwas hättest, wohin du zurückkommen könntest.« Das Weinen stieg Björn bis in den Hals und er fing an zu schluchzen. »Und damit deine Kinder etwas hätten, wohin sie zurückkommen könnten.« Björn legte den Arm um den Hals des Bruders. »Und um meiner lieben Schwägerin willen,« sagte Per; »es ist gut für sie zu wissen, daß sie Haus und Heim hat, das hier steht und auf sie wartet. Das alte Heim soll immer offen stehen für jeden von euch, der zurückkommt.«

»Per,« sagte Björn, »setz' du dich in den Wagen und reise du nach Jerusalem, dann bleibe ich zu Hause. Du verdienst es mehr als ich, in das gelobte Land zu kommen.« – »Ach nein,« sagte der Bruder und lächelte: »Ich verstehe wohl, was du meinst, aber ich passe wohl am besten hierher.« – »Ich glaube, du paßt am besten in den Himmel,« sagte Björn. Er lehnte den Kopf an die Schulter des Bruders. »Nun mußt du mir dies alles verzeihen,« sagte er.

Sie standen auf und reichten einander die Hände zum Abschied. »Dies Mal wurde uns nicht gepocht,« sagte Per, als sie sich erhoben. – »Es war doch sonderbar, daß du darauf verfielst, hierher zu kommen und dich auf diesen Stein zu setzen,« sagte Björn. – »Wir Brüder haben in der letzten Zeit nicht gut Frieden miteinander gehalten, wenn wir uns begegneten.« – »Glaubtest du, ich sei heute zum Streit aufgelegt?« – »Nein, ich werde böse, wenn ich daran denke, daß ich dich verlieren soll.«

Sie gingen auf die Landstraße hinaus, und Ljung Björn drückte der Frau des Bruders kräftig die Hand. »Ich habe den Ljunghof gekauft,« sagte er. »Ich sage das nur, damit du wissen kannst, daß du etwas hast, wohin du zurückkommen kannst, wenn du willst.«

Ebenso drückte er dem ältesten Kind die Hand. »Denke daran, du Kleiner, daß du hier Haus und Hof hast, wohin du zurückkommen kannst, wenn du in das alte Land heimkehren willst.«

Und dann zog der lange Zug weiter.

Als der lange Zug von Karren und Lastwagen an dem Kirchdorf vorübergefahren war, kam er an eine große Schar von Verwandten und Freunden der von dannen Ziehenden, die ihnen Lebewohl sagen wollten. Es entstand ein langer Aufenthalt, denn alle wollten sie ihnen noch einmal die Hand drücken und einige Worte des Abschieds zu ihnen sagen.

Und als sie dann durch das Kirchdorf kamen, war der Weg voll von Menschen, die ihre Abreise sehen wollten. Da standen Menschen in allen Türen, sie bogen sich aus den Fenstern heraus, sie waren auf die Zäune geklettert, und die, die weiter entfernt wohnten, standen auf Hügeln und Höhen und wehten und winkten ihnen zu.

Der lange Zug fuhr langsam an den großen Menschenscharen vorüber, bis sie das Haus des Gemeindevorstehers, Lars Clemmensson erreichten. Dort machten sie Halt, und Gunhild stieg vom Wagen, um hineinzugehen und Lebewohl zu sagen.

Gunhild hatte auf dem Ingmarshof gewohnt, seit sie sich entschlossen hatte, mit nach Jerusalem zu ziehen. Sie meinte, dies sei besser als in Streit und Zank mit den Eltern zu leben, die sich nicht mit dem Gedanken aussöhnen konnten, daß ihre Tochter von ihnen fortreisen wollte.

Als Gunhild vom Wagen gestiegen war, sah sie, daß das ganze Haus wie ausgestorben war. Kein Mensch war an den Fenstern oder vor dem Hause zu sehen.

Als sie an die Pforte faßte, war sie verschlossen, aber sie kletterte über ein Gitter und gelangte auf den Hof. Auch die Haustür war verschlossen. Sie ging an die Küchentür, die war mit einer Krampe von innen versperrt.

Gunhild pochte mehrmals, aber als niemand kam und ihr öffnete, schob sie einen Stock hinein und hob die Krampe in die Höhe. Auf die Weise gelangte sie ins Haus.

In der Küche war kein Mensch, die gute Stube war ebenfalls leer, und auch in der Kammer war niemand.

Gunhild wollte nicht gehen, ohne den Eltern ein Zeichen zu geben, daß sie da gewesen war, um Lebewohl zu sagen. Sie ging an das Pult und öffnete die Klappe. Sie wußte, daß der Vater hier Feder und Tinte stehen hatte.

Sie konnte die Tinte nicht gleich finden, sondern suchte in Schränken und Schubladen. Da stieß sie auf einen Kasten, den sie gut kannte. Er gehörte der Mutter, sie hatte ihn als Brautgeschenk von ihrem Mann erhalten. Und als Gunhild noch klein war, war es ihre größte Wonne, ihn sehen zu dürfen.

Der Kasten war weiß lackiert, mit einer gemalten Blumengirlande und drinnen im Deckel war ein Bild eines Hirten, der einer Schar weißer Lämmer auf der Flöte vorspielte. Gunhild öffnete den Deckel, um den Hirten noch einmal zu sehen.

In diesem Kästchen hatte die Mutter in alten Zeiten das Liebste aufbewahrt, was sie auf der Welt besaß. Dort verwahrte sie ihrer Mutter dünngeschlissenen Verlobungsring, ihres Vaters alte Uhr und ihre eigenen goldenen Ohrringe.

Aber als Gunhild jetzt das Kästchen öffnete, sah sie, daß das alles herausgenommen war, und daß da statt dessen ein einziger Brief lag.

Dieser Brief war von ihr selbst. Sie hatte vor ein paar Jahren eine Reise nach Mora gemacht, und als sie über den Siljasee fuhr, kenterte das Boot. Mehrere von denen, die im Boot waren, ertranken, und die Eltern hatten gehört, daß auch Gunhild ums Leben gekommen sei.

Gunhild begriff, daß ihre Mutter so froh geworden war, als sie den Brief erhielt, der ihr von der Errettung der Tochter erzählte, daß sie alles andere aus dem Brautkasten genommen und den Brief als ihren größten Schatz da hineingelegt hatte.

Gunhild wurde leichenblaß, ihr Herz krampfte sich zusammen. »Jetzt weiß ich, daß ich meine Mutter morde,« sagte sie.

Sie dachte nicht mehr daran, etwas zu schreiben, sondern eilte von bannen. Sie kam hinaus und setzte sich wieder auf den Wagen, ohne auf die vielen Fragen zu antworten, ob sie ihre Eltern getroffen habe, und was sie gesagt hätten. Auf dem ganzen übrigen Weg saß sie regungslos da, die Hände in den Schoß gelegt, und starrte vor sich hin. »Ich morde meine Mutter,« dachte sie, »ich weiß, daß ich meine Mutter morde, ich weiß, daß Mutter stirbt.«

»Für mich gibt es keinen glücklichen Tag mehr auf der Welt,« dachte sie. »Ich komme in das heilige Land, aber ich morde meine eigene Mutter.«

Als der lange Zug von Karren und Lastwagen endlich durch das Kirchdorf gelangt und aus dem Tal hinausgekommen war, kam er an einen Birkenhain.

Hier bemerkten die Jerusalemfahrer zum erstenmal, daß ihnen ein paar Menschen folgten, die sie nicht kannten.

Solange die Fortziehenden noch unten im Dorf gewesen waren, hatten sie so viel damit zu tun gehabt, Lebewohl zu sagen und Abschied zu nehmen, daß sie keine Zeit hatten, den fremden Wagen zu beachten; aber hier im Hain wurden sie allmählich aufmerksam darauf.

Bald fuhr er allen andern Wagen vorbei, so daß er an die Spitze des Zuges gelangte, bald mäßigte er die Fahrt und ließ die andern voranfahren.

Es war ein ganz gewöhnlicher Arbeitswagen, von der Art, wie man sie überall gebraucht, aber gerade darum war es unmöglich, ausfindig zu machen, wem er gehörte. Auch das Pferd kannte niemand.

Er wurde von einem alten Mann gefahren, der ganz gebeugt saß und runzelige Hände hatte und einen langen, weißen Bart. Niemand kannte ihn, das war ganz sicher.

Aber neben ihm saß eine Frau, die sie zu kennen meinten. Niemand konnte ihr Gesicht sehen, denn sie hatte ein schwarzes Tuch um den Kopf, das sie mit den Händen so fest zusammenhielt, daß man nicht einmal die Augen sehen konnte.

Mehrere suchten aus ihrer Haltung und Größe zu erraten, wer sie sein könne, aber nicht zwei rieten auf dieselbe.

Gunhild sagte sogleich: »Das ist meine Mutter!« Aber Israel Tomassons Frau behauptete, es sei ihre Schwester.

Da war fast nicht einer, der nicht seine eigene Meinung darüber hatte, wer die sein könne, die dort im Wagen saß. Tims Halvor glaubte, es sei die alte Eva Gunnarstochter, die nicht mit nach Jerusalem hatte fahren dürfen.

Der Wagen blieb auf dem ganzen Wege bei ihnen, aber auch nicht ein einziges Mal lüftete die Frau das Tuch vor dem Gesicht.

Einigen der Davonziehenden ward sie zu einer, die sie liebten, anderen zu einer, die sie fürchteten; den meisten aber war es, als sei es eine, die sie verlassen und verraten hatten.

Mehrmals, wenn der Weg breit genug war, wiederholte es sich, daß die Fremde an der Wagenreihe entlangfuhr, dann still hielt und sie vorüberfahren ließ.

Dann saß die fremde Frau da, das Gesicht den Davonziehenden zugewendet, und betrachtete sie unverwandt, aber sie machte keinem von ihnen ein Zeichen, und keiner konnte sicher sein, wer sie war.

Sie begleitete sie bis an die Eisenbahnstation; da erwarteten sie, ihr Gesicht zu sehen. Aber als sie von dem Wagen abgestiegen waren und sich nach ihr umsahen, war sie verschwunden.

Während der lange Zug von Karren und Lastwagen durch den Kirchsprengel fuhr, sah man niemand auf den Wiesen mähen, niemand, der das Heu wendete und lüftete, niemand, der es in Haufen setzte.

An diesem Morgen ruhte die Arbeit; alle Menschen standen müßig am Wege oder sie kamen in ihren Sonntagskleidern gefahren, um das Geleite zu geben. Einige folgten dem Zuge eine Meile, andere zwei, aber einige von ihnen fuhren auch ganz bis an die Eisenbahnstation mit.

Während der ganzen Zeit, daß der Zug durch den Kirchsprengel fuhr, sah man auf dem ganzen Wege nur einen einzigen Mann, der arbeitete, und das war Hök Matts Eriksson. Er war nicht ausgegangen, um Heu zu mähen, das betrachtete er immer als eine Feierabendarbeit, sondern er hatte sich daran gemacht, Steine aus der Erde zu brechen, wie er es in seiner Jugend getan hatte, als er seine Erde für den Ackerbau urbar machte.

Gabriel Wattson sah den Vater von dem Wege aus als der Zug vorüberfuhr. Hök Matts ging auf dem heimischen Felde mit der Hebestange, brach Steine aus und trug sie zu einer Steinmauer zusammen. Er sah nicht von der Arbeit auf, sondern schleppte seine Steine dahin, und einige von ihnen waren so schwer, daß Gabriel meinte, es sähe aus, als müsse sein Rücken unter der Last brechen. Und dann warf er sie auf die Steinmauer nieder mit einer solchen Kraft, daß die Kanten absprangen und die Funken stoben.

Gabriel fuhr einen der Lastwagen, aber seine Pferde mußten eine lange Weile für sich selbst sorgen, denn Gabriel konnte die Augen nicht von dem Vater abwenden.

Der alte Hök Matts arbeitete und mühte sich ab. Er arbeitete gerade so wie damals, als der Sohn eben geboren war und der Vater alle Kraft daran setzte, um das Eigentum zu erweitern.

Der Kummer packte ihn hart an, aber Hök Matts brach immer größere und größere Steine aus und häufte sie auf die Mauer.

Bald nachdem der Zug vorübergezogen war, brach ein heftiges Gewitter mit einem Platzregen aus. Alle, die draußen waren, beeilten sich, unter Dach zu kommen, und Hök Matts wollte auch Schutz suchen; aber er besann sich und blieb draußen. Er wagte nicht, seine Arbeit zu verlassen.

Um die Mittagszeit kam seine Tochter in die Tür hinaus, um ihn zum Essen zu rufen.

Hök Matts war nicht sehr hungrig, aber er meinte doch, daß er etwas essen müsse. Und doch unterließ er es, hineinzugehen, er wagte nicht, mit seiner Arbeit aufzuhören.

Seine Frau hatte den Sohn an den Bahnhof begleitet. Und spät am Abend kam sie allein zurückgefahren. Sie ging zu dem Mann hin, um ihm zu erzählen, daß ihr Sohn jetzt fort sei, aber er mühte sich noch mit dem Brecheisen ab und schleppte Steine und wollte keinen Augenblick still stehen und hören, was sie zu erzählen hatte.

Die Nachbarn hatten gemerkt, wie Hök Matts an diesem Tage gearbeitet hatte. Sie kamen hinaus, standen still und sahen ihn eine Zeitlang an und gingen dann wieder hinein und erzählten: »Er geht da noch herum, er hat den ganzen Tag in einem Zug gearbeitet.«

Es wurde Abend, aber es war noch eine Weile hell, und Hök Matts fuhr fort zu arbeiten. Er meinte, daß, wenn er nur einen Schritt von seiner Arbeit fortging, ihn der Schmerz überwältigen müsse.

Seine Frau kam hinaus, die stand da und sah ihm zu. Das Feld war fast ganz urbar gemacht, und die Steinmauer war gewachsen, aber noch immer ging der kleine Mann umher und schleppte Steine, die besser für die Kräfte eines Riesen gepaßt hätten.

Einer oder der andere von den Nachbarn kam heraus, um zu sehen, ob Hök Matts noch arbeitete. Aber niemand sprach mit ihm.

Dann wurde es so dunkel, daß man ihn nicht mehr sehen konnte. Aber hören konnte man ihn, konnte hören, wie er immer noch einherging. Steine auf die Mauer häufte, so daß die Funken um ihn stoben.

Aber dann plötzlich, als er sich mit dem Brecheisen abmühte, flog es ihm aus der Hand, und als er sich niederbeugte, um es aufzunehmen, fiel er um. Er blieb am Boden liegen. Ehe er sich so weit besinnen konnte, um sich aufzulichten, schlief er ein. Nach einer Weile kam er ins Haus hinein. Er sagte nichts, dachte auch nicht daran, sich auszukleiden, sondern warf sich nur auf die hölzerne Bank und schlief sofort ein.

Die langen Reihen von Karren und Lastwagen erreichten endlich den Bahnhof.

Die Eisenbahn war erst kürzlich angelegt, und das Bahnhofsgebäude war ganz neu gebaut. Es lag auf einem großen, ausgerodeten Platz, mitten in dem dichtesten und finstersten Walde. Da war kein Dorf, da waren keine Felder oder Gärten, aber alles war groß und flott angelegt, weil man erwartete, daß eine ansehnliche Eisenbahnstadt hier in dieser öden und einsamen Gegend entstehen würde.

Rings um das Bahngebäude selbst herum war die Erde geebnet, es war ein breiter, gepflasterter Fahrweg angelegt und große Güterschuppen und ausgedehnte, leere, endlose Kiesplätze.

Ein paar Läden, einige Werkstätten und ein Hotel waren schon rings um die Kiesplätze herum angelegt, aber all das übrige lag noch als große, öde Wildnis da.

Auch hier floß der Dalelf. Er kam wild und zornig aus dem finsteren Walde gebraust und stürzte schäumend in einer Reihe von Wasserfällen herab. Die Jerusalemfahrer konnten kaum begreifen, daß dies der breite majestätische Elf war, von dem sie am selben Morgen Abschied genommen hatten.

Hier gab es keine lachenden Täler zu schauen, sondern die Aussicht war überall von dunklen, tannenbewachsenen Höhen begrenzt.

Als die kleinen Kinder, die mit ihren Eltern nach Jerusalem sollten, hier an diesem Ort vom Wagen hinabgehoben wurden, ward ihnen bange, und sie fingen an zu weinen. Die Kinder hatten sich sonst die ganze Zeit darauf gefreut, daß sie nach Jerusalem reisen durften. Aber bei der Trennung von der Heimat hatten sie viel geweint, und hier am Bahnhof waren sie ganz verzweifelt.

Die Erwachsenen hatten genug damit zu tun, das Gepäck vom Wagen zu nehmen und es in einen Güterwagen zu legen. Alle halfen und niemand hatte Zeit, acht zu geben, was die Kinder taten.

Aber die Kinder taten sich zusammen, sie standen in einer dichten Schar und beratschlagten.

Und dann nahmen die älteren die Kleinen bei der Hand und begaben sich auf den Weg, der von der Station fortführte, immer zu zweien, ein großes und ein kleines. Sie gingen den Weg, den sie gekommen waren, über das Sandmeer und das Stoppelfeld und den Elf, hinein in den finsteren Wald.

Nach einer Weile fielen einer von den Frauen die Kinder ein. Sie öffnete einen Vorratskorb und wollte ihnen etwas zu essen geben.

Sie rief nach ihnen, aber keins antwortete. Sie waren verschwunden; ein paar Männer mußten ausgehen und nach ihnen suchen.

Sie folgten den Spuren, die die vielen kleinen Füße im Sande hinterlassen hatten. Als sie eine Strecke in den Wald hineingekommen waren, erblickten sie die Kinder. Sie wandelten in einer langen Reihe dahin, immer zu zweien, immer ein großes und ein kleines. Als die Männer sie riefen, standen sie nicht still, sondern fuhren fort zu gehen. Da mußten die Männer anfangen zu laufen, um sie einzuholen.

Die Kinder versuchten davonzulaufen, aber die kleinsten konnten nicht mitkommen, sie strauchelten und fielen.

Da blieben die Kinder stehen, verweint und unglücklich.

»Aber Kinder, wo wollt ihr nur hin?« fragte einer der Männer. Da brachen die kleinsten Kinder in ein lautes Gebrüll aus, aber der älteste Knabe antwortete:

»Wir machen uns nichts daraus, nach Jerusalem zu kommen, wir wollen nach Hause.«

Und noch lange, nachdem die Kinder nach dem Bahnhof zurückgebracht und in die Wagen gesetzt waren, fuhren sie fort zu weinen und zu klagen: »Wir machen uns nichts daraus, nach Jerusalem zu kommen. Wir wollen nach Hause!«

II

Im Heiligen Lande

1. Buch.

Der heilige Fels und das heilige Grab.

Es war ein brennend heißer Augustmonat in Palästina. Jeden Tag stand die Sonne gerade über dem Kopf der Menschen. Da war nicht eine Wolke am Himmel, und seit dem April hatte es nicht geregnet. Es war gar nicht schlimmer, als es um diese Zeit des Jahres zu sein pflegte, aber es war trotzdem fast unerträglich. Man wußte nicht recht, was man tun sollte, um die Hitze fernzuhalten, oder wohin man fliehen sollte, um ihr zu entgehen.

Unten in Jaffa war es vielleicht noch am besten. Gerade nicht in der Stadt selbst, die mit ihren dicht zusammengedrängten Häusern auf ihrem steilen Felsen aufragte wie eine einzige große Festung, wo ein unleidlicher Geruch aus den engen Straßen und den großen Seifensiedereien aufstieg. Aber die Stadt lag dicht am Meer, und von dort kam doch etwas Kühlung. In der Umgegend konnte es sicher einigermaßen erträglich sein, denn Jaffa lag inmitten von wenigstens fünfhundert Orangenhainen, in denen die unreifen Apfelsinen unter harten, dunkelgrünen Blättern hingen, die sich ganz und gar nicht von dem Sonnenschein beeinflussen ließen.

Aber wie heiß war es nicht auch in Jaffa! Die hohen Rizinusbüsche standen mit ihren riesengroßen, verwelkten und eingeschrumpften Blättern da, nicht einmal die widerstandsfähigen Pelargonien besaßen Kräfte genug, um länger zu blühen, sondern lagen auf Steinhaufen und Sandgruben hinwelkend da, fast begraben unter Haufen von Staub. Wenn man die roten Blüten der Kaktushecken sah, kam es einem vor, als müsse das all die Wärme sein, die die dicken Stämme im Laufe des Sommers eingesogen hatten, und die nun in großen roten Flammen herausschlug. Man verstand erst so recht, wie heiß es war, wenn man sah, daß die Kinder, die über den Strand dahinliefen, um an das Meer hinauszugelangen und zu baden, die Füße hoch aufhoben und jammerten – der schöne, weiße Sand war so warm wie glühende Kohlen.

Und wenn man es nun in Jaffa nicht aushalten konnte, wohin sollte man dann fliehen? Da war es wenigstens noch besser als auf der meilenweiten Ebene von Saron, die jenseits der Stadt zwischen dem Meer und den Bergen lag. Es waren ja noch Menschen in den Dörfern und Städten, die über die Ebene zerstreut lagen, aber es war sehr schwer zu begreifen, wie sie es fertig brachten, nicht vor Hitze und Dürre zu vergehen. Sie wagten sich auch nur selten aus ihren Häusern heraus, die ohne Fenster waren, und verließen nie die Stadt, wo doch die Mauern der Häuser und einige vereinzelte Bäume ein wenig Schutz gegen die Sonne boten.

Draußen auf der offenen Ebene konnte man ebensowenig einen grünen Grashalm wie einen Menschen finden. Alle die prachtvollen roten Anemonen und Mohnblüten, all die kleinen Gänseblümchen und Nelken, die die Erde mit einem dichten rosa Teppich bedeckt hatten, waren verschwunden. Ebenso die Weizen-, Roggen- und Durraernte, die auf den bestellten Feldern in der Nähe der Stadt gewachsen war, sie war schon längst gemäht und eingefahren, und die Erntearbeiter mit ihren Ochsen und Eseln, mit ihrem Singen und Tanzen waren heimgezogen in ihre Dörfer. Die einzige Spur, die noch von der Herrlichkeit des Frühlings zurückgeblieben, waren die hohen, welken Stengel, die über dem versengten Felde aufragten, und die einstmals schöne, duftende Lilien getragen hatten.

Es gab wirklich eine ganze Menge Menschen, die behaupteten, daß sie den Sommer am allerbesten in Jerusalem ertragen könnten. Sie sagten, daß die Stadt ja freilich eng und von Menschen überfüllt sei, da sie aber auf dem Kamm des langen Bergrückens liege, der durch ganz Palästina lief, könne nicht ein Windhauch über das Land hingehen, aus welcher Himmelsrichtung er auch komme, ohne daß seine Kühle nicht die heilige Stadt erreiche.

Aber wie es sich auch mit den gepriesenen Winden und der leichten Bergluft verhalten mochte, so war doch auch in Jerusalem ausreichend Sommerhitze. Die Leute schliefen des Nachts auf den Dächern und schlossen sich des Tages ein. Sie mußten sich damit begnügen, übelriechendes Wasser zu trinken, das sich in der Winterzeit in unterirdischen Zisternen angesammelt hatte, und obendrein befürchten, daß es versiegen könne. Der geringste Windhauch wirbelte dichte Wolken von Kalkstaub auf, und ging man auf den weißen Wegen außerhalb der Stadt dahin, so versank der Fuß in dicken, seidenweichen Staub.

Aber das schlimmste war, daß die Sommerhitze die Menschen am Schlafen verhinderte. Alle schliefen schlecht, aber viele lagen Nacht für Nacht wach da. Und diese Schlaflosigkeit hatte zur Folge, daß die Einwohner von Jerusalem am Tage niedergeschlagen und reizbar waren und des Nachts beängstigende Gesichte sahen und von Angst und Verzweiflung geplagt wurden.

In einer solchen Nacht lag eine Amerikanerin in den mittleren Jahren, die schon längere Zeit in Jerusalem ansässig war, und wand und warf sich auf ihrem Lager umher, ohne einschlafen zu können. Sie trug ihr Bett aus dem Zimmer auf die offene Galerie hinaus, die rings um das Haus herumlief, sie legte kalte Umschläge auf ihren heißen Kopf, aber es half alles nichts.

Sie wohnte ungefähr fünf Minuten vor dem Damaskustor, in einem großen, palastähnlichen Hause, das ganz für sich lag. Man hätte also glauben sollen, daß die Luft dort frisch sei, aber in dieser Nacht war es ihr, als habe sich die Schwüle der großen Stadt auf ihr Haus herabgesenkt.

Es wehte ja freilich ein wenig Wind, aber der kam aus der Wüste und war heiß und scharf, als sei er voll von unsichtbarem Staub. Obendrein hatte eine Schar Straßenhunde sich auf einen Streifzug vor die Stadt begeben und erfüllte die Luft mit einem jämmerlichen, anhaltenden Gebell. Als die Amerikanerin einige Stunden wach gelegen hatte, überkam sie eine unendliche Niedergeschlagenheit. Sie versuchte, bei dem Gedanken zu verweilen, daß, seit sie infolge einer göttlichen Offenbarung nach Jerusalem gekommen war, ihr alles geglückt sei. Sie hatte eine Gemeinde gegründet und vielfache Versuchungen und Schwierigkeiten überwunden. Aber nichts konnte sie beruhigen; ihre Unruhe stieg mit jedem Augenblick.

Sie lag da und bildete sich ein, daß sie und ihre Getreuen ermordet werden, daß ihre Feinde das Haus anzünden würden, nachdem sie erst alle Ausgänge versperrt hatten. Es war ihr, als sende Jerusalem alle seine Fanatiker gegen sie aus, daß sie sie mit all dem Haß und all der Verzweiflungswut überfielen, die es innerhalb der Mauern dieser Stadt gab.

Sie bemühte sich, ihre gewohnte, frohe Zuversicht wiederzufinden. Warum sollte sie gerade jetzt verzweifeln, wo ihre Macht so große Fortschritte gemacht hatte, wo die Gordonkolonie durch fünfzig prächtige schwedische Bauern verstärkt worden war, die von Amerika herübergekommen waren, und wo man von Schweden noch gar viele dieser guten, zuverlässigen Menschen erwartete. In Wirklichkeit waren die Aussichten für ihr Unternehmen nie so licht gewesen wie gerade jetzt.

Um der Angst zu entgehen, stand sie schließlich auf und warf einen langen, weißen Mantel über, um hinauszugehen. Sie öffnete eine kleine Hintertür und wanderte in der Richtung auf Jerusalem zu. Bald bog sie jedoch vom Wege ab und erstieg einen kleinen, steilen Hügel. Von dessen Gipfel konnte sie in der mondhellen Nacht die Stadt mit ihrer zackigen Mauerkrone und ihren unzähligen großen und kleinen Kuppeln sich vom Nachthimmel abheben sehen.

Obwohl sie dastand und mit Angst und Unruhe kämpfte, beachtete sie doch die feierliche Schönheit der Natur. Palästinas grünlich weißer Mondschein goß seinen Schimmer über alles aus und verlieh allem ein Gepräge von etwas Wunderbarem und Geheimnisvollem. Plötzlich kam ihr der Gedanke, daß, ebenso wie es in alten Schlössern Zimmer gibt, in denen sich die Geister aufhalten, vielleicht diese uralte Stadt und die kahlen Hügel ringsumher die Gespensterstuben der alten Welt waren, ein Ort, wo man darauf gefaßt sein mußte, entschwundene Größen von den Bergen herabsteigen und die Toten der Vergangenheit in der Dunkelheit der Nacht umherschleichen zu sehen.

Mrs. Gordon empfand keine Angst, als diese Gedanken in ihr aufstiegen. Im Gegenteil erfüllten sie sie mit froher Erwartung. Seit der Nacht, wo sie auf L'Univers Schiffbruch erlitten und Gottes Stimme zu sich hatte reden hören, war es von Zeit zu Zeit geschehen, daß sie eine

Botschaft aus der anderen Welt erhalten hatte. Es war ihr, als harre ihrer in diesem Augenblick etwas Ähnliches. Sie hatte ein Gefühl, als erweitere sich ihr Herz, und die Gedanken arbeiteten mit wunderlicher Leichtigkeit und Klarheit. Ihre Sinne waren geschärft, sie merkte, daß die Nacht nicht still war, sondern voll von Stimmen und wunderbaren Lauten.

Ehe sie sich die Veränderung, die mit ihr vorgegangen war, klargemacht hatte, vernahm sie eine mächtig brausende Stimme, die aus einer sehr alten und rostigen Kehle zu kommen schien, die Worte aussprechen: »Wahrlich, ich kann mit Stolz meine Stirn über den Staub erheben, niemand ist mir gleich an Macht und Anbetung und Herrlichkeit.«

Kaum waren diese Worte ausgesprochen, als sie ein scharfes Läuten von der mächtigen Glocke in der Kirche des heiligen Grabes vernahm. Es war nur ein einziger Schlag, aber er klang stolz und scharf wie ein Widerspruch.

Die erste Stimme fuhr fort: »Bin ich es nicht, der die Stadt in der Wüste erbaut und sie bis auf den heutigen Tag erhalten hat? Bin ich es nicht, der die Welt mit Gottesfurcht erfüllt hat? Bin ich es nicht, der den Weltstrom in seinem Lauf gehemmt und ihn in ein neues Bett geleitet hat?«

Mrs. Gordon sah sich um. Die Stimme kam aus Osten, von der Seite der Stadt, wo der Tempel Salomonis einstmals gestanden hat, und wo die Omarmoschee sich jetzt scharf von dem graugrünen Nachthimmel abhob. Konnte es einer der Gebetsrufer der Moschee sein, der von einem Minarett herab auf diese Weise seinen Lobgesang in die stille Nacht hinaustönen ließ?

»Höre«, fuhr die Stimme von dem alten Tempelplatz fort, »ich erinnere mich dieser Gegend, noch ehe eine Stadt hier auf den Bergen erbaut war. Ich erinnere mich ihrer als eines steilen und unzugänglichen Bergrückens. Zu Anfang war es ein einziger zusammenhängender Felsen, aber all das Wasser, das seit der Erschaffung der Welt über ihn herabgeströmt war, zerbrach ihn und zersplitterte ihn in eine Unendlichkeit von Bergen. Einige von diesen Bergen hatten sanft gerundete Abhänge, andere waren weite Gebirgsebenen mit lotrechten Wänden, wieder andere waren so schmal und steil, daß sie kaum zu etwas anderem dienen konnten, als Brücken zwischen den verschiedenen Bergen zu bilden.«

Als die tiefe Stimme diese Schilderung beendet hatte, vernahm man abermals einige kurze Glockentöne von der Seite her, wo sich die Kuppel des heiligen Grabes erhob. Mrs. Gordon hatte ihr Öhr jetzt an die Laute gewöhnt, die durch die Nacht dahinsausten, und es ward ihr klar, daß auch dies eine Stimme war, die vernehmbare Worte aussprach. Es war ihr, als höre sie ein kurzes: »Auch ich habe dies gesehen.«

Die erste Stimme ertönte von neuem: »Ich entsinne mich, daß auf dem höchsten Punkte dieser Bergkette ein Berg dastand, der den Namen Moria trug. Er hatte ein düsteres und abstoßendes Aussehen, wie er sich mit seinem jähen Abhang und seinem scharf abgeschnittenen

Gipfel aus dem tiefen, dunklen Tal erhob, in dessen Grunde wilde Flüsse brausten. Nach Osten, nach Süden und Westen zu ragte der Berg Moria lotrecht und unzugänglich auf, nur nach Norden war er durch einen breiten Landstreifen wie durch eine Brücke mit den Bergen verbunden, die sich jenseits der tiefen Täler auftürmten.«

Mrs. Gordon setzte sich auf einen kleinen Steinhaufen. Sie stützte den Kopf in die Hände und lauschte.

Sobald die erste Stimme schwieg, gleichsam ermattet vom Reden, ertönte es von der andern Seite: »Auch ich entsinne mich, wie der Berg zuerst aussah.«

»Eines Tages geschah es,« ertönte es von neuem vom Tempelplatz her, »daß einige Hirten, die mit ihren Herden die Berge durchstreiften, diesen Berg erblickten, der so gut zwischen Tälern und anderen Bergen verborgen lag, als brüte er über großen Schätzen oder wunderbaren Geheimnissen.«

Hier wurde der Sprechende plötzlich von der Stimme mit dem Glockenklang unterbrochen. »Sie fanden nichts weiter als einen Felsblock, der auf der östlichen Seite des Berges lag. Es war ein großer, runder, ziemlich flacher Stein, der von einem darunterliegenden Felsblock ein wenig über den Erdboden emporgehoben wurde und Ähnlichkeit mit dem Kopf eines Riesenpilzes hatte.«

»Aber die Hirten,« fuhr die erste Stimme fort, »die alle heiligen Sagen seit der Erschaffung der Welt kannten, wurden bei diesem Anblick von großer Freude ergriffen. ›Dies ist der große schwebende Felsblock, von dem die Alten so viel zu erzählen hatten‹, sagten sie. ›Dies ist der Stein, der der erste war, als Gott die Welt erschuf. Von hier aus spannte er die Erdfläche nach Westen, Osten, Norden und Süden aus, von hier aus erbaute er die Berge und rollte die Meere bis an das feste Himmelsgewölbe hin.‹«

Der Sprecher hielt einen Augenblick inne, als erwarte er einen Widerspruch, aber die Glockenstimme schwieg.

»Dies ist wunderbar«, dachte Mrs. Gordon. »Es können keine Menschen sein, die reden.« Aber im Grunde erschien ihr das Ganze wunderbar. Der schwüle Wind und die grünlich bleiche Nacht bewirkten, daß das Wunderbarste ganz natürlich erschien.

»Die Hirten eilten mit schnellen Schritten den Berg hinab,« fuhr die alte Stimme fort, »um in der ganzen Gegend zu verkünden, daß sie den Grundstein der Erde gefunden hätten. Und bald sah ich große Menschenscharen zu dem Berge Moria hinausziehen, um auf mir, dem schwebenden Felsblock, dem Herrn zu opfern und ihm für sein herrliches Schöpferwerk zu danken.«

Als dies gesagt war, erhob sich die Stimme zu etwas, das einem Gesang glich. Und mit dem hohen, gellenden Tonfall, mit dem die Derwische den Koran herzusagen pflegen, rief sie aus: »Da empfing ich zum ersten Male Anbetung und Opfer. Das Gerücht von meinem Dasein verbreitete sich nach allen Richtungen hin. Fast an jedem Tage konnte man lange Karawanen sich von den weißgrauen Bergen auf dem Wege zu dem Berge Moria hinabschlängeln sehen. Wahrlich, ich kann mit Stolz meine Stirn erheben. Durch mich hatte der schroffe Berggipfel aufgehört, einsam und verlassen dazuliegen. Um meinetwillen strömten so viel Menschen nach dem Berg Moria, daß die Kaufleute ihren Vorteil darin sahen, mit Waren hierher zu ziehen, um einen Markt abzuhalten. Um meinetwillen erhielt der Berg feste Bewohner, die davon lebten, die Opfernden mit Brennholz und Wasser, mit Feuer und Räucherwerk, mit Tauben und Lämmern zu versorgen.«

Die andere Stimme schwieg noch immer, aber Mrs. Gordon erhob überrascht den Kopf. Der, der so sprach, mußte der heilige Fels selber sein. Es war die Stimme des großen Felsblockes, der unter dem prachtvollen Mosaikgewölbe in der Omarmoschee ruhte.

Jetzt ertönte sie von neuem. »Ich bin der Erste, der Einzige, ich bin der, den anzubeten die Menschen nie aufhören werden.« Kaum war dies gesagt, als mit starken Tönen von der Kirche des heiligen Grabes her geantwortet wurde: »Du vergißt zu erzählen, daß ungefähr in der Mitte derselben Hochebene, auf der du selbst ruhtest, sich ein elender kleiner Hügel befand, der mit einem Hain von wilden Olivenbäumen bewachsen war. Und du möchtest sicher am liebsten vergessen, daß der alte Patriarch Sem, der ein Sohn Noahs, des zweiten Stammvaters der Menschen, war, eines Tages auf den Berg Moria kam. Er war so altersschwach, daß er dem Rande des Grabes nahe war, er ging langsam und mit schleppenden Schritten. Er war von zwei Dienern begleitet, die solche Werkzeuge trugen, wie man sie gebraucht, um ein Felsgrab auszuhauen.«

Jetzt schwieg die alte, heisere Stimme.

»Du tust so, als wüßtest du nicht, daß Noah, der Vater Sems, den Schädel Adams, des ersten Menschen, als ein kostbares Andenken an den Stammvater der Menschheit besessen und aufbewahrt hatte. Als Noah starb, hinterließ er den Schädel Sem und nicht einem seiner anderen Söhne, weil er voraussah, daß von Sem das höchste aller Völker abstammen sollte. Und als Sem seine letzte Stunde herannahen fühlte, beschloß er, das Heiligtum des Geschlechts auf dem Berge Moria zu begraben. Da er aber die Gabe der Prophezeiung besaß, begrub er den Schädel nicht unter dem heiligen Felsen, sondern unter dem kleinen, unansehnlichen Hügel, der mit Ölbäumen bewachsen war, und der seit jenen Tagen den Namen Golgatha oder Schädelstätte trug.«

»Ich entsinne mich wohl dieses Vorfalles,« erwiderte die heisere Stimme, »und ich entsinne mich auch, daß die, die den Steinblock anbeteten, es wunderlich fanden. Sie glaubten, daß der Patriarch, alt und todkrank, wie er war, nicht mehr recht wisse, was er tat.«

Ein einziger schriller Ton erklang von der Kirche her. Mrs. Gordon fand, daß er fast einem kurzen Hohngelächter gleiche.

»Aber was hat ein so unbedeutendes Geschehnis zu sagen?« ertönte es wieder von der Moschee her. »Der Stein nahm beständig zu an Macht und Heiligkeit. Fürsten und Völker kamen dorthin gewandert, um für ihr Glück und ihren Erfolg zu opfern. Ich entsinne mich auch des Tages, wo ein Patriarch, der größer war als Sem, den Berg besuchte. Ich habe Abraham gesehen, wie er, weißbärtig und ehrwürdig, mit seinem Sohn Israel an der Seite dahergewandert kam, und Abraham suchte nicht dich auf, o Golgatha, sondern auf der schwebenden Felsklippe errichtete er den Scheiterhaufen und band den Knaben fest.«

Es kam eine zornige Unterbrechung von der Kirche des heiligen Grabes her. »Dies soll dir natürlich immer zur Ehre angerechnet werden, vergiß aber nicht ganz, daß du die Ehre mit mir teilen mußtest. Entsinnst du dich nicht, daß, als Gottes Engel das Messer aus der Hand des Patriarchen gerissen hatte und auf dem Berg umherwanderte, um ein Opfertier zu suchen, er auf Golgatha einen Widder fand, der mit den Hörnern an einem Olivenbusch festhing.«

Mrs. Gordon lauschte noch immer mit der gespanntesten Aufmerksamkeit. Aber je mehr sie von dem Streit der beiden Heiligtümer hörte, um so mutloser dachte sie an ihre eigene Berufung. »Ach, mein Gott, warum hast du mir den Auftrag gegeben, das Gebot der Einigkeit zu verkünden? Streit und Zank sind das einzige, was seit Erschaffung der Welt von Bestand gewesen ist.«

Plötzlich begann die alte Stimme von neuem.

»Ich vergesse nichts von dem, was des Erinnerns wert ist. Ich vergesse folglich auch nicht, daß schon zu Abrahams Zeiten die Bergebene keineswegs eine Wüste war. Hier lag eine Stadt mit einem König, der der höchste Priester des heiligen Felsens war und über ein Volk von Priestern und anderen Dienern des heiligen Felsens herrschte. Dieser König war Melchisedek, er war der erste, der regelmäßig wiederkehrende Opfer und schöne heilige Handlungen einsetzte, die auf dem heiligen Felsen gefeiert werden sollten.«

Gleich darauf kam die Antwort von der andern Seite: »Auch ich erkenne Melchisedek als einen heiligen Mann und einen Propheten an. Nichts beweist besser, daß er einer von Gottes Auserwählten war, als daß er wünschte, in einer Felsengrotte unter Golgatha begraben zu werden, an derselben Stelle, wo Adams Haupt ruhte. Hast du niemals daran gedacht, welche prophetische Bedeutung darin liegt, daß der erste Sünder und der erste Höchstepriester an diesem Ort begraben wurden?«

»Ich habe gehört, daß du diesem eine große Bedeutung beilegst,« erwiderte der heilige Fels, »aber ich weiß etwas, was noch mehr zu bedeuten hat. Die Stadt auf dem Berge wuchs und entwickelte sich. Die Täler und Berge hier umher bevölkerten sich und bekamen feste Namen. Bald behielt nur noch die östliche Seite des Berges, da, wo der heilige Fels lag, den Namen Moria. Der Berg an der Südseite wurde Zion genannt, der nach Westen zu Gareb, der nach Norden zu Bezetha.«

»Es war aber noch immer nur eine kleine Stadt, dier auf dem Berge lag«, lautete die Antwort von der Kirche her. »Hier wohnten fast nur Hirten und Priester. Die Leute hatten keine Lust, in diese unfruchtbare Steinwüste hinauszuziehen.«

Hierauf wurde mit so scharfer und siegesstolzer Stimme geantwortet, daß Mrs. Gordon fast zusammenfuhr, wie sie so dasaß und lauschte.

»Ich habe König David gesehen, in einem roten Gewand und schimmernder Rüstung stand er da und sah über diese Stadt hinaus, ehe er den Königssitz hierher verlegte. Warum wählte er nicht das reiche, lächelnde Bethlehem? Warum nicht Jericho in dem fruchtbaren Tal? Warum machte er nicht Gilgal, nicht Hebron zu der Hauptstadt Israels? Ich sage dir, daß er diesen Ort um des schwebenden Felsen willens wählte. Er wählte ihn, weil Israels Könige auf dem Berge wohnen mußten, den meine Heiligkeit seit Jahrhunderten überschattet hatte.«

Und jetzt begann die Stimme zum zweitenmal mit langgezogenen Tönen einen Lobgesang anzustimmen:

»Ich denke an diese große Stadt mit ihren großen Mauern und Türmen. Ich denke an die Königsburg auf dem Berge Zion mit den tausend Wohnungen. Ich denke an die Kramläden und Werkstätten, an die schimmernden Mauern und die hohen Tore und Türme. Ich denke an die wimmelnden Straßen, an alle die Schönheit und Pracht in der Stadt Davids.

Und wenn ich hieran denke, muß ich wohl sagen: Hier ist deine Macht, o Fels! Aus dir ward alles dies hervorgelockt. Stolz kannst du deine Stirn erheben. Niemand ist dir gleich an Anbetung und Heiligkeit! Aber du, Golgatha, warst nur ein Fleck auf Erden, ein kahler Berggipfel außerhalb der Stadtmauer. Wer betete dich an, wer brachte dir Opfer, wer wußte etwas von deiner Ehre?«

Zur selben Zeit, als dieser Lobgesang in die Luft hinaustönte, hörte man die Stimme der Glocke zornerfüllt, aber doch ruhiger als bisher, gleichsam von Ehrfurcht gedämpft, reden: »Man merkt, daß du alt wirst, du übertreibst alles, was du in deiner Jugend gesehen hast, so wie die alten Leute es zu tun pflegen. Davids Stadt erstreckte sich nur dort, auf der südlichen Seite, dort über Zion. Sie reichte nicht einmal so weit bis zu mir, mitten auf den Berg hinauf. Es war ja ganz natürlich, daß ich außerhalb der Stadtmauern liegen bleiben mußte.«

Aber die singende Stimme fuhr fort, ohne sich unterbrechen zu lassen: »Deine größte Ehre, o Fels, erreichtest du doch unter Salomon. Der Bergrücken um dich her ward so glatt wie ein Fußboden und mit flachen Steinen belegt. Und rings um diesen Fußboden herum wurden hohe Säulengänge aufgeführt, wie um die Festhallen der Könige. In der Mitte wurde der Tempel mit dem Heiligen und dem Allerheiligsten errichtet. Und über dir, o Fels, ward der Tempel erbaut, und auf dir, der du der Grundstein der Erde bist, ruhte die Bundeslade zusammen mit den Gesetzestafeln in dem Allerheiligsten.«

Jetzt vernahm man keinen Widerspruch von der Kirche her, nur einen dumpfen Laut, der einer Klage glich.

»Und zu Salomons Zeit wurde Wasser aus der Tiefe der Täler zu den Hochebenen um Jerusalem hinaufgeleitet, denn Salomon war der weiseste unter allen Königen. Da sproßten Bäume aus dem dürren, weißgrauen Berge empor, und zwischen den Steinen wuchsen Rosen. Und im Herbst konnte man in den Lustgärten, die den Berg bedeckten, Feigen und Trauben, Granatäpfel und Oliven zur Freude Salomons pflücken. Du aber, Golgatha, warst auch jetzt noch ein nackter Berg innerhalb der Stadtmauern. Du warst so gering und unfruchtbar, daß niemand von den reichen Leuten zu Salomons Zeit dich in seine Lustgärten hinaufzog und kein armer Mann auch nur einen Weinstock auf dir pflanzte.«

Als dieser neue Angriff kam, schien es indes, als bekomme der Widersacher Mut, sich zu verteidigen.

»Du vergißt aber, daß selbst zu dieser Zeit etwas geschah, das von Golgathas künftiger Herrlichkeit wahrsagte. Denn gerade damals kam die weise Königin von Saba, um Salomon zu besuchen. Der König empfing sie in seinem Palast, der deswegen der Libanonpalast genannt wurde, well er aus den Zedern des fernen Libanon erbaut war.

Als Salomon der arabischen Königin dieses mächtige Gebäude zeigte, desgleichen sie noch nie gesehen hatte, fesselte einer der Balken in der Wand ihre Aufmerksamkeit. Er war ungewöhnlich dick, und wenn man ihn genau betrachtete, konnte man sehen, daß er aus drei zusammengewachsenen Stämmen bestand.

Das Herz der weisen Königin ergriff ein Beben, als sie sah, daß dieser Baum in den Palast des Königs gebracht war, und sie beeilte sich, ihm seine Geschichte zu erzählen. Sie erzählte ihm, daß der Engel, der das Paradies nach der Austreibung der ersten Menschen bewachte, einstmals Adams Sohn Set erlaubt hatte, in den lieblichen Garten hineinzukommen. Er durfte so weit gehen, bis er den Baum des Lebens erblickte. Als Set wieder hinausgehen wollte, schenkte ihm der Engel zum Abschied drei Samenkörner von diesem wunderlichen Baum. Diese Samenkörner legte Set auf Adams Grab auf dem Berge Libanon in die Erde, und daraus wuchsen drei Stämme hervor und bildeten einen einzigen Baum.

Es ist dieser Baum, sagte die Königin, den die Holzhauer König Herams für dich, o König, gefällt haben, und der in dein Schloß hineingebaut ist. Aber es ist prophezeit, daß an diesem Baum einstmals ein Mensch sterben soll, und wenn das geschehen ist, dann wird Jerusalem fallen, und alle Stämme Israels werden zerstreut werden. Damit eine so böse Prophezeiung nicht in Erfüllung gehen möge, riet sie dem Könige, den Baum zu zerstören, und Salomon ließ ihn aus der Wand seines Palastes herausnehmen und befahl, daß er in den Teich Bethesda geworfen werde.«

Nach dieser langen Rede wurde es still. Mrs. Gordon glaubte fast, daß sie nichts mehr hören würde.

Endlich begann die Stimme der Glocke von neuem: »Ich denke zurück an strenge Zeiten. Ich entsinne mich, wie der Tempel zerstört und das ganze Volk in Gefangenschaft geführt wurde. Wo war da deine Ehre und dein Glanz, o Fels?« Erst eine Zeit darauf ertönte die Antwort des Felsens: »Bin ich denn allmächtig? – Aber selbst wenn ich fiel, habe ich mich immer wieder von neuem erhoben. Entsinnst du dich nicht des Glanzes, der mich zu Herodes' Zeit umstrahlte? Entsinnst du dich der drei Vorhöfe, die den Tempel umgaben. Entsinnst du dich des Feuers auf dem Brandopferaltar, das während der Nacht mit einer so hohen Flamme brannte, daß sie die Stadt erleuchtete? Entsinnst du dich der Tempeltür des Herodes, die die Schöne genannt wurde, wo er mehr als hundert Porphyrsäulen errichtete? Entsinnst du dich des Weihrauchduftes vom Tempel, der bei westlichem Winde bis nach Jericho hinab gespürt werden konnte? Entsinnst du dich des Getöses, wenn die kupfernen Tore aufgetan wurden? Entsinnst du dich, wie die Babylonier Vorhänge vor dem Allerheiligsten aufhängten, die mit Rosen aus purem Golde durchwebt waren?«

Kurz und barsch klang es von der Kirche herunter: »Alles dessen entsinne ich mich. Aber ich entsinne mich auch, daß zu jener Zeit Herodes den Teich Bethesda reinigen ließ. Ich entsinne mich, daß seine Arbeiter auf dem Grunde den Baum des Lebens fanden, der in der Wand von Salomons Schloß gesessen hatte, und daß sie den dicken Balken an das Ufer des Teiches warfen.«

»Entsinnst du dich,« fuhr die Stimme des Felsens in stolzem Jubel fort, »entsinnst du dich der glänzenden Stadt, wo die Fürsten und Völker Judas auf Zion wohnten, und wo Römer und Fremde in der Nähe von Bezetha wohnten? Entsinnst du dich der Burg Mariamne und der Burg Antonia? Entsinnst du dich der starken Tür, entsinnst du dich der turmgeschmückten Ringmauer?«

»Ich entsinne mich alles dessen«, ertönte es von der Kirche her, »aber ich entsinne mich auch, daß gerade zu jener Zeit der Ratsherr Joseph von Arimathia ein Felsengrab in seinem Garten aushauen ließ, der ganz nahe bei Golgatha lag.«

Die Stimme von der Moschee her zitterte ein wenig, aber sie fuhr unverzüglich fort:

»Entsinnst du dich der mächtigen Völkerwanderung nach Jerusalem zu den großen Festen? Entsinnst du dich, wie alle Wege Palästinas von Menschen wimmelten und die Abhänge vor der Stadt dicht mit Zelten bedeckt waren? Entsinnst du dich der Männer aus Rom, aus Athen, aus Damaskus, aus Alexandrien, die herbeiströmten, um die Herrlichkeit des Tempels und der Stadt zu sehen? Entsinnst du dich dieses stolzen Jerusalems?«

Der Glockenklang antwortete mit unerschütterlichem Ernst: »Freilich entsinne ich mich alles dessen. Aber ich habe auch nicht vergessen, daß zu dieser Zeit die Henkersknechte des Pilatus den Baum des Lebens am Ufer des Teiches Bethesda fanden und ein Kreuz daraus zimmerten, auf dem ein zum Tode verurteilter Verbrecher hingerichtet werden sollte.«

»Verachtet und übersehen bist du immer gewesen«, tönte es bitter von der Moschee her. »Aber bis dahin warst du doch nichts weiter als ein unbemerkter Fleck auf Erden. Zu dieser Zeit aber widerfuhr dir die Schmach, daß die Henkersknechte dich als Richtstätte benutzten. Ich entsinne mich dieses Tages, wo sie drei Kreuze auf dem Berge Golgatha errichteten.«

»Wahrlich verdiente ich, verworfen zu werden, könnte ich jemals des Tages vergessen«, erwiderte die Kirche in feierlichem Ton, der in die Luft hinausströmte, als sei er von lobsingenden Chören begleitet. »Und ich entsinne mich auch, daß gleichzeitig, als der Baum des Kreuzes auf Golgathas Felsen gepflanzt wurde, das große Osteropfer auf dem Berge Moria stattfand. Die Auserwählten traten, festlich gekleidet, in die säulengeschmückten Vorhöfe. Zwischen sich trugen sie lange Stangen, an denen die Opferlämmer hingen. Als die Vorhöfe so voll von Menschen waren, daß sie nicht mehr umfassen konnten, wurde die Tempelpforte geschlossen, und Trompetenstöße gaben das Zeichen, die Feier zu beginnen.

Da wurden die Tiere an Haken zwischen den Säulen aufgehängt und geschlachtet. Die Priester standen in einer langen Reihe quer über den Hof aufgestellt und reichten das Blut der Opfertiere in Schalen von Silber und Gold nach dem Brandaltar hinauf. Und so viel Blut wurde da vergossen, daß es den ganzen Hof überschwemmte. Die Priester mußten auf Schemeln stehen, damit nicht die Säume ihrer langen weißen Gewänder mit Blut getränkt wurden. Aber im selben Augenblick, als der Gekreuzigte auf Golgatha starb, wurde das große Opferfest im Tempel unterbrochen. Eine mächtige Finsternis senkte sich über das Heiligtum herab, das ganze Haus erzitterte unter dem Erdbeben, und der babylonische Vorhang zerriß von oben bis unten, als Zeichen, daß von dieser Stunde an die Macht und die Ehre und die Herrlichkeit von Moria auf Golgatha übergehen sollte.«

»Dieses Erdbeben erschütterte auch Golgatha«, fiel die alte Stimme ein. »Der ganze Berg zerbarst.«

»Ja, wahrlich«, erwiderte die Kirche in demselben tiefen, lobsingenden Tonfall. »Im Golgathaberge entstand eine tiefe Spalte, und, durch die hindurch floß das Blut des Kreuzes hinab bis an das Felsengrab in seinem Innern und verkündete dem ersten Sünder und dem ersten Höchstenpriester, daß die Versöhnung vollbracht sei.«

In diesem Augenblick ertönte ein starkes und anhaltendes Läuten von der Kirche her, und gleichzeitig stiegen von dem Minarett der Moschee die langgezogenen, klagenden Laute, die die Gläubigen zum Gebet rufen. Mrs. Gordon konnte hören, daß eine der heiligen Stunden der Nacht angebrochen war, aber dies traf so unmittelbar nach der Rede über die Kreuzigung ein, daß es auf sie wirkte, als hätten die beiden Alten die Gelegenheit ergriffen, um ihrem Stolz und ihrer Demütigung Luft zu machen.

Kaum war das starke Getöse verklungen, als die Moschee in einem feierlichen Ton begann: »Ich bin der große Fels, der ewig bestehende, was aber ist Golgatha? Ich bin der, der ich bin;

niemand kann daran zweifeln, wo er mich zu suchen hat. Wo aber ist Golgatha? Wo ist der Berg, auf dem das Kreuz in den Felsgrund herabgesenkt wurde? Niemand weiß es. Wo ist das Grab, in das Christus gelegt wurde? Niemand kann mit Sicherheit die Stelle angeben.«

Sogleich ertönte die Antwort von Golgatha her: »Kommst auch du mit diesen Beschuldigungen? Du solltest es doch besser wissen, du, der du so alt bist, daß du dich entsinnen kannst, wo Golgatha gelegen hat. Du hast seit Jahrtausenden den Berg auf seinem Platz vor dem Tor der Gerechtigkeit gesehen.«

»Ach ja, wahrlich bin ich alt«, wiederholte die Moschee. »Aber du sagst ja, daß die Alten ein schlechtes Gedächtnis haben. Es lagen viele kahle Hügel vor Jerusalem, und es sind unendlich viele Gräber in den Felsen ausgehauen. Wie kann ich wissen, welches das rechte ist?«

Mrs. Gordon ward immer ungeduldiger. Sie empfand fast Lust, sich in die Unterhaltung einzumischen. Was war dies? Klangen ihr nur diese wunderlichen Stimmen ins Ohr, um ihr alte Geschichten zu erzählen, die sie schon längst gehört hatte? Sie hatte Lust, ihnen zuzurufen, daß sie ihr die tiefen Geheimnisse des Reiches Gottes offenbaren sollten, während die beiden Alten an nichts weiter dachten, als an eine elende Zänkerei darüber, wer am größten an Ehre und Macht sei.

Auch die Stimme der Glocke klang ungeduldig: »Es ist hart, wieder und wieder auf die Anschuldigung antworten zu müssen, daß ich nicht der bin, für den ich mich ausgebe. Du entsinnst dich doch, daß schon die ersten Christen mich zu besuchen pflegten, um die Erinnerung an die großen Begebenheiten aufzufrischen, die rings um Golgatha her stattgefunden hatten?«

»Ja,« antwortete die Moschee, »das alles mag ja wahr genug sein, aber ich bin fest überzeugt, daß du den Christen zwischen neuaufgeführten Straßen und Häuserreihen entschwunden bist, als sich die Stadt erweiterte und Herodes Antipas die neue Ringmauer erbaute.«

»Ich bin ihnen entschwunden,« erwiderte das heilige Grab, »sie scharten sich beständig um Golgatha, bis die Belagerung von Jerusalem begann, als sie die Stadt verließen.«

Hierauf erwiderte der heilige Fels nicht ein einziges Wort. Er schien überwältigt zu sein von den traurigen Erinnerungen, die hervorgerufen wurden.

»Denn der Tempel ward zerstört,« rief die Kirche, »der heilige Tempelgrund ward von Ruinen bedeckt, und Roms Kaiser befahl, daß diese Ruinen nicht fortgeschafft werden durften. Sechshundert Jahre lagst du, o Fels, unter Schutt und Asche begraben.«

»Was sind sechshundert Jahre für mich«, erwiderte der Fels erzürnt und stolz. »Niemand kann doch daran zweifeln, daß ich auf meinem Platz bin, aber um dich ist immer Streit gewesen.«

»Wie kann Streit um mich sein, der ich durch ein Wunder Gottes wiedergefunden wurde?« erwiderte die Kirche mit demütiger Freude. »Das war, als die Kaiserin Helena, die eine

Christin und Heilige war, in einem Traum den Befehl von Gott erhielt, nach dem heiligen Lande zu ziehen und die Heiligtümer auf den erinnerungsreichen Stätten aufzubauen.«

»Ach ja, ich entsinne mich der Tage, als die Kaiserin nach Jerusalem kam. Ich entsinne mich ihres Gefolges von Fremden und gelehrten Männern. Ich entsinne mich, wie sie zu Anfang vergebens nach der Stätte spähten, wo das heilige Grab zu finden war.«

»Aber zu jener Zeit lag ungefähr mitten in der Stadt ein Venustempel, und die Kaiserin hörte, daß Kaiser Hadrian ihn an einem Ort hatte aufführen lassen, den einst die Christen heilig hielten. Sie ließ den Tempel abbrechen, und es zeigte sich, daß er über Golgatha erbaut war. Unter dem Tempelgrunde fand man, vollständig unbeschädigt und auf diese Weise der Nachwelt erhalten, sowohl das heilige Grab als auch den Felsen Golgatha mit dem Grabe Melchisedeks und die Spalte in dem Berge, aus der, wie man behauptete, noch Blut floß. Man fand auch den Salbungsstein– – –«

Jetzt unterbrach die Moschee die Rede mit einem lauten Hohngelächter. »Aber höre nun den letzten und wichtigsten Beweis,« fuhr die Kirche fort, ohne sich stören zu lassen.« Nichts wünschte die Kaiserin so sehr, als das heilige Grab wiederzufinden, aber das war vollständig verschwunden. Erst nach langem, vergeblichem Suchen kam ein alter, weiser Mann zu der Kaiserin und erzählte ihr, das Kreuz liege tief unter der Erde versteckt. Er beschrieb die Stelle, wo es zu suchen sei. Man müsse tief graben; denn die Soldaten hatten das Kreuz in einen der Wallgräben geworfen und ihn bis zum Rande mit Steinen und Erde angefüllt. Und ich kann noch die fromme Kaiserin sehen, wie sie dort am Rande des Wallgrabens saß und ihre Arbeiter ermunterte. Ich entsinne mich auch des Tages, als das heilige Kreuz auf dem Grunde des alten Grabens gefunden wurde.«

Die Kirche redete jetzt ganz allein. Sie ließ sich nicht dadurch stören, daß von der Moschee her höhnische Rufe und spöttisches Gelächter erklangen.

»Ich entsinne mich der Reihe von Wundern, die der Wiederauffindung des Kreuzes folgten. Ich glaube, selbst du wagst nicht, sie zu bestreiten. Auch du hast die Freudenrufe der Kranken gehört, die durch die heilige Reliquie geheilt wurden. Auch du entsinnst dich der Pilgrimzüge, die aus allen Ländern herbeiströmten. Du entsinnst dich der vielen frommen Männer, die sich in den Felsenschluchten Palästinas niederließen. Du entsinnst dich aller der Klöster und Kirchen, die aus der Erde emporschossen.

Oder hast du, o Fels, die herrlichen Gebäude vergessen, die Konstantin und seine Mutter über dem heiligen Grabe aufführen ließen? An der Stelle, wo das Kreuz gefunden wurde, ward eine Basilika erbaut, aber über der Felsengrotte des heiligen Grabes errichtete man eine schöne Rundkirche.

Sicherlich erinnerst du dich, o Fels, der griechischen Baumeister, die diese Gebäude mit ebenso großer Pracht aufführten, als seien es Gemächer in einem Kaiserschloß. Du entsinnst dich sicher der Karawanen, die über die Berge dahergezogen kamen, mit den kostbarsten Steinen und Gold beladen, die zu der Ausschmückung der Kirche erforderlich waren. Du erinnerst dich der Porphyrsäulen und der silbernen Kapitäle. Du entsinnst dich der Mosaikwölbung der Grabeskirche, du entsinnst dich der schmalen Fenster, durch die das Licht hineinfiel, das sich in Scheiben aus Alabaster und farbigem Glas brach, bis jeder Lichtstrahl blitzte, als ginge er von einem Diamanten aus. Du entsinnst dich des geschnitzten Gitterwerks um die Emporen, der doppelten Säulenreihe und der Kuppel, die stark und licht über dem Gebäude schwebte. Du entsinnst dich mitten in der Kirche der Grotte des heiligen Grabes, die ungeschmückt und unberührt in all dieser Pracht ruhte.

Und die Zeit nach der Errichtung dieser Gebäude! Du entsinnst dich wohl, daß alle Christen im Morgenlande Jerusalem als ihre heilige Stadt betrachteten, daß nicht nur schnell davonziehende Pilger allein sie besuchten. Entsinnst du dich nicht mehr, wie Bischöfe mit ihrem Gefolge von Priestern kamen und ihre Kirchen und Schlösser rings um die Grabeskirche bauten? Sahest du nicht den Patriarchen der Armenier ebenso wie den der Griechen und der Assyrer ihre Throne hier errichten? Und sahest du nicht Kopten aus dem alten Ägypten und Abessinier aus dem Herzen Afrikas kommen? Du sahest Jerusalem wieder aufgebaut, eine Stadt von Kirchen und Klöstern, von Gasthäusern und frommen Stiftungen. Du weißt, daß sein Glanz größer war denn je.

Aber dies alles war mein Werk, o Fels. Du lagest damals vergessen und unbeachtet auf dem Berge Moria. Du warst mit Ruinen bedeckt und unter einem Aschenhaufen verborgen, niemand erinnerte sich deines Daseins.«

Auf diese Herausforderung erwiderte die Felsenkirche:

»Was sind einige Jahre der Erniedrigung für mich?! Bin ich nicht beständig der, der ich bin? Es vergingen nur wenige Jahrhunderte, dann kam eines Nachts ein alter, ehrwürdiger Mann mit einem gestreiften Mantel eines Beduinen und dem Turban aus Kamelhaaren auf dem Kopfe zu mir. Dieser Mann war Mohammed, der Prophet Gottes. Er ward lebend in den Himmel aufgenommen, und sein Fuß ruhte auf meiner Stirn, als er von der Erde weggenommen wurde. Im selben Augenblick erhob ich mich durch eigene Kraft mehrere Fuß über der Erde, vor Sehnsucht, ihm folgen zu dürfen. Ich erhob mich aus Schutt und Asche, und ich bin der Ewige, der niemals vergehen kann.«

»Du ließest dein Volk im Stich, Verräter!« klagte die Kirche. »Du verhalfst den Gläubigen zur Macht.«

»Ich habe kein Volk, ich diene keinem, ich bin der ewige Fels. Der, der mich anbetet, den beschütze ich. Bald kam der Tag, da Omar seinen Einzug in Jerusalem hielt und der große Kalif den Tempelplatz reinigen ließ und selbst einen Korb voll Schutt auf seinen Kopf nahm und ihn forttrug. Und einige Jahre später führten Omars Anhänger auf mir das prächtigste

Gebäude auf, das das Morgenland jemals gesehen hat.«

Hier unterbrach ihn die Glockenstimme mit ihrer ganzen Heftigkeit: »Ja, das Gebäude ist schön, aber weißt du nicht, woher es stammt? Meinst du, daß ich diese Mosaikgewölbe nicht kenne und diese herrliche Kuppel, diese Marmorwände, unter denen es in ungeschmückter Einfachheit ruht, wie einstmals das heilige Grab in der Rundkirche Helenas? Deine ganze Moschee ist nach dem Muster der ersten Grabeskirche gebaut.«

Mrs. Gordon wurde immer ungeduldiger. Der Streit der beiden Heiligtümer erschien ihr ärmlich und kleinlich. Nicht einen einzigen Gedanken hatten sie für die verschiedenen Religionen übrig, deren Abbild sie waren. Sie dachten nur daran, mit den Gebäuden zu prahlen, die sie bedeckten.

Die Moschee fuhr fort: »Ich erinnere mich an gar manches, nicht aber, daß ich die schöne Grabeskirche gesehen habe, von der du sprichst.«

»Wahrlich ragte sie hier auf Golgatha auf, aber sie wurde bald von Feinden zerstört. Sie wurde wieder aufgebaut und abermals zerstört.«

»Dahingegen entsinne ich mich,« sagte die Felskirche, »daß auf Golgatha eine Menge kleiner und großer Gebäude standen, die für heilig gehalten wurden. Sie waren elend und verfallen, der Regen tropfte durch das Dach.«

»Ja, das ist wahr,« erwiderte die Kirche, »das war deine Zeit und die Zeit deiner Finsternis. Aber ich kann wie du sagen: Was haben einige Jahre der Erniedrigung zu bedeuten? Ich habe gesehen, wie sich das ganze Abendland erhob, um mir zu helfen. Ich habe gesehen, wie Jerusalem von vielen eisenbekleideten Männern aus Europa erobert wurde, die um meinetwillen ausgezogen waren. Ich habe deine Moschee in eine christliche Kirche verwandeln sehen, und die Kreuzfahrer haben auf dir, o Fels, einen Altar errichtet. Ich habe Kreuzritter ihre Pferde in die Gewölbe unter dem Tempelplatz ziehen sehen.«

Der alte Fels erhob seine Stimme und sang, wie ein Derwisch in der Wüste singen würde.

Die Kirche ließ sich aber nicht in ihrem Wortschwall unterbrechen: »Ich entsinne mich, wie die Ritter des Abendlandes ihre eisernen Rüstungen ablegten und zu Axt und Mauerkelle griffen, um die Kirche des heiligen Grabes wieder aufzubauen. Ich entsinne mich, daß sie das Gebäude so groß machten, daß es all die heiligen Stätten umfassen konnte. Ich entsinne mich, wie sie das graue Felsgrab mit weißem Marmor von außen wie von innen bekleideten.«

Die alte Stimme unterbrach: »Was nützt es dir, daß du von Kreuzfahrern erbaut bist, du bist ja doch verfallen!«

»Ich bin voll von Erinnerungen und heiligen Stätten«, rief die Grabeskirche in lautem Tone. »Innerhalb meiner Mauern kann ich auf den Ölberg zeigen, wo Abraham den Widder fand, und auf die Kapelle, wo Adams Schädel begraben wurde. Ich kann auf Golgatha zeigen, und auf das Grab und den Stein, wo der Engel saß, als die Frauen kamen, um über den Toten zu weinen. Innerhalb meiner Mauern liegt der Ort, wo die Kaiserin Helena umherzugehen und die Arbeiter zu ermuntern pflegte, und der Ort, an dem das Kreuz gefunden wurde. Ich besitze die Säule, an der der Gekreuzigte saß, als man ihn mit Dornen krönte, und den Salbungsstein und das Grab Melchisedeks. Ich besitze das Schwert Gottfried von Bouillons. Ich werde noch immer von Kopten und Abessiniern, von Armeniern und Jakobiten, von Griechen und Römern verehrt. In mir wimmelt es von Pilgern – – –«

Die alte Felskirche unterbrach sie: »Woran denkst du nur, du Felsblock, du Grab, dessen Stätten niemand kennt, willst du dich in bezug auf Bedeutung mit dem ewigen Felsen messen? Bin ich es nicht, auf den man Jehovas heiligen, unaussprechlichen Namen eingeschrieben hat, den kein anderer als Jesus hat deuten können? Soll nicht in meinen Tempelhof Mohammed am jüngsten Tage herabsteigen?«

Als der Streit zwischen den Kirchen so an Heftigkeit zunahm, erhob sich Mrs. Gordon. Sie vergaß, daß ihre Stimme nicht die Kraft besaß, sich zugleich mit den beiden mächtigen Stimmen Gehör zu verschaffen. »Wehe euch, wehe euch,« rief sie, »was seid ihr für Heiligtümer? Ihr streitet und zankt miteinander, und durch eure Uneinigkeit wird die Welt mit Unfrieden und Haß und Verfolgung erfüllt. Aber Gottes letztes Gebot heißt Einigkeit, hört das! Gottes letztes Gebot, das ich empfangen habe, heißt Einigkeit!«

Als diese Worte gesagt waren, schwieg sowohl das heilige Grab als auch der heilige Fels. Mrs. Gordon glaubte einen Augenblick fast, daß ihre Worte die Macht besessen hatten, den Streit zu unterbrechen. Da aber sah sie, daß alle Kreuze und Halbmonde, die sich über dem großen Kuppelgebäude der heiligen Stadt erhoben, nach und nach vergoldet wurden und schimmerten. Die Sonne ging über dem Ölberge auf, und alle Stimmen der Nacht mußten verstummen.

Bo Ingmar Maansson.

Unter denen, die zu Hellgums Gemeinde ln Amerika gehört hatten, und mit ihm nach Jerusalem gezogen waren, befanden sich drei, die zu dem alten Ingmarsgeschlecht gehörten. Es waren die beiden Töchter des großen Ingmar, die bald nach dem Tode des Vaters nach Chicago gereist waren, sowie ihr Vetter Bo Ingmar Maansson, ein junger Mann, der sich nur zwei oder drei Jahre in den Vereinigten Staaten aufgehalten hatte.

Bo war gut gewachsen, hatte blondes Haar und blonde Augenbrauen, war rotwangig und von gutmütigem Aussehen. Es war nicht viel in seinen Zügen, das an das alte Geschlecht erinnerte, aber die Ähnlichkeit trat hervor, wenn er eine schwierige Arbeit vorhatte oder in

Gemütserregung geriet.

Als Bo heranwuchs und in Storms Schule ging, war er ein träger, schlaffer Junge gewesen. Der Schulmeister hatte sich oft darüber gewundert, daß einem aus einer so klugen Familie das Lernen so schwer werden konnte. Aber die Schlaffheit verschwand indessen ganz, als Bo nach Amerika kam. Er war schnell und aufgeweckt geworden, im Rat wie in der Tat; aber er hatte in seiner Kindheit so oft hören müssen, daß er dumm war, und daher hatte er noch immer ein starkes Mißtrauen zu seinen eigenen Fähigkeiten.

Die Leute im Kirchsprengel waren nicht wenig überrascht, als Bo nach Amerika reiste. Die Eltern besaßen einen großen Hof und waren wohlhabende Leute. Sie hätten den Sohn gern zu Hause behalten.

Es ging zwar das Gerücht, daß Bo Schulmeisters Gertrud liebe, und daß er fortgereist sei, um sie zu vergessen, aber niemand wußte so recht Bescheid, wie sich die Sache verhielt. Bo hatte niemals einen anderen Vertrauten gehabt, als seine Mutter, und die war nicht umsonst die Schwester des großen Ingmar. Sie konnte man nicht dazu verleiten, mehr zu sagen, als sie Lust hatte.

An dem Tage, als Bo seine Heimat verließ, kam seine Mutter mit einem Gürtel zu ihm, den sie ihn bat, auf dem bloßen Leibe zu tragen. Als Bo ihn nahm, fühlte er, daß er schwer war; die Mutter hatte Geld hineingenäht. »Du mußt mir versprechen, daß du dich nur von diesem Gürtel trennst, wenn du in Not kommst«, sagte die Mutter; »es ist keine große Summe, nur so viel, daß du heimkehren kannst, falls es dir schlecht ergehen sollte.«

Bo versprach, das Geld nur in der größten Not aus dem Gürtel zu nehmen, und er hielt treulich dies Versprechen. Er war nun freilich noch nie sehr in Versuchung gekommen, es zu brechen, da es ihm in Amerika fast immer gut ergangen war; aber ein paarmal war er doch so arm gewesen, daß es ihm an Obdach und Essen gefehlt hatte. Trotzdem hatte er immer einen Ausweg gefunden, so daß er das Geschenk der Mutter nicht hatte in Anspruch zu nehmen brauchen.

Als Bo sich den Hellgumianern anschloß, war er erst ein wenig in Verlegenheit, was er mit dem Gürtel tun sollte. Seine neuen Kameraden bestrebten sich ja, den ersten Christen nachzueifern; sie teilten all ihr Hab und Gut untereinander, und gaben alles, was sie erwarben, in die gemeinsame Kasse. Bo gab auch alles, was er besaß, ausgenommen das, was im Gürtel war. Er konnte sich nicht recht klar darüber werden, was in diesem Fall Recht oder Unrecht war, aber er fühlte bei sich selbst, daß er dies Geld behalten müsse. Und er war ganz sicher, daß der liebe Gott wohl verstehen werde, daß er es nicht aus Geiz behielt, sondern, weil er das Versprechen halten wußte, das er seiner Mutter gegeben hatte.

B« behielt auch den Gürtel, nachdem er sich den Gordonisten angeschlossen hatte. Da aber begann er eine gewisse Unruhe zu spüren, wenn er daran dachte. Er merkte bald, daß Mrs.

Gordon und mehrere von ihren Anhängern hervorragende Persönlichkeiten waren, und er empfand eine tiefe Ehrfurcht vor ihnen. Es schauderte ihm davor, was diese fehlerlosen Menschen wohl von ihm denken würden, wenn es einmal entdeckt wurde, daß er verborgenes Geld bei sich trug, obwohl er heilig und teuer versichert hatte, daß er alles, was er besaß, der Gemeinde übergeben habe.

Hellgum und seine Gemeinde waren im Mai, gerade um dieselbe Zeit, als die Bauern daheim im Kirchsprengel Auktion über ihre Höfe hielten, nach Jerusalem gekommen. Im Juni kam ein Brief nach Jerusalem, der meldete, daß der Ingmarshof verkauft sei, und daß Ingmar Ingmarsson mit Gertrud gebrochen habe, um den Hof seines Vaters wiederzugewinnen.

Er hatte sich bis dahin wohl in Jerusalem gefühlt und oft davon geredet, wie froh er über die Umsiedlung sei. Aber von dem Tage an, als er hörte, daß Gertrud frei war, wurde er finster und wortkarg.

Niemand in der Kolonie konnte verstehen, was Bo so schwermütig machte. Mehrere versuchten, ihn zu veranlassen, ihnen seinen Kummer anzuvertrauen, aber Bo wollte ihnen nicht sagen, worüber er nachgrübelte. Er konnte nicht erwarten, daß die Kolonisten sonderliches Mitleid mit Herzenskummer haben würden. Sie predigten immer, daß es um der Einigkeit willen notwendig sei, nicht mehr von dem einen Menschen zu halten als von dem andern, und sie behaupteten, daß sie selber alle Menschen gleich innig liebten. Sie alle – auch Bo – hatten versprochen und geschworen, daß sie niemals in den Ehestand treten, sondern in Keuschheit wie die Mönche und Nonnen leben wollten.

Bo dachte nicht mehr eine Sekunde an das Gelübde, nachdem er erfahren hatte, daß Gertrud frei war. Er wollte sich sogleich von der Kolonie trennen, um heimzureisen und sie zu gewinnen. Jetzt war er sehr froh darüber, daß er den Gürtel behalten hatte und seiner Wege gehen konnte, sobald er Lust hatte.

Während der ersten Tage ging er umher wie in einem Rausch, und dachte nur daran, sich Bescheid darüber zu verschaffen, wann ein Schiff von Jaffa abgehe. Aber es ging in den Tagen gerade kein Schiff, und Bo fing bald an einzusehen, daß es besser aussehen würde, wenn er eine Zeitlang mit der Reise wartete. Kam er jetzt sogleich nach Hause, so würde das ganze Kirchspiel verstehen, daß er um Gertruds willen kam, und gelang es ihm dann nicht, sie zu gewinnen, so würde er von allen Menschen ausgelacht werden.

Bo hatte gerade zu dieser Zeit eine Arbeit für die Kolonie übernommen. Die alten Gordonisten hatten nämlich bisher in Jerusalem selbst gewohnt. Das große Haus vor dem Damaskustor hatten sie in Veranlassung der großen Zunahme der Kolonie durch die schwedischen Auswanderer gemietet, und sie waren jetzt eifrig damit beschäftigt, sich dort einzurichten. Man hatte es Bo übertragen, einen Backofen in dem neuen Hause aufzuführen; er beschloß, sich in Geduld zu fassen und nicht abzureisen, ehe er seine Arbeit ausgeführt hatte. Indessen sehnte er sich so heftig, daß ganz Jerusalem ihm nicht besser vorkam als ein Gefängnis. Des Nachts ließ er oft den Gürtel durch die Hände gleiten, und lag da, und befühlte die Münzen, die da hineingenäht waren. Er wurde ganz vergnügt, wenn er die kleinen, runden Gegenstände zwischen seinen Fingern fühlte. Er sah Gertrud vor sich, vergaß, daß sie nie etwas hatte von ihm wissen wollen, und war überzeugt, daß er nur nach Hause zu kommen brauchte, um sie zur Frau zu bekommen.

Wenn sich Ingmar so falsch erwiesen hatte, mußte Gertrud doch Bo endlich schätzen lernen, der sein ganzes Leben hindurch nur sie geliebt hatte.

Es ging indessen schrecklich langsam mit dem Bau des Backofens. Entweder war Bo kein tüchtiger Maurer, oder auch er hatte schlechtes Material bekommen. Schließlich war er nahe daran zu glauben, daß der Ofen niemals fertig werden würde. Einmal stürzte die Wölbung ein, und ein andermal war der Ofen so verkehrt gemauert, daß der Rauch in die Backstube hineinschlug.

Auf diese Weise schob sich Bos Abreise bis in den August hinaus. Währenddes sah er so viel von dem Leben der Gordonisten, daß es ihm besser und besser gefiel. Niemals hatte er Menschen auf diese Weise so ausschließlich dafür leben sehen, Kranken, Armen und Betrübten zu helfen. Und sie sehnten sich nicht wieder zurück in die Welt, obwohl einige von ihnen so reich an Gütern dieser Welt waren, daß sie sich alles hätten anschaffen können, was sie wünschten, und andere so reich an Kenntnissen waren, daß es nichts zwischen Himmel und Erde gab, worüber sie nicht Bescheid wußten. Jeden Tag hielten sie die schönsten Betstunden ab, in denen sie ihre Lehre den Neuangekommenen darlegten, und wenn Bo sie reden hörte, war es ihm, daß es etwas Großes sei, mit Teil daran zu haben, das wahre Christentum wieder aufzuerwecken, das an die zweitausend Jahre vergessen und begraben gelegen hatte, daß er sich fast nicht entschließen konnte, Jerusalem zu verlassen.

Aber in der Nacht nahm Bo den Gürtel zwischen die Hände, und wenn er das tat, traten ihm Tränen der Sehnsucht nach Gertrud in die Augen. Und wenn er daran dachte, daß er nun nicht teilhaben könne an der Wiedererweckung des einzig wahren Christentums, dann sagte er sich selbst, daß da so viele seien, die würdiger waren als er. Es würde wohl keinen großen Schaden tun, wenn so ein dummer und einfältiger armer Mensch, wie er, die Kolonie verließ.

Es graute Bo aber vor dem Augenblick, wo er in der Gemeinde aufstehen und sagen mußte, daß er heimreisen wolle. Es ging ein Schaudern durch seinen Korper, wenn er daran dachte, daß Mrs. Gordon und die alte Miß Hoggs und die schöne Miß Joung und Hellgum und die Kinder seiner Schwester – daß alle diese, die nur danach trachteten, Gottes Sache zu dienen – ihn als verloren betrachten würden.

Und was würde Gott selbst im Himmel zu seiner Flucht sagen? Wie, wenn Bo seine ewige

Seligkeit verscherzte, indem er dieser großen Sache untreu wurde?

Mit jedem Tag, der hinging, wurde Bo unsicherer und ratloser. Er sah so deutlich ein, wie verkehrt er gehandelt hatte, als er das Geld der Mutter behielt. Hätte er diesen Gürtel nicht gehabt, so hätte er nicht die Mittel besessen, um fortzukommen, und dann hätte er diese schwere Versuchung ganz vermieden.

Die Kolonisten hatten gerade zu dieser Zeit große Ausgaben gehabt, teils infolge des Umzuges, teils infolge eines Prozesses, den sie drüben in Amerika führen mußten. Da waren auch eine Menge armer Leute in Jerusalem, die beständig Hilfe bei ihnen suchten. Da sie niemals Lohn für irgendeinen Dienst annahmen, den sie für andere ausführten, wegen des Streites und Zanks, dessen Ursache das Geld hier in dieser Welt ist, so war es kein Wunder, daß sie zuzeiten kaum ihr Auskommen hatten. Ein paarmal, als erwartete Geldsendungen aus Amerika nicht rechtzeitig angelangt waren, hatten sie kaum genug für das tägliche Brot. Die ganze Gemeinde lag oft auf den Knien und flehte zu Gott, daß er ihnen Hilfe senden möge.

Bei solchen Gelegenheiten war es Bo, als brenne ihn sein Gürtel, aber jetzt konnte er ihn doch nicht fortgeben, jetzt, wo seine Sehnsucht zu reisen so mächtig war. Er sagte auch zu sich selbst, daß es jetzt zu spät sei, jetzt war es unmöglich für ihn, aufzustehen und zu bekennen, daß er während dieser großen Not so viel Geld mit sich herumgetragen hatte.

Im August wurde Bo endlich mit dem Ofen fertig, Und nun wollte er mit dem ersten Dampfschiff reisen, Eines Tages ging er zur Stadt hinaus. Er suchte einen einsamen Ort auf; dort setzte er sich hin, trennte den Gürtel auf und nahm das Geld heraus. Er saß mit den kleinen Goldstücken in der Hand da, und kam sich vor wie ein Dieb: »Ach, Herr, mein Gott, verzeihe mir!« rief er aus. »Wie ich in die Gemeinde eintrat, wußte ich ja nicht, daß Gertrud frei werden würde. Um nichts anderes in der Welt würde ich die Kolonie verlassen haben.«

Als Bo nach Jerusalem zurückkehrte, schlich er mit unsicheren Schritten dahin, und mit einem Gefühl, als gehe jemand hinter ihm drein und beobachtete ihn. Als er ein paar von den Goldstücken auf einen der Wechslertische in der Davidstraße legte, sah er so aus, daß der Armenier, der sein Geld wog, glaubte, er sei ein Dieb, und ihn um die Hälfte des Betrages betrog. Am nächsten Tage war Bo früh am Morgen aus der Kolonie fort. Er ging gen Osten in der Richtung des Ölberges, damit kein Mensch Verdacht fassen solle, wohin er sich begeben wollte, und machte einen großen Umweg, um an den Bahnhof zu gelangen.

Er kam trotzdem noch eine ganze Stunde zu früh, und er litt große Qualen, während er wartete. Er zuckte jedesmal zusammen, wenn jemand hinüberging, und suchte sich vergebens zu überzeugen, daß er nichts Böses tat, daß er ein freier Mann war, daß er gehen konnte, wohin er wollte. Er sah ein, daß es besser gewesen wäre, wenn er offen mit den Freunden geredet und sich nicht von ihnen fortgestohlen hätte, und er fühlte sich so gequält von seiner Angst, gesehen und erkannt zu werden, daß er kurz davor war, wieder umzukehren.

Trotzdem kam Bo mit dem Zuge fort. Alle Wagen waren überfüllt, aber er sah nicht einen einzigen, den er kannte. Er saß da und dachte an die Briefe, die er an Mrs. Gordon und Hellgum schreiben wollte. Er stellte sich vor, wie sie nach dem Morgengebet vor der ganzen Gemeinde vorgelesen würden, und er konnte die Verachtung sehen, die sich auf allen ihren Gesichtern abspiegeln würde. »Ich begehe heute gewiß eine schändliche Sünde«, dachte er, und es war ihm, als besudele er sich heute mit einem Fleck, der nie wieder abgewaschen werden könne. Es kam ihm immer erbärmlicher vor, daß er sich von dannen geschlichen hatte. Er empfand Ekel vor sich selbst, er kam sich vor wie ein elender Lump.

Er gelangte nach Jaffa und stieg aus dem Zug. Als er auf den sonnenheißen Platz vor dem Bahnhof kam, sah er dort eine Schar armer, rumänischer Pilger. Er blieb stehen und betrachtete sie, da erzählte ihm ein syrischer Dragoman, daß die Pilger krank von dem Dampfer gekommen seien, der sie nach Jaffa gebracht hatte. Es sei ihre Absicht gewesen, zu Fuß nach Jerusalem zu wandern, aber sie seien nicht dazu imstande. Hier hatten sie nun den ganzen Tag am Bahnhof gelegen. Niemand nahm sich ihrer an, sie hatten kein Geld, sie würden wohl sterben, so wie sie da in der Sonnenhitze lagen.

Bo wandte sich ab und verließ schnell den Bahnhof. Er konnte diese Menschen mit den fieberheißen Gesichtern gar nicht wieder vergessen. Einige von ihnen lagen ganz hilflos da und konnten nicht einmal die Fliegen verscheuchen, die ihnen in die Augen krochen. Es war ihm klar, daß Gott diese Armen auf seinen Weg gesandt habe, daß er ihnen helfen sollte. Bo fühlte, daß kein anderer von den Kolonisten an einer solchen Schar von Unglücklichen hätte vorübergehen können, ohne den Versuch zu machen, ihnen zu helfen. Er würde sich ihrer auch angenommen haben, wenn er nicht ein schlechter Mensch geworden wäre. Er wollte seinem Nächsten wohl nicht mehr helfen, weil er Geld hatte und nach Hause reisen konnte.

Bo ging durch das Tor der Stadt, ging ein paar Straßen hinab, und gelangte an einen kleinen Marktplatz, der nach der See hinauslag. Hier konnte er die ganze Reede und das offene Meer übersehen. Die Meeresfläche lag silberblau und ganz blank da, nur um die beiden schwarzen Basaltklippen, die mitten in der Einfahrt des Hafens aufragten, erhob sich eine schwache Dünung. Es war ein schöner Tag, um die Seereise zu beginnen. Draußen auf der Reede lag ein großer europäischer Dampfer, der die deutsche Flagge führte. Bo hatte die Absicht gehabt, mit einem französischen Dampfer zu fahren, der noch an diesem Tage in Jaffa ankommen sollte, aber von dem sah er nichts. Er hatte sich wohl verspätet.

Der deutsche Dampfer mußte eben angekommen sein. Eine Schar Fährleute machte mit großer Eile ihre Boote los, um die Passagiere hereinzuholen. Sie wetteiferten miteinander, schrien und bedrohten sich gegenseitig mit den Rudern. Da fuhr auf einmal ein Dutzend Boote nach dem Dampfer hinaus. Die großen, kräftigen Bootführer erhoben sich und ruderten stehend, um schneller vorwärtszugelangen. Zu Anfang waren sie einigermaßen vorsichtig, aber als sie an den beiden gefährlichen Klippen vorübergekommen waren, begann ein eifriges Wettrudern. Bo konnte vom Ufer aus hören, wie sie lachten und einander durch Zurufe aufstachelten.

Da überkam ihn eine unwiderstehliche Lust, jetzt gleich abzureisen. Er konnte ja ebenso gut mit diesem Dampfer wie mit dem andern fahren. Das war ganz gleichgültig, wenn er nur nach Europa gelangte.

Und nun sah er, daß da noch ein Boot am Ufer lag. Der Mann, der es ruderte, war alt, so daß er vermutlich nicht so schnell hatte von dannen kommen können, wie die andern. Es war Bo, als habe sich dies Boot gerade seinetwegen verspäten müssen. Er sprang hinein, und sie stießen gleich vom Ufer ab.

Im ersten Augenblick meinte Bo, es sei gut so, daß nun alles entschieden war; aber ehe sie noch ein paar Ruderschläge vom Ufer entfernt waren, überkam ihn eine plötzliche Angst. Was sollte er seiner Mutter sagen, wenn er sie wiedersah? Konnte er ihr erzählen, daß er ihr Geschenk gebraucht hatte, um Schande und Entbehrung über sich zu bringen?

Bo sah das Gesicht seiner Mutter mit den vielen Falten und dem scharfen Zug nach dem Kinn hinauf vor sich. Sie war ein wenig kurzsichtig, daher kam sie in der Regel ganz dicht an die heran, mit denen sie sprach, und sah ihnen fest in die Augen. Wenn seine Mutter jetzt hier wäre, so würde sie ganz dicht an ihn herantreten und fragen: »Hast du versprochen, zu diesen Leuten zu halten, Bo, und ihnen bei ihrer guten Sache zu helfen?« »Ja, Mutter, das habe ich getan«, mußte Bo da antworten. – »Dann mußt du auch bei ihnen ausharren«, würde die Mutter sagen. »Wir haben genug an einem Wortbrüchigen in der Familie.«

Bo seufzte schwer auf, aber eins sah er doch klar ein, nämlich, daß er nicht mit Schmach beladen zu seiner Mutter heimkehren konnte. So blieb ihm nichts weiter übrig, als nach der Kolonie zurückzukehren.

Er befahl dem Fährmann umzukehren, aber der Mann verstand nicht, was er wollte, und fuhr fort, nach dem Dampfer hinauszurudern. Bo richtete sich im Boot auf und wollte ihm die Ruder wegnehmen. Der Mann verteidigte sich, und sie hätten fast das Boot umgeworfen, während sie um die Ruder kämpften. Bo sah gleich ein, daß ihm nichts weiter übrig blieb, als sitzen zu bleiben, und sich nach dem Schiff hinausfahren zu lassen. Aber gleichzeitig fürchtete er, daß der Augenblick, in dem er noch die Kraft besaß, umzuwenden, ihm entrinnen würde. »Komme ich erst an Bord des Schiffes,« dachte er, »dann gewinnt die Reiselust vielleicht Gewalt über mich.«

Aber nein – das durfte nicht geschehen: jetzt wollte er dieser Versuchung für immer ein Ende machen. Und er steckte die Hand in die Tasche, holte die blanken Goldstücke heraus und warf sie ins Meer.

Kaum war das getan, als ihm eine brennende Reue durch das Herz zog. Ja, jetzt konnte er sagen, daß er das Glück von sich geworfen hatte, jetzt hatte er Gertrud für immer verloren. Er rang seine Hände in Verzweiflung.

Als sie noch ein paar Minuten gerudert waren, begegneten ihnen einige Boote, die von dem Dampfer zurückkamen, voll von Passagieren, die in Jaffa an Land gehen wollten. Bo rieb sich die Augen; er glaubte, ein Gesicht zu haben. Es war ganz so, als ein paar von den Kirchbooten, die am Sonntag daheim in den Fluß hinabkamen, jetzt auf dem sommerblanken Meer auf ihn zugerudert kamen.

Die Menschen, die in den langen Booten saßen, sahen ebenso feierlich und ernst aus, wie die Leute daheim im Kirchsprengel, wenn sie an der Landungsbrücke unter der Kirche anlegten.

Bo konnte sich im ersten Augenblick gar nicht erklären, was er da sah. Er kannte ja alle die Gesichter. »Ist das nicht Tims Halvor?« fragte er sich. »Ist das nicht Karin Ingmarstochter? Ist das nicht Birger Larsson, den ich oft in der Schmiede an der Landstraße habe stehen und Nägel schmieden sehen?«

Bo war so in seine eigenen Gedanken versunken gewesen, daß es eine Weile währte, bis er begriff, daß dies die Pilgrime von daheim aus Dalarne sein mußten, die ein paar Tage früher, als man sie erwartet hatte, angelangt waren.

Er erhob sich in seinem Boot, winkte mit der Hand und rief: »Guten Tag!« Die stillen Menschen in den Booten sahen auf, einer nach dem andern, und bewegten den Kopf ein wenig, um zu zeigen, daß sie ihn erkannt hatten. Bo begriff, daß er nicht recht getan hatte, indem er sie in diesem Augenblick störte. Es schickte sich nicht für sie, in diesem Moment an irgend etwas anderes zu denken, als an das Feierliche, daß sie jetzt den Fuß auf den Boden von Palästina setzten.

Nie aber hatte Bo etwas Schöneres gesehen, als diese steifen Gesichter. Er wurde so froh, und er wurde so betrübt. »Siehe, solche Menschen haben wir daheim«, dachte er, und er empfand eine solche Sehnsucht, daß er sich gern ins Meer gestürzt hätte, um die Goldstücke wieder herauszufischen.

Ganz hinten in dem Boot saß eine Frau, die das Kopftuch so tief in die Stirn gezogen hatte, daß Bo ihr Gesicht nicht sehen konnte. Aber gerade, als das Boot, vorüberglitt, schob sie das Tuch zurück und sah ihn an. Und Bo erkannte Gertrud.

Da zitterte Bo vom Scheitel bis zur Sohle in tiefer Erregung. Er setzte sich nieder und hielt sich an der Ruderbank fest. Er fürchtete, daß er sich ins Meer stürzen würde, nur um schneller zu Gertrud zu gelangen.

Tränen stürzten ihm aus den Augen, während er die Hände faltete und Gott dankte. Nein, niemals war ein Mensch mehr dafür belohnt worden, daß er von einer Sünde abgelassen hatte. Nie in der Welt war Gott so gut gegen jemand gewesen.

Der Kreuzträger

Während all der Jahre, die die Gordonisten in Jerusalem gewohnt hatten, war jeden Tag in der heiligen Stadt ein Mann erschienen, der ein schweres und plumpes hölzernes Kreuz schleppte. Er sprach mit niemand, und niemand sprach mit ihm. Niemand wußte, ob der Mann ein armer Wahnsinniger war, der sich einbildete, Christus zu sein, oder ob er ein armer Pilger war, der einen Bußgang ausführte.

Der arme Kreuzträger schlief des Nachts in einer Grotte draußen auf dem Ölberge. Jeden Morgen, wenn die Sonne aufging, stieg er auf den Berg hinauf und sah hinab auf Jerusalem, das auf einem etwas niedrigeren Hügel ihm gerade gegenüber lag. Er sah über die ganze Stadt hinaus, wie jemand, der sucht, ließ die Augen von Haus zu Haus, von Kuppel zu Kuppel schweifen, eifrig forschend, als erwarte er, daß in der Nacht irgendeine große Veränderung eingetreten sei. Endlich, wenn es ihm klar wurde, daß noch alles war wie vorher, seufzte er tief auf. Er kehrte in seine Grotte zurück, hob das große Kreuz auf die Schultern und setzte sich einen Kranz, der aus stacheligen Dornenzweigen geflochten war, auf den Kopf.

Dann begann er seine Wanderung den Berg hinab, schleppte seine schwere Last zwischen Weingärten und Olivenhainen dahin, bis er die hohe Mauer erreichte, die den Garten von Gethsemane umgab. Hier pflegte er vor einer niedrigen Pforte Halt zu machen, legte das Kreuz an die Erde und stützte sich gegen den Türpfosten, wie um zu warten.

Wieder und wieder beugte er sich hinab und legte sein Auge an das Schlüsselloch, um in den kleinen Garten hineinzusehen. Wenn er dann einen der Franziskaner, die die Obhut über Gethsemane führten, sich zwischen den alten Olivenhainen und Myrtenhecken bewegen sah, trat ein gespannter Ausdruck in sein Gesicht, und er lächelte wie in froher Erwartung. Aber gleich darauf schüttelte er den Kopf; er schien zu der Überzeugung gelangt zu sein, daß der, den er suchte, nicht kommen würde. Er nahm wieder das Kreuz und wanderte weiter.

Dann pflegte er die tieferliegenden Terrassen des Berges hinabzugehen, hinunter in das Tal Josaphat, mit dem großen jüdischen Kirchhof. Das schwere Kreuz schleppte hinter ihm drein, es rasselte über die großen Grabsteine und fegte die kleinen Kiesel, die darüber ausgestreut waren, zur Seite. Wieder und wieder blieb er stehen, wenn er die kleinen Kieselsteine rasseln hörte, und sah sich um, offenbar in dem Glauben, daß ihm jemand folge. Jedesmal, wenn er merkte, daß er sich geirrt hatte, seufzte er wieder tief auf und wanderte weiter.

Diese Seufzer wurden zu einem schweren Stöhnen, wenn er den Talgrund erreicht hatte, und ihm die Arbeit bevorstand, das mächtige Kreuz den westlichen Abhang, auf dessen obersten Gipfel Jerusalem liegt, hinabzuschleppen. Auf dieser Seite liegen die Gräber der mohammedanischen Bevölkerung, und hier sah er oft eine trauernde Frau in ihr weißes Überkleid gehüllt, auf einem der niedrigen, sargförmigen Grabdenkmäler sitzen. Er schwankte dann auf sie zu, bis sie, aufgeschreckt von dem Geräusch, den das Kreuz verursachte, indem es über die Grabsteine dahinschleifte, sich nach ihm umwandte. Ihr Antlitz war von einem dichten, schwarzen Schleier verhüllt und erweckte die Vorstellung, daß dahinter nichts weiter sei, als ein leeres, dunkles Loch. Da wandte er sich mit einem Schaudern ab und wanderte weiter.

Mit unaussprechlicher Mühe kletterte er ganz bis auf den Gipfel des Berges hinauf, dort, wo die Stadtmauer aufragt. Dann pflegte er auf einem schmalen Pfad innerhalb der Mauer nach dem Berge Zion auf der südlichen Seite des Berges zu wandern, und kam ganz hinauf bis zu der kleinen armenischen Kirche, die das Haus des Kaiphas genannt wird.

Hier legte er wieder das Kreuz an die Erde und lugte wieder durch das Schlüsselloch. Aber er begnügte sich nicht damit; er erfaßte den Glockenstrang und schellte. Wenn er eine Weile darauf ein Paar Pantoffel über die Steinfliesen klappern hörte, lächelte er und führte schon die Hände an die Dornenkrone, um sie vom Kopf zu nehmen.

Aber sobald der Kirchendiener, der die Pforte öffnete, sah, wer es war, schüttelte er den Kopf.

Der Büßer beugte sich vor und sah in die halbgeöffnete Tür hinein. Er ließ seine Augen über den kleinen Hof hinschweifen, wo der Sage nach Petrus den Heiland verleumdet hatte, und vergewisserte sich, daß er ganz leer war. Da nahm sein Gesicht, den Ausdruck tiefen Grames an, er zog heftig die Pforte zu und wanderte weiter.

Das schwere Kreuz klapperte über die Steine und die alten Mauerbrocken dahin,die den Boden von Zion bedeckten. Es wurde jetzt mit noch größerer Eile dahingeschleppt, als wenn eine ungeduldige Erwartung dem Träger mehr Kräfte verleihe. Er ging durch das Zionstor in die Stadt hinein, und ließ das Kreuz nicht zur Erde sinken, ehe er vor dem schwerfälligen, grauen Gebäude stand, das als Grab König Davids verehrt wird, von dem aber auch gesagt wird, daß es den Saal enthalte, in dem der Herr das heilige Abendmahl eingesetzt hat.

Hier pflegte der Alte das Kreuz draußen liegen zu lassen, während er selbst in das Haus hineinging. Wenn der mohammedanische Türhüter, der sonst allen Christen zornige Blicke nachwarf, ihn kommen sah, verbeugte er sich vor ihm, wie vor dem, dessen Verstand bei Gott ist, und küßte ihm die Hand. Jedesmal, wenn der Alte Gegenstand dieses ehrerbietigen Grußes war, sah er dem Türhüter erwartungsvoll in das Gesicht. Aber gleich darauf zog er seine Hand zurück, trocknete sie in seinem langen, groben Mantel ab, wandte sich um und trat wieder hinaus, wo er von neuem das Kreuz auf seine Schultern hob.

Darauf schleppte er sich mit unendlicher Langsamkeit nach dem nördlichen Teil der Stadt, wo Christi Leidensweg sich dunkel und schwer dahinzieht. Solange er sich in den menschenwimmelnden Straßen befand, sah er jedem ins Gesicht, blieb stehen, forschte, und wandte sich wieder um, in ewiger Enttäuschung. Gutmütige Wasserträger, die sahen, daß er unter seiner schweren Last schwankte, reichten ihm oft eine kleine, zinnerne Schale voll Wasser, und die Gemüsehändler pflegten ihm eine Handvoll Bohnen oder Pistazien zuzuwerfen. Wenn ihm diese Gaben geboten wurden, nahm er sie zuerst mit freudestrahlendem Antlitz an; dann aber wandte er sich ab, als habe er etwas ganz anderes und besseres erwartet,

Wenn er auf den Passionsweg kam, sah er hoffnungsvoller aus, als auf dem ersten Teil seines Weges. Er stöhnte nicht so tief unter der Last des Kreuzes, und er richtete den Rücken auf, und sah sich um, wie ein Gefangener, der jetzt seiner Befreiung sicher ist.

Er begann bei der ersten der vierzehn Stationen auf dem Leidenswege Christi, die die ganze Straße entlang durch kleine steinerne Tafeln bezeichnet sind. Aber er blieb nicht stehen, ehe er vor dem Kloster der Zionsschwestern in der Nähe des Ecce-Homo-Bogens stand, wo Pilatus Christus dem Volke vorführte. Hier warf er das Kreuz von seinen Schultern, wie eine Last, die er nicht mehr zu schleppen brauchte, und klopfte dann an die Klostertür mit drei starken, dröhnenden Schlägen. Noch ehe das Tor geöffnet wurde, hatte er die Dornenkrone vom Kopf genommen, ja, zuweilen war er seiner Sache so sicher, daß er sie einem der Hunde hinwarf, die ihren Schlafplatz in der Nähe des Klosters hatten.

Drinnen in dem Kloster kannte man dies Pochen. Eine von den frommen Schwestern öffnete die Türluke und steckte ihm ein kleines, rundes Brötchen hinaus.

Da geriet er außer sich vor Zorn. Er nahm das Brot nicht an, sondern ließ es zur Erde fallen; er stampfte mit den Füßen und stieß wilde Schreie der Verzweiflung aus. Lange Zeit blieb er vor dem Klostertor stehen. Endlich kehrte der gewohnte Ausdruck geduldigen Leidens in sein Gesicht zurück. Er beugte sich nieder, sammelte das Brot auf und verzehrte es mit Raubtierhunger. Er hob die Dornenkrone wieder auf, und nahm das Kreuz wieder auf seine Schultern.

Wenige Augenblicke darauf stand er in glückseliger Erwartung vor der kleinen Kapelle, die man das Haus der »heiligen Veronika« nennt, und von bitterer Enttäuschung niedergebeugt, wanderte er wieder von dannen. Er ging die ganze Straße hinauf, von Station zu Station, er erwartete mit Gewißheit seine Befreiung an der Kapelle, die die Stätte bezeichnet, wo das Tor der Gerechtigkeit stand, durch das Jesus zur Stadt hinauswanderte, sowie an der Stelle, wo der Erlöser zu den Frauen Jerusalems sprach.

Wenn er so Christi Leidensweg zurückgelegt hatte, begann er unruhig suchend die ganze Stadt zu durchwandern. In der engen, menschengefüllten Davidstraße war er ein ebenso großes Hindernis für den Verkehr, wie ein Kamel, das mit Reisigbündeln beladen ist, aber kein Mensch schalt ihn aus oder verunglimpfte ihn.

Es konnte wohl zuweilen geschehen, daß er auf seiner Wanderung in den engen Vorhof der heiligen Grabeskirche hineinkam. Aber hier legte der arme Kreuzträger seine Last nieder, hier riß er sich die Dornenkrone vom Kopf. Sobald sein Auge auf die graue, dunkle Mauer fiel, wandte er sich um und floh. Niemals sah man ihn dort bei einer der prachtvollen Prozessionen, nicht einmal bei dem großen Osterwunder. Der alte Büßer schien überzeugt zu sein, daß dies der einzige Ort sei, an dem er unmöglich das finden konnte, was er suchte.

Aber er sorgte immer dafür, daß er den Karawanen begegnete, die ihre Waren am Tor Jaffa abluden. Er saß dort und gab vor den Herbergen acht, und betrachtete alle Fremden mit forschenden Blicken. Nachdem die Eisenbahn zwischen Jaffa und Jerusalem eröffnet war, ging er fast jeden Tag auf den Bahnhof hinaus. Er suchte Patriarchen und Bischöfe in ihren Wohnungen auf, und jeden Freitag fand er sich auf den Plätzen vor der Klagemauer ein, wo die Juden sich an die kalten Steine schmiegen, und über den Palast weinen, der in Schutt versunken war, über die Propheten, die gestorben waren, über die Priester, die irre gegangen waren, über die Könige, die Jehova verachtet hatten.

An einem schönen, warmen Sommertag im August ging der Kreuzträger aus dem Damaskustor hinaus und wanderte auf den kahlen, einsamen Feldern, die die Gordonkolonie umgaben. Während er sich so mühselig dahinschleppte, erblickte er eine lange Reihe von Wagen, die vom Bahnhof kamen und nach der Kolonie hinauffuhren. Es waren Menschen mit barschen, ernsten Gesichtern, die in diesen Wagen saßen; viele von ihnen waren häßlich, hatten blondes Haar mit einem Stich ins Rötliche, schwere Augenlider und eine vorstehende Unterlippe.

Als diese Menschen an dem Kreuzträger vorübergekommen waren, tat er, was er immer zu tun pflegte, wenn er neue Pilgerscharen nach Jerusalem ziehen sah: Er lehnte das Kreuz gegen seine Schulter, sein Gesicht klärte sich auf, und er erhob die Arme gen Himmel.

Als die Vorüberfahrenden ihn sahen, wie er so mit seinem Kreuz dastand, zuckten sie zusammen, aber nicht vor Überraschung. Es war weit eher, als hätten sie erwartet, daß gerade das das erste sein müsse, was ihren Augen in Jerusalem begegnete.

Mehrere von ihnen erhoben sich in innigem Mitleid. Sie streckten die Arme aus; man konnte sehen, daß sie gerne vom Wagen gestiegen wären, um dem Alten seine Last tragen zu helfen.

Einige von den Kolonisten, die schon mit den Verhältnissen in Jerusalem bekannt waren, sagten zu den Neuangekommenen: »Das ist ein armer verrückter Mann, so geht er hier jeden Tag. Er glaubt, daß es Christi Kreuz ist, das er trägt, und daß er es tragen muß, bis er jemand findet, der das Kreuz für ihn tragen will.«

Die Vorüberfahrenden wandten sich um, und sahen dem armen Kreuzträger nach. Solange sie ihn sehen konnten, stand er am selben Fleck, die Arme gen Himmel erhoben, und mit einem Ausdruck der unbeschreiblichsten Verzückung.

Aber dies war das letztemal, daß man den armen Kreuzträger in Jerusalem sah. Die Aussätzigen, die vor den Toren gelagert liegen, warteten am nächsten Tag vergebens auf sein Kommen. Er störte nicht die Trauernden auf den Begräbnisplätzen, er bemühte die Wächter in Kaiphas' Hause nicht, die frommen Damen in Zion hatten keine Gelegenheit, das Brötchen darzureichen, das er sonst jeden Tag holte. Der türkische Türwächter wartete unwillkürlich darauf, ihn kommen und wieder entfliehen zu sehen. Die guten Wasserträger sahen vergeblich in den menschenwimmelnden Straßen nach ihm aus.

Der arme Alte ließ sich nie wieder in der heiligen Stadt blicken. Man wußte nicht, ob er tot in seiner Grotte auf dem Ölberge lag, oder ob er nach seinem Heim in dem fernen Lande zurückgekehrt war.

Das einzige, was man sicher von ihm wußte, war, daß er die schwere Last nicht mehr schleppte. Denn am Morgen nach der Ankunft der Bauern aus Dalarne fanden die Gordonisten das mächtige Kreuz: es lag auf der hohen Treppe vor dem Eingang zu ihrem Hause.

»Mauern aus lautrem Gold und Tore von reinem Kristall.«

Unter den Jerusalemfahrern war auch ein Schmied, der Birger Larsson hieß. Er war während der ganzen Zeit sehr froh über diese Reise gewesen. Niemand war es so leicht geworden, sich von der Heimat zu trennen, und niemand hatte sich so von Herzen darauf gefreut, die Herrlichkeit Jerusalems zu sehen.

Aber Birger erkrankte fast in demselben Augenblick, als er in Jaffa an Land ging. Er mußte mehrere Stunden in der Sonnenhitze am Bahnhof sitzen, ehe der Zug abging, und er wurde elender und elender. Als er in einen der heißen Eisenbahnwagen kam, fing ihm der Kopf so an zu schmerzen, als müsse er zerspringen. Und als sie Jerusalem erreichten, war er so matt, daß Tims Halvor und Ljung Björn ihn unter die Arme nehmen und ihn fast auf den Bahnsteig hinaustragen mußten.

Bo hatte nach Jerusalem telegraphiert, um die Kolonisten von der Ankunft der Darlekarlier zu benachrichtigen. Mehrere von den schwedischen Amerikanern waren am Bahnhof, um die Verwandten und Freunde zu begrüßen. Da hatte Birger so starkes Fieber, daß er seine alten Landsleute nicht wiedererkennen konnte, obwohl einige von ihnen seine nächsten Nachbarn gewesen waren. Soviel hatte er aber doch verstanden, daß er nach Jerusalem gekommen war, und er war nur von dem Gedanken erfüllt, daß er sich aufrecht halten müsse, bis er die heilige Stadt gesehen hatte.

Von dem Bahnhof aus, der eine gute Strecke außerhalb Jerusalems liegt, konnte Birger nichts von der Stadt sehen. Solange er da war, lag er ganz still, mit geschlossenen Augen. Aber endlich hatten alle Platz in den Wagen gefunden, die auf sie warteten. Sie fuhren durch das Tal Hinnom, und oben auf dem Bergrücken über ihnen gewahrten sie Jerusalem.

Birger hob die schweren Augenlider, und sah eine Stadt, die von einer hohen Mauer mit

Zinnen und Türmen umgeben war. Hinter der Mauer ragten hohe, kuppelförmige Gebäude auf, und einige Palmen wogten im Bergwinde.

Aber es war gegen Abend, und die Sonne stand ganz unten am Rande der westlichen Hügel. Sie war sehr rot und groß, und warf einen starken Schein über den ganzen Himmel. Auch die Erde erstrahlte in roten und goldenen Farben. Für Birger aber war es, als ob der Glanz, der auf die Erde fiel, nicht von der Sonne komme, sondern von der Stadt dort oben über ihm. Er ging von ihren Mauern aus, die wie lauteres Gold schimmerten, und von ihren Türmen, die mit reinem Kristall gedeckt waren.

Birger Larsson lächelte darüber, daß er zwei Sonnen sah, eine im Himmel, und eine auf der Erde: Gottes Stadt, Jerusalem.

Einen Augenblick hatte Birger ein Gefühl, als habe ihm die Freude die Gesundheit zurückgegeben. Gleich darauf aber gewann das Fieber von neuem überhand, und auf dem ganzen Wege bis an das Haus der Kolonisten, das jenseits der Stadt lag, war er bewußtlos.

Auch von dem Empfang in der Kolonie wußte Birger so gut wie gar nichts. Er konnte sich ebensowenig über das große Haus freuen, wie über die weiße Marmortreppe oder die schöne Galerie, die rings um den Hof herumläuft. Er konnte nicht Mrs. Gordon schönes, kluges Gesicht sehen, als sie auf die Treppe hinauskam, um sie willkommen zu heißen. Oder die alte Miß Hogg mit den Eulenaugen, oder irgend jemand von diesen neuen Brüdern und Schwestern. Er wußte nicht einmal, daß er in ein großes, helles Zimmer geführt wurde, das von nun an das Heim für ihn und seine Familie sein sollte, und wo man sich beeilte, ihm ein Bett zu bereiten.

Am nächsten Tage war er noch ebenso krank, hin und wieder kehrte jedoch sein Bewußtsein zurück. Da war es sein großer Kummer, daß er sterben müsse, ohne in Jerusalem selbst hineingekommen zu sein und seine Herrlichkeiten in der Nähe gesehen zu haben.

»Wenn man sich denkt, daß ich so weit gelangt bin,« sagte er, »und daß ich jetzt sterben muß, ohne den Palast Jerusalems und seine Straßen von Gold gesehen zu haben, auf denen die Heiligen in langen, weißen Kleidern mit Palmen in den Händen wandeln.«

So lag er da und jammerte zwei Tage. Das Fieber nahm zu, aber selbst in den Phantasien trauerte er immer nur über das gleiche, daß er die goldenen Mauern und die strahlenden Türme nicht sehen sollte, die Gottes eigene Stadt umgaben.

Seine Verzweiflung hierüber war so groß, daß Ljung Björn und Tims Halvor sich seiner erbarmten und beschlossen, ihn zufrieden zu stellen. Sie glaubten, er würde genesen, wenn seine Sehnsucht gestillt ward. Sie zimmerten ihm eine Bahre, und eines Abends, als die Luft ein wenig kühler geworden war, trugen sie ihn nach Jerusalem hinein.

Sie führten ihn auf den gebahnten Wegen direkt in die Stadt, und Birger war bei vollem Bewußtsein und starrte die steinige Erde und die kahlen Hügel an. Als sie so weit gekommen waren, daß sie die Mauer der Stadt und das Damaskustor sehen konnten, setzten sie die Bahre nieder, damit sich der Kranke an dem Anblick dessen freuen sollte, wonach er sich so lange gesehnt hatte.

Birger sagte kein Wort; er lag da und beschattete die Augen mit der Hand, und strengte sich an, zu sehen.

Er sah nichts weiter, als eine graublaue Mauer, die aus Steinen und Lehm aufgeführt war, wie alle andern Mauern. Das große Tor erschien ihm so unheimlich mit dem niedrigen Eingang und der gezackten Mauerkrone.

Wie er so da lag, matt und schwach, bildete er sich ein, daß ihn die andern nicht nach dem richtigen Jerusalem geführt hätten. Er hatte ja vor ein paar Tagen ein anderes Jerusalem gesehen, das so strahlend war wie die Sonne selbst.

»Daß meine alten Freunde und Landsleute so schlecht an mir zu handeln wagen,« dachte der Kranke, »daß sie mir nicht gönnen, das wahre Jerusalem zu sehen!«

Die Freunde trugen ihn den steilen Abhang hinauf, der zu dem Tor führte. Virger war es, als trügen sie ihn in einen tiefen Abgrund hinab.

Als Birger durch die Torwölbung gekommen war, richtete er sich ein wenig auf. Jetzt wollte er doch sehen, ob sie ihn in die goldene Stadt getragen hätten.

Birger wurde wunderlich zumute, als er zu allen Seiten Häuser mit grauen, häßlichen Mauern sah, und noch unheimlicher ward ihm, als er die verkrüppelten Bettler erblickte, die am Tor saßen, und die mageren, schmutzigen Hunde, die zu vieren oder fünfen auf den großen Kehrichthaufen lagen.

Er sah auf die Pflastersteine hinab; sie waren von einer vertrockneten Schmutzschicht bedeckt. Er wunderte sich, über alle die Kohlblätter und Fruchtschalen und all den Kehricht, der überall auf der Straße umherlag.

»Ich kann wirklich nicht begreifen, wie Halvor auf den Gedanken kommt, mir diese elenden, armseligen Straßen zu zeigen«, murmelte er vor sich hin.

Die Männer trugen Birger jetzt schnell durch die Stadt; sie waren schon mehrmals dort gewesen, so daß sie dem Kranken von den bemerkenswerten Orten erzählen konnten, an denen sie vorüber kamen.

»Da siehst du das Haus des reichen Mannes«, sagte Halvor, und zeigte auf ein Gebäude, das Birger ganz baufällig erschien.

Sie bogen jetzt ab und gelangten in eine Straße, die Birger so dunkel erschien, als sei sie nie von einem Sonnenstrahl erhellt worden. Er lag da und starrte die Halbbögen an, die sich über die Straße hinweg von einem Haus zum andern zogen. »Das mag wohl nötig sein,« dachte er, »wenn diese elenden Hütten nicht ordentlich gestützt werden, würden sie bald einstürzen.«

»Dies ist Christi Leidensweg«, sagte Halvor zu Birger. »Hier ist Jesus gegangen und hat sein Kreuz getragen.«

Birger lag stumm und bleich da. Das Blut brauste nicht mehr durch die Adern, wie früh am Tage; es war, als stünde es ganz still. Er war kalt wie Eis.

Überall, wohin er kam, sah er nichts weiter als baufällige Mauern und hin und wieder ein niedriges Tor. Fenster sah er selten, und wenn da eins war, waren die Fensterscheiben alle zerbrochen, und es waren Lumpen in die Löcher hineingestopft.

Halvor machte Halt mit der Bahre. »Hier stand Pilatus' Palast,« sagte er, »hier haben sie Jesus dem Volke vorgeführt und zu ihm gesagt: .Sehet, welch ein Mensch!«'

Birger Larsson winkte Halvor zu sich heran und ergriff feierlich seine Hand. »Jetzt sollst du mir eine Frage aufrichtig beantworten, weil du mit mir verwandt bist«, sagte er. »Glaubst du, daß das, was du mir gezeigt hast, das rechte Jerusalem ist?«

»Ja, wahrlich, es ist das rechte Jerusalem«, antwortete Halvor.

»Ich bin krank, und ich kann morgen am Tage tot sein«, sagte Birger. »Da kannst du doch einsehen, daß du mich nicht belügen darfst.«

»Niemand denkt daran, dich zu belügen«, sagte Halvor.

Birger hatte so sicher gehofft, daß er Halvor dazu bringen würde, ihm die Wahrheit zu sagen. Und Tränen

traten ihm in die Augen, wenn er daran dachte, daß Halvor und die anderen sich so gegen ihn benehmen konnten.

Plötzlich kam ihm ein guter Gedanke. »Sie tun es nur, um mich desto mehr zu erfreuen, wenn ich durch die hohe Pforte zu der Stadt der Ehre und Herrlichkeit hineingeführt werde«, dachte er. »Jetzt lasse ich sie tun, was sie wollen. Sie meinen es sicher gut mit mir. Wir Hellgumianer haben ja gelobt, gegeneinander zu handeln als seien wir Brüder.«

Die Männer trugen ihn weiter durch die düsteren Straßen. Über einige davon waren große Teppiche ausgespannt, die voller Risse und Löcher waren. Wenn man unter diese Teppiche kam, konnte man es kaum aushalten vor Dunkelheit und Gestank und erstickender Hitze.

Das nächstemal machte die Bahre Halt auf dem Vorhof eines großen, grauen Gebäudes. Der offene Platz war von Bettlern und armen Krämern angefüllt, die Rosenkränze, kleine Bilder und dergleichen verkauften.

»Hier siehst du nun die Kirche, die über Christi Grab und Golgatha erbaut ist«, sagte Halvor.

Birger Larsson sah mit seinem matten Blick zu dem Gebäude empor. Es hatte freilich große Tore und breite Fenster, und ansehnlich hoch war es auch. Nie aber hatte Birger so eine Kirche zwischen andern Häusern eingeklemmt gesehen. Und er sah weder einen Chor noch eine Vorhalle. Niemand sollte ihm einbilden, daß dies ein Haus Gottes war. Und er konnte auch nicht glauben, daß so viele Kaufleute und Krämer in dem Vorhofe sein würden, wenn sich hier wirklich Christi Grab befände. Er wußte ja allerdings, wer die Taubenhändler aus dem Tempel getrieben und die Tische der Wechsler umgeworfen hatte.

»Ich sehe es, ich sehe es«, sagte Birger und nickte Halvor zu. Im stillen aber dachte er: »Was sie mir jetzt wohl weismachen werden?«

»Ich weiß nicht, ob du heute noch mehr vertragen kannst?« fragte Halvor.

»Ja, ich kann es wohl aushalten,« erwiderte der Kranke, »wenn ihr es nur könnt.«

Da hoben die Männer die Bahre wieder auf und wanderten weiter. Sie gelangten nun in den südlichen Teil der Stadt.

Die Straßen waren von derselben Beschaffenheit wie vorhin, aber jetzt waren sie mit Menschen angefüllt. Halvor hielt die Bahre auf einer Querstraße an und zeigte Birger die dunkelfarbigen Beduinen, die mit dem Gewehr auf der Schulter und dem Dolch im Gürtel umhergingen. Er machte ihn aufmerksam auf die halbnackten Wasserträger, die Wasserschläuche aus Schweinsleder auf ihrem Rücken trugen. Er bat ihn, die russischen Priester anzusehen, die das Haar in einem Knoten im Nacken aufgesteckt trugen, wie Frauen, und die mohammedanischen Weiber, die wie wandernde Gespenster aussahen, wenn sie ganz in Weiß gehüllt und mit einem schwarzen Stück Zeug vor dem Gesicht daherkamen.

Birger ward immermehr davon überzeugt, daß seine Freunde irgendeinen wunderlichen Scherz mit ihm vorhatten. Denn diese Leute sahen wirklich nicht aus, wie die Palmenträger des Friedens, die in den Straßen des richtigen Jerusalems wandern sollen.

Aber als Birger in das Menschengewimmel hineinkam, ergriff ihn das Fieber von neuem. Halvor und die andern, die die Bahre trugen, sahen, daß er immer kränker wurde. Seine Hände tasteten unruhig auf der Decke herum, die über ihn ausgebreitet war, und große Schweißtropfen perlten ihm von der Stirn.

Sobald sie aber davon sprachen, heimzukehren, fuhr er auf und sagte, es würde sein Tod sein, wenn sie ihn nicht soweit trügen, daß er die Stadt Gottes sehen könne.

Mit solchen Worten trieb er sie an, bis er auf den Berg Zion hinaufgelangt war. Als er das Zionstor erblickte, rief er aus, er wolle dadurch hinausgetragen werden! Er setzte sich aufrecht auf die Bahre, in der sicheren Hoffnung, daß er jenseits der Mauer die herrliche Gottesstadt finden würde, nach der er sich sehnte.

Aber jenseits des Tores sah er nichts weiter, als ein versengtes, unfruchtbares Feld, das mit Steinen, Mauerbrocken und Kehrichthaufen bedeckt war.

Dicht neben dem Tor kauerten ein paar arme, elende Menschen. Sie schleppten sich an die Bahre heran und streckten ihre Hände, deren Finger abgefault waren, nach dem Kranken aus.

Sie riefen mit Stimmen, die dem Knurren eines Hundes glichen, ihre Gesichter waren halb zerfressen, der eine hatte keine Nase, der andere keine Wangen.

Birger schrie laut vor Entsetzen. Schwach, wie er war, fing er vor Angst an zu weinen und jammerte, daß sie ihn in die Hölle hineingetragen hätten.

»Das sind ja nur Aussätzige«, sagte Halvor. »Du weißt ja doch, Birger, daß es hier zu Lande Aussätzige gibt.«

Sie beeilten sich jedoch, ihn weiter auf den Hügel hinaufzutragen, damit ihn der Anblick der Ärmsten am Tore nicht weiter quälen sollte.

Dann setzte Halvor die Bahre nieder, trat an den Kranken heran und hob seinen Kopf vom Kissen auf. »Jetzt mußt du versuchen, aufzustehen, Birger«, sagte er. »Hier kannst du bis an das Rote Meer und den Berg Moab hinabsehen.«

Noch einmal schlug Birger seine müden Augen auf. Er sah über die einsame, wilde Berggegend östlich von Jerusalem hinaus. Weit, weit draußen in der Ferne schimmerte ein Wasserspiegel, und jenseits davon lagen Berge, die im Himmelblau, das mit goldenen Rändern verbrämt war, erstrahlten. Das war so schön, so leicht, durchsichtig und strahlend, daß man glauben mußte, daß dieser Anblick nicht der Erde angehöre.

Birger richtete sich in Verzückung von der Bahre auf, er wollte dem fernen Bilde entgegeneilen. Er schwankte ein paar Schritte vorwärts – dann brach er ohnmächtig zusammen.

Die Bauern glaubten anfänglich, daß Birger tot sei. Aber das Leben kehrte zurück, und er lebte noch zwei Tage. Aber bis zu seiner Todesstunde lag er da und phantasierte von dem wahren Jerusalem. Er jammerte darüber, daß es sich immer weiter und weiter zurückziehe, je mehr er sich anstrenge, es zu erreichen, so daß weder er, noch irgendeiner von den andern dahingelangen könne.

Gottes heilige Stadt Jerusalem.

Es verhält sich wirklich so, daß nicht alle Menschen stark genug sind, um das Leben in Jerusalem aushalten zu können. Selbst wenn sie das Klima ertragen können und nicht von den Krankheiten angesteckt werden, so kann es doch geschehen, daß sie unterliegen. Die heilige Stadt macht sie schwermütig oder wahnsinnig, ja, sie kann sie geradezu umbringen. Man kann dort nicht zwei Wochen wohnen, ohne die Leute von diesem oder jenem, der plötzlich gestorben ist, sagen zu hören: »Den hat Jerusalem getötet.«

Wer das hört, kann nicht umhin, sich höchlich zu verwundern. »Wie kann das nur möglich sein?« fragt man sich selbst. »Wie kann eine Stadt töten? Die Menschen denken sich wohl nichts bei dem, was sie sagen.«

Und während man dann in Jerusalem hierhin und dorthin wandert, kann man sich nicht des Gedankens erwehren:

»Ich möchte doch wohl wissen, was die Leute damit meinen, daß Jerusalem tötet. Ich möchte wirklich wissen, wo das Jerusalem ist, das den Menschen den Tod bringt.«

Es kann ja z. B. geschehen, daß man sich entschließt, eine Wanderung rund um Jerusalem zu unternehmen. Man geht dann durch das Jaffator, biegt dann links ab, vorüber an dem mächtigen, viereckigen Davidsturm, und setzt den Weg auf dem schmalen Pfade fort, der neben der Stadtmauer hinläuft, auf das Zionstor zu.

Hart unter der Mauer liegt eine türkische Kaserne, wo man Waffenlärm und kriegerische Musik vernimmt. Dann kommt man an dem großen armenischen Kloster vorüber, das ebenfalls eine Festung ist, mit starken Mauern und Toren mit Schlössern und Riegeln davor. Eine Strecke weiterhin stößt man auf das schwere, graue Gebäude, das Davidsgrab genannt wird, und wenn man das sieht, fällt einem plötzlich ein, daß man auf dem heiligen Zion steht, auf dem Berge der Könige.

Da kann man nicht umhin, zu denken, daß der Berg unter einem ein großes Gewölbe ist, in dem König David in seinem goldenen Mantel auf einem Thron von Feuer sitzt und noch heutzutage das Zepter über Jerusalem und Palästina führt. Man muß daran denken, daß die Mauerreste, die die Erde bedecken, Ruinen gefallener Königsburgen sind, daß der Berggipfel gerade vor ihnen, der Berg des Ärgernisses ist, auf dem Salomo sündigte, daß das Tal, in das man hinabsieht, das tiefe Tal Hinnom, einstmals bis an den Rand mit den Leichen der Menschen angefüllt war, die in Jerusalem getötet wurden, damals, als es von den Römern zerstört wurde.

Es ist ein ganz wunderliches Gefühl, dort zu gehen. Man meint Kriegslärm zu hören, große Heere ziehen zum Angriff gegen die Mauern, Könige kommen auf ihren Streitwagen dahergefahren. Dies ist das Jerusalem des Krieges und der Macht und der Gewaltherrschaft, denkt man, und man entsetzt sich bei dem Gedanken an all die Untaten und Schrecken, die sich vor dem Blick aufrollen.

Da kann es wohl geschehen, daß einem einen Augenblick der Gedanke kommt, ob dies wohl das Jerusalem sein sollte, das Menschen tötet. Aber im nächsten Augenblick zuckt man die Achseln und sagt: »Das ist unmöglich, es ist zu lange her, seit das klirrende Waffengetöse erklang und das rote Blut strömte.«

Und man wandert weiter.

Aber sobald man um die Ecke der Mauer gebogen ist, und den östlichen Teil der Stadt erreicht hat, begegnet einem ein ganz anderer Anblick. Jetzt gelangt man in den heiligen Stadtteil. Hier denkt man nur an die alten Hohenpriester und Tempeldiener. An der Mauer liegt der Klageplatz der Juden, wo die Rabbiner in langen, roten oder blauen Samtkaftanen stehen und über Gottes Strafgericht weinen. Hier erhebt sich der Berg Moria mit dem herrlichen Tempelplatz. Vor der Mauer fällt das Erdreich langsam ab, bis ins Tal Josaphat mit allen seinen Gräbern. Und auf der andern Seite des Tales sieht man Gethsemane und den Ölberg, von wo aus Christus gen Himmel fuhr. Und hier sieht man auch den Pfeiler in der Mauer, an dem Christus an dem Tage des jüngsten Gerichtes stehen und das eine Ende eines langen Fadens halten soll, der so fein ist wie ein Haar, während Mohammed auf dem Ölberg steht und das andere Ende festhält. Aber die Toten sollen gezwungen werden, auf diesem Faden durch das Tal Josaphat hinzuwandeln, und die Gerechten sollen auf die andere Seite des Tales gelangen, während die Ungerechten in das Feuer Gehennas hinabgestürzt werden.

Wenn man hier geht, denkt man: »Ja, dies ist das Jerusalem des Todes und des Gerichts, hier öffnen der Himmel und die Hölle ihre Pforten.«

Aber gleich darauf sagt man: »Nein, auch dies ist nicht das Jerusalem, das tötet. Die Posaunen des Gerichts sind weit entfernt, und das Feuer Gehennas brennt nicht mehr.«

Wieder setzt man seinen Weg an der Ringmauer entlang fort und erreicht schließlich die Nordseite der Stadt. Wo man jetzt geht, ist es einförmig, öde und einsam. Hier liegt der kahle Hügel, der möglicherweise das wirkliche Golgatha ist, hier liegt die Grotte, in der Jeremias seine Klagelieder dichtete. Hier findet man neben der Mauer den Teich Bethesda, hier schlingt sich die Via Dolorosa unter düsteren Halbbögen hin. Hier ist das Jerusalem der Trostlosigkeit, des Leidens, der Qual und der Versöhnung.

Man steht einen Augenblick still und starrt grübelnd diese strenge, ernste Finsternis an. Aber auch dies ist nicht das Jerusalem, das Menschen tötet, denkt man, und wandert weiter. Geht man dann aber nach Nordwesten und Westen weiter, welch eine Veränderung! Hier in dem neuen Teil der Stadt, die außerhalb der Mauern emporgeschossen ist, erheben sich die stattlichen Missionspaläste und die großen Hotels. Hier liegt der umfangreiche Häuserbezirk der Russen, die Kirche und das Krankenhaus und das ungeheure Gasthaus, das zwanzigtausend Pilgern Obdach gewährt. Hier liegen die eleganten Villen des Konsuls und des Priesters, hier wandern Pilger zwischen Läden umher, in denen lauter heilige Sachen verkauft werden. Hier findet man Anlagen und helle, breite Straßen, hier fahren Wagen, hier liegen Banken und Reisebureaus.

Auf der anderen Seite breiten sich die ansehnlichen jüdischen und deutschen landwirtschaftlichen Kolonien aus, die großen Klöster, die mannigfaltigen Wohltätigkeitsanstalten. Hier wimmelt es von Mönchen und Nonnen, von Krankenpflegerinnen und Diakonissen, von Popen und Missionaren. Hier wohnen Gelehrte, die die Vergangenheit Jerusalems studieren, und alte englische Damen, die nirgends anders leben können.

Hier findet man die prächtigen Missionsschulen, die ihren Schülern unentgeltlichen Unterricht, Wohnung, Kost und Kleidung geben, um Gelegenheit zu haben, ihre Seelen zu gewinnen; hier liegen die Missionshospitäler, wo man die Kranken anfleht, zu kommen und sich pflegen zu lassen, um sie bekehren zu können. Hier werden Gottesdienste und Gebetsversammlungen abgehalten, in denen man um Seelen kämpft.

Hier redet der Katholik schlecht von dem Protestanten, der Methodist von dem Quäker, der Lutheraner von dem Reformierten, der Russe von dem Armenier. Hier schleicht der Neid umher, hier sieht der Schwärmer den Wundertäter scheel an, hier streitet der Orthodore mit dem Ketzer, hier wird keine Barmherzigkeit geübt, hier haßt man zu Gottes Ehren seine Mitmenschen. Und hier findet man das, was man sucht. Hier ist das Jerusalem der Seelenjagd, hier ist das Jerusalem der bösen Zungen, das Jerusalem der Lügen, der Verleumdung und Lästerung. Hier verfolgt man, ohne zu ermüden, hier mordet man ohne Waffen. Dies ist das Jerusalem, das Menschen tötet.

Von dem Tage an, wo die schwedischen Brüder in die heilige Stadt gekommen waren, spürten alle Mitglieder der Gordonkolonie eine große Veränderung in der Art und Weise, wie sich die Leute gegen sie benahmen.

Zu Anfang waren es nur Kleinigkeiten. Es war nur z. B., daß der englische Methodistenprediger es vermied, sie zu grüßen, oder daß die frommen Zionschwestern, die im Kloster am Ecce-Homo-Bogen wohnten, auf die andere Seite der Straße hinüberschlichen, wenn sie ihnen begegneten, als fürchteten sie, von etwas Bösem angesteckt zu werden, wenn sie in ihre Nähe kamen.

Es fiel keinem der Kolonisten ein, sich dies zu Herzen zu nehmen, es focht sie auch nicht weiter an, daß einige reisende Amerikaner, die die Kolonie besucht und einen ganzen Abend bei ihnen gesessen und mit ihren Landsleuten geplaudert hatten, am nächsten Tag nicht wieder kamen, wie sie verabredet hatten, und Mrs. Gordon und Miß Joung, als sie ihnen später auf der Straße begegneten, nicht wieder zu erkennen schienen.

Eine ernstere Sache aber war es, daß, als die jungen Frauen von der Kolonie in einen der großen Läden am Jaffator kamen, die griechischen Kaufleute sich erlaubten, ihnen Worte zuzurufen, die sie freilich nicht verstanden, die aber in einem Ton und mit einer Miene gesagt wurden, daß ihnen die Schamröte in die Wangen trieb.

Die Kolonisten wollten sich gern überreden, daß dies nur auf einem Zufall beruhe. »Man hat dort oben in den christlichen Stadtteilen vielleicht eine Verleumdung über uns verbreitet«, sagten sie. »Aber das wird sich schon geben.« Die alten Gordonisten erinnerten sich, daß schon mehrmals böse Gerüchte über sie im Umlauf gewesen waren. Man hatte von ihnen gesagt, daß sie ihren Kindern keine ordentliche Erziehung zuteil werden ließen, daß sie auf Kosten einer alten, reichen Witwe lebten und sie vollständig ausplünderten, daß sie ihre Kranken ohne Pflege daliegen und sterben ließen, weil sie Gott nicht in die Zügel greifen wollten, daß sie ein Leben in Üppigkeit und Trägheit führten, daß sie sich aber den Anschein geben, als arbeiteten sie daran, das wahre Christentum einzuführen.

»Etwas von all diesem wiederholt sich jetzt«, sagten sie. »Aber die Verleumdung wird hinsterben, wie sie es das letztemal getan hat, weil sie kein Körnchen Wahrheit enthält.«

Da aber geschah es, daß die bethlehemitische Frau, die jeden Tag kam und ihnen Obst und Gemüse verkaufte, plötzlich wegblieb. Sie suchten sie auf, um sie zu bewegen, wiederzukommen, aber sie erklärte ganz bestimmt, daß sie ihnen nie wieder Kräuter oder Bohnen verkaufen werde.

Das war ein deutliches Zeichen. Sie begriffen jetzt, daß etwas Ehrenrühriges über sie erzählt wurde, es war etwas, das ihnen allen galt, und es war in allen Volksschichten ausgebreitet.

Es währte nicht lange, bis sie eine neue Bestätigung erhielten. Einige von den Schweden standen eines Tages in der heiligen Grabeskirche, als eine Schar russischer Pilgrime dahinein kam. Die gutmütigen Russen lächelten und nickten ihnen zu; sie konnten sehen, daß sie Bauern waren, gerade so wie sie selbst. Aber im selben Augenblick kam ein griechischer Priester vorüber, und er sagte ein paar Worte zu den Pilgern. Augenblicklich bekreuzigten sich diese und drohten den Schweden mit geballten Fäusten; es sah so aus, als wollten sie sie aus der Kirche hinausjagen.

Ganz in der Nähe von Jerusalem liegt eine Kolonie deutscher Bauern, die Sektierer sind. Schon vor vielen Jahren sind sie in das heilige Land gezogen. Daheim in ihrem Vaterlande wie auch hier in Palästina sind sie Gegenstand vieler Verfolgungen gewesen. Man hatte versucht, sie gänzlich auszurotten. Trotz alledem war es ihnen so gut ergangen, daß sie jetzt große, prächtige Kolonien in Caifa und ganz Jaffa besaßen, außer denen, die sie in Jerusalem selbst angelegt hatten.

Einer von diesen Deutschen kam eines Tages zu Mrs. Gordon und sagte ihr ganz aufrichtig, er habe böse Gerüchte über sie und ihre Leute gehört. »Die Missionare da drüben«, sagte er und zeigte nach dem westlichen Teil der Stadt hinüber, »verleumden Euch. Hätte ich es nicht selbst erfahren, daß man ganz unschuldig an dem sein kann, weswegen man verfolgt wird, so würde ich Euch weder Fleisch noch Milch verkaufen. Aber ich verstehe ja, daß sie es nicht haben ertragen können, mitanzusehen, daß Ihr in der letzten Zeit so viele Anhänger gewonnen habt.«

Mrs. Gordon fragte, wessen man sie denn beschuldige.

»Sie sagen von Euch, daß Ihr ein lasterhaftes Leben hier in der Kolonie führt. Ihr gestattet Euren Leuten nicht, in den Stand der heiligen Ehe zu treten, wie Gott es befohlen hat, deswegen behauptet man, daß bei Euch nicht alles so zugeht, wie es zugehen sollte.«

Die Kolonisten wollten ihm anfänglich nicht glauben. Aber sie merkten bald, daß er die Wahrheit geredet hatte, und daß alle Menschen in Jerusalem von ihnen glaubten, daß sie einen schändlichen Lebenswandel führten. Keiner von den Christen in Jerusalem wollte etwas mit ihnen zu schaffen haben. In den Gasthäusern wurden die Reisenden gewarnt, sie zu besuchen. Einige von den Fremden wagten sich freilich hin und wieder noch nach der Kolonie hinaus. Wenn sie von dort zurückkehrten, schüttelten sie geheimnisvoll den Kopf und sagten, sie hätten nichts Anstößiges bemerkt; aber sie meinten allerdings, es könne ja allerlei dort betrieben werden, was man nicht zu sehen bekomme.

Die Amerikaner, von dem Konsul bis herab zu der geringsten Krankenpflegerin, waren am allergehässigsten gegen die Gordonisten. »Es ist eine Schande für uns alle, daß es Amerikaner sind,« sagten sie, »daß solche Menschen nicht aus Jerusalem hinausgejagt werden können.«

Die Kolonisten waren natürlich klug genug, um sich selbst zu sagen, daß hierbei nichts zu machen sei, daß sie die Leute reden lassen mußten. Ihre Widersacher würden wohl einsehen, daß sie unrecht hatten. »Wir können doch nicht von Haus zu Haus gehen und erzählen, daß wir unschuldig sind«, sagten sie. Sie trösteten sich damit, daß sie ja einander hatten, und daß sie einig und glücklich seien. »Die Armen und die Kranken in Jerusalem haben noch nicht angefangen uns zu scheuen«, sagten sie. »Wir müssen dies vorüberziehen lassen; es ist eine Prüfung, die Gott uns schickt.«

Gleich im Anfang ertrugen alle Schweden die häßlichen Verleumdungen mit großer Ruhe. »Sind sie hier draußen so verblendet,« sagten sie, »daß sie glauben, wir armen Bauern haben gerade diese Stadt aufgesucht, in der unser Heiland starb, um ein schändliches Leben zu führen, dann ist ihr Urteil nicht viel wert, und dann ist es ganz gleichgültig, was sie meinen.«

Und als die Leute fortfuhren, sie mit Verachtung zu behandeln, war es ihnen eine Freude, zu denken, daß Gott sie würdig erachtete, Verfolgung und Verhöhnung in derselben Stadt zu erleiden, wo man Christus verspottet und gekreuzigt hatte.

Aber als es Oktober geworden war, kam eines Tages ein Brief an des Gemeindevorstehers Gunhild. Er war von ihrem Vater. Er schrieb, um ihr zu erzählen, daß ihre Mutter gestorben sei. Der Vater machte ihr keine Vorwürfe, er schrieb nur von der Krankheit und dem Begräbnis. Man konnte wohl merken, daß der alte Gemeindevorsteher bei sich gedacht hatte: »Ich will ihr schonend schreiben, sie wird ohnedies schon unglücklich sein.«

Er hatte den ganzen Brief in derselben milden Gemütsstimmung geschrieben, bis er seinen Namen darunterschrieb. Aber da hatte der zurückgehaltene Zorn ihn plötzlich übermannt. Er hatte die Feder schnell und tief in das Tintenfaß getaucht, und mit großen, eckigen Buchstaben hatte er ganz unten an den Rand des Briefes geschrieben:

»Deine Mutter hätte den Kummer über Deine Abreise vielleicht überwinden können, aber sie nahm ihren Tod über das, was im Missionsblatt stand, daß Ihr da drüben in Jerusalem ein schändliches Leben führtet. So etwas hatte niemand hier erwartet, weder von Dir noch von denen, in deren Gesellschaft du fortgereist bist.«

Gunhild steckte den Brief in die Tasche; sie ging den ganzen Tag damit herum, ohne mit jemand darüber zu reden.

Sie zweifelte nicht daran, daß der Vater die Wahrheit geschrieben hatte in bezug auf das, was den Tod der Mutter verursacht hatte. Die Eltern waren immer sehr ehrliebend gewesen und sehr genau in bezug auf ihren guten Ruf. Sie hatte auch etwas davon, niemand in der ganzen Kolonie hatte so sehr darunter gelitten, Gegenstand der Verachtung zu sein. Ihr half es nichts, daß sie selbst wußte, sie war unschuldig; sie fühlte sich doch beschimpft, und es war ihr, als könne sie sich nicht unter Menschen sehen lassen. Schon seit langer Zeit hatte sie sich gegrämt und sich von den bösen Zungen gepeinigt gefühlt, wie von brennenden Wunden. Und nun hatten sie ihrer Mutter das Leben genommen.

Gertrud und Gunhild bewohnten dasselbe Zimmer. Sie waren immer die besten Freundinnen gewesen; aber Gunhild sprach nicht einmal mit Gertrud über das, was der Vater ihr geschrieben hatte. Sie fand es unrecht, Gertruds Freude zu stören, die sie darüber empfand, hier in Jerusalem zu sein, wo alles mögliche ihr die Erinnerung an ihren Heiland nahe brachte.

Aber den ganzen Tag hindurch nahm Gunhild den Brief wieder und wieder hervor. Sie wagte nicht, ihn zu lesen; nur wenn sie ihn ansah, zog sich schon ihr Herz zusammen in beißendem Kummer. »Ach, könnte ich doch sterben,« dachte sie, »ich werde ja nie wieder glücklich. Ach, könnte ich doch sterben!«

Sie saß da und betrachtete den Brief. Sie fühlte, daß er ein Gift enthielt, das sie töten würde. Sie hoffte nur, daß es schnell gehen und bald vorüber sein möge.

Am nächsten Tage kam Gunhild durch das Damaskustor gegangen. Sie war in der Stadt gewesen und wollte jetzt nach Hause, nach der Kolonie.

Es war ein außerordentlich warmer Tag, was gegen Ende Oktober, ehe der Herbstregen noch begonnen hat, häufig der Fall ist. Als Gunhild aus der finsteren Stadt herauskam, wo Häuser und Bögen Schutz gegen die Sonne gewährt hatten, war es ihr, als wenn der blendende Sonnenschein sie wie ein Stoß traf, und sie hatte die größte Lust, in den kühlen Schatten des Torgewölbes zurückzulaufen. Sie fand, daß der sonnenbeschienene Weg, der vor ihr lag, so unheimlich aussah. Es war, als solle man eine Schießbahn entlanggehen, in der die Soldaten nach der Scheibe schossen.

Gunhild wollte indessen um des bißchen Sonnenscheins willen nicht umkehren. Sie hatte freilich gehört, daß es gefährlich sein könne, aber sie glaubte nicht recht daran. Statt dessen tat sie, was man zu tun pflegt, wenn man in einen starken Regenschauer hinauskommt, sie zog den Kopf zwischen die Schultern, schob das Tuch, das sie um den Hals hatte, höher in den Nacken hinauf und eilte, so schnell sie konnte, vorwärts.

Während sie ging, hatte sie ein Gefühl, als wenn die Sonne mit einem Feuerbogen in der Hand dasäße und einen glühenden Pfeil nach dem andern auf sie abschösse, und daß sie die ganze Zeit nach ihr ziele. Die Sonne hatte gar nichts weiter zu tun, als sie als Zielscheibe zu betrachten. Das Feuer hagelte auf sie herab, und nicht nur vom Himmel herunter kam es. Alles um sie her glühte und stach sie in die Augen. Kleine, scharfe Pfeile kamen aus den

Glimmerkörnern in den Steinen des Weges herausgeschossen. Die grünen Fensterscheiben eines Klosters, an dem sie vorüberkam, blitzten, so daß sie den Blick nicht dahin zu wenden wagte. Der stählerne Schlüssel in einer Tür sandte ihr einen kleinen, boshaften Strahl nach. Und ebenso die blanken Blätter einer Rizinuspflanze, die den Sommer nur deswegen überlebt zu haben schien, um hier zu stehen und sie zu peinigen.

Wohin sie auch den Blick wandte, am Himmel und auf der Erde schimmerte und glitzerte es. Es war eigentlich nicht die Hitze, die sie quälte, obwohl die stark genug war, sondern vielmehr das fürchterliche weiße Sonnenlicht, das hinter die Augen hineindrang, und das sich in das Gehirn hineinbrannte.

Gunhild fühlte sich so voll von Haß und Zorn gegen die Sonne wie ein armes, gejagtes Tier gegen den, der ihm nach dem Leben trachtet. Es überkam sie eine wunderliche Lust, umzukehren und ihrem Verfolger gerade ins Gesicht zu sehen. Lange widerstand sie, aber zuletzt wandte sie sich um und sah zum Himmel empor. Ja, da saß die Sonne oben wie eine große, blauweiße Flamme. Während Gunhild da hinaufsah, wurde der Himmel ganz schwarz, aber die Sonne kroch hinein, und es war ihr, als könne sie sehen, daß sie sich von ihrem Platz am Himmel loslöste und herabgefahren kam, um sie in den Nacken zu treffen und zu töten.

Gunhild stieß einen Schrei aus. Sie hielt die eine Hand empor, um den Nacken zu beschützen, und fing an zu laufen.

Als sie eine ganze Strecke auf dem Wege weitergelaufen war, wurde der weiße Kalkstaub in einer erstickenden Wolke um sie aufgewirbelt, und sie gewahrte einen großen Haufen Steine. Es waren die Ruinen eines eingestürzten Hauses. Sie eilte dorthin und war so glücklich, eine Öffnung zu finden, die in den Keller hinabführte.

Gunhild gelangte in ein kühles, wohltuendes Dunkel. Sie konnte nicht zwei Schritt vor sich sehen.

Sie stellte sich mit dem Rücken gegen den Eingang und ließ die Augen im Dunkeln ausruhen. Hier war nichts, was schimmerte, nichts, was glitzerte. Sie begriff jetzt, wie einem armen Fuchs zumute sein muß, wenn er in seine Höhle hineingeschlüpft ist, während die Jäger hinter ihm her sind. Jetzt standen die Hitze und der Staub und das Licht und der Sonnenschein wie gefoppte Jäger draußen vor ihrer Zufluchtsstätte. Die ganze Schar stand mit ihren glühenden Spießen da und wartete, sie aber war hier drinnen in Sicherheit.

Gunhild gewöhnte allmählich ihre Augen an die Dunkelheit; sie entdeckte einen Stein und setzte sich darauf, um zu warten. Sie glaubte, sie würde sich wohl stundenlang nicht aus ihrer Höhle hinauswagen dürfen. Nicht, ehe die Sonne so weit im Westen gesunken war, daß sie ihre Macht am Himmel verloren hatte.

Aber sie hatte nur eine ganz kurze Zeit da drinnen in der Dunkelheit gesessen, als tausend Sonnen vor ihren Augen zu sprühen begannen und in ihrem armen, erhitzten Gehirn alles herumwirbelte. Ein heftiger Schwindel ergriff sie, es war ihr, als drehten sich die Winde des Kellers in einem unaufhörlichen Rundtanz. Ihr war so schwindlig, daß sie sich an die Wand lehnen mußte, um nicht zu fallen.

»Ach Gott, auch hier drinnen werde ich verfolgt!« rief sie aus.

»Ich muß wohl etwas Böses getan haben, da die Sonne mich nicht mehr sehen mag«, fuhr sie fort.

Im selben Augenblick fiel ihr der Brief ein und der Tod der Mutter, und ihr großer Kummer und ihr Wunsch zu sterben. Das alles war ganz aus ihren Gedanken entschwunden gewesen, während sie sich in wirklicher Lebensgefahr befunden hatte; da hatte sie nur daran gedacht, sich zu retten.

Schnell holte sie den Brief hervor, öffnete ihn und trat an den Eingang, um ihn lesen zu können. Ja – da standen die Worte, genau so, wie sie sie in der Erinnerung hatte, und sie stöhnte.

Aber gleich darauf kam ein Gedanke, der ihr beruhigend und tröstend erschien.

»Verstehst du nicht, daß es Gottes Absicht ist, dich von dem Leben zu erlösen?«

Dies erschien ihr so schön und eine große Gnade von Gott. Sie konnte es sich selbst nicht recht klarmachen, denn sie war nicht ganz bei Besinnung. Der Schwindel war wiedergekehrt, der ganze Keller drehte sich rund herum. Oben über ihrem einen Auge tanzte ein glitzernder Feuerstrahl.

Aber sie hielt doch fest an dem Gedanken, daß Gott ihr anbot, aus dem Leben zu scheiden und zu ihrer Mutter im Himmel hinaufzukommen und all ihrem Kummer zu entrinnen.

Sie erhob sich, faltete erst die Hände im Nacken, zog sie aber wieder zurück und ging dann in den Sonnenschein hinaus, ganz ruhig, als ginge sie in einer Kirche durch den Mittelgang.

Sie war jetzt etwas abgekühlt, und gleich als sie hinauskam, spürte sie nichts von Jägern oder Spießen oder glühenden Pfeilen.

Aber sie hatte nur wenige Schritte gemacht, als es alles wieder über sie herfiel, als wenn es sich aus einem Hinterhalt auf sie losstürze. Alles auf der Erde schimmerte und glitzerte, und die Sonne kam sausend hinter ihr drein wie ein scharfer Feuerfunke und traf sie im Nacken.

Sie machte noch ein paar Schritte. Dann stürzte sie zu Boden, wie vom Blitz getroffen.

Leute aus der Kolonie fanden sie einige Stunden später. Sie lag da, die eine Hand gegen das Herz gepreßt, die andere war ausgestreckt und umklammerte den Brief, wie um zu zeigen, was sie getötet hatte.

Auf den Flügeln der Morgenröte

An dem Tage, als Gunhild vom Sonnenstich getroffen war, befand sich Gertrud in einer der breiten Straßen in der westlichen Vorstadt. Sie war ausgegangen, um etwas Band und einige Knöpfe zu kaufen, die sie zu ihrer Näharbeit nötig hatte, aber da sie da draußen nicht bekannt war, mußte sie ziemlich lange gehen, ehe sie fand, was sie suchte. Sie beeilte sich auch nicht weiter; es machte ihr Vergnügen, im Freien umherzuwandeln. Gertrud hatte noch nicht viel von Jerusalem gesehen. Sie hatte so wenig Kleider von Hause mitgenommen, daß sie fast die ganze Zeit gezwungen gewesen war, drinnen zu sitzen und zu nähen, um etwas zum Anziehen zu haben.

Wie immer, wenn sie auf die Straße hinauskam, trat ein froher Ausdruck in ihr Gesicht. Sie empfand ja freilich die schreckliche Hitze und den scharfen Sonnenschein, aber sie litt nicht darunter, so wie die andern. Bei jedem Schritt, den sie tat, dachte sie daran, daß Jesus auf derselben Erde gewandelt haben mußte, die sie betrat. Sie war sicher, daß sein Blick auf dem Hügel geruht hatte, den sie in der Ferne am Ende der Straße sah. Staub und Hitze hatten ihn geplagt, wie sie jetzt sie plagten. Und wenn sie an das alles dachte, trat er ihr so nahe, daß sie kein anderes Gefühl als eine überwältigende Freude empfand.

Was Gertrud nach der Ankunft in Palästina so unendlich beglückte, war gerade das, daß sie Jesus viel näher gekommen war als bisher. Hier dachte sie nie daran, daß ein paar tausend Jahre vergangen waren, seit er hier in diesem Lande mit seinen Jüngern umherging, sondern sie bewegte sich in der glücklichen Vorstellung, daß er noch vor ganz kurzem hier gelebt hatte. Sie sah seine Fußspuren auf der Erde, und sie hörte den Schall seiner Schritte in den Straßen Jerusalems.

Als Gertrud den steilen Hügel hinabging, der zum Jaffator führt, kam ein Zug von ein paar hundert russischen Pilgern die Straße herauf. Sie waren mehrere Stunden umhergegangen, um heilige Stätten außerhalb Jerusalems zu besuchen, und waren so müde und ermattet von der Wanderung in der starken Sonnenhitze, daß es aussah, als hätten sie kaum Kräfte genug, um sich bis an das russische Gasthaus auf dem Gipfel des Hügels zu schleppen.

Gertrud blieb stehen und sah sie an, während sie vorüberzogen. Es waren alles Bauern, und sie wunderte sich zu sehen, wie sehr sie den Leuten daheim glichen, wie sie in ihren Friesröcken und wattierten Jacken dahergewandert kamen. »Es ist sicher ein ganzes Dorf, das sich auf einmal auf den Weg nach Jerusalem gemacht hat«, dachte sie, wie sie dastand und sie ansah. »Der da mit der Brille auf der Nase ist der Schulmeister, und der da mit dem dicken Stock hat einen großen Hof und regiert das ganze Kirchspiel. Der, der so steif und aufrecht dahingeht, ist ein alter Soldat. Und das kleine Männchen mit den schmalen Schultern und den langen Händen ist der Dorfschneider.« In guter Laune stand sie da und dichtete nach alter Gewohnheit kleine Geschichten nach dem, was sie sah. »Die alte Frau dort mit dem seidenen Tuch um den Kopf ist reich«, dachte sie. »Aber sie hat erst auf ihre alten Tage von Hause fortkommen können, denn erst mußte sie ihren Sohn und ihre Töchter verheiratet und versorgt, und ihre Enkel erzogen wissen. Und die andere alte Frau, die neben ihr geht und ein ganz kleines Bündel in der Hand hat, ist sehr arm. Sie ist eine von denen, die ihr ganzes Leben lang hat arbeiten und sparen müssen, um das Geld zu der Jerusalemreise zusammenzubringen.«

Es bedurfte nicht mehr als diese Pilger daherwandern zu sehen, um sie liebzugewinnen. Obwohl sie so staubig und erhitzt waren, sahen sie froh und zufrieden aus; man sah keine mißvergnügte Miene in einem einzigen Gesicht. »Wie fromm und geduldig sie doch sein müssen,« dachte Gertrud, »und wie innig sie Jesus lieben müssen, da sie so glücklich darüber sind, in seinem Lande zu wandern, daß sie keine Qual empfinden.«

Am Schluß des Zuges kamen einige, die ganz ermattet waren und sich kaum weiterzuschleppen vermochten. Es war rührend, ihre Verwandten und Freunde umwenden und sie unter den Arm nehmen zu sehen, um ihnen den Hügel hinaufzuhelfen. Aber die, die am allerelendsten aussahen, gingen allein, sie waren offenbar so mitgenommen, daß niemand genug Kraft zu haben glaubte, um ihnen zu helfen.

Den Beschluß der Schar bildete ein junges Mädchen von siebzehn Jahren. Dieses war ungefähr das einzige, das jung war; die übrigen waren zum größten Teil alt oder in mittleren Jahren.

Sobald Gertrud es erblickte, sagte sie zu sich selbst, das junge Mädchen müsse von einem großen Unglück betroffen sein, da das Leben daheim ihr unerträglich geworden sei. Vielleicht hatte auch sie Jesus im Walde auf sich zukommen sehen, und er hatte ihr geraten, nach Palästina zu ziehen.

Das junge Mädchen sah sehr krank und leidend aus. Es war zart gebaut, und die schweren, dicken Kleider, und namentlich die plumpen Stiefel, die es, wie alle andern Frauen, anhatte, beschwerten es offenbar sehr. Es schwankte einige Schritte vorwärts, dann blieb es stehen, um Atem zu schöpfen. Es lag eine große Gefahr vor, daß es von einem Kamel umgerissen oder von einem Wagen überfahren würde, so wie es dort unbeweglich auf der Straße stand.

Gertrud empfand einen unwiderstehlichen Drang, ihm zu helfen. Sie besann sich nicht lange, sondern trat zu der Kranken heran, legte den Arm um ihre Taille und zeigte, wie sie sich über ihre Schultern lehnen sollte, um Stütze zu finden. Das junge Mädchen sah mit einem stumpfen Blick auf. Halb unbewußt nahm es die Hilfe an und ließ sich einige Schritte von Gertrud weiterschleppen.

Aber im selben Augenblick wandte sich eine der älteren Frauen um, sie sah Gertrud scharf an und rief der Kranken mit strenger Stimme ein paar Worte zu. Das junge Mädchen schien sehr erschreckt zu sein; es richtete sich auf, stieß Gertrud zur Seite und versuchte, allein weiterzugehen, blieb aber gleich wieder stehen.

Gertrud konnte nicht begreifen, warum das Mädchen ihre Hilfe nicht annehmen wollte. Sie glaubte, es sei, weil die Russen zurückhaltend waren und keine Hilfe von einer Fremden annehmen wollten. Sie eilte wieder zu der Kranken hin und legte von neuem den Arm um sie. Da verzerrte sich das Gesicht der Fremden in großer Angst und in Abscheu. Nicht genug damit, daß sie sich von Gertrud losriß, sie schlug nach ihr und versuchte zu laufen, um ihr zu entkommen.

Nun sah Gertrud schließlich, daß der anderen wirklich bange vor ihr war. Es ward ihr sofort klar, daß dies von nichts weiter als von den schändlichen Verleumdungen kommen konnte, die über die Gordonisten ausgebreitet waren. Gertrud war zornig und betrübt. Das einzige, was sie für die Arme tun konnte, war, sie ganz in Ruhe zu lassen, um sie nicht noch mehr zu erschrecken. Aber während sie stillstand und ihr mit den Augen folgte, sah sie, daß das Mädchen, indem es vor ihr floh, in seinem Schrecken und seiner Verwirrung gerade einem Wagen entgegenlief, der in voller Fahrt den Hügel hinabfuhr. Gertrud sah mit Entsetzen, daß die Fremde unfehlbar verloren war und getötet werden würde.

Gertrud wollte die Augen schließen, um sich vor diesem schrecklichen Anblick zu bewahren, aber sie hatte gänzlich die Herrschaft über sich selbst verloren, sie war nicht einmal imstande, die Augen niederzuschlagen. Sie stand mit weit geöffneten Augen da und sah die Pferde geradeswegs auf die Kranke zukommen und sie umreißen. Aber im selben Augenblick standen die prächtigen, klugen Tiere von selbst still. Sie wichen zurück, stemmten die Vorderbeine hart gegen die Erde, um das ganze Gewicht des hinabrollenden Wagens auf sich zu nehmen, warfen sich geschmeidig auf die Seite und setzten die Fahrt fort, ohne daß ein Huf oder ein Rad die Gefallene berührt hatte.

Gertrud glaubte schon, daß alle Gefahr vorbei sei. Die junge Russin blieb an der Erde liegen, ohne sich zu rühren, aber das war wohl nur, weil sie vor Schrecken ohnmächtig geworden war. Von allen Seiten stürzten nun Leute herbei, um der Verunglückten zu helfen. Gertrud war die erste, die zu ihr gelangte. Sie bückte sich, um ihr aufzuhelfen. Da sah sie, daß aus ihrem Kopf Blut in den Kies hinablief, und daß ihr Gesicht, das aufwärts gewendet war, sonderbar starr geworden war. »Sie ist tot«, dachte Gertrud, »und *ich* habe sie in den Tod getrieben.«

Im selben Augenblick packte ein Mann Gertrud zornig und warf sie zur Seite. Er brüllte ihr einige Worte zu, die, wie sie verstehen konnte, bedeuteten, daß ein so verrufenes Geschöpf wie sie nicht wert sei, die fromme, junge Pilgerin anzurühren. Im nächsten Augenblick ertönten rings um sie her dieselben Worte aus vielen Mündern. Drohende Hände wurden gegen sie erhoben, und sie wurde gestoßen und gepufft, bis sie sich außerhalb der dichten Schar befand, die sich um die Verunglückte gesammelt hatte.

Einen Augenblick wurde Gertrud so erzürnt über diese Behandlung, daß sie die Hände ballte. Sie wollte sich verteidigen, sie wollte wieder zu dem russischen Mädchen hin, sie mußte doch wissen, ob es wirklich tot war. »Nicht ich bin unwürdig, ihr zu nahe zu kommen!« rief sie laut auf Schwedisch aus. »Ihr, ihr habt sie getötet. Eure schändlichen Verleumdungen haben sie in den Tod gejagt!« Niemand verstand sie, und Gertruds Zorn wich bald einer tödlichen Angst. Wenn nun jemand gesehen hatte, wie sich das Ganze zugetragen hatte, und es den Pilgern wiedererzählte! Dann würden alle diese Menschen sich ohne Schonung über sie stürzen und sie totschlagen.

Schleunigst flüchtete sie von dem Platze fort, lief, so schnell sie konnte, obwohl niemand sie verfolgte. Sie hielt nicht an, bis sie die öde Strecke auf der Nordseite Jerusalems erreicht hatte.

Hier blieb sie stehen, strich sich über die Stirn und preßte die gefalteten Hände hart gegen die Stirn.

»O Gott, o Gott!« rief sie. »Bin ich jetzt eine Mörderin? Trage ich die Schuld an dem Tode eines Menschen?«

Im nächsten Augenblick wandte sie sich der Stadt zu, deren hohe, finstere Mauer in ihrer Nähe aufragte. »Nicht ich bin es, du bist es!« rief sie, »nicht ich bin es, sondern du!« Schaudernd wandte sie sich von der Stadt ab, um nach der Kolonie hinüberzusehen, deren Dächer sie in der Entfernung sah. Aber einmal über das andere blieb sie stehen, während sie versuchte, nur einigermaßen all die Gedanken zu verlieren, die auf sie einstürmten.

– – Als Gertrud nach Palästina gekommen war, hatte sie gedacht: »Hier bin ich in dem Lande meines Herrn und Königs. Jetzt stehe ich unter seiner besonderen Obhut, hier kann mich nichts Böses treffen,« Und sie hatte sich in den Glauben eingelullt, daß Christus ihr befohlen hatte, in sein heiliges Land zu reisen, weil er gesehen hatte, daß sie ein so schweres Leid erlitt, daß sie nicht mehr in diesem Leben zu leiden brauchte, sondern in Zukunft in Frieden und Ruhe leben sollte.

Aber jetzt war Gertrud zumute wie jemand, der in einer stark befestigten Stadt wohnt und plötzlich die schirmenden Türme und Mauern einstürzen sieht. Sie sah, daß sie wehrlos war. Zwischen ihr und dem Bösen, das auf sie eindrang, war kein Schutz. Im Gegenteil sah es so aus, als ob das Unglück sie hier schlimmer treffen könne als anderswo.

Mutig wies sie den Gedanken zurück, daß sie die Schuld an dem Tode der jungen Russin trage, sie wollte sich keine Gewissensbisse über so etwas machen. Aber sie empfand eine dunkle Angst vor dem Schaden, den dies Erlebnis ihr bereiten könne. »Nun sehe ich wohl immerfort vor meinen Augen die Pferde auf sie zulaufen«, klagte sie. »Ich werde gewiß keinen frohen Tag mehr haben.«

In ihr erhob sich eine Frage, die sie einen Augenblick niederzuhalten strebte, die aber wieder und wieder aufstieg. Sie fing an, darüber nachzudenken, warum Christus sie in dies Land geschickt hatte. Es war eine große Sünde, diese Frage zu stellen, aber sie konnte es nicht unterlassen. Was war Christi Absicht, als er sie in dies Land sandte?

»Ach Gott«, sagte sie in ihrer großen Verzweiflung. »Ich glaubte, du liebtest mich und wolltest alles für mich zum Besten kehren. Ach Gott, ich war so glücklich, als ich glaubte, daß du mich beschütztest.«

Als Gertrud nach der Kolonie zurückkehrte, klang ihr eine wunderliche Stille und Feierlichkeit entgegen. Der Junge, der das Tor öffnete, war ungewöhnlich ernsthaft. Und als sie in den Garten trat, fiel es ihr auf, wie still sie alle über das Pflaster hinschritten, und daß niemand laut sprach. »Hier ist der Tod eingekehrt«, dachte sie, ehe noch jemand ein Wort zu ihr gesagt hatte.

Bald erfuhr sie, daß man Gunhild tot auf der Straße gefunden hatte. Sie war schon heimgebracht und auf eine Bahre in der Waschküche im Keller gelegt. Gertrud wußte wohl, daß die Toten im Morgenlande sehr schnell begraben werden müssen. Aber sie war doch entsetzt darüber, daß die Vorbereitungen zu dem Begräbnis schon im vollen Gange waren. Tims Halvor und Ljung Björn zimmerten an einem Sarge, und ein paar von den Frauen waren damit beschäftigt, die Leiche anzukleiden. Mrs. Gordon war zu dem Vorsteher einer der amerikanischen Missionsanstalten gegangen, um die Erlaubnis zu erbitten, Gunhild auf dem amerikanischen Friedhof zu beerdigen. Bo und Gabriel standen draußen auf dem Hof, jeder mit seinem Spaten in der Hand, und warteten nur auf Mrs. Gordons Rückkehr, um hinzugehen und das Grab zu graben.

Gertrud ging in die Waschküche hinab. Sie stand lange da und betrachtete Gunhild und brach in heftiges Weinen aus. Sie hatte sie immer sehr geliebt, sie, die jetzt dalag und tot war. Aber während sie dastand und Gunhild ansah, ward es ihr klar, daß weder sie, Gertrud, noch irgendein anderer Mensch Gunhild so viel Liebe erwiesen hatte, wie sie es verdiente. Sie hatten ja alle zusammen gewußt, daß sie ehrlich und gut und wahrheitsliebend war. Aber sie hatte sich selbst und andern das Leben schwer gemacht, indem sie zu viel Wert auf Kleinigkeiten legte. Und das hatte die Menschen von ihr zurückgestoßen. Jedesmal, wenn Gertrud hieran dachte, tat es ihr wirklich leid um Gunhild. Ihre Tränen rannen von neuem.

Aber plötzlich hörte Gertrud auf zu weinen und sah Gunhild mit Unruhe und Schrecken an. Sie hatte bemerkt, daß Gunhild mit einem Ausdruck in ihrem Gesicht dalag, wie sie ihn im Leben gehabt hatte, wenn sie über etwas nachgrübelte, das schwierig oder verwickelt war. Es war sonderbar, sie mit der tiefen Falte zwischen den Augenbrauen und den vorgeschobenen Lippen liegen und grübeln zu sehen.

Gertrud entfernte sich langsam von der Toten. Als sie den fremden Ausdruck in Gunhilds

Antlitz gesehen hatte, war sie an ihr eigenes Leid erinnert worden. Es war ihr, als liege auch Gunhild da und frage, warum Jesus sie hierher in dieses Land gesandt habe. »Warum sollte ich hierher ziehen, wenn es nur war, um zu sterben?« schien sie zu fragen.

Als Gertrud wieder auf den Hof hinaustrat, kam ihr Bo entgegen. Er bat sie, zu kommen und ein wenig mit Hök Gabriel Mattsson zu reden. Gertrud stand ganz verwirrt da und sah Bo an. Sie war so in ihre eigenen Gedanken versunken, daß sie nicht einmal auffassen konnte, was er sagte. – »Gabriel hat Gunhild am Wege gefunden«, sagte Bo als Erklärung.

Gertrud hörte ihn nicht an, sie stand da und dachte daran, warum Gunhild diesen Ausdruck in ihrem Antlitz habe. – »Es war schrecklich für Gabriel, sie so tot auf dem Wege zu finden, während er daherkam und nichts Böses ahnte«, sagte Bo, und als Gertrud noch immer verständnislos dastand, fügte er mit tiefbewegter Stimme hinzu: »Wenn es jemand hier aus der Kolonie gewesen wäre, den ich lieb gehabt hätte, und den ich dann tot auf der Landstraße gefunden hätte, so weiß ich nicht, was aus mir werden sollte.«

Gertrud sah sich um, als fahre sie aus dem Schlaf auf. Ja, das ist wahr, sie wußte ja aus alten Zeiten, daß Gabriel Gunhild geliebt hatte. Sie hätten sich ja verheiratet, wenn nicht die Jerusalemreise dazwischengekommen wäre. Aber die beiden waren sich einig darin, daß sie nach Palästina ziehen wollten, selbst wenn sie dann niemals Mann und Frau werden konnten. Und nun hatte Gabriel Gunhild tot auf der Straße gefunden!

Gertrud ging auf Gabriel zu, der regungslos am Tor stand und ihr keinen Schritt entgegenkam. Mit zusammengepreßten Lippen und starrem Blick stand er da und bohrte den Spaten zwischen die Steine. Als Gertrud vor ihm stehen blieb, bewegte er die Lippen, aber es kam kein Laut hervor.

»Es würde Gabriel gut tun, wenn er nur weinen könnte«, flüsterte Bo Gertrud zu.

Schweigend reichte Gertrud Gabriel die Hand, wie man es bei einem Begräbnis den nächsten Angehörigen gegenüber zu tun pflegt. Gabriels Hand lag schlaff und kalt in der ihren.

»Bo hat mir erzählt, daß du sie gefunden hast«, sagte Gertrud. Gabriel stand noch immer regungslos da. – »Das war schwer für dich«, fuhr sie fort, während Gabriel wie ein Steinbild dastand. Sie begriff, wie entsetzlich dies für ihn gewesen war. – »Aber ich glaube, Gunhild würde sich gefreut haben, daß du es warst, der sie fand«, sagte sie.

Da zuckte Gabriel zusammen; er erhob die Augen und sah Gertrud an. »Glaubst du, daß sie sich darüber gefreut hätte?« – »Ja,« antwortete Gertrud, »ich kann begreifen, daß es schwer für dich war, aber ich glaube, sie würde am liebsten gesehen haben, daß du sie finden solltest.« – »Ich wich nicht einen Augenblick von ihr,« sagte Gabriel leise, »bis Leute kamen, die mir helfen konnten. Ich habe sie sanft und vorsichtig hierher getragen.« – »Ja, davon bin ich überzeugt«, sagte Gertrud.

Gabriels Lippen bebten, und plötzlich stürzten ihm Tränen aus den Augen. Bo und Gertrud standen still neben ihm und ließen ihn weinen. Gabriel preßte die Hand gegen den Türpfosten, er schluchzte heftig.

Nach einer Weile wurde er ruhiger. Er trat auf Gertrud zu und reichte ihr die Hand. »Hab' vielen Dank«, sagte er. Seine Stimme war jetzt sanft und mild, es klang fast, als wenn sein Vater, der alte Hök Matts, spräche. »Jetzt will ich dir etwas zeigen, was ich eigentlich keinem Menschen zeigen wollte«, fuhr er fort. »Als ich Gunhild fand, lag sie da mit einem Brief in der Hand, der war von ihrem Vater. Ich nahm ihn, ich meinte, ich sei der Nächste dazu, ihn zu lesen. Nun denke ich, daß du auch alte Eltern daheim hast, und ich will ihn dir zeigen, weil du mich zum Weinen gebracht hast.«

Gertrud nahm den Brief und las ihn. Dann sah sie Gabriel an. »Also deswegen ist sie gestorben«, sagte sie. Gabriel nickte. – »Ich glaube, es war deswegen«, sagte er. Gertrud schrie fast: »Jerusalem, Jerusalem, du bringst uns alle um. Ich glaube, Gott hat uns verlassen.«

Im selben Augenblick trat Mrs. Gordon zum Tor hinein. Sie schickte Gabriel und Bo gleich nach dem Begräbnisplatz. Gertrud ging in die kleine Kammer, wo sie mit Gunhild zusammen gewohnt hatte. Dort saß sie den ganzen Abend allein, in einer so starken und unüberwindlichen Angst, als sei sie von Gespensterfurcht überfallen.

Es war ihr, als müsse noch mehr Schreckliches an diesem Tage geschehen, sie ängstigte sich davor, als läge es in einem Winkel und laure auf sie. Und gleichzeitig ward sie von Zweifeln gequält. »Ich weiß nicht, warum Christus uns hierher gesandt hat«, dachte sie. »Wir bringen ja Unglück über uns selbst und über die andern.« Für eine Weile gelang es ihr, den Zweifel in die Flucht zu jagen, aber gleich darauf ertappte sie sich dabei, daß sie dasaß und alle die aufzählte, die infolge der Auswanderung ins Unglück geraten waren. Nichts konnte ja sicherer und gewisser erscheinen, als daß Gott wollte, daß sie nach Palästina reisen sollte. Wie konnte es da sein, daß dies nur Elend zur Folge hatte?

Sie hatte Feder und Papier hervorgeholt, um an ihre Eltern zu schreiben, aber sie war nicht dazu imstande. »Was soll ich schreiben, damit sie mir glauben?« rief sie aus. »Falls ich mich hinlegte und stürbe, so wie Gunhild, so würden sie mir vielleicht glauben, daß wir unschuldig sind.«

Der Tag schleppte sich langsam hin, und die Nacht kam. Gertrud war so unglücklich, daß sie nicht schlafen konnte. Sie sah Gunhilds Antlitz vor sich und konnte nicht umhin, sich wieder und wieder zu fragen, worüber die Tote nachgegrübelt habe. Schließlich ward es ihr zur Gewißheit, daß Gunhild mit derselben Frage auf den Lippen gestorben war, mit der sie stritt.

Noch ehe der Tag graute, stand Gertrud auf und kleidete sich an, um auszugehen.

An diesem letzten Tage und in dieser Nacht war sie so weit von Christus weggekommen, daß sie nicht begreifen konnte, wie sie wieder zu ihm zurückfinden sollte. Jetzt, als es Morgen wurde, erfaßte sie eine Sehnsucht, die Stätte aufzusuchen, von der sie ganz gewiß wußte, daß er sie betreten hatte. Und diese einzige Stätte, deren Lage niemals jemand bestritten hatte, war der Ölberg. Sie dachte, daß, wenn sie nun dahin ginge, sie ihm wieder nahekommen würde, sie sich von seiner Liebe überschattet fühlen und seine Absicht mit ihr verstehen würde.

Gleich, als sie in die finstere Nacht hinauskam, erfaßte sie eine noch größere Angst. Wieder und wieder durchlebte sie all das Unglück und die Ungerechtigkeit, die dieser eine Tag gebracht hatte.

Aber je höher sie auf den Berg hinaufkam, je mehr fühlte sie, daß es wunderlich licht in ihr ward. Die drückende Last wurde von ihren Schultern genommen. Sie fing an, eine Erklärung zu ahnen.

Dies ist ja die einzige Möglichkeit, dachte sie, wenn solche Ungerechtigkeit ihren Gang gehen durfte, so mußte man die letzten Tage der Welt erreicht haben. Das war die einzige Art und Weise, wie man verstehen konnte, daß Recht Unrecht wurde, daß Gott nicht die Macht besaß, das Böse zu hindern, daß die Heiligen verfolgt wurden, daß die Lüge unwidersprochen gedieh.

Sie blieb stehen und grübelte. Ja, wahrlich, das war es, die Wiederkehr des Herrn stand bevor, und sie würde ihn bald aus den Wolken des Himmels herabkommen sehen.

Und verhielt es sich so, dann konnte sie begreifen, warum sie alle nach Jerusalem gerufen waren. Aus Gottes Gnade waren sie und ihre Freunde dort hinabgesandt, um Jesus zu begegnen. Sie schlug die Hände vor Verwunderung und Freude zusammen, als sie daran dachte, wie unendlich groß dies war.

Schnellen Schrittes ging sie den Berg hinauf, bis sie den höchsten Punkt erreichte, von wo aus Jesus gen Himmel aufgefahren war. Sie konnte nicht auf den umfriedigten Platz selbst gelangen, aber sie blieb davor stehen und sah zu dem Himmel empor, der jetzt in dem plötzlich hervorbrechenden Tagesschimmer erstrahlte.

»Vielleicht kommt er schon heute«, dachte sie. Sie faltete die Hände und sah empor zu dem Morgenhimmel, der mit federleichten Wolken bedeckt war.

Im selben Augenblick färbten sie sich rot, und es sah so aus, als ob ein Widerschein von ihnen auf Gertruds Gesicht erglühte. »Er kommt,« sagte sie, »er kommt gewiß.«

Sie starrte die Morgenröte an, als sähe sie sie zum erstenmal. Es war ihr, als könne sie tief in den Himmel hineinsehen. Gerade nach Osten zu erblickte sie eine tiefe Wölbung mit einer hohen und breiten Pforte, und sie erwartete nur, zu sehen, wie die Torflügel zur Seite wichen, so daß Christus und alle seine Engel hinausziehen konnten.

Nach einer Weile öffnete sich wirklich die Pforte des Ostens, und die Sonne schritt über den Himmel dahin. Gertrud blieb unbeweglich und erwartungsvoll stehen, während die Sonne ihren Glanz über das Bergtal westlich von Jerusalem warf, dort, wo eine Reihe von

Felsgipfeln wie Wellen aus einem Meer auftauchten. Sie stand still da und wartete, bis die Sonne so hoch gestiegen war, daß ihre Strahlen das Kreuz auf der Kuppel der Grabeskirche beschienen.

Es war Gertrud, als habe sie einmal gehört, daß Christus bei Sonnenaufgang auf den Flügeln der Morgenröte kommen sollte. Da ward es ihr klar, daß sie ihn nur diese eine Stunde des Tages erwarten könne. Und doch fühlte sie sich so bedrückt und unruhig. »Dann kommt er morgen«, sagte sie sich mit der größten Zuversicht.

Sie stieg den Berg hinab und kam mit freudestrahlendem Antlitz in die Kolonie zurück. Aber sie sprach mit niemand von der großen, frohen Gewißheit, die sie erfüllte. Den ganzen Tag saß sie bei ihrer Arbeit wie gewöhnlich und sprach über gleichgültige Dinge.

Am nächsten Morgen bei Tagesanbruch stand sie wieder auf dem Ölberg.

Und Morgen für Morgen ging sie da hinaus, denn sie wollte die erste von allen Menschen sein, die Christus in der Herrlichkeit des Morgens kommen sah.

Gertruds Morgenwanderungen erregten bald Aufmerksamkeit in der Kolonie, und man bat sie, zu Hause zu bleiben. Die Kolonisten hielten ihr vor, daß es ihnen schaden könne, wenn Leute sie jeden Morgen auf dem Ölberge knien und Christi Kommen erwarten sahen. Wenn sie so fortfuhr, würde man bald von ihnen sagen, daß sie wahnsinnig seien.

Gertrud versuchte, zu gehorchen und zu Hause zu bleiben. Aber in der frühen Morgenstunde erwachte sie. Dann stand es ganz klar vor ihrer Seele, daß gerade heute Jesus kommen würde, und da konnte nichts sie daran hindern, aufzustehen und hinauszueilen, um ihren Herrn und Heiland zu empfangen.

Diese Erwartung war ihr zur zweiten Natur geworden. Sie konnte ihr nicht widerstehen, konnte sich nicht davon befreien, in allem andern war sie ganz wie früher. Es war keine Unklarheit in ihrem Gehirn, sie war nur insofern verändert, als sie froher und sanfter war denn zuvor.

Nach und nach gewöhnte man sich an ihre Morgenwanderungen, und ließ sie kommen und gehen, ohne sich darum zu kümmern. Aber wenn sie am Morgen hinausging, sah sie einen dunklen Schatten an der Tür stehen und warten. Während sie den Berg hinaufstieg, hörte sie Schritte von eisenbeschlagenen Absätzen hinter sich. Sie sprach niemals mit diesem Schatten, aber sie hatte ein Gefühl von Sicherheit, wenn die schweren Schritte ihr folgten.

Zuweilen, wenn sie vom Berge hinabkam, lief sie gerade auf Bo zu, der an eine Mauer gelehnt stand und mit einem Ausdruck hündischer Treue in den Augen auf sie wartete. Bo errötete und sah nach der andern Seite, und Gertrud tat, als habe sie ihn nicht gesehen, und ging weiter.

Baram Pascha

Die Kolonisten waren sehr froh darüber, daß sie das große, schöne, neue Haus vor dem Damaskustor hatten mieten können. Es war so groß, daß sie fast alle Platz darin hatten; nur ein paar Familien mußten sich anderswo eine Unterkunft suchen. Es war außerdem so vorzüglich eingerichtet mit seinen Dachterrassen und seinen offenen Säulengängen, die in der Sommerhitze willkommene Zufluchtsstätten bildeten. Sie konnten nicht umhin, es für eine ganz besondere Gnade von Gott zu halten, daß ein solches Haus gerade leer stand, als sie seiner bedurften. Sie sprachen oft darüber, daß sie nicht wüßten, wie sie es hätten machen sollen, um die Traulichkeit und den Zusammenhalt in der Kolonie zu schaffen, wenn sie nicht das Haus für sich bekommen hätten, sondern gezwungen gewesen wären, jeder für sich in der Stadt zu wohnen.

Dies war aber so zugegangen: Das Haus gehörte Baram Pascha, der zu jener Zeit Gouverneur von Jerusalem war; er hatte vor ungefähr drei Jahren dies große Haus für seine Frau gebaut, die er mehr als alles andere auf der Welt liebte. Er wußte nämlich, daß er ihr keine größere Freude machen konnte, als wenn er ihr dies Haus baute, wo sie mit ihrer ganzen großen Familie, mit ihren Söhnen und Schwiegertöchtern und Töchtern und deren Gatten und Kinder und dem ganzen Gesinde wohnen konnte.

Aber als dies Haus fertig geworden und Baram Pascha mit seiner ganzen Familie hineingezogen war, hatte ihn ein großes Unglück getroffen. In der ersten Woche, in der er darin wohnte, starb eine von seinen Töchtern, in der Woche darauf starb eine zweite Tochter, und in der dritten Woche starb seine geliebte Frau. Da ward Baram Pascha von tiefem Schmerz ergriffen, er zog gleich wieder fort aus seinem neuen Palast, ließ ihn schließen und schwur, daß er ihn nie wieder betreten wolle.

Seit der Zeit hatte das Haus leer gestanden, bis die Gordonisten in diesem Frühling gekommen waren und Baram Pascha gebeten hatten, es ihnen zu vermieten. Alle Leute waren sehr erstaunt darüber gewesen, daß er darauf eingegangen war, denn man glaubte, daß Baram Pascha nie wieder einen Menschen innerhalb dieser Mauern wohnen lassen wolle.

Aber als dann im Herbst die häßlichen Verleumdungen über die Gordonisten sich auszubreiten begannen, überlegten mehrere von den amerikanischen Missionaren, wie man diese, ihre Landsleute, zwingen könnte, Jerusalem zu verlassen. Sie beschlossen, zu Baram Pascha zu gehen und mit ihm über seine Mieter zu reden. Und das taten sie.

Sie erzählten ihm alles das Böse, was sie von ihnen wußten, und sie fragten ihn, wie er so verachteten Menschen erlauben könne, in dem Hause zu wohnen, das er für seine Gattin gebaut hatte.

Es war an einem schönen Novembermorgen gegen acht Uhr.

Die schwere Nacht, die mit ihrer Finsternis über der Stadt gebrütet hatte, war schon gewichen, und Jerusalem war im Begriff, sein gewöhnliches Aussehen wiederzugewinnen. Am Damaskustor hatten die Bettler schon vor einer ganzen Weile ihren Platz eingenommen, und die Straßenhunde, die in der Nacht umhergestreift waren, begaben sich nun zur Tagesruhe in ihre Höhlen oder auf die Kehrichthaufen. Eine kleine Karawane hatte am Abend vorher ihr Lager dicht vor dem Tor aufgeschlagen. Sie machten sich jetzt bereit, aufzubrechen; die Führer befestigten die Warenballen auf den knienden Kamelen, die brüllten, als sie die schwere Last auf dem Rücken fühlten. Draußen auf der Landstraße kamen Bauern, die mit großen Körben voller Gemüse in die Stadt eilten. Von dem Berge herab kamen Hirten und wanderten feierlich durch die Torwölbung, gefolgt von großen Schafherden, die geschlachtet werden, und von Ziegen, die gemolken werden sollten.

Gerade als das erste Morgengedränge im Tor herrschte, kam ein alter Mann auf einem hübschen, weißen Esel geritten. Er war prachtvoll gekleidet; er trug ein Untergewand von weichem, gestreiftem Seidenstoff und darüber einen fußfreien Kaftan von hellblauem Brokat, mit Pelzwerk verbrämt. Sowohl sein Turban als auch sein Gürtel waren mit reichen Stickereien von goldfarbiger Seide geschmückt. Sein Antlitz war sicher einstmals schön und ehrfurchtgebietend gewesen. Jetzt hatte das Alter ihm seinen Stempel aufgedrückt: die Augen trieften, der Mund war eingefallen, und der weiße Bart hing struppig und leblos herab und war an den Spitzen vergilbt.

Alle, die durch das Tor wimmelten, sahen ihm erstaunt nach und fragten einander: »Warum reitet Baram Pascha durch das Damaskustor auf die Straße hinauf, die er seit drei Jahren nicht mehr hat sehen wollen?«

Andere fragten: »Will Baram Pascha hinausreiten, um sich nach seinem Hause umzusehen, das er nie wieder zu betreten geschworen hat?«

Während Baram Pascha durch das Volksgedränge am Tor ritt, sagte er zu seinem Diener Machmud, der ihm folgte: »Hörst du, Machmud, daß alle diese Menschen, denen wir begegnen, sich wundern und einander fragen: was hat dies zu bedeuten, will Baram Pascha nach seinem Hause hinausreiten, das er seit drei Jahren nicht mehr gesehen hat?«

Und sein Diener antwortete, er habe wohl gehört, daß die Leute sich wunderten.

Da sagte Baram Pascha in großem Zorn: »Glauben sie denn, daß ich so alt bin, daß man mit mir tun kann, was man will? Glauben sie, daß ich mich darein finden werde, daß diese Fremden ein schändliches Leben in dem Hause führen, das ich für meine Gattin gebaut habe, die eine gute und fromme Frau war?«

Baram Paschas Diener versuchte, seinen Zorn zu mildern, und sagte zu ihm: »Herr, du vergißt, daß es nicht das erstemal ist, daß die Christen einander verleumden.«

Baram Pascha erhob den Arm in seinem Zorn und rief aus: »Flötenbläser und Tänzerinnen haben ihre Zufluchtsstätte in dem Hause, in dem meine Lieben starben! Der Tag soll nicht zu Ende gehen, ehe diese Missetäter aus meinem Hause vertrieben sind.«

Kaum hatte der alte Pascha diese Worte gesagt, als ihm und seinem Diener eine Schar Schulkinder begegnete, die zu zwei und zwei in raschem Schritt näher kamen. Und als der Pascha sie sah, fiel es ihm auf, wie wenig sie allen den andern Kindern glichen, die sich auf den Straßen von Jerusalem herumtummelten; denn sie waren rein gewaschen, sie hatten helle Kleider und starke Schuhe, und ihr Haar war blond und glatt gekämmt.

Baram Pascha hielt seinen Esel an und sagte zu seinem Diener: »Gehe hin und frage sie, wer sie sind.«

Aber sein Diener antwortete: »Ich brauche nicht zu fragen, wer sie sind. Denn ich sehe sie jeden Tag. Es sind die Kinder der Gordonisten, und sie sind auf dem Wege nach der Schule, die ihre Leute in der Stadt in dem alten Hause errichtet haben, in dem sie wohnten, ehe sie dies, dein großes Haus gemietet hatten.«

Während der Pascha noch still stand und den Kindern nachsah, kamen zwei Männer, die auch zu der Kolonie gehörten, mit einer Karre geschoben, in der die kleinsten Schulkinder saßen, die nicht Kräfte genug hatten, den langen Weg in die Stadt zu machen. Und der Pascha sah, daß die Kleinen in die Hände klatschten, vor Freude darüber, fahren zu dürfen. Und die, die sie zogen, lachten ihnen zu und liefen schneller, um sie zu erfreuen.

Da faßte der Diener Mut und sagte: »Glaubst du nicht auch, Herr, daß diese Kinder gute Eltern haben müssen?«

Aber Baram Pascha war ein alter Mann und unerschütterlich in seinem Zorn, wie es alte Leute zu sein pflegen. »Ich habe gehört, was ihre eigenen Landsleute von ihnen erzählen«, sagte er. »Und ich sage dir, ehe es Abend wird, sollen sie aus meinem Hause vertrieben sein.«

Als Baram Pascha wieder eine Strecke geritten war, begegnete er einer Schar Frauen in europäischer Kleidung, die nach der Stadt gingen. Sie gingen sehr still und ehrbar, ihre Kleider waren einfach, und in den Händen trugen sie schwere, wohlgefüllte Körbe.

Der Pascha wandte sich an seinen Diener und sagte zu ihm: »Gehe hin und frage sie, wer sie sind.«

Und der Diener antwortete: »Ich brauche sie nicht zu fragen, Herr, denn ich begegne ihnen jeden Tag. Es sind die Frauen der Gordonisten, die mit Heilmitteln und Speisen nach Jerusalem gehen, um den Kranken zu helfen, die zu schwach sind, um nach der Kolonie herauszukommen und dort Hilfe zu suchen.«

Baram Pascha antwortete: »Und wenn sie ihre Sünden mit Engelsflügeln verdeckten, so will ich sie dennoch aus meinem Hause herausjagen.«

Er ritt weiter auf das große Haus zu. Und als er sich ihm näherte, vernahm er ein Summen von vielen Stimmen, und hin und wieder einen lauten Schrei.

Er wandte sich zu seinem Diener und sagte: »Höre, wie ihre Spielleute und Tänzerinnen in meinem Hause lärmen.«

Aber als er um die Ecke bog, sah er eine Menge Menschen, Kranke und mit Wunden bedeckte, zusammengekauert vor dem Eingang des Hauses sitzen. Sie sprachen miteinander über ihre Leiden, und einige von ihnen stießen Schmerzensschreie aus.

Und Machmud, sein Diener, faßte sich ein Herz und sagte: »Hier siehst du die Spielleute und Tänzerinnen, die du in deinem Hause hast lärmen hören. Diese Menschen kommen jeden Tag hier hinaus, um Rat bei den Ärzten der Gordonisten zu holen, und sich von ihren Krankenpflegerinnen verbinden zu lassen.«

Baram Pascha erwiderte: »Ich sehe, daß diese Gordonisten dich betört haben, aber ich bin zu alt, um mich von ihren Lügen betören zu lassen. Ich sage dir, hätte ich die Macht dazu, so hängte ich sie alle miteinander an dem Gesims rings um mein Haus herum auf.«

Und Baram Pascha war noch in großer Erregung, als er von seinem Esel stieg und die Treppe hinaufging.

Als der alte Mann auf den Hof kam, trat ihm eine große, stolze Frau entgegen und begrüßte ihn. Ihr Haar war weiß, obwohl sie nicht älter als vierzig Jahre sein mochte. Ihr Antlitz war gebieterisch und klug, und obwohl sie nur ein einfaches, schwarzes Gewand trug, war es nicht schwer, zu sehen, daß sie gewohnt war, über viele Menschen zu gebieten.

Baram Pascha wandte sich an Machmud und sagte zu ihm:

»Diese Frau sieht so klug und so gut aus wie die Gattin des Propheten Kadidscha. Was hat sie in diesem Hause zu tun?«

Und Machmud, sein Diener, antwortete: »Es ist Mrs. Gordon, die die Kolonie geleitet hat, seit ihr Mann vor einem halben Jahre starb.«

Da brauste der Zorn des alten Mannes von neuem auf, und er sagte mit harter Stimme zu Machmud: »Du sollst zu ihr sagen, daß ich gekommen bin, um sie aus meinem Hause zu vertreiben.«

Aber sein Diener sagte zu ihm: »Will der gerechte Baram Pascha diese Christen vertreiben, ehe er selbst ihre Verbrechen gesehen hat? Wäre es nicht besser, Herr, du sagtest zu dieser Frau: Ich bin hierher gekommen, um mein Haus zu besehen? Und wenn du dann findest, daß sie so leben, wie dir die Missionare erzählt haben, dann sage zu ihr: Du sollst dies Haus verlassen, denn an dem Ort, wo meine Lieben gestorben sind, darf nichts Schlechtes betrieben werden.«

Da erwiderte Baram Pascha: »Du sollst ihr sagen, daß ich mein Haus besehen will.«

Machmud sagte dies zu Mrs. Gordon, und sie antwortete: »Es ist uns eine Freude, Baram Pascha zu zeigen, wie wir uns in diesem Palast eingerichtet haben.«

Darauf sandte Mrs. Gordon einen Boten zu der jungen Miß Young, die seit ihrer Kindheit in Jerusalem gewohnt hatte und arabisch wie eine Eingeborene sprechen konnte, und bat sie, Baram Pascha umherzuführen. Baram Pascha nahm den Arm seines Dieners Machmud und ging mit ihr. Und da er verlangte, das ganze Haus zu sehen, führte ihn Miß Young zuerst in den Keller, wo die Wäscherei eingerichtet war. Hier zeigte sie ihm mit Stolz die großen Haufen frisch gewaschener Wäsche, die prächtigen, großen Waschkessel und Kübel und die fleißigen Arbeiterinnen, die an den Waschzubern und Bügelbrettern beschäftigt waren.

Daneben lag die Bäckerei. Und Miß Young sagte zu Baram Pascha: »Sehet, welch einen prächtigen Backofen dort unsere Brüder für uns gebaut haben! Und sehet, welch vortreffliches Brot wir backen können.«

Aus der Bäckerei führte sie ihn in die Tischlerwerkstatt, wo ein alter Mann stand und arbeitete, und Miß Young zeigte Baram Pascha einige einfache Stühle und Tische, die in der Tischlerei angefertigt waren.

»Ach, Machmud, diese Menschen sind mir sicher zu schlau«, sagte der alte Pascha auf türkisch, denn er nahm an, daß Miß Young das nicht verstand. »Sie haben die Gefahr geahnt, sie haben Spione ausgesandt, die ihnen mein Kommen gemeldet haben. Ich habe erwartet, sie am Trinktisch und mit dem Würfelbecher vorzufinden. Und ich finde sie alle bei der Arbeit.«

Baram Pascha wurde durch die Küche und die Nähstube geführt und kam darauf in ein Zimmer, dessen Tür man mit einer gewissen Feierlichkeit öffnete. Es war die Webstube, wo die Webstühle klapperten und wo zugleich die Spinnrocken und die Wollkämme in Tätigkeit waren.

Da faßte sich Baram Paschas Diener ein Herz und bat seinen Herrn, diesen harten, starken Stoff zu betrachten, der hier angefertigt wurde. »Oh,« sagte er, »dies sind keine leichten Stoffe für Tänzerinnen oder luftige Gewänder für leichtfertige Jungfrauen.«

Aber Baram Pascha schwieg und ging weiter. Überall, wohin er kam, sah er Menschen mit klugen, ehrlichen Gesichtern. Alle saßen schweigend und ernsthaft bei ihrer Arbeit, aber wenn er eintrat, erhellte ein freundliches Lächeln ihre Gesichter.

»Ich erzähle ihnen,« sagte Miß Young zu Baram Pascha, »daß Ihr der gute Gouverneur seid, der uns erlaubt hat, dies prächtige, große Haus zu mieten, und sie bitten mich, Euch zu danken, weil Ihr so gut gegen uns gewesen seid.«

Aber Baram Pascha hatte während dieser ganzen Zeit den barschen und harten Ausdruck in seinem Gesicht und antwortete Miß Young mit keinem einzigen Wort. Und sie fing an, bange zu werden, und dachte bei sich: »Warum spricht er nicht mit mir? Trägt er Böses gegen uns im Schilde?«

Sie führte den Pascha in die langen, schmalen Speisesäle, wo man im Begriff war, die Tischtücher von dem Tisch zu nehmen und nach der Morgenmahlzeit abzuwaschen.

Auch hier sah er nichts als die größte Ordnung und Einfachheit.

Aber sein Diener Machmud faßte sich noch einmal ein Herz und sagte zu ihm: »Oh, wie sollte es möglich sein, daß diese Menschen, die ihr eigenes Brot backen und ihre eigenen Kleider nähen, sich des Nachts in Flötenspieler und Tanzerinnen verwandeln sollten!«

Baram Pascha konnte ihm nichts erwidern.

Und der Pascha ging durch alle Zimmer in seinem Hause. Er kam an den großen Schlafsaal der unverheirateten Männer mit den einfachen, frisch gemachten Betten. Er kam in die Zimmer der verschiedenen Familien, wo Eltern und Kinder beieinander wohnten. Überall fand er weißgescheuerte Fußböden, weiße Bettumhänge, hübsche Möbel aus hellgestrichenem Holz mit gewürfelten Baumwollüberzügen und selbstgewebten Teppichen.

Aber Baram Paschas Antlitz ward immer finsterer, und er sagte zu Machmud: »Diese Christen sind mir zu schlau. Sie haben es zu gut verstanden, ihr sündiges Leben zu verbergen. Ich habe erwartet, die Fußböden mit Zigarrenasche und Fruchtschalen bestreut zu sehen; ich glaubte, ich würde die Frauen eifrig schwatzend dasitzen sehen, während sie ihre Wasserpfeife rauchten oder ihre Nägel bemalten.«

Schließlich stieg er die blendend weiße Marmortreppe zu dem großen Versammlungssaal hinauf. Dies war der große Empfangssaal des Paschas gewesen; jetzt war der Saal auf amerikanische Weise mit Gruppen von bequemen Stühlen um die Tische herum eingerichtet, mit Büchern und Zeitschriften, mit einem Klavier und einer Orgel, und mit Photographien hier und da an den hellgetünchten Wänden.

Hier trat ihnen Mrs. Gordon wieder entgegen, und Baram Pascha sagte zu seinem Diener: »Sage ihr, daß sie und ihre Anhänger noch vor Abend dieses Haus verlassen sollen.«

Aber Machmud, Baram Paschas Diener, erwiderte: »Herr, die eine von diesen Frauen kann deine Sprache reden, laß sie deinen Willen aus deinem eigenen Munde hören.«

Da hob Baram Pascha den Blick und richtete ihn auf Miß Young, und sie begegnete seinem Blick mit einem milden Lächeln. Und Baram Pascha wandte sich von ihr ab und sagte zu seinem Diener: »Ich habe noch nie ein Gesicht gesehen, dem der Allmächtige größere Reinheit und Schönheit verliehen hat. Ich *kann* ihr nicht sagen, daß sie und ihre Freunde sich der Sünde und dem liederlichen Lebenswandel hingeben.«

Und Baram Pascha sank auf einen Stuhl nieder und verbarg sein Antlitz in den Händen, während er sich klarzumachen suchte, was wahr sei, das, was er gehört hatte, oder das, was er gesehen hatte.

Im selben Augenblick tat sich die Tür leise auf, und ein alter, armer Pilger trat in den Saal. Er hatte einen abgetragenen grauen Mantel um, und seine Beine waren mit Lumpen umwickelt. Auf dem Kopf trug er einen schmutzigen Turban, dessen grüne Farbe ihn als einen Nachkommen des Propheten bezeichnete.

Ohne den Pascha zu beachten, ging der Mann hin und setzte sich auf einen Stuhl, ein wenig entfernt von den andern. Man ließ ihn gewähren, ohne nach seinem Begehren zu fragen.

»Wer ist dieser Mann, und was will er hier?« fragte Baram Pascha, indem er sich an Miß Young wandte.

»Wir kennen ihn nicht,« antwortete Miß Young, »er ist noch niemals hier gewesen. Ihr müßt es nicht übelnehmen, daß er hier hereinkommt, unser Haus steht jedem offen, der Zuflucht bei uns suchen will.«

»Machmud,« sagte der Pascha zu seinem Diener, »gehe hin und frage diesen Pilger, der ein Nachkomme des Propheten ist, was er bei diesen Christen zu schaffen hat.«

Machmud führte seinen Auftrag aus, und kehrte zu dem Pascha zurück.

»Er antwortet dir, daß er hier nichts zu schaffen hat, aber er will nicht vorübergehen, ohne hier einzutreten, weil geschrieben stehet: lasse nicht deine Füße sündigen, indem du an der Wohnung des Gerechten vorüber gehst.«

Baram Pascha saß eine lange Weile stumm da.

»Du hast sicher nicht recht gehört«, sagte er wieder zu seinem Diener. »Frage ihn noch einmal, was er hier in diesem Hause zu schaffen hat.«

Machmud ging und kehrte zurück. Er wiederholte dieselbe Antwort, Wort für Wort.

»Dann laß uns Gott danken, Machmud,« sagte Baram Pascha still, »daß er diesen Mann gesandt hat, um uns aufzuklären. Er hat seinen Fuß hierher gelenkt, damit meine Augen der Wahrheit geöffnet werden. Wir wollen jetzt heimreiten, mein Freund Machmud, und ich will diese Christen nicht aus ihrem Hause vertreiben.«

Kurz darauf ritt Baram Pascha von der Kolonie fort, aber eine Stunde später kehrte Machmud zurück, und führte den weißen Esel des Paschas am Zügel. Er brachte ihn den Kolonisten als Geschenk von Baram Pascha mit dem Gruß, daß er wünsche, er möge verwendet werden, um die kleinen Kinder des Morgens zur Schule zu fahren.

Blumen aus Palästina

Es ist jetzt Ende Februar. Der Winterregen ist vorüber, und der Frühling ist gekommen. Aber noch ist er nicht weit vorgeschritten. Die Knospen an den Feigenbäumen haben noch nicht angefangen zu schwellen, Ranken und Blätter haben noch nicht angefangen, an den schwarzbraunen Weinstöcken hervorzusprossen, und die großen Blütenbüschel der Orangenbäume haben sich noch nicht erschlossen.

Aber die kleinen Blumen des Feldes haben sich schon zu dieser frühen Jahreszeit hervorgewagt.

Wohin man das Auge wendet, wachsen Blumen: große, brandrote Anemonen, und über alle Felder breiten sich die kleinen Wiesennelken und Tausendschönchen aus, während es in jedem feuchten Gebüsch von Krokus und Kuhblumen wimmelt.

Und so wie man in andern Ländern Beeren und Früchte sammelt, so geht man in Palästina aus, um Blumen zu ernten. Aus allen Klöstern, aus allen Missionsstationen zieht man zur Blumenernte aus. Arme jüdische Gemeindemitglieder, europäische Touristen und syrische Arbeiter treffen einander unten in den wilden Felstälern mit Blumenkörben in den Händen. Und am Abend kehren alle diese Ernteleute heim, beladen mit Anemonen und Perlhyazinthen, mit Veilchen und Tulpen, mit Narzissen und Orchideen.

Draußen auf den Höfen der vielen Klöster und Hospitäler der heiligen Stadt stehen mächtige steinerne Kübel, in denen die Frühlingsblumen in Wasser gelegt werden, und in Zellen und Stuben sind fleißige Hände eifrig beschäftigt, die Blumen auf großen Bogen Papier auszubreiten, um sie zu pressen. Aber sobald die kleinen Anemonen und Hyazinthen gut getrocknet und gepreßt sind, werden sie zu kleinen Sträußen und zu großen Sträußen, in schönen Zusammenstellungen und in häßlichen Zusammenstellungen geordnet, und auf Karten oder in kleine Albums eingeklebt, mit Einbänden aus Olivenholz, worauf »Blumen aus Palästina« gemalt ist.

Und bald wandern alle diese Blumen von Zion, Blumen von Hebron, Blumen vom Ölberg, Blumen aus Jericho in die weite Welt hinaus. Sie werden in Läden verkauft, sie werden in Briefen fortgeschickt, werden als Erinnerungen verschenkt, gegen milde Gaben vertauscht. Weiter als die Perlen aus Indien, und die Seide aus Brussa werden diese kleinen weißen Blumen, der einzige Reichtum des armen heiligen Landes, verbreitet.

Es war an einem schönen Frühlingsmorgen. In der Gordonkolonie herrschte große Geschäftigkeit, alle machten sich bereit, auf die Blumenernte auszuziehen. Die Kinder, die den ganzen Tag Ferien haben sollten, liefen ganz ausgelassen umher und bettelten bei allen Menschen, daß sie ihnen einen Korb leihen möchten, in den sie Blumen pflücken könnten. Die Frauen waren schon seit vier Uhr des Morgens auf gewesen, um Essen zu bereiten, und sie waren noch bis zum letzten Augenblick eifrig in der Küche mit Waffeleisen und Einmachtöpfen beschäftigt. Einige von den Männern packten Butterbrot und Milchflaschen, kaltes Fleisch und Brot in die Ranzen. Andere trugen große Wasserflaschen oder Körbe mit Teekesseln und Tassen herbei. Endlich tat sich das Tor auf, die Kinder strömten zuerst heraus, und dann kamen alle die andern in großen oder kleinen Gruppen, so wie sie Lust hatten. Niemand blieb daheim, das große Haus ward ganz leer. Bo Ingmar Maansson war an diesem Tage glücklich. Er hatte es so eingerichtet, daß er neben Gertrud daherging, und wenn sie einen Hügel hinaufstiegen, half er ihr mit allem, was sie zu tragen hatte. Gertrud hatte das Kopftuch so tief in die Stirn gezogen, daß Bo nur das Kinn und die flaumweichen Wangen sehen konnte. Er ging dahin und lächelte über sich selbst, daß er so glücklich darüber sein konnte, nur an Gertruds Seite zu gehen, obwohl er weder ihr Antlitz sehen noch mit ihr sprechen konnte.

Karin Ingmarstochter und ihre Schwester gingen dicht hinter ihnen. Sie stimmten ein Morgenlied an, das sie mit ihrer Mutter daheim auf dem Ingmarshof gesungen hatten, wenn sie in der frühen Morgenstunde am Spinnrocken saßen. Bo kannte das alte Lied:

»Der hohe Tag, der jetzt anbricht,
Den hat uns der Himmel gegeben.«

Dicht vor Bo ging der alte Korporal Fält. Er hatte, wie immer jetzt, alle Kinder um sich versammelt; sie klammerten sich an seinen Stock und hingen sich an seine Rockschöße. Bo, der sich seiner noch aus der Zeit erinnerte, wo alle Kinder weit wegliefen, wenn sie ihn nur sahen, dachte bei sich selbst: »Ich habe ihn nie so steif und barsch dreinschauen sehen wie jetzt. Er ist so stolz darauf, daß die Kinder sich zu ihm halten, daß sein schöner Bart förmlich wie Borsten aufragt, und ich glaube wahrlich, daß selbst seine Nase noch krummer geworden ist als früher.«

Mitten in der Schar erblickte Bo Hellgum, der mit seiner Frau an der einen und seiner schönen kleinen Tochter an der andern Hand dahinschritt. »Es ist doch sonderbar mit Hellgum«, dachte Bo. »Er ist ganz in den Schatten gestellt worden, seit wir uns mit den Amerikanern zusammengetan haben. Und das konnte ja nicht gut anders sein, da sie so bedeutend sind und so seltene Gaben haben, Gottes Wort auszulegen. Ich möchte wohl wissen, was er sich dabei denkt, daß sich niemand an einem Tag wie heute um ihn schart. Aber wer sich freut, ihn ganz für sich zu haben, das ist seine Frau. Das kann man ihrer Haltung und ihrer Miene ansehen. Sie ist nie in ihrem Leben so stolz und so glücklich gewesen.«

An der Spitze des Zuges ging die schöne Miß Young. Neben ihr schritt ein junger Engländer dahin, der sich der Kolonie vor ein paar Jahren angeschlossen hatte. Bo wußte ebensogut wie die andern, daß dieser junge Mann Miß Young liebte, und daß er in die Gemeinde eingetreten war in der Hoffnung, daß sie seine Frau werden würde. Das junge Mädchen hatte ihn offenbar auch lieb. Aber die Gordonisten wollten ihre strengen Gesetze ihretwegen nicht aufheben, und so hatten die beiden jungen Menschen schon ein paar Jahre in hoffnungsvollem Harren gelebt. Heute gingen sie nebeneinander, sprachen nur miteinander und hatten für niemand sonst Augen. Und wie sie hier leicht und geschmeidig allen andern voraneilten, war es, als wollten sie davonfliegen, wollten die ganze Schar zurücklassen und in die weite Welt hinausfliehen, um einmal ihr eigenes Leben leben zu dürfen.

Ganz hinten im Zuge sah Bo Gabriel. In der Kolonie befand sich ein französischer Matrose, der gleich von Anfang an mit dabei gewesen war. Er war jetzt alt und gebrechlich. Gabriel hatte ihn unter den Arm genommen und half ihm die vielen steilen Abhänge hinauf. »Jetzt denkt Gabriel sicher an seinen alten Vater«, dachte Bo bei sich.

Der Weg führte anfangs durch eine einsame und wilde Bergschlucht. Hier waren keine Blumen, die Erde war von den steilen Abhängen ganz weggespült, alles war kahl, da war nichts als kahle, gelblichgraue Felsklippen.

»Das ist doch sonderbar«, dachte Bo. »Ich habe nie einen so blauen Himmel gesehen wie den, der sich über diesen gelben Bergen wölbt. Und obwohl diese Felsen so kahl sind, erscheinen sie mir doch nicht häßlich. Wenn ich sehe, wie schön abgerundet sie sind, muß ich an die großen Kuppeln denken, die sie hierzulande über den Kirchen und Häusern errichten.«

Als die Schar ungefähr eine Stunde gewandert war, erblickte man das erste Felstal, dessen Boden mit roten Anemonen übersät war. Das war eine Freude und eine Geschäftigkeit, alle beeilten sich, mit Rufen und Lachen den Bergabhang hinabzugelangen und mit dem Pflücken zu beginnen. Und man pflückte eifrig Anemonen, bis man gleich darauf ein anderes Tal fand, das ganz mit Veilchen bedeckt war, und dann ein drittes, wo alle möglichen Frühlingsblumen bunt durcheinander wuchsen.

Anfangs pflückten die Schweden gar zu eifrig, sie rissen die Blumen gleichsam ab. Aber dann kamen die Amerikaner und zeigten ihnen, wie sie es machen müßten. Man müsse wählen und verwerfen, nicht andere Blumen nehmen, als solche, die sich zum Pressen eignen. Es sei das eine Arbeit, die mit Sorgfalt ausgeführt werden müsse.

Bo ging neben Gertrud und pflückte. Einmal richtete er sich auf, um den Rücken zu recken. Da sah er dicht neben sich ein paar von den großen Bauern daheim, die wohl seit vielen Jahren keine Blumen gesehen hatten, umhergehen und so eifrig pflücken wie alle andern. Bo konnte sich fast nicht enthalten, laut zu lachen.

Plötzlich wandte sich Bo nach Gertrud um und sagte zu ihr: »Während ich hier gehe, muß ich daran denken, was Christus wohl damit gemeint hat, als er sagte: ›Wenn ihr nicht werdet wie die Kindlein, so könnt ihr nicht in das Reich Gottes kommen.‹«

Gertrud erhob den Kopf und sah Bo an. Es war so ungewöhnlich, daß er sie anredete. »Es ist ein eigentümliches Wort«, sagte sie.

»Ja,« sagte Bo langsam und nachdenklich, »ich habe beobachtet, daß Kinder niemals so artig sind, als wenn sie spielen, daß sie groß sind. Man hat nie so gute Ruhe vor ihnen, als wenn sie ein Feld pflügen, das sie sich mitten auf der Landstraße gemacht haben, mit einer Peitsche aus Bindfaden knallen, und die Pferde antreiben, während sie die Steine der Landstraße mit einem Tannenzweig aufpflügen.

Sie sind so lieb und drollig, wenn sie umhergehen und davon reden, daß sie mit ihrer Aussaat vor dem Nachbar fertig werden müssen, oder wenn sie darüber klagen, daß sie noch nie einen Acker gepflügt haben, der so voller Steine war.«

Gertrud ging gesenkten Kopfes und pflückte. Sie erwiderte nichts. Sie verstand nicht, worauf Bo hinaus wollte.

»Ich entsinne mich noch, wie herrlich ich mich belustigte,« fuhr Bo mit demselben Ernst fort, »als ich mir einmal einen Kuhstall aus Holzklötzen gebaut, und Tannenzapfen, die Kühe vorstellen sollten, drin aufgestellt hatte. Jeden Morgen und Abend brachte ich den Kühen pünktlich frisches Heu, und zuweilen spielte ich auch, daß es Frühling sei, und daß ich mein Vieh auf die Alm treiben müsse. Dann blies ich ins Horn und rief: ›Stern‹ und ›Goldlilie‹, so daß man es über den ganzen Hof hören konnte. Und ich ging oft umher und sprach mit meiner Mutter darüber, wieviel Milch meine Kühe gaben, und wieviel Butter ich von meiner Meierei erwarten könne. Ich sorgte auch dafür, daß der Stier ein Brett vor die Stirn bekam, und wenn Leute vorüberkamen, rief ich ihnen zu, sie sollten sich in acht nehmen, denn der Stier sei böse.«

Gertrud pflückte jetzt weniger eifrig. Sie hörte Bo aufmerksam zu und konnte nicht umhin, sich zu wundern, daß er sich auch dergleichen Gedanken und Vorstellungen machte, wie sie ihr eigenes Gehirn so oft erfüllt hatten.

»Am schönsten aber, glaube ich, war es doch, wenn wir Jungen spielten, daß wir alte Männer waren, und dasaßen und Gemeinderat abhielten«, fuhr Bo fort. »Ich entsinne mich noch, daß ich und meine Brüder und viele andere Jungen auf einen Bretterstapel hinaufzuklettern pflegten, der mehrere Jahre daheim auf dem Hofe lag. Der Vorsitzende hämmerte mit einem Holzschuh auf die Bretter, um sich Gehör zu verschaffen, und wir saßen ganz andächtig rings um ihn herum und stimmten ab, wer in der Gemeinde Unterstützungen aus der Armenkasse haben sollte, und wieviel jeder Mann in der Gemeinde an Steuern zu zahlen habe. Wir saßen da und steckten die Daumen in die Ärmellöcher der Weste und sprachen mit einer Stimme, als hatten wir den Mund voller Grütze, und wir redeten einander nie anders an, als Gemeindevorsteher, Küster, Kirchenvorsteher und Dorfschulze.«

Bo schwieg und strich sich über die Stirn, als komme er nun zu dem, was er eigentlich sagen wollte. Gertrud hatte ganz aufgehört, Blumen zu pflücken. Sie saß an der Erde, hatte ihr Kopftuch zurückgeschoben und sah jetzt zu Bo hinauf, als erwarte sie, etwas Neues und Merkwürdiges zu hören.

»Es mag ja sein,« sagte Bo, »daß ebenso, wie es gut für Kinder ist, zu spielen, daß sie erwachsen sind, es auch zuweilen für Erwachsene gut sein mag, daß sie wieder Kinder werden. Und wenn ich diese alten Männer sehe, die sonst um diese Jahreszeit gewöhnt waren, oben in den wilden Wäldern umherzugehen und sich damit abzumühen, Bäume zu fällen und Holz zu fahren, wenn ich sie jetzt hier umhergehen sehe, mit einer solchen Kinderei, wie Blumenpflücken beschäftigt, so will es mir scheinen, als wenn wir wirklich auf dem besten Wege wären, Jesu Wort zu folgen, nämlich umzukehren, und zu werden wie die Kindlein.«

Bo sah, daß Gertruds Augen strahlten. Sie verstand nun, was er sagen wollte, und der Gedanke erfreute ihn. »Ich finde, wir sind alle wie Kinder geworden, seit wir hier in dies Land gekommen sind«, sagte sie.

»Ja,« sagte Bo, »wir sind auf alle Fälle in der Beziehung wie die Kinder geworden, daß wir Unterricht in dem einen wie in dem andern haben nehmen müssen. Wir haben lernen müssen, wie wir Messer und Gabel halten, und wir haben es gelernt, Speisen zu lieben, die wir nie zuvor gekostet hatten. Und es war doch sehr kindlich, daß wir im Anfang jedesmal, wenn wir ausgingen, jemand mithaben mußten, um wieder heimfinden zu können, und daß wir vor Menschen gewarnt wurden, vor denen wir uns in acht nehmen sollten, und vor Orten, wohin wir nicht gehen sollten.«

»Wir, die wir aus Schweden kamen, waren ganz wie kleine Kinder, wir mußten ja zu allererst sprechen lernen«, sagte Gertrud. »Wir mußten nach den Namen von allen Gegenständen fragen, von Tisch und Stuhl, und Schrank und Bett. Und nun müssen wir uns wohl bald auf die Schulbank setzen, um die neue Sprache schreiben zu lernen.«

Sie wurden nun beide ganz eifrig und bemühten sich, neue Ähnlichkeitspunkte zu finden. »Ich habe Blumen und Bäume kennen lernen müssen, so wie meine Mutter es mich lehrte, als ich klein war«, sagte Bo. »Ich habe Pfirsiche von Aprikosen unterscheiden lernen, und den knolligen Feigenbaum von dem knorrigen Olivenbaum. Ich habe gelernt, daß man den Türken an seiner kurzen Jacke und den Beduinen an dem gestreiften Mantel und den Derwisch an der Filzmütze und den Juden an den kleinen Korkenzieherlocken am Ohr erkennen kann.«

»Ja,« sagte Gertrud, »das ist ganz so wie damals, als wir in unserer Kindheit die Bauern aus Floda und Gagnef an den verschiedenen Röcken und Hüten voneinander unterscheiden lernten.«

»Das allerwichtigste ist aber doch, daß wir die andern ganz für uns sorgen lassen,« sagte Bo, »und daß wir selbst gar kein Geld haben, sondern um jeden Schilling bitten müssen, den wir ausgeben. Jedesmal, wenn mir ein Fruchthändler eine Apfelsine oder eine Weintraube anbietet, muß ich daran denken, wie mir in meiner Kindheit zumute war, wenn ich auf dem Markt war und an den Honigkuchenbuden vorübergehen mußte, weil ich keinen Schilling in der Tasche hatte.«

»Ich glaube, wir sind ganz umgewandelt«, sagte Gertrud. »Wenn wir jetzt wieder nach Schweden zurückkehrten, würde uns daheim gewiß niemand mehr kennen.«

»Wir können doch nicht umhin, zu finden, daß wir wieder Kinder geworden sind, wenn wir auf einem Kartoffelfelde graben, das nicht größer ist als eine Scheunentenne,« sagte Bo, »und darauf mit einem Pflug pflügen, der aus einem Zweig gemacht ist, und einen kleinen Esel vor den Wagen spannen, wenn wir ausfahren wollen, und keine ordentliche

Landwirtschaft haben, sondern nur ein klein wenig Weinbau spielen.«

Bo schloß die Augen, um besser nachdenken zu können. Es fiel Gertrud plötzlich auf, daß er Ingmar Ingmarsson auffallend glich – das ganze Gesicht wurde lauter Nachdenken und Klugheit.

»Aber das ist doch wohl nicht das wichtigste«, sagte Bo nach einer kleinen Weile. »Das wichtigste ist doch, daß wir kindliche Gedanken über die Menschen bekommen haben, daß wir glauben, daß uns alle wohl wollen, und zwar, obwohl einige von ihnen häßlich genug gegen uns sind.«

»Ja, es ist wohl die Gesinnung, an die Christus hauptsächlich dachte, als er diese Worte sagte«, meinte Gertrud.

»Aber auch unsere Gesinnung ist verändert worden«, erwiderte Bo. »Das ist sie wahrlich. Hast du nicht bemerkt, wenn wir jetzt einen schweren Kummer haben, so schleppen wir uns nicht Tage und Wochen damit herum, sondern wir lassen das Ganze im Laufe von ein paar Stunden vergessen sein.«

Gerade als Bo dies sagte, rief man nach ihnen; sie sollten kommen, und Frühstück essen. Bo war ganz verdrießlich darüber. Er wäre gern den ganzen Tag so neben Gertrud dahingegangen und hätte mit ihr reden können, ohne hungrig zu werden.

Jedenfalls lag an diesem Tage eine solche Ruhe und Befriedigung über ihm, daß er dachte, die Kolonie habe wahrlich recht: »Die Menschen brauchen nur in Frieden und Einigkeit zu leben, so wie wir es tun, um glücklich zu sein. Ich bin jetzt ganz zufrieden mit allem, so wie es ist. Ich mache mir nichts mehr daraus, Gertrud zur Frau zu bekommen; ich empfinde keine qualvolle Sehnsucht mehr wie in alten Zeiten. Ich bin ganz glücklich, wenn ich sie nur jeden Tag ein wenig sehen kann und ihr dienen und sie beschützen darf.«

Er hätte Gertrud so gern erzählt, daß er vollkommen verwandelt sei, sich auch nach dieser Richtung hin wie ein Kind fühlte; aber er war zu schüchtern, er konnte die rechten Worte nicht finden.

Auf dem ganzen Heimweg grübelte er darüber nach. Es war ihm, als müsse er Gertrud notwendigerweise ein paar Worte darüber sagen, daß er ganz verwandelt sei, damit sie sich in seiner Gesellschaft sicher fühle und ihn wie einen Bruder betrachten könne.

Sie kamen gerade um Sonnenuntergang nach Hause. Bo setzte sich unter eine alte Sykomore, die vor dem Tor des Hauses stand; er wollte so lange wie möglich im Freien bleiben. Als alle hineingegangen waren, kam Gertrud zu ihm und fragte ihn, ob er nicht auch hineingehen wolle.

»Ich sitze hier und denke an das, worüber wir heute vormittag gesprochen haben«, sagte Bo. »Ich denke daran, wie es wohl gehen würde, wenn Christus hier auf diesem Wege daherkäme, den er ja sicher zu seinen Lebzeiten unzähligemal gewandelt ist, und er sich hier unter den Baum setzte und zu mir sagte: ›Wenn ihr nicht werdet wie die Kindlein, so könnet ihr nicht in das Reich Gottes kommen.‹« Bo saß da und sprach mit einem träumerischen Klang in der Stimme, als denke er laut. Gertrud saß still da und lauschte.

»Dann würde ich ihm antworten und sagen«, fuhr Bo fort: »Herr, wir helfen einander, ohne Lohn dafür zu fordern, ganz wie Kinder, und wenn wir uns miteinander erzürnen, so entsteht kein lebenslanger Haß daraus, sondern wir sind schon wieder gute Freunde, ehe noch die Sonne untergeht. Siehst du denn nicht, Herr, daß wir sind wie die Kinder?«

»Und was glaubst du, das Christus dir dann antworten wird?« fragte Gertrud mit sanfter Stimme.

»Er antwortet gar nicht«, sagte Bo. »Er sitzt ganz still da und sieht mich an und sagt wieder: ›Ihr müsset werden wie die Kindlein, wenn ihr in mein Reich kommen wollt.‹ Und ich sage zu ihm ungefähr wie vorhin: ›Herr, wir lieben alle Menschen, so wie es Kinder tun. Wir machen keinen Unterschied zwischen Juden und Armeniern, zwischen Beduinen und Türken, zwischen Weiß und Schwarz. Wir lieben Gelehrte und Ungelehrte, hoch und niedrig, und wir teilen unsere Güter gleichmäßig zwischen Christen und Mohammedaner. Sind wir denn da nicht, Herr, geworden wie die Kinder und können in dein Reich eingehen?‹«

»Was antwortet Christus dann?« fragte Gertrud ihn wieder.

»Er antwortet nichts«, sagte Bo. »Er bleibt hier unter dem Baum sitzen und sagt ganz leise: ›Wenn ihr nicht werdet wie die Kindlein, so könnt ihr nicht in mein Reich kommen.‹ Und nun verstehe ich, was er meint, und ich sage zu ihm: ›Herr, auch nach der Richtung hin bin ich wie ein Kind geworden, daß ich nicht länger eine solche Liebe empfinde wie in alten Zeiten; meine Geliebte ist für mich wie ein Spielkamerad und eine Schwester, mit der ich auf die Wiese hinausgehe und Blumen pflücke. Herr, bin ich da nicht– – –« Bo unterbrach sich plötzlich. Denn im selben Augenblick, als er diese Worte aussprach, fühlte er, daß er log, und es war ihm, als stünde Christus wirklich vor ihm und sehe bis in sein Innerstes hinein. Und Bo glaubte, daß Jesus müsse sehen können, wie die Liebe sich in ihm aufbäumte und an ihm zerrte wie ein Raubtier, weil er sie in der Nähe der Geliebten verleugnete. Und in heftiger Erregung barg Bo sein Antlitz in den Händen, während er stöhnend die Worte herausbrachte: »Nein, Herr, ich bin nicht wie ein Kind, ich kann nicht in dein Reich eingehen. Vielleicht können die andern es. Aber ich kann das Feuer in meinem Innern und das Leben in meinem Herzen nicht auslöschen. Denn ich liebe und brenne in Begehren, wie nie ein Kind brennen kann. Aber ist es dein Wille, Herr, so soll mich dies Feuer bis an das Ende meines Lebens verzehren, ohne daß ich Linderung für meine Sehnsucht suche.«

Bo blieb lange unter dem Baum sitzen und weinte, überwältigt von seiner Liebe. Als er endlich aufsah, hatte Gertrud ihn verlassen. Sie war so still davongegangen, daß er es nicht bemerkt hatte.

In Gehenna.

Vor den Mauern Jerusalems, an dem südlichen Abhang des Zionberges, hatte eine der großen amerikanischen Missionsgesellschaften einen Kirchhof gebaut, und hier hatten die Gordonisten Erlaubnis erhalten, ihre Toten zu begraben. Schon eine ganze Menge von ihnen ruhte da draußen, von dem kleinen Jacques Garnier, der Schiffsjunge auf dem Dampfer L'Univers gewesen war, und der der erste der Gordonisten war, der starb, bis zu Edward Gordon selbst, der in diesem Frühling, gleich nach der Rückkehr aus Amerika, gestorben war.

Es war der einfachste und ärmlichste Begräbnisplatz, den man sich denken konnte. Er bestand aus nichts weiter als aus einem kleinen Stückchen Land, von einer Mauer umgeben, die so hoch und so breit war, daß sie zu einer Festung gepaßt haben würde. Da waren weder Bäume noch grüner Rasen, man hatte nur dafür gesorgt. Steine und Kalkbrocken aus dem Wege zu schaffen, so daß die Erde einigermaßen eben war. Über die Gräber hatte man große Kalksteinfliesen gelegt, und neben einigen von den Gräbern waren grüne Stühle und Bänke aufgestellt.

Unten, in der östlichen Ecke, dort, wo man eine schöne Aussicht auf Moabs goldschimmernde Berge gehabt haben würde, wenn nur nicht die Mauer im Wege gewesen wäre, hatten die Schweden ihre Gräber. Dort lagen schon so viele von ihnen, daß es fast aussah, als ob der liebe Gott meinte, sie hätten genug für ihn getan, indem sie ihre Heimat verließen, und daß er nun nichts mehr von ihnen verlangte, um sie in sein Reich eingehen zu lassen. Hier lagen Birger Larsson, der Schmied, und Ljung Björns kleiner Sohn Erik und des Gemeindevorstehers Gunhild und Brita Ingmarstochter, die kurz nach dem fröhlichen Tage, als die Kolonisten zum Blumensammeln auszogen, an den Pocken gestorben war. Dort lagen auch Peter Gunnarsson und Märta Eskildstochter, die zu Hellgums Gemeinde drüben in Amerika gehört hatten. Der Tod hatte eine so reiche Ernte unter ihnen gehalten, daß die Kolonisten sich fast fürchteten, schon zu großen Beschlag auf den Raum des kleinen Kirchhofs gelegt zu haben.

Auch Tims Halvor Halvorsson hatte eins seiner Lieben draußen auf dem Kirchhof. Es war die jüngste seiner Töchter, ein kleines Mädchen, das nicht älter als drei Jahre geworden war. Er hatte sie über alle Maßen geliebt, sie war auch das von allen seinen Kindern gewesen, das ihm am meisten im Geiste geglichen hatte, und es war ihm, als habe er nie so warm für einen Menschen empfunden, wie für dies Kind. Und nachdem es gestorben war, konnte er es gar nicht vergessen. Was er auch unternahm, seine Gedanken weilten beständig bei ihm.

Wenn es in Dalarne gestorben und daheim auf dem Friedhof begraben wäre, dann hätte er vielleicht nicht immer an die Kleine zu denken brauchen, aber nun hatte er das Gefühl, daß sie sich da draußen auf dem unheimlichen Kirchhof allein und verlassen fühlen müsse. In der Nacht sah er sie vor sich auf dem kleinen Grabstein sitzen, sie weinte und es fror sie und sie klagte, denn sie fürchtete sich im Dunkeln und vor all den Fremden rings um sie her.

Eines Nachmittags ging Halvor in das Tal Josaphat hinab und pflückte beide Hände voll roter Anemonen, die schönsten, die er finden konnte, um sie nach dem Grabe des Kindes hinauszubringen. Wie er so über die grüne Ebene im Tal dahinging, sagte er zu sich: »Ach, hätte ich nur mein kleines Mädchen hier draußen im Freien unter einem grünen Hügel, so daß es wenigstens nicht von der abscheulichen Mauer eingeschlossen wäre.« Er hatte immer die hohe Mauer gehaßt, die den Begräbnisplatz umgab. Jedesmal, wenn er an sein totes Kind dachte, war es ihm, als habe er die arme Kleine in ein kaltes und finsteres Haus eingeschlossen und sie dort ohne Aufsicht gelassen. »Mich friert und ich leide«, meinte er sie klagen zu hören. »Mich friert und ich leide.«

Halvor stieg das Tal hinan und folgte dem schmalen Steig, der um die Ringmauer herumläuft, bis er den Berg Zion erreicht. Der Kirchhof lag ein wenig westlich vom Zionstor, unterhalb des großen Gartens der Armenier.

Während der ganzen Zeit dachte Halvor an sein Kind. Er erhob die Augen nicht vom Erdboden, während er den wohlbekannten Weg entlangging. Aber auf einmal hatte er ein Gefühl, daß hier draußen nicht alles so war, wie es zu sein pflegte. Er sah auf und bemerkte, daß ein paar Männer damit beschäftigt waren, eine Mauer niederzureißen. Er blieb stehen und sah ihnen zu. Was rissen sie doch da nieder? Hatte dort ein Gebäude oder eine Umfriedigung gelegen? Es mußte ja ungefähr da sein, wo der Kirchhof lag, oder hatte er sich etwa verirrt?

Es währte einige Minuten, bis er sich zurechtfinden konnte, aber dann ward es ihm klar, was geschehen war. Es war die Kirchhofsmauer selbst, die die Arbeiter abbrachen.

Halvor versuchte sich einzureden, daß sie niedergerissen werde, um einen größeren Platz zu schaffen, oder daß die Mauer durch ein eisernes Gitter ersetzt werden solle. Er versuchte sich auszumalen, daß es dann da drinnen nicht so kalt und feucht sein würde, wenn jetzt die Mauer verschwand. Und dennoch erfaßte ihn eine so heftige Unruhe, daß er zu laufen anfing. »Wenn sie nur nichts an dem Grabe gemacht haben«, dachte er. »Sie liegt ja ganz hart an der Mauer; wenn sie nur nichts an dem Grabe gemacht haben.«

Er war ganz außer Atem, als er über die halb niedergerissene Mauer kletterte und auf den Begräbnisplatz gelangte. Endlich kam er so weit, daß er sehen konnte, wie es da drinnen stand. Im selben Augenblick fühlte er, daß etwas mit seinem Herzen vorging. Es stand plötzlich still, dann machte es ein paar heftige Schläge, und dann stand es wieder still. Es war wie ein Uhrwerk, das entzweigeht.

Halvor sah sich gezwungen, sich auf einen Stein zu setzen, solange das Herz so unruhig war; und nach einer Weile fing es wieder an zu arbeiten wie sonst, doch etwas schwer und angestrengt. »Ach, ich lebe ja,« sagte er zu sich selbst, »ich lebe ja noch.«

Er faßte Mut und sah sich auf dem Kirchhof um. Alle Gräber waren geöffnet, und die Särge, die da drinnen gestanden hatten, waren verschwunden. Hier und da an der Erde lagen einige Totengebeine und Schädel, sie waren aus den Särgen herausgefallen, die zerbrochen waren. Alle Grabsteine waren in einer Ecke des Kirchhofs aufeinandergehäuft.

»Ach, mein Gott, was haben sie mit den Toten gemacht!« rief Halvor.

Er trat an die Arbeiter heran. »Was habt ihr mit der kleinen Greta gemacht?« fragte er auf schwedisch. Er war seiner selbst nicht mächtig, er wußte nicht, was er sagte. Da merkte er, daß er die alte Sprache redete, strich sich über die Stirn und wurde verlegen.

Er versuchte, sich klarzumachen, wer er war. Er war ja doch kein Kind, das ohne Grund bange wurde, sondern ein alter, vernünftiger Mann. Er war ein Großbauer; die ganze Gemeinde daheim hatte ja einmal zu ihm aufgesehen. Es schickte sich nicht für einen Mann wie ihn, so die Fassung zu verlieren.

Halvor richtete sich auf und ging hin und fragte die Arbeiter auf englisch, ob sie wüßten, warum der Friedhof geschleift werde.

Die Arbeiter waren Eingeborene, aber einer unter ihnen konnte ein wenig Englisch sprechen. Er erzählte Halvor, die Amerikaner hätten den Begräbnisplatz an einige Deutsche verkauft, die dort ein Krankenhaus errichten wollten, und darum müßten die Toten aus der Erde heraus.

Halvor stand einen Augenblick still und grübelte über die Antwort nach. Ach so, hier sollte ein Krankenhaus liegen, gerade hier? Warum in aller Welt hatte man nicht einen Platz dafür auf einem dieser vielen kahlen Hügel finden können, warum mußte es durchaus hier liegen? Fürchteten sie sich nicht davor, daß die Toten, die hinausgeworfen waren, kommen und an die Tür des Krankenhauses pochen und Einlaß begehren würden? »Wir wollen hier auch ein Bett haben«, würden sie sagen. Und sie würden dort in einer langen Reihe stehen. Birger Larsson und der kleine Erik und Gunhild, und zu allerletzt sein kleines Mädchen.

Halvor stand da und kämpfte mit dem Weinen. Aber er bemühte sich fortwährend, auszusehen, wie jemand, den die Sache gar nichts anging. Er setzte eine gleichgültige Miene auf, stellte einen Fuß vor und stand da, und schwenkte seinen Strauß roter Anemonen hin und her.

»Aber was habt ihr mit den Toten gemacht?« fragte er.

»Die Amerikaner sind hier gewesen und haben« ihre Särge geholt,« erwiderte der Arbeiter, »und alle, die hier Tote liegen haben, haben Nachricht erhalten, daß sie sie abholen sollen.«

Da unterbrach sich der Mann selber und sah Halvor an. »Bist du vielleicht aus dem großen Hause, draußen vor dem Damaskustor?« fragte er. »Die, die dort wohnen, haben nicht einen einzigen von ihren Särgen geholt.«

»Zu uns ist keine Nachricht gekommen«, sagte Halvor. Er stand noch da und schwenkte seinen Strauß hin und her. Sein Antlitz sah aus, als sei es zu Stein geworden unter der

Anstrengung, dem, Fremden nicht zu zeigen, wie sehr er litt.

»Alle, die nicht abgeholt sind, liegen da drüben«, sagte der Arbeiter und zeigte den Hügel hinab. »Ich will dir zeigen, wo sie liegen, damit ihr kommen und sie begraben könnt.«

Der Mann ging hin, und Halvor folgte ihm. Während sie über die abgerissene Mauer kletterten, nahm Halvor einen Stein auf.

Der Arbeiter ging ganz ruhig und unbekümmert dahin, während Halvor ihm mit dem Stein in der Hand folgte. »Es ist unbegreiflich, daß er sich nicht vor mir fürchtet,« sagte Halvor auf schwedisch, »daß er den Mut hat, so dicht vor mir herzugehen. Und er hat sogar geholfen, sie hinauszuwerfen. Er hat Klein-Greta auf den Kehrichthaufen geworfen.

Kleine Greta, die kleine Greta,« fuhr er fort, »sie war so lieblich, daß sie wohl verdient hätte, in einem Marmorsarg zu liegen. Und dann hat sie nicht einmal hier in diesem elenden Grab in Frieden ruhen dürfen.

Vielleicht war es gerade dieser Bursche, der sie aus dem Grabe genommen hat«, sagte Halvor und zielte mit dem Stein nach ihm. »Nie habe ich eine solche Lust verspürt, wie sie mich jetzt überkommt, diesen abrasierten Schädel unter der roten Mütze in Stücke zu zerschlagen.

Du mußt nämlich wissen, daß es die kleine Greta vom Ingmarshofe war«, sagte er, indem er weiterging und sich selbst anfeuerte. »Und von Rechts wegen hätte sie neben dem großen Ingmar liegen müssen. Sie war aus so guter Familie, daß sie wohl verlangen konnte, bis zum jüngsten Tage in ihrem eigenen Grabe zu schlafen. Hier wurde kein ordentlicher Leichenschmaus für sie gehalten, sie wurde nicht mit Glockenläuten nach dem Kirchhof gefahren, und da war nicht einmal ein ordentlicher Pfarrer, der ihr die Leichenrede hielt. Aber deswegen

hättest du es doch nicht nötig gehabt, sie aus dem Grabe herauszuwerfen. Wenn ich auch bisher kein guter Vater gegen sie gewesen bin, so sollst du doch wissen, daß sie nicht so gering ist, daß ich mich darein finde, daß du sie aus dem Grabe herauswirfst.«

Halvor erhob die Hand und wollte gerade den Stein werfen, als sich der Arbeiter im selben Augenblick nach ihm umwandte.

»Da hast du sie«, sagte er.

Mitten zwischen den Kehrichthaufen und den aufgetürmten Steinen befand sich eine tiefe Grube, und da hinein waren die einfachen, schwarzen Särge der Kolonisten geworfen. Sie hatten sie ohne alle Sorgfalt da hineingestürzt, alte Särge waren zerbrochen, so daß die Toten, die drinnen lagen, sichtbar geworden waren. Bei einigen von den Särgen war der Boden in die Höhe gewendet, und aus den halbvermoderten Deckeln sahen lange, fleischlose Hände heraus, als wollten sie sich anstrengen, den Sarg wieder in die richtige Lage zu bringen.

Während Halvor dastand und hinabsah, fiel der Blick des Arbeiters auf seine Hand, die den Stein so fest umklammerte, daß die Knöchel ganz weiß waren. Der Mann warf einen Blick auf sein Gesicht, und er mußte etwas Fürchterliches dort gesehen haben, denn er stieß einen Schrei aus und ergriff die Flucht.

Aber Halvor dachte nicht mehr an ihn. Er war wie versteinert von dem, was er sah. Das grausamste war, daß der scharfe Leichengeruch in die Luft aufstieg und schon weit und breit verkündete, was geschehen war. Ein paar Geier schwebten schon hoch oben in den Wolken und warteten nur auf die Dunkelheit, um niederzustoßen. In weiter Ferne konnte man das Surren einer Menge schwarzer und gelber Insekten hören, die über den Särgen schwärmten. Ein paar Hunde kamen gelaufen, sie setzten sich mit lang heraushängenden Zungen an den Rand des großen Grabes und guckten hinein. Durch Halvors Körper lief ein Schaudern, als ihm einfiel, daß er sich an dem Abhang des Hinnomtales befand, dicht neben der Stätte, wo einstmals das Feuer Gehennas gebrannt hatte. »Wahrlich, dies ist Gehenna; dies ist die Wohnung des Entsetzens«, rief er aus.

Aber lange blieb er nicht in Betrachtung dieses Fürchterlichen stehen. Er sprang in die Grube hinab, schob die schweren Särge beiseite und kroch zwischen den Toten herum. Er suchte und suchte, bis er den Sarg seiner kleinen Greta fand. Und als er ihn endlich fand, hob er ihn auf seine Schultern und stieg aus dem Grabe herauf.

»Sie soll wenigstens nicht sagen können, daß ihr Vater sie die Nacht hindurch an diesem Ort hat liegen lassen«, rief er aus.

»Liebes, kleines Kind«, sagte er mit ernster und eindringlicher Stimme, als wolle er sich der Toten gegenüber verantworten. »Liebste kleine Greta, wir haben nichts von alledem gewußt. Niemand hat es gewußt, daß du aus der Erde herausgegraben warst. Die andern haben erfahren, was geschehen sollte, aber wir nicht; sie betrachten uns nicht wie Menschen, darum haben sie es nicht der Mühe wert gehalten, uns zu benachrichtigen.«

Als er mit dem Sarg aus der Grube herauskam, fühlte er abermals, daß es mit seinem Herzen nicht in Ordnung war. Er mußte sich niedersetzen, bis der ärgste Schmerz vorüber war.

»Du brauchst nicht bange zu sein, mein liebes Kind«, sagte er. »Dies geht bald vorüber. Du mußt nicht glauben, daß Vater nicht Kräfte genug hat, um sein kleines Mädchen von hier fortzutragen.«

Nach einer Weile gewann er seine Kräfte wieder, und mit dem Sarg auf der Schulter machte er sich auf den Weg nach Jerusalem.

Wie er über den schmalen Weg außerhalb der Mauer entlangging, war es ihm, als habe alles sein Aussehen verändert.

Die Mauern und die Trümmerhaufen sahen so schreckeinflößend aus. Alles war so wunderlich drohend und feindlich geworden. Das fremde Land und die fremde Stadt freuten sich über seinen Schmerz.

»Du mußt nicht böse auf deinen Vater sein, mein liebes Kind, weil man dich in ein so unbarmherziges Land geführt hat«, sagte er.

»Wäre dies daheim geschehen,« fuhr er fort, »da würde der Wald geweint und die Berge würden geklagt haben, aber dies ist ein unbarmherziges Land.«

Er ging immer langsamer, um sein Herz zu schonen, denn es war, als habe es nicht Kraft genug, um sein Blut durch die Adern zu treiben. Er fühlte sich hilflos und verzweifelt, und namentlich überkam ihn eine Angst, weil er so weit weg war, in einem fremden Lande, wo niemand Barmherzigkeit mit ihm zu haben brauchte.

Dann bog er um die Ecke und ging an der östlichen Mauer entlang. Das mit Gräbern angefüllte Tal Josaphat breitete sich vor ihm aus.

»Und hier soll das jüngste Gericht abgehalten werden, und die Toten sollen auferwecket werden«, dachte er.

»Was wird Gott zu mir am Tage des Gerichts sagen, zu mir, der ich Frau und Kinder in diese Stadt des Todes, nach Jerusalem, geführt habe?« fragte er sich selbst. »Und ich habe sogar auch meine Verwandten und Nachbarn überredet, mit nach dieser schrecklichen Stadt zu ziehen. Sie werden mich bei Gott verklagen.«

Es war ihm, als, könne er hören, wie seine Landsleute die Stimme wider ihn erhoben. »Wir glaubten an ihn, und er hat uns in ein Land geführt, wo wir verachteter sind als Hunde, und in eine Stadt, wo uns die Grausamkeit getötet hat.«

Er versuchte diese Gedanken von sich abzuschütteln, nicht länger bei ihnen zu verweilen. Aber es war ihm unmöglich. Er sah jetzt auf einmal alle die Gefahren und Beschwerden, die seiner Kameraden harrten. Er dachte an die harte Armut, die bald über sie kommen mußte, da sie keine Bezahlung für irgendwelche Arbeit nahmen. Er dachte an das ungewöhnte Klima und an die Krankheiten, die sie verheeren würden. Er dachte an das strenge Gebot, das sie sich selbst auferlegt hatten, das Spaltung und Untergang mit sich führen würde. Er fühlte sich todmüde.

»Ebensowenig wie wir imstande sind, den Boden dieses Landes zu bestellen und sein Wasser zu trinken, ebensowenig können wir hier weiterleben«, stöhnte er.

Immer langsamer schleppte er sich weiter. Er war ganz kraftlos und ermattet.

Die Kolonisten saßen schon bei der Abendmahlzeit, als man ein schwaches Läuten an der Torglocke vernahm.

Als das Tor geöffnet wurde, saß Tims Halvor draußen an der Erde. Er war dem Tode nahe. Der Sarg seiner kleinen Tochter stand neben ihm. Er saß da und zerpflückte einen großen Strauß welker Anemonen und streute die Blumen über den Sarg.

Ljung Björn kam heraus und öffnete. Es war ihm, als könne er hören, daß Halvor etwas sagte, und er beugte sich nieder, um besser hören zu können.

Halvor begann mehrmals, ehe er ein vernehmbares Wort hervorbringen konnte.

»Sie haben unsere Toten hinausgeworfen«, sagte er. »Sie liegen dort unten in Gehenna unter offenem Himmel. Ihr müßt noch in dieser Nacht hingehen und sie holen.«

»Was sagst du?« fragte Björn, er verstand gar nicht, wovon er redete.

Der Sterbende richtete sich mit einer letzten Anstrengung auf. »Sie haben unsere Toten aus ihren Gräbern herausgeworfen, Björn, noch in dieser Nacht müßt ihr alle nach Gehenna gehen und sie holen.«

Als er das gesagt hatte, brach er wieder mit einem Stöhnen zusammen. »Mir ist so schlecht, Björn, es ist gewiß mit meinem Herzen etwas nicht in Ordnung«, stammelte er. »Ich fürchtete, daß ich sterben würde, ehe ich euch dies gesagt habe. Ich habe die kleine Greta nach Hause getragen, aber die andern konnte ich nicht alle mitnehmen.«

Ljung Björn kniete neben ihm nieder. »Willst du nicht hineinkommen, Halvor?« fragte er. Aber Halvor hörte ihn nicht.

»Versprich mir, Björn, daß die kleine Greta ordentlich in die Erde kommt. Ich will nicht, daß sie denken soll, daß sie einen schlechten Vater hat.«

»Ja, ja,« sagte Björn, »aber willst du nicht versuchen, hineinzukommen, Halvor?«

Halvors Kopf sank noch tiefer auf die Brust hinab. »Sorge dafür, daß sie unter einem grünen Hügel liegt«, flüsterte er. »Und lege mich auch unter einen grünen Hügel«, fügte er nach einer Weile hinzu.

Björn sah, daß er sehr krank war und beeilte sich, Hilfe zu holen, damit er ihn hineintragen könne. Als er zurückkam, war Halvor bereits tot.

Der Paradiesesbrunnen.

Es wurde ein entsetzlich schwerer Sommer in Jerusalem, mit Wassermangel und Krankheit. Der Winterregen war in diesem Jahre nur spärlich gefallen, und die heilige Stadt, die nicht viel anderes Wasser hatte als den Regen, der sich zur Winterzeit in unterirdischen Brunnen ansammelte, von denen einer sich in jedem Hause befand, hatte bald unter Wassermangel zu leiden. Und während sich die Leute damit begnügen mußten, das modrige, schlechte Wasser zu trinken, das sich auf dem Boden der Brunnen befand, nahm die Krankheit mit entsetzlicher Gewalt zu. Da war kaum mehr ein Haus, in dem nicht irgend jemand an Kinderpocken oder Ruhr oder klimatischem Fieber krank lag.

Die Gordonisten hatten eine arbeitsvolle Zeit; sie waren fast alle durch Krankenpflege in Anspruch genommen. Diejenigen, die lange in Jerusalem gewohnt hatten, schienen nicht empfänglich für die Ansteckung zu sein, sie konnten, ohne daß es ihnen schadete, von einem

Krankenbett zum andern gehen. Die Schwedisch-Amerikaner, die schon heiße Sommer in Chicago durchgemacht hatten und daran gewöhnt waren, in Stadtluft zu leben, widerstanden auch der Krankheit wie der Anstrengung. Aber die armen Darlekarlier wurden fast alle krank.

Zu Anfang sah es nicht so schlimm aus. Die meisten gingen noch umher, waren aber nicht imstande, zu arbeiten. Obwohl sie abgemagert waren und beständig Fieber hatten, glaubte niemand, daß es etwas anderes sei als ein vorübergehendes Unwohlsein. Aber nach Verlauf einer Woche starb Birger Persons Witwe und bald darauf einer seiner Söhne. Gleichzeitig stellten sich neue Krankheitsfälle ein. Es schien fast, als sollten alle Darlekarlier auf einmal zugrunde gehen. Alle Kranken hatten dieselbe Sehnsucht und Begierde. Sie flehten alle um einen Trunk Wasser, um einen einzigen Trunk reinen, frischen Wassers. Es war, als sei das das einzige, was sie nötig hatten, um wieder gesund zu werden.

Wenn man ihnen aber Zisternenwasser anbot, warfen sie den Kopf zurück und wollten es nicht einmal sehen. Obwohl es filtriert und abgekühlt war, fanden sie, daß es modrig rieche und einen widerlichen Geschmack habe. Einige von den Kranken, die versucht hatten, es zu trinken, bekamen heftige Schmerzen und glaubten, daß sie vergiftet seien.

Eines Vormittags, als die Krankheit ihren Höhepunkt erreicht hatte, saßen einige von den Bauern in dem schmalen Schatten draußen vor dem Hause und plauderten miteinander. Fieber hatten sie alle; das war ihren abgezehrten Gesichtern und ihren Augen, die matt und blutunterlaufen waren, leicht anzusehen. Keiner von ihnen nahm irgend etwas vor. Sie rauchten nicht einmal ihre kleinen Kreidepfeifen.

Ihre einzige Beschäftigung bestand darin, zum Himmel emporzusehen, der sich klar und blau über ihren Häuptern wölbte. Sie hielten aufs genaueste Ausguck, und nicht die geringste Wolke, die am Horizont aufstieg, entging ihrem Blick. Sie waren sich alle klar darüber, daß in den nächsten Monaten kein Regen zu erwarten sei. Aber sobald sich eine der weißen Sommerwolken am Horizont erhob, bildeten sie sich dennoch ein, daß ja ein Wunder geschehen könne, und daß es bald anfangen würde zu regnen. »Wer weiß, ob uns Gott nicht doch schließlich noch helfen wird«, sagten sie.

Während sie mit der größten Aufmerksamkeit das Wachsen der Wolken und ihre Bewegung am Himmel verfolgten, saßen sie da und redeten miteinander davon, wie es wohl sein würde, große Tropfen gegen die Mauern und Wände peitschen zu hören, zu sehen, wie das Wasser aus den Dachrinnen plätscherte und den Weg hinabströmte, kleine Steine und Sand mit sich führend. Sie waren sich darüber einig, daß sie keinen Schutz suchen würden, wenn es zu regnen anfing; sie würden ganz still dasitzen und das Wasser auf sich herabströmen lassen. Sie lechzten danach, sich vom Regen durchweicht zu fühlen, ganz so wie das ausgedörrte Erdreich es tat.

Aber wenn die Wolke ein Stück weiter am Himmel hinabgestiegen war, mußten sie sich selbst eingestehen, daß sie kleiner wurde und gleichsam zerschmolz. Zuerst wurden die flaumigen Kanten verzehrt, dann begann das Zerstörungswerk von innen heraus, und sie fiel auseinander in kleine Stücke und Fetzen. Und im Laufe von wenigen Augenblicken war die Wolke verschwunden.

Wenn die Bauern die Wolke nicht mehr sehen konnten, waren sie ganz verzweifelt, und diese erwachsenen Männer waren so entkräftet von der Krankheit, daß sie sich die Hände vor die Augen hielten, um es zu verbergen, falls sie zu weinen anfingen.

Ljung Björn Olofsson, der sich seit Tims Halvors Tode als der Führer der Schweden fühlte, versuchte die andern zu ermuntern. Er fing an, von dem Bach Kidron zu sprechen, der in alten Zeiten durch das Tal Josaphat geströmt war und Jerusalem zu einer wasserreichen Stadt gemacht hatte. Er hatte seine Bibel in der Tasche, schlug darin auf und las alle die Stellen vor, wo der Bach Kidron genannt wird. Er beschrieb ihnen, was für ein großer und mächtiger Fluß der Kidron gewesen war, er hatte Wassermühlen getrieben, und im Winter war er sogar ganz mit Wasser gefüllt gewesen, so daß er über seine Ufer trat und die ganze Gegend überschwemmte.

Man konnte es Ljung Björn anhören, daß es ihm eine förmliche Erquickung war, von diesem großen Fluß zu reden, der einstmals an Jerusalem vorübergeströmt war. Er trug den Fluß wohl immer in seinen Gedanken. Am allermeisten verweilte er bei der Stelle, wo erzählt wird, daß David durch den Bach Kidron watete, als er vor Absalom floh. Ljung Björn beschrieb den andern, wie es sein würde, mit bloßen Beinen in kaltem, rieselndem Wasser zu gehen. »Seht, das möchte ich noch lieber als das Wasser trinken«, sagte er.

Ljung Björn hatte noch viel vom Kidron zu erzählen, als ihn sein Schwager Kolaas Gunnar unterbrach. Gunnar sagte, daß er sich nichts aus dem Bach Kidron mache, der sei ausgetrocknet und verschwunden. Aber seit die schwere Zeit gekommen war, habe er immerwährend an eine Prophezeiung von Hesekiel denken müssen, im vierzigsten Kapitel im ersten und in den folgenden Versen. Sie handle von einem Fluß, der an der Schwelle des Tempels entspringe und über die Ebene dahinfließen sollte bis hinab an das Rote Meer. Kolaas Gunnar schüttelte sein schwarzes Haar aus der Stirn, während er sprach. Seine Augen strahlten, und er erzählte so, daß alle Bauern die Wasserleitung, die aus Jerusalem herabkam, vor ihren Augen sahen. Leise rieselnd, kam das Wasser in einer steinernen Rinne dahergeflossen, dann teilte es sich in viele kleine Bäche, die durch grüne Wiesen rannen. Weiden und Pappeln wuchsen an ihren Ufern, große, dickblättrige Wasserpflanzen hingen über die Wasserfläche hinab, und auf dem Boden des Baches lagen kleine, weiße Steine, die im Wasser glitzerten und rieselten, wenn es darüber hinströmte.

»Und dies wird wahrlich geschehen«, rief Kolaas Gunnar aus. »Denn es ist eine Prophezeiung von Gott, und sie ist noch nicht in Erfüllung gegangen. Ich denke, daß sie sich ja heute oder morgen erfüllen kann.«

Aber als Hök Gabriel Mattsson, der auch mit dort unten war, dies hörte, wurde er sehr eifrig, ließ sich Ljung Björns Bibel geben und las einige Verse aus dem Buch der Chronika vor. »Beachtet dies wohl,« sagte er, »dies ist das Merkwürdigste, das ich jemals gehört habe.« Und er las ihnen vor, daß zu König Hiskias Zeiten verlautete, daß Sanherib auszog, um Jerusalem zu belagern. Da beriet sich Hiskias mit seinen Häuptlingen und Obersten und seinen tapfersten Männern, und sie sagten alle: es ist nicht wert, daß die Assyrer so viel Wasser finden; wenn sie kommen, um unsere Stadt zu belagern. Darauf ging Hiskias mit einer großen Heerschar hinaus und dämmte alle Ströme außerhalb Jerusalems ein, sowohl den großen Fluß, der mitten durch das Land strömte, wie auch alle Quellen.

Als Gabriel dies gelesen hatte, sah er über das öde Land hinaus, das die Kolonie umgab. »Ich habe viel über diese Geschichte nachgegrübelt,« sagte er, »und ich habe die Amerikaner danach gefragt. Und nun will ich euch sagen, was ich über die Sache erfahren habe.«

Gabriel sprach leicht und fließend, ganz so wie sein Vater Hök Matts, wenn der Geist über ihn kam und er anfing zu predigen. Sonst hatte er keine Rednergabe. Aber jetzt, wo das Fieber in seinem Körper raste, strömten ihm die Worte frei und leicht von den Lippen.

»Ja, die Amerikaner haben mir erzählt,« fuhr Gabriel fort, »daß zu König Hiskias Zeiten hier Hochebenen mit unzähligen Wiesen und Bächen bewachsen waren. Korn konnte auf diesem felsigen Erdboden nicht wachsen, aber hier lagen eine Menge Gärten, voll von Granatbäumen und Aprikosenbäumen, von Saffran, Kalmus und Zimt, von Koferbüschen und Narduspflanzen, von allen möglichen wohlriechenden Pflanzen und von allen möglichen köstlichen Früchten. Alle diese Bäume waren gut bewässert, aus den Strömen und Bächen lief das Wasser in jeden Garten, und alle Gartenbesitzer hatten das Recht, zu einer bestimmten Zeit des Tages ihr Besitztum unter Wasser zu setzen.

Aber eines Morgens ging König Hiskias mit seinen Mannen aus, eines Morgens, als alle diese Bäume in ihrer lieblichsten Pracht standen. Als Hiskias auszog, streuten die Mandel- und Aprikosenbäume ihre Blüten- blätter auf ihn herab. Die Luft war schwer von Balsamduft, als Hiskias auszog. Und als sich der Tag neigte und Hiskias mit seinem Heer heimzog, standen die Bäume noch ebenso da und grüßten ihn mit ihrem milden Duft.

Aber an diesem Tage war König Hiskias ausgezogen und hatte alle Quellen Jerusalems eingedämmt und auch den großen Fluß, der mitten durch das Land strömte. Und am nächsten Tage war kein Wasser mehr in den kleinen Bächen, die zu den Wurzeln der Bäume hinabflossen.

Einige Wochen später, als die Bäume Frucht ansetzen sollten, da waren sie kraftlos und setzten nur wenig Früchte an, und als die Blätter aus den Knospen hervorbrachen, waren sie klein und verkrüppelt.

Aber dann zog eine schwere Zeit über Jerusalem hin, mit Krieg und großem Unglück. Niemand hatte Zeit, die Quellen wieder zu öffnen und den großen Fluß wieder in sein Bett zu leiten. Und da starben denn die Fruchtbäume auf den Hochebenen um die Stadt ringsherum ab, einige in der ersten Sommerdürre, einige in der zweiten und einige in der dritten. Und rings um Jerusalem herum ward das Land öde, wie es noch heutigen Tages ist.«

Gabriel nahm einen kleinen Stein und bohrte damit in die Erde hinein. »Aber nun geschah es,« fuhr er fort, »daß, als die Juden von Babylon zurückkehrten, sie den Ort nicht finden konnten, wo der Fluß eingedämmt war, und auch den Ursprung konnten sie nicht finden. Und kein Mensch hat ihn bis auf den heutigen Tag gefunden.

Aber wir, die wir hier sitzen und nach Wasser lechzen,« fuhr er fort, »warum gehen wir nicht aus und suchen nach König Hiskias Quellen? Warum gehen wir nicht aus und suchen den großen Fluß und die vielen Quellen? Wenn wir diese fänden, könnten dort wieder Bäume auf der Hochebene wachsen, und dies Land würde reich und fruchtbar werden, und könnten wir sie finden, so würde das mehr wert sein, als wenn wir Gold fänden.«

Als Gabriel seine Rede beendet hatte, fingen die andern an, seine Worte zu erwägen; sie räumten alle ein, daß es sich wohl so verhalten könne, wie er sagte, und daß es vielleicht nicht unmöglich sei, den großen Fluß zu finden. Aber nicht einer von ihnen rührte sich, um hinauszugehen und mit dem Suchen zu beginnen, nicht einmal Gabriel. Seine Worte waren offenbar nichts weiter als ein Einfall, mit dem er seine Sehnsucht zu stillen suchte.

Da ergriff Bo Ingmar Maansson das Wort; er hatte bisher stumm dagesessen und den andern zugehört. Er selbst hatte kein Fieber, aber niemand sehnte sich so nach frischem Wasser wie er. Denn Gertrud war auch dieser Durstkrankheit unterlegen; um ihretwillen sehnte er sich so nach Wasser, daß seine Lippen trocken waren, und daß er ebensowenig wie die andern an etwas anderes zu denken vermochte als an Quellen und Flüsse.

»Ich denke nicht an so heilige und wunderbare Wasser wie ihr«, sagte Bo langsam. »Aber vom Morgen bis zum Abend denke ich an den Fluß, der mit hellem und frischem, mit blauem, glitzerndem Wasser dahinfließt.«

Die Bauern sahen mit gespannter Erwartung in ihren Blicken auf.

»Ich denke an den Elf, der Zuflüsse von vielen Flüssen und Bächen erhält und breit und wasserreich aus dem finsteren Walde herausfließt und so klar ist, daß man alle Kieselsteine auf dem Grunde schimmern sieht. Und dieser Elf ist nicht eingedörrt wie der Bach Kidron, oder nur ein Traum wie Hesekiels Fluß, oder unmöglich zu finden, wie der des Hiskias, sondern er braust und strömt noch heutigen Tags. Ich denke an den Dalelf.«

Die drei Männer erwiderten kein Wort. Schweigend und mit gesenkten Augen saßen sie da. Seit der Dalelf genannt war, konnte sich niemand mehr entschließen, von den Quellen und Flüssen Palästinas zu reden.

An demselben Tage gegen Mittag fand ein neuer Todesfall statt. Es war eins von Kolaas Gunnars Kindern, das starb, ein kleiner, munterer Junge, den alle lieb gehabt hatten.

Aber nun geschah es, daß niemand um das Kind zu trauern schien; im Gegenteil, alle Darlekarlier waren von einem Entsetzen ergriffen, daß sie sich kaum zu beherrschen vermochten. Sie glaubten alle, daß der kleine verstorbene Junge dort als Vorbedeutung liege, daß es keinem von ihnen möglich sein würde, die Krankheit zu überstehen.

Man machte sich gleich an die gewöhnliche hastige Vorbereitung zu dem Begräbnis, aber diejenigen, die an dem Sarg zimmerten, standen da und dachten daran, wer wohl diese Arbeit für sie verrichten würde. Und diejenigen, die die Leichenkleider ordneten, sprachen während der Arbeit davon, wie sie es haben möchten, wenn sie selber stürben. »Wenn du mich überlebst,« sagte die eine Frau zu der andern, »dann denke daran, daß ich in meinen eigenen Kleidern liegen will.« – »Denke daran,« sagte die andere, »daß ich schwarzen Flor um den Sarg haben will, und ich will meinen Trauring mit mir ins Grab nehmen.«

Mitten bei diesen Vorbereitungen ging ein sonderbares Geflüster durch die Kolonisten. Niemand wußte, wer die Worte zuerst gesagt hatte. Aber als sie erst gesagt waren, setzten sie sich bei ihnen allen fest, und man begann darüber nachzudenken und nachzugrübeln. Wie es so oft geht, fanden alle im Anfang, daß das, was hier vorgeschlagen wurde, unvernünftig und unausführbar war, aber nach und nach fanden sie, daß es ganz vernünftig, ja, daß es das einzige sei, was zu tun war. Bald sprach man in der ganzen Kolonie, unter den Kranken wie unter den Gesunden, unter den Amerikanern und unter den Schweden, von nichts anderm. »Es wäre am Ende doch am besten, wenn die Schweden wieder nach Hause reisten«, sagte man. Keiner von den Amerikanern konnte verbergen, daß es so aussah, als wenn alle Bauern in Jerusalem sterben müßten. Wie traurig es auch war, daß so viele gute und rechtschaffene Menschen die Kolonie verlassen sollten, so sah es eigentlich so aus, als wenn es keinen andern Ausweg gäbe. Es war besser, daß sie heimreisten und der Sache Gottes in ihrem eigenen Lande dienten, so gut sie konnten, als daß sie hier in der heiligen Stadt umkamen.

Die Schweden meinten zuerst, daß es ihnen ganz unmöglich sei, sich von diesem Lande mit all seinen heiligen Stätten und Erinnerungen loszureißen, und sie schauderten davor, wieder in den Streit und die Unruhe der Welt hinausgestürzt zu werden, nachdem sie sich an dies ruhige, sichere Zusammenleben in der Kolonie gewöhnt hatten. Es gab einige unter ihnen, die meinten, es sei besser, zu sterben, als heimzureisen.

Aber dann kam der Gedanke an die Heimat lockend und betörend. »Vielleicht bleibt uns doch nichts weiter übrig, als heimzureisen«, sagten sie.

Plötzlich ertönte die Glocke, die die Kolonisten sonst zu Gottesdiensten und Zusammenkünften im Versammlungssaal zusammenrief. Sie waren alle sehr erstaunt und fast bestürzt, sie begriffen gleich, daß Mrs. Gordon wünschte, daß sie zusammenkommen und über die Heimreise beratschlagen sollten. Sie wußten selbst noch nicht, was sie wollten, aber es lag doch eine Erleichterung in dem bloßen Gedanken, der Krankheit und dem Tode zu entrinnen. Das sah man am besten daran, daß mehrere, die sehr krank waren, aufstanden und sich ankleideten, um mit in den Versammlungssaal zu gehen. Dort oben herrschte nicht die Ruhe und Ordnung wie sonst bei den Versammlungen. Niemand hatte sich gesetzt, man stand in Gruppen ringsumher und sprach miteinander. Alle waren in starker Erregung, am eifrigsten aber redete Hellgum. Es war leicht zu merken, daß er, der die Darlekarlier überredet hatte, nach Palästina zu reisen, sich von der schweren Verantwortung bedrückt fühlte, die er auf sich genommen hatte. Er ging von dem einen zu dem andern und drang auf die Heimreise.

Mrs. Gordon war sehr bleich; sie sah müde und leidend aus. Sie war sich offenbar so wenig klar darüber, was sie wollte, daß sie sich davor fürchtete, die Verhandlungen zu beginnen. Niemand hatte sie jemals so schwankend gesehen.

Die Darlekarlier schwiegen fast alle. Sie waren zu krank und schlaff, um selbst einen Entschluß zu fassen. Sie standen da und warteten darauf, daß die andern für sie beschließen würden.

Einige von den jungen amerikanischen Mädchen waren außer sich vor Mitleid. Sie weinten und baten, daß diese kranken Menschen nach Hause geschickt werden möchten, daß man sie hier nicht sterben lassen solle.

Während eifrig für und wider geredet wurde, öffnete sich die Tür fast lautlos, und Karin Ingmarstochter trat ein.

Karin Ingmarstochter war jetzt sehr gebeugt und zusammengefallen. Sie war auffallend gealtert, das Gesicht war klein und eingefallen, und das Haar war ganz grau.

Nach Halvor Halvorssons Tode verließ Karin nur selten ihr Zimmer. Sie saß dort allein in ihrem großen Stuhl, den Halvor ihr gezimmert hatte. Von Zeit zu Zeit entschloß sie sich, etwas für die beiden Kinder zu nähen oder zu flicken, die noch am Leben waren, in der Regel aber saß sie da, die Hände im Schoß gefaltet, und starrte vor sich hin. Niemand konnte anspruchsloser in ein Zimmer treten als Karin. Aber woher es kommen mochte, es wurde auf einmal still, als sie eintrat, und alle wandten sich um und sahen sie an.

Karin ging langsam und bescheiden durch das Zimmer. Sie ging nicht mitten in der Stube, sondern an den Wänden entlang, bis sie zu Mrs. Gordon gelangte.

Mrs. Gordon trat ihr ein paar Schritte entgegen und reichte ihr die Hand.

»Wir sind hier versammelt, um über eure Heimreise zu reden«, sagte Mrs. Gordon zu ihr. »Was sagst du dazu, Karin?«

Karin sank einen Augenblick zusammen, als habe sie einen Schlag erhalten. Ihre Augen nahmen einen Ausdruck tiefster Sehnsucht an. Sie sah sicher den alten Hof vor sich und dachte daran, ob sie je wieder bei dem Feuer in der guten Stube sitzen oder an einem Frühlingsmorgen an dem Heck stehen und sehen würde, wie das Vieh auf die Weide getrieben würde.

Aber das währte nur einen Augenblick. Karin richtete sich sofort wieder auf, und ihr Antlitz nahm seinen gewöhnlichen Ausdruck von zäher Ausdauer an.

»Ich wollte nur eins fragen,« sagte Karin auf englisch und so laut, daß alle sie hören konnten. »Gottes Stimme hat uns befohlen, hierher nach Jerusalem zu ziehen. Hat denn jemand Gottes Stimme uns befehlen hören, daß wir wieder von dannen ziehen sollen?«

Es entstand ein tiefes Schweigen in dem Zimmer, nachdem Karin geredet hatte. Niemand hatte den Mut, auch nur ein einziges Wort zu erwidern.

Aber Karin hatte Fieber wie alle andern, und sie hatte kaum gesprochen, als sie schwankte und fast gefallen wäre. Mrs. Gordon legte den Arm um sie und geleitete sie hinaus.

Als Karin an ihren alten Landsleuten vorüberkam, nickten ihr einige zu: »Hab' Dank, Karin«, sagten sie. Sobald Karin fort war, begannen die Amerikaner wieder von der Heimreise zu reden, als sei nichts geschehen. Die Darlekarlier erwiderten kein Wort, aber gleich darauf schlich bald der eine, bald der andere hinaus.

»Warum geht ihr denn?« fragte einer der Amerikaner. »Die Versammlung beginnt ja erst, sobald Mrs. Gordon zurückkehrt.«

»Seht ihr denn nicht, daß schon alles entschieden ist?« sagt« Ljung Björn. »Unsertwegen braucht ihr keine Versammlung abzuhalten. Wir waren nahe daran, es zu vergessen, aber jetzt wissen wir es wieder, daß niemand anders als Gott unsere Heimreise bestimmen kann.«

Und die Amerikaner sahen mit Staunen, daß Ljung Björn und alle seine Landsleute den Kopf höher erhoben und weniger mutlos und mitgenommen aussahen, als da sie sich zur Beratung versammelt hatten. Ihre Kraft und Ausdauer kehrten zurück, als sie ihren Weg klar vor sich sahen und nicht daran dachten, der Gefahr entrinnen zu können.

Gertrud lag krank in der kleinen Kammer, in der sie mit Gunhild gewohnt hatte. Es war traulich und schön darin. Bo und Gabriel hatten alle Möbel angefertigt, und sie waren schöner und zierlicher als die in den andern Zimmern. Die weißen Gardinen und Bettumhange hatte Gertrud selbst gewebt und mit Hohlsäumen und Spitzen verziert.

Nach Gunhilds Tod war Betsy Nelson, eines der schwedisch-amerikanischen Mädchen, zu ihr in das Zimmer gezogen. Sie war Gertrud eine gute Freundin geworden, und jetzt, wo Gertrud krank war, pflegte Betsy sie mit großer Liebe.

Es war am Abend desselben Tages, an dem bei der großen Versammlung abgemacht worden war, daß die Darlekarlier in Jerusalem bleiben sollten. Gertrud hatte ziemlich hohes Fieber und lag da und redete unaufhörlich. Betsy saß neben dem Bett und sagte hin und wieder einige Worte, um sie zu beruhigen.

Plötzlich sah Betsy, daß die Tür sich leise auftat und Bo hereinkam. Er schlich so still durch die Tür, wie es nur möglich war, kam nicht ganz in die Stube hinein, sondern drückte sich an die Wand und blieb dort stehen. Gertrud schien es kaum zu merken, daß er gekommen war, aber Betsy wandte sich heftig nach ihm um und wollte ihn aus dem Krankenzimmer weisen.

Als sie jedoch Bo ins Gesicht sah, wurde ihr Herz weich, und sie empfand das größte Mitleid mit ihm. »Ach, mein Gott, er glaubt gewiß, daß Gertrud sterben muß«, dachte sie. »Ich kann mir denken, daß es keine Rettung mehr für sie gibt, jetzt, wo die Darlekarlier beschlossen haben, in Jerusalem zu bleiben.«

Es wurde ihr auf einmal klar, wie glühend Bo Gertrud liebte, und sie sagte zu sich selbst: »Es ist am besten, daß er hier drinnen bleibt, der Ärmste. Ich bringe es nicht übers Herz, ihm zu verweigern, daß er sie solange wie möglich sieht.«

Bo erhielt also Erlaubnis, neben der Tür stehen zu bleiben, und da konnte er jedes Wort hören, das Gertrud sagte. Sie hatte kein so hohes Fieber, daß sie phantasierte, aber sie sprach ununterbrochen von Quellen und Brunnen, so wie alle die andern Kranken. Unaufhörlich klagte sie über den entsetzlichen, brennenden Durst, der sie quälte.

Betsy versuchte einmal, ihr Wasser in ein Glas zu schenken und es ihr anzubieten. »Trink dies Wasser«, sagte sie. »Du kannst es sehr wohl trinken.«

Gertrud erhob den Kopf ein wenig vom Kissen, nahm das Glas und führte es an ihre Lippen. Aber ehe sie es noch geschmeckt hatte, warf sie den Kopf zurück. »Kannst du denn nicht merken, wie abscheulich es riecht?« klagte sie. »Willst du mich denn ganz krank machen?«

»Das Wasser hat weder Geruch noch Geschmack«, sagte Betsy geduldig. »Es ist sorgfältig gereinigt und filtriert, damit die Kranken es ohne Gefahr trinken können.«

Sie wollte sie zwingen, es zu trinken, aber Gertrud stieß das Wasser so heftig zurück, daß es auf den Teppich floß.

»Ich meine, du müßtest sehen können, daß ich schon krank genug bin, ohne daß du mich noch zu vergiften brauchst«, sagte sie.

»Du würdest besser werden, wenn du nur versuchtest, das Wasser zu kosten«, sagte Betsy eindringlich.

Gertrud erwiderte nichts, aber nach einer Weile fing sie an zu weinen und zu schluchzen.

»Aber liebstes Kind, warum weinst du nur?« fragte Betsy.

»Es ist doch entsetzlich, daß mir niemand Wasser zum Trinken verschaffen kann«, antwortete Gertrud. »Daß ich hier liegen und vor Durst sterben muß, ohne daß jemand Barmherzigkeit mit mir hat.«

»Du weißt ja recht gut, daß wir dir alle gern helfen möchten, wenn wir nur könnten«, sagte Betsy und streichelte ihr die Hand.

»Warum gebt ihr mir denn kein Wasser?« schluchzte Gertrud. »Mich macht nur der Durst krank. Ich würde in dem Augenblick wieder gesund sein, wo ich einen Trunk reinen, frischen Wassers bekäme.«

»Es gibt kein besseres Wasser als dies in ganz Jerusalem«, sagte Betsy betrübt.

Gertrud hörte nicht auf sie.

»Es würde nicht so schwer sein, wenn ich nicht wüßte, daß hier gutes Wasser zu bekommen ist«, sagte sie. »Hier liegen und an Durst sterben müssen, wenn es in Jerusalem einen ganzen Brunnen voll frischen, reinen Wassers gibt!«

Bo fuhr zusammen, als er diese Worte hörte, und sah Betsy fragend an. Sie zuckte nur die Achseln und schüttelte den Kopf. »Ach, das ist ja nur etwas, was sie sich einbildet«, sagte ihr bleiches Gesicht.

Aber als Bo fortfuhr, sie fragend anzusehen, versuchte Betsy, Gertrud dazu zu bringen, ihr zu erklären, was sie meinte. »Ich glaube nicht, daß wirklich gutes Wasser in Jerusalem zu haben ist«, sagte sie.

»Das ist doch sonderbar, daß du das nicht mehr weißt,« sagte Gertrud, »oder warst du vielleicht damals nicht mit dabei, als wir den alten Platz sahen, wo der Tempel der Juden gestanden hat?«

»Freilich war ich mit dabei.«

»Es war nicht die Omarmoschee,« sagte Gertrud und dachte nach, »nein, es war nicht die schöne Moschee, die mitten auf dem Platz lag, sondern es war in der häßlichen, alten Moschee, die an der einen Querseite liegt. Kannst du dich nicht erinnern, daß da drinnen ein Brunnen war?«

»Dessen erinnere ich mich wohl, aber ich kann nicht begreifen, wie du glauben kannst, daß dort in dem Brunnen das Wasser besser sein sollte als in allen den andern Brunnen der Stadt.«

»Es ist so schwer, so viel reden zu müssen, wenn man so an Durst leidet«, sagte Gertrud. »Du hättest doch auch zuhören können, als Miß Young uns von dem Brunnen erzählte.«

Es verursachte ihr Qual, mit trockenen Lippen und brennender Kehle zu sprechen, aber ehe noch Betsy antworten konnte, war sie in vollem Gange, zu erzählen, was sie von dem Brunnen wußte.

»Dieser Brunnen ist der einzige in Jerusalem, der immer gutes Wasser hat«, sagte sie. »Und das kommt daher, weil seine Quelle im Paradiese liegt.«

»Wie kannst du nur Bescheid über so etwas wissen«, sagte Betsy mit einem Lächeln. «Ja,« fuhr Gertrud sehr ernsthaft fort, »das weiß ich. Miß Young erzählte, daß ein armer Wasserträger einmal im Sommer, während einer großen Dürre in die alte Moschee ging, um Wasser zu holen. Er hängte seinen Eimer an den Haken des Stricks, der über dem Brunnen hing, und ließ ihn hinab. Aber als der Eimer auf die Wasserfläche aufschlug, fiel er vom Haken und blieb auf dem Boden des Brunnens liegen. Nun, du wirst doch wohl begreifen, daß der Mann seinen Eimer nicht verlieren wollte.«

»Ja, das begreife ich sehr wohl«, sagte Betsy.

»Er eilte deswegen schnell hin, holte ein paar andere Wasserträger und ließ sich von diesen in den Brunnen hinabwinden.«

Hier richtete sich Gertrud auf den Ellbogen auf und sah Betsy mit ihren fieberglühenden Augen an. »Er glitt sehr langsam hinab, und je weiter er kam, um so überraschter wurde er. Denn unten, vom Boden des Brunnens, strömte ihm ein sanftes Licht entgegen. Und als er endlich festen Grund unter den Füßen fühlte, war das Wasser ganz verschwunden, und statt dessen lag da ein herrlicher Garten. Weder Sonne noch Mond schienen dort unten zu scheinen, aber es schwebte ein schwacher Tagesschimmer über dem Garten, so daß er ihn ganz deutlich sehen konnte. Das merkwürdigste war, daß es ihm vorkam, als schlafe alles dort unten. Alle Blumen standen mit geschlossenen Kelchen da, die Blätter der Bäume waren zusammengefaltet, das Gras lag weich auf der Erde. Die schönsten Bäume standen da, ihre Kronen im Schlummer einander zugeneigt, als schliefen sie, und die Vögel saßen stumm und unbeweglich in ihren Kronen. Und nirgends dort unten war etwas Rotes und Grünes, sondern alles war grau wie Asche, – und doch war es sehr schön, weißt du.«

Gertrud erzählte alles sehr umständlich, als komme es ihr darauf an, daß Betsy ihr glauben solle.

»Wie ging es aber dem Mann weiter?« fragte Betsy.

»Ja, der stand erst eine Weile da und konnte gar nicht begreifen, wohin er gekommen war, aber dann fürchtete er, daß die Männer, die ihn hinuntergelassen hatten, die Geduld verlieren könnten, wenn er zu lange fortbliebe. Aber ehe er sich wieder an die Oberfläche der Erde hinaufziehen ließ, ging er zu dem größten und schönsten Baum, der in dem Garten wuchs, und brach einen Zweig ab, den er mitnahm.«

»Ich finde, er hätte gern ein wenig länger unten im Garten bleiben können«, sagte Betsy lächelnd. Aber Gertrud ließ sich nicht stören. – »Als er wieder zu seinen Freunden heraufgekommen war,« fuhr sie fort, »erzählte er ihnen alles, was er gesehen hatte, und zeigte ihnen den Zweig, den er gepflückt hatte. Und höre jetzt: In demselben Augenblick, in dem der Zweig an das Licht gelangte, kam Leben in ihn hinein. Die Blätter entfalteten sich, sie verloren ihre graue Farbe und wurden frisch und lichtgrün. Und als der Wasserträger und seine Freunde dies sahen, begriffen sie, daß er im Garten des Paradieses gewesen war, der unter Jerusalem liegt und schläft, bis er am Tage des jüngsten Gerichts mit neuem Glanz und neuer Herrlichkeit erstehen soll.«

Gertrud atmete schwer und sank auf das Kissen zurück. »Liebes Herz, du wirst so müde von dem vielen Sprechen«, sagte Betsy.

»Ich muß ja sprechen, damit du einsiehst, warum es in diesem Brunnen gutes Wasser gibt«, sagte Gertrud. »Und jetzt ist meine Geschichte auch gleich aus. Du kannst doch begreifen, daß niemand dem Mann geglaubt haben würde, daß er im Paradies gewesen war, wenn er den kleinen Zweig nicht mitgebracht hätte. Aber dieser Zweig glich keinem der Bäume, den die Menschen sonst kannten, und deswegen wollten seine Freunde auch gleich in den Brunnen hinabsteigen und das Paradies sehen. Aber nun war das Wasser wieder in den Brunnen zurückgekehrt, und wie tief sie auch hinabtauchten, konnten sie doch nicht auf den Boden gelangen.«

»Hat denn sonst nie jemand das Paradies wieder zu sehen bekommen?« fragte Betsy. – »Nein, niemals, und seit der Zeit ist das Wasser auch nie aus dem Brunnen verschwunden gewesen, so daß seither niemand auf den Grund des Brunnens hat gelangen können, obwohl viele, ja, unzählig viele es versucht haben.«

Gertrud seufzte tief auf, dann begann sie von neuem: »Siehst du, es ist wohl nicht die Absicht, daß wir das Paradies hier im Lande erblicken sollen.« – »Nein, das glaube ich auch«, räumte Betsy ein. – »Aber das wichtigste für uns ist doch, zu wissen, daß es da liegt und schläft und auf uns wartet.« – »Ja, das ist das wichtigste.« – »Und nun wirst du doch wohl auch einsehen können, Betsy, daß da immer frisches und reines Wasser in dem Brunnen sein muß, wenn er seine Quelle im Paradiese hat.« – »Liebste, könnte ich dir doch nur das Wasser verschaffen, nach dem du dich so sehnst«, sagte Betsy und lächelte wehmütig.

Als Betsy dies sagte, öffnete eine ihrer kleinen Schwestern die Tür und winkte ihr: »Betsy, Mutter ist krank geworden«, sagte das Kind. »Sie liegt da und ruft nach dir.« Betsy sah unschlüssig aus, sie wußte nicht, ob sie Gertrud verlassen dürfe. Aber sie faßte einen schnellen Entschluß und wandte sich an Bo, der während der ganzen Zeit an der Tür stehengeblieben war. »Du kannst wohl ein wenig hier bei Gertrud bleiben, während ich fort bin.« – »Ja,« erwiderte Bo, »ich werde sie pflegen, so gut ich kann.« – »Versuche nur, ob du sie nicht bewegen kannst, etwas zu trinken, so daß sie von dem Gedanken abgelenkt wird, daß sie verdursten muß«, flüsterte Betsy, indem sie ging.

Bo setzte sich an Betsys Platz neben dem Bett. Es schien Gertrud ganz gleichgültig zu sein, ob er es war oder Betsy, der bei ihr saß. Sie redete doch fortwährend von dem Paradiesesbrunnen und lag da und malte sich aus, wie rein und frisch und erquickend das Wasser von dort sein müsse.

»Siehst du, Bo, ich kann Betsy nicht davon überzeugen, daß das Wasser in dem Brunnen besser ist als anderes Wasser in der Stadt«, klagte sie. »Darum will sie mir nichts davon verschaffen.«

Bo saß da und starrte vor sich hin. »Ich sitze hier und denke daran, ob ich nicht nach Jerusalem hineingehen und etwas von dem Wasser für dich holen könnte«, sagte er.

Gertrud erschrak sehr und packte ihn am Rockärmel, um ihn zurückzuhalten. »Ach nein, daran mußt du nicht denken. Wenn ich mich über Betsy beklage, so geschieht es nur, weil ich so durstig bin. Ich weiß sehr wohl, daß sie mir kein Wasser aus dem Paradiesesbrunnen verschaffen kann. Miß Young erzählte uns ja, daß die Mohammedaner ihn so heilig halten, daß sie nie einem Christen erlauben würden, Wasser daraus zu schöpfen.«

Bo saß eine Weile schweigend da, während er fortfuhr, über die Sache nachzugrübeln. »Ich könnte mich vielleicht als Mohammedaner verkleiden«, sagte er.

»Du darfst nicht an so etwas denken,« sagte Gertrud, »das ist wirklich töricht von dir.« – Aber Bo wollte den Plan nicht aufgeben. »Ich könnte ja mit dem alten Schuster sprechen, der hier in der Kolonie sitzt und unser Schuhzeug flickt. Ich glaube, der würde mir seine Kleider leihen.«

Gertrud lag ganz still und dachte nach. »Ist der Schuhmacher heute hier?« fragte sie. – »Ja, er ist hier«, antwortete Bo. – »Ach, es kann ja doch nichts daraus werden«, seufzte sie.

»Ich glaube, es wird am besten sein, wenn ich mich jetzt um die Nachmittagszeit auf den Weg mache: dann ist da keine Gefahr, daß ich einen Sonnenstich bekomme«, sagte Bo. – »Aber bist du nicht schrecklich bange? Du mußt daran denken, daß, wenn sie entdecken, daß du ein Christ bist, sie dich totschlagen.« – »Ach nein, ich bin nicht bange, wenn ich mich nur ordentlich mit einem roten Fes und einem weißen Turban auskleide, und wenn ich ein Paar zerlumpte gelbe Pantoffeln an den Füßen habe und die Beinkleider in die Höhe streifte, so wie die Wassertrager es tun.« – »Aber worin willst du denn das Wasser tragen?« – »Ich nehme ein Paar von unseren großen kupfernen Eimern und hänge sie mir an einer Tracht über die Schultern«, antwortete Bo.

Er glaubte, daß Gertrud neues Leben bekomme bei der Aussicht, daß er hingehen und Wasser holen wolle, obwohl sie noch Einwendungen machte. Aber schließlich ward es ihm auch klar, wie unmöglich das ganze Vorhaben war. »Ach Gott,« sagte er zu sich selbst, »wie kann ich nur daran denken, Wasser von dem Tempelplatz zu holen, den die Mohammedaner so heilig halten, daß sie einem Christen kaum erlauben, ihn zu betreten. Die Brüder hier in der Kolonie würden mir nicht einmal erlauben, es zu versuchen, wenn ich es auch noch so gern wollte, und es hat ja auch gar keinen Zweck, denn es ist ja sicher ebenso schlechtes Wasser in dem Paradiesesbrunnen wie in allen den andern.«

Während er hierüber nachdachte, überraschte es ihn, daß Gertrud plötzlich sagte: »Um diese Zeit des Tages sind wohl nicht viele Menschen auf der Straße.« – »Jetzt erwartet sie offenbar, daß ich gehe,« dachte Bo, »nun habe ich mich schön hineingeritten. Und Gertrud sieht so vergnügt aus, daß ich ihr nicht sagen mag, daß das Ganze unmöglich ist.«

»Nein, da hast du recht«, sagte Bo zögernd. »Es wird sicher alles gut gehen, bis ich an das Tempeltor komme, falls ich da keinem von den Kolonisten begegne.« – »Meinst du denn, daß die es dir verbieten würden?« fragte Gertrud und sah ganz erschreckt aus. Bo hatte gerade die Absicht gehabt, etwas nach der Richtung anzudeuten, um sie von dem Plan abzubringen, aber als er ihre Angst sah, konnte er es nicht übers Herz bringen. »Die sollen es schon lassen, es mir zu verbieten«, erwiderte er munter. »Denn sie können mich nicht einmal erkennen, wenn ich als Wasserträger verkleidet komme und mir die großen Eimer um die Beine baumeln.« Gertrud sah beruhigt aus. Ihre Gedanken schlugen gleich eine andere Richtung ein. »Sind die Eimer denn so groß?« fragte sie. – »Ja, das kannst du mir glauben, die sind groß; das Wasser, das darin ist, kannst du in vielen Tagen nicht austrinken.«

Darauf lag Gertrud schweigend da, aber sie sah Bo mit Augen an, die ihn so innig anflehten, fortzufahren, daß er nicht widerstehen konnte. »Innerhalb des Damaskustores wird es schlimmer für mich werden«, sagte er. »Ich weiß kaum, wie ich durch das große Volksgewimmel hindurchkommen soll.« – »Aber die andern Wasserträger können es ja doch«, wandte Gertrud eifrig ein. – »Ja, denn da sind ja nicht nur Menschen, da sind ja auch Kamele«, sagte Bo. Er bemühte sich, alle erdenklichen Hindernisse zu ersinnen. – »Glaubst du denn, daß du dort lange aufgehalten wirst?« fragte die Kranke ängstlich. Es erging Bo wie vorhin, er konnte sich nicht bewegen, Gertrud zu sagen, daß die ganze Wanderung eine Unmöglichkeit sei. »Hätte ich Wasser in den Eimern gehabt, so hätte ich wohl warten müssen, aber jetzt, wo sie leer sind, kann ich wohl zwischen den Kamelen hindurchschlüpfen.«

Hier schwieg Bo wieder. Aber Gertrud streckte ihre ohnmächtige Hand aus und strich damit liebkosend über die seine. »Es ist so schön von dir, daß du Wasser für mich holen willst«, sagte sie sanft.

»Ach Gott, hilf mir, hier sitze ich und bilde mir ein, daß es sich machen läßt«, dachte Bo. Aber als Gertruds Hand fortfuhr, die seine zu liebkosen, fuhr er fort, davon zu erzählen, wo er dann hingehen wollte. »Dann gehe ich geradeaus, bis ich an die Via Dolorosa komme«, sagte er. – »Ja, da pflegen nie so viele Menschen zu sein«, sagte Gertrud erfreut. – »Nein, da begegne ich wohl niemand weiter als einigen alten Nonnen«, sagte Bo schnell. »Ich setze meinen Weg ohne Hindernisse fort, bis ich an das Seraille und die Gefängnisse komme.«

Hier schwieg Bo von neuem, aber Gertrud lag noch immer da und streichelte ganz leise seine Hand. Es war gleichsam eine stumme Bitte an ihn, fortzufahren. »Ich glaube wirklich, sie fühlt den Durst weniger, nur, weil ich davon rede, daß ich ihr Wasser holen will«, dachte er. «Ich werde ihr wohl erzählen müssen, wie es mir dabei ergeht.

Dort unten an den Gefängnissen gerate ich wohl wieder ins Gedränge und in Menschengewimmel hinein«, fuhr er fort. »Denn die Polizei wird wohl wie gewöhnlich mit einem Dieb herbeigeschleppt kommen, den sie ins Gefängnis führen will. Und dann bleiben ja immer eine Menge Menschen stehen und reden darüber.« – »Du gehst aber doch so schnell du nur kannst vorüber?« sagte Gertrud. – »Nein, das kann mir nichts nützen, denn dann würden sie ja alle gleich sehen, daß ich keiner von den Eingeborenen bin. Nein, ich bleibe stehen und lausche, als ob ich neugierig darauf bin, zu erfahren, wie das Ganze zusammenhängt.« – »Aber wenn du doch nichts davon verstehen kannst?« – »Ach, so viel verstehe ich doch wohl, daß es einer ist, der gestohlen hat.

Wenn alle die Leute dann endlich begriffen haben, daß sie nun nichts mehr von dem Dieb zu sehen bekommen, dann läuft der Haufe auseinander, und ich gehe weiter. Jetzt brauche ich nur noch durch ein dunkles Torgewölbe zu gehen, dann bin ich gleich auf dem Tempelplatz. Aber ich bin sicher, daß, gerade als ich über eins der Kinder hinwegschreiten will, das mitten auf der Straße liegt und schläft, mir ein Junge ein Bein stellt, so daß ich stolpere und mir ein schwedischer Fluch entfährt.

Dann erschrecke ich mich natürlich sehr und schiele nach den Kindern hinüber, um zu sehen, ob sie etwas gemerkt haben. Aber die liegen ganz gleichgültig und träge da und wälzen sich im Schmutz herum.«

Gertruds Hand lag noch immer liebkosend auf Bos, und das machte ihn so über die Maßen glücklich, er ward so angeregt davon, daß er hätte sagen und tun können, was es auch sein mochte, nur, um ihr zu gefallen. Es war, als ob er einem Kinde Märchen erzähle, und er fing an, sich damit zu belustigen, seine Erzählung mit vielen wunderlichen Abenteuern auszuschmücken. »Nun muß ich, so viel ich kann, aus diesem Gange machen,« dachte er, »denn es amüsiert sie offenbar, hinterher muß ich dann sehen, wie ich mich aus dem Ganzen herauswickle.«

»Ja, ich komme also in den Sonnenschein auf den großen, offenen Tempelplatz hinaus,« sagte Bo, »und du kannst mir glauben, daß ich im ersten Augenblick sowohl dich als auch den Brunnen und das Wasser, das ich holen soll, ganz vergesse.« – »Was in aller Welt stößt dir denn da zu?« fragte Gertrud und lächelte ihn an. – »Da stößt mir gar nichts zu«, erwiderte Bo mit großer Sicherheit. »Die Sache ist nur die, daß es hier so hell und schön ist und so voller Freuden im Vergleich zu der schwarzen Stadt, aus der ich komme, daß ich gar keine Lust zu etwas anderem habe, als stillzustehen und mich umzusehen. Und dann ist da ja die herrliche Omarmoschee, die auf einer Anhöhe in der Mitte liegt, und all die vielen Pavillons und Torgewölbe und Treppengänge und überdachten Brunnen, und dann all die Erinnerungen! Ich denke daran, daß ich in dem alten Tempelhof der Juden stehe, da wünsche ich, daß die großen steinernen Fliesen, mit denen der Platz gepflastert ist, reden und mir alles erzählen könnten, was sie erlebt haben.«

»Aber glaubst du nicht, daß es gefährlich ist, wenn du so lange dort stehen bleibst, so fremd wie du aussiehst?« fragte die Kranke. – »Gertrud sehnt sich wohl danach, daß ich mich beeilen soll und mit Wasser zu ihr komme«, dachte Bo. »Es ist sonderbar, wie eifrig sie ist, ganz, als glaube sie, daß ich mich wirklich auf dem Wege nach dem Paradiesesbrunnen befinde.«

Aber eigentlich war es Bo so ergangen: er ging so vollständig in seiner Erzählung auf, daß er den ganzen Tempelplatz vor sich sah und von seinen Erlebnissen erzählte, als sei es wirklich alles geschehen.

»Ja, sehr lange bleibe ich auch nicht stehen«, erwiderte er. »Ich gehe an der Omarmoschee vorüber, und vorüber an den großen, schwarzen Zypressen, und hinüber auf die andere Seite, an dem großen Wasserbassin vorbei, von dem sie sagen, daß es das kupferne Gefäß aus Salomons Tempel sein soll. Und überall, wohin ich komme, liegen Menschen auf den Fliesen und lassen sich von dem Sonnenschein braten. An einer Stelle liegt ein Haufen Kinder, die spielen, und an einer andern Stelle steht ein Haufen Tagediebe, die schlafen, und ein Derwischscheik sitzt an der Erde, mit seinen Jüngern um sich herum. Er beugt den Oberkörper hin und her, während er zu ihnen redet, und während ich dastehe und ihnen zusehe, kann ich nicht unterlassen, bei mir selbst zu denken: ›So hat Jesus gewlß auch einmal auf dem Tempelplatz gesessen und seine Jünger unterwiesen.‹ Gerade wie ich da stehe und daran denke, sieht der Derwischscheik auf und richtet seinen Blick auf mich. Du kannst mir glauben, daß ich mich erschrecke; er hat große, schwarze Augen, die einen Menschen durch und durch sehen können.« – »Wenn er nur nicht entdeckt, daß du kein richtiger Wasserträger bist«, sagte Gertrud. – »Ach nein, es scheint nicht so, daß er sich über mich wundert, aber gleich darauf muß ich an wirklichen Wasserträgern vorübergehen, die dastehen und Wasser aus einem Brunnen heraufziehen. Sie rufen mich an, aber ich wende mich um und mache ihnen ein Zeichen, daß ich in die Moschee hinein will. Dann wird es ganz still hinter mir.« – »Ach, wenn sie nun entdecken, daß du kein Muselmann bist!« –- »Ich wende mich noch einmal um und sehe ihnen nach; aber sie stehen ganz still, den Rücken mir zugewendet, und reden miteinander.« – »Sie haben vielleicht etwas erblickt, was noch merkwürdiger ist als du!« – »Ja, das haben sie wohl.«

»Dann bin ich endlich ganz dicht an der alten Moschee El Aksa angelangt, in der sich der Paradiesesbrunnen befindet«, sagte Bo. »Und ich komme dicht an den beiden Pfeilern des Tores vorüber, die so nahe beieinander stehen und von denen man sich, wie du weißt, erzählt, daß nur ein Gerechter dazwischen hindurchgehen kann. Ja, sage ich zu mir selbst, ich werde mich schon hüten, mich heute zwischen den Pfeilern hindurchzudrängen, wo ich im Begriff bin, Wasser zu stehlen.« – »Wie kannst du doch nur so etwas denken,« unterbrach ihn Gertrud, »das ist doch das Beste, das du in deinem ganzen Leben getan hast.« –

Gertrud lag nun da und lauschte in froher Erwartung. Sie hatte so heftiges Fieber, daß sie Dichtung und Wirklichkeit nicht mehr auseinander halten konnte, sondern fest überzeugt war, daß Bo sich wirklich auf dem Wege nach dem Paradiesesbrunnen befand, um Wasser zu holen.

»Dann schlüpfe ich aus den Pantoffeln heraus und gehe in die El-Aksa-Moschee«, fuhr Bo fort. Er fand, daß es merkwürdig glatt ging, diese Geschichte zusammenzustellen; aber ihm graute vor dem Augenblick, wo er Gertrud erzählen mußte, daß er ihr das Wasser in Wirklichkeit nicht verschaffen könne. »Und wenn ich dann da hineingekommen bin, sehe ich gleich links den Brunnen in dem ganzen Wald von Säulen. Da hängt eine Winde mit einem Strick und einem Haken darüber, und es ist keine Kunst, die Eimer hinunterzulassen und sie gefüllt wieder heraufzuziehen. Und du kannst mir glauben, das Wasser, das ich aus dem Brunnen ziehe, ist das reinste, klarste Quellwasser. ›Sobald Gertrud dies Wasser zu sehen und zu schmecken bekommt, wird sie schon gesund werden‹, denke ich bei mir selbst, während ich die Eimer fülle.«

»Ja, wenn du nur bald damit nach Hause kommen wolltest«, sagte Gertrud. – »Nun mußt du wissen,« sagte Bo, »daß ich jetzt gar nicht so ruhig bin wie damals, als ich ankam. Jetzt, wo ich das Wasser habe, bin ich bange, es zu verlieren. Und wie ich auf den Ausgang zugehe, werde ich immer ängstlicher, denn es ist mir, als könnte ich Rufe und Schreie hören.« – »Ach, was glaubst du doch mir, was da los sein könnte?« fragte Gertrud, und Bo sah, daß sie ganz blaß vor Angst wurde. Aber Bos Phantasie hatte Flügel bekommen, als er sah, wie interessiert Gertrud war, und er rief aus: »Was da los ist? Das will ich dir sagen. Ganz Jerusalem kommt mir jetzt entgegen.«

Er hielt einen Augenblick den Atem an, als wollte er seiner Überraschung und seinem Schrecken Ausdruck verleihen. »Ja, sie haben sich erhoben, alle die, die da draußen auf den Fliesen lagen und sich sonnten, und nun stehen sie draußen vor El Aksa und rufen, und ihre Rufe bringen Leute von allen Seiten herbei. Aus der Omarmoschee her kommt der oberste Tempelvorsteher mit seinem großen Turban und seinem Fuchspelz gestürzt, und aus dem Tor herauskommen Kinder, und aus allen Ecken und Winkeln des Tempelplatzes kommen Tagediebe, die da gelegen und geschlafen haben. Und ich sehe nichts vor mir als geballte Fäuste und schreiende Münder und emporgehobene Arme. Und vor meinen Augen ist ein dichter Wirrwarr von buntgestreiften Mänteln und wogenden Gewändern und roten Gürteln und gelben Pantoffeln, die auf die Erde stampfen.«

Bo warf Gertrud einen Blick zu, als er das erzählte. Sie unterbrach ihn nicht mit Fragen, aber sie hörte mit der gespanntesten Aufmerksamkeit zu, und in ihrer Angst hatte sie sich ein wenig von dem Kissen erhoben.

»Ich verstehe kein Wort von dem, was sie mir zurufen, was du dir wohl denken kannst«, fuhr Bo fort. »Aber so viel kann ich doch begreifen, daß sie darüber zornig sind, daß ein Christ gewagt hat, Wasser aus dem Paradiesesbrunnen zu holen.« Gertrud sank ganz bleich auf das Kissen zurück. »Ja, ich kann mir wohl denken, daß du nicht mit dem Wasser zu mir nach Hause kommen kannst,« sagte sie ganz tonlos.

»Nein, das ist nicht so leicht,« dachte er bei sich selbst. Aber als er ihren Kummer sah, ward sein Herz bewegt. »Ich glaube wohl, daß ich es so machen muß, daß das Paradieseswasser dennoch glücklich zu Gertrud gelangt«, dachte er.

»Nahmen sie dir denn das Wasser weg?« fragte Gertrud. – »Nein, zuerst stehen sie nur da und rufen; sie wissen wohl selbst kaum, was sie wollen.« Bo schwieg ein wenig, er wußte wirklich auch selber nicht, was er nun erfinden sollte, um sich aus der Klemme zu ziehen, in die er sich hineingeritten hatte. Da kam ihm Gertrud zu Hilfe. »Ich hoffte, daß der Mann, der mit seinen Jüngern dasaß, dich retten würde«, sagte sie.

Bo atmete tief auf. »Nein, daß du das erraten kannst!« rief er aus.

»Ich sehe nun, daß der große Moscheevorsteher mit dem feinen Fuchspelz anfängt, seinen Leuten Befehle zu erteilen«, fuhr er fort. »Und dann ziehen einige von ihnen ihre Dolche aus dem Gürtel und fahren auf mich ein. Es ist wohl ihre Absicht, mir gleich den Garaus zu machen. Aber sonderbarerweise bin ich gar nicht besorgt um mein Leben. Ich bin nur besorgt, von dem Wasser zu verschütten. Und während sie auf mich zustürzen, setze ich natürlich die Eimer an die Erde und stelle mich davor. Als sie mich dann ergreifen wollen, strecke ich meine Arme aus und stoße sie um. Sie sehen ganz erschreckt aus, während sie zu Boden rollen; sie haben noch nie erfahren, was es heißt, mit einem Darlekarlier ins Handgemenge zu kommen.

Aber sie kommen ja gleich wieder auf die Beine, und es kommen mehrere hinzu. Und nun sind da so viele, daß ich deutlich sehen kann, daß sie Macht über mich gewinnen werden.« – »Aber jetzt sollst du sehen, jetzt kommt der Derwischscheik«, fiel ihm Gertrud in die Rede. Bo nahm sogleich den Gedanken auf. »Ja, er kommt ganz still und würdig gegangen, er sagt einige Worte zu der Volksschar, und gleich halten sie inne mit ihren Drohungen und Angriffen.« – »Ja, ich weiß wohl, was er dann tut«, sagte Gertrud. – »Er sieht mich mit einem klaren und ruhigen Blick an«, sagte Bo. – »Ja, aber was dann?« – Bo strengte sich an, so sehr er konnte, um etwas zu erfinden, aber seine Gedanken standen ganz still. »Ja, du hast es wohl schon erraten«, sagte er, um Gertrud zu verlocken, wieder etwas zu sagen.

Gertrud sah den ganzen Auftritt deutlich vor sich; sie war nicht einen einzigen Augenblick im Zweifel. »Dann schiebt er dich zur Seite«, sagte sie, »und sieht in die Wassereimer hinab.« – »Ja, gerade das tut er«, sagte Bo. – »Er sieht in das Wasser des Paradiesesbrunnens hinab«, sagte Gertrud bedeutungsvoll. Ehe sie aber noch ein Wort mehr gesagt hatte, hatte Bo, ohne selbst zu wissen wie, ihre Gedanken erraten, so daß es ihm auf einmal klar wurde, wie sie sich den Ausgang der ganzen Geschichte dachte. Er fing an, sehr eifrig zu erzählen:

»Du mußt wissen, Gertrud, daß nichts als Wasser in den Eimern war, als ich sie aus El Aksa heraustrug, nichts weiter als klares Wasser.« – »Aber jetzt?« – »Ja, jetzt, als sich der Derwisch darüber beugt, sehe ich ein paar Zweige auf dem Wasser schwimmen.« – »Ja,« sagte Gertrud, »ich wußte ja, daß das geschehen würde. Und an den Zweigen sitzen ein paar zusammengerollte graue Blätter; siehst du das nicht auch?« – »Ja, das sehe ich auch.« – »Er ist wohl eine

Art Wundertäter, dieser Derwisch?« – »Das ist er gewiß«, sagte Bo. »Aber er ist auch gut und barmherzig.«

»Und nun beugt er sich nieder, nimmt die Zweige und hebt sie in die Höhe«, sagte Gertrud. »Und da entfalten sich die Blätter und bekommen die schönste frische, grüne Farbe.« – »Und dann bricht die ganze Volksschar in einen Schrei des Entzückens aus«, beeilte sich Bo hinzuzufügen. »Und mit den frischen Blättern in der Hand geht der Derwisch zu dem Vorsteher der Moschee. Er zeigt auf die Zweige, und er zeigt auf mich. Ich kann mir ja denken, was er sagt: ›Dieser Christ hat ja Blätter und Zweige aus dem Paradiesesbrunnen heraufgeholt, könnt ihr da nicht begreifen, daß er unter Gottes Schutz steht, es kann nicht angehen, ihn totzuschlagen.‹

Darauf tritt er auf mich zu, noch immer mit den schönen Blättern in der Hand. Ich sehe, wie diese im Sonnenlicht schimmern und die Farbe wechseln. Bald sind sie rot wie Kupfer und bald blau wie Stahl. Er hilft mir die Tracht auf die Schultern und macht mir ein Zeichen, daß ich gehen soll. Und ich gehe so schnell, wie ich kann. Aber ich kann nicht unterlassen, mich noch ein paarmal umzudrehen. Und immer noch steht er da und hält die schimmernden Blätter in die Höhe, und die Volksmenge steht ganz still und sieht ihn an. Und so bleibt er stehen, bis ich ganz vom Tempelplatz heruntergekommen bin.«

»Ach, Gott segne ihn«, sagte Gertrud. Sie lag da und lächelte Bo zu. »Und nun kommst du gut nach Hause mit dem Wasser aus dem Paradiesesbrunnen?«

»Ja,« sagte Bo, »jetzt ist alle Gefahr überstanden, jetzt komme ich wohl glücklich nach Hause.«

Im selben Augenblick erhob Gertrud erwartungsvoll den Kopf und lächelte wieder. »Ach, lieber Gott, sie glaubt sicher, daß ich jetzt das Wasser hier habe«, dachte Bo, »es war schändlich von mir, sie so zu hintergehen.

Sie stirbt sicher, wenn ich ihr sage, daß nichts von dem Wasser hier ist, nach dem sie sich so sehnt.«

In seiner Verzweiflung ergriff er das Glas Wasser, das auf dem Tisch stand, dasselbe Wasser, das Betsy vorhin Gertrud angeboten hatte, und reichte es ihr. »Willst du nicht das Wasser aus dem Paradiesesbrunnen kosten, Gertrud?« sagte er, und seine Stimme zitterte vor Erregung. Er war fast entsetzt, als er Gertrud sich im Bett aufrichten und das Glas mit beiden Händen ergreifen sah. Sie trank die Hälfte des Wassers mit großer Begier. »Gott segne dich,« sagte sie, »jetzt glaube ich, daß ich leben werde.« – »Du sollst gleich noch mehr haben«, sagte Bo. – »Ich möchte gern, daß du auch den andern Kranken von dem Wasser abgibst, daß auch sie genesen«, sagte Gertrud. – »Nein,« sagte Bo, »das Wasser aus dem Paradiesesbrunnen ist nur für dich. Das soll kein anderer kosten.« – »Aber du selbst, willst du denn nicht schmecken, wie herrlich es ist?« sagte sie. – »Ja, das will ich«, sagte Bo. Er nahm das Glas aus Gertruds

Hand, drehte es so herum, daß seine Lippen die Stelle berührten, wo sie getrunken hatte, und sah Gertrud mit Augen an, die vor Glückseligkeit strahlten.

Aber ehe er noch das Glas geleert hatte, war Gertrud auf das Kissen zurückgesunken und eingeschlafen, so leicht und schnell wie ein Kind.

Ingmar Ingmarsson

An einem Sonntagnachmittag, als die Darlekarlier schon einundeinhalbes Jahr in Jerusalem waren, hatten sie sich mit den andern Kolonisten zum Gottesdienst versammelt. Es war kurz vor Weihnachten, und der Winter hatte begonnen, aber der Tag war mild und warm, so daß die Fenster in dem großen Versammlungssaal offen stehen konnten.

Gerade als man mitten in einem von Sankeys Liedern war, hörte man die Torglocke läuten. Es war ein sehr schwaches und demütiges Läuten, eigentlich nur ein einzelner Schlag, und hätten die Fenster nicht offen gestanden, so hätte es gewiß niemand beachtet. Einer von den jungen Leuten, die der Tür zunächst saßen, ging, um zu öffnen. Und dann dachte niemand mehr daran, wer wohl gekommen sein mochte.

Nach einer Weile hörte man schwere Tritte langsam und vorsichtig die Marmortreppe heraufkommen. Als der Kommende die oberste Stufe erreicht hatte, machte er einen langen Aufenthalt. Es klang, als stehe er still und besinne sich, ehe er mit größtem Zögern den Marmorboden in der großen, offenen Vorhalle vor dem Versammlungssaal überschritt. Endlich hatte er seine Hand auf den Türgriff gelegt und drückte ihn nieder. Da tat sich die Tür ungefähr einen viertel Zoll auf, und weiter schien sie sich nicht öffnen zu wollen.

Gleich als man die Schritte vernommen hatte, senkten die Darlekarlier unwillkürlich ihre Stimmen, um besser zu hören, und nun wandten sich alle Gesichter dem Eingang zu. Diese vorsichtige Art, eine Tür zu öffnen, kannten sie nur zu gut. Sie vergaßen ganz, wo sie waren, hatten plötzlich ein Gefühl, als säßen sie daheim in Dalarne in einer ihrer eigenen kleinen Stuben. Aber sie kamen schnell wieder zu sich und sahen in ihre Gesangbücher hinein.

Die Tür glitt jetzt langsam und lautlos auf, ohne daß sich der, der sich draußen befand, schon sehen ließ, Über das Antlitz von Karin Ingmarstochter und ein paar anderen huschte eine tiefe Röte wie eine rote Wolke hin, während sie sich bemühten, die Gedanken zu sammeln und dem Gesang zu folgen. Aber die Männer fingen an, lauter zu singen, mit kräftigerem Baß als bisher, ohne sich daran zu kehren, ob sie im Takt waren.

Endlich, als sich die Tür ungefähr eine viertel Elle geöffnet hatte, erschien ein großer, häßlicher Mann, der sich durch die enge Öffnung zu klemmen suchte. Seine Haltung war sehr demütig, und in seiner Angst, den Gottesdienst zu stören, wagte er nicht, ganz in den Saal hineinzukommen, sondern blieb mit gesenktem Haupte und gefalteten Händen neben der Tür stehen.

Sein Anzug war aus seinem, schwarzem Tuch, aber er hing ihm in Beuteln und Falten um den Leib. Seine Hände, die aus ein Paar zerknitterten Manschetten hervorsahen, waren groß und schwielig, mit dicken Adern unter der Haut. Er hatte ein großes, sommersprossiges Gesicht mit ganz weißen Augenbrauen, eine stark vorstehende Unterlippe und einen scharfen Zug um den Mund.

Im selben Augenblick, als der Neuangekommene in die Tür trat, erhob sich Ljung Björn von seinem Platz und sang stehend weiter, und in der nächsten Sekunde erhoben sich alle Darlekarlier, alt und jung, ebenso wie Ljung Björn. Sie hielten noch immer die Gesichter über das Buch gesenkt, und kein Lächeln verklärte sie. Nur hin und wieder schlich ein verstohlener Blick zu dem Mann an der Tür hinüber. Aber der Gesang wurde auf einmal stärker, gleichsam wie ein Feuer von einem Windhauch angefacht wird. Die vier Ingmarstöchter, die alle schöne Singstimmen hatten, führten an, und es kam ein Jubel und ein Schwung in den Gesang wie nie zuvor.

Und die Amerikaner sahen erstaunt die Darlekarlier an, denn ohne es selbst zu wissen, hatten sie alle angefangen, schwedisch zu singen.

2. Buch

Barbro Svenstochter

Am Tage nach Ingmars Ankunft in Jerusalem saß Karin Ingmarstochter allein in ihrer Stube, wie sie zu tun pflegte. Den ganzen vorhergehenden Abend war sie in ihrer Freude, Ingmar wiederzusehen, im Versammlungssaal geblieben und hatte teil an der Unterhaltung genommen. Aber jetzt war die Verstimmung wieder über sie gekommen, sie saß aufrecht in Halvors Lehnstuhl und starrte vor sich hin, die Hände im Schoß.

Da tat sich die Tür auf, und Ingmar trat herein. Karin bemerkte ihn nicht, ehe er dicht neben ihr stand. Sie ward verlegen darüber, daß der Bruder, als er kam, sie so ganz müßig dasitzen sah; tiefe Röte bedeckte ihr Antlitz, und sie griff eifrig nach einem Strickstrumpf.

Ingmar setzte sich auf einen Stuhl und blieb still sitzen, ohne Karin anzusehen. Ihr fiel jetzt ein, daß sie an dem vorhergehenden Abend nur mit ihm darüber geredet hatte, wie es ihnen selbst hier in Jerusalem ergangen war, und daß niemand etwas über ihn, Ingmar, erfahren hatte, oder warum er sie aufgesucht hatte. »Das will er mir jetzt wohl erzählen«, dachte sie.

Ingmar bewegte die Lippen ein paarmal, wie um eine Unterhaltung zu beginnen, aber er brachte keinen Laut hervor. Währenddessen saß Karin da und sah ihn an. »Es ist doch wirklich schrecklich, wie alt er geworden ist«, dachte sie. »Vater hatte keine tieferen Runzeln in der Stirn trotz seines Alters. Entweder muß Ingmar krank gewesen sein, oder auch er hat etwas sehr Ernstes durchgemacht, seit ich ihn zuletzt gesehen habe.«

Karin dachte darüber nach, was Ingmar wohl begegnet sein könne. Sie hatte eine unklare Erinnerung, als wenn die Schwestern einmal aus einem Brief vorgelesen hatten, was ihn betraf, aber sie war so in ihren eigenen Kummer vertieft gewesen, daß alles, was in der Außenwelt geschehen war, an ihr vorbeigegangen war, als gehe es sie nichts an.

Sie versuchte nun auf ihre vorsichtige Art, Ingmar zu bewegen, ihr zu erzählen, wie es ihm ergangen sei, und warum er nach Jerusalem gereist war.

»Es ist gut, daß du zu mir kommst, damit ich ein wenig Bescheid darüber erhalte, wie es daheim im Dorf steht«, sagte sie. – »Ja,« erwiderte Ingmar, »ich dachte wohl, daß da allerlei ist, worüber du gern Bescheid haben möchtest.« – »Es ist ja immer bei uns daheim so gewesen,« sagte Karin und sprach langsam wie jemand, der sich Mühe gibt, sich etwas ins Gedächtnis zurückzurufen, was ihm schon lange aus den Gedanken entschwunden ist, »daß sie einen haben müssen, nach dem sie sich richten können; erst war es Vater, und dann war es Halvor, und eine ganze Zeitlang war es der Schulmeister. Ich habe darüber nachgedacht, wer es jetzt wohl sein mag.« Kaum hatte Karin diese Frage an Ingmar gerichtet, als er die Augen niederschlug und sitzen blieb, ohne eine Miene zu verziehen. »Vielleicht ist der Pfarrer jetzt der Leitende bei euch geworden?« riet Karin. Ingmar saß da, steif wie ein Pfahl, und antwortete noch immer kein Wort. Aber Karin fuhr fort: »Ich habe mir gedacht, daß jetzt wohl Ljung Björns Bruder, Peter, der erste Mann im ganzen Kirchsprengel ist.« Aber auch diesmal blieb Ingmar die Antwort schuldig. »Ich weiß ja,« begann sie von neuem, »daß es Sitte war, daß sich die Leute nach dem Herrn auf dem Ingmarshofe richteten, aber man kann ja nicht verlangen, daß sie sich von jemand leiten lassen sollen, der so jung ist wie du.« Sie hielt inne, und endlich gab Ingmar eine Antwort. – »Du weißt ja, daß ich zu jung bin, um in den Gemeinderat und den Amtsrat gewählt zu werden.« – »Man kann ja auch Einfluß auf die Leute haben, ohne so viele Ehrenämter zu haben«, sagte Karin. – »Ja,« erwiderte Ingmar, »das kann man auch.«

Als Ingmar dies sagte, durchzuckte Karin ein Gefühl der Freude. »Ach,« dachte sie, »ich mache mir ja nichts mehr aus alle diesem«, aber sie konnte es doch nicht lassen, sich darüber zu freuen, daß die alte Macht und das alte Ansehen der Familie auf Ingmar übergegangen war. Sie richtete sich auf und sprach mit selbstbewußterem Ton als bisher: »Ich erwartete ja, daß die Leute vernünftig werden und einsehen würden, daß es richtig von dir war, den Hof zu übernehmen.« Ingmar sah Karin mit einem langen Blick an. Er verstand, was hinter ihren

Worten lag. Sie hatte gefürchtet, daß er unter der Verachtung des Dorfes hatte leiden müssen, weil er Gertrud im Stich gelassen hatte. »Gott hat mich nicht auf die Weise gestraft«, sagte er.

»Wenn es das nicht ist, so muß es irgendein anderes schweres Unglück sein, das ihn getroffen hat«, dachte Karin, und sie mußte lange stumm dasitzen und nachgrübeln; nur mit großer Mühe arbeitete sie sich in die Gedanken und Gefühle hinein, die sie in der alten Heimat gehabt hatte.

»Ist da irgend jemand im Kirchsprengel, der an unserer Lehre festgehalten hat?« fragte Karin. – »Höchstens einer oder zwei, mehr sicher nicht.« – »Ich habe mir immer gedacht, daß noch an mehrere der Ruf Gottes ergehen würde, damit sie uns folgten«, sagte sie und sah Ingmar mit forschendem Blick an. – »Nein,« sagte Ingmar, »es sind nicht mehr berufen worden, soviel ich weiß.« – »Gestern, als ich dich sah, dachte ich, daß dir vielleicht Gottes Gnade widerfahren sei«, sagte Karin. – »Nein, aus dem Grunde bin ich nicht hierher gekommen.«

Karin schwieg eine Weile, ehe sie wieder mit ihren Fragen begann. Sie fragte jetzt zurückhaltender, gleichsam, als fürchte sie sich vor der Antwort, die sie erhalten könne. »Jetzt denkt wohl niemand daheim mehr an uns, die wir fortgezogen sind?« – Hierauf antwortete Ingmar wieder mit einer gewissen Verlegenheit. »Man trauert ja nicht mehr so sehr wie im Anfang.« – »So, hat man um uns getrauert?« sagte Karin. »Ich dachte, es wäre nur eine Erleichterung gewesen, uns loszuwerden.« – »Ja, wahrlich hat man getrauert und euch entbehrt, als ihr gereist waret«, sagte Ingmar eifriger. »Es währte lange, ehe eure Nachbarn sich an die gewöhnen konnten, die an eure Stelle eingezogen waren. Ich weiß, daß Börs Berit Perstochter, die Nachbarin von Ljung Björn, jeden Abend im Winter hinging und um das Haus herumschlich, wo er gewohnt hatte.« – Karins nächste Frage kam sehr zögernd. »Dann ist wohl Börs Berit diejenige gewesen, die am meisten von allen getrauert hat?« – »Ach nein,« erwiderte Ingmar mit harter Stimme. »Da war einer, der jeden Abend im Herbst, wenn die Dämmerung hereinbrach, den Fluß bis zum Schulhause hinaufruderte und sich auf einen Stein am Elf hinsetzte, wo Gertrud bei Sonnenuntergang zu sitzen pflegte.«

Jetzt glaubte Karin zu wissen, warum Ingmar so gealtert war, und sie beeilte sich, den Gegenstand des Gesprächs zu wechseln. »Besorgt nun deine Frau den Hof, während du fort bist?« fragte sie. – »Ja,« antwortete Ingmar. – »Ist sie eine tüchtige Hausfrau?« fuhr Karin fort. – »Ja«, antwortete Ingmar wieder. Karin strich ihre Schürze mit der Hand glatt, ehe sie von neuem sprach. Es war ihr jetzt, als entsinne sie sich, daß die Schwestern erzählt hatten, daß kein gutes Verhältnis zwischen Ingmar und seiner Frau bestehe. – »Habt ihr keine Kinder?« fragte sie zuletzt. – »Nein,« sagte Ingmar, »wir haben keine Kinder.« Nun geriet Karin ins Stocken. Sie glättete und glättete an ihrer Schürze. Sie konnte sich nicht überwinden, Ingmar geradeaus zu fragen, warum er gekommen war. So etwas war niemals Sitte auf dem Ingmarshof gewesen. Da kam ihr Ingmar selbst zur Hilfe.

»Barbro und ich wollen uns scheiden lassen«, sagte er mit harter Stimme. Karin fuhr auf; plötzlich war sie wieder ganz die Alte von daheim, als sie als Hausmutter auf dem Ingmarshof saß. Sie dachte an nichts weiter als an ihre alten Gefühle und Vorurteile. – »Gott bewahre deinen Mund«, rief sie aus. »Niemals hat sich jemand in unserer Familie scheiden lassen.« – »Es ist bereits geschehen«, sagte Ingmar. »Auf dem Herbstthing sind wir auf ein Jahr von Haus und Bett geschieden. Wenn das Jahr um ist, müssen wir um richtige Scheidung einkommen.« – »Was hast du nur gegen sie?« fragte Karin. »Du kannst doch nie eine bekommen, die wohlhabender und ansehnlicher ist.« – »Ich habe nichts gegen sie«, sagte Ingmar ausweichend. – »Will sie sich denn scheiden lassen?« – »Ja,« sagte Ingmar, »sie will sich scheiden lassen.« – »Wärst du gegen sie gewesen, wie du solltest, so hätte sie keine Scheidung verlangt«, sagte Karin heftig.

Karin umklammerte fest den Arm ihres Lehnstuhles. Sie befand sich in heftiger Gemütserregung, das konnte man namentlich daran merken, daß sie plötzlich anfing, von Halvor zu sprechen. »Es ist gut, daß Vater und Halvor tot sind, so daß sie dies nicht erleben«, sagte sie. – »Ja, es ist gut für alle die, die tot sind«, sagte Ingmar.

»Und jetzt bist du Gertruds wegen gekommen!« rief Karin aus. Ingmar erwiderte nichts, er senkte nur den Kopf. »Es wundert mich nicht, daß du dich schämst«, sagte die Schwester. – »Ich habe mich mehr an dem Tage geschämt, wo die Auktion auf dem Ingmarshofe abgehalten wurde.« – »Was meinst du, das die Leute dazu sagen werden, daß du hinausreist und um eine neue freist, ehe du richtig von der ersten geschieden bist?« – »Da war keine Zeit zu verlieren,« sagte Ingmar sanftmütig, »ich war gezwungen, hierher zu reisen, um mich Gertruds anzunehmen. Es kam ein Brief zu uns daheim, in dem stand, daß sie nahe daran wäre, den Verstand zu verlieren.« – »Darum brauchtest du dich nicht zu kümmern,« sagte Karin heftig, »hier sind Leute, die Gertrud besser in Obhut nehmen können, als du es kannst.«

Sie schwiegen beide eine Weile, dann erhob sich Ingmar. »Ich hatte einen andern Ausgang von dieser Aussprache erwartet«, sagte er. Und es lag jetzt eine solche Würde über ihm, daß Karin unwillkürlich einen ähnlichen Respekt vor ihm empfand wie einst vor dem Vater. »Ich habe Gertrud und Storms großes Leid zugefügt, Storms, die wie Vater und Mutter gegen mich gewesen sind. Jetzt glaubte ich, würdest du mir behilflich sein, mein Unrecht wieder gutzumachen.« – »Du machst es nur schlimmer, wenn du deine rechtmäßig angetraute Frau verläßt«, sagte Karin heftig. Sie suchte ihren Zorn mit bösen Worten am Leben zu erhalten, sie fing an zu befürchten, Ingmar könne sie dahin bringen, die Sache mit seinen Augen zu sehen. Ingmar antwortete nichts auf das, was sie von seiner Frau sagte, er erwiderte nur: »Ich glaubte, es sei nach deinem Sinn, wenn ich versuchte, Gottes Wege zu gehen.« – »Verlangst du von mir, daß ich sagen soll, du gehst Gottes Wege, wenn du Weib und Haus verläßt, um deiner Liebsten nachzulaufen?«

Ingmar ging still auf die Tür zu. Er sah müde und unglücklich aus, zeigte aber keinen Zorn; er sah nicht aus wie jemand, der von einer großen, unwiderstehlichen Leidenschaft getrieben wird. »Lebte Halvor jetzt, so weiß ich, daß er dir raten würde, heimzureisen und dich mit deiner Frau zu versöhnen«, sagte Karin. – »Die Zeit ist vorüber, wo ich nach dem Rat der Menschen fragte«, sagte Ingmar. Karin erhob sich jetzt auch; sie ward wieder erbost über Ingmar, weil Ingmar andeutete, daß er auf Gottes Wegen wandle. »Ich glaube nicht, daß Gertrud noch auf die Weise an dich denkt wie früher«, rief sie aus. – »Ich weiß wohl, daß niemand hier in der Kolonie an Ehe denkt«, sagte Ingmar. »Aber ich will es jetzt trotzdem versuchen.« – »Ja,« unterbrach ihn Karin, »du brauchst dir nichts daraus zu machen, was wir, die wir zu der Gemeinde gehören, einander gelobt haben, aber vielleicht wird es mehr Eindruck auf dich machen, wenn ich dir erzähle, daß Gertrud ihren Sinn jetzt wahrscheinlich einem andern zugewandt hat.«

Ingmar stand jetzt neben der Tür. Als er Karins Worte hörte, blieb er stehen und tastete, als könne er das Schloß nicht sehen; er wandte sein Gesicht nicht nach ihr um. Es währte eine Weile, dann nahm Karin ihre Worte zurück. »Gott soll mich bewahren, zu sagen, daß jemand von uns einen andern Menschen mit fleischlicher Liebe lieben könne,« sagte sie, »aber ich glaube, daß Gertrud jetzt den geringsten Bruder hier in der Kolonie mehr liebt als dich, der du außerhalb derselben stehst.«

Ingmar seufzte tief, öffnete schnell die Tür und ging von dannen.

Karin Ingmarstochter saß eine Weile in tiefem Schweigen da, dann erhob sie sich, glättete ihr Haar, band ihr Kopftuch um und ging, um mit Mrs. Gordon zu reden.

Karin erzählte ihr gerade heraus, warum Ingmar gekommen sei. Sie riet der Vorsteherin, Ingmar nicht in der Kolonie zu lassen, wenn sie sich nicht der Gefahr aussetzen wolle, eine von den Schwestern zu verlieren. Aber nun traf es sich so, daß, während Karin sprach, Mrs. Gordon am Fenster saß und in den Hof hinabsah, wo Ingmar an einer Wand gelehnt stand und hilfloser und elender aussah denn je zuvor. Da flog gleichsam ein Lächeln über Mrs. Gordons Antlitz.

Sie erwiderte Karin, daß sie sehr ungern jemand aus der Kolonie vertreiben wolle. Am allerwenigsten einen, der von so weit hergekommen war und so viele nahe Verwandte unter den Kolonisten habe. »Falls Gott Gertrud nun eine Prüfung gesandt habe,« sagte sie, »so müsse sie sich wohl in acht nehmen, sie daran zu hindern, sie durchzumachen.«

Karin war überrascht über diese Antwort. In ihrem Eifer trat sie näher an Mrs. Gordon heran und kam so nahe an das Fenster, daß sie sehen konnte, über wen Mrs. Gordon lächelte. Aber Karin ihrerseits sah nur, wie sehr Ingmar dem Vater ähnlich geworden war, der mehr war als alle andern und klüger und tüchtiger als alle Menschen.

»Ja, ja,« sagte sie, »Ihr könnt ihn auch gern hierbleiben lassen, denn er wird schon dafür sorgen, daß es so kommt, wie er will.«

Am Abend dieses Tages waren die meisten von den Kolonisten in dem großen Saal versammelt. Dort war es äußerst vergnüglich und traulich. Einige saßen da und sahen dem Spiel der Kinder zu, andere sprachen zusammen darüber, was sie im Laufe des Tages erlebt hatten, andere rückten in einer Ecke zusammen und lasen aus amerikanischen Schriften vor. Als Ingmar Ingmarsson den großen, hell erleuchteten Saal und die vielen frohen und vergnügten Menschen sah, konnte er nicht umhin zu denken: es herrscht kein Zweifel, daß die Darlekarlier sich hier zufrieden fühlen und sich nicht nach der Heimat sehnen. Diese Amerikaner verstehen sich viel besser darauf, das Leben sich und andern behaglich zu machen, als wir es tun. Ich begreife wohl, daß dies gute Zusammenleben bewirkt, daß die Kolonisten allen Kummer und alle Entbehrungen ertragen können. Es ist ja wahr, daß die, die früher einen ganzen Hof hatten, sich jetzt mit einem Zimmer begnügen müssen. Aber dafür haben sie dann auch wieder viel mehr Freude und Heiterkeit. Und dann haben sie eine unglaubliche Menge gesehen und gelernt. Ich will gar nicht von den Erwachsenen reden, aber ich glaube, hier ist nicht ein noch so kleines Kind, das nicht viel mehr wüßte als ich.

Mehrere von den Bauern kamen zu Ingmar heran und fragten ihn, ob er nicht meine, daß sie es hier gut hatten. »Ja«, sagte Ingmar. Er konnte nichts anderes sagen. »Du meintest wohl, wir wohnten in Erdhöhlen«, sagte Ljung Björn. – »Ach nein, daß es nicht so schlimm war, das wußte ich doch«, erwiderte Ingmar. – »Wir haben sagen hören, daß sie das Gerücht daheim verbreitet haben.«

An diesem Abend wurde Ingmar von allen viel ausgefragt, wie es daheim stehe. Einer nach dem andern kam zu ihm heran und setzte sich neben ihn und fragte nach seinen nächsten Angehörigen. Fast alle fragten nach der alten Eva Gunnarstochter. »Sie ist munter und gesund,« sagte Ingmar, »niemals kommt sie mit einem Menschen zusammen, ohne daß sie nicht über die Hellgumianer herfällt.«

Ingmar bemerkte einen jungen Mann, der sich den ganzen Abend in seiner Nähe hielt, ohne mit ihm zu reden. »Wer kann das nur sein, der mir so ähnlich ist,« dachte Ingmar, »und warum sieht er wohl so böse aus, als ob er Lust hätte, mich zur Tür hinauszuwerfen?« Schließlich fiel ihm ein, daß es sein Vetter sein müsse, der mehrere Jahre in Amerika gewohnt hatte.

Ingmar trat an Bo heran und grüßte ihn von seinen Eltern. Bo stellte zuerst einige Fragen über sein Heim, und dann wollte er gern wissen, wie es dem Schulmeister ginge. Jetzt wurde es ganz still im Kreise um Ingmar herum. Ingmar sah, daß ein paar von den andern Bo anstießen, damit er von etwas anderem reden solle. Ingmar antwortete ganz ruhig, daß es dem Schulmeister gut ginge, daß er im nächsten Jahre seinen Abschied von der Schule nehmen wolle, und dann fügte er hinzu: »Es freut mich zu hören, daß du noch an Storm denkst, obwohl er in der Schule immer so streng gegen dich gewesen ist.« Alle fingen an zu lachen, denn sie erinnerten sich sehr wohl, wie häufig Storm über Bos Dummheit gejammert hatte. Bo drehte sich auf dem Absatz herum und ging hinaus, ohne noch weitere Fragen zu stellen.

Der alte Korporal Fält hatte, wie gewöhnlich, eine Schar Kinder um sich versammelt und erzählte ihnen Geschichten. Ingmar hatte Fält nicht gesehen, seit er ein Kinderfreund geworden war; er verwunderte sich und trat näher, um zu hören, was Fält den Kleinen zu erzählen haben könne. Da hörte er, daß der Alte erzählte, daß er einstmals in seiner Jugend in einer Donnerstagnacht an die Kirchentür geklopft und die Toten heraufbeschworen habe.

Märta Ingmarstochter sah die Kinder an, die rings um Fält herum saßen, und sah, daß sie bleich vor Schrecken waren. »Pfui, Fält«, sagte sie strenge. »Du solltest den Kindern nicht solche Spukgeschichten erzählen; erzähle ihnen lieber etwas, das nützlich und lehrreich ist.«

Der Alte saß eine Weile da und sann nach, dann sagte er: »Ich glaube, ich will ihnen erzählen, was meine Mutter mir erzählte, als sie mir abgewöhnen wollte, schlecht gegen die Tiere zu sein.«

»Ja, tu das«, sagte Märta Ingmarstochter und ging davon. Ingmar aber blieb stehen und hörte zu.

»Daheim in Dalarne,« sagte Fält, »liegt ein Hof, der heißt der Trauerhügel, und der hat seinen Namen daher bekommen, daß dort einstmals ein schlechter und gottloser Mann wohnte.«

Kaum hatte Fält dies gesagt, als Ingmar zusammenzuckte. Er trat ein paar Schritte näher, um besser zu hören.

»Er tat nie etwas anderes als mit Pferden handeln«, fuhr Fält fort. »Er reiste von einem Markt zum andern, um Pferde zu tauschen, und er war sehr schlecht gegen die Tiere. Er hatte auch eine Menge Spitzbubenstreiche mit ihnen vor. Bald malte er Pferden, von denen die Leute wußten, daß sie einen Koller hatten, eine weiße Blesse auf die Stirn, damit man sie nicht wiedererkennen sollte, bald gab er alten, ausgedienten Kracken Sachen zu fressen, die sie für eine Weile fett und blank machten, gerade so lange, als er gebrauchte, um sie zu vertauschen. Am schlimmsten handelte er gegen seine Pferde, wenn er sie zur Probe vorfuhr. Dann ward er von einer Art Raserei ergriffen, und er schlug und peitschte auf die Pferde los, so daß sie wie geschunden wurden und man nach jedem Schlag das blutige Fleisch auf dem Rücken sah.

Einmal war dieser Mann einen ganzen Tag auf dem Jahrmarkt gewesen, ohne einen Tauschhandel zustande bringen zu können. Es kam teils davon, daß die Leute so oft von ihm angeführt worden waren, daß sie sich fürchteten, etwas mit ihm zu tun zu haben, und teils war das Pferd, das er an diesem Tage vertauschen wollte, so alt und elend, daß niemand es haben wollte. Er jagte das arme Tier im wildesten Galopp durch das Volksgedränge hin und her, hieb mit der Peitsche darauf los, so daß ihm das Blut herniedertropfte, aber je mehr er es vorzeigte, je weniger Lust hatten die Leute, mit ihm zu handeln.

Als es Abend wurde, sah er ja ein, daß er an diesem Tage kein Geschäft würde abschließen können. Ehe er nach Hause fuhr, wollte er jedoch noch einen letzten Versuch machen, er fuhr das Pferd mit so rasender Schnelligkeit über den Marktplatz, daß die Leute meinten, es müsse jeden Augenblick stürzen. Aber während er am allerwildesten dahinjagte, erblickte er einen Mann, der ein schönes, schwarzes Füllen vor seinen Wagen gespannt hatte und ebenso schnell fuhr wie er selbst, ohne daß es jedoch dem Pferd die geringste Anstrengung zu verursachen schien.

Kaum hielt der Pferdehändler und sprang vom Wagen ab, als der Mann, der das gute Pferd fuhr, auf ihn zukam. Er war klein und schmächtig, schmal im Gesicht und mit einem spitzen Bart unter dem Kinn. Er war ganz schwarz gekleidet, und der Pferdehändler konnte weder aus der Farbe noch aus dem Schnitt seiner Kleider erraten, aus welchem Kirchsprengel er stammte.

Der Pferdehändler entdeckte bald, daß der Bauer sehr einfältig war, und er erzählte, er habe daheim ein braunes Pferd, und er wolle das schwarze gern vertauschen, um zwei von derselben Farbe zu bekommen. – ›Das Pferd, das du fährst, würde sehr gut in der Farbe passen,‹ sagte er, ›ich hätte wohl Lust dazu, wenn es sonst taugt. Aber du mußt redlich sein und mir kein schlechtes Pferd aufhängen, denn von nichts in der Welt verstehe ich so wenig wie vom Pferdehandel.‹

Und die Sache endete natürlich damit, daß der Pferdehändler ihm seine alte Kracke überließ und das gute Füllen statt dessen bekam. Nie im Leben hatte er ein so wohlgestaltetes Tier eingespannt. – ›Noch nie hat ein Tag für mich so schlecht begonnen und so gut geendet‹, sagte er, als er sich auf den Wagen setzte, um nach Hause zu fahren.

Er hatte es nicht weit vom Marktplatz bis zu seinem Hause. Er kam noch in der Dämmerung heim. Als er durch das Hoftor fuhr, sah er, daß ein Teil seiner alten Freunde, Pferdehändler aus mehreren Kirchsprengeln, draußen vor seinem Hause standen und ihn erwarteten. Sie waren in bester Laune, und als er gefahren kam, fingen sie an zu jodeln und Hurra zu rufen und lachten dabei ganz unbändig.

›Worüber lacht ihr denn so, gute Leuten?‹ fragte der Pferdehändler und hielt sein Pferd an.

›Ja,‹ sagten sie, ›wir haben auf dich gewartet, um zu sehen, ob es dem Kerl gelingen würde, dir sein blindes Füllen anzuschnacken. Wir begegneten ihm, als er auf den Markt fuhr, und da wettete er mit uns, daß er dich schon foppen würde.‹

Der Pferdehändler sprang vom Wagen, stellte sich vor das Pferd und versetzte ihm einen furchtbaren Schlag mit dem Peitschenschaft gerade mitten zwischen die Augen. Das Tier machte keine Bewegung, um dem Schlag auszuweichen. Die Männer hatten recht, es war vollständig blind.

Da geriet der Pferdehändler in eine solche Wut und Verzweiflung, daß er ganz von Sinn und Verstand war. Während die Kameraden fortfuhren, ihn zu verhöhnen, spannte er das Pferd aus, nahm die Zügel und zwang es einen steilen Hügel hinan, der hinter dem Hause lag. Er schnalzte mit den Lippen und knallte mit der Peitsche, und das Pferd trabte schnell vorwärts; aber als sie auf den Hügel hinaufkamen, blieb es stehen und wollte nicht weitergehen. Da oben war eine Schlucht in dem Hügel, und darunter war eine Kiesgrube von unermeßlicher Breite und Tiefe, aus der die ganze Gegend seit vielen Jahren Kies geholt hatte. Das Pferd mußte gemerkt haben, daß die Erde untergraben war, denn auf einmal wollte es nicht weiter. Der Mann peitschte darauflos und trieb das Pferd vorwärts. Das Pferd wurde immer ängstlicher, es stellte sich auf die Hinterbeine, aber vorwärts wollte es nicht. Endlich, als es sich nicht weiter zu helfen wußte, machte es einen langen Sprung, als glaube es, daß es nur ein Graben sei, über den es hinuberspringen sollte, und hoffe, auf die andere Seite zu gelangen. Aber da war keine andere Seite, die es erreichen konnte, und als es nicht Fuß fassen konnte, stieß es einen lauten und entsetzlichen Schrei aus, und im nächsten Augenblick lag es mit gebrochenem Hals auf dem Boden der Grube. Der Pferdehändler sah sich nicht einmal nach dem Tier um, er kehrte zu seinen Freunden zurück. – ›Nun, habt ihr jetzt aufgehört zu lachen,‹ sagte er, ›macht jetzt, daß ihr fortkommt, und erzählt ihm, mit dem ihr gewettet habt, wie es seinem Füllen ergangen ist.‹

Aber seht, Kinder, hiermit ist die Geschichte nicht aus«, fuhr Fält fort. »Nun sollt ihr hören, was weiter geschah. Einige Zeit darauf bekam die Frau des Mannes einen Sohn, und es war einer von den Ärmsten, die ihren Verstand nicht haben, und obendrein war er blind. Und nicht genug damit, sondern alle Söhne, die ihm seine Frau gebar, waren blind und blödsinnig. Aber die Töchter waren schön und klug und verheirateten sich gut.«

Ingmar war die ganze Zeit regungslos stehen geblieben und hatte wie gebannt gelauscht. Jetzt machte er eine Bewegung, als wolle er sich losreißen, aber als der Alte fortfuhr, blieb er stehen. »Und auch damit ist es noch nicht genug«, sagte der Alte noch einmal. »Aber als die verheirateten Töchter Kinder bekamen, waren auch alle ihre Söhne blind und blödsinnig, aber die Töchter waren schön und wohlgestaltet und hatten einen vorzüglichen Verstand.

Und so ist es bis auf den heutigen Tag gegangen«, fuhr der Alte fort; »alle, die sich mit Töchtern aus dieser Familie verheirateten, haben Söhne bekommen, die Idioten sind, und darum nennen die Leute den Hof den Trauerhügel, und einen andern Namen wird er wohl nie wieder bekommen.«

Als Fält seine Geschichte beendet hatte, trat Ingmar plötzlich zu Ljung Björn hin und fragte, ob er ihm Feder und Papier verschaffen könne. Björn sah ganz erstaunt aus. Ingmar strich sich über die Stirn und sagte, er habe einen wichtigen Brief zu schreiben. Er habe es den ganzen Tag hindurch vergeben, aber wenn er noch heute abend schreiben könne, würde er ihn morgen mit dem ersten Zug abschicken können.

Ljung Björn schaffte ihm das Verlangte, und damit Ingmar ungestört sitzen könne, ging er mit ihm in die Tischlerwerkstatt. Dort zündete er eine Lampe an und setzte einen Stuhl an die Hobelbank. »Hier kannst du die ganze Nacht sitzen und in Ruhe schreiben, wenn du willst«, sagte er, indem er ging.

Sobald Ingmar allein geblieben war, streckte er die Arme aus, wie man zu tun pflegt, wenn einem das Herz voller Sehnsucht ist, und er stöhnte laut.

»Ich kann an keine andere denken, als an die, die ich verlassen habe, weder Tag noch Nacht,« fuhr er fort, »und das schlimmste ist, daß ich nicht glaube, daß ich Gertrud irgendwie nützen kann.« Er saß eine Weile da und grübelte, dann lächelte er über sich selbst. »Ja, wer in Zweifel und Qual umhergeht, sieht wohl in allem Fingerzeichen und Vorbedeutungen. Aber merkwürdig war es doch, daß Fält gerade auf den Einfall kommen mußte, diese Geschichte zu erzählen. Es war wirklich, als ob Gott mir zeigen wolle, was das richtigste für mich zu tun sei.« Er saß noch eine Weile da und überlegte, dann ergriff er die Feder. »In Gottes Namen«, sagte er und setzte es auf das Papier.

Über den Brief, den Ingmar sich jetzt zu schreiben anschickte, hatte er jeden Tag nachgedacht, seit er von Hause abgereist war. Er war an den alten Pfarrer daheim gerichtet, und es wurde kein Wort geschrieben, das nicht viele Male überlegt und erwogen war. Aber obwohl der Brief an den Pfarrer geschrieben wurde, war er keineswegs für ihn allein bestimmt. Auf der ganzen Reise war es Ingmar gewesen, als ob er sich nie recht mit seiner Frau ausgesprochen habe, als ob er nie imstande gewesen sei, ihr zu sagen, was er gedacht und gefühlt hatte, und daß er doch einmal richtig versuchen müsse, sie wissen zu lassen, wie es mit ihm stehe. Er war zu dem Ergebnis gekommen, daß die beste Art und Weise, dies zu tun, war, wenn er an den Pfarrer schrieb. Aber das Schreiben wurde ihm auch nicht so leicht, es wollte ihm nicht recht gelingen, die Scheu zu überwinden, die ihn daran hinderte, von sich selbst zu reden. An diesem Abend war es ihm aber plötzlich klar geworden, wie er schreiben müsse, und er ward froh und dachte: »Dann wird es nicht so schwer, auf die Weise kann ich es tun. Jetzt weiß ich, wie ich es anstellen muß, um dem Pfarrer alles zu erzählen, was er zu wissen braucht, um meine Sache bei Barbro zu führen.«

Ingmars Brief lautete also:

»Während ich hier in der dunklen Nacht sitze und schreibe, wünsche ich nichts inniger, als daß ich jetzt nach dem Pfarrhause hinaufgehen, um mit dem Herrn Pfarrer reden zu können. Am liebsten möchte ich an einem späten Abend zu dem Herrn Pfarrer kommen, wenn Sie ganz still und ungestört in Ihrer Stube sitzen und über Ihre Predigt nachdenken.

Nun denke ich mir, daß im selben Augenblick, wo der Herr Pfarrer mich sieht, Sie auffahren und sich erschrecken werden, als ob es ein Geist wäre, der an die Tür pochte. ›Was hast du hier zu tun? Ich glaubte, du seist nach Jerusalem gereist‹, würde der Herr Pfarrer sicher sagen. ›Ja,‹ würde ich dann antworten, ›um diese Zeit hätte ich ja eigentlich dort sein sollen, aber ich bin umgekehrt, weil ich unterwegs eine Geschichte gehört habe, die ich dem Herrn Pfarrer gern erzählen möchte.‹

Und dann möchte ich den Herrn Pfarrer so herzlich bitten und anflehen, eine Stunde oder auch zwei Geduld mit mir zu haben und mich eine lange Geschichte erzählen zu lassen, die Ihnen anzuvertrauen mir sehr am Herzen liegt. Und wenn ich die Erlaubnis des Herrn Pfarrers erhalten hätte, würde ich also beginnen: Es war einmal ein Mann hier im Kirchsprengel, würde ich sagen, der seine Frau nicht lieb hatte. Das kam daher, daß er auf eine verzichten mußte, die er lieb hatte, und diese andere mußte er nehmen, um den Hof seines Vaters zu behalten. Aber damals, als er den Handel abschloß, hatte er an nichts weiter gedacht als an den Hof, er hatte gar nicht in Betracht gezogen, daß er mit dem Hof auch eine Frau bekommen würde. Es fiel ihm gar nicht ein, daran zu denken, wie es mit ihr stehe, ob sie zufrieden sei, oder ob sie Heimweh habe. Auch hatte er nicht acht gegeben, wie sie ihre Arbeit verrichtete, ob es mit dem Hauswesen gut oder schlecht stand. Er dachte so viel an die andere, daß er gar nicht daran dachte, daß diese auch da war. Sie war, wie so viel anderes, für wertloses Stück Hausgerät zusammen mit dem Hof gekauft. Sie mußte sehen, wie sie fertig werden konnte, er konnte sich nicht um sie bekümmern.

Aber da war auch noch etwas anderes, das bewirkte, daß der Mann seine Frau nicht achtete. Er verachtete sie deswegen, weil sie ihn hatte nehmen wollen, der doch eine andere liebte. Da mußte irgend etwas mit ihr nicht in Ordnung sein, dachte er, da ihr Vater ihr so geradezu einen Mann kaufen mußte.

Wenn dieser Mann seine Frau jemals betrachtete, so geschah es nur, um einen Vergleich zwischen ihr und der andern anzustellen, die er aufgegeben hatte. Er konnte wohl sehen, daß seine Frau auch gut aussah, aber sie war doch nicht so schön wie die, die er verloren hatte. Ihr Gang war nicht so leicht, und sie bewegte ihre Hände nicht so schön; sie hatte nicht so viel gute und erfreuliche Dinge zu erzählen. Sie ging still und geduldig umher und besorgte ihre Arbeit, das war alles, wozu sie taugte.

Man muß dem Mann jedoch die Gerechtigkeit widerfahren lassen und anerkennen, daß er mit seiner Frau nicht über das sprechen konnte, was immerwährend in seinen Gedanken war. Er konnte ihr doch nicht anvertrauen, daß er unaufhörlich an seine Herzallerliebste dachte, die in ein fremdes Land gezogen war, das konnte er doch nicht tun, und er fand auch nicht, daß er mit ihr davon reden konnte, daß er beständig einherging und auf die Strafe Gottes wartete, die ihn treffen müßte, weil er sein Wort gebrochen hatte, und daß er sich fürchtete, an seinen eigenen Vater im Himmel zu denken, und sich einbildete, daß alle Menschen mißbilligten, was er getan hatte. Alle, mit denen er redete, erzeigten ihm freilich große Achtung, aber er war so schwermütig, daß er alle im Verdacht hatte, daß sie sich lustig über ihn machten, sobald er ihnen den Rücken kehrte, und daß sie sagten, er sei des Namens nicht würdig, den er trug, und mehr dergleichen.

Nun will ich erzählen, wie es zuging, daß der Mann zuerst bemerkte, daß er eine Frau hatte.

Als sie ein paar Monate verheiratet waren, geschah es, daß Mann und Frau zu einer Hochzeit bei Verwandten eingeladen wurden, die in dem Kirchsprengel der Frau wohnten. Sie hatten einen langen Weg zu fahren, und sie mußten eine Stunde in einem Gasthof einkehren, um das Pferd zu füttern. Das Wetter war schlecht, und die Frau ging hinauf und setzte sich in ein Gastzimmer, um dort zu warten. Der Mann tränkte das Pferd und gab ihm Hafer und ging dann in die Stube hinauf, wo die Frau saß: Er sagte nichts zu ihr, er saß nur da und dachte daran, wie hart es sei, daß sie unter Menschen mußten, und daß die Leute in dem Hochzeitshause es sie wohl fühlen lassen würden, wie sie über sie dachten. Während er da saß und sich selbst quälte, fiel ihm plötzlich ein, daß an allem diesem eigentlich seine Frau schuld war. ›Hätte sie sich nicht mit mir verheiratet,‹ dachte er, ›so wäre ich jetzt noch ein unschuldiger Mann. Ich wäre keiner Versuchung ausgesetzt gewesen, und ich brauchte mich nicht zu fürchten, ehrbaren Leuten ins Gesicht zu sehen.‹

Nie zuvor war es dem Mann eingefallen, daß er seine Frau hassen konnte, aber in diesem Augenblick war es ihm, als hasse er sie. Indessen sollte er bald etwas anderes zu denken haben. Es waren einige Männer in eine Stube eingetreten, die vor dem Gastzimmer lag. Sie hatten wohl den Mann und die Frau gesehen, als sie gefahren kamen, und fingen nun an, über sie zu reden. Und die Wände in dem Hause waren nicht dicker, als daß die, die da saßen, jedes Wort hören konnten.

›Ich möchte wohl wissen, wie die beiden miteinander leben‹, sagte einer von den Männern.

›Das hätte ich doch nie geglaubt, daß Barbro Svenstochter einen Mann kriegen würde‹, fiel der andere ein.

›Ich weiß noch sehr gut, wie verliebt sie in Stig Börjesson war, der vor drei oder vier Jahren auf dem Bergershof wohntet

Als die Frau hörte, daß von ihr geredet wurde, sagte sie schnell: ›Ist es jetzt nicht an der Zeit, daß wir weiterfahren?‹ Aber der Mann fand, daß es ärgerlich sei, wenn die fremden Leute sähen, daß er und sie da drinnen gesessen und gelauscht hätten. Er wollte lieber dort bleiben, bis sie gegangen waren.

Aber nun geschah es, daß die da draußen fortfuhren von der Frau zu reden. ›Dieser Stig Börjesson war ein armer Kerl, und kaum hatte Birger Sven Persson gemerkt, daß seine Tochter ihn liebte, als er ihn vom Hofe jagte‹, sagte einer, der die Geschichte genau zu kennen schien. ›Aber da wurde Barbro so krank vor Kummer, daß der Alte nachgeben und mit Stig zu dem Pfarrer fahren und das Aufgebot bestellen mußte. Aber das Wunderlichste bei der Geschichte war doch, daß, als sie zum erstenmal aufgeboten waren, Stig seinen Sinn änderte und sagte, er habe keine Lust, sich zu verheiraten. Nun war an Sven Persson die Reihe, für seine Tochter Stig zu bitten und zu flehen, daß er sie nicht sitzen lassen solle. Aber Stig hatte kein Erbarmen, sagte, er hasse Barbro so, daß er sie nie wieder vor Augen sehen wolle. Er verbreitete das Gerücht, daß er Barbro nicht geliebt hatte, sondern daß sie ihm nachgelaufen sei.‹

Als die Männer fortfuhren so zu reden, da schämte sich der Mann sehr, wie der Herr Pfarrer verstehen werden; er wagte nicht, seine Frau anzusehen. Und doch fand er, nachdem sie nun dagesessen und dies alles mitangehört hatten, daß sie auf keinen Fall durch die andere Stube gehen konnten.

›Das war doch schändlich von Stig gehandelt,‹ sagte einer von den andern da draußen, ›aber er hat es auch bereuen müssen.‹

›Ja, er hat es bereuen müssen‹, sagte einer, der bisher nicht geredet hatte. ›Er ging hin und heiratete die erste beste, die ihn haben wollte. Das tat er gewiß nur, um allen Menschen zu zeigen, daß er nicht an Barbro dachte. Er bekam eine schlechte Frau, und es entstand nur Elend und Armut daraus, und jetzt hat er sich aufs Trinken geworfen. Er und die Familie wären längst im Armenhaus gewesen, wenn Barbro ihnen nicht geholfen hätte. Sie gibt ihm und seiner Frau Nahrung und Kleidung, das weiß man ja.‹

Dann sprachen sie nicht mehr von Barbro, und nach einer Weile gingen sie. Nun ging der Mann hinaus und spannte an, und als die Frau hinunterkam, um in den Wagen zu steigen, hob er sie hinein. Sie glaubte wohl, er tue es nur, damit sie ihr Kleid nicht an dem Wagen beschmutzen solle, aber in Wirklichkeit tat er es, weil er ihr gern auf irgendeine Weise zeigen wollte, daß sie ihm leid tue. Und während sie den Weg dahinfuhren, wandte er sich von Zeit zu Zeit um und sah sie an. Hatte sie wirklich einen so liebevollen Sinn, daß sie dem Mann beistehen und helfen konnte, der sie so schändlich hatte sitzen lassen? Und sonderbar war es doch zu denken, daß sie ebenso betrogen war wie Gertrud.

Als sie eine Strecke gefahren waren, sah der Mann, daß seine Frau dasaß und weinte. ›Darüber brauchst du doch nicht zu weinen,‹ sagte er, ›es ist doch nicht so sonderbar, daß du eine andere Liebe hast.‹ Hinterher saß er da und bereute, daß er ihr nicht ein freundliches Wort hatte sagen können.

Nun wäre es wohl natürlich gewesen, wenn der Mann von der Zeit an zuweilen daran gedacht hätte, ob seine Frau diesen Stig noch immer liebte. Aber das fiel ihm gar nicht ein; er bekümmerte sich nicht so viel um sie, daß er daran dachte, wen sie lieb hatte und wen nicht. Er ging mit seinen eigenen trübseligen Gedanken umher und vergaß vielleicht ganz, daß sie da war. Er wunderte sich auch nicht darüber, daß sie immer so still und sanft war und ihm gegenüber nie heftig wurde, obwohl er nie gegen sie so war, wie er hätte sein sollen.

Der Herr Pfarrer muß indes wissen, daß die Ruhe, die sie beständig zur Schau trug, bewirkte, daß man schließlich glauben mußte, sie wisse nicht einmal, was für einen Gram er mit sich herumtrug. Aber dann im Herbst geschah es einmal, als sie ungefähr anderthalb Jahre verheiratet waren, daß es eines Abends sehr kalt und regnerisch war. Der Mann war seit der Dämmerung draußen gewesen und kam spät nach Hause. In der großen Stube, wo das Gesinde schlief, war es stockdunkel, aber in der Kammer brannte ein helles Feuer. Die Frau war auf, und sie hatte Essen hingestellt, das viel besser war als das gewöhnliche. Als der Mann hereinkam, sagte sie zu ihm: ›Du mußt deinen Rock wohl ausziehen, er ist ja ganz naß‹ Sie half ihn ihm aus und hängte ihn ans Feuer. ›Mein Gott, wie naß er ist‹, sagte sie. ›Ich begreife nicht, wie ich ihn bis morgen trocken bekommen soll.‹

›Wo bist du doch nur einmal in diesem Wetter gewesen,‹ sagte sie nach einer Weile. Es war das erstemal, daß sie ihn nach dergleichen fragte. Er schwieg und dachte daran, warum sie wohl plötzlich danach fragte.

›Die Leute reden darüber, daß du jeden Abend nach dem Schulhause hinaufruderst und dich dort am Elf auf einen Stein setzt und dich mehrere Stunden lang nicht vom Fleck rührst.‹ – ›Man muß die Leute reden lassen,‹ sagte der Mann und sah ebenso ruhig aus wie zuvor, aber es ärgerte ihn doch, daß man ihn ausspionierte. – ›Ja, es ist doch nicht angenehm für eine Frau, dergleichen zu hören.‹ – ›Ach,‹ sagte der Mann, ›wer sich einen Mann gekauft hat, kann nichts Besseres verlangen.‹

Die Frau stand da und zerrte an dem einen Ärmel des Rockes, um ihn umzukehren; er war fest wattiert und steif, so daß sie große Mühe damit hatte. Der Mann sah auf, um zu sehen, wie sie das auffassen würde, was er gesagt hatte. Da sah er, daß ein leises Lächeln ihre Lippen umspielte. Als sie schließlich mit dem Ärmel fertig geworden war, sagte sie: ›Ach, ich wäre gar nicht so darauf erpicht gewesen, mich zu verheiraten, aber Vater wollte die Sache gern durchsetzen.‹

Der Mann sah seine Frau noch einmal an, und als er jetzt ihrem Blick begegnete, dachte er: Sie sieht eigentlich aus, als ob sie recht gut weiß, was sie will. ›Ich glaube, du gehörst nicht zu denen, die man leicht zwingen kann‹, sagte er.

›Ach nein,‹ sagte die Frau, ›aber mit meinem Vater ist nicht gut zanken. Den Fuchs, den er mit einem Hund nicht jagen kann, den fängt er mit einer Falle.‹ Der Mann antwortete nicht; er war schon wieder in seine eigenen Gedanken versunken und hörte kaum, was sie sagte. Aber seine Frau meinte wohl, wenn sie doch so viel gesagt hatte, sei es am besten, fortzufahren.

›Jetzt will ich dir etwas sagen‹, begann sie. ›Vater hat von jeher so große Stücke auf den Ingmarshof gehalten, weil er dort in seiner Jugend gelebt hat. Er prahlte immer damit und mit den Ingmarssöhnen. Es gibt keinen Ort in der ganzen Welt, von dem ich so viel habe reden hören. Ich glaube, ich weiß mehr von alle denen, die hier gelebt haben, als du selber.‹

Als seine Frau mit ihrer Erzählung so weit gekommen war, stand der Mann vom Tisch auf, wo er gesessen und gegessen hatte, und ging hin und setzte sich an den Herd, dem Feuer den Rücken zugewandt, so daß er ihr Gesicht sehen konnte. ›Und dann ging es mir so, wie du weißt‹, sagte die Frau. – ›Das brauchst du nicht zu erzählen‹, sagte der Mann schnell. Er schämte sich, wenn er daran dachte, wie er sie in dem Gasthof hatte sitzen und pein'gen lassen. – ›Aber du mußt wissen, daß, als Stig mich verlassen hatte, Vater so außer sich geriet aus Angst, daß mich niemand haben wollte, daß er mich nach rechts und links ausbot. Da wurde ich ärgerlich; so gering war ich denn doch auch nicht, daß er die Leute anzuflehen brauchte, sich mit mir zu verheiraten.‹

Während sie dies sagte, sah der Mann, daß sie sich ein wenig aufrichtete. Sie warf den Rock auf einen Stuhl und sah ihm fest in die Augen. ›Ich wußte nicht, wie ich der Sache ein Ende machen sollte‹, fuhr sie fort, ›aber dann kam mir eines Tages der Gedanke, Vater zu sagen: Ich heirate niemals, wenn ich nicht Ingmar Ingmarsson auf dem Ingmarshof bekommen kann. Damals, als ich das sagte, wußte ich ebenso wie die andern, daß Tims Halvor der Ingmarshof gehörte, und daß du dich mit Schulmeisters Gertrud verheiraten wolltest. Ich dachte mir nur etwas ganz Ungewöhnliches aus, um Frieden zu bekommen. Anfangs war Vater auch ganz erschreckt. ›Dann heiratest du niemals‹, sagte er. – ›Nun ja, darein finde ich mich dann auch‹, sagte ich. Aber ich konnte doch sehen, daß der Gedanke Vater gefiel. – ›Kann ich mich auf das verlassen, was du da sagst?‹ fragte er nach einer Weile. –›Ja, das kannst du, Vater‹, sagte ich. – Du kannst dir ja denken, daß es mir nicht einen Augenblick in den Sinn kam, daß er so etwas durchsetzen könne. Das sah ebenso unmöglich aus, als wenn ich mich mit dem König hätte verheiraten wollen.

Nun hatte ich wenigstens einige Jahre Ruhe vor den Heiratsplänen, und ich war zufrieden, wenn man mich nur in Ruhe ließ. Ich hatte es so gut, wie ich es mir nur wünschen konnte. Ich bewirtschaftete Vaters großen Hof und durfte tun und lassen, was ich wollte, weil er Witwer war. Aber nun im Mai kam Vater eines Tages spät nach Hause und schickte sogleich nach mir. ›Jetzt kannst du Ingmar Ingmarsson auf dem Ingmarshof bekommen‹, sagte er. Damals hatte Vater seit zwei Jahren kein Wort über die Sache geredet. ›Jetzt verlasse ich mich darauf, daß du dein Wort hältst‹, sagte er zu mir. ›Ich habe den Hof für vierzigtausend Kronen gekauft.‹ – »Aber Ingmar hat doch schon eine Braut‹, sagte ich. – ›Aus der macht er sich wohl nicht viel, da er jetzt um dich wirbt.‹

Der Herr Pfarrer wird wohl verstehen, daß, als der Mann seine Frau dies erzählen hörte, er sehr erbittert wurde. ›Wie sonderbar ist das doch‹, dachte er. ›Es sieht ja so aus wie ein Spiel, daß ich Gertrud habe aufgeben müssen, nur weil Barbro einmal im Scherz etwas über mich zu ihrem Vater gesagt hatte.‹

›Ich wußte gar nicht, was ich tun sollte,‹ fuhr die Frau fort, ›ich war sehr gerührt, auch darüber, daß der Vater so viel Geld um meinetwillen ausgegeben hatte, und so konnte ich nicht gleich nein sagen. Und ich wußte auch nicht, wie es mit dir stehe, ob du nicht vielleicht den Hof mehr liebtest als alles andere auf der Welt. Und Vater schwur, daß, wenn ich nicht tue, was er wünschte, er den Hof an die Aktiengesellschaft verkaufen wollte. Gerade um die Zeit fühlte ich mich zu Hause auch nicht mehr recht wohl. Vater hatte sich zum drittenmal verheiratet, und ich hatte keine Lust, mich einer Stiefmutter zu fügen, dort, wo ich selbst die Herrin gewesen war. Und da ich mir nicht gleich klar darüber werden konnte, ob ich ja oder nein sagen sollte, da kam alles so, wie Vater es wollte. Ich nahm die Sache nicht ernsthaft genug, wie du siehst.‹

›Nein,‹ sagte der Mann, ›ich sehe, daß dies Ganze für dich nur ein Spiel gewesen ist.‹

›Ich verstand gar nicht, was ich eigentlich getan hatte, ehe ich erfuhr, daß Gertrud von ihren Eltern fortgeschlichen und nach Jerusalem gereist sei. Aber von dem Augenblick an habe ich keine frohe Stunde gehabt. Ich hatte keinen andern Menschen so unglücklich machen wollen.

Und nun sehe ich ja auch, wie du dich quälst‹, fuhr die Frau fort. ›Ich muß immerwährend denken, daß das alles meine Schuld ist.‹ – ›Ach nein,‹ sagte der Mann, ›es ist meine Schuld allein; es geht mir nicht schlechter, als ich es verdient habe.‹ – ›Ich weiß nicht, wie ich den Gedanken ertragen soll, daß ich all dies Elend verursacht habe,‹ sagte die Frau, ›jeden Abend sitze ich hier und warte darauf, daß du wegbleiben sollst. Es endet doch noch damit, daß er da unten im Fluß bleibt, denke ich. Und dann ist es mir, als hörte ich Leute auf den Hof kommen; es ist mir, als kommen sie mit dir getragen. Und dann denke ich daran, wie es mir ergehen soll, wenn du tot bist. Ob ich es je im Leben werde vergessen können, daß ich schuld an deinem Tode bin.‹

Während sie so sprach und alledem Luft machte, was sie so bedrückte, saß der Mann da und kämpfte mit seinen eigenen Gedanken. – ›Jetzt will sie auch noch, daß ich sie tröste und ihr helfe,‹ dachte er. Er fand, daß es nur beschwerlich war, daß sie sich um ihn beunruhigte; es war ihm lieber gewesen, solange sie sich ruhig verhielt, so daß er nicht daran zu denken brauchte, daß sie überhaupt da war. ›Ich kann wirklich nicht auch noch ihren Kummer tragen‹, dachte er.

Aber etwas mußte er doch sagen. ›Du brauchst dich meinetwegen nicht zu beunruhigen,‹ sagte er. ›Ich habe nicht die Absicht, neue Missetaten zu denen hinzuzufügen, die ich schon begangen habe.‹ Da verbreitete sich ein Glanz über ihr Antlitz, nur weil er diese Worte zu ihr sagte.«

– – Als Ingmar so weit geschrieben hatte, legte er die Feder nieder und sah auf. – »Das wird ja ein schrecklich langer Brief«, dachte er. »Ich werde hier wohl die ganze Nacht sitzen und schreiben müssen.« Aber eigentlich fühlte er, daß es ihm eine Freude war, das alles noch einmal wieder zu durchleben, was er mit Barbro durchgemacht hatte. Er konnte nicht umhin zu hoffen, daß der Pfarrer ihr den Brief zu lesen geben würde, so daß sie gerührt sein würde, wenn sie sah, wie gut er sich altes dessen noch erinnerte.

»Aber obwohl der Mann glaubte, daß er sich nicht das geringste aus seiner Frau mache,« schrieb Ingmar weiter, »blieb er noch ein paar Abende zu Hause, nachdem sie ihm erzählt hatte, wie unruhig sie seinetwegen war. Die Frau tat so, als verstehe sie nicht, daß er ihretwillen zu Hause blieb. Sie ging wie gewöhnlich still und stumm umher. Aber wie der Herr Pfarrer weiß, war sie, Barbro, immer sehr gut gegen alle die alten Leute gewesen, die auf dem Ingmarshof waren. Die waren ganz verliebt in sie. Als nun der Mann zu Hause blieb und in der guten Stube zusammen mit den andern am Feuer saß, da sah er, daß die alte Lisa und Korp Beugt dasaßen und. einander fortwährend zulachten.

Zwei Abende hintereinander gelang es dem Mann, zu Hause zu bleiben, aber der dritte war ein Sonntag, da kam die Frau auf den Einfall, ihre Gitarre hervorzuholen, und sie begann zu singen, um sich die Zeit zu vertreiben. Das ging eine Weile ganz gut, aber dann stimmte sie eine Melodie an, die Gertrud immer zu summen pflegte. Da konnte der Mann es nicht länger daheim aushalten; er nahm seine Mütze und ging davon.

Als der Mann hinauskam, war es stockfinster, und es fiel ein feiner, kalter Regen, aber das war gerade solch Wetter, wie er es gern hatte. Er ruderte nach der Schule hinab und setzte sich auf einen Stein, dicht am Fluß, und dachte an Gertrud und an die Zeit, wo er seinem Versprechen noch nicht untreu geworden und noch ein rechtschaffener und ehrenhafter Mann war. Erst als die Uhr über elf war, ging er nach Hause. Da saß seine Frau unten am Flußufer und wartete auf ihn.

Da wurde der Mann ärgerlich. Der Herr Pfarrer wissen wohl, daß wir Männer es nicht leiden können, daß die Frauen sich unsertwegen Sorge machen. Er sagte nichts zu seiner Frau, bis sie in die Kammer gekommen waren. »Ich will dir nur sagen, daß du mich kommen und gehen lassen mußt, wie es mir beliebt«, sagte er, und sie konnte es seinem Ton sehr wohl anhören, daß er unzufrieden war; sie erwiderte nichts, sondern strich nur schnell ein Streichholz an und entzündete ein Licht. Da sah der Mann, daß sie ganz durchnäßt war. Die Kleider saßen an dem Leibe wie festgeklebt, sie ging hin und holte Essen für ihn, machte Feuer an und machte die Betten zurecht, und während der ganzen Zeit schleppten und klatschten die nassen Kleider um sie herum. Aber es war ihr nicht anzusehen, daß sie ärgerlich oder unzufrieden war. – ›Ich möchte wohl wissen, ob sie so fromm ist, daß nichts sie erzürnen kann‹, dachte der Mann.

Er wandte sich plötzlich nach ihr um und fragte: »Wenn ich dir dasselbe angetan hätte wie Gertrud, würdest du mir dann verzeihen?« – Sie sah ihn einen Augenblick fest an. »Nein,« erwiderte sie, aber als sie das sagte, blitzte es in ihren Augen auf. Der Mann blieb schweigend sitzen. ›Ich möchte wohl wissen, warum sie mir nicht vergeben würde, wo sie doch Stig

Börjesson hat vergeben können,‹ dachte er. ›Aber sie findet wahrscheinlich, daß ich noch schlechter gehandelt habe, da ich Gertrud um ihretwillen verließ.‹

Ein paar Tage darauf geschah es, daß der Mann sein Stemmeisen verlegt hatte. Er suchte überall danach und kam zuletzt auch in die kleine Kammer hinter der Braustube. Da lag die alte Lisa krank, und Barbro saß am Bett und las ihr aus der Bibel vor. Es war eine große, alte Bibel mit Messingbeschlag und mit dickem Ledereinband. Der Mann blieb eine Weile stehen und sah sie an. – ›Sie ist wohl noch aus Barbros Hause,‹ dachte er und ging hinaus. Aber gleich darauf kehrte er zurück, nahm seiner Frau die Bibel aus der Hand und schlug die erste Seite auf. Er sah nun, daß es wirklich eine von den alten Bibeln war, die zu dem Hofe gehörten, und die Karin auf der Auktion hatte verkaufen lassen. ›Woher ist dies Buch gekommen?‹ fragte der Mann. Als Frau sagte nichts, aber die alte Lisa antwortete: ›Hat Barbro dir nicht erzählt, daß sie die Bibeln zurückgekauft hat?‹ – ›Nein, hat Barbro die zurückgekauft?‹ sagte der Mann. – ›Sie hat noch mehr als das getan,‹ sagte Lisa eifrig. ›Du solltest einmal hingehen und dir den Schrank in der guten Stube ansehen.‹ Der Mann ging schnell durch die Braustube in die gute Stube. Als er den Schrank öffnete, sah er zwei von den alten, silbernen Humpen auf dem Bort stehen. Er nahm sie herunter, drehte sie hin und her, um die Zeichen auf dem Boden zu sehen, und sah, daß es die richtigen waren. Barbro kam herein, während er dastand, sie sah sehr verlegen aus. ›Ich hatte noch ein wenig Geld in meinem Sparkassenbuch stehen‹, sagte sie halbleise. – Der Mann war so froh, wie er es seit langer Zeit nicht gewesen war. Er ging auf sie zu und reichte ihr die Hand: ›Dafür sollst du schön bedankt sein,‹ sagte er. Aber er zog seine Hand fast augenblicklich wieder zurück und ging hinaus. Er hatte ein Gefühl, daß es unrecht von ihm sei, freundlich gegen seine Frau zu sein. So viel war er Gertrud doch schuldig, daß er der, die ihren Platz eingenommen hatte, weder Liebe noch Wohlwollen erzeigte.

Es mochte wohl eine Woche später sein, nachdem dies geschehen war. Der Mann kam aus der Scheune heraus und ging nach dem Wohnhause hinüber; im selben Augeblick öffnete ein fremder Mann die Pforte und trat auf den Hofplatz. Als sie sich begegneten, grüßte der Fremde und fragte, ob Barbro Svenstochter zu Hause sei. ›Ich bin ein alter Bekannter von ihr‹, sagte er. Nun geschah das Wunderlichste, daß der Mann im selben Augenblick wußte, wer der Fremde war. – ›Dann bist du wohl Stig Börjesson,‹ sagte er. – ›Ich glaubte, daß mich niemand hier kenne. Ich will auch gleich wieder gehen, ich habe Barbro nur ein paar Worte zu sagen. Aber erzähle Ingmar Ingmarson nicht, daß ich hier gewesen bin. Er sieht es vielleicht nicht gern, daß ich hierherkomme.« – »Ach, ich glaube, Ingmar wird sich freuen, dich hier zu sehen,« sagte der Mann, »er hat gewiß schon lange gern wissen wollen, wie so ein Schurke aussieht.« Er geriet ganz außer sich vor Zorn, daß dieser elende Bursche noch immer umherging und den Leuten weismachen wollte, daß Barbro Svenstochter ihn liebte. – »Ich weiß doch nicht, daß mich schon jemals irgend jemand Schurke genannt hat«, sagte Stig jetzt.

– »Ja, wenn es bisher noch niemand getan hat, so tue ich es,« sagte der Mann, und im selben Augenblick erhob er die Hand und versetzte Stig eine Ohrfeige.

Stig Börjesson fuhr zurück; er wurde leichenblaß, und sein Gesicht verzerrte sich vor Zorn. »Laß das,« sagte er, »du weißt nicht, was du tust! Ich wollte nur Geld von Barbro leihen, weiter habe ich nichts mit ihr zu schaffen,« – Der Mann schämte sich seiner Heftigkeit. Er konnte selbst nicht begreifen, warum er sich so benommen hatte. Aber er konnte sich nicht entschließen, dem Kerl gegenüber Reue zu zeigen, deswegen fuhr er in zornigem Ton fort: »Du mußt dir nicht einbilden, daß ich bange bin, daß Barbro dich liebt, aber ich fand, du verdientest eine Ohrfeige, da du sie hast sitzen lassen.«

Stig Börjesson trat jetzt dicht an den Mann heran. »Jetzt will ich dir auch etwas erzählen, zum Dank dafür, daß du mich geschlagen hast,« sagte er, und seine Stimme wurde heiser und fauchend. »Ich kann mir wohl denken, daß das, was du jetzt zu hören bekommst, dich mehr schmerzen wird, als wenn ich dich prügelte. Du scheinst mir sehr verliebt in deine Barbro zu sein, darum will ich dir nur sagen, daß sie eine von denen ist, die von dem Pferdehändler auf dem Trauerhügel abstammen.«

Er stand da und beobachtete, was für eine Wirkung das auf den Mann haben würde, aber der sah nicht weiter erstaunt aus. Anfangs konnte er sich gar nicht darauf besinnen, daß etwas Merkwürdiges mit dem Trauerhügel im Zusammenhang stand. Aber endlich fiel ihm die Geschichte ein, die er als Kind gehört hatte, und die der Herr Pfarrer wohl auch gehört haben, daß alle Söhne, die von dem Geschlecht vom Trauerhügel geboren werden, blinde Idioten sind, während alle Töchter klüger und schöner werden als alle die andern Menschen. Aber er hatte nie geglaubt, daß auch nur ein Körnchen Wahrheit an der Geschichte sei. Er fing an, über Stig zu lachen.

›Du glaubst wohl nicht an die Geschichte‹, sagte Stig und trat noch näher an den Mann heran. »Aber ich will dich nur wissen lassen, daß Sven Perssons zweite Frau aus der Familie stammte. Alle, die von dem Trauerhügelmann abstammen, sind in eine andere Gegend gezogen, wo niemand weiß, wie es mit ihnen steht; aber meine Mutter wußte in der Verwandtschaft Bescheid. Sie verschwieg, was sie wußte, und sagte niemandem, wer Sven Perssons Frau war, ehe ich mich mit Barbro verheiraten wollte. Und als ich es erfuhr, konnte ich sie nicht heiraten, aber ich verschwieg es als ehrlicher Mann. Wäre ich ein Schurke gewesen, so hätte ich es schon erzählt. Ich habe Schmach genug um dieser Sache willen erlitten. Aber ich habe es schweigend getragen, bis du mich schlugst. Sven Persson selbst hat auch nie erfahren, wen er bekommen hatte, denn seine zweite Frau starb, nachdem sie ihm eine einzige Tochter geboren hatte. Und die Töchter aus dem Trauerhügelgeschlecht sind schön und fein genug, aber die Söhne, die werden blinde Idioten. Und nun kannst du liegen, wie du dich selber gebettet hast! Du kannst mir glauben, ich habe tüchtig darüber gelacht, wenn ich daran dachte, daß du deine Liebste sitzen ließest, und wenn ich an den Ingmar Ingmarsson denke, der nach dir auf dem Hof schalten und walten wird. Und du wirst wohl viele glückliche Tage mit deiner Frau verleben, jetzt, nachdem du dies gehört hast.‹

Aber während Stig dicht vor dem Mann stand und ihm dies alles ins Gesicht fauchte, war dessen Blick zufällig nach dem Wohnhause hinübergeschweift. Und da sah er den Zipfel eines Kleides hinter der Haustür hervorgucken. Er dachte, daß Barbro wohl auf die Diele hinausgegangen war, als sie sah, daß er und Stig einander auf dem Hofplatz begegneten, und da stand sie nun und hörte dies alles. Da erst wurde dem Mann unheimlich zumute, und ihn durchzuckte der Gedanke: ›Es ist ein Unglück, daß Barbro dies alles gehört hat. Es ist möglich, daß das, wovor ich mich solange gefürchtet habe, jetzt geschehen ist. Sollte dies die Strafe von Gott sein, auf die ich solange gefaßt war?‹

Aber im selben Augenblick fühlte der Mann zum ersten Male wirklich, daß er eine Frau hatte, und daß es seine Pflicht war, sie zu beschützen. Darum zwang er sich, noch einmal zu lachen, und tat so, als habe die Sache nicht den geringsten Eindruck auf ihn gemacht. ›Es war gut, daß ich die Geschichte zu hören bekam, dann brauche ich doch keinen Groll mehr gegen dich zu hegen.‹ – ›Nun,‹ sagte Stig, ›so also faßt du es auf.‹ – ›Du glaubst doch nicht, daß ich ebenso verrückt bin wie du, und mein Glück um eines dummen alten Aberglaubens willen verscherzen werde.‹ – ›Ja, dann will ich heute nicht mehr sagen,‹ sagte Stig. ›Aber wenn ein Jahr um ist, werde ich einmal nachsehen, ob du noch ebenso sicher bist wie jetzt.‹ – ›Willst du nicht mit hereinkommen und Barbro Guten Tag sagen?‹ sagte der Mann, als er sah, daß der andere sich anschickte zu gehen. – ›Ach nein, das mag einerlei sein,‹ sagte nun Stig.

Als er fort war, ging der Mann gleich in das Haus, um mit seiner Frau zu reden. Sie stand drinnen und wartete auf ihn, und ehe er noch ein einziges Wort gesagt hatte, sagte sie ganz ruhig: ›Wir werden solchen Ammenstubenmärchen doch nicht glauben, Ingmar? Was geht es uns an, was vor mehr als hundert Jahren geschehen ist, falls es überhaupt jemals geschehen ist.‹ – ›Du hast es also gehört?‹ sagte der Mann. Er wollte es sich nicht merken lassen, daß er sie hatte dastehen und lauschen sehen. –- ›Ja, ich habe die alte Geschichte gehört, ebenso wie alle andern, aber bis auf den heutigen Tag habe ich nicht gewußt, daß sie etwas mit mir zu schaffen habe.‹ – ›Es tut mir leid, daß du das hören mußtest,‹ sagte der Mann. ›Aber es macht nichts, wenn du nur nicht daran glaubst.‹

Die Frau lachte. ›Ich habe nie etwas von einem Fluch bemerkt‹, sagte sie. Der Mann dachte, daß er selten eine gesehen habe, die schöner war als seine Frau. ›Nein,‹ sagte er, ›ich glaube nicht, daß jemand etwas anderes von dir sagen kann, als daß du gesund an Leib und Seele bist.‹– – Als der Frühling kam, gebar die Frau ein Kind. Sie hatte sich die ganze Zeit hindurch tapfer gehalten, und nie irgendwelche Unruhe gezeigt. Der Mann dachte oft, daß sie gewiß das, was Stig erzählt hatte, ganz vergessen habe. Was ihn selbst anbetraf, so wagte er nach der

Unterredung nicht mehr, so vollständig in seinem Kummer aufzugehen wie zuvor. Er dachte immer daran, es müsse so sein, daß seine Frau merken könne, daß er nicht an den Fluch glaubte, der auf ihr ruhen sollte. Er bemühte sich, daheim immer ein frohes Gesicht aufzusetzen, um nicht so auszusehen, als ob er auf Gottes Strafe warte. Er fing an, sich eifrig seines Hofes anzunehmen, und er zeigte sich hilfreich gegen Leute, wie sein Vater es getan hatte. ›Von nun an geht es nicht, daß ich nur umhergehe und unglücklich aussehe‹, dachte der Mann. ›Dann bildet Barbro sich ein, daß ich an den Fluch glaube, und dann grämt sie sich darüber.‹

Die Frau war ungeheuer glücklich über das Kind, Es war ein Junge, er war wohlgebildet und schön, hatte eine hohe, gerade Stirn und große, klare Augen. Wieder und wieder rief sie den Mann herein, damit er den Jungen ansehen sollte. ›Es ist ein prachtvoller Junge, Ingmar, es ist nichts mit ihm im Wege‹, sagte die Frau. Der Mann stand ganz verlegen da, die Hände auf dem Rücken, und wagte nicht, das Kind anzurühren. – ›Nein, ihm fehlt nichts,‹ sagte sie. ›Und nun sollst du einmal sehen, daß seinen Augen auch nichts fehlt,‹ sagte die Frau. Er zündete ein Licht an und führte es vor dem Gesicht des Kindes hin und her. ›Kannst du sehen, Ingmar, er wendet die Augen nach dem Licht,‹ sagte sie. – ›Ja,‹ sagte der Mann.

Es war einige Tage später. Die Frau war auf, ihr Vater und ihre Stiefmutter waren gekommen, um sich nach ihr und dem Kinde umzusehen. Die Stiefmutter nahm den Knaben aus der Wiege und wog ihn gleichsam auf dem Arm. ›Ist das aber ein großes Kind,‹ sagte sie und sah vergnügt aus. Aber nach einer Weile betrachtete sie den Kopf des Kindes genauer. ›Ist der Kopf, den das Kind hat, nicht gar zu groß?‹ fragte sie.

›Alle Kinder in unserer Familie haben große Köpfe,‹ sagte der Mann. – ›Ist dein Kind sonst gesund?‹ fragte die Stiefmutter nach einer Weile und legte es wieder in die Wiege. – ›Ja,‹ sagte die Frau, ›es wächst mit jedem Tag, der vergeht.‹

›Sage mir doch,‹ begann die Stiefmutter nach einer Weile wieder, ›weißt du auch ganz sicher, daß das Kind sehen kann? Es dreht fortwährend die Augen, so daß man nur das Weiße sieht.‹ Die Frau erbleichte und fing an zu zittern. Ihre Lippen bebten. – ›Wenn Ihr mit einem Licht die Probe machen wollt,‹ sagte der Mann, ›so werdet Ihr schon sehen, daß den Augen nichts fehlt.‹ Die Frau zündete eifrig ein Licht an und hielt es vor die Augen des Kindes. ›Freilich kann es sehen,‹ sagte sie, und bemühte sich, froh und hoffnungsvoll auszusehen. Das Kind lag still in der Wiege und verdrehte die Augen. ›Seht nur, wie es die Augen dem Lichte zuwendet‹, sagte die Mutter, niemand von den andern sagte ein Wort. ›Kannst du nicht sehen, daß es die Augen bewegt?‹ sagte sie zu der Stiefmutter. Sie erwiderte kein Wort. – ›Er ist jetzt müde,‹ sagte Barbro, ›die Augen fallen ihm zu.‹

Nach einer Weile ergriff die Stiefmutter wieder das Wort. ›Wie soll er heißen?‹ fragte sie. ›Hier im Hause ist es Sitte, daß der älteste Junge immer Ingmar getauft wird‹, sagte der Mann.

Die Frau entgegnete hastig: ›Ach, ich wollte dich bitten, ob er nicht Sven nach meinem Vater heißen soll.‹ – Es entstand eine unheimliche Stille. Der Mann merkte, daß seine Frau ihn scharf beobachtete, obwohl es schien, als wenn sie die Augen beständig auf den Boden richtete. – ›Nein,‹ sagte der Mann, ›wohl ist dein Vater Sven Persson ein tüchtiger Mann, aber unser ältestes Kind soll Ingmar heißen.‹

Ja, und dann eines Nachts, als das Kind acht Tage alt war, bekam es Krämpfe, und gegen Morgen starb es.«

– – Hier hielt Ingmar von neuem mit dem Schreiben inne. Er sah nach der Uhr, es war weit über Mitternacht. »Ach, lieber Gott, ich kann es fast nicht ertragen, dies zu schreiben«, sagte er. »Ob der Herr Pfarrer wohl auch so recht verstehen kann, wie fürchterlich es war. Und das allerschlimmste war, daß wir nie Gewißheit erlangten, wie es mit dem Kinde beschaffen war. Wir wissen noch heutigentags nicht, ob es ein gesundes Kind war, oder ob etwas bei ihm nicht in Ordnung war.«

»Jetzt muß ist mich kürzer fassen«, dachte er, »sonst werde ich bis morgen früh wohl nicht mehr fertig.«

»Jetzt muß ich dem Herrn Pfarrer erzählen,« schrieb Ingmar, als er von neuem zu der Feder griff, »daß der Mann in der letzten Zeit immer gut gegen Barbro gewesen war und hin und wieder so mit ihr verkehrt hatte, wie ein jung verheirateter Mann gegen seine Frau zu sein pflegt. Aber er glaubte, daß Gertrud noch immer Anspruch auf seine ganze Liebe habe, und er sagte zu sich selbst: Nicht, daß ich Barbro liebe, aber ich muß gut gegen sie sein, weil sie ein so schweres Schicksal zu tragen hat. Sie soll doch wissen, daß sie nicht allein in der Welt dasteht, sondern einen Mann hat, der sich ihrer annehmen will.

Barbro weinte nicht mehr über das Kind, als es erst tot war. Es schien vielmehr, als freue sie sich, daß es heimgegangen war. Als ein paar Wochen verstrichen waren, beruhigte sie sich ganz. Niemand konnte ihr ansehen, ob sie sich unglücklich fühle, oder ob sie die düsteren Gedanken ganz wieder aus ihrem Sinn abgeschüttelt hatte.

Als der Sommer kam, zog Barbro auf die Alm, und der Mann blieb allein zu Hause.

Aber nun geschah etwas Wunderliches mit ihm. Wenn er in das Haus kam, ging er umher, als suche er nach Barbro. Hin und wieder, wenn er bei seiner Arbeit stand, konnte er den Kopf erheben und lauschen, ob er nicht ihre Stimme hörte. Es war ihm, als sei alle Traulichkeit mit Barbro vom Hofe verschwunden, es war gar nicht mehr derselbe Ort.

Als der Sonnabend kam, ging er zu Barbro auf die Alm hinauf. Sie saß auf der steinernen Schwelle vor dem Hause, die Hände im Schoß, und obwohl sie den Mann kommen sah, erhob sie sich nicht und ging ihm nicht entgegen. Er setzte sich neben sie. »Barbro,« sagte er, »mit mir ist etwas Wunderliches vorgegangen,« – »So?« sagte sie nur, ohne weiter zu fragen. – »Die Sache ist die, daß ich angefangen habe, dich zu lieben.« – Sie sah ihn an, und er merkte, daß sie müde war, und daß sie kaum die Augen vom Boden erheben konnte. – »Das ist jetzt zu spät,« sagte sie.

Er erschrak sehr, als er sah, wie es um sie stand. »Es ist nicht gut für dich, hier oben im Walde allein zu sein,« sagte er. – »Ja, mir geht es hier gut, ich möchte am liebsten mein ganzes Leben lang hierbleiben.«

Der Mann versuchte wieder, ihr zu erzählen, wie sehr er sie jetzt liebe, daß er keinen Gedanken für eine andere habe als für sie. Er habe es selbst nicht gewußt, wie es mit ihm stehe, ehe sie von ihm fortgegangen sei. Barbro antwortete kaum. »Alles das hättest du im vorigen Herbst sagen sollen‹, sagte sie. – ›Ach, lieber Gott, ist es nun bei dir aus?‹ sagte er, und sah ganz verzweifelt aus. – ›Ach nein, das ist es nicht,‹ sagte sie, und dann bemühte sie sich, vergnügt auszusehen.

Eines Tages im August kam er wieder auf die Alm hinauf. ›Ich habe dir traurige Nachricht zu bringen‹, sagte er, sobald er sie sah. – ›Was ist denn geschehen?‹ fragte sie. – ›Dein Vater ist gestorben.‹ – ›Ja, das sind große Neuigkeiten für dich wie auch für mich‹, sagte sie.

Barbro setzte sich auf einen Stein am Waldesrande und machte ihm ein Zeichen, sich neben sie zu setzen. – ›Nun haben wir unsere Freiheit,‹ sagte sie, ›nun können wir tun, was wir wollen, und nun wollen wir uns scheiden lassen‹ – Er wollte sie unterbrechen, aber sie ließ ihn nicht zu Worte kommen. – ›Solange mein Vater lebte, war nicht daran zu denken, aber jetzt müssen wir gleich die Scheidung einreichen,‹ sagte sie, ›das wirst du wohl einsehen.‹ – ›Nein,‹ sagte er, ›das kann ich gar nicht einsehen.‹ – ›Du hast doch gesehen, was für ein Kind ich dir geboren habe!‹ – ›Es war ein schönes Kind‹, sagte er. – ›Es war blind, und hätte es gelebt, so wäre es blödsinnig geworden.‹ – ›Es ist einerlei, wie das Kind war, ich will dich trotzdem behalten.‹

Sie faltete die Hände, und der Mann sah, daß sie die Lippen bewegte. ›Dankst du Gott dafür?‹ fragte er. – ›Den ganzen Sommer habe ich um Befreiung gebeten‹, sagte sie. –- ›Ach, du lieber Gott, soll ich jetzt mein Glück um so eines alten Ammenmärchens willen verlieren?‹ rief er aus. – ›Es war kein Ammenmärchen,‹ sagte Barbro, ›das Kind *war* blind.‹ – ›Das weiß kein Mensch‹, sagte er. ›Hätte es gelebt, so bin ich überzeugt, daß es heute sehen könnte.‹ – ›Aber mein nächstes Kind würde doch blödsinnig werden,‹ sagte sie, ›denn jetzt glaube ich daran.‹

Er widersprach ihr noch lange und sagte, daß das, was sie von ihm verlange, ganz unmöglich sei. – ›Du mußt es doch tun,‹ sagte sie, ›denn es ist recht. Du kannst ja sehen, daß, wenn wir fort fahren, als Mann und Frau zu leben, Gott nie aufhören wird, uns zu strafen.‹

Sie wußte vom ersten Augenblick an, daß sie ihn bewegen würde, nachzugeben, weil er ein schlechtes Gewissen hatte. ›Du solltest dich freuen, daß du jetzt Gelegenheit bekommst, alles wieder gut zu machen, was du vor einem Jahr gesündigt hast,‹ sagte sie, ›sonst würde es dein ganzes Leben lang an dir genagt haben.‹ – Und schließlich, als er fortfuhr, mit Einwendungen zu kommen, sagte sie: ›Wegen des Hofes brauchst du nicht besorgt zu sein, den kannst du von mir kaufen, wenn du wieder nach Hause kommst. Und so lange du in Jerusalem bist, bleibe ich hier und verwalte ihn für dich.‹

So zogen sie denn auf den Hof herab, um Anstalten für die Scheidung zu treffen. Die Zeit, die jetzt kam, war schwerer für ihn denn je. Er sah, daß Barbro froh und glücklich war, bei dem Gedanken, von ihm befreit zu werden. Es war ihre größte Freude, davon zu reden, wie er und Gertrud miteinander leben würden. Mit nichts beschäftigte sie ihre Gedanken lieber als damit, sich auszumalen, wie Gertrud sich freuen würde, wenn er sie in Jerusalem abholte. Einmal, als sie lange darüber geredet hatte, war es ihm, als würde es ihm plötzlich klar, daß Barbro ihn nicht leiden könne, sonst würde sie nicht immer und ewig davon reden, ihn mit Gertrud zusammenzubringen. Da fuhr er auf und schlug mit der geballten Faust auf den Tisch. ›Ja, ich werde reisen,‹ rief er, ›aber dann sagst du nichts mehr hierüber!‹ – ›Dann ist alles gut‹, sagte sie und sah vergnügt aus. ›Denke nur immer, Ingmar, daß ich keine frohe Stunde mehr haben kann, ehe du nicht mit Gertrud ausgesöhnt bist.‹

Und dann machten sie alles durch, was nötig war: Sie wurde von dem Pfarrer ermahnt, sie wurde von dem Gemeindevorsteher ermahnt, und auf dem Herbstthing wurden sie geschieden.« –– ––

Hier hielt Ingmar inne und legte die Feder nieder. Jetzt wußte der Pfarrer alles. Nun blieb ihm nichts weiter übrig, als ihn zu bitten, mit Barbro zu reden und ihr vorzustellen, von ihrer Forderung, daß Ingmar Gertrud heiraten sollte, abzusehen. Nach alle diesem würde der Pfarrer doch wohl verstehen, daß das ganze unmöglich für ihn war. Sich jetzt Gertrud mit falscher Liebe nähern, würde ja nur ein zweiter Betrug gegen sie sein.

Während er so dachte, fiel sein Blick auf die Worte, die er eben geschrieben hatte. »Du mußt es um meinetwillen tun, damit ich meinen Seelenfrieden wiederbekomme.«

Er las alles noch einmal durch, was er geschrieben hatte; es war ihm, als säße er wieder oben auf dem Waldhügel und hörte Barbro reden. »Du solltest dich freuen, daß du wieder gutmachen kannst, was du verbrochen hast.« Er hörte diese Worte und alles das andere, was sie gesagt hatte.

Und wie kann ich das schwer nennen, was sie von mir verlangt, im Vergleich damit, was sie selber zu tragen hat, dachte er.

Plötzlich war es ihm, daß das, was er am allerwenigsten wünschte, war, daß dieser Brief Barbro vor Augen käme. Nein, nein, da würde sie ja erfahren, daß er meinte, er würde es nicht ertragen können. Sollte er so erbärmlich sein, sie anzuflehen, der Sühne und Strafe zu entgehen?

Sie war nicht eine Sekunde im Zweifel gewesen von dem Augenblick an, als sie glaubte, das

Recht zu haben, ihren eigenen Willen durchzusetzen. Sie hatte ihn die ganze Zeit zwingen müssen. Und nun sollte sie hören, daß er schrieb, er habe nicht die Kraft, es durchzuführen.

Ingmar sammelte die beschriebenen Blätter zusammen und steckte sie in die Tasche. »Es ist gewiß nicht nötig, diesen Brief fertig zu schreiben«, sagte er.

Er schraubte die Lampe aus und verließ die Tischlerwerkstatt. Er sah jetzt nicht weniger niedergedrückt und unglücklich aus als vorher, aber er war nun fest entschlossen, dem Willen seiner Frau nachzukommen.

Als er hinauskam, sah er dicht neben sich eine kleine Hintertür, die offen stand. Es war schon heller geworden. Er stellte sich an die Pforte und sog die frische Luft ein. »Es ist wohl keine Zeit mehr, jetzt zu Bett zu gehen«, dachte er.

Die Sonnenstrahlen kamen gleitend und schleichend von dem Hügel herab. Und alle Hügel waren wie überzogen von einem braunroten Glanz; im übrigen aber wechselte alles, was er sehen konnte, mit jeder Minute die Farbe.

Von den Abhängen herab, die sich unterhalb des Ölberges erstreckten, sah Ingmar Gertrud kommen. Die Sonnenstrahlen folgten ihr und umspannen auch sie mit ihrem Netz. Sie ging leicht, als sei sie froh und glücklich, und Ingmar fand, es sah so aus, als wenn der ganze Strahlenglanz von ihr ausging.

Und hinter Gertrud sah Ingmar einen großen, jungen Mann dahinschleichen. Er folgte ihr in einiger Entfernung, blieb hin und wieder stehen, und sah nach der anderen Seite, aber es war nicht zu verkennen, daß er Gertrud bewachte.

Es währte nicht lange, bis Ingmar den Mann erkannte, und im selben Augenblick senkte er den Blick zu Boden, und verfiel in Sinnen.

Jetzt, meinte er, werde ihm allerlei von dem klar, was er am Tage vorher beobachtet hatte, und eine große Freude erfüllte sein Herz.

»Jetzt fange ich an zu glauben, daß Gott mir helfen will«, sagte er.

Der Derwisch

Eines Abends, kurz bevor es dunkel wurde, ging Gertrud durch die Straßen von Jerusalem. Sie bemerkte ganz zufällig einen großen, schlanken Mann in einem schwarzen, fußfreien Gewand; er ging gerade vor ihr. Gertrud fand, daß etwas Ungewöhnliches an ihm war, aber sie konnte sich nicht erklären, worin das bestand. Es lag doch wohl kaum daran, daß er einen grünen Turban trug, der ihn als einen der Nachkommen des Propheten bezeichnete. Männern mit dergleichen Kopfbedeckung konnte man in jeder Straße begegnen. Es beruhte weit eher darauf, daß sein Haar nicht geschnitten oder unter dem Turban aufgesteckt war, wie es die Morgenländer sonst zu tun pflegen, sondern in gleichmäßig langen und gleich großen Locken über die Schultern herabhing.

Gertrud ging hinter dem Mann drein und folgte ihm mit den Blicken, und konnte den Wunsch nicht unterdrücken, daß er sich umwenden möge, damit sie sein Antlitz sehen könnte. Da kam ihm ein junger Mann entgegen; er grüßte ehrerbietig, küßte ihm die Hand und ging weiter. Der Schwarzgekleidete stand einen Augenblick still und sah dem Mann nach, der ihn so demütig gegrüßt hatte, und dadurch ging Gertruds Wunsch in Erfüllung.

Gertrud versagte fast der Atem vor Überraschung. Regungslos blieb sie stehen, und legte die Hand aufs Herz. »Das ist ja Christus,« sagte sie. »Das ist ja Christus, dem ich am Waldpfad begegnet bin.«

Der Mann setzte darauf seinen Weg fort. Gertrud versuchte, ihm zu folgen, aber er bog gleich in eine belebte Straße ein, und dort verlor sie bald jede Spur von ihm. Da wandte sie sich um, und kehrte nach der Kolonie zurück. Sie ging sehr langsam; jeden Augenblick blieb sie stehen und lehnte sich an eine Mauer und schloß die Augen.

»Wenn ich es doch nur in meiner Erinnerung bewahren könnte«, murmelte sie; »wenn ich doch nur sein Antlitz immer vor Augen haben könnte!«

Sie versuchte, sich das einzuprägen, was sie eben gesehen hatte. »Sein Bart war ein wenig graugesprengelt«, wiederholte sie für sich. »Er war ziemlich kurz und zweigeteilt. Er hatte ein langes, schmales Gesicht, die Nase war lang, und die Stirn war breit, aber nicht besonders hoch. Und er glich ganz Christus, so wie ich ihn auf Bildern gesehen habe, er sah gerade so aus wie damals, als er mir auf dem Waldpfad entgegenkam, nur, daß er jetzt noch viel schöner und herrlicher war. Ein Licht strahlte aus seinen Augen und eine große Macht; aber um die Augen lag eine tiefe Dunkelheit und auch viele Runzeln. Ja, um seine Augen herum lag alles vereint, Weisheit und Liebe und Schmerz und Mitleid und noch viel mehr, als könnten die Augen zuweilen einen solchen Blick haben, daß sie durch alle Himmel zu Gott und seinen Engeln hineinzuschauen vermochten.«

Auf dem ganzen Heimweg war Gertrud völlig verzückt. So glücklich hatte sie sich nicht gefühlt seit jenem Tage, als sie Christus auf der Waldwiese begegnet war. Sie ging mit gefalteten Händen, die Augen gen Himmel gewandt, dahin, und sah aus, als wandle sie nicht mehr auf Erden, sondern auf Wolken und blauer Luft.

Daß sie Christus hier in Jerusalem begegnete, das war noch weit bedeutungsvoller, als daß er ihr in dem wilden, einsamen Walde in Dalarne erschienen war. Da war er wie eine Erscheinung an ihr vorübergeglitten, aber als er sich ihr jetzt hier offenbarte, bedeutete das, daß er zurückgekommen war, um unter den Menschen zu wirken.

Ja, dies war so groß, dies, daß Christus gekommen war, daß sie nicht auf einmal alles so durchdenken konnte, was es enthielt, aber Freude und Frieden und Seligkeit waren das erste, was diese Gewißheit mit sich führte.

Als Gertrud zur Stadt hinaufkam und sich der Kolonie näherte, begegnete sie Ingmar Ingmarsson. Er trug noch immer den feinen schwarzen Anzug, der so schlecht zu seinen schwieligen Händen und groben Zügen paßte, und sah schwerfällig und niedergeschlagen aus.

Vom ersten Augenblick an, als Gertrud Ingmar in Jerusalem wiedersah, hatte sie nicht begreifen können, daß sie jemals so an ihm gehangen hatte. Es war ihr auch wunderlich vorgekommen, daß die daheim gemeint hatten, sie könne nie eine bessere Heirat machen. Aber hier in Jerusalem sah er verlassen und unmöglich aus. Sie konnte nicht begreifen, was die daheim Merkwürdiges an ihm sahen.

Aber gleichzeitig empfand Gertrud auch keinen Unwillen gegen Ingmar, und sie hatte gern freundlich gegen ihn sein wollen. Aber dann hatte ihr irgend jemand erzählt, daß Ingmar jetzt von seiner Frau geschieden sei, und nach Jerusalem gekommen war, um sie, Gertrud, zurückzugewinnen. Da hatte sie sich sehr erschrocken und hatte gedacht: »Jetzt kann ich ja nicht einmal mit ihm sprechen; ich muß ihm zeigen, daß ich mir nichts mehr aus ihm mache. Ich kann ihn doch nicht einen Augenblick glauben lassen, daß er mich wiederbekommen kann. Er ist wahrscheinlich hierhergekommen, weil er meint, daß er ein so großes Unrecht gegen mich begangen hat. Aber wenn er sieht, daß ich mir nichts mehr aus ihm mache, so wird er wohl Vernunft annehmen, und wieder nach Hause reisen.«

Aber jetzt, wo Gertrud Ingmar ausserhalb der Kolonie begegnete, dachte sie an nichts weiter, als dass sie einen Menschen getroffen hatte, dem sie ihre grosse wunderbare Entdeckung anvertrauen konnte. Sie stürzte auf ihn zu und rief: »Ich habe Christus gesehen!«

Ein so verzückter Ausruf war wohl nicht wieder über die öden Felder und Hügel von Jerusalem erklungen, seit dem Tage, als die frommen Christen von dem leeren Grabe zurückkehrten und den Aposteln zuriefen: »Der Herr ist auferstanden!«

Ingmar blieb stehen und schlug die Augen nieder, wie er es immer tat, wenn er seine Gedanken zu verbergen wünschte. »Nein wirklich,« sagte er zu Gertrud, »du hast Christus gesehen?«

Gertrud wurde ungeduldig, ganz wie in früheren Zeiten, wenn Ingmar ihren Träumen und Gedanken nicht so schnell folgen konnte. Sie wünschte nur, sie wäre statt seiner Bo begegnet, der würde sie viel besser verstanden haben. Aber trotzdem fing sie an, ihm zu erzählen, was sie gesehen hatte.

Ingmar sagte kein Wort, das andeuten konnte, daß er ihr nicht glaubte, und doch schien es Gertrud so, daß, als sie ihm ihre Geschichte erzählen wollte, diese zu nichts einschrumpfte. Sie war auf der Straße einem Mann begegnet, der Christus glich. Das war das ganze. Es erging ihr wie mit einem Traum. Es war ihr so wunderlich erschienen, als sie es erlebte, aber jetzt, wo sie versuchte, es zu erzählen, ward es zu nichts.

Trotzdem schien es, als freue sich Ingmar, daß sie ihn anredete. Er fragte Gertrud sehr genau darüber aus, zu welcher Zeit und Stunde sie dem Mann begegnet war. Und er wollte sehr genauen Bescheid über seine Kleidung und sein Aussehen haben.

Aber als sie nach der Kolonie zurückgekehrt waren, eilte Gertrud von Ingmar fort. Sie fühlte sich sehr niedergeschlagen und war entsetzlich müde. »Ich sehe wohl, daß es die Absicht des Herrn ist, daß ich dies keinem andern Menschen erzählen soll. Ach, wie glücklich war ich doch, so lange niemand weiter als ich davon wußte!«

Sie beschloß, zu niemand weiter darüber zu reden. Sie wollte auch Ingmar bitten, darüber zu schweigen. »Es ist ja wahr, es ist ja wahr,« wiederholte sie sich selbst, »daß ich ihm begegnet bin, so wie ich ihn auf dem Waldpfade sah. Aber es ist wohl viel verlangt, daß mit jemand glauben soll.«

Ein paar Tage darauf ward Gertrud sehr überrascht. Gleich nach der Abendmahlzeit kam Ingmar zu ihr, und erzählte ihr, daß er den Mann mit dem schwarzen Gewand jetzt auch gesehen habe.

»Seit du mir erzähltest, daß du ihn gesehen hattest, bin ich in derselben Straße auf und nieder gegangen, und habe auf ihn gewartet«, sagte Ingmar. – »Ingmar, dann glaubst du mir ja doch!« sagte Gertrud, und freute sich sehr. Die ganze Sicherheit des Glaubens flammte von neuem in ihr auf. – »Du weißt ja, ich gehöre nicht zu denen, die leicht glauben«, sagte Ingmar.

»Hast du je so ein Gesicht gesehen?« fragte Gertrud. – »Nein, nie habe ich ein solches Gesicht gesehen.« – »Siehst du es denn nicht beständig vor dir, wo du gehst und stehst?« – »Ja, das tue ich, das ist wahr.« – »Glaubst du denn nicht auch, daß es Christus ist?« – Ingmar vermied es, hierauf zu antworten. »Das ist seine Sache, uns zu zeigen, wer er ist.«

»Wenn ich ihn doch nur noch einmal sehen könnte«, sagte Gertrud. – Ingmar stand da und sah unschlüssig aus. »Ich weiß wohl, wo er heute abend ist!« sagte er nachdenklich. Gertrud war gleich Feuer und Flamme. »Was sagst du da, Ingmar, du weißt, wo er ist? Dann kannst du ja mit mir dahingehen, damit ich ihn wiedersehen kann.« – »Aber es ist ja finstere Nacht«, sagte Ingmar. »Es ist gewiß nicht ratsam, zu dieser Zeit nach Jerusalem hineinzugehen.« – »Ach, das hat nichts auf sich,« sagte Gertrud, »ich bin zu viel späterer Zeit da gewesen, wenn ich die Kranken besuchte.«

Es kostete Gertrud viel Mühe, Ingmar zu überreden. »Glaubst du nicht, daß ich den vollen Gebrauch meiner Sinne habe? Willst du deswegen nicht mit mir gehen«, sagte sie, und ihre Augen wurden dunkel und unheimlich. – »Es war gewiß dumm von mir, dir zu erzählen, daß ich ihn gefunden habe,« sagte Ingmar, »aber jetzt glaube ich doch, daß es am besten ist, wenn ich mit dir hingehe.« – Gertrud sah so glücklich aus, daß ihr Tränen in die Augen traten. »Aber wir müssen sehen, daß wir von der Kolonie fortkommen, ohne daß uns jemand sieht«, sagte sie. »Ich will es hier niemand erzählen, ehe ich ihn nicht noch einmal gesehen habe.«

Es gelang ihr, eine Laterne zu finden, und endlich machten sie sich damit auf den Weg. Sturm und Regen schlugen ihnen entgegen, aber Gertrud achtete nicht darauf. »Weißt du auch ganz sicher, daß ich ihn heute abend sehen werde«, sagte sie einmal über das andere. »Bist du wirklich sicher, daß ich ihn zu sehen bekommen werde?«

Gertrud sprach unaufhörlich. Jetzt war es, als liege nichts mehr zwischen ihr und Ingmar. Sie schenkte ihm ihr ganzes Vertrauen wie in alten Zeiten. Sie erzählte ihm von allen den Morgenstunden, die sie auf dem Ölberge gestanden und gewartet habe. Sie erzählte auch, welche Qual es für sie gewesen war, daß zuweilen Leute da hinaufgekommen waren, die dagestanden und sie angesehen hatten, während sie auf den Knien lag und zum Himmel emporsah. »Du kannst mir glauben, es war nicht angenehm für mich, daß mich alle so sonderbar ansahen, ganz als ob ich von Sinn und Verstand wäre. Aber ich wußte ja so sicher, daß Christus kommen würde, und da konnte ich es nicht lassen, da hinaufzugehen, und auf ihn zu warten.

Ich hätte es ja lieber gesehen, wenn er mit großer Macht und Herrlichkeit in den Wolken der Morgenröte gekommen wäre,« sagte sie, »aber was mache ich mir daraus, wenn er nur gekommen ist. Was tut es, daß er in dieser dunklen Winternacht kommt! Es wird doch Tag und heller Morgen, wenn er sich zeigt.

Und denke doch, Ingmar, daß du gerade zu dieser Zeit hierher kommen mußtest, wo er anfängt aufzutreten und zu wirken! Du bist glücklich, du hast nicht zu warten brauchen. Du kommst gerade zur rechten Zeit!«

Gertrud blieb plötzlich stehen, sie hielt die Laterne in die Höhe, so daß sie Ingmar ins Gesicht sehen konnte. Er ging dahin und sah so schwermütig und finster aus.

»Wie alt du doch in diesem Jahr geworden bist, Ingmar«, sagte sie. »Ich kann mir wohl denken, daß du dich mit Gewissensbissen um meinetwillen gequält hast. Aber du mußt nicht mehr daran denken, daß du mir ein Unrecht zugefügt hast. Es war Gottes Wille, daß es so kommen sollte. Es ist Gottes große Gnade gegen dich und gegen mich. Er wollte uns gerade in der richtigen, guten Zeit hierher nach Palästina führen.

Jetzt werden Vater und Mutter sich auch freuen, wenn sie Gottes Absicht verstehen können«, fuhr Gertrud fort. »Ja, sie haben mir nie ein hartes Wort geschrieben, weil ich sie verließ. Sie verstehen wohl, daß ich es daheim nicht aushalten konnte, aber ich weiß, daß sie große Bitterkeit gegen dich gehegt haben. Aber nun werden sie sich schon mit den beiden Kindern aussöhnen, die in ihrem Hause aufgewachsen sind. Weißt du, daß ich fast glaube, daß sie mehr um dich getrauert haben als um mich?«

Ingmar schritt schweigend in Sturm und Regen neben ihr dahin, er konnte ebensowenig dies wie alles andere verstehen, was Gertrud sagte. – »Er glaubt offenbar nicht, daß ich

Christus gefunden habe,« dachte Gertrud, »aber was tut das, wenn er mich trotzdem zu ihm führt. Ach, wenn ich nur noch eine kleine Geduld haben könnte, dann weiß ich, daß ich bald sehen werde, wie alle Völker der Erde und alle Fürsten die Knie vor ihm beugen, vor ihm, der der Heiland ist.«

Ingmar führte Gertrud in den mohammedanischen Teil der Stadt, und sie durchschritten viele dunkle und winkelige Straßen. Endlich blieben sie vor einer niedrigen Pforte in einer hohen Mauer ohne Fenster stehen und stießen sie auf. Sie kamen durch einen langen Gang und gelangten in einen erleuchteten Hof.

Einige Diener waren in einer Ecke des Hofes beschäftigt, und ein paar alte Männer saßen, die Beine unter sich gezogen, auf einer steinernen Bank an der einen Mauer, aber niemand beachtete Ingmar und Gertrud, als sie eintraten. Sie setzten sich auf eine andere Bank, und Gertrud fing an, sich umzusehen. Es war ein Hof von der Art, wie sie sie viele in Jerusalem gesehen hatte. Um alle vier Seiten herum lief ein überdeckter Säulengang, und über dem offenen Platz in der Mitte war ein großes, schmutziges Zeltdach aufgespannt, das in Fransen und Fetzen herabhing.

Es schien in früheren Zeiten ein reiches und ansehnliches Haus gewesen zu sein, obwohl es jetzt verfallen war. Die Säulen sahen so aus, als seien sie aus einer Kirche hierhergebracht worden. Sie waren offenbar einstmals oben reich geschmückt gewesen, aber jetzt waren alle die Verzierungen verwittert und zerbrochen. Der Kalk an den Wänden war stark mitgenommen, und aus Luken und Löchern guckten schmutzige Lumpen hervor. An der einen Mauer waren eine Menge alter Kisten und Hühnerkäfige aufgestapelt.

Gertrud flüsterte Ingmar zu: »Bist du ganz sicher, daß ich ihn hier sehen soll?«

Ingmar nickte bestätigend. Er zeigte auf zwanzig kleine Teppiche aus Lammfellen, die in einem Kreis mitten im Hof lagen. »Hier habe ich ihn gestern mit seinen Jüngern gesehen«, sagte er.

Gertrud sah ein wenig enttäuscht aus, aber bald lächelte sie wieder. »Ist es nicht wunderbar, daß er immer so kommt«, sagte sie. »Man erwartet ihn in Ehren und Herrlichkeit und Reichtum, aber er will von so etwas nichts wissen, er kommt in Armut und Niedrigkeit. Aber du begreifst doch, daß ich nicht bin wie die Juden, die ihn nicht anerkennen wollen, weil er nicht als der Fürst dieser Welt vor sie hintritt.«

Nach einer Weile kamen einige Männer von der Straße herein. Sie gingen langsam nach der Mitte des Hofes und setzten sich auf die kleinen Schaffelle. Alle, die in den Hof hereinkamen, waren in morgenländische Gewänder gekleidet, aber sonst waren sie alle sehr verschieden. Einige waren jung, einige alt, einige kamen in kostbaren Pelzwerken, andere waren wie arme Wasserträger und Landarbeiter gekleidet. Allmählich, während sie hereinkamen, begann Gertrud ihnen Namen zu geben und Geschichten von ihnen zu erzählen.

»Siehst du, das da ist Nikodemus, der bei Nacht zu Jesus kam«, sagte sie von einem alten, vornehmen Mann. »Und der da mit dem großen Bart ist Petrus, und der da hinten sitzt, ist Joseph von Arimathia. Ja, ich habe bisher nie verstehen können, wie es zuging, wenn Jesus seine Jünger um sich versammelte. Und der da hinten, der mit niedergeschlagenen Augen dasitzt, ist Johannes, und der Mann mit dem roten Haar unter der Pelzmütze ist Judas. Aber die beiden, die mit gekreuzten Beinen auf der Steinbank sitzen, und aus ihren Wasserpfeifen rauchen, und so aussehen, als ginge das ganze, was sie bald hören werden, sie gar nichts an, das sind ein paar Schriftgelehrte. Die glauben nicht an ihn, die sind nur aus Neugierde hierher gekommen, nur um ihm zu widersprechen.«

Während Gertrud noch so redete, war der Kreis vollzählig geworden. Gleich darauf kam der Mann, auf den sie warteten, und stellte sich in die Mitte.

Gertrud hatte nicht bemerkt, woher er kam, sie sah ihn an. »Ja, ja, das ist er!« rief sie aus und faltete die Hände.

Sie starrte ihn lange an, während er ganz still stand, die Augen im Gebet gesenkt. Und je länger sie hinsah, um so mehr ward sie in ihrem Glauben bestärkt.

»Du kannst doch sehen, daß er kein Mensch ist,« flüsterte sie, und Ingmar antwortete ebenfalls flüsternd: »Gestern, als ich ihn zuerst sah, glaubte ich auch, daß er mehr sei als ein Mensch.«

»Es ist Seligkeit, ihn nur zu sehen«, sagte Gertrud. »Ich könnte mir nicht vorstellen, daß er mich um etwas bitten könnte, was ich nicht für ihn tun würde.«

»Das kommt wohl daher, weil wir gewohnt sind, uns den Heiland so vorzustellen«, sagte Ingmar.

Der Mann, von dem Gertrud glaubte, daß er Christus sei, stand jetzt mit hoher und gebieterischer Haltung mitten in dem Kreis seiner Anhänger. Dann machte er eine kleine Bewegung mit der Hand, und plötzlich fingen alle die, die rings umher an der Erde saßen, an, ein lautes: »Allah, Allah«, anzustimmen. Gleichzeitig begannen sie den Kopf zu bewegen, warfen ihn mit einem Ruck erst nach rechts und dann nach links, nach rechts, nach links. Sie bewegten sich alle in demselben Takt und riefen jedesmal, wenn sie den Kopf herumdrehten: »Allah, Allah!« Der in der Mitte stand fast regungslos da, gab aber den Takt durch eine leichte Neigung des Kopfes an.

»Was ist dies?« fragte Gertrud. »Was ist dies nur einmal?«

»Du bist länger in Jerusalem gewesen als ich«, sagte Ingmar. »Da weißt du selbst wohl besser als ich, was es ist.«

»Ich habe wohl davon gehört, daß es Leute gibt, die die tanzenden Derwische heißen,« sagte Gertrud, »dies hier ist gewiß ihr Gottesdienst.«

Sie saß still da und dachte nach; dann sagte sie: »Du kannst mir glauben, dies ist nur der

Anfang; das ist vielleicht hier zu Lande Sitte und Gebrauch. Es ist wohl dasselbe, als wenn wir daheim den Gottesdienst mit einem Gesang einleiten. Wenn dies vorüber ist, fängt er sicherlich an, seine Lehre auszulegen. Ach, wie ich mich danach sehne, seine Stimme zu hören!«

Die Männer, die mitten auf dem Hof saßen, riefen fortwährend: »Allah, Allah!« während sie den Kopf von der einen Seite nach der andern warfen. Sie bewegten sich in immer schnellerem Takt; die Stirn war ihnen mit Schweißtropfen bedeckt, und die Allahrufe klangen wie Geröchel.

So fuhren sie mehrere Minuten ununterbrochen fort, bis ihr Führer eine leichte Bewegung mit der Hand machte; da hielten sie augenblicklich inne.

Gertrud hatte mit niedergeschlagenen Augen dagesessen, um nicht sehen zu müssen, wie sie sich quälten. Als es jetzt still wurde, sah sie auf und sagte zu Ingmar: »Jetzt wird er wohl reden. Wer doch so glücklich wäre, seine Predigt verstehen zu können! Aber ich will schon zufrieden sein, wenn ich nur seine Stimme zu hören bekomme.«

Einen Augenblick war es ganz still, aber bald gab der Führer ein Zeichen, und seine Anhänger fingen von neuem an, »Allah, Allah!« zu rufen.

Diesmal machte er ihnen ein Zeichen, den ganzen Oberkörper und nicht nur den Kopf zu bewegen. Bald war das ganze wieder in vollem Gange. Der Mann mit dem mächtigen Gesicht und den schönen Christusaugen dachte an nichts weiter, als seine Anhänger zu immer heftigeren Bewegungen anzuspornen. Er ließ sie Minute auf Minute fortfahren. Wie von einer übernatürlichen Kraft getragen, hielten sie viel länger aus, als man es menschlichen Kräften zutrauen sollte. Es war sehr unheimlich, alle diese Männer zu sehen, die dem Tode vor Anstrengung nahe schienen, und die stöhnenden Schreie zu hören, die aus ihren ausgedorrten Kehlen hervordrangen.

Nach Verlauf einer Weile entstand eine Pause; dann begannen die heftigen Bewegungen von neuem, und dann trat wieder eine kleine Pause ein.

»Diese Kerle müssen sich offenbar lange eingeübt haben,« sagte Ingmar, »ehe sie gelernt haben, so unaufhaltsam fortfahren zu können.«

Gertrud sah mit einem hilflosen und ängstlichen Blick zu Ingmar auf. Ihre Lippen bebten ein wenig. »Glaubst du denn, daß er gar nicht hiermit aufhören wird?« fragte sie. Dann warf sie der mächtigen Gestalt, die dort gebieterisch und befehlend mitten zwischen ihren Anhängern stand, einen Blick zu, und faßte neue Hoffnung. »Du sollst sehen, die Kranken und die Unglücklichen werden bald kommen und ihn aufsuchen«, sagte sie innig. »Wir werden sehen, wie er die Wunden der Aussätzigen heilt, und die Blinden wieder sehend macht.«

Aber der Derwisch fuhr fort, wie er begonnen hatte. Er gab Zeichen, daß sie sich alle erheben sollten, und dann wurden die Bewegungen noch wilder und heftiger. Sie blieben alle auf ihren Plätzen stehen; aber ihre armen Körper bewegten sich und schwankten mit der größten

Heftigkeit hin und her. Die Augen starrten glanzlos und blutunterlaufen gerade aus, mehrere von den Männern schienen nicht zu wissen, wo sie waren, ihre Körper bewegten sich gleichsam unfreiwillig hin und her, auf und nieder, schneller und schneller.

Schließlich, als sie wohl ein paar Stunden dagesessen hatten, ergriff Gertrud in ihrer großen Pein Ingmars Arm. »Hat er sie denn nichts anderes zu lehren?« flüsterte sie.

Denn jetzt begann sie zu verstehen, daß der Mann, den sie für Christus gehalten hatte, keine andere Lehre zu geben hatte, als diese wilden Übungen. Er hatte keine anderen Gedanken, als diese wahnsinnigen Menschen aufzureizen und anzuspornen. Wenn sich einer von ihnen eifriger und anhaltender bewegte als die andern, stellte er ihn mitten in den Kreis hinein, und ließ ihn da stehen und stöhnen und sich winden als Vorbild für die andern. Er selber wurde auch eifriger. Auch sein Körper fing an. sich zu schwingen und zu verdrehen, als sei er nicht imstande, sich ruhig zu verhalten.

Gertrud saß da und kämpfte mit dem Weinen und mit der Verzweiflung. Alle Hoffnungen und Träume zerbarsten. »Hat er sie denn nichts, gar nichts zu lehren?« fragte sie noch einmal.

Gleichsam als Antwort gab der Derwisch einigen Dienern, die nicht an den Übungen teilgenommen hatten, ein Zeichen. Sie ergriffen ein paar Instrumente, die an einer Säule hingen, ein paar Trompeten und Tamburine. Sobald die Musik ertönte, wurden die Rufe wilder und gellender, und die Männer bewegten sich immer heftiger. Mehrere von ihnen warfen ihren Fes und ihren Turban ab und lösten ihr Haar, das fast eine Elle lang war. Es sah schrecklich aus, wenn sie sich so schwangen, so daß ihr Haar bald über ihr Antlitz flog, bald ihnen um den Kopf wirbelte. Ihre Augen standen ihnen immer starrer aus den Köpfen, ihre Gesichter wurden wie die von Leichen, ihre Bewegungen gingen in Krampfzuckungen über, und der Schaum stand ihnen vor dem Munde.

Gertrud erhob sich, und alle Freude und Begeisterung war erstorben. Die letzte Hoffnung starb jetzt. Es blieb nichts zurück als ein tiefer Ekel. Sie ging auf den Ausgang zu, ohne dem nur noch einen Blick zuzuwerfen, den sie eben noch für den Heiland gehalten hatte, der auf die Erde entsandt war.

»Es tut mir so leid um dies Land«, sagte Ingmar, als sie wieder auf der Straße standen. »Welche Lehren gab es hier in den alten Zeiten, und jetzt geht der ganze Unterricht dieses Mannes darauf hinaus, sie dazu zu bringen, sich wie Verrückte zu schwingen und zu drehen.«

Gertrud erwiderte nichts, sie schritt schnell heimwärts. Als sie vor der Kolonie standen, erhob sie die Laterne. »Hast du ihn gestern auch so gesehen?« fragte sie, und sah Ingmar ins Gesicht mit Augen, die vor Zorn erglühten.

»Ja«, erwiderte Ingmar, ohne sich zu besinnen.

»Tat es dir so leid, daß ich glücklich war, daß du ihn mir zeigen mußtest?« sagte Gertrud. »Dies verzeihe ich dir niemals«, fügte sie nach einer Weile hinzu.

»Ich verstehe dich wohl,« sagte Ingmar, »aber man muß doch tun, was recht ist.«

Sie schlichen durch die Hintertür hinein. Gertrud verließ Ingmar mit einem erbitterten Lachen. »Jetzt kannst du ruhig schlafen«, sagte sie. »Du hast deine Sache gut gemacht, ich glaube nicht mehr, daß dieser Mann Christus ist. Ich bin nicht länger von Sinn und Verstand, du hast deine Sache gut gemacht.«

Ingmar ging schweigend die Treppe hinauf, die zu dem Schlafsaal der Männer führte. Gertrud folgte ihm. »Denke daran, was ich dir gesagt habe, dies verzeihe ich dir niemals«, wiederholte sie.

Darauf ging sie in ihr Zimmer, legte sich ins Bett und weinte sich in Schlaf. Früh am nächsten Morgen erwachte sie, blieb aber in ihrem Bett liegen. Sie lag da und wunderte sich: »Was ist dies nur, warum stehe ich nicht auf? Woher kommt es, daß ich nicht mehr nach dem Ölberge hinausgehen will?«

Und sie hielt die Hände vor die Augen und weinte wieder. »Ich erwarte ihn nicht mehr, ich habe keine Hoffnung mehr. Es tat gestern zu weh, als ich sah, daß ich mich geirrt habe. Ich wage nicht mehr, ihn zu erwarten, ich glaube nicht mehr, daß er kommt.«

Fast eine ganze Woche hielt Gertrud sich vom Ölberge fern. Aber dann erwachten die alte Sehnsucht und der alte Glaube wieder in ihr. Eines Morgens schlich sie von neuem hinaus, und dann war alles wieder wie vorher.

Eines Abends, als die Kolonisten wie gewöhnlich in dem großen Saal versammelt waren, sah Ingmar, daß sich Gertrud neben Bo setzte und lange und eifrig mit ihm redete.

Nach einer Weile erhob sich Bo und trat zu Ingmar heran. »Gertrud hat mir erzählt, was du neulich abend versuchst hast, für sie zu tun«, sagte Bo. – »Hat sie das getan?« sagte Ingmar, er wußte nicht, wo der andere hinauswollte. – »Du mußt nicht glauben, daß ich nicht verstehe, daß du die Absicht hattest, ihren Verstand zu retten«, sagte Bo. – »So schlimm war es wohl nicht mit ihr«, sagte Ingmar. – »Doch,« sagte Bo, »wer sich ein Jahr mit dem Kummer herumgetragen hat, der weiß, wie schlimm es war.«

Er wandte sich um und wollte gehen; da reichte ihm Ingmar plötzlich die Hand. »Ich will dir etwas sagen,« sagte er, »niemanden hier möchte ich lieber zum Freunde haben als dich.« – Da huschte ein Lächeln über Bos Antlitz. »Ich glaube, es wird nicht lange dauern, bis wir wieder Feinde sind«, dachte er. Aber er ergriff trotzdem Ingmars Hand und drückte sie.

In Tagen der Armut

Als Ingmar Ingmarsson ein paar Monate in Jerusalem gewesen war, kam er eines Tages an das Jaffator, und dort blieb er stehen. Es war ungewöhnlich schönes Wetter, viele Menschen waren auf den Beinen, und Ingmar stand da und ergötzte sich an dem bunten Menschenstrom, der durch das Tor aus und einzog.

Aber als er noch nicht lange dagestanden hatte, vergaß er ganz, wo er sich eigentlich befand. Seine Gedanken fingen an, sich mit einer Frage zu beschäftigen, die ihn jeden Tag in Anspruch nahm. »Wüßte ich nur, was ich machen soll, um Gertrud zu bewegen, daß sie die Kolonie verläßt«, dachte er. »Aber es sieht ja so aus, als wenn das ganz unmöglich ist.«

Es war ihm allmählich klar geworden, daß er Gertrud nicht in Jerusalem zurücklassen konnte, sondern daß er sie mit nach Hause nehmen mußte, wenn er je wieder Frieden in seiner Seele finden wollte. »Ach, hätte ich sie nur wieder daheim, in dem alten Schulhause«, dachte er. »Hätte ich sie doch nur aus diesem schrecklichen Land heraus, wo es so viele herzlose Menschen gibt und so viele gefährliche Krankheiten und so viele verrückte Ideen und Schwärmereien. Gertrud wieder in die Heimat nach Dalarne zurückzubringen, das ist wirklich das einzige, woran ich jetzt denken muß. Ob ich sie liebe oder ob sie mich liebt, das ist etwas, woran ich mich gar nicht kehren darf; ich muß an nichts weiter denken, als sie nach Hause zu ihren alten Eltern zurückzubringen.

Es steht wirklich gar nicht mehr so gut in der Kolonie wie damals als ich kam«, dachte Ingmar. »Hier stehen harte Zeiten bevor, schon allein das könnte ein Grund sein, Gertrud nach Hause zu bringen. Ich weiß nicht, wodurch die Kolonie auf einmal so arm geworden ist, es sieht so aus, als hätten sie gar kein Geld mehr. Nicht einer von ihnen wagt, sich ein neues Kleidungsstück anzuschaffen, niemand wagt, sich auch nur eine Apfelsine in einer Fruchtbude zu kaufen, und ich finde, es sieht fast so aus, als wenn sie glauben, daß sie sich nicht mehr bei den Mahlzeiten satt essen dürfen.«

In der letzten Zeit hatte Ingmar zu bemerken geglaubt, daß Gertrud angefangen hatte, Bo zu lieben, und er konnte sich fast vorstellen, daß sie sich mit ihm verheiraten würde, wenn sie nur glücklich daheim wären. Dies erschien Ingmar als das größte Glück, worauf er jetzt hoffen könnte. »Ich weiß ja wohl, daß ich Barbro nie zurückgewinnen kann,« sagte er zu sich selbst, »aber ich würde doch glücklich sein, wenn ich mich nur nicht mit einer andern zu verheiraten brauche. Ich könnte gut allein durch das Leben gehen.« Aber er beeilte sich stets, diese Gedanken zu verscheuchen. Er ging mit sich selbst strenge ins Gericht. »Du darfst weder an dies noch an jenes denken. Du darfst dir nichts einbilden, du hast nichts weiter zu tun, als dich zu bemühen, ausfindig zu machen, wie du Gertrud nach Hause bringen kannst.«

Während Ingmar in diese Gedanken vertieft dastand, sah er, daß einer von den Gordonisten in Gesellschaft des Konsuls aus dem Konsulatsgebäude kam. »Das ist doch sonderbar«, dachte Ingmar, er war jetzt so eingeweiht in alles, was die Kolonisten betraf, daß er wußte, daß der Konsul ihnen immer zu schaden suchte, wo er nur konnte. Es herrschte beständig eine große Feindschaft zwischen ihm und allen, die zu der Kolonie gehörten.

Der Mann, der den Konsul besucht hatte, war ein Amerikaner, namens Clifford. Als sie auf die Straße hinausgekommen waren, reichte ihm der Konsul die Hand und sagte Adieu. Es klang, als herrsche ein besonders gutes Einverständnis zwischen ihnen. »Du willst es also morgen versuchen«, sagte der Konsul. »Ja,« sagte der Mann, »ich muß sehen, mit der Sache ins klare zu kommen, solange Mrs. Gordon noch fort ist.« – »Sei nur guten Mutes«, sagte der Konsul; »wie es auch gehen mag, ich werde stets dafür sorgen, dir den Rücken zu decken.«

Im selben Augenblick fiel der Blick des Konsuls auf Ingmar. »Ist das nicht einer von ihnen, der da steht?« fragte er leise. Clifford sah sich erschreckt um, beruhigte sich jedoch als er sah, daß es Ingmar war. »Ach so, das ist der, der immer so aussieht, als wenn er den ganzen Tag schläft«, sagte er; er achtete ihn so gering, daß er nicht einmal die Stimme senkte. »Er ist erst kürzlich gekommen, ich glaube, er versteht nicht einmal englisch.«

Bei diesem Worte beruhigte sich der Konsul ebenfalls, und als er sich endlich von Clifford trennte, sagte er: »Morgen werden wir beide diese Bande also endlich los werden.« – »Ja,« sagte Clifford, aber er sah jetzt doch etwas unruhiger aus. Er blieb eine Weile stehen und sah dem Konsul nach, und da erschien es Ingmar, als zittere er, und als sei sein Gesicht aschgrau. Endlich ging er. Ingmar blieb stehen, ohne sich zu rühren. Er war jedoch sehr unruhig über das, was er eben vernommen hatte.

Ja, dachte Ingmar, er hat leider recht, daß ich nicht allzugut englisch verstehe, aber so viel kann ich doch verstehen, daß er die Absicht hat, denen da draußen in der Kolonie irgendeinen Streich zu spielen, und daß das gerade jetzt sein soll, wo Mrs. Gordon nach Jaffa gereist ist. Ich möchte wohl wissen, was er im Schilde führt. Der Konsul sah so vergnügt aus, als wenn er die ganze Kolonie schon zerstört sähe.

Soviel ich weiß, ist dieser Clifford mit der Einrichtung in der Kolonie unzufrieden gewesen, dachte Ingmar weiter. Ich habe sagen hören, er wäre einer der eifrigsten gewesen, als er kam, aber jetzt in der letzten Zeit ist er ein wenig lau geworden. Ja, wer kann wissen, ob er sich nicht in irgendein Mädchen verliebt hat, das er nicht auf andere Weise aus der Kolonie fortschaffen kann; und da denkt er vermutlich, daß die Kolonie jetzt doch nicht weiter bestehen kann, da diese Armut über sie gekommen ist, und daß es ja ebenso gut sein mag, wenn sie, je eher je lieber, aufgelöst wird. Ja, wenn ich mir die Sache recht überlege, kann ich es begreifen, daß ihn die Armut ganz beeinflußt hat. Er ist wohl schon lange umhergeschlichen, und hat versucht, alle die andern aufzuhetzen. Ich selbst habe einmal gehört, wie er dastand und Bemerkungen darüber machte, daß Miß Young feiner gekleidet sei als die andern jungen Mädchen, und einmal behauptete er, daß sie an dem Tisch, wo Mrs. Gordon selbst saß, bessere Speisen erhielten, als an allen den andern Tischen.

Gott soll mich bewahren, sagte er und trat einen Schritt auf die Straße hinaus. Er ist sicher ein gefährlicher Bursche, dieser Clifford. Es wird wohl am besten sein, wenn ich so schnell wie möglich nach Hause eile und ihnen erzähle, was ich gehört habe.

Aber im nächsten Augenblick zog Ingmar den Fuß wieder zurück, und stand wieder auf dem früheren Platz neben dem Tor. Ingmar, du sollst der Letzte sein, der den Kolonisten erzählt, was über ihrem Haupt schwebt.

Laß du den Mann nur tun, was er will, dann hast du leichte Arbeit. Standest du nicht eben noch da und grübeltest darüber nach, wie du Gertrud überreden solltest, sich von den Kolonisten zu trennen! Jetzt wird die Sache ganz von selbst gehen. Es ist klar, daß der Konsul wie auch Clifford überzeugt waren, daß es bald keine Gordonisten mehr in Jerusalem geben würde.

Ja, wenn die Sache nur so günstig liegt, daß die Kolonie aufgelöst werden könnte, dachte Ingmar. Da würde Gertrud sich auch freuen, mit nach Schweden zurückzukehren.

Im selben Augenblick als Ingmar einfiel, daß er auch bald wieder nach Hause reisen müsse, fühlte er plötzlich, wie groß seine Überraschung war. Das muß ich sagen, wenn ich daran denke, daß ich jetzt um diese Zeit im Februar eigentlich oben in den Wäldern sein und Bäume fällen müßte, so fängt es an, mir in den Armen zu zucken, und die Finger jucken mir plötzlich danach, einen Axtschaft zu umklammern. Ich kann eigentlich gar nicht begreifen, wie die Schweden es hier drüben so lange haben aushalten können, ohne im Walde oder auf dem Acker zu arbeiten. Und ich bin so fest überzeugt, daß, wenn ein Mann wie Tims Halvor nur einen Kohlenmeiler zu versorgen oder ein Feld zu pflügen gehabt hätte, er noch heutigentages am Leben sein würde.

Ingmar konnte sich vor Eifer und Sehnsucht kaum ruhig verhalten. Er ging durch das Tor hinaus und den Weg hinab, der quer durch das Tal Hinnom führt. Wieder und wieder und mit immer größerer Bestimmtheit kehrte der Gedanke zurück, daß, wenn sie nur zu Hause wären, Gertrud sich mit Bo verheiraten würde, und er, Ingmar, würde dann sein Leben in Einsamkeit leben dürfen. Wer weiß, vielleicht würde Karin mit nach Hause kommen, und Hausfrau auf dem Ingmarshof werden, dachte er. Das würde das allervernünftigste sein, und dann könnte es ja so eingerichtet werden, daß ihr Sohn einmal den Hof erben würde.

Und wenn Barbro auch in ihr Heimatdorf zurückzieht, so ist sie doch nicht weiter entfernt, als daß ich sie häufig sehen kann, dachte er, und fuhr fort, Pläne zu machen. Ich kann ja jeden Sonntag nach ihrer Kirche fahren, wenn ich es will, hin und wieder treffen wir uns dann auch einmal auf einer Hochzeit oder bei einem Begräbnis, und bei den Festen kann ich ja neben ihr sitzen und mit ihr sprechen. Wenn wir auch geschieden sind, so brauchen wir doch keine Feinde zu sein.

Einmal begann Ingmar auch darüber nachzudenken, ob es nicht eine Schande für ihn sei, daß er sich so sehr freute, daß die Kolonie wahrscheinlich aufgelöst werden würde. Aber er verteidigte sich selbst sehr eifrig. Niemand kann so lange unter diesen Kolonisten leben, wie ich es getan habe, dachte er, ohne zu sehen, daß es vorzügliche Menschen sind. Und doch kann ja niemand wünschen, daß dies ewig währt. Wieviel von ihnen sind nicht schon tot, und wieviele Verfolgungen haben sie nicht ertragen müssen, und dann die bittere Armut, die jetzt über sie gekommen ist! Ich kann es wirklich nicht besser einsehen, als daß jetzt, wo die Armut noch zu dem übrigen hinzugekommen ist, man nur wünschen kann, daß die Kolonie so schnell wie möglich aufgelöst wird.

Während Ingmar so dachte, hatte er den Heimweg fortgesetzt. Er war durch das Tal Hinnom hinausgekommen, und schritt nun auf dem Wege dahin, der aufwärts nach dem »Berge des bösen Rats« führt. Dort oben wimmelt es von palastartigen Gebäuden neben uralten Ruinen. Ingmar ging eine ganze Strecke dazwischen herum, ohne eigentlich daran zu denken, wohin er geraten war. Bald stand er still, bald ging er wieder, so wie man es tut, wenn man ganz in seine Gedanken versunken ist.

Schließlich blieb er unter einem Baum stehen. Er hatte dort schon ziemlich lange gestanden, ehe er sich daran machte, ihn zu betrachten. Er war sehr hoch und zeichnete sich in einer Beziehung von allen den andern Bäumen aus, indem er nur Zweige an der einen Seite des Stammes hatte. Nicht ein einziger von diesen Zweigen wuchs nach oben, sondern sie waren alle miteinander verwoben, und bildeten eine dichte, verfilzte Masse, die gerade nach Osten zeigte.

Als Ingmar endlich entdeckte, was für ein Baum es war, zuckte er zusammen. Er erschrak sehr. Dies ist ja der Judasbaum, dachte er. Hier war es ja, wo der Verräter sich erhängte, das ist doch sonderbar – wie bin ich nur einmal hierhergekommen?

Er ging nicht weiter; er blieb stehen und sah an dem Baum hinauf.

Jetzt möchte ich wohl wissen, ob der liebe Gott mich hierher geführt hat, weil er meint, daß ich ein Verräter gegen die Leute in der Kolonie bin.

Wieder blieb er einige Augenblicke schweigend stehen. Wie, wenn es nun vielleicht Gottes Wille ist, daß diese Kolonie weiter leben und gedeihen soll, sagte er.

Mit dem Denken ging es jetzt schwer und langsam. Und die Gedanken, die sich hervorarbeiteten, waren bitter und qualvoll.

Du kannst dich verteidigen wie du willst, es bleibt stets ein Unrecht, daß du die Kolonisten nicht warnst, wenn du weißt, daß Pläne gegen sie geschmiedet werden.

Es sieht so aus, als wenn du glaubtest, daß der liebe Gott nicht gewußt hätte, was er tat, als er deine Angehörigen und Liebsten hier hinüber in dies fremde Land führte. Aber selbst wenn du die Absicht nicht erraten kannst, so kannst du doch begreifen, daß es nicht sein Wille war, daß dies alles nicht länger als ein paar Jahre dauern sollte.

Vielleicht hat Gott auf Jerusalem hinabgesehen und auf alle die Streitigkeiten und

Zänkereien, die die Stadt verheeren, und da hat er gedacht: Siehe, ich will hier eine Freistätte schaffen, wo Einigkeit wohnt, und eine Wohnung für den Frieden und die Eintracht will ich hier errichten.

Ingmar blieb auf demselben Fleck stehen und ließ die Gedanken miteinander kämpfen. Sie standen sich gegenüber wie Streiter, und rangen mächtig.

Die Hoffnung, die Ingmar beseelt hatte, daß er bald nach Hause reisen würde, hatte fest und sicher Besitz von ihm genommen, und er kämpfte lange, um sie behalten zu dürfen. Die Sonne ging unter, und es folgte schnell die Dunkelheit, Ingmar aber blieb in dem Abenddunkel stehen und kämpfte weiter.

Endlich faltete er seine Hände in innigem Gebet. «Jetzt flehe ich dich an, Gott, daß du mir hilfst, deine Wege zu gehen«, betete er.

Kaum waren diese Worte gesagt, als ein wunderbarer Friede Ingmars Herz erfüllte. Gleichzeitig aber fühlte er, daß sein ganzer Wille vollständig hinschwand, und er fing an, nach einem Willen zu handeln, der nicht sein eigener war, sondern der eines andern. Er empfand dies so deutlich, als wenn jemand ihn bei der Hand genommen und geführt hätte. – Gott leitet mich, dachte er.

Er stieg von dem »Berge des bösen Rats« hinab und ging durch das Tal Hinnom und an Jerusalem vorüber. Es war die ganze Zeit hindurch seine Absicht, sich nach der Kolonie zu begeben und denjenigen, die sie leiteten, zu erzählen, was er entdeckt hatte. Aber als er an den Kreuzweg kam, dort, wo der Weg nach Jaffa sich abzweigt, vernahm er Pferdegetrampel hinter sich. Er wandte sich um. Es war ein Dragoman, der mehrmals in der Kolonie gewesen war, und der nun mit zwei Pferden daher galoppiert kam. Er ritt auf dem einen und führte das andere am Zügel.

»Wo willst du hin?« rief Ingmar und versuchte, ihn anzuhalten, indem er vorüberritt. – »Ich will nach Jaffa«, erwiderte der Mann. – »Nach Jaffa – dahin will ich auch!« rief Ingmar aus. Im selben Augenblick kam ihm der Gedanke, daß er diese Gelegenheit benutzen, und geradeswegs zu Mrs. Gordon selber reisen müsse, statt vorher in die Kolonie zurückzukehren.

Sie einigten sich bald darüber, daß Ingmar auf dem ledigen Pferd mit nach Jaffa reiten sollte. Es war ein flottes Pferd, und Ingmar gratulierte sich zu seinem guten Einfall. Die sieben Meilen bis Jaffa kann ich wohl über Nacht reiten, dachte er. Auf diese Weise kann Mrs. Gordon morgen nachmittag wieder in der Kolonie sein. Aber als Ingmar eine Stunde geritten war, bemerkte er, daß sein Pferd anfing zu lahmen. Er stieg ab und entdeckte, daß das Pferd das eine Hufeisen verloren hatte. »Was sollen wir nun machen?« sagte er zu dem Dragoman, der neben ihm ritt. »Dabei ist nichts weiter zu machen,« erwiderte der Mann, als daß ich nach Jerusalem zurückkehre, und es beschlagen lasse.«

So stand nun Ingmar ganz allein auf dem Wege und wußte nicht aus noch ein. Aber plötzlich beschloß er, die Reise nach Jaffa zu Fuß zu machen. Er wußte nicht, ob dies das klügste war, das er tun konnte. Aber die Macht, die Herrschaft über ihn bekommen hatte, trieb ihn vorwärts. Er hatte nicht Ruhe genug, um umzukehren.

Ingmar wanderte also mit langen Schritten den Weg entlang, er hatte große Eile. Als er eine Weile gegangen war, kamen ihm doch unruhige Gedanken. Wie in aller Welt soll ich nur erfahren, wo Mrs. Gordon wohnt? Es war eine ganz andere Sache, als ich den Dragoman bei mir hatte. Jetzt werde ich wohl gezwungen sein, von Haus zu Haus zu gehen und nach ihr zu fragen. Aber obgleich er sehr wohl die Berechtigung dieser Sorge einsah, setzte er dennoch seine Wanderung fort.

Es war eine gute, breite Landstraße, auf der er ging. Selbst wenn die Nacht dunkel gewesen wäre, hätte es keine Schwierigkeiten gemacht, darauf entlang zu gehen. Aber um acht Uhr stieg der Mond hell am Himmel auf, und alle Hügels zwischen denen sich der Weg hindurchschlängelte, wurden weit und breit nach allen Seiten hin sichtbar.

Der Weg kletterte an diesen Hügeln empor. Sobald Ingmar über einen von ihnen gewandert war, stand ein neuer da und wartete auf ihn. Er war oft recht müde, aber die unbekannte Macht trieb ihn weiter. Er ließ sich keine Zeit, anzuhalten und auch nur eine Minute zu ruhen.

Auf diese Weise verging nun Stunde auf Stunde. Wie lange er gegangen war, wußte er nicht, aber er befand sich noch immer oben auf den Hügeln. Sobald er den Gipfel eines Berges erreichte, dachte er, daß er jetzt wohl so weit gekommen sein müsse, daß er die Ebene von Saron und das Meer sehen könnte, das sich dahinter ausbreitete. Aber er sah nichts weiter als eine Hügelreihe nach der andern, die sich alle vor ihm auftürmten.

Ingmar zog seine Uhr heraus. Der Mond schien so hell, daß er mit der größten Leichtigkeit Zahlen und Zeiger unterscheiden konnte. Es war bereits gegen elf Uhr. »Mein Gott, ist es so spät,« dachte er, »und ich wandere noch hier oben zwischen den Bergen von Judäa.«

Seine Unruhe ward immer stärker, er wagte nicht mehr, zu gehen, er mußte laufen. Er schnappte nach Luft. Das Blut pochte in seinen Schlafen, und sein Herz schlug heftig. »Ich richte mich selbst zugrunde, auf diese Weise kann ich es nicht mehr lange aushalten«, sagte er. Aber er fuhr doch fort, zu laufen.

In voller Fahrt kam er einen langen Hügel hinabgelaufen. Der Weg lag eben und gerade im Mondschein da, und er dachte an keine Gefahr. Aber unten im Tal kam er auf einmal in einen dunklen Schatten hinein. Dort konnte er den Weg nicht so klar vor sich sehen, aber er fuhr trotzdem fort, zu laufen. Da strauchelte er über einen Stein und fiel um.

Er stand gleich wieder auf, merkte aber im selben Augenblick, daß er sein Knie gestoßen hatte, so daß es ihm schwer wurde, zu gehen. Er ging hin und setzte sich an den Wegesrand. »Das geht wohl bald vorüber«, dachte er. »Aber nun werde ich mich wohl vorläufig ein wenig ausruhen müssen.«

Es war ihm indessen fast unmöglich, still zu sitzen. Er konnte sich kaum Zeit lassen, zu atmen.

»Da kann man merken, daß ich mich selbst nicht in der Gewalt habe«, sagte er. »Es ist, als zerre und schleppe mich jemand nach Jaffa.«

Er stand wieder auf. Er hatte starke Schmerzen im Knie, aber daraus machte er sich nichts, er wanderte weiter. Nach einer Weile verweigerte sein Bein vollständig den Dienst, und er blieb auf dem Wege liegen.

»So, jetzt kann ich nicht weiter«, sagte er, indem er fiel. Er sprach zu der Macht, die ihn vorwärts trieb. »Jetzt mußt du in Gottes Namen etwas ausfindig machen, was mir helfen kann.«

Als Ingmar dies sagte, hörte er in weiter Ferne das Geräusch von rollenden Rädern. Es näherte sich mit unglaublicher Geschwindigkeit. Fast im selben Augenblick, als er es noch in der Ferne vernommen hatte, war es schon dicht bei ihm.

Er konnte an der Geschwindigkeit hören, daß die Pferde in wildestem Galopp den Hügel hinabkamen. Durch all den andern Lärm hindurch hörte man eine Peitsche, die unaufhörlich knallte, und die Zurufe, mit denen der Kutscher das Pferd antrieb.

Schnell machte sich Ingmar daran, sich vom Wege zu erheben, wo er lag, und schleppte sich an den Wegesrand, um nicht überfahren zu werden.

Endlich kam der Wagen den langen Hügel herab, den Ingmar vor kurzem hinabgelaufen war. Er konnte den, der gefahren kam, sehr gut sehen. Das Fuhrwerk war eine gewöhnliche einfache, grün gestrichene Karre, von der Art, wie man sie in Westdalarne zu benutzen pflegt. »Ja,« dachte Ingmar gleich, »dies geht nicht mit rechten Dingen zu. Solche Art Wagen gibt es hier in Palästina doch nicht.« Der Kutscher kam ihm noch wunderlicher vor. Auch er war von daheim, und sah aus wie ein echter Darlekarlier, mit einem kleinen schwarzen Hut und kurzgeschorenem Haar. Und um dem Ganzen die Krone aufzusetzen, hatte er den Rock abgeworfen und stand da und fuhr in einer grünen Tuchweste mit roten Ärmeln. Es war dies die Tracht der Darlekarlier, darüber konnte niemand im Zweifel sem. Auch das Pferd war sonderbar. Er war ein prächtiges, großes und starkes Tier. Es war schwarz von Farbe und so blank und gut gepflegt, daß es förmlich glänzte. Der Mann, der fuhr, setzte sich nicht, sondern stand da und beugte sich über das Pferd und knallte mit der Peitsche über seinem Kopf, um es anzutreiben. Aber das Pferd schien die Schläge nicht zu spüren, es war auch nicht angestrengt von der furchtbaren Eile, sondern jagte dahin, als sei das Ganze nur ein Spiel.

Als der Wagen jetzt an Ingmar herangekommen war, hielt er mit einem Ruck. »Du kannst gern einsteigen, wenn du willst«, sagte der Mann. So sehr Ingmar auch darauf erpicht war, weiterzugelangen, hatte er doch keine sonderliche Lust, das Anerbieten anzunehmen. Nicht genug damit, daß er wußte, daß dies alles Spuk und Teufelskram war, sondern der Bursche hatte auch ein widerliches Gesicht voller Narben, als habe er an vielen Prügeleien teilgenommen. Über dem einen Auge hatte er obendrein einen frischen Messerhieb. »Ich fahre wohl schneller, als du es gewohnt bist,« sagte der Mann, »aber ich glaubte, du hättest Eile.« – »Hast du ein sicheres Pferd?« sagte Ingmar. – »Es ist blind, aber es ist sicher genug.« – Ingmar fing an, vom Kopf bis zum Fuß zu zittern. Der Mann beugte sich über die Karre und sah ihm ins Gesicht. – »Fahre du nur ruhig mit«, sagte er. »Du kannst doch begreifen, wer mich geschickt hat.« Als er dies sagte, war es Ingmar, als kehre sein ganzer Mut zurück. Er stieg auf den Wagen, und in wahnsinniger Eile fuhren sie hinab in die Ebene von Saron.

Mrs. Gordon war nach Jaffa gereist, um eine Freundin zu pflegen, die krank war. Sie war mit einem Missionar verheiratet, der den Kolonisten immer freundlich gesonnen gewesen war und ihnen mancherlei Hilfe geleistet hatte.

Es war nun in der Nacht, als sich Ingmar Ingmarsson auf dem Wege nach Jaffa befand. Mrs. Gordon hatte bis nach Mitternacht bei der Kranken gewacht, aber dann war sie abgelöst worden. Als sie aus dem Krankenzimmer kam, sah sie, daß die Nacht hell und klar war, mit jenem wunderbaren silberweißen Mondschein, wie man ihn niemals, außer am Meer, sieht. Sie ging hinaus und stand auf dem Altan, um über die großen Orangengärten hinabzusehen, über die alte Stadt, die sich auf ihrem steilen Felsen erhob, und über das glitzernde, unendliche Meer.

Mrs. Gordon wohnte nicht in Jaffa selbst, sondern in der deutschen Kolonie, die auf einer kleinen Anhöhe außerhalb der Stadt liegt. Gerade unterhalb ihres Altans lief die breite Landstraße dahin, die die Kolonie quer durchschnitt. In dem weißen Licht konnte sie mit bloßem Auge eine weite Strecke zwischen Häusern und Gärten verfolgen.

Mrs. Gordon sah jetzt, daß ein Mann den Weg hinabgegangen kam, sehr langsam und gleichsam unschlüssig. Es war ein großer Mann, und der Mondschein machte ihn noch größer, als er wirklich war, so daß sie meinte, er sehe fast aus wie ein Riese. Jedesmal, wenn er an einem Hause vorüberkam, blieb er stehen und sah es sich sehr genau an. Mrs. Gordon wußte nicht, woher es kam, aber sie hatte plötzlich ein Gefühl, daß etwas Unheimliches und Gespensterhaftes an dem Mann sei, wie, wenn er ein Gespenst wäre, das umherging und nach dem Hause suchte, wo es eindringen und die Ärmsten, die dort wohnten, zum Tode erschrecken könne.

Endlich erreichte der Mann das Haus, wo Mrs. Gordon stand. Dies betrachtete er noch länger als die anderen; er ging ganz rund herum, und sie hörte, daß er an die Fensterläden klopfte und versuchte, den Drücker der Haustür herumzudrehen. Mrs. Gordon beugte sich weit über den Altan vor, um zu sehen, was hieraus werden würde. Und als sie da stand, gewahrte der Mann sie.

»Mrs. Gordon,« sagte er mit leiser und vorsichtiger Stimme, »könnte ich nicht ein paar Worte mit Ihnen reden?«

Im selben Augenblick bog er den Kopf zurück, um zu ihr hinaufzusehen. Da sah sie, daß es Ingmar Ingmarsson war.

»Mrs. Gordon,« sagte Ingmar, »ich muß Ihnen vor allen Dingen sagen, daß ich auf meine eigene Verantwortung hierhergekommen bin und Sie aufgesucht habe; niemand von den Brüdern weiß davon.« – »Ist daheim etwas geschehen?« fragte Mrs. Gordon. – »Nein, geschehen ist eigentlich nichts,« sagte Ingmar, »aber es würde doch wohl am besten sein, wenn Sie nach Hause reisten.« – »Ich werde morgen kommen«, sagte Mrs. Gordon. Ingmar stand eine Weile da und dachte nach. Dann sagte er in seinem allerlangsamsten Ton: »Es wäre am besten, wenn Sie sofort abreisten.«

Mrs. Gordon wurde ein wenig ungeduldig; sie dachte daran, wie beschwerlich es sein würde, das ganze Haus zu wecken, und sie meinte auch, daß es wohl nicht so notwendig sein würde, sich nach dem zu richten, was dieser Bauer sagte. – »Wenn ich nur erfahren könnte, was da los ist«, dachte sie, und fing an, ihn auszufragen, ob jemand krank sei, oder ob es ihnen vielleicht an Geld fehle. Statt zu antworten, wandte sich Ingmar zum Gehen um. – »Wollen Sie wieder fort?« fragte Mrs. Gordon. – »Sie haben die Nachricht erhalten, jetzt können Sie tun, was Sie wollen«, erwiderte Ingmar, ohne sich umzuwenden. Da begann Mrs. Gordon zu verstehen, daß irgend etwas Ernsthaftes im Anzuge war. Es währte nicht lange, bis sie ihren Entschluß gefaßt hatte. »Wenn Sie einen Augenblick warten wollen, können Sie mit mir fahren«, rief sie Ingmar zu. – »Nein, ich danke Ihnen,« erwiderte er, »ich habe eine bessere Beförderung, als Sie mir bieten können.«

Mrs. Gordon bekam von ihrem Wirt ein Paar schnelle Pferde. Sie jagte mit fliegender Eile über die flache Ebene von Saron dahin und dann zwischen den Hügeln hinab nach dem Gebirge Judäa.

Gerade als der Morgen zu dämmern begann, kam sie die langen Hügel hinaufgefahren, die oberhalb des alten Räubernestes Abu Gosch liegen. Sie war jetzt sehr unzufrieden damit, daß sie sich so leicht hatte zur Heimreise verlocken lassen. Dieser Bauer kannte die Verhältnisse ja gar nicht, es war kein Grund, sich nach dem zu richten, was er sagte. Wieder und wieder sagte sie sich selbst, daß sie die Reise nicht fortsetzen, sondern nach Jaffa zurückkehren solle.

Sie war gerade eine lange Hügelreihe hinaufgekommen und fuhr jetzt in eine Talsenkung hinein, als sie einen Mann am Wegesrande sitzen sah. Er saß da, die Hand unter der Wange, und es sah so aus, als schlafe er. Aber als der Wagen vorüberfuhr, sah er auf, und Mrs. Gordon sah, daß es Ingmar Ingmarsson war.

»Wie ist es möglich, daß der schon so weit gekommen sein kann?« dachte sie. Sie ließ den Wagen halten und rief Ingmar an. Als Ingmar ihre Stimme hörte, wurde er über alle Maßen froh. Er erhob sich sofort und kam an den Wagen. »Fahren Sie nach der Kolonie zurück, Mrs. Gordon?« fragte er. – »Ja«, antwortete sie. – »Das ist ja ein großes Glück«, sagte Ingmar. »Ich war gerade auf dem Wege nach Jaffa, um Sie zu holen, aber da fiel ich und verletzte mir das Knie, und nun habe ich die ganze Nacht hier gesessen.«

Mrs. Gordon sah ihn entsetzt an. »Sind Sie über Nacht nicht in Jaffa gewesen, Ingmar Ingmarsson?« fragte sie ihn. – »Ach nein, ich war da nur im Traum, sobald ich ein wenig einschlief, träumte mir, daß ich in Jaffa straßauf, straßab ging, um Sie zu suchen.« Mrs. Gordon wurde ganz wunderlich zumute, es war ihr nicht möglich, ein Wort hervorzubringen. – Ingmar lächelte ein wenig verlegen, als sie nicht antwortete. – »Würden Sie mir wohl einen kleinen Platz in Ihrem Wagen einräumen, Mrs. Gordon«, sagte er. »Ich kann nicht gut gehen.« –

In einem Nu war Mrs. Gordon aus dem Wagen und half Ingmar hinauf. Aber dann blieb sie am Wagen stehen, ohne sich zu rühren. »Dies ist ganz unbegreiflich«, sagte sie zu sich selbst. – Ingmar mußte sie gleichsam wecken. »Sie müssen es mir nicht übelnehmen, aber ich glaube, es wäre am besten, wenn Sie so schnell wie möglich nach Hause führen.«

Sie stieg wieder auf den Wagen, saß aber schweigend da und grübelte. Ingmar mußte sie abermals stören. »Sie müssen verzeihen, aber ich muß Ihnen etwas erzählen. Sie haben wohl keine Nachricht von dem Mann erhalten, der Clifford heißt?« – »Nein«, sagte Mrs. Gordon. – »Ich hörte gestern, daß er mit dem amerikanischen Konsul sprach. Ich fürchte, er führt etwas im Schilde, heute, während Sie fort sind.« – »Was sagen Sie da?« rief Mrs. Gordon aus. – »Er hat, glaube ich, die Absicht, die ganze Kolonie zu vernichten.«

Jetzt hatte Mrs. Gordon endlich ihre Gedanken beisammen. Sie wandte sich nach Ingmar um und fing an, ihn genau über das auszufragen, was er gehört hatte.

Nachdem sie alles vernommen hatte, saß sie wieder eine Weile in tiefe Gedanken versunken da. Plötzlich erhob sie den Kopf und sah Ingmar an: »Es freut mich, Ingmar Ingmarsson, daß Sie die Kolonisten schon so lieb gewonnen haben«, sagte sie. Ingmar wurde dunkelrot. Er fragte, woher sie wissen könne, daß er ein Freund der Kolonisten sei. – »Das weiß ich daher, daß Sie über Nacht unten in Jaffa gewesen sind und mir Nachricht gebracht haben, daß ich nach Hause reisen müsse«, sagte sie.

Nun erzählte Mrs. Gordon, wie sie ihn über Nacht gesehen habe, und was er zu ihr gesagt habe. Als sie das Ganze erzählt hatte, sagte Ingmar, dies sei das Wunderbarste, was er je erlebt habe.

»Wenn nicht alles fehlschlägt, werden wir bis heute abend noch größere Dinge erleben«, sagte Mrs. Gordon. »Denn jetzt bin ich ganz überzeugt, daß Gott uns helfen will.«

Sie war jetzt ruhig und guten Mutes und sprach mit Ingmar, als wenn keine Gefahr im Anzuge sei.

»Nun können Sie mir erzählen, Ingmar Ingmarsson, ob sich sonst etwas daheim zugetragen hat, während ich fort gewesen bin.«

Ingmar überlegte. Dann fing er damit an, sich zu entschuldigen, daß er der Sprache nicht ganz mächtig sei. »Ach, ich werde Sie schon verstehen«, sagte sie. – »Im allgemeinen ist ja alles seinen gewohnten Gang gegangen«, sagte er schließlich. – »Etwas wird da doch wohl zu erzählen sein«, sagte Mrs. Gordon. – »Es sei denn ... Ich weiß nicht, ob Sie schon von Baram Paschas Mühle gehört haben.« – »Nein, was ist denn damit?« fragte Mrs. Gordon. »Ich habe nicht einmal gewußt, daß Baram Pascha eine Mühle hat.«

»Ja,« sagte Ingmar, »gleich nachdem Baram Pascha Gouverneur in Jerusalem geworden war, soll er auf den Gedanken gekommen sein, daß es für die Leute hier schwer sei, daß sie nichts anderes hätten als Handmühlen, um ihr Korn zu mahlen. Da nahm er sich denn vor, eine Dampfmühle in einem der großen Täler hier in der Nähe zu bauen. Aber es ist nicht so merkwürdig, daß Sie nicht von der Mühle haben reden hören, denn sie ist eigentlich nie im Gange gewesen. Baram Pascha hat nie ordentliche Leute gehabt, die sie handhaben konnten, daher ist sie immer in Unordnung gewesen. Aber jetzt, vor einigen Tagen, schickte Baram Pascha mit der Frage zu uns, ob nicht einige von den Gordonisten die Mühle für ihn in Gang setzen könnten. Und da gingen denn ein paar von uns hin und brachten sie wieder in Ordnung.«

»Das ist eine gute Nachricht,« sagte Mrs. Gordon, »ich freue mich, daß wir Baram Pascha einen Dienst leisten konnten.« – »Baram Pascha freute sich auch sehr,« sagte Ingmar, »und er machte den Kolonisten den Vorschlag, daß sie die Mühle verwalten sollten. Er sagte, sie könnten sie gern behalten, ohne ihm eine Pachtabgabe dafür zu bezahlen.«

Mrs. Gordon wandte sich ganz nach Ingmar um. »Nun,« sagte sie, »was antworteten denn unsere Leute darauf?« – »Darauf ist nicht schwer zu antworten«, sagte Ingmar. »Sie konnten ja nichts anderes sagen, als daß sie die Mühle gern für ihn besorgen wollten, aber einen Lohn für ihre Arbeit wollten sie nicht nehmen.« – »Ja, das war vollkommen richtig«, sagte Mrs. Gordon. – »Ich weiß nicht, ob das so ganz richtig war,« sagte Ingmar, »denn jetzt wird Baram Pascha ihnen die Mühle nicht geben. Er sagt, er könne sie nicht über die Mühle verfügen lassen, wenn sie ihre Arbeit nicht bezahlt haben wollten. Es könne nicht angehen, sagte er, die Leute hier daran zu gewöhnen, daß sie glauben, sie könnten alles umsonst bekommen. Er sagte auch, daß alle die andern, die Mehl verkaufen oder Mühlen haben, sich beim Sultan über ihn beklagen würden.«

Mrs. Gordon saß schweigend da.

»Mit der Mühle wurde es also nichts«, sagte Ingmar. »Wäre die Sache in Ordnung gekommen, so hätte die Kolonie wenigstens ihr Brot für den Hausbedarf verdienen können, und es wäre auch ein großer Segen für das Volk gewesen, wenn die Mühle im Gange gewesen wäre.

Aber es nützt ja nicht, über die Sache nachzudenken.«

Auch hierauf erwiderte Mrs. Gordon nichts. »Ist sonst nichts geschehen?« sagte sie, als wolle sie Ingmar veranlassen, von etwas anderem zu reden.

»Ach ja,« sagte Ingmar, »dann ist da ja auch das mit Miß Young und der Schule vorgefallen. Haben Sie auch davon nicht gehört?« – »Nein«, sagte Mrs. Gordon. – »Ja,« sagte Ingmar, »Achmed Effendi, der alle mohammedanischen Schulen unter sich hat, kam vor ein paar Tagen zu uns und sagte: ›Wir haben hier in Jerusalem eine große Volksschule für Mädchen, in der mehrere hundert Kinder jeden Tag zusammenkommen, nur um zu schreien und sich zu prügeln. Wenn man daran vorüberkommt, braust und lärmt es ärger als das Mittelmeer in dem Hafen von Jaffa. Ob die Lehrerinnen lesen und schreiben können, weiß ich nicht, das aber weiß ich, die Kinder lehren sie nichts. Und ich selbst kann nicht da hineingehen, und ich kann auch keinen andern Mann schicken, um dort Ordnung zu halten, denn unsere Religion verbietet uns, unseren Fuß in so eine Mädchenschule zu setzen. Jetzt kann ich mir nur eins denken, was der Schule helfen könnte‹, sagte Achmed Effendi, ›nämlich, wenn Miß Young sie übernehmen wollte. Ich weiß, daß Sie Kenntnisse besitzen, und ich weiß, daß Sie arabisch sprechen können. Ich will Ihnen gern geben, was Sie an Lohn verlangen, wenn Sie nur die Leitung der Schule übernehmen wollen.‹«

»Nun,« sagte Mrs. Gordon, »wie lief denn das ab?« – »Das lief genau so ab wie mit der Mühle«, sagte Ingmar. »Miß Young sagte, sie sei bereit, die Schule zu übernehmen, aber sie wollte keinen Lohn für ihre Arbeit haben. Da antwortete Achmed Effendi: ›Ich pflege immer die Leute zu bezahlen, die für mich arbeiten. Ich bin nicht gewöhnt, Gnadengeschenke anzunehmen.‹ Aber Miß Young war nicht zu bewegen, und er mußte unverrichteter Sache fortgehen. Er war sehr zornig und sagte zu Miß Young, sie müsse die Verantwortung übernehmen, daß so viel arme Kinder ohne Aufsicht und Unterricht heranwüchsen.«

Mrs. Gordon schwieg eine Weile; dann sagte sie: »Ich merke wohl, Ingmar Ingmarsson, daß Sie finden, daß wir in diesen beiden Fällen nicht richtig gehandelt haben. Es ist immer gut, die Ansicht eines klugen Mannes zu hören, und daher möchte ich Sie bitten, mir zu sagen, was Sie noch weiter an unserer Art und Weise, zu leben, auszusetzen haben.«

Ingmar saß lange da und dachte nach. Mrs. Gordon umgab eine solche Würde, daß es nicht leicht für ihn war, mit seiner Kritik zu kommen.

»Ja,« sagte Ingmar, »ich finde, Sie brauchten es nicht so einzurichten, daß Sie in so großer Armut leben müssen.« – »Wie meinen Sie denn, daß das zu vermeiden wäre?« sagte Mrs. Gordon und lächelte. – Ingmar zögerte noch länger mit der Antwort als zuvor. »Wenn Sie die Kolonisten Lohn für ihre Arbeit annehmen ließen,« sagte er endlich, »dann brauchten sie nicht in so große Not zu geraten wie jetzt.« – Mrs. Gordon wandte sich heftig nach ihm um: »Ich sollte meinen, wenn ich diese Kolonie so geleitet habe, daß wir jetzt sechzehn Jahre da in Einigkeit und Liebe haben leben können, so darf ein Neuangekommener, wie Sie, nicht mit Vorschlägen zu Änderungen kommen.« – »Jetzt werden Sie böse auf mich, und doch haben Sie selbst mich aufgefordert, zu reden«, sagte Ingmar. – »Ich verstehe wohl, daß Sie es gut meinen«, sagte Mrs. Gordon. »Und außerdem kann ich Ihnen erzählen, daß wir noch viel Vermögen besitzen, aber in der letzten Zeit hat jemand über uns falsche Nachrichten an unsere Bankiers in Amerika geschickt. Darum haben sie uns nichts senden wollen. Aber nun weiß ich, daß wir bald Geld erwarten können.« – »Was Sie da sagen, freut mich sehr zu hören«, sagte Ingmar. »Aber daheim bei uns meinen wir, daß es für die Menschen besser ist, sich auf ihre eigene Arbeit zu verlassen als auf ersparte Mittel.« Hierauf antwortete Mrs. Gordon nicht, und Ingmar begriff, daß es besser gewesen wäre, wenn er geschwiegen hätte.

Mrs. Gordon gelangte rechtzeitig nach der Kolonie zurück. Die Uhr konnte kaum mehr als halb neun sein. 15 Die letzte halbe Stunde war sie sehr unruhig gewesen; sie war so gespannt auf das, was ihr entgegentreten würde, wenn sie nach Hause käme. Sobald sie das große Gebäude wiedersah und bemerkte, daß ringsumher alles ruhig war, seufzte sie erleichtert auf. Es war, als habe sie erwartet, daß irgendeiner von den starken Geistern, von denen in den morgenländischen Märchen so viel erzählt wird, die ganze Kolonie auf den Rücken genommen habe und damit von dannen geflogen sei.

Als sie in die Nähe des Hauses gelangte, hörte sie den Gesang geistlicher Lieder. »Es scheint dort alles so zu stehen wie sonst,« sagte Mrs. Gordon, als der Wagen vor dem Tor hielt, »ich höre, daß sie bei der Morgenandacht sind.«

Sie hatte ihren eigenen Schlüssel zu einer der Eingangspforten und öffnete damit, um keine Störung zu veranlassen. Ingmar ward es schwer, zu gehen. Sein Knie war allmählich ganz steif geworden. Mrs. Gordon schlang ihren Arm um ihn und half ihm in den inneren Hof hinein; Ingmar setzte sich gleich auf eine Bank nieder. »Gehen Sie nun hinein, und sehen Sie nach, wie es hier in der Kolonie aussieht, Mrs. Gordon«, sagte Ingmar. »Ehe ich etwas anderes tue, muß ich Ihnen einen Umschlag um Ihr Knie machen«, sagte sie. »Wir haben Zeit genug, Sie hören ja, daß sie noch bei der Morgenandacht sind.« – »Nein,« sagte Ingmar, »diesmal sollen Sie mich bestimmen lassen. Sie müssen jetzt gleich hineingehen und erfahren, ob hier irgend etwas vorgefallen ist.«

Ingmar saß jetzt da und sah Mrs. Gordon nach, während sie die Treppe hinauf und durch die offene Vorhalle in den Versammlungssaal ging. Als sie die Tür öffnete, hörte er, daß jemand da drinnen mit lauter Stimme sprach, daß die Stimme aber plötzlich schwieg. Dann ward die Tür geschlossen, und alles ward still.

Ingmar hatte kaum fünf Minuten dagesessen, als die Tür zum Versammlungssaal heftig aufgerissen wurde. Aus dem Saal heraus kamen vier Männer, die einen fünften zwischen sich trugen. Sie gingen schweigend die Treppe hinab und über den Hof, und kamen dabei dicht an Ingmar vorbei. Er beugte sich vor und sah dem, den sie trugen, ins Gesicht. Es war Clifford.

»Wo wollt ihr mit ihm hin?« fragte Ingmar.

Die Männer blieben stehen. »Wir tragen ihn ins Leichenhaus hinab, er ist tot.« – Ingmar richtete sich entsetzt auf. »Wie ist er gestorben?« fragte er. – »Keine Menschenhand hat ihn angerührt«, sagte Ljung Björn. – »Wie ist er denn gestorben?« fragte Ingmar von neuem.

»Ich will dir erzählen, wie es zuging«, sagte Ljung Björn. »Als die Morgenandacht beendet war, erhob sich dieser Mann, Clifford, um zu reden. Er bat, uns eine Botschaft bringen zu dürfen, die uns erfreuen würde, sagte er, und weiter kam er nicht. Da tat sich die Tür auf, und Mrs. Gordon trat ein. Kaum erblickte er sie, als er verstummte und aschgrau im Gesicht wurde. Erst stand er ganz steif da, aber Mrs. Gordon ging durch den Saal, und als sie näher kam, wich er ein paar Schritte zurück und hielt den Arm vor das Gesicht. Es kam uns andern so sonderbar vor, daß wir uns alle mit einem Male erhoben, und da war es, als komme Clifford wieder zur Besinnung. Er ballte die Hände fest und atmete angestrengt, wie jemand, der gegen eine schreckliche Angst ankämpft, und ging Mrs. Gordon entgegen. ›Wie sind Sie hierhergekommen?‹ sagte er zu ihr. Da sah ihn Mrs. Gordon still und ernsthaft an und sagte: ›Gott hat mir geholfen‹ – ›Das sehe ich‹, sagte er, und seine Augen standen vor Schreck weit aus dem Kopf heraus. ›Ich sehe auch, wer Sie begleitet!‹ – ›Und ich sehe auch, wer dich begleitet‹, sagte Mrs. Gordon da. ›Der Satan!‹

Da war es, als könne Clifford es nicht länger ertragen, sie anzusehen; er wich wieder zurück, den Arm vor dem Gesicht. Und Mrs. Gordon folgte ihm und streckte die Hand nach ihm aus, aber sie kam ihm nicht so nahe, daß sie ihn mit einem Finger berührte. ›Ich sehe, daß der Satan hinter dir steht‹, wiederholte sie, und jetzt war ihre Stimme stark und schrecklich.

Da war es uns allen, als könnten wir den Satan hinter ihm stehen sehen, und wir streckten die Hände aus und zeigten auf den, den wir sahen. Und wir riefen alle wie aus einem Munde: ›Satan, Satan, Satan!‹

Da schlich Clifford sich aus unserer Reihe hinaus, und obwohl nicht einer von uns sich rührte, jammerte er laut, als schössen wir oder schlügen nach ihm. Er kroch zusammen, indem er von dannen schlich, und so gelangte er bis an die Tür. Aber als er sie öffnen wollte, riefen wir alle noch einmal: ›Satan, Satan, Satan!‹ Und da sahen wir, daß er zusammenbrach und vornüberfiel, und da blieb er liegen, und als wir hingingen und ihn anrührten, war er tot.«

»Er war ein Verräter«, sagte Ingmar. »Er hat seine wohlverdiente Strafe erhalten.« – »Ja,« sagten die andern, »er hat seine wohlverdiente Strafe erhalten.«

»Aber was hatte er zu tun beabsichtigt?« sagte einer. »Das weiß niemand«, erwiderte ein anderer. – »Er wollte uns verderben.« – »Ja, aber auf welche Weise?« »Das weiß niemand.« – »Nein, und niemand wird es wohl jemals erfahren.«

»Es ist gut, daß er tot ist«, sagte Ingmar. »Ja, es ist gut, daß er tot ist.«

Den ganzen Tag waren die Kolonisten in heftiger Erregung. Niemand wußte, was Clifford hatte tun wollen, oder ob die Gefahr durch seinen Tod abgewendet worden war. Stunde auf Stunde verbrachten sie mit Beten und Singen im Versammlungssaal. Sie fühlten sich gleichsam aus dieser Welt entrückt in dem Gefühl, daß Gott für sie gestritten hatte.

Hin und wieder im Laufe des Tages meinten sie, merken zu können, daß Volksscharen, die aus dem ärgsten Abschaum bestanden, den man in Jerusalem finden konnte, sich auf den öden Feldern um die Kolonie herumscharten und dastanden und das Haus betrachteten. Da nahmen sie an, daß Clifford einen Volksauflauf geplant habe, und daß einige wilde Scharen kommen und sie aus ihrem Heim vertreiben würden. Aber alle die Menschen verschwanden wieder, und der Tag verging, ohne daß irgend etwas geschah.

Am Abend kam Mrs. Gordon, um sich nach Ingmar Ingmarsson umzusehen, der mit einem Umschlag um sein Knie auf seinem Bett saß. Sie dankte ihm warm für seine Hilfe und erzeigte sich sehr freundlich gegen ihn. »Ingmar Ingmarsson,« sagte sie unter anderem, »jetzt will ich Ihnen sagen, daß, wenn ich Ihnen einen Gegendienst leisten kann, es mir eine große Freude sein würde. Wollen Sir mir nicht erzählen, was Ihr Herz bedrückt, damit ich Ihnen helfen kann?«

Mrs. Gordon wußte sehr wohl, was Ingmar in Jerusalem erreichen wollte. Zu keiner anderen Zeit würde sie versprochen haben, ihm in einer Sache dieser Art beizustehen. Aber jetzt waren alle in der Kolonie gleichsam ganz aus ihrem Gleichgewicht gebracht. Es war Mrs. Gordon, als gäbe es nichts in der Welt, was ihr so am Herzen liege, als Ingmar glücklich zu sehen, nachdem er ihr und allen andern einen so großen Dienst erwiesen hatte.

Gleich als sie mit ihrem Anerbieten zu ihm kam, schlug Ingmar schnell die Augen nieder. Er ließ sich reichlich Zeit zum Nachdenken, ehe er antwortete.

»Dann müssen Sie mir erst versprechen,« sagte er, »mir das, um was ich bitte, nicht übelzunehmen.« Mrs. Gordon erwiderte, daß sie ihm nicht das geringste übelnehmen werde. »Die Sache ist nämlich die,« sagte Ingmar, »daß die Angelegenheit, um derentwillen ich hier bin, sich scheinbar in die Länge ziehen wird, und daher ist es langweilig für mich, mich hier ohne solche Arbeit, wie ich sie gewöhnt bin, aufzuhalten.« – Das konnte Mrs. Gordon sehr wohl verstehen. – »Wenn Sie mir deswegen einen Dienst erweisen wollten, Mrs. Gordon,« fuhr Ingmar fort, »so würde ich Ihnen sehr dankbar sein, wenn Sie es so einrichten könnten, daß ich Baram Paschas Mühle übernehmen dürfte. Sie wissen wohl, daß ich nicht abgeschworen habe, Geld zu verdienen, wie die andern hier in der Kolonie, und auf die Weise bekäme ich Arbeit, die mir Freude macht.«

Mrs. Gordon sah Ingmar scharf an, der aber saß mit fast geschlossenen Augen und ganz ausdruckslosem Gesicht da. Sie war erstaunt darüber, daß er nicht um etwas anderes gebeten hatte, aber sie war gleichzeitig sehr zufrieden damit. »Ich weiß nicht, warum ich Ihnen dazu nicht verhelfen sollte«, sagte sie. »Darin kann doch kein Unrecht liegen. Wir können uns ja nur freuen, wenn wir Baram Paschas Wunsch erfüllen.« – »Ich wußte wohl, daß Sie mir helfen würden«, sagte Ingmar. Er dankte ihr, und sie waren beide sehr zufrieden miteinander, als sie sich trennten.

Ingmars Kämpfe

Ingmar hat jetzt Baram Paschas Mühle übernommen. Er ist dort der Müller, und bald kommt der eine, bald der andere von den Kolonisten und hilft ihm bei der Arbeit.

Aber nun ist es ja eine wohlbekannte Sache, daß in den Mühlen stets viele Zaubereien und dergleichen spuken, und die Kolonisten fingen bald an zu merken, daß niemand einen Tag in Baram Paschas Mühle sitzen und die Steine rummeln hören konnte, ohne verhext zu werden.

Es geht jedem, der dasitzt und ihnen lauscht, so, daß er schließlich versteht, was sie singen und summen: »Wir mahlen Mehl, wir verdienen Geld, wir schaffen Nutzen, aber was tust du, was tust du, was tust du?«

Und bei dem, der dies hört, erwacht eine unwiderstehliche Lust, sein Brot im Schweiße seines Angesichts zu verdienen. Es kommt förmlich ein Fieber über ihn, während er da sitzt und den Mühlsteinen zuhört.

Unwillkürlich fängt er an, darüber nachzudenken, wozu er taugt, was er ausführen kann, ob er nicht etwas tun kann, um die Kolonisten zu unterstützen.

Alle, die ein paar Tage in der Mühle gearbeitet haben, sprechen von nichts weiter als von den Tälern, die hier im Lande öde und unbebaut liegen, die aber wohl urbar gemacht werden könnten. Sie reden von den Bergen, die mit Wald bepflanzt werden müssen, und von den verlassenen Weinbergen, die nach Arbeitern schreien.

Und nachdem die Mühlsteine ihr Lied ein paar Wochen gesungen haben, kommt ein Tag, wo die schwedischen Bauern ein Stück Acker oder ein Stück Land unten an der Ebene von Saron pachten und anfangen zu pflügen und zu säen.

Bald darauf verschaffen sie sich ein paar große Weinberge oben auf dem Ölberge.

Und nachdem wieder eine kleine Weile vergangen ist, übernehmen sie eine große Wasserleitungsarbeit unten in einem der Taler.

Als erst die Schweden den Anfang gemacht haben, kommen die Amerikaner und Assyrer nach und nach auch herbei. Sie fangen an, in Schulen zu unterrichten, sie kaufen sich einen photographischen Apparat und wandern im Lande umher und machen Aufnahmen, die sie den Reisenden verkaufen können; sie richten eine kleine Goldschmiedewerkstatt in einer Ecke der Kolonie ein.

Miß Young ist schon längst Vorsteherin in Achmed Effendis Schule, und junge schwedische Mädchen unterrichten mohammedanische Kinder im Nähen und Stricken.

Als es Herbst wird, summt und brummt es in der Kolonie von Arbeit und Tätigkeit. Sie ist ein wahrer Ameisenhaufen geworden.

Und wenn man nachdenkt, ist während des ganzen Sommers nicht ein einziges Unglück eingetroffen. Niemand von den Kolonisten ist gestorben von dem Augenblick an, als Ingmar die Mühle übernommen hat. Niemand hat sich auch von Sinn und Verstand gegrämt über die Bosheit von Jerusalem.

Alle sind strahlend froh und vergnügt, sie lieben ihre Kolonie mehr denn je, sie schmieden Pläne, sie ersinnen neue Unternehmungen. Nur dies hat ihnen gefehlt, um so recht glücklich zu sein. Und nun sind sie alle davon überzeugt, daß es Gottes Wille ist, daß sie sich ihr Brot durch ihre Arbeit, verdienen sollen.

Im Laufe des Herbstes überläßt Ingmar Ljung Björn die Leitung der Mühle und bleibt selbst in der Kolonie. Er und Bo Gabriel sind eifrig beschäftigt, eine Art Schuppen auf dem Felde dicht davor aufzuführen. Aber niemand weiß, wozu er benutzt werden soll. Niemand darf sehen, wie er eingerichtet wird, das ist ein großes Geheimnis.

Als der Schuppen endlich fertig ist, reisen Ingmar und Bo nach Jaffa hinunter und führen unendliche Verhandlungen mit den deutschen Kolonisten, die dort wohnen. Aber zwei Tage später sind sie wieder daheim. Nun kommen sie auf zwei prächtigen, braunen Pferden geritten.

Das sollen jetzt die Pferde der Kolonie sein, und eins steht fest, hätte ein Sultan oder der Kaiser an die Pforte gepocht und erklärt, daß er sich den Kolonisten anschließen wolle, man hätte ihn nicht herzlicher willkommen heißen können.

Nein, wie die Kinder an den Pferden hingen und auf ihnen herumbaumeln, wie stolz der Bauer ist, der mit ihnen pflügen kann!

Sie werden besser gepflegt als alle andern Pferde im Morgenlande. Es vergeht keine Nacht, wo die Bauern nicht draußen sind, um nachzusehen, ob ihre Krippe auch gefüllt ist.

Aber wer auch immer von den Schweden am Morgen die Pferde anschirrt, er kann nicht umhin, zu denken: Es ist wirklich kein so schlechtes Land, in dem wir leben; jetzt merke ich, daß ich hier wohl gedeihen kann. Ach, welch ein Jammer, daß Tims Halvor dies nicht erlebt hat! Er hätte sich nie zu Tode gegrämt, wenn er so ein Paar Pferde zu fahren gehabt hätte!

Es war an einem Morgen im September. Ganz früh, während es noch dunkle Nacht war, kamen Ingmar und Bo aus der Kolonie gegangen. Sie wollten auf Arbeit in einem der Weinberge, die die Kolonie oben auf dem Ölberge gepachtet hatte. Das Verhältnis zwischen Bo und Ingmar war nicht gut. Sie hatten sich nie gut vertragen können. Es war gerade nicht zu offenbarer Feindschaft zwischen ihnen gekommen, aber sie waren nie derselben Ansicht über irgend etwas. Während sie jetzt nach dem Ölberge hinaufgehen wollten, fingen sie an, sich zu zanken.

Bo wollte am liebsten den langen Umweg über die Hügel machen. Er sagte, es sei leichter, dort in der Dunkelheit zu gehen. Ingmar wollte einen kürzeren und beschwerlicheren Weg einschlagen, der durch das Tal Josaphat führte und dann steil den Berg hinanklomm.

Nachdem sie sich hierüber eine Weile gezankt hatten, machte Ingmar den Vorschlag, daß jeder den Weg gehen sollte, den er vorschlüge, dann könnten sie ja sehen, wer zuerst ankäme. Dazu war Bo gleich bereit. Er ging in der Richtung, die er vorgeschlagen hatte, und Ingmar ging in der andern.

Als Bo verschwunden war, überfiel Ingmar die große Sehnsucht, die ihn immer quälte, sobald er eine einsame Stunde hatte. »Will sich Gott denn nie über mich erbarmen und mich heimreisen lassen?« sagte er. »Will er mir nicht helfen, daß ich Gertrud von Jerusalem fortbringen kann, ehe sie den Verstand ganz verloren hat?

Es ist sonderbar, daß gerade das, weswegen ich hierher gereist bin, mir am allerwenigsten gelingt«, sagte er halblaut, wie er dort in der Dunkelheit, in seine eigenen Gedanken versunken, einherging; »denn Gertrud bin ich keinen Schritt näher gekommen. Aber mit allem andern ist es mir weit besser ergangen, als ich erwarten konnte. Ich glaube kaum, daß unser Volk jemals mit der Arbeit zustande gekommen wäre, wenn ich nicht auf den Gedanken verfallen wäre, die Mühle zu übernehmen.

Es ist eine wirkliche Freude, zu sehen, wie die Arbeit immer mehr Gewalt über sie gewonnen hat«, fuhr er fort. »Ja, ich habe viel Gutes hier drüben gesehen und gelernt, aber ich kann doch nicht umhin, mich nach Hause zu sehnen. Es ist mir immer, als fürchte ich mich vor dieser Stadt, als könne ich nie wieder recht atmen, ehe ich erst aus ihr heraus bin. Und hin und wieder habe ich ein Gefühl, als solle ich hier sterben, als solle ich nie wieder in die Heimat zurückgelangen, und Barbro und den Ingmarshof nie wiedersehen.«

Aber während Ingmar so dachte, war er ganz auf den Boden des Tales hinabgelangt. Hoch oben über ihm hob sich die zackige Mauer der Stadt von dem Nachthimmel ab, und zu allen Seiten ragten mächtige, die Aussicht versperrende Berge auf.

»Es ist doch ein häßlicher, unheimlicher Ort, wenn man hier so in der Dunkelheit wandert«, dachte Ingmar. Und erst jetzt fiel ihm ein, daß er an dem mohammedanischen wie auch an dem jüdischen Begräbnisplatz vorüber mußte.

Im selben Augenblick, als sich Ingmars Gebanken mit dem Begräbnisplatz beschäftigten, fiel ihm ein Erlebnis ein, das sich gerade damals in Jerusalem zugetragen hatte. Er hatte es am vorhergehenden Tag erzählen hören, da hatte es aber nicht mehr Eindruck auf ihn gemacht wie so vieles anderes, das von der heiligen Stadt erzählt wurde. Aber jetzt in der Dunkelheit der Nacht kam es ihm sehr unheimlich und häßlich vor.

Die Sache handelte nämlich von einem großen Krankenhause, das im Judenviertel lag, und in der ganzen Stadt berüchtigt war, weil dort niemals Patienten waren. Ingmar war mehrmals daran vorübergekommen, hatte zum Fenster hineingelugt und die Betten immer leer stehen sehen. Dies hatte indessen eine ganz natürliche Ursache und konnte sich kaum anders verhalten. Das Krankenhaus war von einer englischen Gesellschaft errichtet, die dort kranke Juden aufnehmen wollte, um Gelegenheit zu ihrer Bekehrung zu haben. Aber die Juden, die sich fürchteten, in einem solchen Hause gezwungen zu werden, verbotene Speisen zu essen, wollten sich dort nicht hinbringen lassen.

Nun vor ein paar Tagen hatten sie dennoch einen Patienten in diesem Krankenhaus gehabt. Es war eine alte, arme Jüdin, die auf der Straße gerade vor dem Hause gefallen war und das Bein gebrochen hatte. Sie war in das Krankenhaus getragen und dort verpflegt worden. Nach zwei Tagen aber war sie gestorben.

Ehe sie starb, hatte sie einer der englischen Krankenpflegerinnen und dem Arzt das heilige Gelöbnis abgenommen, sie sollten dafür sorgen, daß sie auf dem jüdischen Kirchhof im Tal Josaphat begraben werde. Sie erzählte ihnen, daß sie in ihrem hohen Alter einzig und allein deswegen nach Jerusalem gereist sei, um dies zu erreichen. Und wenn sie ihr das nicht versprechen könnten, so wäre es besser gewesen, sie hätten sie an der Straße liegen und sterben lassen.

Als sie tot war, schickten die Engländer auch zu dem jüdischen Gemeindevorsteher, und baten ihn, einige Leute zu senden, die die Tote forttragen und begraben konnten.

Da aber antworteten die Juden, daß die alte Frau, die in dem christlichen Krankenhaus gestorben war, nicht auf dem Kirchhof der Juden begraben werden dürfe.

Die Missionare taten alles, was sie konnten, um die Juden zum Nachgeben zu bewegen. Sie hatten sich an den Oberrabbiner selbst gewandt, aber alles war vergeblich gewesen. Da blieb ihnen denn nichts weiter zu tun übrig, als die Tote selbst zu begraben. Aber sie wollten nicht, daß sie dessen verlustig gehen sollte, worauf sie sich ihr ganzes armseliges Leben lang gefreut hatte. Sie machten sich nichts aus dem Verbot der Juden, sondern ließen ein Grab auf dem Kirchhof im Tal Josaphat schaufeln, und begruben die Tote darin.

Die Juden taten nichts, um sie daran zu verhindern, aber in der nächsten Nacht kamen sie und öffneten das Grab und warfen den Sarg heraus.

Es war den Engländern sehr daran gelegen, das der Alten gegebene Wort zu halten. Sobald sie erfuhren, daß sie aus dem Grabe herausgeworfen war, begruben sie sie wieder an demselben Ort.

Und dann wurde sie in der nächsten Nacht wieder herausgeworfen. Ingmar Ingmarsson blieb plötzlich stehen und lauschte. Wer weiß, dachte er, vielleicht sind diese Grabschänder auch diese Nacht wieder am Werk.

Zu Anfang schien es ihm, als wenn alles still sei. Aber dann hörte er einen klirrenden Laut, wie wenn ein eisernes Gerät gegen einen Stein stößt.

Schnell ging er einige Schritte in der Richtung, woher das Geräusch kam, dann blieb er wieder stehen und lauschte. Jetzt hörte er deutlich, daß man mit eisernen Spaten in der Erde grub und Kies und Steine aufwarf.

Wieder ging er weiter, und von neuem hörte er das eifrige Graben. Es müssen wenigstens fünf, sechs Spaten an der Arbeit sein, dachte er. Großer Gott, wie können Menschen doch einen Toten auf die Weise verfolgen?

Während Ingmar so weiter ging, und die Spaten arbeiten hörte, fühlte er, wie ein entsetzlicher Groll in ihm aufstieg. Er nahm mit jeder Sekunde zu. Die Sache geht mich ja doch gar nichts an, dachte er, um sich selbst zu beruhigen. Du hast ja gar nichts damit zu tun.

Aber das Blut stieg ihm zu Kopf, es war ihm, als schnüre sich sein Hals zusammen, so daß er kaum atmen konnte. Es ist häßlich, es ist schändlich anzuhören, ich habe nie etwas so Abscheuliches erlebt.

Endlich blieb er stehen. Er erhob die geballte Faust und schüttelte sie. Ja, wartet nur, ihr Schurken, jetzt komme ich, sagte er. Ich habe euch lange genug zugehört. Niemand kann von mir verlangen, daß ich ruhig vorübergehen soll, während ihr da steht, und die Toten aus dem Grabe werft.

Mit schnellen, lautlosen Schritten eilte er weiter. Ihm ward während des Gehens ganz leicht ums Herz, ja fast fröhlich. Nein, es ist ja ein Wahnsinn, worauf ich mich einlasse, dachte er. Aber ich möchte wohl wissen, was mein Vater gesagt haben würde, wenn ihm jemand an dem letzten Tag, als er lebte, ins Wasser hätte gehen sehen, um die kleinen Kinder zu retten, und ihm dann zugerufen hätte, er solle sich in acht nehmen und lieber am Ufer bleiben. Und nun muß ich in dieser Nacht wohl meinen Willen haben, so wie mein Vater den seinen bekam. Denn es fließt ein Fluß von Bosheit an mir vorüber mit schwarzem, empörtem Wasser, und der reißt Lebende und Tote mit sich fort, aber jetzt kann ich es nicht länger aushalten, still am Ufer zu stehen und zuzusehen. Jetzt ist die Reihe an mir, hinüberzugehen und mit dem Strom zu kämpfen.

Endlich stand er am Rande eines Grabes, wo einige Männer eifrig bei der Arbeit waren. Sie hatten weder ein Licht noch eine Laterne, sondern gruben so gut sie konnten in der Dunkelheit. Ingmar konnte nicht sehen, wieviele ihrer waren, und er fragte auch nicht danach, sondern stürzte sich mitten zwischen sie. Er riß dem einen der Gräber den Spaten aus der Hand, und schlug dann nach allen Seiten um sich. Es war so unerwartet über die Männer gekommen, daß sie ganz sinnlos vor Schrecken wurden. Sie rannten davon, ohne auch nur den Versuch zu machen, ihm Widerstand zu leisten. Wenige Sekunden darauf stand Ingmar allein.

Seine erste Arbeit war nun, die aufgeworfene Erde wieder in das Grab hineinzuschaufeln, dann fing er an zu überlegen, was jetzt zu tun war. Es erschien ihm nicht ratsam, den Ort vor Tagesdämmerung zu verlassen, denn sobald er davonging, würden die Grabschänder zurückkehren.

Er blieb also an dem Grab stehen und wartete. Er lauschte gespannt auf jeden Laut; aber zu Anfang blieb alles still. Ich kann mir doch nicht denken, daß sie vor einem einzigen Mann so weit weggelaufen sind, dachte er. Nach einer Weile hörte er ein leises Rascheln zwischen dem Kies, der über die umherliegenden Gräber gestreut war. Es war ihm, als könne er dunkle Gestalten über die Grabsteine dahinkriechen sehen.

Jetzt scheint es Ernst zu werden, dachte Ingmar, und erhob seinen Spaten, um sich zu verteidigen. Plötzlich regnete ein Hagel von großen und kleinen Steinen auf ihn nieder, so daß er ganz betäubt wurde. Gleichzeitig fielen ein paar Männer über ihn her und versuchten, ihn umzuwerfen.

Ein harter Kampf entspann sich. Ingmar war so stark wie ein Riese, und er warf einen nach dem andern zu Boden. Aber die Gegner hielten tapfer stand und wollten nicht weichen. Schließlich stürzte einer von ihnen gerade vor Ingmars Füßen nieder. Ingmar wollte eben einen Schritt vortreten da strauchelte er über den Gefallenen. Er fiel schwer zu Boden, und im selben Augenblick empfand er einen heftigen Schmerz in dem einen Auge. Er war ganz wie gelähmt. Er fühlte, daß die andern sich auf ihn stürzten und ihn banden, aber er versuchte, keinen Widerstand zu leisten. Der Schmerz war so scharf und schneidend, daß er ihm alle Kraft raubte, und im ersten Augenblick glaubte er, daß er sterben müsse.

Indessen war Bo seines Weges gegangen und hatte immer an Ingmar gedacht von dem Augenblick an, seit er sich von ihm getrennt hatte. Zu Anfang ging er ziemlich schnell dahin, denn er wollte gern zuerst auf den Berg hinaufgelangen, aber es währte nicht lange, als er die Schritte mäßigte. Er lachte schwermütig über sich selbst. Das weiß ich ja doch, dachte er, so sehr ich mich auch beeile, daß ich nicht so schnell wie Ingmar ans Ziel gelangen kann. Ich habe nie jemand gesehen, dem alles so glückt wie ihm, und der eine solche Fähigkeit besitzt, seinen Willen durchzusetzen. Ich muß darauf gefaßt sein, daß er Gertrud schließlich doch mit nach Dalarne heimführt; nein, ich kann es nicht. Ich habe gesehen, wie alles in dem letzten halben Jahr in der Kolonie nach seinem Willen gegangen ist.

Aber als sich Bo auf dem verabredeten Ort auf dem Ölberge einfand, war Ingmar nicht dort, wie er erwartet hatte, und er freute sich sehr. Er fing gleich an zu arbeiten und fuhr eine Weile damit fort. Nun wird er doch einmal gemerkt haben, daß er den verkehrten Weg gewählt hat, dachte Bo.

Dann fing es an, hell zu werden, und als sich Ingmar auch jetzt nicht zeigte, begann Bo unruhig zu werden, daß ihm etwas zugestoßen sein könne. Er hielt mit seiner Arbeit inne, und ging den Berg hinab, um nach ihm zu suchen. Es ist eigentlich sonderbar, dachte er, obwohl ich Ingmar eigentlich gar nicht leiden kann, so glaube ich doch, daß ich sehr traurig werden würde, wenn ihm etwas zugestoßen wäre. Er ist ein tüchtiger Mensch, und er hat uns hier in Jerusalem große Dienste geleistet. Wenn nur Gertrud nicht zwischen uns stünde, so glaube ich, ich könnte ihm ein Freund werden.

Bald wurde es ganz hell, und als Bo in das Tal Josaphat hinabkam, währte es auch nicht lange, bis er Ingmar fand, der zwischen ein paar Grabsteinen lag. Ingmars Hände waren gefesselt, und er lag regungslos da, aber als er Bos schwere Schritte hörte, erhob er den Kopf. »Bist du es, Bo?« fragte er. »Ja«, erwiderte Bo. »Was ist denn nur mit dir los?« Im selben Augenblick fiel sein Blick auf Ingmars Antlitz; beide Augen waren geschlossen, das eine war geschwollen, und aus den Augenwinkeln strömte Blut. »Was hast du nur einmal angefangen, Mensch?« fragte Bo, seine Stimme klang merkwürdig undeutlich. »Ich habe mich mit diesen Grabschändern geprügelt,« erwiderte Ingmar, »da strauchelte ich über einen von ihnen, und der hatte ein Messer in der Hand, das mir gerade ins Auge drang.«

Bo kniete neben Ingmar nieder und fing an, die Stricke um seine Hände zu lösen. »Wie kamst du nur zu dieser Prügelei mit den Grabschändern?« sagte Bo. »Ich ging hier durch das Tal und da hörte ich sie graben.« »Und du konntest dich nicht darein finden, daß die Tote auch diese Nacht wieder aus dem Grabe herausgeworfen werden sollte?« »Nein,« sagte Ingmar, »darein konnte ich mich nicht finden.« »Das war brav von dir«, sagte Bo. »Ach nein,« sagte Ingmar, »es war sehr dumm von mir, aber ich konnte es nun einmal nicht lassen.« »Ich will dir etwas sagen,« sagte Bo, »wie dumm es auch war, von jetzt an werde ich, so lange ich lebe, dein Freund sein, weil du das getan hast.«

Auf dem Ölberge

Ingmar wurde von einem Arzt aus dem großen englischen Augenhospital behandelt. Der kam jeden Tag nach der Kolonie hinaus, um ihm einen Verband anzulegen. Ingmars Augen heilten schnell, und er fühlte sich so gesund, daß er das Bett verlassen und auf sein konnte.

Aber eines Morgens bemerkte der Arzt, daß das gesunde Auge rot und geschwollen war. Er wurde unruhig und gab sofort Anordnungen, wie dies Auge behandelt werden sollte. Dann wandte er sich an Ingmar, und sagte ihm gerade heraus, daß er am besten tue, Palästina so schnell wie möglich zu verlassen. »Ich fürchte, Sie sind von der gefährlichen ägyptischen Augenkrankheit angesteckt worden«, sagte er. »Ich werde für Sie tun, was ich kann, aber Sie haben ja jetzt nur noch ein Auge, und das ist nicht kräftig genug, um der Ansteckung zu widerstehen, die hier überall in der Luft liegt. Wenn Sie hier bleiben, werden Sie zweifelsohne in einigen Wochen blind sein.«

Es entstand großer Kummer in der Kolonie, nicht allein unter Ingmars Verwandten, sondern auch unter den andern Kolonisten. Sie sagten alle, Ingmar habe ihnen die größte Wohltat dadurch erwiesen, daß er sie überredet habe, ihr Brot im Schweiße ihres Antlitzes zu verdienen, wie andere Menschen, und daß so ein Mann wie er, die Kolonie niemals verlassen sollte. Aber alle waren doch darin einig, daß Ingmar abreisen müsse, und Mrs. Gordon sagte sogleich, einer der Brüder solle sich bereit machen, um Ingmar nach Schweden zu begleiten, da er unmöglich allein reisen könne.

Ingmar hörte lange all das Gerede darüber, daß er reisen sollte, schweigend an. Schließlich sagte er: »Es ist wohl nicht so sicher, daß ich blind werde, selbst wenn ich hierbleibe.« Mrs. Gordon fragte, was er damit meine. »Ich bin noch nicht fertig mit der Arbeit, um derentwillen ich hierhergekommen bin«, sagte er langsam. »Ist es denn Ihre Absicht, daß Sie nicht reisen wollen?« fragte Mrs. Gordon. »Ja,« sagte Ingmar, »es würde sehr hart für mich sein, wenn ich gezwungen wäre, unverrichteter Sache heimzukehren.«

Man sah jetzt erst recht, wie sehr Mrs. Gordon Ingmar schätzte; denn sie suchte Gertrud auf und erzählte ihr, daß Ingmar nicht abreisen wolle, obwohl er Gefahr laufe, zu erblinden, falls er bleibe. »Du weißt wohl, um wessentwillen er nicht abreisen will«, sagte Mrs. Gordon. »Ja«, sagte Gertrud.

Gertrud sah Mrs. Gordon ernsthaft an, sagte aber nichts weiter. Mrs. Gordon konnte sie doch nicht geradezu auffordern, das Versprechen zu brechen, das sie der Kolonie gegeben hatte, aber Gertrud verstand wohl, daß, was sie auch um Ingmars Willen tun würde, man ihr alles vergeben würde. Falls es eine andere als ich wäre, würde Mrs. Gordon wohl nicht so nachgiebig sein, dachte sie ein wenig ärgerlich; sie würde sich gewiß freuen, wenn sie mich los würde.

Den ganzen Tag hindurch kam bald der eine, bald der andere zu Gertrud, und redete mit ihr über Ingmar. Niemand wagte, es ihr geradeaus zu sagen, daß sie mit ihm nach Hause reisen solle, aber die schwedischen Bauern setzten sich zu ihr, und sprachen mit ihr über den Helden, der für die Tote im Tal Josaphat gekämpft hatte, und sie sagten, jetzt habe Ingmar gezeigt, daß er ein echter Sproß des alten Stammes sei. »Es würde ein Jammer sein, wenn so ein Mann erblindet«, sagten sie.

Aber Gertrud hatte den ganzen Tag ein Gefühl, als wenn sie mit einem dieser Träume kämpfe, denen man entfliehen möchte, ohne imstande zu sein, aus der Stelle zu kommen. Sie wollte Ingmar helfen, aber sie wußte nicht, woher sie die Kräfte nehmen sollte. Wie kann ich dies für Ingmar tun, jetzt, wo ich ihn nicht mehr liebe? fragte sie sich selbst. Und wie kann ich es unterlassen, es zu tun, wenn ich doch weiß, daß er erblinden wird? fragte sie sich dann wieder.

Am Abend stand Gertrud vor der Kolonie unter der großen Sykomore, und sie dachte noch immer darüber nach, daß sie Ingmar begleiten müsse, daß sie aber nicht die Kraft habe, sich zu entschließen. Da kam Bo zu ihr hinaus.

»Es kommt wohl manchmal vor,« sagte Bo, »daß ein Mensch sich über sein Unglück freut, und über sein Glück traurig wird.«

Gertrud wandte sich jäh nach ihm um, und sah ihn mit ein paar erschreckten Augen an. Sie sagte nichts, aber man konnte sehen, daß sie dachte: Kommst du nun auch, um mich zu hetzen und zu verfolgen?

Bo biß sich auf die Lippe, und sein Gesicht zuckte ein wenig, aber im nächsten Augenblick sagte er doch, was ihm am Herzen lag.

»Wenn da eine ist, die man sein ganzes Leben lang geliebt hat,« sagte er, »so fürchtet man sich ja, sie zu verlieren. Und man fürchtet sich am allermeisten, sie auf die Weise zu verlieren, daß man sieht, daß ihr Herz so hart ist, und nicht vergessen und vergeben kann.«

Bo sprach seine harten Worte in mildem Ton, und Gertrud wurde nicht zornig, sondern sie fing an zu weinen. Sie mußte daran denken, daß sie einmal geträumt hatte, sie steche Ingmar das Auge aus. Jetzt zeigt es sich, daß dieser Traum wahr war; und daß ich wirklich hartherzig und rachsüchtig bin, wie ich es damals im Traum war, dachte sie. Ingmar wird sicher um meinetwillen sein Augenlicht verlieren. Sie war tief betrübt, aber das große Gefühl der Ohnmacht, das sie lähmte, wich noch nicht. Und es wurde Nacht, und sie legte sich schlafen, ohne einen Entschluß gefaßt zu haben.

Am Morgen schickte sie sich zu ihrer gewöhnlichen Wanderung an und ging über die Hügel nach dem Ölberge hinaus. Auf dem ganzen Wege kämpfte sie mit demselben dunklen Gefühl der Ohnmacht. Sie sah, was sie tun mußte, aber ihr Wille war gelähmt und konnte das nicht überwinden, was sie gefesselt hielt. Da fiel ihr ein, daß sie einmal eine Mauerschwalbe gesehen hatte, die zur Erde gefallen war, und die nun dalag und mit den Flügeln schlug und nicht genug Luft bekommen konnte, um sich aufzuschwingen. Gerade so war es ihr, sie lag nun da und flatterte, ohne vom Fleck kommen zu können.

Aber als sie auf den Ölberg hinaufgelangt war und an der gewöhnlichen Stelle stand, wo sie den Sonnenaufgang zu erwarten pflegte, sah sie, daß der Derwisch, der Jesus glich, vor ihr da war. Er saß an der Erde, die Beine unter sich gekreuzt, und seine großen Augen sahen auf Jerusalem hinab.

Gertrud vergaß keinen Augenblick, daß der Mann nur ein armer Derwisch war, dessen einziger Ruhm darin bestand, daß er von seinen Anhängern einen eifrigeren Tanz verlangte als irgendein anderer. Aber als sie sein Antlitz mit den dunklen Rändern um die Augen, und den schmerzlichen Zug um den Mund sah, lief ein Zittern durch ihren Körper. Sie blieb mit gefalteten Händen dicht neben ihm stehen und sah ihn an.

Sie träumte nicht, sie sah keine Gesichte, es war einzig und allein die große Ähnlichkeit, die bewirkte, daß sie meinte, sie sehe eine göttliche Persönlichkeit.

Sie war wieder fest überzeugt, daß, falls er nur vor die Menschen hintreten wollte, es sich zeigen würde, daß er die Tiefe aller Weisheit erreicht habe. Sie glaubte, daß er von Angesicht zu Angesicht mit Gott rede; sie glaubte, daß er den Kelch des Lebens bis auf den Grund gelehrt habe; sie glaubte, daß alle seine Gedanken unbekannten Dingen galten, die kein anderer zu erforschen vermochte.

Sie fühlte, daß, wenn sie krank gewesen wäre, sie schon durch seinen Anblick geheilt werden würde.

Er kann kein gewöhnlicher Mensch sein, dachte sie. Ich fühle ja, daß sich die ganze Seligkeit des Himmels auf mich herabsenkt, nur weil ich ihn sehe.

Sie hatte lange neben dem Derwisch gestanden, ohne daß er sie auch nur beachtet hatte. Plötzlich aber wandte er sich nach ihr um.

Als er sie ansah, kroch Gertrud förmlich zusammen, als könne sie seinen Blick nicht ertragen.

Er betrachtete sie still und stumm wohl eine ganze Minute; dann reichte er ihr seine Hand, damit sie sie küssen sollte, wie das unter seinen Anhängern Sitte war. Gertrud küßte in aller Demut seine Hand.

Darauf bedeutete er sie mit seinem gewohnten Ernst, daß sie ihrer Wege gehen, und ihn nicht länger stören solle.

Gertrud wandte sich gehorsam von ihm ab und ging langsam den Berg hinab. Es war ihr, als liege eine große Bedeutung in der Art und Weise, wie er Abschied von ihr nahm. Es war, als sage er: »Jetzt hast du mir eine Weile angehört und mir gedient, aber nun gebe ich dich frei, lebe jetzt auf der Erde für deine Mitmenschen.«

Als sie sich der Kolonie näherte, schwand der Zauber nach und nach. Ich weiß ja, daß es nicht Christus ist, ich glaube nicht, daß es Christus ist, sagte sie von neuem.

Aber sein Anblick hatte eine große Veränderung in ihr hervorgerufen. Allein dadurch, daß er das Bild Christi ihr vor die Augen geführt hatte, war es ihr, als könne jeder Stein die heilige Lehre wiederholen, die er einmal in diesem Lande verkündet hatte, als sängen die Blumen von der Glückseligkeit, die darin lag, auf seinen Wegen zu wandeln.

Als Gertrud nach der Kolonie zurückkehrte, ging sie zu Ingmar hin. »Jetzt will ich mit dir nach Hause reisen, Ingmar«, sagte sie.

Ingmar atmete ein paarmal tief auf. Es fiel ihm offenbar ein schwerer Stein vom Herzen.

Er nahm Gertruds Hände zwischen die seinen und drückte sie. »Jetzt ist Gott sehr gut gegen mich gewesen«, sagte er.

»Wir werden uns wiedersehen!«

In der Kolonie herrschte eine wunderliche Geschäftigkeit. Alle Darlekarlier hatten so viel auf ihren Zimmern zu tun, daß sie keine Zeit fanden, an ihre tägliche Arbeit auf dem Felde und in den Weinbergen zu denken, und die schwedischen Kinder hatten in der Schule freibekommen, um daheim arbeiten zu können.

Es war beschlossen worden, daß Ingmar und Gertrud in zwei Tagen reisen sollten. Deswegen galt es jetzt, so schnell wie möglich alles das zusammenzubringen, was man mit ihnen in die Heimat schicken wollte.

Jetzt hatte man Gelegenheit, eine kleine Erinnerung an Kameraden zu senden, mit denen man auf der Schulbank gesessen hatte, und an alte Freunde, die einem das ganze Leben hindurch treu gewesen waren. Jetzt konnte man zeigen, daß man hin und wieder einen freundlichen Gedanken für irgendeinen gehabt habe, von dem man sich getrennt hatte, und mit dem man in der ersten schweren Zeit daheim nicht mehr hatte verkehren wollen, und auch an kluge, alte Leute, deren Rat man bei der Abreise übel aufgenommen hatte. Jetzt konnte man den Eltern oder der Braut eine kleine Freude machen, und dem Pfarrer und dem Schulmeister, die sie alle erzogen hatten, eine kleine Aufmerksamkeit erweisen.

Ljung Björn und Kolaas Gunnar saßen den ganzen Tag mit der Feder zwischen ihren steifen Fingern, und schrieben Briefe an Verwandte und Freunde, während Gabriel kleine Becher aus Olivenholz drechselte, und Karin Ingmarstochter eine Menge großer Photographien von Gethsemane und der heiligen Grabeskirche und dem schönen, großen Hause, in dem sie wohnten, und dem prächtigen Versammlungssaal, vor sich liegen hatte, und sie in verschiedene Päckchen verteilte.

Auch die Kinder waren eifrig beschäftigt. Auf kleine, dünne Plättchen aus Olivenholz zeichneten sie Bilder mit Tusche, wie sie es in der amerikanischen Schule gelernt hatten. Und sie fertigten Photographierahmen an, auf die sie Proben von all den verschiedenen Samen und Kernen und Körnern klebten, die man im Morgenlande findet.

Märta Ingmarstochter nahm ein Stück Drell vom Webstuhl und machte sich daran, Namen in Handtücher und Servietten zu sticken, die an ihren Schwager und ihre Schwägerin in der Heimat geschickt werden sollten. Und sie lächelte, während sie daran dachte, daß sie jetzt daheim sehen würden, daß sie das Weben nicht verlernt hatte, sondern daß der Drell ebenso fein und eben war, obwohl er in Jerusalem gewebt worden war.

Die beiden Ingmarstochter, die in Amerika gewesen waren, standen da und füllten Aprikosen- und Pfirsichmarmelade in Kruken, und auf die Kruken schrieben sie liebe Namen, an die sie nicht ohne Tränen in den Augen denken konnten.

Aber Israel Tomassons Frau stand am Kuchenbrett und rollte Pfefferkuchenteich aus, sie hatte auch noch einen Kuchen im Ofen, den sie nicht aus den Augen lassen durfte. Den Kuchen sollten Ingmar und Gertrud mit auf die Reise haben; aber die Pfefferkuchen, die konnten sich lange halten, so lange es sein sollte, die durften sie nicht anrühren, sondern sie zwischen die alte Frau in Mückelsmohr, die sich an dem Tage, als die Jerusalemfahrer von dannen zogen, so fein gemacht hatte und am Wegesrande stand, und Eva Gunnarstochter verteilen, die einstmals mit zur Gemeinde gehört hatte.

Allmählich, als die kleinen Pakete fertig wurden, brachte man sie zu Gertrud hinein, und die packte sie alle in eine große Kiste.

Wäre aber Gertrud nicht selbst in dem Kirchsprengel geboren, so hätte sie es niemals übernehmen können, alle diese verschiedenen Dinge in die Hände der rechtmäßigen Empfänger abzuliefern, denn auf einigen standen höchst merkwürdige Adressen. Sie mußte wirklich mehrmals nachdenken, ehe sie sich klar darüber werden konnte, wo sie »Franz, der am Kreuzweg wohnte«, und »Liese, die die Schwester von Per Larsson war«, und »Erich, der vor zwei Jahren beim Gemeindevorsteher diente«, finden sollte.

Ljung Björnsson Gunnar kam mit dem größten Paket. Es war adressiert an »Karin, die in der Schule neben mir saß und irgendwo im Hochwalde wohnte«. Den Namen des Vaters hatte er vergessen, aber für Karin hatte er ein Paar Schuhe aus Lackleder mit hohen, spitzen Absätzen angefertigt. Er wußte selbst, daß dies das entzückendste Stück Schuhmacherarbeit war, das je in der Kolonie angefertigt worden war. »Und grüße sie und frage, ob sie nicht bald hierher zu mir kommen will, wie wir verabredet hatten, als ich von Hause fortreiste«, sagte er, indem er Gertrud das Paket anvertraute.

Die Großbauern aber kamen zu Ingmar hin, und gaben ihm Briefe und wichtige Aufträge mit. »Und dann mußt du zum Pfarrer gehen und zum Gemeindevorsteher und zum Schullehrer,« meinten sie schließlich, »und ihnen erzählen, daß du mit deinen eigenen Augen gesehen hast, daß es uns hier gut geht, daß wir in einem richtigen Hause wohnen und nicht in Erdhöhlen, und daß wir ordentliches Essen bekommen, und daß wir arbeiten und einen sittsamen Lebenswandel führen.

Seit jenem Morgen, als Bo Ingmar auf dem Kirchhof im Tal Josaphat gefunden hatte, herrschte große Freundschaft zwischen ihnen, und sobald Bo nur eine müßige Stunde hatte, saß er bei Ingmar, der jetzt während der Krankheit allein in einem der Gastzimmer wohnte. Aber an dem Tage, als Gertrud vom Ölberge herabgekommen war, und versprochen hatte, mit Ingmar nach Dalarne zu reisen, erschien Bo nicht mehr im Krankenzimmer. Ingmar fragte mehrmals nach ihm, aber niemand war imstande, ihm zu sagen, wo Bo war.

Je weiter der Tag vorschritt, um so unruhiger wurde Ingmar. Im ersten Augenblick, als Gertrud ihm versprochen hatte, mit ihm zu reisen, hatte er sich so froh und glücklich gefühlt. Er hatte nur Dankbarkeit empfunden, daß er sie jetzt endlich aus diesem gefährlichen Lande heimbringen konnte, wohin sie niemals gereist sein würde, wenn er sich nicht gegen sie versündigt hätte. Und sicherlich war er noch immer froh darüber, aber mit jeder Stunde, die ging, ward die Sehnsucht nach seiner Frau heftiger und heftiger. Es schien ihm ganz unmöglich, das durchzuführen, was er sich vorgenommen hatte. Da waren Augenblicke, wo er die allergrößte Lust empfand, Gertrud seine ganze Geschichte zu erzählen, aber bei näherem Nachdenken hatte er doch nicht den Mut, es zu tun. Sobald sie erfuhr, daß er sie nicht mehr liebte, würde sie sich wahrscheinlich weigern, mit ihm nach Hause zu reisen. Und er wußte nicht, ob ihn Gertrud liebte, ihn, Ingmar, oder einen andern. Zuweilen hatte er geglaubt, daß sie Bo liebe, aber jetzt in der letzten Zeit hatte er sich eingestehen müssen, daß Gertrud, so lange sie in der Kolonie gewohnt hatte, sicher keinen anderen als den geliebt hatte, den sie auf dem Ölberge erwartete. Aber wenn sie nun wieder in die Welt hinauskam, so würde möglicherweise die alte Liebe zu Ingmar wieder in ihrem Herzen erwachen. Und wenn dies geschehen sollte, war es doch besser, daß er sich mit ihr verheiratete und versuchte, sie glücklich zu machen, als beständig umherzugehen, und sich nach einer zu sehnen, die nie wieder die seine werden konnte.

Aber obwohl er redlich mit sich selbst kämpfte, wuchs die innere Unlust, die ihn quälte, von Stunde zu Stunde. Während er da mit den verbundenen Augen saß, sah er seine Frau beständig vor sich. Es ist kein Irrtum möglich, sie liebe ich, mit ihr gehöre ich zusammen, dachte er. Keine andere hat Macht über mich.

Ich weiß wohl, was mich bewogen hat, mich in das Unternehmen einzulassen, fuhr er fort. Ich wollte ebenso tüchtig sein wie mein Vater. So wie er die Mutter aus dem Gefängnisse heimführte, so dachte ich, wollte ich Gertrud aus Jerusalem heimführen. Aber ich verstehe jetzt, warum es mir nicht so ergehen kann wie dem Vater. Ich komme zu kurz, weil ich eine andere liebe.

Endlich am Abend kam Bo zu Ingmar herein. Er blieb neben der Tür stehen, als sei es seine Absicht, gleich wieder zu gehen. »Ich höre, daß du nach mir gefragt hast«, sagte er. »Ja,« sagte Ingmar, »du weißt vielleicht, daß ich jetzt nach Hause reise.« »Ich habe gehört, daß es jetzt entschieden ist«, erwiderte Bo kurz.

Ingmar saß mit einem Verband vor beiden Augen da. Er wandte den Kopf nach der Seite, wo Bo stand, als wolle er ihn gern sehen. »Es scheint, daß du es eilig hast«, sagte er. »Ja, ich habe sehr viel zu tun.« Bo trat einen Schritt auf die Tür zu. »Übrigens wollte ich dich gern noch etwas fragen.«

Bo kehrte wieder in die Stube zurück, und Ingmar begann von neuem: »Höre einmal, Bo, hättest du nicht Lust, auf ein oder zwei Monate mit nach Hause zu reisen? Ich glaube wohl, daß deine Mutter sich sehr darüber freuen würde, dich wiederzusehen.« »Ich begreife nicht, wie du auf den Einfall kommen kannst«, sagte Bo. »Ja, wenn du Lust hättest, mitzureisen, so wollte ich dir wohl die Reise bezahlen«, fuhr Ingmar fort. »Ach so«, sagte Bo. »Ja«, sagte Ingmar und wurde immer eifriger. »Deine Mutter ist ja meine einzige Muhme, und ich habe gedacht, ich möchte ihr gern die Freude machen, dich noch einmal wiederzusehen, ehe sie stirbt.« »Du möchtest wohl am liebsten die ganze Kolonie mit nach Hause nehmen«, sagte Bo ein wenig höhnisch.

Ingmar verstummte. Es war seine letzte Hoffnung gewesen, daß er Bo überreden könne, mit nach Hause zu kommen. »Ich glaube, Gertrud würde ihn bald lieber gewinnen als mich, wenn er nur mit fortgehen wollte«, dachte er. »Er ist immer treu gegen sie gewesen, und es muß doch wohl Eindruck auf sie machen, daß er sie so sehr liebt.«

Nach einer Weile begann Ingmar von neuem, Hoffnung zu fassen. Es war gewiß meine eigene Schuld, dachte er; ich habe ihn gewiß nicht auf die rechte Weise gebeten. »Nun ja,« sagte er laut, »ich will ehrlich eingestehen, daß, wenn ich dich darum bitte, es hauptsächlich um meiner selbst willen geschieht.« Bo erwiderte nichts. Ingmar saß da und lauschte auf eine Antwort, aber als keine kam, fuhr er fort: »Ich kann nicht begreifen, wie es mir und Gertrud auf dieser langen, beschwerlichen Reise ergehen soll. Wenn ich die Binde noch immer um die Augen tragen muß, so weiß ich nicht, wie wir in all die kleinen Fährboote hinein und herauskommen sollen, die uns an die Dampfschiffe führen müssen. Und es wird sehr beschwerlich sein, die Fallreeptreppen und dergleichen zu erklettern. Ich bin geradezu bange, daß ich fehltreten und in die See fallen könnte. Es würde gut sein, wenn wir einen Mann auf der Reise mit hätten.« »Ja, darin hast du recht«, sagte Bo. »Und Gertrud versteht sich gewiß nicht darauf, Fahrkarten für uns zu kaufen.« »Ich bin ganz einig mit dir darin, daß du jemand mitnehmen mußt«, sagte Bo. »Ja,« sagte Ingmar erfreut, »ich dachte ja, du würdest es verstehen, daß es ganz notwendig ist, daß wir einen Begleiter mitnehmen.« »Ich finde, du solltest Gabriel bitten, sein Vater würde sich sicher freuen, ihn wiederzusehen.«

Ingmar schwieg wieder, erschien sehr niedergeschlagen zu sein, als er von neuem begann. »Ich hatte mir nun in den Kopf gesetzt, daß ich dich mitnehmen wollte.« »Nein, mich mußt du nicht um so etwas bitten«, sagte Bo. »Ich bin so glücklich hier in der Kolonie. Du kannst ja sicher jeden anderen Beliebigen mitnehmen.« »Es ist ein großer Unterschied, wer mit mir kommt. Du bist viel mehr gereist, als irgendeiner von den andern.« »Ich kann aber doch nicht«, sagte Bo.

Eine immer größere Unruhe überkam Ingmar. »Das ist eine große Enttäuschung für mich«, sagte er. »Ich glaubte, es sei dein Ernst, wenn du sagtest, daß du mein Freund sein wolltest.« Bo unterbrach ihn schnell. »Ich bin dir sehr dankbar für das Anerbieten, aber ich glaube nicht, daß du etwas sagen kannst, was mich auf andere Gedanken bringen könnte. Darum will ich jetzt nur gleich an meine Arbeit zurückkehren.« Damit wandte er sich schnell um und ging hinaus, ohne Ingmar Zeit zu lassen, noch ein Wort zu sagen.

Als Bo aus Ingmars Zimmer gekommen war, konnte man ihm nicht anmerken, daß er es so eilig hatte, wie er gesagt hatte. Er ging ganz langsam zum Tor hinaus, und setzte sich unter den großen, alten Baum da draußen. Es war schon Abend, und jegliche Spur von Tageslicht war verschwunden, aber die Sterne und ein kleiner, heller Neumond strahlten schön am Himmel. Bo hatte keine fünf Minuten da draußen gesessen, als sich das Tor leise auftat, und Gertrud heraustrat. Sie stand erst einen Augenblick da und sah sich um, dann aber entdeckte sie Bo. »Bist du es, Bo?« sagte sie und kam auf ihn zu und setzte sich neben ihn.

»Ich dachte ja, daß ich dich hier draußen finden würde«, sagte Gertrud. »Ja, hier haben wir manch einen Abend gesessen«, sagte Bo. »Das haben wir getan,« sagte Gertrud, »aber jetzt ist es wohl das letztemal.« »Ja, das ist es wohl.«

Bo saß steif und aufrecht da. Seine Stimme klang kalt und hart, so daß man hätte glauben sollen, daß das, worüber sie sprachen, ihm die gleichgültigste Sache von der Welt sei.

»Ingmar erzählte, daß er die Absicht habe, dich aufzufordern, mit uns zu reisen.« »Ja, er hat mich darum gebeten,« sagte Bo, »aber ich habe nein gesagt.« »Ja, ja, ich habe mir wohl gedacht, daß du nicht mit uns reisen würdest«, sagte Gertrud.

Sie saßen eine Weile still und stumm da, als hätten sie einander nichts zu sagen. Aber Gertrud wandte mehrmals das Gesicht nach Bo um und sah ihn an. Er saß eine Weile steif da, den Kopf erhoben und sah zum Himmel empor. Als das Schweigen lange gewährt hatte, sagte Bo, ohne den Blick von den Sternen abzuwenden oder irgendeine Bewegung zu machen: »Wird es nicht zu kalt für dich, solange hier draußen zu sitzen?« - »Du möchtest wohl gern, daß ich fortginge?« sagte Gertrud. Bo senkte den Kopf, als wolle er ja sagen; er glaubte wohl nicht, daß Gertrud das im Dunkeln sehen könnte. Er sagte laut: »Meinetwegen kannst du gern sitzen bleiben.«

»Ich bin heute abend hier hinausgekommen,« sagte Gertrud, »weil ich dachte, es sei unsicher, ob wir uns vor meiner Abreise wieder unter vier Augen sehen würden. Und da wollte ich die Gelegenheit ergreifen und dir für alle die Male danken, die du mich des Morgens nach dem Ölberge hinausbegleitet hast.« »Das habe ich um meiner selbst willen getan«, sagte Bo. »Ich wollte dir auch für damals danken, als du mir das Wasser aus dem Paradiesesbrunnen holtest«, sagte Gertrud mit einem Lächeln. Es schien, als wolle Bo antworten; aber statt der

Worte kam etwas, das einem Schluchzen glich.

Gertrud fand, daß an diesem Abend etwas so unendlich Rührendes über Bo liege, und sie hatte das tiefste Mitleid mit ihm. Es ist ein Jammer für ihn, daß wir uns nie wieder sehen sollen, dachte sie. Er ist auch ein tapferer Junge, daß er nicht klagt, und ich weiß ja doch, daß er mich sein ganzes Leben lang geliebt hat. Wenn ich doch nur wüßte, was ich mir ausdenken könnte, um ihn zu trösten. Könnte ich doch nur ein Wort sagen, worüber er sich freuen kann, wenn er des Abends hier unter dem alten Baume sitzt!

Als Gertrud so dachte, war es ihr, als krampfe sich ihr eigenes Herz vor Schmerz zusammen, und ein wunderliches Gefühl, als wenn ihr ganzer Körper versteinert werde, überkam sie. Ich fürchte, daß ich Bo auch entbehren werde, dachte sie, wir haben uns in der letzten Zeit so viel zu sagen gehabt. Ich habe mich nun so daran gewöhnt, zu sehen, daß er froh wird, daß sein ganzes Gesicht strahlt, sobald wir uns begegnen, und es hat mir gut getan zu wissen, daß ich jemand neben mir hatte, der immer zufrieden mit mir war, was ich auch tun mochte.

Sie saß noch eine Weile schweigend da. Sie fühlte die Sehnsucht wie eine Krankheit, die einen plötzlich überfällt, in sich aufsteigen. Was ist es doch nur, was ist es doch nur einmal, was über mich kommt, dachte sie. Die Trennung von Bo kann doch kein so großer Schmerz für mich sein.

Plötzlich begann Bo zu reden. »Ich denke an etwas, was ich heute den ganzen Abend vor mir sehe«, sagte er.

– »Erzähle mir doch, was es ist«, sagte Gertrud eifrig. Es war ihr, als werde ihr leichter ums Herz, seit er redete.

– »Ja,« sagte Bo, »Ingmar erzählte mir einmal von einem Räderwerk, das er auf dem Ingmarshof hat. Ich glaube, es war seine Absicht, daß ich mit ihm nach Hause kommen und es pachten sollte.« »Das ist ein Beweis dafür, daß Ingmar große Freundschaft für dich empfindet,« sagte Gertrud, »denn er hat nichts, worauf er größeren Wert legt als das.« »Aber nun höre ich dies Sägewerk den ganzen Abend vor meinen Ohren sausen und brausen«, sagte Bo. »Der Gießbach rauscht, die Sägeblätter kreischen, und die Balken liegen da, und prallen im Elf gegeneinander. Du kannst dir nicht vorstellen, wie herrlich das klingt, und dann sitze ich da und denke daran, wie es sein würde, für eigene Rechnung arbeiten zu können und etwas für sich selbst zu haben, und nicht so ganz in einer Kolonie aufzugehen.«

»So, hast du daran gedacht, während du so schweigend hier gesessen hast?« sagte Gertrud in einem ziemlich kühlen Ton, denn sie fühlte sich, sie wußte nicht recht weswegen, durch Bos Worte enttäuscht. »Danach brauchst du doch nicht lange zu seufzen, du brauchst ja nur mit Ingmar nach Hause zu reisen.« »Ja, da ist aber noch etwas anderes«, sagte Bo. »Siehst du, Ingmar hat mir erzählt, daß er Holz fertig liegen hat, um ein Haus neben dem Sägewerk zu bauen. Er sagt, er hat einen Bauplatz auf einem Hügel oberhalb des Gießbaches abgesteckt, da, wo ein paar große Birken stehen. Und dies Haus sehe ich nun den ganzen Abend vor mir. Ich sehe es auswendig und inwendig. Ich sehe die grünen Tannenzweige vor der Tür. Ich sehe das Feuer, das auf dem Herd brennt. Und wenn ich aus dem Sägewerk heimkomme, so sehe ich eine, die dasteht und mich in der offenen Tür erwartet.«

»Jetzt, finde ich, wird es kalt, Bo«, sagte Gertrud, ihn unterbrechend. »Glaubst du nicht auch, daß wir jetzt hineingehen sollten?«

»So, also jetzt willst du hineingehen«, sagte Bo.

Aber doch rührten sie sich nicht vom Fleck, sondern blieben in einem langen, fast ununterbrochenen Schweigen nebeneinander sitzen.

Einmal sagte Gertrud zu Bo: »Ich glaubte, du liebtest die Kolonie mehr als alles andere, Bo, daß du um nichts in der Welt dich von ihr trennen würdest.« »Ach ja,« sagte Bo, »da ist wohl etwas, wofür ich sie opfern würde.« Gertrud saß wieder stumm da und dachte nach, dann sagte sie: »Willst du mir nicht sagen, was das ist?«

Bo antwortete nicht gleich, erst nachdem er sich lange besonnen hatte, antwortete er mit halb erstickter Stimme: «Ich kann es dir ja gern sagen, das wäre, wenn die Frau, die ich liebe, käme und zu mir sagte, daß sie mich auch liebte.«

Gertrud wurde so still, daß sie kaum zu atmen wagte.

Aber obwohl kein Wort gesagt wurde, war es doch, als habe Bo Gertrud sagen hören, daß sie ihn liebe oder so etwas Ähnliches, denn er fing wieder an und sprach sehr schnell: »Du sollst sehen, Gertrud, jetzt erwacht die Liebe zu Ingmar wieder in dir. Du bist eine Weile böse auf ihn gewesen, weil er dich verlassen hat, aber jetzt, wo du ihm verziehen hast, wirst du ihn wohl wieder so lieben wie ehedem.« Er hielt inne, um ihre Antwort abzuwarten, aber Gertrud saß schweigend da. »Es würde schrecklich sein, wenn du ihn nicht liebtest«, fuhr Bo fort. »Denke doch an alles, was er für dich getan hat, um dich wiederzugewinnen! Er wollte lieber blind werden, als ohne dich heimreisen!« »Ja, es würde schrecklich sein, wenn ich ihn nicht lieb hätte«, sagte Gertrud mit fast ersterbender Stimme. Sie begriff, daß sie bis zu diesem Abend in ihrem innersten Innern geglaubt hatte, daß sie nie einen andern lieben könne als Ingmar.

»Ich kann heute abend nicht über mich selber klar werden, Bo«, sagte Gertrud. »Ich weiß nicht, was mit mir ist, aber du mußt nicht mit mir von Ingmar reden.«

Und dann sagte bald der eine, bald der andere etwas davon, daß sie jetzt wohl hineingehen müßten, und doch blieben sie sitzen, bis Karin Ingmarstochter hinauskam und sie rief. »Ich soll euch von Ingmar sagen, ob ihr nicht beide zu ihm hereinkommen wollt«, sagte sie.

Es traf sich so, daß, während Gertrud draußen gesessen und mit Bo geredet hatte, Karin bei Ingmar gewesen war. Karin hatte ihm verschiedene Grüße aufgetragen, die sie in die Heimat senden wollte. Sie zog die Unterhaltung sehr in die Länge, es war deutlich, daß sie ihm etwas zu sagen hatte, was sie schwer herausbringen konnte.

Schließlich sagte sie in einem langsamen und gleichgültigen Ton, daß jeder, der sie kannte, begreifen konnte, daß das, was jetzt kam, ihr eigentliches Anliegen war: »Es ist ein Brief an Ljung Björn von seinem Bruder Peter gekommen.« »So?« sagte Ingmar. »Ich will dir nur sagen, daß ich dir unrecht tat, als wir damals in meiner Stube miteinander sprachen, gleich als du gekommen warst«, sagte Karin. »Ach nein,« sagte Ingmar, »du sagtest nur, was du für Recht hieltest.« »Nein, ich verstehe jetzt, daß du Ursache hattest, dich von Barbro scheiden zu lassen«, sagte Karin. »Ljung Per schreibt, daß sie keine anständige Frau ist.« »Ich habe nie ein böses Wort über Barbro gesagt«, sagte Ingmar. »Sie sagen, es sei ein Kind auf dem Ingmarshof geb[illegible] ist das Kind?« fragte Ingmar. »Es soll im August geboren sein.« [illegible] ngmar und schlug mit der geballten Faust auf den Tisch. Er hätte [illegible] die auf der Tischplatte lag. »Schlägst du mich jetzt?« sagte sie. [illegible] deine Hand da lag«, sagte Ingmar.

[illegible] ile hierüber, und Ingmar beruhigte sich bald wieder. »Du kannst [illegible] ch nicht freue, so etwas zu hören«, sagte er. »Jetzt möchte ich [illegible] mir zu grüßen, und er soll nicht weiter hierüber reden, ehe wir [illegible] ist.« »Ich will schon dafür sorgen, daß er schweigt«, sagte Ka[illegible] n fragen, ob du nicht Bo und Gertrud bitten willst, zu mir her-[illegible]

[illegible] rankenzimmer kamen, saß Ingmar zusammengekauert in ei[illegible] nten ihn im Anfang gar nicht sehen. »Was hast du nur, Ing[illegible] s, daß ich etwas übernommen habe, was über meine Kräfte [illegible] und wiegte sich hin und her. «Ingmar«, sagte Gertrud und [illegible] jetzt ganz aufrichtig, was dich quält! Wir haben nie ein Ge[illegible] wir Kinder waren.« Ingmar saß da und stöhnte. Gertrud trat [illegible] die Hand auf den Kopf. »Ich glaube, ich kann erraten, Ing-[illegible]

[illegible] pf. »Ach nein, Gertrud, du sollst nichts erraten«, sagte er. [illegible] ie Hand in seine Brusttasche, und nahm eine Brieftasche [illegible] »Kannst du sehen, daß da ein großer Brief liegt, der an den Pfarrer daheim geschrieben ist?« »Ja,« sagte Gertrud, »der liegt da. »Nun will ich dich bitten, diesen Brief zu lesen,« sagte Ingmar, »du und Bo, ihr sollt ihn beide lesen. Ich habe ihn gleich nach meiner Ankunft hier geschrieben, aber da hatte ich nicht Kraft genug, ihn abzuschicken.«

Bo und Gertrud setzten sich an den Tisch und lasen. Ingmar blieb in seiner Ecke sitzen. Er saß da und hörte, wie sie die Blätter während des Lesens umwandten. Jetzt lesen sie *dies* und nun *dies*. Jetzt sind sie an die Stelle gekommen, wo Barbro mir erzählt, wie Berger Sven

Persson uns überlistet hat. Mann und Frau zu werden. Jetzt lesen sie, wie sie die silbernen Humpen zurückkaufte, und jetzt müssen sie an die Geschichte gekommen sein, die mir Stig Börnjesson erzählte, und jetzt erfährt Gertrud, daß ich mir nichts mehr aus ihr mache, jetzt sieht sie so recht, welch ein Lump ich bin!

Atemlose Stille herrschte im Krankenzimmer. Gertrud und Bo machten keine Bewegung, außer wenn sie ein Blatt umwandten. Es war, als wagten sie nicht zu atmen.

Und wie soll Gertrud verstehen können, daß es mich gerade heute so überwältigt hat, wo sie nachgegeben hat, daß ich es nun nicht lassen kann, ihr zu sagen, daß ich Barbro liebe, dachte Ingmar.

Und wie soll ich es selbst verstehen, daß, als ich hörte, daß man Barbro verleumdete, es mir klar wurde, daß ich mich nicht an eine andere binden kann? Ich weiß nicht, was mir ist, ich glaube nicht, daß ich je wieder ich selbst werde.

Er lauschte eifrig, wartete unaufhörlich, daß die andern etwas sagen sollten, hörte aber nichts weiter als das Rascheln des Papiers.

Endlich konnte er es nicht länger ertragen. Er schob vorsichtig die Binde von dem Auge, mit dem er noch sehen konnte.

Da sah er Bo und Gertrud an. Sie saßen noch da und lasen, aber ihre Köpfe waren einander so nahe gekommen, daß sie fast Wange an Wange saßen, und Bo hatte den Arm um Gertrud gelegt.

Und während sie lasen, und mit jedem Blatte, das sie umwandten, um so enger rückten sie aneinander. Ihre Wangen glühten, hin und wieder erhoben sie den Blick vom Papier und sahen sich tief in die Augen, und ihre Augen waren so dunkel und strahlend wie nie zuvor.

Als sie endlich mit dem letzten Bogen fertig geworden waren, sah Ingmar, daß Gertrud sich fest an Bo schmiegte, und so saßen sie da und hielten einander umfangen, heftig bewegt und feierlich. Von allem, was sie gelesen hatten, hatten sie vielleicht nichts weiter begriffen, als daß ihrer Liebe nichts mehr im Wege stehe. Und Ingmar faltete leise seine großen Hände, die aussahen, wie die eines alten, abgearbeiteten Mannes und dankte Gott. Und es währte lange, ehe eines von den dreien sich bewegte.

Die Kolonisten versammelten sich im großen Saal zur Morgenandacht. Es war die letzte Andachtsstunde in der Kolonie, an der Ingmar teilnahm. Er und Gertrud und Bo wollten in ein paar Stunden mit der Bahn nach Jaffa reisen.

Bo hatte am vorhergehenden Tage Mrs. Gordon und einigen von den Leitenden in der Kolonie mitgeteilt, daß es seine Absicht sei, Ingmar nach Schweden zurückzubegleiten und dort zu bleiben. Dadurch war er gezwungen, Ingmars ganze Geschichte zu erzählen. Mrs. Gordon saß lange da und dachte darüber nach, was sie gehört hatte, und dann sagte sie: »Ich glaube nicht, daß jemand die Verantwortung auf sich nehmen kann, Ingmar noch unglücklicher zu machen, als er schon ist. Darum will ich dir auch nichts in den Weg legen, mit ihm heimzureisen. Aber es ist mir so, als wenn du und Gertrud einstmals zurückkehren werdet, und ich bin überzeugt, daß ihr euch auch nie wieder anderswo glücklich fühlen werdet.«

Aber damit Ingmar und die andern mit voller Einigkeit und Freude von der Kolonie scheiden konnten, ward beschlossen, daß die große Mehrzahl der Mitglieder nichts weiter wissen sollte, als daß Bo Ingmar und Gertrud begleitete, um ihnen auf der beschwerlichen Reise behilflich zu sein.

Sobald dann die Morgenandacht beginnen sollte, wurde Ingmar in den Versammlungssaal hineingeführt. Mrs. Gordon erhob sich alsdann und trat ihm entgegen. Sie nahm ihn bei der Hand und führte ihn auf den Platz neben dem ihren. Sie hatte einen bequemen Stuhl für ihn hingestellt und war ihm jetzt mit großer Sorgfalt behilflich, darin Platz zu nehmen. Dann begann Miß Young, die an der Orgel saß, ein Lied zu singen, und die Morgenandacht wurde auf die gewöhnliche Weise abgehalten.

Aber als Mrs. Gordon die kurze Bibelerklärung beendet hatte, die sie jeden Morgen abzuhalten pflegte, erhob sich die alte Miß Hoggs und bat Gott, daß er Ingmar eine gute Reise und glückliche Heimkehr bescheiden möge. Dann erhob sich einer von den Amerikanern und Syriern nach dem andern, und alle baten sie Gott, daß er Ingmar das rechte Licht der Wahrheit schenken möge.

Einige von ihnen beteten mit schönen Worten. Sie versprachen, jeden Tag für Ingmar, der ihr liebster Bruder sei, zu beten, und sie hofften, daß er seine Gesundheit wiedergewinnen würde, und alle wünschten, daß er nach Jerusalem heimkehren möge. Während die Fremden redeten, schwiegen die Schweden. Sie saßen Ingmar gerade gegenüber und sahen ihn an.

Während sie Ingmar ansahen, mußten sie unwillkürlich an das denken, was sicher und gesetzt und wohlgeordnet in dem alten Lande war, und während er hier drüben bei ihnen gewesen war, hatten sie ein Gefühl, daß etwas von alledem zu ihnen gekommen sei. Aber nun, wo Ingmar wieder abreiste, überkam sie die Angst der Hilflosigkeit. Sie fühlten sich so verwirrt in dem gesetzlosen Lande zwischen allen diesen fremden Menschen, die ohne Schonung oder Barmherzigkeit miteinander um Menschenseelen kämpften.

Und dann kehrten ihre Gedanken mit großer Wehmut nach der alten Heimat zurück. Sie sahen die ganze Gemeinde mit den Äckern und Höfen, und die Menschen bewegten sich friedlich und still auf den Wegen. Alles war sicher. Ein Tag folgte dem andern auf dieselbe Weise. Das eine Jahr glich dem andern so sehr, daß man sie fast nicht voneinander unterscheiden konnte. Aber gerade als sich die Bauern der großen Stille in der Heimat erinnerten, kam es über sie, wie groß und berückend es war, daß sie jetzt ins Leben hineingelangt waren, daß sie ein Ziel erhalten hatten, für das sie lebten, und daß sie aus der grauen Einförmigkeit der Tage herausgekommen waren. Einer von ihnen erhob seine Stimme und fing an, auf schwedisch zu beten und sagte: »Ich danke dir, Herr, daß du mich hast nach Jerusalem kommen lassen.«

Dann erhob sich der eine nach dem andern und dankte Gott, weil er ihn nach Jerusalem geführt hatte.

Sie dankten ihm für die liebe Kolonie, die ihre große Freude war, sie dankten ihm, weil ihre Kinder von ihrer frühesten Jugend an in Frieden und Einigkeit mit allen Menschen leben konnten. Sie hofften, daß die Jungen viel weiter in Vollkommenheit gelangen möchten, als sie selber gelangt waren. Sie dankten für Verfolgungen und Leiden, sie dankten für die schöne Lehre, die sie auszubreiten berufen waren.

Keiner setzte sich nieder, ohne Zeugnis abgelegt zu haben von dem großen Glück, das seine Seele erfüllte. Und Ingmar begriff, daß dies alles um seinetwillen gesagt wurde, und daß sie wünschten, daß er daheim erzählen sollte, daß sie alle glücklich seien.

Schließlich, als dieser Strom von Zeugnissen beendet war, stimmte Miß Young ein Lied an, und dann glaubten alle, daß die Feier beendet sei, und erhoben sich, um zu gehen. Da aber sagte Mrs. Gordon: »Heute wollen wir noch ein schwedisches Lied singen.« Da stimmten die Schweden denselben Gesang an, den sie damals gesungen hatten, als sie aus ihrer Heimat fortgezogen waren. »Wir werden uns wiedersehen,« sangen sie, »wir werden uns wiedersehen, wir werden uns wiedersehen. Im Paradies werden wir uns wiedersehen.«

Und als die Töne des Liedes erklangen, waren sie alle so stark bewegt, und den meisten traten Tränen in die Augen. Jetzt dachten sie wieder an alle die, die sie entbehren mußten, und die sie erst im Himmel wiedersehen würden.

Aber in dem Augenblick, als der Gesang beendet war, erhob sich Ingmar und versuchte, ein wenig mit ihnen zu reden. Es war ihm, als müsse er seinen Landsleuten einige Worte sagen, die gleichsam aus dem Lande zu ihnen gesprochen waren, zu dem er jetzt zurückkehrte. »Ich möchte euch gern sagen, daß ich finde, ihr tut uns daheim zu große Ehre an«, sagte er. »Ich finde, daß sich alle freuen müssen, wo sie sich auch begegnen, mag es im Himmel sein oder auf Erden. Ich meine, daß nichts schöner ist, als einen Menschen große Opfer um der Gerechtigkeit willen bringen zu sehen.«

Heimkehr von der Wallfahrt

Jetzt müssen wir erzählen wie es Barbro Svenstochter ergangen war, nachdem Ingmar nach Jerusalem gereist war. Als Ingmar ungefähr einen Monat fortgewesen war, begann die alte

Lisa auf dem Ingmarshofe zu bemerken, daß eine wunderliche Unruhe und Rastlosigkeit über Barbro gekommen war. »Es ist doch sonderbar, wie wild sie aus den Augen sieht«, dachte die Alte. »Es sollte mich nicht wundern, wenn sie eines schönen Tages den Verstand verlöre.«

Eines Abends entschloß sie sich, Barbro auszufragen, »Ich kann nicht begreifen, was dir fehlt«, sagte sie. »Als ich jung war, sah ich in einem Winter die Frau auf dem Ingmarshofe mit eben solchen Augen umhergehen wie du sie jetzt hast.« »War das die, die das Kind umbrachte?« fragte Barbro schnell. »Ja,« sagte die Alte, »und nun fange ich an zu glauben, daß auch du dich mit dergleichen Gedanken trägst.«

Barbro gab keine rechte Antwort hierauf. »Jedesmal, wenn ich die Geschichte habe erzählen hören,« sagte sie, »habe ich mich immer über eins wundern müssen.« Die alte Lisa fragte, was das sei. »Daß sie sich selbst nicht auch gleich umgebracht hat.«

Die alte Lisa hatte dagesessen und gesponnen. Sie legte jetzt die Hand auf das Rad, um es anzuhalten, und richtete die Augen auf Barbro. »Niemand kann sich darüber wundern, daß du so bedrückt bist, falls du nun was Kleines haben solltest, jetzt, wo dein Mann fortgereist ist«, sagte sie langsam. »Er hat wohl nichts davon gewußt, als er abreiste?« »Niemand von uns hat davon gewußt, weder er noch ich«, sagte Barbro mit leiser Stimme, als bedrücke sie ein schwerer Kummer, weil sie nicht reden konnte. »Aber jetzt schreibst du es ihm wohl?« »Nein,« sagte Barbro, »der einzige Trost, den ich habe, ist, daß er fort ist.« Die Alte ließ die Hände sinken und sah entsetzt aus. »Ist das ein Trost?« rief sie aus. Barbro stand am Fenster und starrte vor sich hin. »Weißt du nicht, daß ein Fluch auf mir ruht?« fragte sie, und bemühte sich, ihre Stimme so ruhig wie möglich zu machen. »Ach ja, man kann wohl nicht so viele Jahre hier im Hause aus und eingehen, ohne allerlei zu hören,« sagte die Alt«. »Ich habe ja gehört, daß du aus der Familie vom Trauerhügel abstammen sollst.«

Nun wurde eine Weile nicht mehr gesprochen. Die alte Lisa saß da und ließ das Rad schnurren, während sie hin und wieder einen Blick zu Barbro hinüberwarf, die noch immer am Fenster stand und mehrmals wie im Fieberschauer zitterte. Als fünf Minuten vergangen waren, hielt die Alte mit ihrer Arbeit inne und ging nach der Tür. »Wo willst du hin?« fragte Barbro. »Das kann ich dir gern sagen. Ich will hin und sehen, ob ich nicht jemand finden kann, der an Ingmar schreibt.« Barbro stellte sich ihr schnell in den Weg. »Das sollst du nachlassen«, sagte sie. »Ehe der Brief geschrieben ist, liege ich im Gießbach.«

Sie standen eine Weile da und sahen sich an. Barbro war groß und stark, die alte Lisa glaubte, daß sie sie mit Gewalt zurückhalten würde. Aber auf einmal brach Barbro in ein Gelächter aus und trat auf die Seite. »Schreib du nur,« sagte sie, »mir kann es einerlei sein. Es kommt nichts weiter dabei heraus, als daß ich dem ganzen ein wenig früher ein Ende machen muß, als ich gedacht hatte.« »Nein«, sagte die Alte, die begriff, daß sie vorsichtig mit Barbro umgehen müsse, solange sie sich in einer solchen Gemütsverfassung befand. »Ich kann das

Schreiben ja nachlassen. Ich will dich nicht zu einem verzweifelten Schritt verleiten.« »Ja, schreib du nur«, sagte Barbro. »Mir macht es nichts aus. Du kannst wohl begreifen, daß ich mir doch das Leben nehmen muß. Man kann es wirklich nicht verantworten, solch ein Elend weiter gehen zu lassen.«

Die Alte kehrte an ihren Spinnrocken zurück, und setzte sich wieder an die Arbeit. »Willst du nicht gehen und den Brief schreiben lassen?« sagte Barbro und trat zu ihr heran. »Ich weiß nicht, ob ich ein vernünftiges Wort mit dir sprechen darf?« sagte die alte Lisa. »Ach ja,« sagte Barbro, »das kannst du gern tun.«

»Ich sitze hier und denke daran,« sagte die Alte, »daß ich dir versprechen will, dies alles geheim zu halten, dafür sollst du mir dann aber auch versprechen, daß du weder dir noch dem Kinde ein Leid antust, ehe wir sicher sind, daß es so kommt, wie du es erwartest.« Barbro stand da und überlegte. »Versprichst du mir, daß du mir hinterher freie Hand läßt?« »Ja,« sagte die Alte, »hinterher kannst du tun, was du tun willst, das verspreche ich dir.« »Ich finde eigentlich, ich könnte mir doch lieber jetzt gleich das Leben nehmen«, sagte Barbro mit einem gleichgültigen; Blick. »Ich! glaubte, du könntest jetzt vor allen Dingen wünschen, daß Ingmar Gelegenheit hätte, das wieder gutzumachen, was er verkehrt gemacht hatte,« sagte die Alte, »aber daraus kann ja doch nichts werden, wenn er solche Nachricht bekommt.« Barbro griff sich nach dem Herzen. »Es soll so sein, wie du willst«, sagte sie. »Aber dies ist ein schweres Versprechen. Bedenke, was du versprochen hast und hintergehe mich nicht.«

Dies war eine Verabredung, und sie wurde gehalten. Die alte Lisa verriet nichts, und Barbro nahm sich in Zukunft auch so in acht, daß niemand ahnte, was ihr bevorstand. Das Glück wollte, daß der Frühling in diesem Jahr früh kam; der Schnee schmolz schon im März im Walde. Sobald nur ein einziger grüner Grashalm zu finden war, ließ Barbro einen Teil der Viehherde nach der Alm hinaustreiben, die hoch oben in dem einsamen Ödeland lag. Sie und die alte Lisa gingen mit hinauf, um das Vieh zu hüten.

Ende Mai wurde dann ein Kind geboren. Es war ein Junge, und er sah viel jämmerlicher aus als das Kind, das Barbro im vorhergehenden Jahr zur Welt gebracht hatte. Es war klein und mager und schrie unaufhörlich. Als die alte Lisa es Barbro brachte, lachte sie bitter: »Es war wirklich nicht wert, mich zu zwingen, um dieses Kindes willen zu leben«, sagte sie. »Man kann so einem kleinen Wesen niemals ansehen, was daraus werden wird«, sagte die Alte. »Denke jetzt an dein Versprechen, daß ich von nun an Erlaubnis habe, zu tun, was ich will«, sagte Barbro mit harter Stimme. »Ja,« sagte die Alte, »aber ich muß doch erst sicher sein, daß es blind ist.« »Willst du mir vielleicht einreden, daß du nicht sehen kannst, wie das Kind beschaffen ist?« fragte Barbro.

Barbro selbst war diesmal weit elender als das vorige Mal. Die ganze erste Woche war sie so schwach, daß sie nicht aus dem Bett herauskommen konnte, und das Kind war nicht drinnen bei ihr; die Alte hielt es in einem der kleinen Heuschuppen, die zu der Alm gehörten, versteckt. Sie war Tag und Nacht mit ihm beschäftigt, gab ihm Ziegenmilch zu trinken und hielt es mit größter Mühe am Leben. Ein paarmal am Tage kam sie damit zur Mutter. Dann drehte sich Barbro nach der Wand um, um es nicht zu sehen.

Eines Tages stand die alte Lisa an dem kleinen Fenster und dachte, was für ein jämmerlich kleines Wesen es doch sei. »Ei, sieh doch,« rief sie plötzlich aus und beugte sich vor, um besser sehen zu können, »hier kommen Leute auf das Haus zu.« Augenblicklich war sie mit dem Kinde bei Barbro. »Du mußt den Kleinen solange nehmen. Ich muß zu den Leuten hinausgehen und ihnen sagen, daß du hier krank im Hause liegst, und daß es nicht geht, daß sie hereinkommen.« Sie legte das Kind in das Bett, und Barbro ließ es liegen, ohne es anzurühren. Es schrie ununterbrochen so laut es konnte. Die alte Lisa kam gleich wieder herein. »Das Kind schreit aber auch wirklich so, daß man es durch den ganzen Wald hören kann«, sagte sie. »Kannst du es nicht zum Schweigen bringen? Es ist rein unmöglich, es den Leuten geheim zu halten, daß wir es hier haben.« Sie lief wieder hinaus, sobald sie das gesagt hatte. Barbro wußte keinen andern Rat, als das Kind an die Brust zu legen.

Die Alte blieb ziemlich lange fort. Als sie dann zurückkam, schlief das Kind, und Barbro lag da und sah es an. »Du brauchst nicht bange zu sein,« sagte die alte Lisa, »sie haben nichts gehört, sie sind einen andern Weg gegangen.« Barbro sah sie mit einem finsteren Blick an. »Du denkst wohl, daß du recht schlau gewesen bist«, sagte sie. »Glaubst du nicht, daß ich recht gut weiß, daß niemand da draußen war, und daß du mich nur ängstigen wolltest, damit ich das Kind nehmen sollte?«

»Ich kann es ja gern wieder hinausnehmen«, sagte die Alte. »Nein, jetzt kann es hier gern liegen bleiben, bis es erwacht.«

Gegen Abend wollte die alte Lisa wieder mit dem Knaben hinausgehen. Er war jetzt still und lieb und lag da und machte die kleinen Hände auf und zu. »Was machst du des Nachts mit ihm?« fragte Barbro. »Er liegt da draußen im Heuschuppen.« »Läßt du ihn da liegen wie eine junge Katze?« »Ich glaubte, es käme nicht so genau darauf an, was ich mit dem Kinde machte. Aber er kann ja gern hier in der Stube bleiben, wenn du ihn haben willst.«

Als der Junge sechs Tage alt war, saß Barbro aufrecht im Bett und sah zu, wie die alte Lisa ihn wickelte. »Du faßt ihn auch ganz verkehrt an«, sagte Barbro. »Es ist wirklich kein Wunder, daß er so viel schreit.« »Ich habe doch schon andere Kinder gewartet«, sagte die Alte. »Ich sollte meinen, ich verstehe ebenso viel davon wie du.« Barbro antwortete nicht gleich, im stillen aber dachte sie, daß sie nie jemand so ungeschickt mit einem Kinde hatte umgehen sehen. »Du hältst ihn ja so, daß er ganz schwarzblau im Gesicht wird«, sagte sie schließlich ungeduldig. »Ich konnte ja nicht wissen, daß man den Wechselbalg so vorsichtig anfassen muß, als wenn er ein Prinz wäre«, sagte die Alte und wurde böse. »Aber wenn du nicht zufrieden mit mir bist, kannst du es ja selbst tun.« Und als sie das gesagt hatte, warf sie das Kind zu Barbro ins Bett und ging hinaus.

Barbro nahm den Kleinen. Sie wickelte ihn, und bald lag der Junge still und vergnügt in ihrem Arm. »Siehst du wohl, jetzt ist er still,« sagte sie, als sie zurückkam, und dabei sah sie ganz stolz aus. »Ich habe sonst immer gehört, daß ich ganz gut mit Kindern umzugehen weiß«, sagte die Alte wieder, und war dann längere Zeit schlechter Laune.

Von nun an besorgte Barbro das Kind regelmäßig. Eines Tages, als sie noch im Bett lag, bat sie Lisa, ihr eine reine Windel für den Kleinen zu geben. Die Alte antwortete, sie habe keine; sie habe die, die vorhanden seien, noch nicht ausgewaschen. Barbro wurde dunkelrot, und ihre Augen füllten sich mit Tränen. »Das Kind hat es auch wirklich nicht besser, als wenn es von einer Bettlerin geboren wäre«, sagte sie heftig. »Das hättest du früher bedenken sollen«, sagte die Alte. »Ich möchte wohl wissen, was du hättest anfangen wollen, wenn ich nicht alles zusammengepackt hätte, was ich an Kinderzeug finden konnte, und es mit hier herauf genommen hätte.« Barbro dachte nach. Die finstere Verzweiflung, in der sie den ganzen Winter gelebt hatte, packte sie von neuem und machte sie hart. »Es wäre besser gewesen, wenn das Kind nie gewickelt und gepflegt wäre«, sagte sie.

Am nächsten Tag stand Barbro auf. Sie nahm Nadel und Fäden und machte sich daran, ein Bettuch zu zerschneiden, um Kinderzeug daraus zu nähen. Als sie eine Weile bei dieser Arbeit gesessen hatte, befielen die finsteren Gedanken sie wieder. »Was nützt es, daß ich dies alles für ihn zurecht mache, es wäre besser, ich ginge mit ihm in das Torfmoor; da enden wir beide doch einmal.« Sie ging nun zu der alten Lisa hinaus, die dasaß und die Kühe melkte, ehe sie in den Wald getrieben werden sollten. »Lisa,« sagte sie zu ihr, »weißt du, wie lange es noch dauern mag, bis wir ganz sicher sein können, daß das Kind nicht sehen kann?« »Ach, das mag wohl noch acht oder vierzehn Tage dauern, ehe man ganz sicher sein kann«, erwiderte die Alte.

Barbro kehrte wieder in das Haus zurück und setzte sich an die Arbeit. Aber sie führte die Schere nicht sicher, sie merkte, daß ihr die Hände zitterten. Dasselbe Zittern verbreitete sich bald über ihren ganzen Körper, und sie mußte alle Augenblicke mit der Arbeit innehalten. »Großer Gott,« dachte sie, »was habe ich nur einmal? Ist es möglich, daß ich mich so darüber gefreut habe, daß ich den Jungen noch einige Wochen behalten darf, daß ich deswegen an allen Gliedern zittere?«

Die alte Lisa hatte es recht schwer da oben auf der Alm. Sie mußte die Kühe auf die Weide treiben und das Melken ganz allein besorgen. Barbro dachte jetzt an nichts weiter als daran, den Jungen zu warten, und war nicht imstande, ihr bei irgend etwas zu helfen. »Mein Gott, Barbro, du könntest doch auch ein klein wenig mehr tun, als dasitzen und den Jungen anstarren«, sagte die Alte eines Tages, als sie ganz ermüdet war. Barbro stand auf und ging zum

Hause hinaus, aber auf der Schwelle kehrte sie um. »Später wirst du schon Hilfe bekommen«, sagte sie. »Die paar Tage, die er noch zu leben hat, möchte ich nicht gern von ihm gehen.«

Je lieber nun Barbro den Jungen gewann, um so häufiger sagte sie sich selbst, daß sie ihm keine größere Barmherzigkeit erweisen könne, als ihren ersten Vorsatz auszuführen. Der Junge war noch immer schwach und kränklich. Er nahm kaum zu an Gewicht, und er war nicht viel größer als da er zur Welt kam. Und was ihr am meisten Sorge verursachte, war, daß seine Augen immer geschwollen und rot gerändert waren. Er machte kaum den Versuch, die Augenlider zu heben.

Eines Tages geschah es, daß die alte Lisa davon zu sprechen begann, wie alt das Kind jetzt sei. »Nun ist der Junge schon drei Wochen, Barbro«, sagte sie. »Nein,« sagte Barbro heftig, »morgen wird er erst drei Wochen alt.« »Na ja,« sagte die Alte, »dann habe ich mich wohl verrechnet. Aber ich sollte doch meinen, daß er an einem Mittwoch geboren wurde.«

»Ich finde wirklich, du könntest es mir gönnen, daß ich ihn noch einen Tag behalte«, sagte Barbro.

Als die alte Lisa sich am nächsten Morgen anzog, sagte sie zu Barbro: »Mit der Weide für die Kühe hier in der Nähe sieht es schlecht aus, ich glaube, ich will sie ein Stück weiter in den Wald hineintreiben, wir kommen wohl kaum vor Abend nach Hause.«

Barbro wandte sich heftig nach ihr um; es schien, als wolle sie etwas sagen, aber sie preßte die Lippen zusammen und schwieg. »Wolltest du noch etwas?« fragte die Alte. Es war ihr, als hätte Barbro sie bitten wollen, zu Hause zu bleiben. Aber daraus wurde doch nichts.

Am Abend kam die Alte langsam mit dem Vieh zurück. Sie ging dahin und lockte die Kühe, die Abstecher nach rechts und nach links machten und stehen blieben, sobald sie einen grünen Grasbüschel sahen. Die Alte wurde ungeduldig. Sie schalt auf die eigensinnigen Tiere. »Ach ja,« sagte sie schließlich, »wozu wirst du auch so eifrig, alte Lisa, du kommst doch noch früh genug zu dem, was dich erwartet.«

Als sie die Tür zu der Sennhütte öffnete, saß Barbro mit dem Jungen auf dem Schoß und sang ihm etwas vor. »Ach, mein Gott, Lisa, wo bleibst du doch nur einmal?« rief sie ihr entgegen. »Ich weiß nicht, was ich machen soll. Sieh nur, der Junge hat jetzt Ausschlag bekommen.« Und sie kam mit dem Kinde zu ihr hin und zeigte ihr ein paar rote Flecke an seinem Halse. Die alte Lisa war an der Tür stehen geblieben. Sie schlug die Hände vor Verwunderung zusammen und lachte laut. Barbro sah sie ganz entsetzt an. »Glaubst du denn nicht, daß es gefährlich ist mit dem Ausschlag?« fragte sie. »Das ist morgen schon wieder vorüber«, sagte die Alte und fuhr fort zu lachen. Barbro wurde immer erstaunter, aber schließlich begriff sie, mit welch einer Sorge die Alte sich gerade heute getragen hatte. »Ja, es wäre besser für uns alle gewesen, wenn ich es getan hätte«, sagte sie. »Und es war wohl auch deine Ansicht, da du heute wegbliebst.« »Ich lag über Nacht im Bett und dachte daran, was ich nur einmal tun sollte«, erwiderte die Alte. »Und da sagte mir etwas, der Junge da würde wohl am besten aufgehoben sein, wenn ich dich nur mit ihm allein ließe.«

Als alle Abendarbeit verrichtet war, und sie zu Bett gehen wollten, sagte die alte Lisa zu Barbro: »Ist es jetzt ganz sicher, daß du den Jungen am Leben lassen willst?« »Ja,« sagte Barbro, »wenn der liebe Gott ihm jetzt Gesundheit geben will, so daß ich ihn behalten darf.« »Aber wenn er nun blind wird und noch obendrein blödsinnig?« »Daß er das ist, weiß ich ja schon,« sagte Barbro, »aber ich kann ihm doch nichts antun; wie er auch ist, will ich dankbar sein, wenn ich ihn nur pflegen darf.«

Die Alte setzte sich auf die Bettkante und dachte nach. »Da es nun so gekommen ist,« sagte sie, »so willst du wohl an Ingmar schreiben?« Barbro sah sie entsetzt an. »Ich glaubte, du wolltest gern, daß das Kind leben sollte«, sagte sie. »Aber wenn du an Ingmar schreibst, dann stehe ich nicht dafür ein, was ich tue.« »Ja, dann kann ich nicht begreifen, wie du es machen willst?« sagte die Alte. »Ein jeder, der erfährt, daß du ein Kind hast, kann es ihm ja schreiben.« »Ich habe auch gedacht, ich wollte versuchen, es alles geheimzuhalten, bis sich Ingmar mit Gertrud verheiratet hat.«

Die alte Lisa saß wieder stumm da und sann lange über diese Worte nach. Sie konnte deutlich sehen, daß Barbro noch immer imstande war, sich selbst etwas anzutun, daher wagte sie nicht, ihr zu widersprechen. »Du bist sehr gut gegen uns Alten auf dem Ingmarshof gewesen«, sagte sie zögernd. »Du kannst dich nicht darüber wundern, daß ich dich gern als Hausfrau behalten möchte.« »Bin ich jemals gut gegen dich gewesen?« erwiderte Barbro, »dann kannst du mir das tausendmal vergelten, wenn du mir in dieser Sache meinen Willen läßt.«

Barbro setzte durch, was sie wollte, und der ganze Sommer verging, ohne daß irgend jemand erfuhr, daß das Kind da war. Wenn Leute auf die Alm hinaufkamen, wurde der Junge drüben im Heuschuppen versteckt. Barbros größte Sorge war, wie sie es machen sollte, ihn zu verbergen, wenn der Herbst kam, und sie ins Dorf zurückkehren mußte. Darüber sann sie jeden Tag nach.

Aber mit jeder Stunde gewann sie das Kind lieber, und mit der Liebe kehrte etwas von ihrer alten Gemütsruhe zurück. Der Junge wurde auch nach und nach kräftiger, obwohl er nur langsam wuchs und sich entwickelte. Den ganzen Sommer schrie er viel, und die Augenlider waren immer so rot und geschwollen, daß er sie kaum öffnen konnte. Barbro zweifelte keinen Augenblick daran, daß er blödsinnig war, und obwohl sie jetzt nie anders mehr dachte, als daß sie ihm das Leben lassen wollte, hatte sie doch manch eine schwere Stunde um seinetwillen. Namentlich des Nachts meldeten sich die schwermütigen Gedanken, und dann pflegte sie aufzustehen und sich vor das Kind hinzustellen und es anzusehen. Es war ein sehr häßliches Kind, mit gelblicher, bleicher Hautfarbe und dünnem, rötlichem Haar. Die Nase war zu kurz und die Unterlippe zu groß, und wenn es schlief, zog es die Augenbrauen zusammen, so daß es tiefe Runzeln in der Stirn hatte. Wenn Barbro den Jungen ansah, war es ihr, als habe er ein echtes Idiotengesicht, und sie lag da und weinte ganze Nächte darüber, daß er nun so ein armes, unglückliches Geschöpf werden sollte. Aber früh am Morgen erwachte das Kind, und wenn es dann ausgeschlafen hatte, lag es fröhlich in seinem kleinen Korb, der ihm als Wiege diente, und streckte die Arme nach Barbro aus, wenn sie mit ihm plauderte.

Dann wurde Barbro wieder still und geduldig. »Ich glaube nicht, daß andere Mütter, die gesunde, frische Kinder haben, mehr Liebe zu ihnen fühlen können, wie ich zu diesem armen Kleinen«, sagte sie zu der alten Lisa.

Die Zeit verstrich, und der Sommer ging bald zur Rüste. Barbro hatte sich noch nicht ausgedacht, was sie tun wollte, um das Kind nach der Heimkehr verborgen zu halten. Zuweilen meinte sie, es bleibe ihr nichts weiter übrig, als außer Landes zu reisen.

An einem dunklen Abend zu Anfang September war sehr schlechtes Wetter, es regnete und stürmte. Barbro und Lisa hatten Feuer auf dem Herd angemacht und saßen da und wärmten sich daran. Barbro hatte das Kind auf dem Schoß liegen, und wie gewöhnlich saß sie da, und dachte darüber nach, was sie tun sollte, damit Ingmar nichts erführe.

Sonst kommt er zu mir zurück, dachte sie. Ich weiß nicht, wie ich ihm dann begreiflich machen soll, daß ich die Last allein tragen will.

Während sie so in diese Gedanken versunken dasaß, tat sich die Tür zu der Sennhütte plötzlich auf, und ein Wanderer kam herein.

»Gott zum Gruß, allhier«, grüßte der Mann. »Welch Glück, daß ich dies Haus gefunden habe. Ich konnte in dieser Stockfinsternis nicht ins Dorf zurückfinden, aber da fiel mir ein, daß die Alm vom Ingmarshof hier in dieser Gegend liegen müsse.«

Der Mann war ein armer Tropf, der in seinen jungen Jahren als Hausierer herumgezogen war. Jetzt hatte er nichts mehr zu verkaufen, sondern ging herum und bettelte. Er war freilich nicht so arm, daß er gezwungen gewesen wäre, die Barmherzigkeit anderer in Anspruch zu nehmen, um leben zu können, aber er konnte sich nicht entschließen, seine alte Gewohnheit aufzugeben, von Hof zu Hof zu gehen und Neuigkeiten auszukramen.

Das erste, was er in der Sennhütte erblickte, war natürlich das Kind. Er machte große Augen, als er es sah.

»Wessen Kind ist das?« fragte er sogleich. Beide Frauen schwiegen einen Augenblick, dann sagte die alte Lisa kurz und bestimmt: »Es gehört Ingmar Ingmarsson.«

Der Mann sah noch erstaunter aus. Er ward auch ganz verlegen, daß er in etwas hineingeraten war, wovon er vielleicht nichts wissen wollte. In seiner Verwirrung beugte er sich über das Kind. »Wie alt mag so ein kleiner Bursche wohl sein?« sagte er. Jetzt beeilte sich Barbro zu antworten: »Er ist einen Monat alt.«

Der Mann war unverheiratet und verstand sich nicht viel auf Kinder. Er konnte nicht sehen, daß Barbro ihn betrog. Er sah sie ganz entsetzt an, während sie ganz ruhig dasaß. »Ach, ist er nicht älter als einen Monat?« fragte er. »Nein«, erwiderte Barbro, auf ihre ruhige Weise. Der Mann wurde rot und verlegen, so alt er war. Er bemerkte wohl, daß die alte Lisa Barbro warnende Zeichen gab, aber die saß mit stolz erhobenem Kopf da und achtete nicht darauf. »Die Alte schämt sich nicht zu lügen,« dachte er, »aber Barbro kann man ansehen, daß sie sich zu gut dafür hält.«

Am nächsten Morgen nahm er Barbros Hand und drückte sie vertraulich. »Ich werde schon schweigen«, sagte er. »Ja, darauf rechne ich«, sagte Barbro.

»Ich kann wirklich nicht begreifen, was dir in den Sinn kam, Barbro«, sagte die alte Lisa sogleich als er gegangen war. »Warum belogst du dich selbst?« »Mir blieb nichts anderes zu tun übrig«, sagte Barbro. »Du kannst doch begreifen, daß der Hausierer Johannes so etwas nicht verschweigt!« »Er soll es auch gar nicht verschweigen.« »Willst du denn, daß die Leute glauben sollen, daß es nicht Ingmars Kind ist?« »Ja,« sagte Barbro, »jetzt ist es ja unmöglich, es länger verborgen zu halten. Es bleibt uns jetzt nichts weiter übrig, als die Leute das glauben zu lassen.« »Und du bildest dir ein, daß ich darauf eingehen werde?« sagte die Alte. »Das wirst du wohl tun müssen, wenn du nicht willst, daß der arme Blödsinnige Erbe auf dem Ingmarshof werden soll.«

Mitte September pflegten alle, die im Sommer auf der Alm gewesen waren, mit dem Vieh heimzukehren. Barbro und Lisa zogen dann auch nach dem Ingmarshof zurück. Sie merkten sogleich, daß die Neuigkeit über Barbro sich in der ganzen Gegend verbreitet hatte. Sie versuchte jetzt auch nicht mehr, es geheimzuhalten, daß sie ein Kind hatte, aber sie war immer bange davor, daß irgend jemand es zu sehen bekäme. Sie verbarg es immer in der kleinen Kammer hinter der Braustube bei der alten Lisa. Es schien, als könne sie es nicht ertragen, daß jemand es ansehen und entdecken sollte, wie elend es war, und daß es nie werden würde wie ein anderer Mensch.

Es war nicht zu verwundern, daß Barbro in diesem Herbst viel beklatscht wurde. Die Leute machten sich nichts daraus zu verbergen, welche Gedanken sie über sie hegten, und Barbro wurde bald so menschenscheu, daß sie niemals aus dem Hause ging. Aber auch das Gesinde auf dem Hof war anders als sonst gegen sie. Die Knechte und Mägde machten gehässige Anspielungen, wenn sie es hören konnte, es war schwer für sie, sich Gehorsam zu verschaffen.

Dem wurde jedoch bald ein Ende gemacht. Der starke Ingmar war auf den Hof gezogen und hatte ihn während der Zeit bewirtschaftet, seit sich Ingmar im fremden Lande aufhielt. Er hörte eines Tages, wie einer der Knechte Barbro eine unhöfliche Antwort gab, und da versetzte er dem Kerl eine solche Ohrfeige, daß er gegen die Wand flog. »Höre ich noch ein einziges Mal so etwas, so kannst du mehr von der Sorte bekommen«, sagte der starke Ingmar.

Barbro sah ihn erstaunt an. »Ich danke dir«, sagte sie. Er wandte sich um und warf ihr einen wütenden Blick zu. »Nichts zu danken«, sagte er. »Aber so lange du Herrin auf dem Ingmarshofe bist, will ich dafür sorgen, daß dir das Gesinde den Respekt erzeigt, wie er dir zukommt.«

Späterhin im Herbst kam ein Brief aus Jerusalem, daß Ingmar und Gertrud aus der Kolonie abgereist seien. »Vielleicht sind sie schon daheim, wenn diese Zeilen zu euch kommen«, stand da im Brief. Als Barbro dies erfuhr, empfand sie es zu Anfang als große Erleichterung. Jetzt war sie sicher, daß Ingmar die Scheidung vollziehen lassen würde, und wenn er erst frei geworden war, brauchte sie nicht einen einzigen Tag mehr die schwere Last der Verachtung zu tragen, die sie jetzt niederdrückte.

Aber späterhin am Tage, als sie ihrer gewöhnlichen Beschäftigung nachging, kehrten die Tränen wieder und wieder in ihre Augen zurück. Es versetzte ihr einen Stich durch das Herz, daß jetzt alles zwischen ihr und Ingmar vorbei war. Es war so unglaublich traurig, daß sie beide nun nichts mehr miteinander zu tun haben sollten.

Eines Vormittags, spät im Herbst, gingen viele Menschen im Schulhause aus und ein. Gertrud war am vorhergehenden Tage nach Hause gekommen, und nun hatte sie einen großen Tisch in Mutter Stinas Küche aufgestellt, und darauf alle die Geschenke an die Leute im Kirchsprengel ausgebreitet, die sie aus Jerusalem mitgebracht hatte. Sie hatte durch die Schulkinder weit und breit Nachricht an alle gesandt, die Freunde und Verwandte unter den Kolonisten hatten, daß sie nach der Schule kommen sollten. Und nun kamen sie daher gewandert: Hök Matts und Ljung Björns Bruder Per, und viele, viele andere. Und Gertrud gab jedem, was er haben sollte und erzählte dabei von Jerusalem, von der Kolonie und von allem dem Wunderbaren, das den Auswanderern da drüben in dem heiligen Lande widerfahren war. Bo Maansson war auch den ganzen Vormittag im Schulhause und half Gertrud erzählen. Aber Ingmar ließ sich nicht blicken. Während der ganzen Reise hatte er geglaubt, daß das, was Karin ihm von Barbro erzählt hatte, loses Gewäsch sei, aber als er ins Dorf zurückkehrte und erfuhr, daß es Wahrheit war, meinte er erst, daß er es nicht ertragen könne, einen Menschen zu sehen. Er war bei Bos Eltern eingekehrt. Dort konnte er in Ruhe sein, so lange er wollte; niemand beachtete ihn oder sprach mit ihm.

Gegen Mittag nahm der Volksstrom nach dem Schulhause ab, und es traf sich so, daß Gertrud einen Augenblick allein in der Küche war. Da trat eine große und stattliche Frau ein. »Wer mag das sein,« dachte Gertrud, »es ist doch sonderbar, daß hier im Kirchsprengel jemand ist, den ich nicht kenne.«

Die fremde Frau kam auf Gertrud zu und reichte ihr die Hand. »Ich kann mir denken, daß du Gertrud bist«, sagte sie. »Ich wollte dich nur fragen, ob es wahr ist, was ich gehört habe, daß Ingmar sich nicht mit dir verheiraten will?« Gertrud war nahe daran, böse darüber zu werden, daß eine Unbekannte sie so ohne weiteres mit einer solchen Frage überfiel. Aber plötzlich ward es ihr klar, daß dies Barbro Sven Perssons Tochter, Ingmars Frau, sein müsse.

»Nein, Ingmar hat nicht die Absicht, sich mit mir zu verheiraten«, sagte sie. Die andere seufzte und ging auf die Tür zu. »Ich wollte es nicht glauben, ehe ich es nicht mit meinen eigenen Ohren gehört hatte«, sagte sie.

Barbro dachte nur an die Schwierigkeiten, die ihr dies bereiten würde. Hier kam nun Ingmar nach Hause, los und ledig, und wahrscheinlich trug er noch dieselbe Liebe zu ihr im Herzen, wie damals, als er abgereist war. »Jetzt glaube ich, werde ich es nie im Leben eingestehen, daß das Kind ihm gehört«, dachte sie. »Ich bin überzeugt, er würde sich der ganzen Welt gegenüber entehrt halten, wenn er mich mit dem kranken Kinde allein ließe. Er würde mich bitten, wieder seine Frau zu werden, und dazu könnte ich gewiß nicht nein sagen, und dann hätten wir dasselbe Elend von neuem wieder. Aber hart genug ist es, daß ich mein ganzes Leben hindurch eine Schande tragen soll, die ich nicht verschuldet habe.«

Als sie in der Tür stand, wandte sie sich nach Gertrud um. »Ingmar kommt jetzt wohl nicht auf den Hof zurück?« fragte sie mit leiser Stimme. »Er darf wohl nicht nach Hause kommen, so lange ihr nicht richtig geschieden seid«, sagte Gertrud. »Er würde auch doch wohl nicht nach Hause kommen«, meinte Barbro.

Gertrud ging schnell auf Barbro zu. »Ich will dir etwas sagen«, rief sie aus. »Ich glaube, daß du dich selbst belügst. Das habe ich die ganze Zeit gedacht und jetzt, wo ich dich gesehen habe, bin ich überzeugt davon.« »Wie kann ich lügen?« sagte Barbro. »Ich habe ja ein Kind.« »Du begehst ein Unrecht gegen Ingmar,« sagte Gertrud, »so wie er sich nach dir gesehnt hat. Er geht vollständig zugrunde, wenn du ihm nicht die Wahrheit sagst.« »Da ist nicht viel zu sagen«, sagte Barbro. Gertrud stand da und sah sie an, als wolle sie sie mit ihrem Blick zwingen. »Kannst du Ingmar eine Nachricht zukommen lassen?« fragte Barbro. »Freilich kann ich ihm eine Nachricht zukommen lassen.« »Dann sage ihm, daß der starke Ingmar im Sterben liegt. Er muß durchaus nach Hause kommen und Abschied von ihm nehmen. Mich braucht er ja nicht zu sehen.« »Es wäre aber das beste für euch beide, wenn ihr euch sähet«, sagte Gertrud.

Barbro ging jetzt wieder auf die Tür zu, aber als sie sie geöffnet hatte, wandte sie sich um. »Es ist doch nicht wahr, daß Ingmar blind ist?« »Er hat das eine Auge verloren, aber das andere ist jetzt wieder gesund.« »Hab Dank«, sagte Barbro. »Ich freue mich, daß ich dich gesehen habe«, fügte sie hinzu und sah Gertrud an. Bei diesen Worten schloß sie die Tür und war fort.

Es mochte wohl eine Stunde vergangen sein. Ingmar befand sich auf dem Wege nach dem Ingmarshof, um von dem starken Ingmar Abschied zu nehmen. Er ging nicht schnell; es war, als wenn jeder Schritt, den er machte, ihm Überwindung kostete. In einiger Entfernung vom

Wege lag eine kleine armselige Hütte. Als Ingmar noch ziemlich weit davon entfernt war, sah er einen Mann und eine Frau aus der Tür kommen. Der Mann sah arm und zerlumpt aus, und es war Ingmar, als könne er sehen, daß die Frau ihm etwas in die Hand steckte. Sie eilte den Weg hinab und ging weiter auf den Ingmarshof zu.

Als Ingmar an der Hütte vorüberkam, stand der Mann noch auf der Türschwelle. Er hielt etwas Silbergeld in der Hand, und er war im Begriff, es nachzuzählen. Jetzt sah Ingmar, wer der Mann war. Es war Stig Börnjesson.

Stig sah nicht auf, bis Ingmar vorübergegangen war. Da begann er hinter ihm herzurufen: »Warte doch, Ingmar, warte doch! Zum Teufel auch, warte doch! Ich will mit dir reden!« Er lief den Weg hinab. Aber da Ingmar weiterging, ohne sich auch nur umzusehen, schien es, als wenn er ärgerlich würde. »Ja, dann gehe nur, meinetwegen«, rief er ihm nach. »Ich hätte dir sonst etwas erzählt, worüber du dich gefreut haben würdest.«

Einige Augenblicke später hatte Ingmar fast die Frau eingeholt, die eben aus Stig Börnjessons Hütte gekommen war. Sie hatte es offenbar sehr eilig und ging so schnell sie konnte. Als sie Schritte hinter sich hörte, glaubte sie, daß es Stig sei und sagte, ohne sich umzuwenden: »Du mußt mit dem zufrieden sein, was ich dir gegeben habe. Ich habe nicht mehr Geld.«

Ingmar sagte nichts, sondern ging noch schneller. »In der nächsten Woche sollst du mehr haben. Du darfst nur nicht mit Ingmar darüber reden«, sagte sie. Im selben Augenblick hatte Ingmar sie eingeholt und legte die Hand auf ihre Schulter. Sie riß sich los und wandte sich mit einem zornigen Ausdruck um.

Als sie sah, daß es Ingmar war und nicht Stig, der hinter ihr stand, schlug sie die Hände zusammen, wie jemand, der freudig überrascht ist. Aber als Ingmars Augen den ihren begegneten, hob er langsam den Arm in die Höhe und seine Augenbrauen zogen sich zu einer tiefen Falte zusammen. Er sah so aus, als habe er Lust, sie zu Boden zu schlagen.

Sie erschrak nicht, sie stand still und sah ihn einen Augenblick an. Dann zog sie sich ruhig zurück. »Ach nein, Ingmar,« sagte sie, »mache dich um meinetwillen nicht unglücklich.«

Ingmar ließ den Arm sinken. »Ich muß dich um Verzeihung bitten«, sagte er steif und kalt. »Ich konnte es nicht ertragen, dich mit Stig zusammen zu sehen.« Barbro antwortete ganz ruhig: »Glaub' mir, Ingmar, ich würde jedem dankbar sein, der mich von dem Leben befreit.«

Ohne noch ein Wort zu sagen, ging Ingmar auf die andere Seite des Weges hinüber und wanderte schweigend weiter. Auch Barbro sprach nicht. Wieder und wieder traten ihr Tränen in die Augen. »Wenn ich denke, daß er nicht einmal mit mir reden will, nachdem wir uns so lange Zeit nicht gesehen haben! Ach, daß wir beide so unglücklich sein müssen!«

»Es wird gewiß besser sein, wenn ich ihm die Wahrheit erzähle«, dachte sie. »Ich kann den Gedanken nicht ertragen, daß er mich verachtet. Es ist besser, wenn ich ihm die ganze Wahrheit erzähle und mir dann das Leben nehme.«

Plötzlich begann sie, mit ihm zu reden. »Du fragst gar nicht, wie es mit dem starken Ingmar steht?« »Ich bin ja bald zu Hause, dann werde ich es selbst sehen«, sagte Ingmar mürrisch.

»Er kam heute morgen zu mir,« sagte Barbro, »und erzählte mir, daß er über Nacht Botschaft erhalten habe, daß er heute sterben solle.« »Ist er denn nicht krank?« fragte Ingmar. »Er ist das ganze Jahr von Gicht geplagt gewesen, und hat oft darüber geklagt, daß du nicht zurückkämst, damit er sterben könne. Er sagte, er könne nicht von hier fort, ehe du von der Wallfahrt heimkehrtest.« »Aber ist denn heute nicht etwas Besonderes mit ihm vorgegangen?« »Nein, er ist nicht mehr krank als sonst. Aber er glaubt steif und fest, daß er sterben soll, und er hat sich in das Bett in der Kammer gelegt. Er hat es sich in den Kopf gesetzt, daß er es alles genau so haben will, wie dein Vater es gehabt hat, als er starb. Wir mußten zum Pfarrer und zum Doktor schicken, wie sie zu dem großen Ingmar geholt worden waren. Er fragte auch nach der hübschen Decke, die über des großen Ingmars Bett gebreitet war, aber die war nicht mehr auf dem Hofe. Sie war auf der Auktion verkauft.« »Ja, auf der Auktion ist viel verkauft worden«, fiel Ingmar ein. »Eins von den Mägden meinte, sie könne sich entsinnen, daß Stig Börnjesson die Decke gekauft habe. Und da dachte ich, ich müßte sie zur Stelle schaffen, damit der starke Ingmar es so haben könne, wie er es wünschte. Und es traf sich so glücklich, daß ich sie zurückkaufen konnte. Hier habe ich sie«, sagte sie und zeigte auf ein Bündel, das sie in der Hand trug.

»Du bist immer gut gegen den Alten gewesen«, sagte Ingmar. Seine Stimme war sehr kalt und hart, obwohl die Worte freundlich sein sollten. Dann sagte er nichts mehr, sondern versank wieder in Schweigen. Barbro sah mit sehnsuchtsvollem Blick vor sich hin. »Wie entsetzlich lang doch der Heimweg ist«, dachte sie. »In der ersten halben Stunde erreichen wir den Hof nicht. Und während der ganzen Zeit muß ich hier gehen und mit ansehen, wie unglücklich er ist. Und ich weiß keine Hilfe für ihn. Es würde nur noch schlimmer werden, wenn ich ihm die Wahrheit sagte. Dann würde er ja sein Leben wieder an das meine knüpfen. Aber nie, nie im Leben ist mir etwas so Schweres widerfahren.«

Sie versuchte schneller zu gehen, aber der Weg war lang für sie und Ingmar. Die schweren Gedanken klammerten sich an sie fest und hemmten ihre Schritte.

Endlich waren sie so weit gekommen, daß sie durch das Tor auf den Hofplatz gehen mußten. Hier stellte sich Ingmar Barbro in den Weg.

»Ich will jetzt die Gelegenheit benutzen und dich nach etwas fragen, was ich für uns beide ersonnen habe«, sagte er. »Und wenn du nicht darauf eingehst, dann sehen wir uns vielleicht nie wieder. Mein Vorschlag geht da hinaus, daß wir die Scheidung zurückgehen lassen.«

Ingmars Stimme war kühl und hart, und sein Blick ruhte nicht auf Barbro, sondern auf dem alten Hof, der vor ihm lag. Er nickte den Scheunen zu, die ihn mit ernsten Augen aus Luken und offenen Fenstern anzusehen schienen. »Ja, die haben die Augen jetzt auf mich gerichtet«, murmelte er. »Sie wollen wohl sehen, ob ich jetzt endlich gelernt habe, Gottes Wege zu gehen.«

»Ich habe den ganzen Tag viel über die Zukunft nachgedacht«, sagte Ingmar laut. »Ich kann einen Menschen wie Barbro nicht zugrunde gehen lassen, habe ich zu mir selbst gesagt. Es ist meine Pflicht, mich ihrer anzunehmen. Aber wie Mann und Frau auf gewöhnliche Weise können wir nicht leben. Und nun wollte ich dich fragen, ob du nicht Lust hättest, mit mir nach Jerusalem zu gehen, dann könnten wir beide in die Kolonie eintreten. Es sind gute Menschen und viele von unseren Angehörigen darunter, und du würdest dich dort bald heimisch fühlen.« Er machte eine kleine Pause um zu hören, was sie sagen würde.

»Würdest du den Hof um meinetwillen verlassen?« »Ich will nur das tun, was recht ist.«

Seine Stimme war so kühl, daß es sie durchschauerte. »Du hast schon dein eines Auge da drüben verloren, und ich habe gehört, daß du nach Hause reisen mußtest, um nicht ganz zu erblinden.« »Daran darfst du nicht denken,« sagte Ingmar, »alles wird schon gehen, wenn man nur tut, was recht ist.«

Barbro dachte wieder, daß es ein wahres Werk der Barmherzigkeit sein würde, wenn sie Ingmar die Wahrheit sagte. In ihr stritt und kämpfte es, aber sie hatte doch Kraft genug zu schweigen. »Nein, ich will nicht ein so großes Unglück über ihn bringen«, dachte sie. »Es ist am besten, daß sich unsere Wege trennen, sonst weiß ich, daß ich mir das Leben nehmen muß.«

Als sie schwieg, sagte Ingmar: »Jetzt wird die Trennung zwischen uns lang, Barbro.« »Ja«, sagte sie. Sie reichte ihm die Hand, und er nahm sie, und als er sie in der seinen hielt, lief ein Zittern durch seinen Körper. Einen Augenblick sah es so aus, als wolle er Barbro in einer leidenschaftlichen Umarmung an sich ziehen. »Ich will hineingehen und dem starken Ingmar erzählen, daß du gekommen bist«, sagte sie. »Ja, tue du das«, sagte Ingmar und ließ schnell ihre Hand los.

Der starke Ingmar lag in der Kammer im Bett. Er hatte keine Schmerzen, aber das Herz schlug schwach, und mit jedem Augenblick, der verging, wurde ihm das Atmen schwerer. »Jetzt bin ich überzeugt, daß ich heute sterben werde«, dachte er.

Solange er allein lag, hatte er die Violine neben sich. Von Zeit zu Zeit klimperte er ganz leise auf den Saiten, und dann war es ihm, als wenn er eine von den alten Melodien wieder höre. Als der Pfarrer und der Doktor kamen, legte er die Violine weg und redete mit ihnen über alles, was ihm im Leben an merkwürdigen Dingen widerfahren war. Am meisten aber sprach er von dem großen Ingmar, und von den Wichtelmännern im Walde, die lange Zeit hindurch seine Freunde gewesen waren. Aber von dem Augenblick an, als Hellgum den Rosenbusch vor seiner Hütte abgehauen hatte, war es für ihn nicht mehr so gut in dieser Welt gewesen.

Die Wichtelmänner hatten ganz aufgehört, ihm beizustehen, und er war von allen möglichen Krankheiten heimgesucht worden. »Der Herr Pfarrer kann nicht glauben, wie ich mich freute,« sagte er, »als der große Ingmar über Nacht zu mir kam und sagte, daß ich seinen Hof nicht länger zu bewirtschaften brauchte, sondern mich zur Ruhe begeben könne.«

Er war sehr feierlich, und es war leicht zu sehen, daß er fest überzeugt war, daß er sterben müsse. Der Pfarrer sagte ein paar Worte, daß er ja gar nicht so krank aussehe, aber der Doktor, der ihn untersucht und seinem Herzschlag gelauscht hatte, sagte ganz ernsthaft: »Nein, nein, der starke Ingmar weiß wohl, was er sagt. Er liegt hier nicht umsonst und wartet auf den Tod.«

Als Barbro hineinkam und ihm die prächtige Decke über sein Bett breitete, erbleichte er ein wenig. »Jetzt ist es wohl bald mit mir zu Ende«, sagte er. Er nahm Barbros Hand und streichelte sie. »Hab Dank hierfür und Dank für alles. Und dann mußt du mir verzeihen, wenn ich in der letzten Zeit hart gegen dich gewesen bin.« Barbro schluchzte. Es hatte sich zu viel Kummer und Trauer in ihrem Herzen angesammelt, daß es ihr jetzt nicht leicht wurde, das Weinen zurückzuhalten. Der Alte streichelte ihre Hand noch einmal und lächelte ihr zu: »Nun können wir Ingmar wohl bald zurückerwarten«, sagte er. »Er ist gekommen«, sagte Barbro. »Ich wollte nur vorausgehen, und es dir erzählen.«

Als Ingmar eintrat, richtete sich der Alte mit Mühe im Bett auf und streckte die Hand nach ihm aus. »Sei mir willkommen«, sagte er. Ingmar wurde betrübt als er ihn sah. »Nie hätte ich geglaubt, daß du mir den Kummer antun würdest, dich an dem Tage meiner Heimkehr zum Sterben zu legen.« »Du mußt mir deswegen nicht zürnen«, sagte der Alte, gleichsam entschuldigend. »Du weißt wohl noch, daß mir der große Ingmar versprach, daß ich zu ihm kommen sollte, sobald du von der Wallfahrt heimgekehrt seist.«

Ingmar setzte sich auf den Rand des Bettes. Der Alte lag da und streichelte ihm die Hand, aber er sagte lange Zeit hindurch nichts. Man konnte sehen, daß der Tod herankam, und er wurde immer bleicher, und der Atem ging in ein schweres Stöhnen über.

Da verließ Barbro die Stube, und nun fing er an, Ingmar auszufragen. »Hast du eine gute Heimkehr gehabt?« fragte er und sah ihn scharf an. »Ja«, sagte Ingmar ruhig und streichelte ihm die Hand. »Es war eine gute Reise.« »Man hatte hier erzählt, du würdest Gertrud mit zurückbringen?« »Ja,« sagte Ingmar, »sie ist mit zurückgekommen, und nun wird sie sich mit Bo Maansson, meinem Vetter, verheiraten.« »Freust du dich darüber, Ingmar?« »Ich freue mich sehr darüber«, sagte Ingmar mit fester Stimme.

Der Alte sah ihn forschend an. Er schüttelte den Kopf. Es schien, als sei hier vielerlei, was er nicht verstünde. »Wie geht es mit deinen Augen?« fragte er. »Eins habe ich drüben in Jerusalem verloren«, erwiderte Ingmar. »Freust du dich darüber auch?« fragte der Alte. »Du weißt wohl, starker Ingmar, daß der liebe Gott ein Pfand von dem haben will, dem er ein so großes Glück schenkt.« »Hast du denn ein so großes Glück empfangen?« »Ja,« sagte Ingmar,

»mir ist die Gnade zuteil geworden, daß ich das wieder gut machen konnte, was ich gesündigt hatte.«

Der Sterbende begann jetzt, sich im Bett zu drehen und zu wenden. »Hast du jetzt Schmerzen?« fragte Ingmar. »Nein, aber ich habe Sorgen«, sagte der Alte. »Kannst du mir nicht erzählen, was es ist?« »Du belügst mich wohl nicht, Ingmar, damit ich einen ruhigen Tod haben kann?« fragte der Alte mit großer Zärtlichkeit. Ingmar wurde überrumpelt, er verlor ganz die angenommene Ruhe und brach in ein schluchzendes Weinen aus.

»Sage du lieber die Wahrheit«, sagte der Alte. Ingmar wurde gleich wieder still und ruhig. »Ich muß wohl weinen, wenn ich einen solchen Freund verliere, wie du es mir gewesen bist.«

Nun wurde der Alte immer unruhiger, und der kalte Schweiß perlte ihm von der Stirn. »Du bist erst ganz kürzlich hierher ins Land gekommen«, sagte er schließlich. »Da weiß ich nicht, ob du die Neuigkeiten hier auf dem Hof gehört hast?« »Ja,« sagte Ingmar, »das, woran du denkst, erfuhr ich schon in Jerusalem.« »Ich hätte besser auf das acht geben sollen, was dein war«, sagte der Alte. »Ich will dir etwas sagen, starker Ingmar, du tust großes Unrecht, falls du schlecht von Barbro denkst.« »Tue ich unrecht?« fragte der Alte. »Ja«, sagte Ingmar mit erhobener Stimme. »Es ist gut, daß ich nach Hause gekommen bin, da hat sie doch jemand, der sie verteidigen kann.«

Der Alte wollte antworten; aber Barbro, die in die gute Stube gegangen war, um das Kaffeebrett für die Fremden herzurichten, hatte die ganze Unterredung durch die halbgeöffnete Tür gehört. Sie ging jetzt schnell in die Kammer und trat an Ingmar heran, als wolle sie etwas sagen. Aber im letzten Augenblick schien sie auf andere Gedanken zu kommen. Sie beugte sich statt dessen über den Alten nieder und fragte ihn, wie es ihm jetzt gehe. »Ja, jetzt geht es mir besser, nachdem ich mit Ingmar geredet habe.« »Ja, mit ihm ist gut zu reden«, sagte Barbro still, und trat an das Fenster und setzte sich.

Jetzt ward es allen klar, daß der starke Ingmar sich auf den Heimgang vorbereitete. Er lag mit geschlossenen Augen und gefalteten Händen da. Alle verhielten sich ganz stille, um ihn nicht zu stören.

Aber die Gedanken des starken Ingmar kehrten immer wieder zu dem Tage zurück, als der große Ingmar starb. Er sah die Stube vor sich, so wie sie war, als er kam, um ihm Lebewohl zu sagen. Er erinnerte sich der kleinen Kinder, die sein Herr gerettet hatte, und die bei ihm auf dem Bette saßen, als er starb. Während er hieran dachte, wurde ihm sehr weich ums Herz. »Siehst du, großer Ingmar, du bist mir weit voraus,« flüsterte er, denn er verstand wohl, daß sein Jugendfreund in diesem Augenblick nicht fern von ihm war. »Der Pfarrer und der Doktor sind hier, und deine Decke liegt jetzt über mein Bett gebreitet, aber ein kleines Kind, das ich an das Fußende des Bettes setzen könnte, kann ich nicht bekommen.«

Kaum war dies gesagt, als er eine Stimme sagen hörte: »Hier ist ein kleines Kind im Hause, dem du in deiner letzten Stunde eine Wohltat erweisen könntest.«

Als der starke Ingmar dies hörte, huschte ein Lächeln über sein Gesicht. Es war ihm gleich, als wenn er verstehe, was er zu tun habe. Mit einer Stimme, die jetzt sehr schwach geworden, aber trotzdem noch ganz verständlich war, begann er, sich zu beklagen, daß der Pfarrer und der Doktor so lange auf seinen Tod warten müßten. »Aber da der Herr Pfarrer nun doch einmal hier sind,« sagte er, »so will ich ihm doch erzählen, daß hier im Hause ein ungetauftes Kind ist, und ich möchte den Herrn Pfarrer gern bitten, ob er nicht so gut sein will, und es taufen, während er wartet.«

Es war still im Zimmer gewesen, bevor dies gesagt wurde, aber noch stiller wurde es hinterher. Dann aber sagte der Pfarrer: »Es ist gut, daß du daran dachtest, starker Ingmar, dafür hätten wir andern schon lange sorgen sollen.«

Barbro erhob sich ganz entsetzt. »Ach nein, das wollen wir jetzt wohl doch nicht tun«, sagte sie. Sie hatte immer gedacht, daß, wenn der Junge getauft werden sollte, sie ja erzählen müßte, wer der Vater war, und aus diesem Grunde hatte sie die Taufe hinausgeschoben. »Wenn ich erst wirklich von Ingmar geschieden bin, will ich ihn taufen lassen«, hatte sie gedacht. Nun war sie so erschrocken, so daß sie nicht wußte, wonach sie greifen sollte. »Du könntest mir gern die Freude gönnen, mich in meiner letzten Stunde ein gutes Werk tun zu lassen«, sagte der starke Ingmar, und wiederholte die Worte, die er schon einmal zu hören gemeint hatte. »Nein, das kann nicht geschehen«, sagte Barbro.

Nun kam auch der Doktor und legte ein Wort dafür ein, daß der Alte seinen Willen haben solle. »Ich bin überzeugt, der starke Ingmar wird leichter atmen können, wenn er an etwas anderes zu denken hat, als daß er nun bald sterben muß.« Barbro hatte ein Gefühl, als sei sie mit eisernen Ketten gebunden, weil sie sie hierum in einem Zimmer baten, wo ein Mensch in seinen letzten Zügen lag. Leise jammernd sagte sie: »Ihr könnt doch begreifen, daß es sich nicht machen läßt.« Der Pfarrer trat zu Barbro hin und sagte ernsthaft: »Du wirst wohl einsehen, Barbro, daß dein Kind getauft werden muß.« »Ja, aber es ist zu schwer für mich heute«, flüsterte sie. »Ich will morgen mit dem Kind ins Pfarrhaus kommen. Es kann doch nicht angehen, es jetzt zu taufen, während der starke Ingmar im Sterben liegt.« »Aber du hörst ja, daß es dem starken Ingmar eine Freude sein würde«, sagte der Pfarrer.

Ingmar hatte bisher stumm und unbeweglich dagesessen. Aber sein Herz war in heftige Erregung geraten, als er sah, wie demütig und unglücklich Barbro sich fühlte. »Dies ist entsetzlich schwer für jemand, der so stolz ist wie sie«, und er konnte es nicht ertragen, daß der Mensch, den er mehr geliebt hatte als irgendeinen andern, der Schande und Entehrung ausgesetzt werden sollte.

»Du mußt diese Forderung zurücknehmen«, sagte er zu dem starken Ingmar. »Es ist zu hart für Barbro.« »Wir wollen es Barbro schon leicht machen, wenn sie nur das Kind holen will«, sagte der Pfarrer. »Sie braucht nur auf ein Stück Papier zu schreiben, was sie hierüber zu sagen hat, dann trage ich es in das Kirchenbuch ein, wenn ich nach Hause komme.« »Ach nein, ach nein, es ist unmöglich«, sagte Barbro und dachte nur daran, was sie ersinnen könne, um die Taufe hinauszuschieben.

Der starke Ingmar setzte sich jetzt aufrecht im Bett hin und sagte mit großem Ausdruck in den Worten: »Es wird dir schwer auf dem Herzen liegen, Ingmar, wenn du nicht dafür sorgst, daß mein letzter Wunsch erfüllt wird.«

Ingmar erhob sich sogleich. Er trat an Barbro heran, beugte sich über sie und sagte: »Du weißt wohl, Barbro, daß eine verheiratete Frau keinen andern als Vater ihres Kindes anzugeben braucht, als ihren Mann. Dann sagte er laut: Jetzt gehe ich hinaus und sage ihnen, daß sie mit dem Kinde hereinkommen sollen.« Er sah Barbro an, ein Zittern lief durch ihren Körper, aber sie erwiderte kein Wort. »Gott gebe, daß sie nicht den Verstand verliert«, dachte er.

Er ging hinaus, und die kleinen Vorbereitungen waren schnell getan. Der Talar und die Bibel wurden aus der kleinen Reisetasche herausgenommen, die der Pfarrer immer mit sich führte, und eine kleine Schale mit Wasser wurde auf den Tisch gestellt. Dann kam die alte Lisa mit dem Kinde.

Der Pfarrer stand da und band den breiten Kragen um den Hals. »Vor allen Dingen muß ich wissen, wie das Kind heißen soll«, sagte er. »Barbro wird wohl selbst den Namen bestimmen«, schlug der Doktor vor. Alle sahen Barbro an. Sie bewegte die Lippen ein paarmal; aber kein Laut drang hervor. Es schien, als ob die Wartezeit unendlich werden sollte.

Als Ingmar dies sah, sagte er zu sich selbst: »Jetzt denkt sie daran, welchen Namen er nun hätte haben sollen, wenn alles so wäre, wie es sein sollte. Die Schande bewirkt, daß sie nicht reden kann.« Er empfand so großes Mitleid mit ihr, daß sein Zorn ganz vorüberging, und die große Liebe, die er zu seiner Frau hegte, gewann Überhand über alle die andern Gefühle. »Ihr Kind kann ja gern Ingmar getauft werden, was geht das mich an? Wir wollen uns ja doch scheiden lassen. Das beste würde sein, wenn wir auf irgendeine Weise den Leuten einbilden könnten, daß es mein Kind ist, damit sie ihren guten Namen und ihren guten Ruf wiedergewinnt.« Aber da er das nicht gerade hinaussagen wollte, sagte er: »Ich meine, da der starke Ingmar die Taufe ins Werk gesetzt hat, so ist es nicht mehr als natürlich, daß er dem Jungen seinen Namen gibt.« Er sah seine Frau an als er das sagte, um zu sehen, ob sie seine Absicht verstehe.

Aber kaum hatte Ingmar diese Worte gesagt, als sich Barbro aufrichtete. Sie ging langsam durch die Stube bis sie gerade vor dem Pfarrer stand. Darauf sagte sie mit fester Stimme: »Ingmar ist jetzt so gut gegen mich gewesen, daß ich es nicht länger ertragen kann, ihn zu quälen. Da will ich denn lieber gestehen, daß es sein Kind ist. Aber Ingmar soll der Junge nicht heißen, denn er ist blödsinnig und blind.«

Im selben Augenblick, als diese Worte ihrem Munde entschlüpft waren, überkam sie ein Gefühl unendlicher Bitterkeit, weil das Geheimnis, auf dem ihr Leben beruhte, ihr jetzt entrissen war. Sie brach in heftiges Weinen aus, und als sie fühlte, daß sie sich nicht zu beherrschen vermochte, eilte sie aus der Stube hinaus, um den Sterbenden nicht zu stören.

Draußen in der guten Stube warf sie sich über den großen Tisch und schluchzte laut.

Nach einer Weile erhob sie den Kopf wieder und lauschte, was sich in der Kammer zutrug. Sie hörte jemand mit halblauter Stimme reden. Es war die alte Lisa, die erzählte, wie es ihnen in der Sennhütte ergangen war.

Wieder empfand sie die ganze Bitterkeit, daß sie ihr Geheimnis verraten hatte, und wieder überkam sie das heftige Weinen. Was für eine Macht war es nur, die sie gezwungen hatte, zu reden, gerade als Ingmar alles für sie zurechtgelegt hatte, so daß sie sehr wohl noch ein paar Wochen hätte schweigen können, bis die Scheidung vollzogen war. Jetzt *muß* ich mir das Leben nehmen, dachte sie. Ich kann nicht länger leben.

Darauf lauschte sie wieder. Jetzt verlas der Pfarrer die Taufformel. Er sprach so deutlich, daß sie jedes Wort hören konnte, was er sagte. Endlich kam er so weit, daß er dem Kinde den Namen geben mußte. Er sprach den Namen mit stärkerer Stimme aus als alles übrige. Er lautete Ingmar.

Als sie das hörte, brach sie in ihrer Machtlosigkeit von neuem in Tränen aus.

Gleich darauf tat sich die Tür auf, und Ingmar trat heraus. Sie richtete sich auf und bezwang das Weinen und kam ihm entgegen. »Du siehst wohl ein, daß zwischen uns beiden alles so werden muß, wie es bestimmt war, als du fortreistest«, sagte sie. Ingmar streichelte ihr sanft das Haar. »Ich will dich zu nichts zwingen; nachdem, was du eben getan hast, weiß ich ja, daß du mich mehr liebst als dein eigenes Leben.«

Sie erfaßte seine eine Hand und preßte sie hart. »Versprichst du mir, daß ich allein für das Kind sorgen darf?« »Ja,« sagte Ingmar, »du sollst alles so haben, wie du es haben willst. Die alte Lisa hat uns erzählt, wie du um das Kind gekämpft hast. Niemand kann es über das Herz bringen, es dir zu nehmen.«

Sie sah ihn verwundert an. Sie konnte nicht recht fassen, daß alles, wovor sie sich so gefürchtet hatte, sich auf einmal in nichts aufgelöst hatte. »Ich glaubte, du würdest ganz halsstarrig werden, wenn du die Wahrheit erführst«, sagte sie. »Aber ich bin dir dankbarer, als ich es zu sagen vermag. Ich freue mich, daß wir in Freundschaft voneinander gehen, so daß wir freundlich miteinander reden können, wenn wir uns einmal wieder begegnen.«

Da huschte ein Lächeln über Ingmars Antlitz. »Solltest du nicht doch Lust haben, mit mir nach Jerusalem zu kommen, Barbro?« fragte er.

Als Barbro sah, daß er lächelte, wurde sie aufmerksam Sie hatte Ingmar nie so gesehen, das ganze Gesicht war verwandelt. Es war ihr, als liege etwas Verklärtes über den groben Zügen, so daß er gleichsam schön anzusehen war. »Was hast du nur, Ingmar?« fragte sie. »Was hast du vor? Ich hörte, daß du den Jungen Ingmar nanntest. Was ist deine Absicht damit?« »Jetzt sollst du etwas Wunderliches hören, Barbro«, sagte Ingmar und ergriff ihre beiden Hände. »Sobald die alte Lisa uns erzählt hatte, wie es euch dort oben auf der Alm ergangen war, bat ich den Doktor, das Kind zu untersuchen. Und der Doktor sagt, daß dem Kinde gar nichts fehlt. Er sagt, daß es klein für sein Alter ist, aber daß es ein frisches und gesundes Kind ist, und einen ebenso guten Verstand hat wie alle andern.«

»Findet der Doktor denn nicht, daß es häßlich und wunderlich aussieht?« sagte Barbro atemlos.

»Ich fürchte, daß die Kinder aus unserer Familie nicht schöner zu sein pflegen«, sagte Ingmar.

»Glaubt er denn nicht, daß der Junge blind ist?«

»Der Doktor sagt, er wird über dich lachen, so lange er lebt, Barbro, weil du dir so etwas einbilden kannst. Er sagt, morgen will er dir eine Flasche Augenwasser schicken, womit du den Knaben waschen kannst, und in einer Woche wird seinen Augen nichts mehr fehlen.«

Barbro ging schnell auf die Kammer zu, Ingmar winkte sie zurück. »Jetzt kannst du das Kind nicht sehen«, sagte er. »Der starke Ingmar bat, es auf sein Bett zu legen, und nun, sagt er, hat er es ebenso gut wie mein Vater. Ich glaube, er wird sich nicht von dem Kinde trennen, ehe er tot ist.«

»Ich will ihm den Jungen auch nicht wegnehmen«, sagte Barbro. »Aber ich möchte gern mit dem Doktor selbst sprechen.« Als sie zurückkam, ging sie an Ingmar vorüber und blieb am Fenster stehen. »Ich habe den Doktor gefragt, und ich weiß nun, daß es wahr ist.« Sie streckte die Arme gen Himmel empor. Es war, als habe ein gefangener Vogel seine Freiheit wiedererhalten und erhebe die Schwingen. »Ingmar, Ingmar, du weißt nicht, was Unglück ist,« sagte sie, »niemand weiß es.«

»Barbro,« sagte Ingmar, »darf ich jetzt mit dir über unsere Zukunft reden?« Sie hörte ihn nicht. Sie hatte ihre Hände gefaltet und brach in ein Dankgebet gegen Gott aus. Sie sprach mit leiser und bewegter Stimme. Aber Ingmar konnte jedes ihrer Worte hören. All den Schmerz, den sie über das Mißgeschick ihres Kindes empfunden hatte, vertraute sie jetzt Gott an, und sie dankte ihm, weil ihr Kind jetzt so würde wie alle andern Kinder, weil es herumlaufen und spielen, weil es in die Schule gehen und lernen sollte, weil es ein kräftiger Bursche werden würde, der die Axt schwingen und den Pflug führen könnte, weil er einmal im Laufe der Zeit eine Frau heimführen, und als Herr auf Ingmarshof wohnen würde.

Als sie Gott für das alles gedankt hatte, trat sie an Ingmar heran und sagte mit strahlendem Antlitz: »Ich weiß jetzt, warum Vater sagte, daß die Ingmarssöhne die besten Leute im Kirchsprengel seien.«

»Das kommt daher, weil Gott größere Barmherzigkeit mit uns hat als mit allen andern«, sagte Ingmar. »Aber jetzt, Barbro, möchte ich gern mit dir darüber reden «

Barbro unterbrach ihn.

»Nein, es kommt daher, weil ihr euch niemals beruhigt, ehe ihr euch mit dem lieben Gott ausgesöhnt habt«, sagte sie. »Du lieber Gott, was würde aus meinem Jungen geworden sein, wenn er nicht dich zum Vater gehabt hätte?«

»Ich habe ihm nicht viel helfen können«, sagte Ingmar. »Um deinetwillen ist der Fluch von ihm genommen«, sagte Barbro mit Innigkeit. »Weil du diese Wallfahrt machtest, ist alles gut gegangen. Das war das einzige, was mich diesen Winter aufrecht hielt, daß ich zuweilen hoffte, Gott werde gnädig gegen das Kind und mich sein, weil du nach Jerusalem gereist warst.«

Ingmar senkte den Kopf. »Ich weiß nur, Barbro, daß ich mein Leben lang ein großer Sünder gewesen bin«, sagte er und sah so mißmutig aus wie vor einer Stunde.

»Weißt du, was sie da draußen vorhin in der Kammer gesagt haben?« fragte sie. »Der Pfarrer sagte, daß die Leute dich in Zukunft den großen Ingmar nennen würden, weil du dich so gut mit dem lieben Gott stehst, daß der Fluch, der auf meiner Familie gelegen hat, jetzt um deinetwillen aufgehoben ist.«

Sie saßen nebeneinander auf der Kistenbank. Barbro schmiegte sich innig an Ingmar, aber Ingmars Arm hing schlaff herab, und sein Antlitz wurde finsterer und finsterer.

»Jetzt fange ich an zu glauben, daß du böse auf mich bist«, sagte Barbro. »Du hast gewiß daran gedacht, wie hart ich da draußen auf der Landstraße gegen dich war. Aber das mußt du wissen, eine entsetzlichere Stunde habe ich niemals erlebt.«

»Wie kann ich froh sein«, sagte Ingmar. »Ich weiß ja noch nicht einmal, wie es mit uns ergehen wird. Du sagst so viel schönes zu mir. Aber du antwortest mir nicht darauf, ob du den Mut hast, als meine Frau bei mir zu bleiben?«

»Habe ich dir nicht darauf geantwortet?« sagte Barbro mit einem Lächeln. Im selben Augenblick überkam sie etwas von der alten Furcht, und sie schauderte. Aber als sie sich umsah, da umfaßte sie mit ihrem Blick die alte Stube, das lange, niedrige Fenster, die Bänke und den Feuerherd.

Und dies alles umgab sie mit einer Sicherheit, und sie fühlte, daß es sie beschützen und bewahren würde.

»Nie will ich anderswo leben als unter deinem Dach und in deinem Heim«, sagte sie.

Gleich darauf öffnete der Pfarrer die Tür zu der Kammer und winkte ihnen, hineinzukommen. »Jetzt sieht der starke Ingmar den ganzen Himmel offen«, sagte er, als sie an ihm vorübergingen.